青春之歌

我們的

懷抱滿腔熱血與國恨家仇，抗戰青年以藝術點亮未來的希望

THE SONG
OF OUR YOUTH

★ 電視劇《奔向延安》原著小說

數名血氣方剛的青年，對未來有著無限憧憬，
卻在敵軍的侵擾下，打碎原本寧靜美好的生活，
雙親無辜慘死、手足魂斷槍下、愛人壯烈犧牲……

1937年盧溝橋事變爆發，
吹響了抗戰的號角，
他們奔向魯藝，立誓為逝去的親友復仇！

柳建偉｜裴指海｜諶虹穎｜柳靜｜王甜 —— 原著編劇　　　房柳辰｜柳成蔭 —— 改編

目 錄

目錄

楔子

1937 年 7 月 7 日，日本製造盧溝橋事變，悍然發動全面侵華戰爭。在中國共產黨的宣導和推動下，抗日民族統一戰線迅速形成。國共兩黨再度合作，共赴國難。

　　　　　　　※　　　　　　　　　※　　　　　　　　　※

1937 年 9 月 25 日，八路軍 115 師在平型關伏擊日軍，一舉殲敵一千餘人。

1937 年 10 月 18 日、20 日，八路軍 120 師在雁門關伏擊日軍，殲敵五百餘人。

1937 年 10 月 19 日夜間，129 師 769 團突然向日軍陽明堡機場發動攻擊，擊毀飛機二十四架。

　　　　　　　※　　　　　　　　　※　　　　　　　　　※

1937 年 10 月下旬的上海。

持續數十天的淞滬會戰漸入危局，向後方輸送傷患的隊伍源源不絕，如同傳導痛覺的神經網路，將戰火沖天的郊野死地與上海城緊密相連。

楔子

一　橫禍

上海滬江大學校園內，匆匆來往的人們彷彿被壓抑的天空罩上了一層灰色。其中，一群二十歲左右的藝術學院學生身著話劇服裝，披著各式各樣的外套，拾級而上，顯出一股壓抑不住的勃勃生氣，這生氣尤其表現在走在最前面、穿著精緻米色風衣的丁小蝶身上，她身材高挑，精緻的五官兼有東西方的神韻。此刻，手提小提琴琴盒的東方海正被她用力拉著邁步前行，略帶憂鬱的面色使得高大俊朗的他在一行人中十分顯眼。

東方海突然停住了腳步，皺眉望向天邊。「小蝶，你聽聽，聽聽這炮聲……」

緊抓著他右手的丁小蝶也跟著停下，眼睛卻盯著近在眼前的禮堂大門。

「阿海，打仗是軍人的事，你該做的就是陪我排練。我們這次演出《傷逝》，一是紀念魯迅先生，二是……」

沒有等她說完，東方海就掙開了手，不顧丁小蝶投來的不滿目光，轉身面向眾人，大喊一聲：「同學們 ── 」

東方海的聲音與下方廣場上傳來的呼喊聲重疊在一起。學生們紛紛轉身，看著兩輛吉普車與四輛卡車停在禮堂前。第一輛吉普車上跳下來一位戴眼鏡的教務老師，他一邊走來一邊向學生們招手。

── 演出取消了。前線醫院急需支援人員，學校決定派出學生們支援前線。

※　　　　　　　※　　　　　　　※

隨同教務老師前來的有一位上校，是丁小蝶的表哥，名叫田寶山，大她十餘歲，隸屬國軍參謀總部，這次正是他負責前來接學生們去往戰地醫

院。因為他在，東方海與丁小蝶沒有同其他學生一起乘坐卡車，而是坐在吉普車的後排。

吉普車駛過外灘大道，東方海抱著小提琴琴盒，望著車窗外掠過的景色發怔。丁小蝶鼓起臉，探身向前提出抗議：「表哥，我們是唱歌跳舞的，沒學過救護。」

坐在副駕駛的田寶山從後視鏡瞥著東方海，腦海中浮現起這些天一直在戰地醫院忙碌的東方千里教授。那是東方海的父親，滬江大學歷史系學者，學生們敬愛的老師，田寶山也做過他的學生。

「是東方教授的意思，他在擔架隊抬了十幾天傷患，總是唸著顧炎武那句『天下興亡，匹夫有責』。」

聽到是父親的提議，東方海也只驚訝了一瞬。原本他也想要隨父親去前線出力，可是母親擔心他會弄傷拉琴的手，攔了下來。

丁小蝶心有不甘，高聲說著：「表哥，我不落後，也不怕死。紀念演出是學校內定的，子君這個女一號，是我經過三輪競選爭來的……我們不會救護啊！」

田寶山回過頭，向表妹露出一個安撫的笑容，隨即神色變得凝重。

「傷患太多，藥品奇缺，音樂也許能有點兒用……音樂可以慰藉心靈。」

他又想起了東方海的母親戈碧雲，他曾經的音樂老師。儘管那些往日的課堂景象已模糊不清，可他還記得那種感覺。

※　　　　　　※　　　　　　※

一行人抵達由倉庫臨時改建的戰地醫院，外面遍地都是擔架，車也只能停在很遠處。東方海和丁小蝶何曾見過這番景象，一路走來，身處數百名傷患之間，目之所及盡是赤紅的血與黑褐的土，呻吟聲、哭嚎聲、咒罵聲充斥耳際，空氣中的腥臭味刺激著鼻腔，連帶著眼眶中也生理性地泛起淚水。

相距很遠的另一邊，東方千里帶著一支擔架隊趕來，安排著將重傷患

優先抬到倉庫裡。帶頭的是與東方海和丁小蝶一同長大的郭雲生、郭雲鵬兩兄弟，他們抬著一位滿身血汗、難辨人形的國軍上尉一路小跑，迎向倉庫大門一側檢查傷情的醫護人員。

年輕學生們此時正呆站在大門另一側。外面的慘象令人觸目驚心，是因為看得清清楚楚，可倉庫內部的昏暗沉悶為這惡夢般的場景又增添了一絲陰森的氣息。幾千平方米的空間裡塞滿了病床，而且還在不斷地增加床位，只有兩排十幾個燈泡吊在空中，發射出慘澹的光。門內一角約兩百平方米大小的地方被木板隔出一個獨立區域，東方海的目光越過「手術重地、非准莫入」的血紅大字，盯著後面用於手術的無影燈的白光看了片刻，感到更加悚然。

手術區走出兩個醫護人員，他們抬著一個沉重的麻袋，一隻血淋淋的手垂在一側。看到丁小蝶渾然不覺地愣在門口，東方海迅速伸手將她往自己身邊拉，可那隻血手還是重重劃在了丁小蝶身上，風衣上立刻印下幾道血痕。丁小蝶茫然低頭，恰好看到血手晃了幾晃，她驚叫一聲，轉身扶著門邊牆壁向外挪了幾步，彎腰摀嘴乾嘔起來。東方海不作聲地跟在她身後，忍著相似的嘔吐感，伸手輕輕拍打著她的背。

在門內不遠處放下重傷上尉後，郭雲生和郭雲鵬看到了兩人，兄弟倆對視一眼，邁開步子往這邊走來。在他們身後，田寶山拉住為傷患們焦慮的東方千里，低聲說著什麼。就在此時，那位重傷上尉突然咒罵著掏出槍，顫抖著將槍口轉向自己的腦袋。眼尖的田寶山大叫一聲撲過去，槍聲響起，上尉沒了動靜。

田寶山眼睛紅了，大叫道：「快，快！把傷患的槍都收起來！」

擔架隊員與醫護人員在田寶山的帶領下，慌忙四下搜尋著傷患身上的武器。槍聲激起了空氣中瀰漫的不安與煩躁，門外尚未得到救治的輕傷患們開始吵鬧，打罵聲四處響起，情況眼看著變得難以控制。著急的田寶山瞥到東方海手中的琴盒，靈光一閃，衝著東方海喊道：「阿海，琴！拉琴！」

東方海愣了一下，條件反射般躬身將琴盒放在地上打開，取出他心愛

的小提琴。當他一隻手舉起琴弓，另一隻手按上琴弦之時，莫札特的《安魂曲》便自然而然地流淌出來。舒緩的旋律、美麗的音色在這番混亂中是那麼的突兀，以至於充滿了奇妙的穿透力與感染力，才不過兩個樂句，嘈雜聲就開始微弱下來。

　　丁小蝶看著東方海，一旦拉起琴來，他就回到了往日的沉靜，眼睛安寧地微微下垂著，雙手不見一絲顫抖。這樣的他也為丁小蝶心中注入了力量，她張開口，伴著曲子唱起了義大利語歌詞。起初的兩三個音節氣息還不太平穩，但她很快進入了平日的狀態，優美的歌聲與琴音交織，其餘的一切聲響都靜默了。

　　兩人就這樣一個拉著琴一個唱著歌，向倉庫深處，向重傷患之中緩步走去。東方千里、郭家兄弟和人們一起安靜地注視著他們，痛苦、疲憊的面容上有了淡淡的亮色。倉庫外的一塊大石上，站著手持喇叭的田寶山，他向傷痕累累的弟兄們承諾著：「增派的醫護人員和藥品正在途中，請大家耐心等待。」

　　戰爭的慘烈超出了人們的想像，此時此刻，任何微小的希望都將是光芒。

※　　　　　　※　　　　　　※

　　支援演出持續了大半天，田寶山親自開車帶著他們跑遍了前線幾處戰地醫院，最後駛入了上海城內。戰事緊張，為了安全起見，三家的長輩們齊聚公共租界內的田家，等待著孩子們的歸來，也等待著田寶山帶回前線戰況的消息。

　　田夫人娘家是上海灘的坐地戶，有一份價值不菲的嫁妝；這些年丁小蝶的舅舅田富達跟著她父親丁振家在上海經商，又賺得不少財富，追趕時髦，在公共租界置辦了一處豪華別墅。田寶山將吉普車停在房前花園旁時，正逢東方海的家人到達。郭師傅拉著黃包車，車上坐著戈碧雲與十歲的東方丹，東方千里則在一旁走著。

戈碧雲從車上下來，看到兒子，立刻上前拉住他的手看，郭師傅也上前詢問他們在前線是否安好。東方海搖搖頭說沒事。田寶山是軍人，倒還沒什麼，東方海與丁小蝶兩個大學生，衣服上都是血跡與塵土，看著十分狼狽，氣味也令妹妹東方丹直呼腥臭。正當東方千里向田寶山問起國軍對首都南京的打算時，丁小蝶的媽媽田知秋從房裡跑出來，招呼他們進屋。遠處傳來連續的爆炸聲。幾人默然向戰場方向望了片刻，先後進了房門。郭師傅拿起毛巾擦了擦臉，嘆口氣，看著灰濛濛的天，拉著黃包車離開了。

※　　　　　　　　※　　　　　　　　※

東方海在樓上客房洗完澡後，換上了田寶山上學時的衣服。客廳中的談話聲隱約可聞。

「……上海守不住了，早做打算吧……」

那是對東方海來說尚且缺乏真實感的話語。他怔怔地倚在門邊，透過長廊欄杆間的縫隙，看向坐在沙發上的眾人。母親拜託打算出國避難的丁家夫婦帶上他，父親並不樂意。他一整天沒有離手的小提琴琴盒就立在離眾人不遠處的牆邊，那是東方海至今為止的人生象徵，音樂就是他的世界中心。

在他的世界中，還有一個理所當然般始終存在的人。

丁小蝶正從長廊另一側走下樓梯，洗淨了血漬和塵土的她穿著長裙，微笑著接住飛撲過來的東方丹。東方海也振作精神，走出房間。看到兒子，戈碧雲立刻站了起來。

「阿海，你和小蝶跟你丁叔叔、田阿姨先去香港，再到法國，這件事已經定了，誰都不准反悔。」

「遵命，母親大人。」

東方海看出母親最後一句話是對著父親說的，於是搶在父親前面應著。不過東方千里此刻心裡裝的又是另外的憂慮了，他拉著田寶山問起了防守南京的計畫。聽到南京不守了，要直接撤到武漢，他連連搖頭嘆息：

「首都都要丟了，國人都麻木地沉默，真要亡國滅種了！」

然而沒有人跟他有同樣的心情。有人憂心錢財，有人牽掛家人，即使是才近距離接觸過傷患的東方海和丁小蝶，也仍然與憂國憂民的感受距離遙遠。

※　　　　　※　　　　　※

那天，田寶山只吃了一頓飯，就為國軍撤退一事匆匆趕回了南京。

很快，上海、南京相繼淪陷了。整個上海灘，除了租界，到處是日本國旗和日本兵，滬江大學已不復存在。田富達花重金為丁振家夫婦、丁小蝶和東方海弄到了四張去香港的船票，高達一根半金條一張的價格讓東方千里悲嘆了一番國難財。

定下出發日期後，東方海和丁小蝶開始為遠行做準備。一連數日，他們騎著自行車在城區來回奔走。到了出發前一天，東方海陪著丁小蝶去南京路的裁縫店取新做好的旗袍。

那是全上海最好的裁縫店，也是丁小蝶最喜歡去的地方之一。每次定做了新式的衣服，她都一定要拖著東方海去看她試穿，只要他搖搖頭，這件衣服就會立刻被她扔進箱底。當然，東方海從來都是飛快地看上一眼，然後低聲說好看。

他其實不太懂什麼著裝的品味。在他眼裡，丁小蝶怎樣打扮都是好看的，每次他老老實實地道出這個感想後，免不了要受到對方的揶揄。

「人漂亮？還是衣服漂亮？」

「都漂亮。」

這麼說著的東方海就會被丁小蝶用一隻手指點著：「你這人好沒意思！就不能說人更漂亮嗎？算了，不用回答了。」

即便是數落的語氣也掩不住丁小蝶的愉快心情，儘管每當這種時刻，東方海的心中都會生出一種奇怪的迷茫與苦悶。

這樣的日子會永遠持續下去嗎？不用想也知道是不可能的事。那麼，結束的時候，事情又會變成什麼樣呢？

對東方海來說，這些都是並不清晰、一閃即逝的念頭，很快就會從他那盡日裡思索著音樂的腦中消失。

※　　　　　※　　　　　※

丁小蝶先去了東方家，把行李放在那兒。約好次日下午兩點來接東方海一同前往碼頭後，丁小蝶便坐上了回家的車。

丁小蝶的家雖不在租界內，但也處在離租界不遠的繁華地帶，這一帶並沒有受過戰火摧殘，還保持著大上海曾有的神韻。走到家門口時，她很驚訝地看見三個日本兵從她家大門處出來，開著一輛三輪摩托從另一個方向走了。她既納悶又十分不安，趕忙衝向家中，剛進入門廳便聽到了舅舅田富達憤怒的說話聲。

「這是明目張膽逼婚。他還要逼你當漢奸？這王八蛋，太過分了！」

逼婚？漢奸？那只會是潘家父子了。這些天和東方海一起騎著自行車時，丁小蝶就能感覺到那個對自己死纏爛打的大學同學潘夢九，時不時開著車跟在他們後面，比蒼蠅還煩人。一定是仗著親爹，有日本人撐腰，才跑來造次。

「振家，你為什麼要答應把小蝶嫁給……」

聽到母親田知秋這麼說，丁小蝶愣了一下。父親答應了？那應該不會是……

「要我嫁給誰？」

看到女兒衝進來，田知秋指了指小桌上的玫瑰，嘆了口氣。田富達也在一旁搖頭。

「潘清才帶著兒子潘夢九來提親，又許了你爸日中上海商會常務副會長……你爸什麼都答應了。」

丁小蝶又驚又氣，抱起玫瑰朝地上一摔，抬腳就踩，眼淚都湧了出來。「爸！你真忍心把女兒嫁給一個漢奸？」

丁振家無奈地伸手拍了拍桌子。

「都冷靜，我這是緩兵之計。明天去了香港，老漢奸小漢奸找誰結婚？」

原來是假意答應，眾人這才恍然大悟，紛紛稱讚是拖延時間的妙計，只有丁小蝶還在一旁餘怒未消，把一束花踩得粉碎。丁振家將傭人吳媽叫來，吩咐她對香港一事保密，守好房子與潘家周旋。末了，還不忘笑話女兒遇事不夠冷靜、缺乏歷練。

丁小蝶哪裡肯聽，她從小到大都不是一個任人欺負的人。她在心底憤憤地想著，有機會一定要好好收拾潘夢九這個人渣。這個完全沒有自知之明的人，對於她來說連阿海的一根頭髮都比不上。

※　　　　　　　※　　　　　　　※

出發的日子到了。

東方千里和戈碧雲堅持要去南京路給即將遠行的兒子買一塊金質腕錶，妹妹東方丹也吵著要同去，結果留下東方海一個人在家中收拾行李。一切就緒，只需要將幾件臨時加上的衣物疊好，放入箱子的頂層。

東方海疊著衣服，出神地想著一些事情，疊得很慢。馬上就要出發了，也許因為有些緊張，他開始無法確定自己真實的想法。他想要出國學習這一點沒錯，國外的音樂教育是他從小就嚮往的，可是在此時此刻他只是服從安排，並沒能自己做出決定。

在這種時候離開祖國真的好嗎？他想起一起長大的郭家兄弟，他們已經在前線奔走了很多次，哥哥郭雲生可靠而溫和，弟弟郭雲鵬則活潑而頑皮，這兩張熟悉的臉，被戰火洗刷後，竟開始令東方海感到陌生。在朋友走遠的時候，他會不會還在原地踏步呢。

他也清楚東方千里並不贊成。父親這些天總掛在嘴邊的詩書大義，東方海並不覺得聽著厭煩。那種焦躁又沉痛的心情，作為兒子的他也能真切地感受到。

一件衣服從他手中滑落，掉到地上。東方海愣了一下，彎下膝蓋伸長手去拾，撈了個空。他又愣了一下，正打算蹲下來，卻聽到了急迫的敲門聲。

奇怪……這不是家人回來的聲音。一個模糊的不祥預感在東方海腦中浮現，他轉動門把手。郭雲生站在門口，他的臉上是東方海從未見過的表情。在他身後停著一輛座位被血浸透了的黃包車。

　　發生了什麼事情，要去哪裡，那是誰的血，家人都在哪兒……不想問出口，害怕知道答案。可顫抖的聲音又是從誰嘴裡發出來的，是誰在和郭雲生說話？東方海模糊地轉著念頭，明明在被人扶著走路，可他感覺不到自己的雙腿。為什麼要他冷靜點？他明明很冷靜地伸手摸著被血濡溼的座席，彷彿能感到殘留的溫度。

※　　　　　　※　　　　　　※

　　東方海完全沒有注意到郭雲鵬也來了，並且留在了東方家門口，他在等著馬上就會來的丁小蝶，通知她這場大禍，以及東方海去了醫院的消息。

　　東方千里和戈碧雲在錶店遇到了日軍搶劫，遭受槍擊，郭師傅載著他們去醫院，一時驚慌沒顧上，哭鬧的東方丹也被抓走了。

　　趕來接人的丁小蝶和田富達都驚呆了。反應過來後，丁小蝶說什麼也要去醫院找東方海，田富達說要一起去，讓她幫忙勸說東方海先走要緊，東方夫婦的後事，他會代為料理。

　　丁小蝶沒有答應，在她的心裡，也隱隱明白這樣一件事：恐怕一切都將發生不可挽回的改變。

※　　　　　　※　　　　　　※

　　在搶救室外等候的時間究竟很短還是很長？東方海失去了關於時間的概念。當醫生打開門時，他想要逃走的心情達到了頂點。

　　「女的送來就不行了，男的想見見兒子，誰是兒子？」

　　一旁的郭師傅與郭雲生都看向臉色蒼白的東方海。

　　「我。」

015

　　低聲應著，東方海向前邁出了一步，沉默地看著幾個醫護人員從搶救室走出，留下手術臺上已是屍體的戈碧雲和奄奄一息的東方千里。當東方海走進這陰冷的房間，重重地跪在父親和母親身前時，先前昏沉模糊的感覺遠去了，取而代之的是清晰的痛苦和鹹澀的淚水。

　　「爸，媽 —— 我來了 ——」

　　聽到兒子的哭喊聲，東方千里艱難地睜開眼，伸出一隻顫抖的手。

　　「阿海，抓住我……帶著妹妹，去……去延安，延安……」

　　「延安？是延安嗎？」

　　東方海緊緊抓住父親的手，睜大眼睛，生怕聽錯那細若游絲的話語。

　　「你大哥阿明，是……共產黨……六年前到江西……從延安來過信……他說得對，中國的希望是共產黨……」

　　堂兄東方明是共產黨？在延安？為什麼父親從沒說起過？比起這些，對東方海而言最為直接的事實是，父親就要不行了。

　　日軍殘忍地殺死了他的父母，在這之前，日軍已屠殺了無數人的父母、無數人的子女。為什麼沒能早一點兒想到呢？這種事情會發生在任何中國人身上，當然也會發生在他東方海身上。清晰的痛苦逐漸凝結沉澱，在那之上逐漸成形的，是對於日本人侵略暴行的憤怒。

　　「別……別衝動，去延安……找你大哥，別衝動……」

　　彷彿看出東方海眼底深處的情緒變化，東方千里用盡最後一絲力氣捏住他的手，緊接著那一絲氣力便隨著他的生命之火一起燃盡了。

※　　　　　　　※　　　　　　　※

　　對於丁小蝶來說，彷彿感同身受的痛苦從得知消息的那一刻起就無比清晰。她和東方海都在幸福平穩的環境中長大，想做什麼都能做到，想要什麼都能得到。一朝之間失去父母和妹妹，那就是天塌了的事情。此刻的東方海會是多麼痛苦，她幾乎完全感受得到。

　　「阿海，阿海 ——」

儘管心中十分清楚，推開搶救室的門時，她仍是被那從未見過的景象驚呆住了──東方海跪在地上抓著父母的手撕心裂肺地哭嚎，憂心的呼喚聲也堵在了胸口。

　　「日本鬼子太狠了，阿海，你要挺住！你要冷靜，阿海……」

　　跟在丁小蝶身後趕來的田富達看著熟悉的老友已成屍體，語氣沉痛。郭家父子三人也滿臉悲痛站在門口處。

　　東方海不再發出哭嚎聲，他鬆開緊抓住父母的手，靜靜地跪在那裡，衝著眾人，片刻後他乾澀的聲音響起：「田伯伯，小蝶，我沒事，我能挺住。」

　　田富達看了一眼眼中湧出淚水的丁小蝶。

　　「阿海，船就要開了，船票來之不易。你爸媽的後事我來辦，你和小蝶走吧，去歐洲，成為你爸媽希望的藝術家。」

　　不，至少父親不是這麼希望的，東方海已經很明白了。他更加清晰地意識到自己不能走也不想走，他還沒有救回妹妹，他還沒有給父母報仇。

　　「謝謝你們。我妹妹還在日本人的手裡，我走不了。」

　　東方海抬起頭苦笑了一下，看向丁小蝶。她不能留下來，他想。她不該留在這個危險的地方，還有一對漢奸父子盯著她呢。

　　「小蝶，你走吧，走吧。報紙我看到了，潘夢九他爸當了漢奸，你不能留下來。你走吧，我陪陪我爸媽。走吧，你們都走吧。走──」

　　東方海的臉上滿是狼狽的淚漬，眼睛紅腫，目光卻無比堅定，彷彿在燃燒著。

　　丁小蝶捂著嘴哭了起來，不是因為東方海決定留下，這她已經預想到了；也不是因為他狠下心來催促她走，他再凶惡的語氣在此刻都不會令她感到過分。丁小蝶哭得那麼凶，是因為在這樣的時候，東方海還在擔心她被潘夢九糾纏這種微不足道的事。

　　於是在這一刻，丁小蝶也做出了自己的決定。船就要開了，現在她必須做的，就是趕往碼頭，去那裡等著她的父母。

一　橫禍

※　　　　　　　※　　　　　　　※

碼頭上站滿了送行的人。

丁小蝶拎著小帆布箱子，遠遠地就看到父母焦急地站在船邊。急匆匆過了搭橋，上了船，她的視線始終不捨地停留在兩人身上。

準備開船的汽笛聲響起，水手解開了捆搭橋的繩子，搭橋慢慢與船分離。這時，丁小蝶迅速與父母擁抱了一下，緊接著拎起箱子朝碼頭上扔去。

在驚叫聲中，丁小蝶毅然從船邊跳下，回到搭橋上。為了能讓父母順利離開，她只能選擇這麼做。不能把東方海一個人丟在上海，他已經失去了一切，他需要她。儘管捨不得父母，儘管對看不清的未來感到畏懼，丁小蝶還是決定留下。

「小蝶，你知道你在幹什麼嗎？你真是瘋了，瘋了。」

田富達痛心疾首地看著她。船上，田知秋拉著丁振家的衣角嗚嗚地哭著，丁振家忍著眼淚，不停地搖頭：「劫難啊，命定的劫難。」

跑上碼頭，回過身來，丁小蝶擦著眼淚向遠去的輪船大喊著：「爸爸，媽媽，我愛你們，我愛你們！」

※　　　　　　　※　　　　　　　※

田富達帶著丁小蝶回到田家時，發現潘夢九正帶人守在田家門口，等著丁小蝶去看訂婚戒指。即使被丁小蝶厲聲拒絕，潘夢九還是厚著臉皮賠著笑，說要找她父母來勸說。田富達趕忙推說丁家夫婦去了杭州，保證幫忙說服小蝶，才把潘夢九支走。

丁小蝶一時半刻無法離開上海，潘家會是個大麻煩，背後還有日本人的勢力，田富達越想越擔心，他要求丁小蝶必須住在位於租界內、相對安全的田家，並且在幫助東方海處理完葬禮事宜後，盡快趕去香港，在離開前，絕不能激怒潘家。丁小蝶一一答應。

另一邊，在準備葬禮的過程中，在事發地附近尋找東方丹直到放棄希

望時，郭家父子都不得不時刻跟在東方海身邊。因為他一看到日軍，便會呼吸加重，雙手緊握成拳，想要做些什麼簡直一目了然。這時他們只能勸說他冷靜下來，並且用力將他拉走。

※　　　　　※　　　　　※

幾天後，葬禮在郊區墓地舉行。

東方海穿著孝衣，抱著父母的遺像。在他身後，郭雲生、郭雲鵬等人抬著兩具棺木，腰上纏著白布，郭師傅、吳媽以及一些鄰居學生們手拿著白色紙花跟在後面。除了沉重的腳步聲和學生壓抑的抽泣聲，送葬的隊伍再沒有其他聲音。

棺材緩緩落入挖好的墓坑，眾人將手中的白色紙花一齊投入墓坑中，黑漆的棺材上落了一層白。郭雲鵬接過東方海手中的遺像，郭雲生則將一把纏著白布的鐵鍬遞給東方海。東方海鏟了一鍬土，遲遲不肯放下，他的面部肌肉顫抖著，眼淚不停流下，終於，他把土撒向棺材。

隨著土粒撞擊棺材的聲音響起，學生們紛紛向尊敬的老師告別，哭聲響成一片。郭雲生從東方海顫抖的手中拿走鐵鍬，與其他人一起往墓坑裡填土。

東方海兩眼盯著墓坑，一直在抽泣，穿著一身黑衣的丁小蝶走到他身旁，擦著眼淚將小提琴琴盒遞給他。

看到琴盒，東方海愣了一下，抬起頭，他與丁小蝶淚眼相對。

「你……你沒走？」

丁小蝶搖了搖頭：「我想陪著你，送伯父伯母最後一程。阿海，給伯父伯母聽聽你的琴聲吧。」

東方海顫抖地打開琴盒，拿出小提琴，拉起莫札特的《迴旋曲》。他專注地演奏著，臉上寫滿悲痛，丁小蝶悲傷的目光始終傾注在他身上。

墳墓填好，墓碑立起，東方千里與戈碧雲的遺像彷彿在石碑上與眾人一同注視著東方海的演奏。

一　橫禍

琴聲戛然而止，東方海跪在父母墓前。

「爸、媽，我一定要為你們報仇！為丹丹報仇！」

站在墓前的人們都不由自主地緊握雙拳。

※　　　　　※　　　　　※

讓丁小蝶又驚又怒的是，潘夢九居然也來到葬禮現場，明知道東方夫婦死於日軍槍下，還敢在東方夫婦墓前獻花。丁小蝶走過去把花扔得遠遠的，田富達害怕激怒潘家，慌忙過來阻攔。

「謝謝大家來參加我父母的葬禮。」

這時，東方海站起身，鞠了個躬，拿著小提琴和琴盒走了。丁小蝶隨之離開，潘夢九想要跟上去，被郭雲生和郭雲鵬攔住，不甘的目光一直盯著丁小蝶的身影。他來參加葬禮，除了想見丁小蝶，也是為了給他的漢奸父親做眼線。

潘清才得知丁家夫婦沒有出席東方家的葬禮，起了疑心，命人去查丁氏企業的資金流動，又提醒兒子多帶人手盯緊丁小蝶。

※　　　　　※　　　　　※

丁小蝶此刻正在東方家中。市區幾乎滿大街都是日軍，遠沒有位於租界的田家安全。可東方海卻對丁小蝶提出搬去田家住的要求充耳不聞，只是怔怔地注視著桌上父母的遺像。見他這副模樣，丁小蝶只好放著他不管，先與郭雲生一同收拾起搬家的行李。

把箱子裝好放在一起後，丁小蝶想要拿起遺像，伸出的手卻被東方海擋開。

「別動！」

東方海的聲音壓得很低，有些駭人。丁小蝶不禁生起氣來。

「阿海，你還要鬧多久！你今天必須跟我去租界。」

東方海看了看手中緊緊捏著的布偶，那是妹妹最喜歡的一隻。

「我不去，我要等丹丹回家。」

「丹丹都十歲了，她要能回來，早就——」

話說到一半，丁小蝶看到東方海眼裡的淚，瞬間就後悔了。她輕輕握住東方海的手，話語聲變得柔和。「阿海，我理解你的感受，現在這個家最重要的是你，你不能再出事了。」

「阿海少爺，小蝶小姐說得對，現在最重要的是你的安全。」

郭雲生也在一旁點頭。儘管他說會讓自己青幫中的弟兄去日本人那兒打聽東方丹的下落，但東方海仍堅持要留在家中。當聽到丁小蝶擔憂地說到街上的日軍時，他反倒露出了一絲怪異的神情。

「鬼子要是來了，正好……太好……」

這副樣子令丁小蝶嚇了一跳，她很快反應過來，急得直跺腳，一定要把他帶走。看到兩邊態度都十分堅決，再僵持下去只怕要大吵起來，郭雲生趕忙安撫丁小蝶，讓她先隨郭雲鵬一起回到田家，而他陪伴東方海暫時待在東方家。

※　　　　　　※　　　　　　※

郭雲鵬正是田富達差去通知丁小蝶回家來應付潘夢九的。看到丁小蝶沒能將東方海帶回來，田富達反倒鬆了口氣，丁家的資金還未轉移完畢，要是讓潘夢九看見東方海也住在這裡，又是一個麻煩。

因為答應了田富達在去路平安確定前不與潘家鬧翻，丁小蝶儘管十分不願意看見潘夢九，也只好假意收下他送來的玫瑰花，又以考驗他的真心為由，差使他親自去城隍廟買蟹黃包子。潘夢九只當是丁小蝶終於願意接受他的心意，什麼要求都只管照做。丁小蝶可一點兒沒客氣，轉身就喊上郭家兄弟，拎著潘夢九大老遠買回來的蟹黃包子，匆匆跑去了東方家。

※　　　　　　※　　　　　　※

在這期間，東方海內心經歷了一番怎樣的煎熬，他的朋友們是無從想

像的。葬禮舉辦之前，至少還可以將精神集中在準備葬禮之上，眼前有個事情懸著，悲憤和痛苦也都可以短暫地封存起來。

現在葬禮結束了，東方海不吃不喝，在家裡來回踱步到天色完全落黑，心中積壓的情緒彷彿快要爆炸。每當外面傳來大喇叭播出的日本歌曲，由遠到近又變遠時，他都不由得搗住耳朵，站在父母的遺像前微微發抖。在他那顆從沒有過什麼複雜想法的心中，父母的死亡、妹妹的失聯就是他的責任，現在他必須做些什麼來彌補，來使錯位了的一切得到妥善的安置。

下定決心後，東方海大步走進廚房，打開櫥櫃，拉開抽屜，四處尋找，最終找到一把剔骨用的尖刀，他又找出一塊抹布纏在刀刃上，將它塞入褲子口袋。走進客廳，他拿起郭雲生離開時留在衣帽架上的鴨舌帽，戴上，出了門。

※　　　　　　　※　　　　　　　※

只差了幾分鐘的時間，丁小蝶和郭家兄弟便帶著食物趕到了，三人找遍了樓上樓下，也沒看到東方海的身影，郭雲生觀察著遺像前冒煙的香。

「他沒走多遠。」

「他去哪兒了？難道是找日本人報仇去了？」丁小蝶喃喃說著，臉色變得很難看。

「不會那麼傻吧？」

郭雲鵬瞪大了雙眼，丁小蝶急得直搖頭。

「他就是那麼傻！你們也和他一起長大，這麼些年，他哪天不是讀書練琴、練琴讀書，可這幾天，除了在墓地，他摸過琴嗎？他已經魔怔了，一心只想給父母報仇。他要是叫鬼子打死了，我……我也不活了！」說著，丁小蝶就要衝出門去，郭雲鵬死死拉住她。「小姐，要拚命也是我去，你不能出去！」

郭雲生也攔在門前。「阿海少爺也許只是出去走走，小姐，你和雲鵬

留在這兒，我去找找看。」

丁小蝶反手拉住郭雲鵬，懇求地看著兩人：「留在這兒我會發瘋的，我們一起去找。」

兄弟倆對望一眼，一齊點了點頭。

※　　　　　　　※　　　　　　　※

東方海不知不覺走到了一條商業街上。路燈昏黃，大部分商店都關著門，只有幾處日本人經營的店鋪還開著。其中一家日本酒館很是熱鬧，門口點了幾盞光線刺眼的燈籠，內裡燈火通明，傳出刺耳的喝酒談笑聲與留聲機播放的歌曲聲。

東方海躲在暗處的巷口，死死地盯著店門。他還沒有失去理智到孤身闖入店中，他在等待機會。

一個日軍獨自從酒館出來，手裡拎著一隻酒瓶，喝得醉醺醺的樣子。他站在門邊喝了一口酒，說了句什麼，說完看了看四周，哈哈笑了兩聲，又將同一句話大聲重複了好幾遍，一邊說一邊朝一條弄堂走去。

東方海聽不懂那句「天皇萬歲」，但知道那一定不是什麼好話。他從口袋中掏出尖刀，跟了上去。日軍在一根電線桿處停下，東方海厭惡地皺了皺眉頭，他還不想在對方一邊隨地小便一邊喝酒時動手，就這樣，他認為等到合適的時機時，迅速跑過去，把刀子朝著日軍捅去。

但他忘了將纏在刀刃上的抹布解下，刀子沒能扎傷日軍，只是扎出一通哇哇亂叫。東方海躲過砸來的酒瓶，慌忙要解開抹布，卻被撲過來的日軍打掉了刀子，兩人廝打在一處。沒有經過格鬥訓練的東方海不是對手，很快被扼住了脖子，呼吸困難地掙扎起來。

就在這時，郭雲生先趕到，用他手中的磚頭砸暈了日軍。驚慌失色的丁小蝶和郭雲鵬跟在後面跑來，一左一右扶起東方海，緊張地看他有沒有事。東方海只是喘著氣，滿地尋找弄掉的刀子，殺死日軍的念頭並沒有遠去。

一　橫禍

　　街道另一邊傳來口哨和警笛聲。郭雲生向郭雲鵬使個眼色，兩人架起東方海就跑，丁小蝶疾步跟在後面。在他們身後，槍聲凌亂地響起。

二　復仇

夜色籠罩下的弄堂口，跑出四個人影，不遠處的槍聲已停歇。

郭雲鵬引路，東方海和丁小蝶在中間，郭雲生斷後，四人跳上了停在路旁的車。確保後面沒有人跟著後，他們開車回到了東方家。這一次東方海不再執拗，由著郭家兄弟將行李都搬上車，自己也被丁小蝶拉上了車。郭雲生開動車子，向著位於租界的田家出發。

後排，丁小蝶拉起東方海的手，在昏暗的光線中睜大雙眼細細看著。

「你的手可不能受傷啊，阿海，你怎麼這麼傻，鬼子的手是訓練來殺人的，你的手是訓練來拉琴的，是用琴聲來慰藉人的心靈的 ── 」

東方海生硬地把手抽出來，看著窗外掠過的昏暗街區，聲音乾澀：「我以後就要用我這雙手殺人！」

丁小蝶瞪著他看了一會兒，將放在兩人身旁的遺像拿到手中，揭開上面覆蓋著的白布，遞給東方海：「你問問伯父伯母，他們真的希望你給他們報仇嗎？」

車子駛入租界，路燈的光從車窗照進來，落在戈碧雲微笑的臉上。看到母親的面容，東方海再也忍不住，失聲痛哭起來。

到了田家，丁小蝶先拉著東方海走進客廳。之前只說是去送個飯，沒想到會去這麼久，田富達與田夫人正擔憂地等在那裡，看到兩人平安無事都鬆了口氣。趁郭家兄弟搬下行李、田夫人吩咐傭人劉媽準備飯菜的工夫，丁小蝶推著東方海去樓上客房，換下與日軍搏鬥時弄得又髒又破的衣服。在這途中，東方海只是木然地朝田富達點了點頭。

「這還是阿海嗎？我看就像變了一個人……可憐的孩子。」田夫人正搖頭嘆息，郭雲生和郭雲鵬一起走了進來。田富達招呼著兩人：「你們也吃過

飯再回家吧。雲生，是不是出了什麼事？」

郭雲生有些顧慮地遲疑了一下，郭雲鵬卻脫口而出：「阿海少爺要殺一個鬼子，差點叫鬼子弄死了。」

田富達震驚地站了起來。

樓上的客房中，東方海木然地打量了一下房間布置，將一直抱在懷裡的遺像放在床頭，白布已經重新蓋好，他也沒有去動。

「換件衣服，下去吃飯吧。」丁小蝶拿來一身衣服放到床上。

「我不想吃。」

「東方海，你到底想幹什麼！想殺日本人，你有力氣嗎？今天要不是雲生和雲鵬，你早見你爸媽去了！」

丁小蝶氣鼓鼓地離開了。她的話總算在東方海心頭產生了些許重量，沒錯，不能麻木地消沉下去。即使要去見九泉之下的父母，也必須殺掉幾個日本兵才行。這麼想著，東方海抓起了衣服。

※　　　　　　　※　　　　　　　※

東方海再回到客廳時，所有人都在那裡等著他。幾個年輕人簡單地吃了些熱好的飯菜，劉媽端上來餐後水果。田富達清了清嗓子：「阿海，今天晚上的事，我都知道了。我能理解你的心情，但你不能這麼衝動。我正在想辦法弄新的船票，一旦到手，你和小蝶馬上去香港。」

「我不走，讓小蝶去吧。殺父殺母之仇不報，我絕不離開上海。」東方海低著頭，很堅決地說道。一旁的丁小蝶不悅地哼了一聲：「我要是能一個人走，幾天前就和我爸爸媽媽一起走了。」

東方海並不打算改變想法，卻又感到一絲愧疚，只好沉默。郭雲鵬與郭雲生對視一眼，忙拿了兩個橘子放到東方海和丁小蝶面前。田富達打破了沉默：「阿海，這是戰爭，幾十萬國軍都阻止不了日本人，你怎麼去報仇？」

「是啊，阿海，我最愛聽你拉琴，不想看見你的手沾上血。你寶山哥正在前線，我讓他多殺幾個鬼子，讓他幫你報仇。」田夫人也跟著勸說。

東方海卻搖了搖頭，道：「寶山哥是軍人，他報的是國家的仇，可東方家的仇我要親手來報。叔叔、阿姨，謝謝你們收留我。」說罷，他站起身，向田富達和田夫人鞠了一躬，朝樓上走去。丁小蝶起身追了過去，留下客廳中的四人面面相覷。田富達搖頭嘆氣，叮囑郭家兄弟最近不要再做別的營生，專門看好東方海。

※　　　　　　　※　　　　　　　※

對東方海來說，待在田家與留在自己家並沒有什麼不同，他已是孤身一人，滿心想要變強，又有滿心的苦悶無處發洩。他獨自來到田家花園中，紮起馬步，一掌一掌用力擊打著樹幹。

丁小蝶好不容易找到他，看到這一幕，連忙跑了過來，拽住他的胳膊。東方海用力掙脫，繼續拍打著樹幹，丁小蝶急得直轉圈，不停地罵著日本人。這時劉媽跑了過來，看起來十分慌張。

「小姐，潘家來人了，潘少爺那漢奸爸爸臉拉得老長，眼裡直冒火，老爺讓你快過去。」

東方海立刻停下了動作，說：「我陪你去。」

「你別去，我能應付。」

這個滿腦子都是報仇的呆子這時候還能有點兒反應，丁小蝶半是欣喜半是無奈地擺了擺手，轉身招呼著剛到田家門口的郭家兄弟：「雲生雲鵬，你們陪著阿海，我去收拾那對漢奸父子。」

「你行嗎？」

面對郭雲鵬猶疑的眼神，丁小蝶嫣然一笑，道：「論嘴上功夫，我幾時輸過啊？」

※　　　　　　　※　　　　　　　※

丁小蝶朝客廳走去，遠遠看見潘夢九抱著一大束玫瑰花坐在那兒，向著這邊張望，她趕忙找了個不會被發覺的暗角，放慢腳步聽著屋內的談話。

潘清才正將一張報紙拍在田富達面前，是一份香港報紙，上面刊登的報導裡有一張丁振家夫婦的照片。在潘清才的質問下，田富達佯裝驚訝，好像剛發現自己的姐姐和姐夫去了香港似的。潘清才拍著桌子，唾沫橫飛：

「……大日本帝國的武力是不可阻擋的，大東亞共榮圈終究會席捲整個亞洲。你以為這公共租界安全嗎？你以為香港安全嗎？告訴丁振家，識相的話，快點帶著他的資產回上海，好好和日本皇軍合作──」

丁小蝶找準時機，大步走進了客廳。

「潘會長，你現在在幹什麼？原來你不是想為你兒子找個媳婦，你是盯上了我家的財產啊！潘夢九，你口口聲聲說喜歡我，原來是在騙我。」

這番對策果然奏效，潘夢九急得站起來跑到丁小蝶面前，又是發誓又是央求爸爸幫他證明，氣得潘清才狠狠地瞪了他一眼，讓他閉嘴。

丁小蝶忍著笑意，朗聲說道：「潘會長，你們大人之間的算計我不管，我丁小蝶一定要嫁給一個真心愛我的人。潘夢九，我還沒有看到你的真心呢。」說著，丁小蝶伸出手，潘夢九慌忙把手中的花遞過去，跟在接過花要回房間的丁小蝶身後。丁小蝶扭頭瞪了他一眼，他便乖乖停下腳步。見此情景，潘清才不由得長出一口氣，恨鐵不成鋼地看著兒子。

※　　　　　　※　　　　　　※

花園裡，東方海神色焦急地盯著丁小蝶離開的方向，郭雲生站到他身邊。「阿海少爺，是不是親手殺死幾個日本鬼子，你就會和小蝶小姐一起離開上海？」東方海轉過頭看向他，從眼神中看出他是認真在問。

「三個，我至少要殺死三個鬼子，才會離開。」

郭雲生點了點頭：「那好。我們不能赤手空拳去幹，我和幫裡的大哥約個時間，看看能不能弄到武器。」

「買武器需要多少錢你說，我把房子賣了。」

這時，田富達陪著潘家父子出來了，丁小蝶也跟在他們身後。一看到院子裡的東方海和郭家兄弟，她就跑了過去。潘夢九眼睛看著和東方海他

們有說有笑的丁小蝶，腳下一絆，差點摔倒，一旁的潘清才伸手扶了一把，目光陰沉。

潘清才看出來了，丁家的女兒眼裡只有東方教授家的兒子，身邊又有郭家兩個守護神擋著，自家兒子根本無法靠近。他打算找個機會，像捏死螞蟻一樣弄死這三個擋路的年輕人。

※　　　　　※　　　　　※

郭雲生很快和青幫那邊聯繫好了，約在石庫門一家地下賭場會面，他和郭雲鵬帶著東方海剛走出幾步路，就被有所察覺的丁小蝶追上。從潘家父子離開時起她就覺得哪裡不對，好像東方海正在期待著什麼。

「你們去哪兒？」丁小蝶攔在三人身前。郭雲生平穩而迅速地答道：「去我家，我媽想見見阿海少爺。」

她看向不動聲色的郭雲生，又看向移開了視線的東方海，最後看著郭雲鵬。

「雲鵬，你從來不說謊，告訴我，你們到底是去幹什麼？」

郭雲鵬躊躇了一下，無奈地坦白了：「我們……我們去見青幫的余大哥，看能不能幫阿海少爺找到殺鬼子的方法。」

最大的擔憂得到了證實，丁小蝶眼前一黑。

「什麼？你們要去找青幫？東方海，你是不是瘋了！」

「一夜之間國破家亡，失去了所有的親人，不做點什麼，我才會發瘋。雲生、雲鵬，我們走。」東方海步履決絕，郭雲生向丁小蝶抱歉地點了點頭，也跟著走了。

郭雲鵬走出兩步，又折回來，認真地向丁小蝶保證：「小姐，你回去吧，放心，我和我哥會保護阿海少爺的。」

丁小蝶看著三個人的背影，呆站在原地喃喃低語著：「阿海，我不是你的親人嗎？為了你，我離開了從未分別過的父母。你怎麼就不懂我的心呢……」

　　　　　　　　※　　　　　　　　※　　　　　　　　※

　　進入地下賭場後，東方海內心生出一種怪誕的感覺。這裡很熱鬧，原來這種地方在這等時候還是這麼熱鬧。如果只是待在這兒，誰會想到外面的城市已經淪陷，這裡的人們也都要向侵略者低下頭顱？

　　穿過人群，他們來到最裡面的一間辦公室。郭雲生所說的青幫大哥余習武身著黑色對襟緞子襖，坐在一把太師椅上，身後站著四個手下，正放出一筆高利貸。看到東方海一行人，他點了點頭。東方海說明了此行的來意，驚得余習武直接站了起來。

　　「你要殺鬼子？」

　　郭雲生在一旁解釋著：「阿海的父母叫鬼子殺害了。」

　　「殺父之仇，是該報。不過這個忙，我幫不上。」余習武抬手止住了郭雲生的話頭，「阿生，我是答應過你，滿足你一個要求，可我不能壞了幫裡的規矩。這樣吧，我把外面場子三天的抽成給你，你送這位東方少爺去香港，去國外都行，離開上海，時間長了，仇恨就淡了。」

　　東方海搖搖頭，道：「我不會忘的，我這心裡的恨，一天比一天更深。余老闆，我不用你的人，你賣炸藥給我吧，賣槍給我吧。我有錢。」他從口袋裡掏出一把法幣拍在桌上，卻被余習武推了回來。

　　「快把錢收起來，阿生，帶這位東方少爺走。」

　　郭雲鵬一拍桌子，道：「余習武，我一直敬你是一條好漢，你就那麼怕日本人？」

　　「我不為自己想，也得為手下幾十個兄弟想啊。阿鵬，你朝我吹鬍子瞪眼也沒用。我不會做漢奸，但我也不會惹日本人。」余習武話已經說得很明白，三人只好離開。

　　　　　　　　※　　　　　　　　※　　　　　　　　※

　　回去的路上，沉悶的氣氛籠罩著失落的三人。

「阿海少爺，我 ——」

東方海向滿臉歉意的郭雲生搖了搖頭，道：「沒關係。我自己的仇，本來就該我自己報。」說著，他從腰帶上解下一個刀鞘，拔出一把匕首。「怎麼樣，很鋒利吧？」

郭雲鵬握緊拳頭，說：「阿海少爺，明天開始，我教你練武！」

「好。」東方海點頭，一旁的郭雲生也點點頭。「雖然余習武不肯幫我們，青幫裡還有幾個要好的兄弟，改天我把他們召集起來，看看有沒有辦法。」

※　　　　　　※　　　　　　※

丁小蝶一直在等他們回來。她在屋子前走來走去，始終看著大門的方向。好不容易看到了東方海的身影，她向前跑了幾步，卻又退了回來。這一切東方海並沒有看到，他看到丁小蝶時有些驚訝：「你還沒休息？」

丁小蝶白了他一眼，道：「你不回來，我能安心休息？怎麼樣，青幫的人幫你報仇了？」

東方海搖搖頭，道：「他們不願意惹日本人。」

「青幫也變成縮頭烏龜了？哼，他們不幫你，是他們沒眼光，放心，我來幫你。」看出東方海的失落，丁小蝶故作爽朗地說著。沒想到對面的人卻皺起眉，認真地看了回來。

「小蝶，你還是盡快去香港吧。潘夢九天天來煩你，潘清才又想利用你得到丁家的公司。你父母在等著你。」

他果然還是什麼都不明白。丁小蝶覺得胸口很煩悶，她跺了跺腳。

「是啊，我的親人都在香港等著我，我為什麼要賴在這破上海！」

看著她氣呼呼地進了屋子，東方海在原地站了一會兒，轉身去了花園。

※　　　　　　※　　　　　　※

時間靜靜流逝，心神不定的眾人迎來了新年。整個上海完全沒了往年

的熱鬧氣氛，鞭炮聲稀稀拉拉，對聯也貼得有一戶沒一戶。除夕這天，東方海回到了家中，徘徊著，往昔與家人共同度過的一幕幕湧上心頭，他甚至能循著記憶描摹出家人此時在屋子四處忙碌的身影。

抹著臉上的淚水，他發覺周圍的幻影靜止，父親、母親、妹妹，他們都停下手裡的事，轉過臉面向他，目光之中滿是悲傷。東方海怔怔地站著，不知家人想要傳達些什麼。這時，東方丹的影子走動了起來，她停在小提琴琴盒旁邊，用期待的目光看著哥哥。

東方海上一次拉琴還是在葬禮中，他都沒有意識到自己已經許久沒拿起琴弓拉動琴弦了。他從未這麼久不拉琴，但也並不覺得有多懷念，拉琴對現在的自己來說有什麼用處呢？儘管心中懷著否定的答案，東方海仍是無法拒絕家人們的目光。

琴聲響起，穿過牆壁，消散在寒風中。

今年的串親也不比往年，田家雖然掛上了喜慶的紅燈籠，偌大的房子裡卻只有田富達夫妻、丁小蝶與東方海四個人，顯得很冷清。好在郭家兄弟帶著父母前來拜年，午飯總算能湊上一大桌。

趁兩家長輩寒暄的時候，郭雲生將東方海拉到一邊。他已聯絡好了三個青幫的兄弟，弄到了槍枝，約定兩天內在郭家父母正暫住看守的丁宅碰頭。復仇計畫有了實際進展，東方海十分欣喜。他們不知道，青幫中布有潘家的眼線，掌握了他們行動的潘清才已設下惡毒的陷阱，一場災厄即將降臨。

※　　　　　　　※　　　　　　　※

在約定的時間，丁小蝶恰好與同學看電影去了。東方海來到丁家時，郭雲鵬正在廚房幫吳媽包包子，郭師傅還在外拉車掙錢。過了一會兒，郭雲生接回三個青幫弟兄，幾人聚在庭院中，商量著以石庫門一家日本酒館為目標。

事情就發生在短短的幾十秒之間。先是推開門喊著鬼子來了的郭師傅被亂槍射死，接著青幫的三個年輕人被掃射倒地，東方海和郭雲生躲入廚房，為了掩護一雙兒子和東方海從廚房後門逃出，吳媽也中槍身死。

三人回過神來時，已被趕到後院處的余習武和幾個青幫弟兄救下，一行人將他們強行帶去了石庫門的地下賭場。郭雲鵬一路上都在掙扎，即使被攔在辦公室裡，還一次次地往外衝，哭喊著要回去救他中槍的父母。郭雲生心中明白父母已無生還希望，只是木然坐在那裡。

東方海坐在郭雲生身邊，不知怎的突然想起曾在大學校園中聽過的課，是哲學還是心理學呢，他想不起來，只是依稀記得有一套什麼理論，說人在經受巨大的痛苦時，若是能在身旁見到遭遇相似的人，便會感到有人陪伴他一同承受，苦楚將得到緩解。真是胡扯的理論，東方海木然地想著。如今郭家兄弟不是同他一樣失去了父母，沒有了家嗎？可這種淒慘的境況又能緩解什麼？只不過是加倍的痛苦罷了。

※　　　　　　　※　　　　　　　※

不知過了多久，余習武帶著幾個人回來了。為了不讓日本人以清理抗日分子的名義將屍首拿去示眾，他們將郭師傅與吳媽葬在一起，並做好了記號。

「謝謝你，余大哥。」郭雲生站起來，余習武搖了搖頭。

「青幫中出了叛徒，兄弟，是我對不住你們。阿生，你們也很危險，潘清才把你們列入抗日分子名單 ——」

一直在門邊掙扎著要出去的郭雲鵬轉身回來，抱住郭雲生大哭道：「哥，我要報仇！我要去殺鬼子，阿海少爺，咱們一起去殺鬼子 ——」

余習武一拍桌子，怒道：「夠了！想殺鬼子，到戰場上去。你們在上海已經不安全了，說吧，是主動離開，還是我把你們捆起來綁起來送出去？」

東方海站了起來，他的心中突然被一個念頭點亮了。

「我們走，我們離開上海。雲生、雲鵬，我準備上戰場了，你們呢？」

「我也要上戰場去報仇。」郭雲鵬抹著眼淚，用力地點頭，郭雲生轉向余習武。「余大哥，小蝶小姐被漢奸潘家逼婚，你能想辦法幫她和我們一起離開上海嗎？」

　　余習武果斷地答應下來：「你們回去收拾東西，過些天我都布置好了，就去找你們。」

　　於是，在失去一切的年輕人面前，全新的道路鋪展開來。

※　　　　　　※　　　　　　※

　　東方海並不是那種會因為等待而擱置行動的人。他明白，自己踏上戰場的日子早晚將會到來，為家人報仇的心願也必將在未來的某處達成。但這並不意味著他能夠對此刻在上海街頭橫行的日軍視而不見。擦身而過時忍氣吞聲，恨恨地在心中想著「等著瞧吧」——他還做不到，也並不想這樣。所以當看到三個喝醉的日軍追趕著一位驚慌無助的年輕姑娘時，他毫不猶豫地掏出一直帶在身上的匕首，跟了過去。

　　不過東方海還沒動手，從弄堂另一頭狂奔而來的郭家兄弟就用刀把三個日軍都刺死了。救下了人是好事，可這一次他仍未能抓住機會宣洩心頭鬱積的憤怒。他感到遺憾，彷彿這三個日軍若是他動手殺掉的，事情就真的會有什麼不同。

※　　　　　　※　　　　　　※

　　三人回到田家，將發生的事與離開上海的決定告知田富達。驚聞郭師傅與吳媽的死訊，田富達跌坐在沙發上。得知他們剛殺了三個日軍，他也明白事態已發展到了非走不可的地步。在潘家的監視之下，從上海去香港實在很難，不如先離開上海，找到田寶山後，再行計議。有了青幫的暗中協助，要擺脫潘家會方便些。

　　這時潘清才收到三男一女殺死日軍的消息，便帶著一隊日軍闖入租界，出現在田家門外。田富達一邊打電話聯繫有交情的英方朋友，一邊命田夫人引領一行人躲入書房的地下密室。

　　丁小蝶走出幾步停了下來，潘家也算是因她而來，要想應對眼下的危機，她必須留下。心中有所計畫，她與眾人分開，直奔樓上的臥室。

　　　　※　　　　　　※　　　　　　　※

　　光是田家的客廳，就湧入了十幾個日本兵，及時趕回的田夫人看見日軍手中的槍，畏懼地緊靠田富達站著。隊伍的最後，潘清才帶著潘夢九走了進來。田富達請他們就座，裝作不知潘家此行的原因：「潘會長，你這麼大陣仗，莫非是帶著人來搶小蝶？」

　　潘清才冷哼一聲：「潘某在上海灘也算個人物，用不著搶親這種手段。我帶皇軍過來，是因為剛發生一起殺死三位皇軍的嚴重抗日事件。有人舉報，作案的三男一女，就藏在你家裡。」

　　「潘會長，這個罪名太大了，田某承受不起。讓你的眼線說說，小蝶這兩天有什麼可疑行蹤沒有。」

　　田富達故作鎮定地覷了一眼天天來田家的潘夢九。果然，潘夢九困惑地扭頭看著潘清才，說：「爸，小蝶去過哪兒我都知道，你弄錯了吧？」

　　門口傳來吵吵嚷嚷的聲音，田富達的英國朋友約翰帶著兩個印度巡捕進入客廳。看見屋子裡的一群日軍，印度巡捕忙把手裡拿著的槍裝好。田富達站起來迎向約翰。

　　「約翰先生，請坐。你來得正好，我不明白在公共租界內，為什麼會有日本軍隊包圍家門的情況發生。」

　　「三個日本皇軍在石庫門被刺殺，有線索表明凶手躲進租界這棟房子裡。約翰先生，我們進租界辦案子，不可以嗎？」

　　聽了潘清才的解釋，約翰看著田富達搖搖頭，又聳了聳肩。

　　「田先生，讓他們搜搜吧。你沒藏抗日分子，怕什麼？你的臉色不好，嚇成這樣，是不應該的。」

　　「搜！」潘清才揚起一隻手。

　　「慢著！」在這千鈞一髮之刻，丁小蝶從樓梯上走了下來。她換上了一身鮮豔的紅衣服，黑色的長髮披散下來，還化了妝，塗著口紅，手中握著一把匕首。潘夢九看見這樣的丁小蝶，眼睛都直了，不由自主地站了起來。

「潘會長，你想搶人就明說，何必編出這麼蹩腳的理由。」

潘清才冷笑道：「丁小蝶，我說的是不是事實，你自己很清楚。搜搜就知道了，你清楚藏了幾個人。」

丁小蝶拿匕首對準自己的脖子，潘夢九驚叫一聲。

「潘夢九，你這個窩囊廢，讓你爸用這麼卑鄙的手段來逼我，你還是不是個男人？」

看到潘清才仍執意要搜，潘夢九拔出一個保鏢的槍，對準自己的太陽穴，道：「爸爸，你要是再逼小蝶，我先死給你看！」

田富達眼見局面變化，趕忙抓住機會對潘清才叫道：「別再逼兩個孩子了。我答應你，五天後給小蝶和潘公子舉行婚禮，等婚禮過後，我會說服姐夫回上海，把丁氏企業交給小蝶和潘公子。」

潘清才瞇起了眼睛，看向樓梯上的丁小蝶。田富達也轉向她，使著眼色。「小蝶，潘公子為了你，連命都不要了，他對你是真心的，你就答應這門婚事吧。」

丁小蝶穩穩地舉著匕首，直盯著潘夢九，道：「我要在和平飯店舉行婚禮。要最漂亮的婚紗、最大的鑽戒，至少三套禮服。婚禮現場要一萬朵香水玫瑰，還要最紅的歌星來現場表演。現在，我想請你表現出最基本的誠意，讓你爸爸把這些日軍撤走。」

「都依你，都依你。」

看到潘夢九投來懇求的目光，潘清才搖頭嘆氣，他揮了揮手，十幾個日本兵列隊出去了。

「我怎麼生了你這麼個兒子！」

見丁小蝶放下了匕首，潘夢九也放下了槍。潘家父子離開後，約翰一行也走了。總算度過了這個緊要關頭，田富達與田夫人都心有餘悸地坐下緩著氣。丁小蝶跑下樓，去密室把三個人帶了出來。

面對鞠躬道歉的郭雲生與鞠躬道謝的東方海，田富達擺了擺手道：「是

小蝶拿命換了你們三條命。你們必須盡快離開了，我來想辦法，誰都不許擅自行動。」

四人拚命點頭。

※　　　　　　※　　　　　　※

有了青幫的接應，田富達的計畫進行得很順利。明面上，他在約翰的幫助下以四根金條的高價弄到了一張去往香港的船票，並且將消息透露給了潘清才，暗地裡則早已將丁小蝶一行四人送到了青幫處。開船當天，田富達僱了幾個年輕人扮成一樣的裝束，分為幾隊趕往碼頭，在潘家忙著跟蹤追查這設下障眼法的隊伍時，東方海一行人已平安來到另一處碼頭，等候登上往蘇南方向去的船。

丁小蝶將一件包好的行李遞向東方海：「給你，你的琴。」

「我要去報仇，帶這個幹嘛？」東方海皺了皺眉，丁小蝶仍是堅持地伸著手。

「阿海，我知道，你現在一心只想殺鬼子報仇。但總有一天你會發現，你手裡最想拿的不是槍，而是這把琴。我也帶著我的芭蕾舞鞋和裙子呢。」

余習武看著東方海接過琴，在幾人身後感嘆著：「如果不是帶著你們跑路，真想聽聽東方少爺的琴聲啊。」

「我們很快就會回來，到時候阿海拉琴，我唱歌給你和你的弟兄們聽。」

丁小蝶微微笑著，跳上了停在碼頭的船。幾人在船上向余習武道謝。

「好好殺鬼子，好好活著，我在上海灘等你們。」船緩緩開動，他們終於離開上海，去往距離戰火更近的地方。

留在上海面對氣急敗壞的潘家父子，田富達本已做好了被槍殺的準備。原本只要丁小蝶安全離開，丁氏企業的資金順利轉走，他便能無牽無掛、無所畏懼。兒子田寶山正在戰場上奮勇殺敵，總有一天會打回上海，若田富達死在漢奸潘清才手上，田寶山也能向潘家報殺父之仇。

正是懷著對兒子終將與國家一同取得勝利的堅定信念，田富達毫不客

二　復仇

氣地將找上門來的潘家父子狠狠挖苦了一番。發現丁小蝶真的走了，潘夢九不爭氣地大哭起來，卻還攔著潘清才，不讓他打死丁小蝶的舅舅。最終，田富達保住了性命，卻也成了潘家扣在上海用以對付丁家的人質。

※　　　　　※　　　　　※

船在長江北岸一個簡易渡口靠岸，船工們把東方海、丁小蝶、郭雲生、郭雲鵬四人和行李送上岸，眾人揮手告別。

「終於逃離了惡夢一般的上海，我發誓，不把日本鬼子打敗，我絕不回來。」丁小蝶看著長江對岸，握緊拳頭。「阿海，你快看看地圖，我們要找最近的路去武漢，找我表哥。」

東方海搖搖頭道：「我根本沒打算去找國軍。我想去延安，找共產黨，找我堂兄東方明。」

這還是他第一次在丁小蝶與郭家兄弟面前說起去延安的事。這些天憋著一腔悲憤，過著渾渾噩噩的日子，他幾乎忘記了父親臨終前的託付。直到不久前在青幫的地下賭場，聽余習武說到殺鬼子該上戰場時，這件事才重新浮上心頭，點亮了他的思緒。

丁小蝶完全愣住了，過了一會兒，她氣鼓鼓地瞪著東方海，說：「共產黨？延安？延安是什麼地方？地圖上有嗎？你把地圖攤開，看看武漢是一種什麼樣的存在！去武漢，找國軍！」

「去延安，找共產黨。」

兩人互不相讓地面對面站著。郭雲生和郭雲鵬對視一眼，插到兩人中間。

「別吵了，現在已經不打內戰，國共合作了。國軍和八路軍都在打鬼子，我們找到誰都行。」

東方海和丁小蝶都沒有出聲答應，不過趕路總是沒有錯的。走一步看一步吧 —— 這麼想著，兩人都還堅持著自己心中的目標。

　　　　　※　　　　　　　　※　　　　　　　　　※

　　行路第一晚，四人遇到一位馬車夫，願意讓他們在拉的草料堆上睡一宿。清晨時分，到了一處名為青龍莊的村子，馬車停了下來。四人帶著行李下了車，只見一大群難民正艱難地行進著，有扛著糧食拎著大包的，有扶著老人牽著孩子的，有用騾子拉上一家老小的，都神色倉皇。

　　丁小蝶茫然地看著眼前的逃難人群，問：「他們這是幹嘛？要去哪兒？」

　　馬車夫搖頭苦笑道：「能去哪兒？還不是瞎跑！現如今哪兒是安穩地兒，誰也說不清！」

　　郭雲生將錢遞給馬車夫時，東方海上前問道：「大伯，這附近哪有打鬼子的部隊啊？」

　　馬車夫數著錢，頭也沒抬地冷笑了一聲說：「死了多少人了也沒把鬼子趕回東洋去，還打個屁啊。」丟下這心灰意冷的諷刺話語，他揮起鞭子把車趕走了。

　　　　　※　　　　　　　　※　　　　　　　　　※

　　四個年輕人一邊走，一邊惶然地環顧四周。

　　「應該有人知道哪有部隊，走，去打聽打聽。」

　　東方海打起精神，帶頭走入難民群中。一個衣衫破爛的中年男人在不遠處失魂落魄地走著，口中唸唸有詞，亂七八糟地數著數字。後方一個胖女人在跟同行的老婦人說話，聲音傳了過來：「他家叫鬼子滅了八口人，就他一個人那天去集市躲過一劫，回來一看馬上暈了。鄉親幫著他把親人的屍首裹了，又去挖坑，他就在坑邊數屍首，數著數著就成這樣了……」

　　東方海咬緊牙關，而丁小蝶同情地看了那個人一眼。更多的難民越過他們走到前邊去了，每次有人從旁邊經過，東方海都會看上一眼，欲言又止。終於，他鼓起勇氣抓住了機會，攔住一位面相樸實的中年大叔。

　　「大叔，這附近有打鬼子的部隊嗎？」

丁小蝶搶過話頭：「就是國軍，打鬼子的國軍！」

大叔苦著一張臉瞅向他們，說：「還敢找國軍啊？連著吃了多少敗仗，現在日本人到處抓殘兵，都給捆去練刺刀了 ——」

這時忽然有人大喊「鬼子來了」。隊伍大亂，所有人都慌慌張張找地方躲藏，東方海一行跟著躲到路邊一個草垛後面。他小心翼翼地探出頭來，看到一小隊日軍走在不遠處與逃難隊伍方向平行的一條小路上，他們嬉笑著，像做遊戲似的，不時端起槍來朝這邊的人群開火。

隨著砰砰的槍聲，躲在樹後的一個人中彈倒下。日軍哈哈大笑，走遠了。

東方海看得臉色鐵青，從地上抓起一塊石頭，就要衝出去。

「你想幹嘛？去當靶子嗎？」

丁小蝶一把拉住了他，氣得漲紅了臉。東方海衝動地掙開她的手。

「我咽不下這口氣！」

「就這樣赤手空拳地衝出去？在上海就因為你蠻幹，已經連累了好幾條人命！」

旁邊的郭家兄弟想到死去的父母，面露傷感，垂下了眼睛。東方海冷靜下來，將石頭狠狠地擲在地上。方才的大叔嘆了口氣道：「我說，你是想打鬼子吧？北邊那座山上，有一支部隊就是打鬼子的，但不是國軍，好像是共產黨的人。」

東方海精神一振：「共產黨？」

「草臺班子收拾得了鬼子嗎？我們要找正規部隊，找國軍！」儘管丁小蝶在一旁插嘴，東方海仍是遙望著遠在天邊的群山，心中燃起了希望。

三 參軍

　　東方海和丁小蝶兩人，從小到大都沒有這麼苦過。趕路的日子不知何時到頭，中途只能坐在路邊的地上歇息，口渴都不一定能找到水喝。如果沒有郭家兄弟跟在身邊一路照顧著，兩人怕是寸步難行。

　　東方海總歸心裡有個念想，又是個男子漢，再累再苦也能咬牙堅持下去。丁小蝶一個眾人呵護下長大的小姐，走了這平時未曾走過的長路，一雙腳已經疼痛難忍，嘴裡不住地抱怨。

　　這中間還發生了一件令人哭笑不得的事。

　　那時郭雲生趁他們緩慢趕路時四處找尋，終於僱到了一輛小推車，帶著車夫興奮地趕了過來。看到有車可坐，東方海和丁小蝶臉上也有了一絲久違的笑意。他們身後卻突然跑來一對男女，打扮文雅的中年男人拎著籐箱，穿著時尚的年輕女人抱著小狗，男人一臉焦急地懇求東方海將車讓給他們，說有人在追他們，還說女人剛懷上孩子，被追上就糟糕了。想到這人處境危險，還帶著懷孕的家眷，比他們更困難，東方海將車讓了出去。在丁小蝶失落的眼神中，那對男女迅速上了小推車，催車夫快快走了，男人還在車上朝東方海揮手致謝。

　　「國難當頭，誰都不容易，我們能夠幫人一把就幫一把吧。」

　　正當東方海一臉正色地對不高興的丁小蝶說話時，遠遠跑來一個婦人，牽著一個女童，一邊跑一邊哭罵。聽到她哭喊的話，眾人才明白，追趕先前那對男女的不是偽軍、不是黑幫、也不是債主，是那男人的結髮之妻……

　　他們瞪大眼睛看著婦女和女童追趕而去的身影，又回頭互相看看，最後三道恨鐵不成鋼的目光落到了東方海的身上。東方海從震驚中恢復過來，拍打著自己的腦門，懊悔不已。郭雲生嘆了口氣，老氣橫秋地衝他搖了搖頭。

※　　　　　　※　　　　　　※

　　四人繼續疲乏地走了小半天，終於找到了一間可供歇腳的客棧。到客棧門前的一段路，丁小蝶實在累得走不動，還是郭雲鵬背著她過去的。

　　客棧上下兩層住滿了人，相當熱鬧。後院挨著一個湖，到了晚上，一群年輕人在湖邊燃起了篝火。東方海與丁小蝶來到時，一圈人或站或坐，激烈地爭論著去路。有人嚷著除了國軍其他武裝都是靠不住的野路子，立即有另外的人指出國軍正節節敗退，武漢也並不安全，甚至還有人提議跟著只殺日本人和富豪的土匪混，場面一度十分混亂。

　　聽到有人說應當去延安，東方海激動地站了起來，又被丁小蝶一把拽住，不遠處一個短髮女青年留意到他們的舉動，主動坐到了丁小蝶身邊。

　　「小妹，你們是不是要去延安找八路軍？我們女師大有三個同學，都是要去那裡。」

　　看到丁小蝶不感興趣地否認，她遞來手中的一本書，書的封面上印著「西行漫記」四個大字。

　　「其實延安不像你以為的那樣。你看，這本書是一個叫斯諾的美國記者寫的，談了延安的各種情況……」

　　東方海伸手拿過書，丁小蝶沒有來得及攔下。

　　「這本書能借我看看嗎？」

　　「行啊，明天早上記得還給我。我叫裴采蓮，住二樓東邊第一間。」

　　東方海也報上了他們兩人的名字，丁小蝶不自在地向裴采蓮點了點頭，拉住東方海說想去看郭家兄弟安頓得怎麼樣了。兩人剛起身要走，爭執聲忽然更大了。

　　呼籲去武漢參加國軍的青年們與倡議去延安加入八路軍的青年們分為了對立的兩個陣營，各種口號聲與愈發熱烈的篝火火光交織著。這時，去延安的支持者們唱起了〈松花江上〉，飽含深情的歌聲平息了爭吵，想要去武漢的青年們也加入合唱。

看著這一幕，東方海眼中有了淚光。他將背上的琴盒放下，取出琴來，拉起了伴奏。火光映著每個人臉上的堅毅表情，深沉的歌聲與悠揚的琴聲隨著火光越升越高，越飄越遠。

這天夜裡，東方海久久無法入睡。他看完了那本《西行漫記》，將它珍重地放在收好的琴盒上。來到窗前，他深吸了一口氣，後院的篝火早已熄滅，先前還能看到的殘煙也飄散無蹤，只有一輪圓月高高地掛在天上。

東方海凝望著月亮。對於去延安這件事，他還是第一次有了純粹出於自身意志的嚮往。

※　　　　　　※　　　　　　※

輕微的敲門聲突然響起，東方海打開門，看到郭雲生一臉緊張地站在門外。他之前私下裡塞了錢，拜託掌櫃照應著點，於是掌櫃一得到日軍正挨家挨戶搜抗日分子的消息，就來通知他們趕快離開。

四人帶著行李悄悄從房間出來，迅速往樓梯方向走去，東方海突然停了下來。

「還是把他們也叫上一起走吧，都是要打鬼子的。」

郭雲生著急了：「我說少爺，時間耽擱不起，動靜大了也怕要壞事！」

可是危機當頭，東方海實在不願就這樣離開，他不顧幾人的反對，先是飛快跑到了裴采蓮的房間開始敲門。最後幾人將二樓的房間都敲了個遍，只有裴采蓮一行三人和另外兩個青年相信了他們的話，九個人背著行李，匆匆忙忙從客棧大門逃出來。

沒走幾步，郭雲生突然攔住了眾人，帶頭的東方海揮了揮手，所有人都迅速閃到了客棧對面的小巷子裡，背靠著牆壁隱蔽起來。一隊日軍舉著火把，從他們方才站立的地方跑過，進入了客棧。

一時間日軍的叫嚷聲、踢門聲、男人的吼聲、女人的尖叫聲、嬰兒的哭聲混雜在一起。隨著槍聲砰砰響起，人聲戛然而止。暗巷中的眾人只能痛苦地用手指死死摳著牆壁。

※　　　　　　※　　　　　　※

清晨時分，一行人在鎮外的樹林中分別，一張張神色疲乏的臉上滿是傷感。死裡逃生的經歷使昨晚對於前路去向何方的爭論都變得朦朧而遙遠，其實只要是為了抗日，本就是殊途同歸。

裴采蓮等三名學生要趕往延安，那本《西行漫記》被她送給東方海作為救命的謝禮。兩名青年則打算去武漢加入國軍，丁小蝶卻不肯同去，東方海不明白她既不願去有八路軍在的延安，也不去有國軍在的武漢，到底想要去哪裡。

「你不是想殺鬼子嗎？那我們去打仗的地方啊。國軍在哪個地方打得越激烈，我表哥就越有可能在哪裡！」

於是四人決定前往戰事最為慘烈、青年口中「正如人間煉獄一般」的臺兒莊。

※　　　　　　※　　　　　　※

有勇氣去「人間煉獄」一探究竟，多半是未曾細想這種描述所對應的現實狀況。四人坐在僱來的馬車上，搖搖晃晃著前往臺兒莊的前半程中，還能為了一隻從竹籠裡伸出頭來啄向琴盒的雞開起玩笑。這種久違的輕鬆沒能持續多久，迎面而來的難民越來越多，年老之人寧死不願遠離祖墳所在的家鄉，年輕後人跪地磕頭懇求，傳來的哭聲與喊聲令車上的幾人神色越來越沉重。

就在郭雲生說快要到了的時候，郭雲鵬突然伸直了脖子，指著路前方。遠處出現了一群帶傷的國軍潰兵，衣衫破爛。一個潰兵看到難民中有孩子手裡拿著吃的，衝過去就搶，孩子哇哇大哭，難民們嚇得四散飛跑。

東方海注意到有潰兵將目光投向馬車這邊，立刻讓車夫把車停下來，推著眾人跳下車，和很多難民一道躲進路邊的田裡。潰兵們很快來到馬車邊，急躁地翻弄著車上的行李，小提琴琴盒與裝有芭蕾舞鞋的皮箱都被他們毫不

在意地甩落在地上。行李被扔光後，潰兵們發現了竹籠裡的雞，幾隻手扯爛籠子，將雞抓出來，三兩下擰斷脖子，血濺了一地，一隻活雞就這樣被他們生生分食。還有個潰兵從難民包裹中翻出一塊餅就往嘴裡塞，嗆得直咳嗽。

沒有及時躲藏的難民被潰兵們扒下外衣，穿著單薄的衣服哆嗦著跑走。潰兵們脫下軍裝，和槍一起扔到路邊，換上搶來的難民衣服，又爬上馬車，調轉方向駕車遠離臺兒莊而去。

※　　　　　※　　　　　※

待潰兵走遠後，人們才從躲藏的地方出來。郭家兄弟拾起行李，拍打著上面的灰塵。東方海彎腰去撿潰兵扔下的槍，郭雲生趕忙跑來拉起他。

「不能要！一路上都有鬼子，看到槍會直接斃了我們！」

「為什麼會這樣？即使打仗輸了，他們也是英雄啊，為什麼會和強盜一樣？」

丁小蝶望著馬車遠去的方向，眼裡滿是淚水，東方海走到她身邊，無言地拍了拍她的肩膀。丁小蝶搖搖頭，打起精神道：「寶山哥哥絕對不會變成這樣，死也會死在戰場上！」

四人互相看了看，點點頭，各自拿起行李，邁步繼續向前。走了沒一會兒，郭雲鵬忽然又向前面一指，只見潰兵從零零星星到像蝗蟲一樣出現，有的獨自行走，有的互相攙扶，行動遲緩，麻木地沉默著，好像一具具活著的屍體。

他們鼓起勇氣，攔住了道路邊緣一個單獨走著的潰兵。丁小蝶小心翼翼地開口問道：「大兵哥，前線情況怎樣了？」

潰兵慢慢用眼光向他們掃來，東方海有些著急：「我們也是要去打鬼子的！」

「還打什麼？陣地都沒了，去了也是送死。」潰兵有氣無力地說完就繞開走了，留下他們一臉茫然地看著眼前的景象。

※　　　　　　　※　　　　　　　※

　　逆著難民和潰兵，總算走到一處小鎮，每個人都很疲憊，又渴又餓。可是路邊的房子都門窗緊閉，路上人煙稀少，偶爾出現的都是匆匆路過的難民，拎著包袱，牽著孩子。郭家兄弟挨著敲了幾戶的門，都沒人應聲。敲到第五家時，裡面傳來一個蒼老的聲音。

　　「兵大爺，真沒糧食了，他們都跑了，我是跑不動才留下等死的，行行好，放過我這把老骨頭吧……」

　　儘管明白幫不上什麼忙，東方海仍是示意郭雲生，將幾張法幣對疊塞進了門縫。放棄了找住戶購買食物的打算，四人垂頭喪氣地走在冷清的鎮子裡，遠遠地看見圍牆邊有人伏在地上，他們加快腳步走去。

　　是一名國軍傷兵，左腿已經斷了，草草地纏著滲血的紗布，聽見腳步聲，抬起的臉有半邊血肉模糊到難以辨認。東方海和郭雲生連忙把他扶起來靠牆坐著，丁小蝶接過郭雲鵬從包袱裡掏出來的兩塊饃，蹲下放到傷兵手上。

　　「大哥，你是從前線過來的？臺兒莊還在打嗎？」

　　「打完了，失守了，整個山東都讓鬼子占了。」

　　傷兵面無表情，丁小蝶卻驚呆了，嘴唇顫抖著：「……你都這樣了，長官不管你嗎？」

　　「我就是長官，一個連的最高長官。我一揮手，百多號人啊，說沒就沒了。」

　　丁小蝶站起來，跑到一邊，摀著嘴抽泣起來。一旁的東方海挪到傷兵面前問：「連長，我們能幫你做什麼？你家在哪裡？」

　　傷兵搖搖頭，神色淒慘：「家？我哪還有臉面回家？跟著我多年的兄弟都死在戰場上了，我怎麼跟他們家裡人交代？我能說啥！還不如在陣地上叫鬼子一槍給我崩了！你們快走吧，鬼子很快就要來了。」

　　「我們就是要去參軍打鬼子的！」

　　看看咬緊牙關的東方海，傷兵思忖了片刻，示意他湊近來。

「國軍已經扛不住了，你們若真想打鬼子，去山西找八路軍吧！聽說他們頂著鬼子的刺刀槍炮往北上，哪兒有鬼子就往哪兒打。」低聲說完，他重重拍了拍東方海的肩膀，東方海鄭重地點了點頭。

「連長，那你打算怎麼辦？」

傷兵淒然一笑，拉開破軍裝的衣襟，露出腰上別著的一顆手榴彈。

「我就在這兒等鬼子，到時候跟他們同歸於盡，能滅幾個算幾個！」

　　　　　　　※　　　　　　　※　　　　　　　※

四人離開了小鎮，將他們上臺兒莊前線殺敵的心願和那位懷著必死之志的連長一同留在了那裡。東方海初看到那顆手榴彈時的震驚很快化為對傷兵決心的敬重之情，此刻伴隨著他沉重的腳步，又生出一種困頓的深思。

要與敵人同歸於盡的心情，他怎能不產生共鳴？國破家亡，家破人亡，失敗，失去，流血的傷口與流血的心，他以為自己理應最為理解這些感受，然而事實果真如此嗎？他憎恨奪走自己重要之人的敵人，這股恨意強烈到不惜放棄自己二十年來擁有的一切，放棄音樂，放棄夢想，甚至放棄生命……自從那天起，他便時常在想，為什麼一家人裡唯獨他自己存活下來，這股折磨內心的無力與焦灼是不是只要報了仇便能緩解？還是說，他內心真正的願望是破壞自己這份倖存的安穩？要是一切都沒有發生的話，父母與妹妹都平安，那麼他的人生……

東方海感到手心滲出了冷汗。哪裡不對，有什麼地方存在根本性的錯誤。心中的這份慚愧與不安，到底是 ──

他的思考被丁小蝶打斷，她在鎮口停下腳步，將皮箱往地上一摔。

「去武漢！」

是的，臺兒莊已不能去，到了決定下一步的時候。東方海以嚴肅的神情認真地看向丁小蝶。

「去延安。」

郭雲鵬抱起皮箱，郭雲生來回看著兩人，十分為難。

　　　　　　　　※　　　　　　　　※　　　　　　　　※

　　自從在臺兒莊附近目睹國軍潰敗的慘狀，丁小蝶的心中就越來越慌亂。事態和她所以為的情況完全不同，令她心中的不安達到了頂點。此刻看到東方海一副毫不讓步的樣子，她生起氣來：「說好去找我表哥的，因為這裡的國軍失守，就改主意了嗎？」

　　東方海嘆了口氣：「誰說我們一定要去參加國軍的？要不是有你在，我早就到延安了，這時候說不定已經當上八路軍，在前線殺鬼子了！」

　　丁小蝶真的很氣，卻也不可思議地感覺在和東方海的針鋒相對中，心情安定下來，找回了往日的活力。她轉動眼珠，想起了先前客棧中那個女學生。

　　「說得好聽，你去呀，不是還有人會在延安等你嗎？」

　　「丁小蝶，你講不講理，一面之緣、一本書而已，讓你說成什麼了？」

　　不出所料，東方海著急了。丁小蝶露出又氣又得意的笑容，寸步不讓。

　　「就說那本書，一路上多少關卡，讓你隨身帶著本宣傳共產黨的書，她想害死我們啊？」

　　丁小蝶當然並不是這麼看待裴采蓮的，但她決意無論說些什麼，總之要讓東方海明白，去武漢找國軍才是更加安全可靠的出路。她若只是為了自己舒坦，早跟著父母去香港了，在她看來，東方海要想解開心結，加入國軍殺敵有什麼不一樣？可是東方海聽不出賭氣話語底下的這些想法，反倒因此氣得渾身發抖。

　　「行，你去找你的表哥好了！我去山西找八路軍！」

　　「我就知道你嫌我拖累你！」這下丁小蝶也氣出了眼淚，她轉身就向南邊走去，走出幾步，又回來從郭雲鵬手裡搶過皮箱。

　　東方海也毫不客氣地向路北端走了，兩個人都憋著一股氣，走得又急又快，郭家兄弟連忙分頭攔住，苦苦勸說。聽了郭雲生的話，東方海也冷靜了些，想到丁小蝶從小就嘴硬，又想起她這段日子吃的苦，不禁心軟了

下來，掉轉頭追上了丁小蝶。

「不吵了。你去武漢也要先到鄭州坐火車，我陪你到鄭州吧。」

丁小蝶還在生氣，也聽出來東方海還是要去延安，只是一言不發地往前走。

※ ※ ※

等他們到鄭州火車站時，車站已經被軍隊徵用，不再售票。月臺上擠滿士兵，行人都擠不進去，全都滿臉焦慮地提著行李等在大街上。

這樣看來武漢一時也去不成了，四人只好先找到一家旅館住下，郭雲生去櫃檯辦手續時，三個人站在大堂裡。

「明天再想想辦法。」東方海皺著眉道，而丁小蝶早已不生氣了，她眼巴巴地盯著東方海，問：「要是明天也沒辦法呢？後天也沒辦法呢？你會一直陪著我嗎？」

她很想知道他會怎麼說，可惜這時從門外進來幾個有說有笑的學生，其中竟有不久前剛被提及的裴采蓮。一認出他們，她就笑著打起了招呼，東方海也欣喜地應著，丁小蝶滿懷期待的回答就這麼被擱下了。

「我們到鄭州來和幾位同學會合，明天去延安。要不要跟我們一起走？」

東方海正要回答，看到丁小蝶正板著臉瞪過來，只好克制地笑了笑。

「我們還在考慮，本來想去武漢的，可現在火車也坐不成。」

「那你們好好考慮一下，明早七點，我們在街對面的酒家門口集合，會有車來接。如果想好了，願意一起走，就準時到集合點。」裴采蓮用充滿期待的目光凝視著認真點頭的東方海，「東方哥，如果你要來，別忘了帶上那本書，到了延安你得還給我。」

哎？東方海愣愣地目送裴采蓮轉身離開，那本書不是送給他了嗎？這話是什麼意思，還有那目光中的奇怪神色……他摸不著頭腦，丁小蝶卻懂了，不僅懂了，還認真地準備應對察覺到的威脅，又多了這麼一層關係，她才不要讓東方海跟著裴采蓮去延安。

　　　　　　　※　　　　　　　　※　　　　　　　　※

　　聽郭雲生說東方海向掌櫃的租了一個鬧鐘，丁小蝶心生一計。但她仍寄希望於說服東方海放棄去延安的念頭，跟她一起去武漢，想辦法去香港，然後出國學習。對她來說，東方海的音樂才華浪費了太可惜。在那之上，她也承認自己懷有私心，想要和東方海兩人長久地在一起，遠離一切混亂、不安、令人難過的事情。彷彿遠離了，就能夠裝作一切都沒有發生過似的，在心底的某處她也明白這樣恐怕是行不通的，不過願望本來就該是些不切實際或者不那麼正確的東西吧？自己又從來不是個會想得很高深很長遠的人，抱著這樣的心願也是可以被允許的吧？

　　丁小蝶敲開房門時，東方海正在整理行裝，他注意到丁小蝶的目光掠過桌上的鬧鐘，有些愧意地停下了手中的動作。

　　「小蝶，我本來想一會兒就過去跟你談談……」

　　「你是不是想說，你還是要去延安？」

　　東方海坐在床邊，坦然面對著丁小蝶緊盯過來的雙眼。

　　「小蝶，我本來想，只要能打鬼子哪支部隊都行，所以你說找寶山哥，參加國軍抗戰，我也沒反對，一路都陪著你。可現在遇到多少事，你還沒看清嗎？不說國軍打了多少敗仗，光是士氣已經低落得令人寒心。另一邊參加八路軍的人卻個個熱血沸騰，一說起延安眼睛就發出一種虔誠的光，好像那裡是聖城一般。」

　　他說得都沒錯，丁小蝶默不作聲。

　　「以前我只希望能上戰場，但現在，我不想為了打仗而打仗。」

　　突然低沉下來的聲音令丁小蝶心中一動，這是出事以來，她感覺和東方海的心最為接近的時刻，於是她也放輕了聲音：「……還是為了報仇？」

　　「也不僅僅是報仇。應該還有別的，但到底是什麼，我現在還說不上來。」

　　東方海搖了搖頭，又低頭看著自己的雙手，神色流露出一絲茫然與痛

苦。丁小蝶突然自責起來，他經歷了這麼多，一定也考慮了很多，心間糾纏著許許多多的念頭，如果她能更善於傾聽而不是抱怨的話，如果她能更加支持他……

「那雲生和雲鵬呢？」

「讓他們都跟著你，可以照顧好你，找到寶山哥。小蝶，我們各走各的，等戰爭勝利了……」

丁小蝶突然鬆了一口氣。就在剛才，她差一點兒要決定跟著東方海一起去延安了。好在這句各走各令她明白了，他計畫的戰鬥中並沒有她的位置，那麼她的決定也無須顧及他的心情。這種互不理解的狀態，就這樣持續下去也沒有關係。

「勝利了我也不想見你！你比鬼子還壞！」咬著嘴唇忍住眼淚，丁小蝶大聲甩下這句話，扭頭跑出了房間。

這些四處奔波的時日，晚上都會因為白日裡的疲乏睡得很熟。丁小蝶指使著郭雲鵬趁東方海熟睡時對鬧鐘做了手腳，又偷偷取出那本《西行漫記》，第二天一早還給了裴采蓮。存著一絲示威的心思，她微微笑著說：「這本書，物歸原主，你就不用在延安等阿海了。咱們各走各的，等戰爭勝利了……」一半是因為想起前一晚東方海的話，一半是為著戰爭勝利的願景，丁小蝶突然有些傷感，停了停，她認真地繼續說道：「等戰爭勝利了，也許還會有機會見面。」

※　　　　　　※　　　　　　※

東方海醒來時，去延安的眾人已經走遠了。為不好用的鬧鐘生了一頓氣，卻也終究無可奈何，他走出旅館，坐在路邊一塊大石頭上惆悵地嘆氣。

跟出來的丁小蝶也爬上石頭，在他身邊坐下來。

「小蝶，我們去山西吧。在這裡不知什麼時候才等得到去武漢的火車。」

「去當八路軍？我才不呢。」

東方海看著路的盡頭，他並不知道丁小蝶與郭雲鵬昨晚的行動，滿心

以為鬧鐘的故障是來自上天的某種預示，心中的決意因而也有些退縮。

「不是參軍，你忘了，山西是我們祖籍，東方家、丁家和田家，祖輩都是晉商，是同一個鎮子出來的。你不是一直吵著要回山西老家看看嗎？」

他還記得這件事，丁小蝶也眺望著路的那一端，太陽早就升起來了，地平線上只有漂浮的塵土，不知反射哪裡的光，有些閃閃發亮。

「現在我們在上海的家已經死的死散的散，正好回老家順和鎮去看看，那裡也是我們的家。我爺爺奶奶當年住過的房子可能還在，宗族的祠堂裡應該還有他們的畫像。」

丁小蝶扭頭看了東方海一眼，嘆了口氣，道：「好吧，確實也沒地方可去了。」

往山西去，就是往日偽軍紮堆的地方走。為安全起見，四人換上了更為破舊的衣服，盡可能不引人注意地趕路。不承想剛出發沒多久還是遭遇了意外，在一處歇腳的路邊飯店，沒防備被兩個乞丐偷走了盤纏包袱。幸虧郭雲生早先囑咐郭雲鵬在另一個包袱裡備了些零錢，又應付著趕了一段路。

這一天，四人捧著用最後一點兒錢買來的烤紅薯，即將山窮水盡之時，與一小隊身著軍服的國軍士兵擦肩而過，幾個人的眼睛都驚訝地瞪圓了。

「這裡有國軍？」

丁小蝶很久沒這麼激動了，郭雲鵬也羨慕地看著士兵們的背影。

「還挺威風，一點兒不像以前遇到的那些。」

「這是還沒吃過敗仗的吧。」

郭雲生語氣淡淡的，被丁小蝶瞪了一眼。

「說什麼話呢！附近肯定有部隊，我們可以去打聽我表哥的消息了。」

「那我們跟著這幾個大兵走，多半就能找到他們的窩！」

郭雲鵬連連點頭，被丁小蝶拍了一巴掌。

「什麼窩啊，那叫軍營！不過雲鵬說得對，我們快跟上！」

東方海有些躊躇地張了張口，還是沒有說什麼，跟在了他們身後。

　　　　　　※　　　　　　　　　　※　　　　　　　　　　　※

　　來到一處軍營的大門外，小隊士兵進去了，門口有兩個士兵站崗。丁小蝶有些緊張地湊過去，微笑著搭話：「兵哥，我們來打聽一個人，我表哥田寶山，是你們國軍上校……」

　　「兵爺，行個方便，麻煩通報你們長官一下，有軍屬求見……」郭家兄弟也迎上去，幫著丁小蝶說話，站崗的士兵一臉為難，東方海在不遠處站著，皺起了眉頭。沒想到很快就有一位姓陳的副官走了出來，對他們禮貌有加，還說團座有請。丁小蝶喜出望外，東方海卻悶悶不樂，一行人跟著陳副官走進了軍營大門。

　　坐了沒一會兒，一位軍裝嚴整的青年軍人出現在他們面前，一臉正色道：「是哪位要找國軍上校啊？」

　　丁小蝶忙站起來，陳副官在一旁介紹：「這是我們周寶庭周團長。」

　　「周團長，我叫丁小蝶，他叫東方海，這兩位是郭雲生、郭雲鵬，我們是從上海逃出來的。我們都有國恨家仇，想上前線打鬼子，所以想到表哥在的國軍部隊當兵。」

　　周寶庭在丁小蝶旁邊的椅子上坐下來，一拍大腿，道：「好！有血性！國難當頭，中華兒女該當如此！不過要打仗，只要是堂堂正正的國軍部隊，那都是一樣地揮灑熱血、報效國家啊。」

　　丁小蝶面露欣喜，又有點兒羞慚，道：「我們都是學生，以前槍都沒摸過，找表哥的部隊，也是希望有個照應。」

　　「那倒也是。」周寶庭點著頭。

　　丁小蝶報上田寶山的名字，周寶庭一副恍然大悟的樣子，說他和田寶山是黃埔軍校的舊識，一定要好好款待同門兄弟的表妹。丁小蝶高興地雙手合十，謝天謝地，郭家兄弟也十分興奮，只有東方海一直面無表情，眉頭緊鎖。

　　到了晚宴上，滿桌都是好酒好菜，郭家兄弟狼吞虎嚥，丁小蝶也吃得津津有味，東方海卻悶悶不樂的，筷子都沒抬起來幾次。周寶庭關切地問起眾

人路上的情況，丁小蝶說到路遇日軍、難民、潰兵的事，講起馬車被搶、盤纏被偷光，又想到許久未見的父母，趁沒人注意，她趕快擦掉了眼底湧出的淚花。「好在，現在有周團長幫助，能找到寶山哥了，我們也就有依靠了。」

「這樣吧，小蝶姑娘，你們先住下來，我去打聽一下寶山的部隊在哪裡。」周寶庭與陳副官交換了一個眼神，和顏悅色地說著。

「需要很長時間嗎？」丁小蝶有些遲疑。

「帶兵打仗豈是兒戲？部隊的位置都是軍事機密，哪是隨便一問就能問到的！」

聽到周寶庭這麼說，丁小蝶只好有些懇求似的看向東方海。

「那我們就在這兒等等消息吧？」郭家兄弟也充滿期待地看著東方海。迎著眾人的目光，他卻站了起來。

「小蝶就拜託周團長照顧了。雲生，雲鵬，你們都留下來陪小蝶吧。我就不等了，還是回老家去。」說完，他把琴盒一背，大步流星朝門外走去。

※　　　　　　※　　　　　　※

也顧不上還在席間的周寶庭，丁小蝶立刻追了出來，在院子中攔住了東方海。郭家兄弟也跟著追了出來，四人站在院子中，丁小蝶最先氣憤地開口：「你這是幹什麼！好不容易可以找到表哥了，你又耍什麼脾氣！」

「你找到了寶山哥的校友，我為你高興。但這是國軍隊伍，我不想參加。」

丁小蝶又氣又難過，她揪著心口處的衣服，仰起臉一字一句地質問東方海：「東方海，正是因為你要報仇打鬼子，我才一路打聽表哥，希望你進到他的部隊，讓他關照你。難不成我撇下父母來找表哥，是為了我自己嗎？」

「上了戰場都一樣，扛不扛得住都是命一條。誰能關照誰？我不需要！我要的是真刀真槍地跟鬼子對幹！」

東方海執拗地要走，被丁小蝶拉住衣袖。

「別說大話了，當我不知道嗎？老家和延安只有一河之隔，你到延

安，不也是因為堂兄在那裡嗎？還說什麼不需要照應！」

聽到丁小蝶出言譏諷，東方海氣得臉都漲紅了。

「你就這麼小看我？隨你怎麼說吧！反正我要走了，你在這裡好好當你的國軍軍屬吧！」

丁小蝶也惱了，她手一甩，冷冷地吐出三個字：「你混蛋。」

從她手裡掙脫，東方海本已背轉了身去，聽到這三個字，又回過身來。

「好，我混蛋！小蝶，我現在跟你已經不是一路人了。你有爸媽和哥哥，還有富甲一方的家業。我呢？我除了身負家仇，只是一個手無縛雞之力的窮光蛋。你說得不錯，我也只能去延安找堂兄幫忙報仇。你對我好，我知道，你們都希望我成才，我也知道。可是，我已經做不成你們希望的那種人了！」他失控般不停地說著，「我爸臨終前，讓我不要衝動，讓我去延安找堂兄。我沒有聽進去，衝動了，連累了很多人。我就是個混蛋。我欠你們的情，還不了，我欠你們一條命，更還不了。小蝶，找到寶山哥後，你快去香港和家人團聚吧。我只能拖累你！我……我們真的不是一類人了。祝你早日與家人團圓。」

說到後面，他已是前言不搭後語，話音一落，便狠下心來扭頭就走。丁小蝶又是咬牙又是跺腳，在他身後大喊：「東方海！你自私自利，無情無義！你要走，我就當從來沒認識過你！雲生雲鵬，你們別管他，讓他走！」

郭家兄弟趕上兩步，又站住了，眼看著東方海走出了軍營大門。郭雲生拉過郭雲鵬，急促地低聲囑咐著：「雲鵬，小姐這邊得見到寶山少爺才算是結了，我留下來陪她。東方少爺那兒，身邊沒個人也讓人不放心，你跟著他，別讓他惹出什麼亂子來！」

「哥，我們非得分開嗎？」看到郭雲鵬有些不情願。

「應該不會分開很久。」郭雲生輕拍他的肩膀。

兩人身後不遠處，丁小蝶氣哼哼地鼓著臉，一會兒像是要笑，一會兒又咬起牙來。

三　參軍

　　「身無分文，在這亂世，他能生存幾天？要飯嗎？去，勸他認清現實，乖乖回來。」聽到丁小蝶的話，郭雲鵬點點頭，大步追東方海去了。

四　于家班

　　郭雲鵬追上了東方海，氣喘吁吁地跟在他身後。

　　「東方少爺，我們商量好了，我跟你走，我哥留下來陪小姐。」

　　「雲鵬，真是難為你們了。」東方海站住，拍了拍郭雲鵬的肩。

　　「我們倒沒啥，就是小姐可傷心了。她對你這份心，誰都知道，你這說走就走，唉⋯⋯」郭雲鵬一邊說著，一邊小心翼翼地看東方海的反應。只見東方海沉思了片刻，從貼身的兜裡取出一個玉墜，交給郭雲鵬。

　　「這是母親留給我的，我一直帶在身邊。麻煩你再跑一趟，把它給小蝶送去，跟她說，不要因為我難過⋯⋯這算是，唉，算是留個紀念吧。」

※　　　　　　　※　　　　　　　※

　　玉墜到丁小蝶手中時，她已梳洗一新，換上了旗袍。看到自己映在鏡中的臉神情酸楚，她恍惚間覺得，還不如先前穿得又髒又破，跟在東方海身後。

　　敲門聲響起，陳副官走了進來，他神情怪異地稱讚了一番丁小蝶的美貌，又問需不需要去街上逛逛買些東西。丁小蝶很勉強地應付著，推說路上累了，想好好睡一覺。陳副官走前又突然說，郭雲生被周寶庭任命為三營一排的排長，馬上赴任。丁小蝶只顧著為郭雲生高興，一點兒也沒有產生懷疑。

　　睡了一會兒，丁小蝶來到花園中散步，似乎有個年輕女子正藏在一小叢竹子後注視著她，正當她要走近一探究竟時，郭雲生匆匆跑來了。

　　「小姐，他們通知我去三營一排報到，說讓我當排長。」

　　「我聽說了。恭喜你啊雲生，一來就當上軍官了！」

　　郭雲生看起來並不高興，一臉憂慮。

　　「我怎麼覺得⋯⋯有點兒不對勁。這個軍官，也當得太容易了吧？」

　　「這是戰時，隨時有犧牲，隨時補充力量，沒有什麼奇怪的。表哥的

提升就很快啊。」

丁小蝶笑著催促似的推了一把郭雲生，他走出幾步，又折返回來。

「可我這往營裡一待，你身邊就沒有自己人了，想著我就心裡發慌，萬一你遇到什麼事，可怎麼辦啊？」

「放心吧，這裡是軍營，眼下是安全的。等周團長和寶山哥聯繫上，我就帶你走。」

聽到很快能離開，郭雲生臉色明朗了起來。「去哪兒？」

「其實，我找寶山哥，是想讓他幫忙安排我和阿海去香港，順著阿海想打鬼子的心思，我才說是找寶山哥的部隊參軍……阿海也不傻，早看到這一層了。我呢，嘴上也不讓人，真把他說走了。」丁小蝶嘆了口氣。「要是能順利找到寶山哥，讓阿海殺幾個鬼子，完成心願，我想一定可以勸他跟我去香港。可他這一跑，我的計畫全亂了。」

丁小蝶滿心以為，東方海在外面碰了壁，就會回頭，也許明後天就回來了，卻沒料到，碰壁的人會是她自己。

※   ※   ※

原來這位周寶庭周團長，根本不是什麼黃埔軍校畢業的國軍幹部，這支部隊也只是國軍收編的一支土匪武裝力量。他仗著有這一隊兵，盤踞在此處，專幹些誘騙強占過路女子的苟且勾當。裝作認識田寶山，就是為了穩住丁小蝶，好娶她做新的姨太太。

剛到軍營的郭雲生，看人來人往十分熱鬧，留心多問了幾句，立刻明白了是怎麼一回事。他急忙跑來找丁小蝶，本想說清狀況，帶她趕快逃出去，卻沒想到丁小蝶聽了氣得渾身發抖，堅決要去找周寶庭當面對質，結果哭鬧著被兩個士兵拖了回來，軟禁在了房間裡。

好在郭雲生猜到會是這樣，事先躲在衣櫃中，等士兵們離開後，鑽出來扶起坐在牆角哭成淚人的丁小蝶。

「小姐，別哭了，我想想辦法。」

他去掰床上的鐵條，沒掰動，又從衣櫃裡找出一把鐵衣架，一邊弄一邊安慰丁小蝶。

「別怕，明天誰要敢碰你，我就跟他拼了！」

窗邊突然傳來輕微的敲擊聲。郭雲生小心翼翼地靠近，窗戶一下子從外面打開了。丁小蝶認出窗外的那張臉正是之前躲在竹叢後的年輕女子。

「快走吧，我去把走廊上的兵引開，你們從花園的圍牆翻出去。」

看到女子急切的面容，丁小蝶心生感激：「你是哪位？」

「你要是留下，我就是你的明天。」

丁小蝶愣了一下，女子苦澀的笑容令她心裡一陣刺痛。

「你跟我們一起逃吧！」

「我弟弟在軍營裡，我要走了，他活不成。」女子神色黯然地搖了搖頭，又打起精神催促著。丁小蝶胡亂收拾了些東西，帶著皮箱不方便逃走，只好把它留在了這個討厭的地方。

※　　　　　　※　　　　　　※

兩人偷偷翻過了圍牆，歇口氣也不敢，疾走了一整夜，直到清晨時分，確認後方沒人追來，才在路邊停下休息。

「小姐，我們去哪兒？」

早在夜半行路時，丁小蝶心中已有了打算。事到如今，只有一處可去，也只有去那裡，才有可能找到東方海和郭雲鵬。

「去山西，去順和鎮，我想看看祖爺爺捐錢修的土地廟……還有東方家的祠堂。」

為行路安全起見，兩人打扮成要飯的，穿著破爛衣服，用窯灰抹花了臉。郭雲生叮囑丁小蝶不要抬眼看人，不要出聲，為了讓愛美又不安分的丁小蝶聽話，還不時搬出周寶庭的例子來嚇唬她。想到要扮醜要飯，裝聾賣傻，連人都不能正眼看，還不能說話，丁小蝶忍不住流起淚來。郭雲生裝作沒看到便沒什麼事，可他偏偏又來勸她不要哭花了臉引人注意，這下

059

丁小蝶再也忍不住，放聲大哭起來。

看她哭得實在可憐，郭雲生嘆了口氣。「那你在這兒好好哭一場，我去討點吃的。」說完，他裝出一副瘸子模樣，拿起不知從哪兒找來的破碗，一拐一拐地往村子走去。

丁小蝶從包袱裡取出一面小鏡子，看著自己醜陋的大花臉，一邊抽泣一邊喃喃自語：「阿海，我不該和你吵。阿海，你在哪裡呀？」

※　　　　　※　　　　　※

東方海與郭雲鵬倒沒有去討飯，他們沿途賣藝，一路上也是十分辛苦。每到一處鎮子，他們都會找個有人往來的路口，東方海拉小提琴，郭雲鵬扮成路人在一旁叫好，揚手往地上的帽子裡扔幾個錢。等到行人走後，再迅速從帽子裡將錢撿回來。

很難說這種做戲的方式能起到多大作用，眼看著就快要一路無事地趕到順和鎮，這天卻有一位穿長衫戴禮帽的男人揭穿了兩人的小手段。正尷尬時，那人道出並無敵意，只是可惜東方海的才能，曲子雖好卻不接地氣，在這小鎮中無人欣賞。掏出十元法幣遞給郭雲鵬，男人感嘆著兵荒馬亂的世道離開了。

兩人小心地把錢收好，眺望著天邊的落日，旅途的終點已是近在眼前。

※　　　　　※　　　　　※

就像順和鎮這個名字一樣，鎮上綠柳成蔭，一派平和。鎮中一塊大坪地上，曲藝班班主于得水正帶著于家班全體成員在晨練，他的兒子于鎮山帶頭吹響了嗩吶，嗩吶齊鳴中，突然刺入一聲高亢的呼救聲。

樂聲瞬間停了下來。于鎮山舉著嗩吶，納悶哪裡來的姑娘竟能一嗓子壓下他吹出的嗩吶聲。于得水往遠處眺望，雙眉一擰，只聽得又一個蒼涼的男聲在喊救命。聽這男聲有些耳熟，于得水趕忙帶著于家班幾十個人，循著聲音奔向了鎮口外的山丘上。一群人趕到時，正撞見七八個騎著馬拿

著槍的家丁，將柳富貴與柳二妮父女團團圍在中間，為著弄丟了五隻羊的事，要將柳二妮抓回去給地主老爺做小老婆。

「慢著！」于得水不徐不疾、氣定神閒地走到帶頭抓人的管家面前，指著高大的順和鎮門樓，沉聲道，「睜開眼看看，想幹什麼呢？在我順和鎮的地界上撒野？」

看于得水孤身一人，管家一揮手，幾個持槍的家丁就圍了上來。于得水吧嗒吧嗒敲了敲煙袋，瞟一眼齊刷刷指過來的槍尖，淡然一笑。跟在後面趕來的于鎮山帶著幾十個于家班的人，手裡握著長短不一的武器，又將家丁們圍在裡面。

管家見對方人多勢眾，面有懼色。于得水也不理會，旁若無人地跑去問蹲在地上的柳富貴：「你會啥？」

「俺除了會吼兩嗓子，啥也不會。」

「那你就唱兩嗓子。」柳富貴果真就蹲在地上，張口唱了一段〈黃河船夫曲〉，嗓音渾厚又嘹亮，歌聲充滿了力量。

「唱得好！果然是你！上回去趕集聽到你喊了兩嗓子信天遊，我翻過兩道梁都沒追上你。沒想到今天終於見上了，這真是緣分！」于得水大喜。

「閨女比俺唱得好。」

于得水又請柳二妮唱兩句，她用袖子抹了抹臉上的淚水和汗水，大大方方地唱了一段男女傳情的陝北酸曲，如同天籟般的嗓音讓于得水樂得直拍巴掌。「好嗓子，好嗓子！于家班正缺這好嗓子呀，跟著我幹吧。」

柳富貴也喜出望外，拉著柳二妮就要給于得水下跪。

「大恩人，二妮，咱們遇到大貴人了，快跪下！」扶起父女二人，于得水拿出兩張百元法幣，替他們將弄丟的羊賠了。

管家一聽到是遠近聞名的于家班班主，又拿足了錢，立刻換上一副笑臉，客套幾句，揮手帶著一干家丁打馬而去。

「走，回家！」于得水和藹地對驚魂未定的柳家父女笑笑。

　　　　　　※　　　　　　　　　※　　　　　　　　　※

　　于家班大宅子是一處氣派的三進四合院，二十餘間屋子，在這一日之始的晨間熱鬧非凡。于得水帶著柳富貴和柳二妮跨進院子，梳著兩條辮子、氣質沉靜的于冬梅立刻迎了上來。

　　「爹，您回來了。咦，這是……」

　　「這是于家班新添的人手，快去弄些吃的來。」

　　于冬梅手腳麻利地將一大盤白饃和小菜擺上餐桌，又盛了三碗小米粥。

　　柳二妮早已饑腸轆轆，也顧不上忸怩客氣，端起碗就埋頭呼呼地喝粥，那一副嬌憨可愛的樣子把眾人都逗樂了。于冬梅抿著嘴笑，拿起一個白饃放在柳二妮手邊的碟子裡。

　　「妹子可是餓壞了，慢些，別噎著了，還有呢。吃完跟我去換件衣裳。」

　　柳二妮抬起頭，不好意思地用袖子抹了抹嘴，說：「姐，你真好。」

　　「聽妹子口音，你們從黃河西邊來，怎麼跑來離家這麼遠的地方？」

　　柳富貴嘆了口氣，柳二妮將母親早亡、父女二人一路被地主逼迫著逃難的生活一五一十地講了出來，于冬梅聽得心口發堵。

　　「二妮，沒想到你小小年紀受了這麼多苦。」

　　「姐，俺和爹的命是于班主救下的，俺不怕吃苦，俺能吃苦！只要不讓俺爹再受欺負，俺當牛做馬也願意！」

　　柳家父女二人放下碗，站起來又要跪恩人，被于家父女一把攔住。于冬梅緊緊拉住柳二妮的手。「以後你就是我的親妹子，誰也不能欺負。你就挨著我住，住東頭第二間。」

　　「俺聽姐的。」柳二妮幫著于冬梅一起將粥碗收好，兩人手拉著手歡歡喜喜地一同去廂房了。

　　　　　　※　　　　　　　　※　　　　　　　　※

　　這時家丁前來通報，國軍蘭團長手下的劉副官在門外，于得水趕忙請
了進來。劉副官只帶了個隨從，兩人拎著大包小包走進了院子，恭敬有加。

　　「蘭老爺子早上仙逝了，蘭團長本該親自登門的，無奈公務吃緊，實
在抽不出身，還請于班主多多包涵了。蘭團長懇請于班主出山料理老太爺
後事，請班主一定不要推辭。」

　　「哪裡話，哪裡話！蘭團長是國家棟梁之才，若能效微薄之力乃于某
之幸。」這可是件大活兒！于得水心下一喜。蘭雙禮也是這順和鎮上的名
人，年紀輕輕就當上國軍團長，又和家中爺爺感情深厚。

　　「雖說老爺子八十有九，也算是白喜了，但畢竟人走了，再也見不
著，蘭團長說了，價錢不論，必得把老爺子的喜喪辦得風風光光。能不能
遂了這份心願，就要仰仗您于家班了，于班主，拜託了。」

　　劉副官將包裝得十分精緻的定金箱子放在桌上，告辭離開。于得水送
他出門，作了一揖：「請蘭團長放心，于家班一定成全這份至孝之心！明日
一早，準時上門。」

　　回到院子裡，于得水拿起毛筆，一邊思考一邊列出要新添置的行頭和
樂器。于鎮山風風火火地闖了進來，于得水將墨汁未乾的單子交給兒子。

　　「爹，又接大活了？」

　　「鎮山，趕緊去套馬車，帶著你妹去城裡置辦一批新傢伙回來。蘭團
長的身分你是知道的，咱拿了大價錢就要把活兒給人家做漂亮了！」

　　于鎮山接過單子，小心地折好收進懷裡。

　　「放心吧爹，我拎得出輕重呢。馬上就去辦。咦，我妹呢？」

　　　　　　※　　　　　　　　※　　　　　　　　※

　　于冬梅正在自己房間裡給柳二妮看衣櫥中的衣服，讓她挑喜歡的換上。
其實于冬梅並不算是大城裡的姑娘，只在縣城讀過幾年中學，但她的這一櫥

衣服對柳二妮來說便是從未見過的好衣服了。換上于冬梅遞來的一身衣服，柳二妮開心地轉起了圈。「姐，這是俺這輩子穿過的最好的衣服。」

于冬梅忍不住捂著嘴笑了起來：「你才多大，別說什麼一輩子一輩子的。等你長大了，會有穿不完的好衣服。二妮，快照照鏡子，真好看！」

兩個女孩子頭挨著頭，笑臉一齊映在鏡子裡。屋外傳來了于鎮山的喊聲：「冬梅，冬梅！好了嗎？哥帶你們去城裡逛逛！」

于冬梅掀開簾子，探出頭來讓哥哥等一下。過了一會兒，她和梳洗好的柳二妮手拉著手出來，頑皮地從背後打了一下于鎮山。「哥，快瞧瞧，這個妹妹是不是比我好看？」

于鎮山轉過身，看看柳二妮，一笑。「是個水靈丫頭。不過，在我眼裡，還是我的冬梅最好看，誰也比不了！」

「鎮山哥，俺也覺得冬梅姐最好看呢！」柳二妮甩甩烏黑的辮子，一臉認真，于冬梅又捂著嘴哧哧笑起來。三個人有說有笑地走出院子，坐上了門外的馬車。

「兩位妹子，坐穩了！」于鎮山回頭喊了一嗓子，揚起鞭子，馬車朝著城裡疾馳而去。

※　　　※　　　※

他們來到了縣城裡的商業街，沒過多久，于鎮山手中就抱了不少樂器和辦白事必需的用品，柳二妮緊緊跟在于冬梅身後，兩人手上也滿是東西，她帶著一臉新奇的神情，對什麼都看個不停。

「差不多齊了，走，咱們再去買點喪服。」在于鎮山的招呼下，三人穿街走巷，來到殯葬一條街。不長的街道滿是一家挨著一家的壽衣店、花圈店。于鎮山打頭走進一家店，裡面掛滿了白色粗麻的素衣、素裳、素冠。柳二妮也緊跟著走了進去，落在最後的于冬梅正要抬步，卻突然聽到一陣令她無比在意的樂聲。

她聽過這種樂器演奏的聲音，以前聽到的時候就很喜歡，覺得音色清亮又綿長，十分美麗。這次的樂聲如泣如訴，在那美麗的音色之上，又有著更加觸動她內心的豐富情感。凝神細聽了一會兒，她獨自循著聲音飄來的方向匆匆走去。

　　道路的一旁，是東方海在拉小提琴。他拉的是馬思聰的〈思鄉曲〉，儘管衣衫破舊、滿臉風塵，一心一意拉琴的他那深沉內斂的氣質，深深地將于冬梅吸引。

　　聽琴的人沒有幾個，一曲終了，郭雲鵬拿著琴盒前來收錢，幾個人紛紛躲開走了。只有于冬梅還站在原地，她將一張錢放進琴盒，有些不好意思地開口：「這個，叫什麼？」

　　東方海向她點頭道謝：「這是小提琴，西洋樂器。」

　　于冬梅想了想，又將一張錢放到琴盒裡，東方海有些驚訝：「這位姑娘，你已經給過了。」

　　「我想……想看一看你的琴，可以嗎？」

　　「當然可以，給。」東方海把琴遞給她。

　　于冬梅小心地接了過來，輕輕地摸著琴弦，生怕弄壞了。她把琴還給東方海後，又放了一張錢到琴盒裡，這次東方海笑了起來。

　　「姑娘，你真的不用再給錢了，你有什麼想問的儘管問。」

　　于冬梅臉一紅。「這琴，和二胡有點兒像，但比二胡多了兩根弦，拉出來的音樂真好聽！這聲音，我在大戶人家的留聲機裡聽到過，一聽就喜歡得不行。沒想到是這樣一個寶貝東西發出來的，我覺得它的聲音比二胡更好聽。」

　　東方海很有耐心地對她講解著：「小提琴雖然與二胡都是弦樂，可是二胡只有兩根弦，並且弓夾在兩弦之間，很受束縛。而小提琴有四根弦，弓可以自由活動，演奏時可以拉也可以撥，弓法包括跳弓、頓弓等等幾十種。這樣小提琴就比同樣是弦樂的二胡靈活很多。」

于冬梅認真地聽著，又想起新的問題：「你剛才拉的什麼曲？聽得人好想哭……」

東方海低頭看了一眼手中的琴，心頭浮現許多事情。「這是馬思聰先生的〈思鄉曲〉。這首曲子的靈感是一首綏遠民歌，名為〈城牆上跑馬〉。」

「那你唱給我聽聽。」

東方海點點頭，輕聲哼唱起來，于冬梅出神地聽著。真好聽啊，無論是小提琴的樂聲，還是這個人的歌聲。惦記了那麼久的聲音，今天終於讓她見到了，還知道了這樂器的名字叫作小提琴。

可是這樣一個氣質出眾的人，會將一件西洋樂器演奏得這麼好，為什麼會在山西這兒的一處縣城賣藝？還有那樂聲，聽來內心隱隱刺痛，無論如何都放心不下，僅僅是因為小提琴的音色，或者〈思鄉曲〉的音律？還是說，在那之下，埋藏著一個人內心的……自己又為什麼站在這裡，挪不開步子呢？是想要確認什麼，想要努力從聽到的聲音中分辨出什麼嗎？直到東方海又拿起小提琴，開始演奏新的一曲時，于冬梅仍是默不作聲地站在那裡。

※　　　　　　※　　　　　　※

挑好東西結帳時，于鎮山才發現妹妹不見了。柳二妮一門心思都在那些紙人紙馬紙屋上，被于鎮山問起也茫然地四處張望。好在東方海拉琴的地方距離這家店並不遠，他們花了一點兒時間就找到了還在聽琴的于冬梅。

「哎呀妹子，你怎麼跑這來了？」

「噓，別吵，人家在拉小提琴。」于鎮山探出頭看了一眼裝錢的琴盒，搖了搖頭。「就這麼點啊？」

郭雲鵬從琴盒裡拿出僅有的三張錢，對著于鎮山指了指一旁的于冬梅。「這張，是這位小姐給的。這張，也是這位小姐給的。」

于鎮山打斷了他，學著他的口氣。「你不用說了，這張，還是這位小姐給的！」

于冬梅把于鎮山拉到一旁，壓低了聲音：「哥，你就別添亂了，這位拉

小提琴的大哥，肯定遇到難處了，咱還是想辦法幫幫他吧。」

「我說妹子你這是中啥邪了？你不是給了錢了嗎？還怎麼幫啊？走走走，回家吧，爹還等著呢。」于鎮山奇怪地看著妹妹。

「那你自己回吧，我不回去了。」

看到于冬梅有些生氣，于鎮山愣住了，從小到大，妹妹少有這麼任性的時候。「你看你，你看你。叫我說你啥好嘛，好好，那我再多給他點錢行了吧？」

「你小聲點，人家是讀書人，不能傷了人家面子。我不管，你想辦法。」

「又要幫人，又要顧人面子，你說我怎麼就攤上你這麼個妹！」

于鎮山瞪大了眼睛，正拿妹妹沒辦法，這時看見站在一旁的柳二妮，靈機一動，招手喚她過來。

「二妮，你唱個酸曲兒，叫大夥兒樂和樂和。」

柳二妮爽快地答應了，往人前一站，亮開嗓門就唱了起來。她的歌聲吸引了一大群人，人們不斷地叫好，她一邊唱著情歌，一邊給郭雲鵬遞眼色。于鎮山走過來，拍了愣著的郭雲鵬一巴掌。

「傻小子，想什麼哪，人家不是對你有意思，是讓你趕緊收錢。」

郭雲鵬這才明白，趕緊拿了一頂帽子走到人群跟前，人們一邊樂著，一邊將錢放進帽子裡。曲子唱完了，人群散去，東方海看了郭雲鵬一眼，明白那目光中的意思，郭雲鵬猶豫了一下，還是把帽子遞給了柳二妮。

「給，這是你唱來的錢。」

柳二妮背起手不要，用眼神向鎮山和于冬梅求助，于鎮山乾脆地站了出來。

「別推來推去了，這樣吧，你們要是不好意思全拿，就一人一半好了。」

「不不不，無功不受祿，這錢不該我們得。」東方海一邊仔細將小提琴收進琴盒裡，一邊搖頭推辭。

　　于鎮山見狀，有些不耐煩起來：「我說你這傻書生咋這麼磨嘰，你看看你自己都快混成乞丐了還死要面子！面子要是能當飯吃，你還賣什麼藝啊？我跟你說啊，你拉的那洋玩意兒叫小提琴對吧？那好是好，但沒幾個人能聽懂啊。想活命，就得學二妮，最起碼能讓人家聽了樂和一把。」

　　東方海無言以對，看到他一臉窘態和一旁于冬梅投來的不滿眼神，于鎮山也覺得自己說得太過了些，只好轉移話題：「你們從哪兒來？」

　　「上海。」

　　「你們這是探親，還是訪友啊？」

　　「回老家，順和鎮。」

　　于冬梅臉上滿是驚喜的神色。「去順和鎮？我們就是順和鎮的呀！」

　　東方海一聽，也面露喜色。「你們是順和鎮的？」

　　于冬梅點點頭。「我們順和鎮有個東方教授在上海，是個歷史學家，你們認識嗎？」

　　「正是家父。姑娘怎麼知道？」

　　東方海有些意外，于冬梅卻更加驚喜起來。

　　「原來是東方少爺！順和鎮誰不知道上海東方家呀，我讀書的時候也聽我們老師說起過，說東方教授學富五車，是咱順和鎮的驕傲。」

　　「那我們可以和你們一起走嗎？」郭雲鵬忙湊上來，也是一臉激動與期待。

　　于鎮山爽快地點了點頭。「當然可以。東方兄弟，你家在這一帶，名聲可大了。」

※　　　　　　※　　　　　　※

　　東方海和郭雲鵬跟著于鎮山一行，登上了馬車。于鎮山策馬揚鞭，車子向順和鎮的方向開動。路上，于冬梅開心地唱起了歌，都是些當地人們耳熟能詳的、抒發好心情的歡快曲子，柳二妮也跟著她一起唱著，歌聲在藍天白雲間飄蕩。

在這樣明亮的嗓音下，東方海的面容不知不覺柔和了起來，迎面而來的微風也彷彿能夠撫平一切似的令人舒暢。他心中明白，這一程抵達的並非歸處，暫時的平穩過後，他仍是要去到戰場上的。儘管如此，此刻這份安寧的心情無比真切。

馬車停在於家大院門外，于冬梅從車上跳下來，對著院子裡高喊：「爹，我們回來了！」

幾個人都跳下馬車，把各樣樂器、用具從車上搬下來。于得水聞聲迎了出來。

「咋這麼晚才回？都置辦齊全了嗎？」

「都齊全了，爹就放心吧。」

看見于冬梅身旁多了兩個衣衫破舊的人，于得水撇了撇嘴。「這是咋回事？讓你們去採辦個物件，你們就帶回來兩張吃飯的嘴？」

東方海聽了，尷尬地轉身想走，于冬梅一把拉住他，把他推到于得水身前，說：「爹，這是上海來的東方少爺。他是來順和鎮投親的，正好碰上了，就一路回來了。」

「東方少爺？上海？東方千里你可聽說過？」于得水愣了一下。

「正是家父。」

看到東方海點頭，于得水哎呀一聲，熱情地上前握住他的手。

「東方教授可是咱鎮子上的名流，于某仰慕已久，可惜一直無緣相見，沒想到東方公子會光臨寒舍，快請快請！」于得水拉著東方海進了院子，留下于鎮山于冬梅兄妹倆相視一笑。

※　　　　　　※　　　　　　※

等眾人帶著東西都進到院子裡後，于得水吩咐于冬梅把東頭的正房收拾好給東方海住，又吩咐于鎮山去叫廚房多添幾個菜。于冬梅滿心雀躍地答應著，跑進一間屋子，打開櫃子抱出一床被子。正準備出去，她想了想，又從另一個上鎖的櫃子裡換出一床嶄新的錦緞被子，抱去給東方海收拾房間。

于得水則將東方海領進客廳。「東方少爺，請坐。」

「于班主，論輩分您是長輩，您就叫我阿海吧。」

于得水點點頭，跟著東方海坐下來。「好，阿海，東方家離開故土多年了，怎麼你想起此時回來？冬梅說你來投親，可令尊令堂沒告訴你東方家在順和鎮已經沒人了嗎？我聽說，上海那邊戰事吃緊，他們可安好？」

東方海眼眶紅了，他緊咬著牙，好不容易才擠出一句話：「上海淪陷了，我爸媽都被鬼子殺了……」

「你說的都是真的？」于得水大驚失色。

「上海淪陷半個多月，他們在南京路……」

眼看著東方海低著頭，無法順利說下去，于得水長嘆一聲：「原來是這樣，真是天有不測啊。東方教授是我仰慕已久的人，阿海，你既然逃難至此，就先安心在我這住下吧。我于家班與世無爭，憑手上的傢伙掙一碗飯吃還是沒問題的。」

「于班主，我身負血海深仇，此仇不報何以為人！」東方海抬起頭來。

于鎮山撇了撇嘴道：「就憑你這樣一介書生，就會拉個琴，渾身沒有四兩力，養活自己都難，拿什麼報仇啊？」

「我要過黃河，到延安去找八路軍，找共產黨。」

看他態度堅決，于得水只好點了點頭，說：「有志氣！殺父之仇，不共戴天，該報。能幫你的，我一定幫。」

東方海感激地道謝，于得水搖搖頭，看起來有些無奈。

「又是要去延安的。」

「爹，延安是真的好——」早就收拾好房間，來到客廳中聽著他們對話的于冬梅忍不住插了一句嘴。于得水立刻豎起眉毛，厲聲道：「冬梅，這個家我說了算。你和鎮山可不能去延安！」

這時，傳來管家開飯的喊聲，于得水站起身來，揮一揮手。

「走，一定餓壞了，先吃飯！」

※　　　　　※　　　　　※

到了晚上，東方海聽到于鎮山在吹嗩吶。他聽了一會兒，便把譜子記在紙上，又思索了片刻，從房間走了出來。

「鎮山哥，你這一段音樂我聽著有些單薄，可以改變一下。」

「你還會編曲？」于鎮山停下來，驚訝地看著他。

東方海將手裡拿來的一張寫著五線譜的紙遞過去，于鎮山接過來一看，有些發蒙，說：「這啥嘛，我哪看得懂這些小蝌蚪啊？」

「我拉給你聽。」東方海想了想，回房間拿出小提琴。他將改編好的曲子輕聲拉了起來，不一會兒，于得水、于冬梅、柳二妮都被琴聲吸引出來了，幾個年輕人圍成一團聽著，于鎮山第一個叫好。

「好，好！是比我原來的好多了！」

于得水踱步過來，也驚嘆著：「東方家真是輩輩都出人物啊。小小年紀，懂得這麼多，真是奇了。」

東方海有些不好意思地笑了笑：「于班主過獎了。這一路聽鎮山大哥說，這方圓幾十里，請不到于家班，男不婚，女不嫁，葬老人請不到于家班，女不賢，子不孝。班主肯定忙壞了。」

「忙是忙些，可高興。咱于家班沒別的，一靠本事，二靠誠信。回頭再給你細說，我得準備明天的活兒，蘭團長家的白喜可不是能隨便對付的。冬梅、鎮山、二妮，你們可都得要給我千當心萬當心的。」于得水很是得意。

「于班主，明天我能跟你們一起去嗎？我想見識一下。」

面對東方海的請求，于得水爽快地答應下來：「當然可以！鎮山，剛才那段就照阿海的這麼改！」

「好嘞！我再練練！」于鎮山答應著，又吹起了嗩吶。

※　　　　　※　　　　　※

第二天一大早，于家班一行人就趕到了蘭家府中。在于得水事先吩咐

下，所有房門都用白紙糊好了門框及閂心，設在正方大廳的靈堂前也架起了十分考究的靈棚，黑黃兩色的緞帶披掛在層層門庭上，掛滿了祭幛、輓聯以及念經用的水陸。

人們一進到蘭府，就能感受到悲愴而莊嚴的氣氛。貴重的陰沉木棺槨停放在大廳正中間，牆上懸掛著蘭老爺子的巨幅黑白遺像，門口衛隊一色的臂戴黑紗，內眷親朋一律素服重孝。國軍團長蘭雙禮粗白布孝袍，麻繩帶紮在腹部，迎候著一批又一批的弔唁來客。

于家班賣力地吹奏著，于鎮山正帶著三名吹鼓手吹起前一晚經東方海改編過的嗩吶四重奏，弔唁的人們聽得嘖嘖稱奇。于得水又示意柳二妮和柳富貴，白衣素服的父女兩人跑去跪在棺槨旁邊，唱起了哭喪調。嗓子一亮出來，眾人皆驚，滿堂肅靜。

在嗩吶聲的伴奏中，于冬梅也加入其中，哭喪曲唱得令人斷腸。蘭雙禮哭得泣不成聲，一片嗚咽。弔唁的賓客在靈前跪叩，哭悼，蘭雙禮帶著一眾親眷叩謝還禮。

八個戴孝的漢子綁好了巨大的黑漆棺材，只聽于得水一聲高喊：「眾孝子聽著，起駕咯——」

棺材被抬出了堂屋，蘭雙禮抱著遺像走在隊伍前面，長長的送葬隊伍緩緩前行。白幡飄舞，白色紙錢漫天飛揚，哭喪調在天地間縈繞。

東方海跟在隊伍的最後面，久久不能從震撼中恢復過來。

五　情敵

　　柳二妮拉著于冬梅走進東方海房間時，只見他正埋頭在紙上寫著什麼。柳二妮雖不識字，遠遠看去，也看得出他不是在寫字，不禁十分好奇：「上海哥哥，你這滿紙的小蝌蚪是啥啊？」

　　聽到聲音，東方海放下筆，轉過身來，遞給二人幾張記好的譜子。

　　「這是五線譜，我在記你們在蘭家葬禮上唱的曲子。」

　　「五線譜？」于冬梅納悶地翻看著，倒覺得那五條線和小提琴上的弦似的，此外也看不懂什麼。

　　「嗯，有了這個東西，就可以記下任何一首曲子了。」

　　「真的假的？」聽到東方海的話，兩個姑娘同時一臉驚訝地抬起頭來。

　　「對啊，不信我拉給你們聽。」拿出小提琴，東方海對著寫好的譜子拉起來，一曲接著一曲，全是柳家父女在蘭家葬禮上唱的哭喪曲。

　　「上海哥哥，這些曲兒你怎麼都會呀？」柳二妮聽著，驚訝地瞪大了眼睛。

　　「這麼多曲子，你聽一遍就全會了？」于冬梅也不敢相信地瞪著雙眼。

　　兩人的表情實在誇張得可愛，東方海忍著笑意，拍了拍桌上的一小摞譜子，說：「這不，就是靠這個五線譜記下來的呀。那你們是怎麼學唱歌的？」

　　兩個姑娘對視一眼。

　　「俺就是俺爹教我，一句一句學的啊。」

　　「我們都是這樣學的，我唱歌，我哥學吹嗩吶，都是沒有曲譜的，全靠口耳相傳，像我哥，是聽了師父吹的曲子後，自己再靠著記憶吹曲，用我們的行話講就是『刮耳音』。」

　　「真不容易！」這回輪到東方海露出驚訝的神情。

于冬梅點點頭，道：「可不是呢，我們學個藝那是要脫幾層皮的，師父就是教，唱的也都是宮商角徵羽，而且吹曲不分小節，就是一口氣往下吹，十分難學，最後能吹成氣候的那真是鳳毛麟角了。」

「俺連冬梅姐說的這些都不懂……」柳二妮揪著辮子，突然抬起手拍了一下。「上海哥哥，你能教俺們認這些個小蝌蚪嗎？」

于冬梅也在一旁投來期待的目光，東方海爽快地答應下來：「當然可以，來，現在就開始！」

三個人坐下來，頭挨著頭，開始了五線譜的教與學。這一幕被路過的于得水看在眼裡，心中暗生計議，東方海是個對于家班會有大用的人才，他決定找機會好好談一談。

※　　　　　　　※　　　　　　　※

當日晚些時候，劉副官代表蘭團長登門道謝，因為喪事辦得風光，給了加倍的賞錢。于得水心下很是得意，又是好禮又是感謝，送走劉副官後，意氣風發地帶上于家班全員去了順和鎮最好的酒樓。

酒樓大包間裡，桌子上滿是豐盛的酒菜，于得水將蘭家追加的賞錢打成一摞紅包，分給眾人，發到柳二妮時，不忘大聲誇讚：「妮子唱得好著呢，給咱于家班長臉了！來，給你，去做身漂亮的新衣裳。」

「俺爹說不能亂花，要攢著給俺辦嫁妝。」柳二妮高興地接過來，立刻交給身邊的柳富貴。

「小妮子不害臊呢，是不是急著想和哪家的哥哥對酸曲呢？」于冬梅逗她，柳二妮率真地笑了。

「俺要有相中的哥哥，就和他對上三天三夜呢！」

眾人都哈哈大笑，于得水又遞給東方海一個紅包。「阿海，你也有份，給！」

看東方海推辭不要，于冬梅接過來強行塞給他。「你這人真是的，快拿著，這是你應得的。」

于得水想起白天的計議，覺得此時正是個好機會，便輕咳一聲，還煞有介事地將手中的錢票抖了抖。

　　「阿海啊，看到了吧，想要在亂世中自保，首先是要好好活著，活著靠什麼？手藝嘛。我告訴你啊，一切都是假的，只有錢拿到手上才是真的。亂世，那就隨它亂去吧，普通百姓就像是根草，再大的風，就算吹折了草，來年新的小草也就長出來了。草民這個自稱，還有古人說的『野火燒不盡，春風吹又生』，就是說的這個理。阿海，我替你打聽過了，眼下到了黃河汛期，水太大，我看你找八路軍的事要從長計議了。這樣，你要是不覺得委屈，不如就先加入我們于家班。別的不敢說，但我保你能過上安生日子。」

　　沒想到于得水這一番大談生活經最後會落到請自己留在于家班這一處，東方海不禁怔了一下。他明白于得水也是一番好意，然而他所期望的，並不是過上安生日子。

　　「覆巢之下焉有完卵？如今這世道哪裡又容得下我苟且偷生？」

　　看東方海訥訥的樣子，儘管對他所說的語句並沒有全然理解，但多少懷著相似心情的于冬梅開口道：「爹，東方哥說得對，你睜開眼睛看看哪，都快國破家亡了，你還就想著過自己的小日子。」

　　于得水瞪了于冬梅一眼，道：「你就是整天看那些書把腦子都看壞了，一個女娃兒家老想那些打打殺殺不著調的事！雖說這是亂世，南京都城、太原省城，都掛了什麼膏藥旗，可順和鎮不是還安安穩穩的嗎？你不是還好好地坐在這兒吃香喝辣嗎？是餓著你了還是凍著你了？你看見國破家亡了？」

　　東方海再也忍不住，站起身來，激動地說：「我看見了！上海已經變成屍山血海，南京更是成了人間地獄！人們一個一個、一家一家地倒在這血海中，我……」他說不下去，渾身顫抖，痛苦不堪地捂著臉，于冬梅聞言也落下淚來。

　　「大姪子，大姪子，對不起，勾起你的傷心事了。來，喝酒喝酒。」

　　看到場面變得有些尷尬，于得水慌忙打著圓場。好在席間其他人並不像于冬梅般被東方海所說的話觸動，一場慶功宴也就順利繼續了下去。

※　　　　　　※　　　　　　※

　　夜裡，于鎮山敲響了于得水的房門，父子二人在桌邊坐下。

　　「爹，我妹心裡有人了。」于鎮山沒頭沒腦來了這麼一句，于得水愣住了。在他眼裡，女兒還沒長大呢，天天讓他操心，生怕最後沒個好歸宿，對不起孩子們過世的娘。

　　于鎮山有些著急地加重了語氣：「真的，我妹看上那白面書生了。」

　　「你是說東方少爺？」

　　于鎮山抱起雙臂，點了點頭，神情很是複雜。

　　「除了他還有誰？我妹一看見他，兩眼裡就嚕嚕嚕冒火苗呢。你沒見她把自己的嫁妝，那嶄新的緞料被子都拿去給那小子用了？」

　　「是嗎？」聽到于冬梅動用了那床重要的被子，于得水有些驚訝。

　　「試一試就知道了，我去試試東方少爺，爹你試試我妹。」

　　聽到于鎮山的提議，于得水老到地點了點頭。其實他不是沒看到，只不過沒往這上面多想，試試總是不礙事的。

※　　　　　　※　　　　　　※

　　第二天一早，于鎮山就去了東方海房間，走到門口，看到他正在寫曲子，又不知道該怎麼試，停了下來。東方海抬頭看見他，趕緊放下筆。

　　「鎮山哥，快進來坐。」

　　于鎮山走進屋裡，摸了摸那床絲緞的龍鳳棉被，問：「這被子蓋得舒服不？」

　　東方海連忙點頭，看他那副一無所知的樣子，于鎮山有些不悅地嘀咕起來：「你當然舒服了，那是我妹給自己備下洞房用的，便宜了你這小子……」

　　「鎮山哥，你說啥呢？」東方海只見他嘀嘀咕咕，沒有聽清，于鎮山礙

著妹妹的面子又不能明說，只能不好意思地搓著手。

「沒啥，沒啥，你在編曲呢？我能看看嗎？算了，你那洋玩意兒，我也看不懂，不如你給我講講？」

「行啊，我正要找你呢，這些天我一直在琢磨，怎麼能讓民間音樂和西洋音樂結合起來。」東方海微笑著點點頭。

「要真能合成，那咱于家班可就吹遍江湖無敵手了！你快弄出來。」于鎮山眼睛一亮，興奮起來。

「我上次聽你吹了一曲，記下來了，改編了一小段，要不，我們試試？」

于鎮山一樂，摸了摸頭，說：「嘿，你小子，本來是我來試你的，現在倒成了你試我。」

看到東方海一臉疑惑，于鎮山慌忙擺了擺手，跑去拿了嗩吶回來。東方海照著曲譜哼出來，于鎮山邊聽邊記下。

「行，我記住了，這曲兒好聽！我先吹一個，你聽聽。」

于鎮山把方才東方海教的曲子用嗩吶吹出來，東方海由衷地讚嘆著：「對，一個音符都沒錯，你記憶力真好！」

「我可不是跟你吹，我這『刮耳音』的功夫可是童子功！」于鎮山得意地挺起了胸。

「知道你屬害了，咱們合奏一曲試試？」

兩人就用小提琴與嗩吶合奏了一曲，樂聲悅耳又和諧，吹完這一段，于鎮山很是高興地說：「好聽好聽！阿海你趕快寫完。」

東方海也欣喜地點了點頭，想起今天還有事情要做。「哦，對了，鎮山哥，要沒什麼事，我就帶冬梅她倆去買五線譜的書了。」

于鎮山這才想起自己來找東方海的目的：「等等，我還有幾句話想問你。」

「好，你說。」

憋了半晌，他也實在不知道該怎麼問出口，只是毛躁地蹦出一句話：「你

記住，你得對我妹好，我可就這麼一個親妹子，你敢讓她傷心，我揍你！」

丟下這句話，于鎮山轉頭就走，留下東方海不明所以地看著他的背影。

※　　　　　　　※　　　　　　　※

于冬梅站在門口。于得水將于冬梅叫到屋裡，招手讓她進來坐。

「啥事啊，爹？二妮還在等著我一起去找東方少爺學五線譜呢。」

「坐下，有大事跟你說。」

于冬梅只得乖乖坐下。于得水不慌不忙地將遠近幾戶人家的公子數了個遍，于冬梅卻又是搖頭又是撇嘴，只說不嫁人，要在家陪著爹。于得水一臉無奈：「你這丫頭！左不是右不是，我看就給你個太子你也要嫌他沒登基。」

這時，于鎮山從門外闖進來，道：「爹，我說中了吧，我妹她有心上人了！」

「哥就會胡咧咧呢，爹你別信他。我不跟你們說了，東方少爺要教我們識譜呢，他該等急了。」于冬梅臉一紅，急急地說完，奪門而出。

「我看是妹子你心急了吧？哎妹子，一會兒回來哥還有個好東西要給你呢！」于鎮山衝著她的背影高聲喊著。

回過頭，他衝于得水一樂。「爹，這回你信了吧？」

「東方家的家世背景和聲望，還有東方少爺了不得的音樂天才……」于得水何嘗不希望於家能有個光耀門楣的好女婿，不過他覺得情況並不樂觀。「只怕是你妹子一廂情願啊。」

「他敢不答應？還有比我妹更好看的人嗎？他敢傷我妹的心我揍他！」于鎮山眉毛一豎。

「胡鬧！」于得水搖頭嘆氣。

※　　　　　　　※　　　　　　　※

這些日子對於丁小蝶來說，是人生中最為淒慘灰暗的時光。一路乞討，露宿街頭，好不容易到了順和鎮，她滿面病容、衣衫襤褸地蜷縮在路邊。

郭雲生看在眼裡，急在心裡，只能在路旁的地裡翻找能吃的東西，找了半天才挖出來一隻土豆，他將土豆遞給丁小蝶，又去找烤土豆用的柴火。抱著幾根柴火走回來時，他留意到路上有說有笑的一行人。

　　「小姐，你快看！」

　　「看什麼？」丁小蝶疑惑地抬起頭，只見郭雲生用手指著兩男兩女，激動得說不出話來。她一下子認出了東方海的身影，覺得像做夢一樣，不知哪來一股力氣，站起來就去追。追了兩步卻又停了下來，她看著自己髒兮兮的一雙手，聲音也和兩隻手一起發抖：「雲生，哪裡有水？」

　　郭雲生被問蒙了，他還指著前面，著急地說：「小姐，東方少爺，看，東方少爺——」

　　丁小蝶像是沒聽見，轉身向來時路過的山丘跑去。郭雲生一看著急了，轉身向東方海他們追去，一邊跑著一邊叫著：「阿海！阿海！等等我！」

　　先是于冬梅聽見了，她停下腳步，問：「東方哥，是不是有人叫你？」東方海停了下來，回頭望去，看到郭雲生急急跑過來的身影。郭雲鵬也看到了哥哥，他欣喜地叫了一聲，跑著迎了上去。東方海環顧四周，臉上浮現焦急的神色：「小蝶呢？她怎麼沒跟你在一起？」

※　　　　　※　　　　　※

　　總算跑到了記憶中山丘下的那處小水溝，丁小蝶慌亂地用手掬起水清洗自己的臉，自言自語：「怎麼是這樣？怎麼回事？」

　　蹲在水溝邊，看著自己髒兮兮的倒影，她的眼淚不停地往下掉，不知道該怎樣才好。追過來的東方海在不遠處停下，看著丁小蝶這個樣子，他感到心很痛，一時竟也不知該怎麼辦才好。默默地站了一會兒，他終於忍不住衝了過去。

　　「小蝶！」

　　聽見那每天都在牽掛的熟悉的聲音，丁小蝶站起來，轉身跑向東方海，一頭扎進他的懷裡，哭喊著：「阿海！阿海！」

　　東方海定了定神，看向懷裡的丁小蝶，伸手擦掉她臉上的眼淚。那張總是白淨精緻的臉滿是灰塵，被淚漬弄得痕跡斑斑，令他心疼不已。

　　「小蝶，你怎麼弄成這樣了？」

　　丁小蝶更加委屈了，她嗚嗚地哭著，又是生氣又是開心地捶打著東方海。「都怪你！都怪你！我還以為再也見不著你了！」

　　跟著追過來的于冬梅和柳二妮看到這一幕，都愣住了。

※　　　　　　※　　　　　　※

　　一行人回到了于家大院，東方海帶著丁小蝶進了房間，倒了一杯水給她。「小蝶，我不知道你這一路竟受了這麼多苦，對不起，我不該離開你的。還好，你沒出什麼事，要不然我真是……小蝶，你怎麼了？」

　　丁小蝶眼前一陣發黑，搖晃了兩下，東方海忙扶住她，伸手摸了摸她的額頭。「哎呀，你在發燒。小蝶，于班主一家都是好人，你且安心住下。我去給你抓點藥來，你先休息一會兒。」

　　東方海匆匆離開，院子另一端的廚房裡，于冬梅正生火燒水，灶裡爐火正旺，照著她臉上被煙熏出來的淚漬。她心情複雜地抬手，用袖口抹了一把臉。水燒好後，于冬梅將燒好的熱水兌了些冷水倒進大木桶，拎到了丁小蝶的房間，放下水，她又從自己屋裡抱了一堆東西來。

　　「你先洗個澡吧，這毛巾衣服都是新的，只是鄉下東西，你且將就著用吧。」

　　丁小蝶感激地道謝，于冬梅走了出來，替她掩好門。

※　　　　　　※　　　　　　※

　　于鎮山趕著馬車回來，遠遠看見柳二妮等在院門口。他還沒停好車，柳二妮就跑著迎了上來，一臉慌亂，直叫著「不好了，不好了」，于鎮山驚愕地問出了什麼事。

　　「那個，上海哥哥，他，他……」

「他咋了，別急，你慢慢說。」

「上海哥哥的媳婦找上門來了！」柳二妮深吸一口氣。

「什麼？他有媳婦？」于鎮山睜圓了眼睛。

「就住冬梅姐隔壁那間房。」柳二妮點點頭。

「妮子，你幫哥把馬拴好，哥去收拾那個狐狸精。」于鎮山急匆匆地把馬鞭交給柳二妮。

柳二妮接過馬鞭後，于鎮山氣沖沖地跨進自家院子，直朝著丁小蝶房間奔去。他一把推開房門，正撞見丁小蝶在洗澡，屋子裡水氣彌漫，于鎮山下意識地抬手擦了一下臉，也沒看真切，只覺得似雲霧中有一個仙子一般。

他猛然退到門外，訥訥地道歉，關上了門，心煩意亂地走進院子，差點撞上心急火燎趕來的于冬梅。

「哥，我聽二妮說了，你可不能亂來……」

于鎮山不等她說完就拉著她走進了自己房間，按著她坐下，又心事重重地給她倒了一杯水。

「妹子，你在哥眼裡最好看！」

「哥，你說啥呢？」不知于鎮山發的什麼癔症，于冬梅伸手在他眼前晃了晃，于鎮山抓住她的手。

「妹子，你聽我說，哥明天就去給你買最貴的料子，給你買最好的胭脂水粉，把你打扮得跟城裡人一模一樣，上海小姐有啥了不起，咱把她比下去，對，比下去！」

于冬梅噘起嘴道：「她是她，我是我，誰要和她比。」

「好好，不比，不比。差點忘了，哥還有樣好東西給你。」于鎮山掏出一個精緻的小盒子遞給于冬梅，「這是我好不容易收來的，人家告訴我，這香胰子，就加入了青木香、甘松香、白檀香、麝香、丁香五種香料，同時還配有白僵蠶、白朮等多種可以讓皮膚白皙細膩的中草藥，還有滋養潤澤皮膚的雞蛋清、豬胰，用後皮膚細滑，香氣撲鼻，很是珍貴的。你聞聞，香不香？」

于冬梅接過來，聞了聞，開心地點點頭。

※　　　　　　※　　　　　　※

第二天清晨，于鎮山從房間走出來，正撞上丁小蝶在院子裡壓腿練功。

「早！」丁小蝶禮貌地微笑著問好，于鎮山不太自然地點了點頭。

「小蝶，怎麼不多睡會兒？身體都好了嗎？」東方海從一旁走了出來。

一看到他，丁小蝶滿面笑容，親熱地叫著：「阿海，早！我沒事了，好久沒練功了，骨頭都硬了呢，今天你再陪我練練。」

「好。」

聽著二人的對話，于鎮山滿臉不悅，他套好馬車，揚起鞭子，奔馳而去。

傍晚時分，于鎮山從城裡回來，夾著一個包裹，興沖沖地將布置飯桌的于冬梅和柳二妮拉到屋裡。

「快來看看，哥買了什麼？」于鎮山打開包裹，拿出幾塊布料遞給于冬梅。「妹子，你好好看看，這料子可是今年開春才上市的，大城市裡來的正宗行貨，喜歡嗎？」

「真漂亮！哥，你眼光不錯啊，花了大價錢吧？」于冬梅把布料拿在手上細細看著。

「錢算什麼，只要我妹子喜歡，那就值，有錢能買來我妹子高興嗎？二妮，來，這塊是專門給你買的。」于鎮山大咧咧地揮了揮手。

「鎮山哥，你待俺真好！」柳二妮高興地接過布料。

「怎麼沒看見阿海？」于鎮山搓了搓手，探頭向院子裡張望著。

柳二妮不高興地撇了撇嘴說：「上海哥哥天天陪著那個女的，就在鎮子西頭那個亭子裡，那女的穿一身怪裡怪氣的衣服，顛個腳尖不停地轉圈，上海哥哥就在一邊給她拉琴，這兩天都沒空教俺和冬梅姐認五線譜了。」

于鎮山一聽，臉色都變了。于冬梅趕忙使了個眼色，柳二妮醒悟，猛地捂住自己的嘴。

　　　　　　　※　　　　　　　※　　　　　　　※

　　于鎮山以練習合奏為由，將東方海單獨約到亭子裡。等東方海背著小提琴來到時，他一言不發地黑著臉。

　　「鎮山哥，你的嗩吶呢？說要練合奏，怎麼嗩吶都不帶？」東方海渾然不覺。

　　于鎮山盯了他半天，突然揮起拳頭，東方海臉上猝不及防挨了一拳，整個人都被打蒙了。「于鎮山，你為什麼打我？」

　　「不服？這一拳是替我妹揍的！我問你，你想不想娶我妹？」于鎮山收回拳頭，挑釁地望著他。

　　「不想。」看東方海想都不想就這麼回答，于鎮山氣得又把拳頭掄起來。意識到自己話說得不清楚，東方海趕忙解釋：「我是說，我和冬梅在一起，相處得很好，我們是好朋友，沒有別的。」

　　「你沒想別的，為什麼還要撩撥她？」

　　看到于鎮山憤怒的樣子，東方海十分無奈地說：「我做什麼了？」

　　「你沒做什麼？打你來我家之後，你主動叫了她多少回，還教她認什麼小蝌蚪，頭挨頭那麼近，你還往她碗裡夾過菜，這我都記著呢！對了，還有兩次，你拉了她的手！你教她拉小提琴的時候，這樣，這樣……」于鎮山比畫著。

　　「我那是教她拉琴的姿勢。」東方海哭笑不得。

　　「你明明已經有了女人，你吃著碗裡的還盯著鍋裡的，我不該揍你嗎？」

　　「我哪裡有什麼女人？」東方海莫名其妙地看著他。

　　「人家都找上門來了，你還耍賴？你還是不是男人啊？我承認，你那青梅竹馬是長得不錯，但也沒我妹好看！」

　　于鎮山揮舞著拳頭上來又要打，東方海一邊躲避一邊大聲辯解：「鎮山哥，你誤會了！你把我想成什麼人了！」

　　「我不管你是啥人，只要你欺負我妹，我就揍你！你知不知道來我們

家求親的都快把門檻踏破了，我妹偏就看上你這沒四兩力的傻書生，我要不是看在她的分上，我非揍扁你不可！」

于冬梅跑了過來，她推開于鎮山，擋在東方海身前，一張臉漲得通紅。

「哥，你瘋了嗎，東方哥什麼時候欺負我了？人家從來沒有說過什麼，是你自己想歪了！我再也不要理你了！」

于鎮山有些下不來臺，只好訕訕地收了手，不甘心地嘟囔著：「我這可都是為了你啊。」

于冬梅又羞又氣，于鎮山仍是對不明所以的東方海一肚子意見，三人尷尬地站了一會兒，沿著三個方向離開了。

※　　　　　※　　　　　※

一天清晨，丁小蝶穿著旗袍，在院子裡練習美聲唱法。廚房裡，柳二妮坐在灶臺前，于冬梅正往鍋裡添水做飯，聽到丁小蝶的歌聲，兩人都有些驚訝。于冬梅停下手裡的活計，扭過頭出神地看著窗外的丁小蝶，柳二妮跑到門口看了看，又憤憤不平地坐了回來：「唱這麼難聽，也不知道上海哥哥為啥還喜歡。」

「他肯定是懂得她的。」于冬梅神色有些失落，語氣淡淡的。

「你看她穿的那衣服，露著那麼長的白生生的腿，一看就是財主家的小老婆才穿的。」柳二妮撇了撇嘴。

「才不是呢，這叫旗袍，大城市的姑娘都穿這個。」

這時，于鎮山挑了一擔水進來，柳二妮看看苦笑著的于冬梅，又看看窗外的丁小蝶，來了勁頭：「冬梅姐，你身材比她好多了，你要是穿上旗袍，肯定更漂亮。」

聽到柳二妮的話，于鎮山回過頭來，看到于冬梅面露傷感，說：「把我上次給你買的布料拿出來，咱也去做件旗袍。別人有的，我妹一定也要有，委屈誰也不能委屈你。」

　　　　　　　※　　　　　　　※　　　　　　　※

　　于冬梅起初有些猶豫不決，在柳二妮勸說下，終於下定決心，到順和鎮最好的裁縫鋪去做一身旗袍，也給柳二妮做件新衣裳。

　　去的路上，于冬梅把裝著布料的包袱緊緊抱在胸前，慌慌張張地怕人看出來。柳二妮倒是昂首挺胸，一副滿是豪情壯志的樣子。

　　「姐，你聽俺的沒錯，你穿上這旗袍，十個丁小蝶也比不上。」

　　「我也沒想和她比，我就覺得，那旗袍看上去很美。」看到于冬梅臉有點兒發紅，柳二妮嘻嘻笑著湊過去說：「冬梅姐，你就別騙我了，你喜歡上海哥哥，對不對？」

　　于冬梅嗔怪地瞪了她一眼，有些失落地說：「其實人家兩個挺般配的。」

　　「哼，什麼挺般配的。只要他們沒有拜堂成親，上海哥哥就不是她的。冬梅姐，你只要放開那麼一點點，一點點，就一定能把上海哥哥勾到手。」

　　說著，柳二妮用手指比畫著短短的距離，于冬梅笑著拍了她一下。

　　「小小年紀，一點兒也不害臊。」

　　「姐，我看好你。南方才子北方將，上海哥哥南方北方的優點都有，你要是把他放走了，會後悔一輩子的。」柳二妮趁勢親熱地攀著于冬梅的肩。

　　看柳二妮嘿嘿笑著，于冬梅無奈地笑起來。兩人來到了鎮子最北邊的王記裁縫鋪，店主王興業一家三口都在，兒子鐵蛋在店內玩耍，虎頭虎腦，調皮可愛。于冬梅是店裡的老主顧了，柳二妮嘴又甜，對店裡新做好的漂亮衣服讚不絕口，王興業十分得意。

　　「不是吹牛，這方圓十裡八鄉，最好的裁縫就是我。說句托大的話，只有你沒見過的，沒有我做不出來的衣服。」

　　于冬梅打開包袱，拿出布料，王興業用手指撚著布料，連連點頭稱讚：「這料子好。于姑娘，你想做成啥式樣的？」

　　「興業哥，這塊布料給二妮做件新衣，這塊，我想做一件旗袍。」

　　王興業瞪大了眼睛，旗袍他還是五六年前在太原才見過，時間長了，印象都模糊了。聽他這麼一說，柳二妮拍了拍手。

　　「俺們家正好有個上海來的洋學生，她就穿著旗袍，你去看看。」

　　「聽說是丁家的閨女？」

　　「對，東方家的少爺，丁家的小姐，都回來了。」于冬梅點點頭。

　　「我如果能看幾眼她穿的旗袍，保證能做出來。」王興業心裡有了底。

　　「興業哥，我不想讓她知道我在做旗袍，你能不能偷偷地看看？」

　　看于冬梅一副不好意思的樣子，王興業笑著點頭。

※　　　　　　※　　　　　　※

　　偷看丁小蝶的旗袍樣式著實費了他們一番功夫。先是跑到房間外看，結果弄出聲響差點被發現，後來還是柳二妮看出丁小蝶上街去，想到了辦法。

　　王興業帶著兒子鐵蛋等在街角，很容易就認出了丁小蝶。她穿著旗袍，一搖三擺地走在順和鎮街上，引得行人們紛紛注視，既稀奇又有些敬畏地看著她。丁小蝶毫不在意陌生人的目光，自得其樂地打量著街邊林立的店鋪。

　　將旗袍的樣式從各個角度看了一遍後，王興業成竹在胸，于冬梅來到店裡量尺寸時，看到鐵蛋還在一旁幫忙，有些好奇：「鐵蛋，今天又沒上學？」

　　「沒人教我們了，老師都跑了，說是日本鬼子要來了。」

　　王興業不以為然地搖了搖頭道：「這幫老師，唉，都是文化人呢，跑得比日本人還快。日本人又怎麼了？打仗的事我見得多了，那都是當兵的事，一個教書先生又沒殺人又沒放火，跑啥呢？」

　　「興業哥，東方少爺和丁家小姐說，日本人可壞了，他可不管你是不是當兵的，只要是中國人，見人就殺。」

　　「對對對，我們老師也是這麼說的，說是要咱們亡國滅種啥的。」鐵蛋也不停地點頭。

　　「不要聽你們老師瞎咧咧，把人都殺了，誰給他種莊稼，誰給他交

稅？亂殺人有啥好處？我就不信日本人不懂這個理。就像我一個做衣服的，他們能把我怎麼樣？來了不也得穿衣服？我說不定還得再僱幾個人，把店面再擴大些。」

「你和我爹的口氣一個樣。」于冬梅有些憂慮地看著王興業不耐煩的樣子。

「人活的就是見識。」王興業得意地說完，在布料上比畫著，時不時地思索片刻。

※　　　　　　　※　　　　　　　※

旗袍終於做好了，于冬梅在店裡試穿，柳二妮也換上了新做的衣服。

幾人都誇于冬梅穿旗袍好看，只有她自己一臉為難，一會兒嫌開衩兒開高了，一會兒又說太貼身不好。王興業歷數了一番旗袍的精要，她仍是想要換下來，柳二妮著急了，推著她就往外走。于冬梅既難為情又有點兒躍躍欲試，半推半就地穿著旗袍回家了。

沒想到這天正好是于家班又接下一樁大活兒的日子，賀家莊趙老爺給兒子娶親，女方家也是縣城響噹噹的人物，說要把喜事兒辦得空前絕後。

于得水把眾人召集到院子裡，滿面紅光地宣布這一好消息。正在這時，于冬梅她倆回來了。兩人推開門，一下子看到這麼多人站在院子裡，還都把目光聚焦在自己身上，于冬梅臉漲得通紅，有些手足無措。

丁小蝶第一個上前，高興地誇讚著她，于鎮山也一邊誇著自家妹妹，一邊得意地瞥著東方海。在眾人的誇讚聲中，于冬梅神情越來越自然，還應丁小蝶的要求轉了一圈給眾人看。于得水滿意地點了點頭，決定讓于冬梅和丁小蝶穿著旗袍去辦趙老爺家的喜事，以後于家班有洋的又有土的，那可是接不完的活兒，過不完的好日子。因為這段時間來找的人變多了，于得水還決定留在家裡守著，免得明天錯過生意。

于冬梅想起前些日子在裁縫鋪的對話，想讓于得水跟著大夥兒一起去，怕日軍會到順和鎮來。于得水卻不以為然，他與王興業一樣，認定自

己已通曉在這鎮上生存的小道理，不去招惹日軍就不會有危險。東方海很是著急，再三勸說，于得水不耐煩地讓他們好好操心怎麼把賀家莊的喜事辦好，扔下話走了。幾個年輕人明白勸不動于得水，而且平安日子這麼久，就把一門心思都投在第二天的工作上了。

※　　　　　　※　　　　　　※

東方海找來時，于鎮山氣還沒消，一臉不耐煩地瞪著他。東方海也憋著一股勁，他直盯著于鎮山的眼睛。「鎮山哥，我得先給你說清，我和你妹妹可沒你想的那樣。」

「我妹哪點不好？」

看于鎮山一副質問的神情，東方海嘆了口氣道：「不是你妹妹不好，她很好，是我不好，也不對，也不是我不好，反正我和你妹妹沒那種事。」

「你說不清就不要說了，咱商量一下明天的喜事兒咋弄吧。」

「不行，得先把這件事說清楚了。」東方海認真地搖了搖頭。

于鎮山不耐煩地揮了揮手道：「算了算了，你們城裡人真難纏，我不好我不對我有罪行不行？我不該打你行不行？咱還是趕緊商量商量明天咋辦吧。」

東方海認真地點了點頭道：「你能意識到打我不對，那我也原諒你了，我不是不講理的人。明天的事我考慮好了，到時候冬梅唱你們這裡的曲，富貴大叔、二妮唱喜慶的信天遊，小蝶再唱《費加洛婚禮》，你用嗩吶，我用小提琴，來個中西合璧的合奏給他們伴奏，保證效果很好。」

「你能不能正兒八經跟我說話？別總是用那些什麼中西合璧的洋氣詞。好了好了，我明白你的意思了，咱不是沒有合奏過。」于鎮山瞪著東方海。

「你還有事沒有？沒有你走吧。」東方海想要解釋，卻被于鎮山擺手推出了房門。

東方海納悶地在門外站了一會兒，想到先前兩人沒少練習，配合還算默契，便轉頭回自己房間去了。

六　八路軍

　　位於順和鎮十多里外的賀家莊，一場盛大的婚禮正在舉行。宴席間，新郎新娘輪番敬酒，于鎮山吹嗩吶，東方海拉小提琴，兩人合奏出一首又一首喜慶動聽的曲子。無論是東方海手中令人新奇的洋琴，還是于冬梅與丁小蝶身上時尚的衣裳，都令賓客們議論紛紛，其中不乏一些迂腐或惡意的聲音，好在臺上正專心表演的年輕人們並不會聽到。

　　此刻的順和鎮，街上人來人往，一派太平景象。于得水背著手，悠哉悠哉地在大街上走著，嘴裡哼著喜樂的戲曲唱段。有人不時地向他打招呼，問候生意興隆，他臉上滿是掩不住的笑意。

　　于得水在家等生意，但等了許久也不見有人來請，便跑來大路上看一看。他不知不覺走到了鎮子北邊，站著張望了一會兒，路上沒有一個人影，有些遺憾地咂咂嘴，乾脆向王記裁縫鋪走去。鐵蛋在門口玩彈珠，于得水進店與王興業寒暄了幾句。王興業嫉妒于家班收了兩名洋學生，生意越做越好，話裡帶刺。于得水也虛榮地想要炫耀一番，稱自己出門是為了躲避爭著找上門的顧客。兩人的談話沒幾分真心實意，實在無趣，便草草結束了。

　　　　　　　　※　　　　　　　　※　　　　　　　　※

　　于鎮山和東方海兩人結束合奏後，開始給演唱《費加洛婚禮》的丁小蝶伴奏。在座的賓客哪裡聽過什麼美聲唱法，不由得嘖嘖稱奇，紛紛欣羨著于家班以後的紅火日子，哪料到于得水這邊卻是大難臨頭。

　　日軍看出順和鎮方位緊要，又是兵源與糧源之地，決定將順和鎮從地圖上抹掉。于得水從裁縫店走出沒多遠，便看到了日軍閃閃發光的刺刀，他停住腳步，沒反應過來正面對何種狀況，皺著眉頭，充滿疑惑。街上來往的人們大多也發現了日軍，沒人顯露出驚慌的樣子跑走，都困惑地站在那裡。這

也只是幾秒鐘的事情。帶隊的日本軍官一聲令下，瞬間，日軍散開，舉槍射擊，人們紛紛隨著槍聲倒地，尖叫響起，還活著的人們四散奔逃。

于得水飛快地跑進王記裁縫鋪，把門關上。王興業只聽到嘈雜的聲音，一臉驚慌。

「鬼子來了，鬼子來了！」聽到于得水話音急促，王興業忙跑過去，趴在門縫邊向外看，只見門外不斷有奔逃的人被擊中倒地，飛濺的血噴灑在地上。王興業驚恐地叫起來：「鬼子怎麼殺人了？咱沒惹他啊！」

于得水手足無措地呆站在店裡，喃喃自語：「完了完了，東方家的、丁家的娃娃說的都是真的，都是真的。他們說日本鬼子來咱國家是亡國滅種的，見人就殺，不給你講道理的……我還以為他們是瞎說的。」

「鬼子開始放火了！」

王興業著急地在門邊看著，妻子將鐵蛋藏到裡屋，又慌忙跑了出來。這時突然響起了敲門聲。門縫邊的王興業正好對上日軍軍官那凶狠的眼睛，他嚇得身子往後一仰，放聲大叫：「媽呀，鬼子，鬼子！」

日軍踹開門，闖了進來，王興業驚慌求饒，于得水故作鎮靜，領頭的軍官卻絲毫不管他們在說些什麼，直接揮手下令開槍。王興業夫妻二人和于得水都在槍聲中倒下，店內的地面上很快滿是鮮血。

※　　　　　　　※　　　　　　　※

婚禮現場的熱鬧仍在繼續，人人喜氣洋洋，臺上唱歌的由丁小蝶換成了柳二妮，曲子也變成喜慶的陝北民歌。

裁縫鋪裡，鐵蛋跑了出來，搖動著父母的屍體，哭喊著。于得水艱難地側過身來，聲音虛弱而焦急：「鐵蛋，你別叫，別叫。」

鐵蛋見狀，不敢再發出聲音，于得水看著遠處街上亂竄的日軍，低聲招呼鐵蛋過去，艱難地將自己身上的血抹到鐵蛋身上、臉上。

「鐵蛋，你快躺下裝死。」

鐵蛋聽話地躺下，于得水用半個身子罩著他，兩人閉上眼睛。又一隊日軍進來，看到店裡一片狼藉，並未懷疑，揚長而去。聽到槍聲與喊殺聲漸漸向南遠去，于得水艱難地支起身子，低聲招呼，鐵蛋忙起身扶起他。

「爺爺，咱去哪兒？」

于得水一臉焦急。「我們于家班的人都在賀家莊辦喜事，咱得去報個信，別讓他們回來。」

鐵蛋艱難地攙扶著于得水，兩人出了裁縫鋪。大街上滿是屍體，房屋熊熊燃燒，遠處的日軍仍在燒殺不止，于得水和鐵蛋小心翼翼地貼著牆，往鎮外挪去。

※　　　　　　※　　　　　　※

臺上唱曲的又換成了柳富貴，歡快又有力的信天遊令賓客們紛紛叫好。于鎮山與東方海的伴奏就沒停過，兩人一臉專注，不見疲態。

于得水與鐵蛋總算在鎮外不遠處一棵樹下，找到了一頭拴著的毛驢。于得水艱難地挨到毛驢跟前，痛苦地摀著肚子直喘氣，身體下墜。鐵蛋再也撐不住他，兩人倒在地上。

「鐵蛋，你聽爺爺的話，騎上這頭毛驢，往西走，別回頭，去賀家莊，找到于家班，告訴他們，別回來了，能跑多遠跑多遠。」

「爺爺，你咋辦？」

看著鐵蛋一臉焦急，于得水無力地搖頭。「你不用管我，趕緊去吧。見到于鎮山，告訴他，就說我說了，無論他們往哪裡跑，都要帶上你。」

鐵蛋解開毛驢，試了好幾次都騎不上去，于得水見狀艱難地跪坐起來，彎下上身。

「你踩著我肩膀上去。」

踩著于得水的肩膀，鐵蛋終於爬上毛驢，他低頭看了一眼于得水，被那雙眼中的焦急所催促，吆喝著毛驢，向賀家莊方向奔去。

　　　　　※　　　　　　　　※　　　　　　　　※

　　于鎮山放下嗩吶，剛拉起二胡沒多久，一根弦就斷了。這時，滿身是血的鐵蛋騎著毛驢出現在趙家大院門口，眾賓客見狀譁然，紛紛起席避讓。

　　于鎮山扔下斷弦的二胡，飛快地跑了過去，臺上的眾人也紛紛跳下來，趕到鐵蛋身旁，只見鐵蛋衝著于鎮山哭叫：「叔，叔，快跑吧，我爹我媽死了。鬼子來咱鎮裡了，見人就殺，我爹我媽死了。」

　　于鎮山抓住鐵蛋的肩膀，問：「我爹呢？」

　　被于鎮山的吼聲驚到，鐵蛋想起于得水的囑咐，著急地說了出來：「你爹也快死了，他讓我來給你報信，讓你們別回去了，能跑多遠跑多遠。」

　　此時賓客已亂成一團，很快作鳥獸散。于鎮山紅了眼睛，順手抄起牆邊一個鐵鍁。

　　「狗日的鬼子，老子和你們拼了！」

　　于家班幾個青年人有拿棍子的，有拿鐮頭的，一齊湧出大院。眾人跳上停在門外的馬車，于鎮山催促著駕車的郭雲生：「快，快，快回鎮裡！」

　　馬車順著大路向順和鎮疾駛。

　　　　　※　　　　　　　　※　　　　　　　　※

　　在順和鎮北邊不遠處的坡路上，他們見到了于得水。鐵蛋走後，于得水艱難地在地上蠕動著爬行，身後留下一條血路。

　　馬車立即停了下來，車上的眾人藉著坡路的地勢，能看見日軍仍在鎮子裡燒殺。于鎮山撲過去，抱起于得水，只見他肚腹處的衣衫已被鮮血染透。于冬梅也跑過去，跪在一旁哭泣。于得水艱難地抬頭，看看兒子，又看看女兒，再看看東方海他們，臉上竟浮現出些許笑意。

　　「你們都在，真好，真好。孩子們，別回去了，快跑吧，離鬼子越遠越好……」

　　于冬梅哭著喊他，郭雲生上前來。

「大家別慌，先把于大伯抬到馬車上，找醫生看看……」

「你們快跑吧，別管我了，趕緊去延安吧……小鬼子，真狠啊！」

看到于家班眾人平安無事，于得水放下了支撐著他一路爬來的念頭，說完便咽下最後一口氣。于冬梅撲在父親的屍體上，放聲大哭，丁小蝶和柳二妮蹲在她身後，垂淚小聲安慰著她。

于鎮山放下死去的父親，擦了一把淚，回身從馬車上取下鐵鍬，大吼一聲：「女人在這裡等著，男人們跟我一起去殺鬼子報仇！」

東方海、郭家兄弟、柳富貴以及于家班的一眾青年男子紛紛從馬車上取下棍子、鐝頭，東方海的眼中閃著凶光。

「走，鬼子還在鎮子裡，咱們報仇去！」

「我也去！」丁小蝶突然站起身來，拉住了東方海的胳膊。

「你去幹什麼？」東方海驚愕地站住。

「我去和你一起死啊。」

郭家兄弟聞言也站住了，丁小蝶硬拉著東方海往前，一邊衝著郭家兄弟喊：「你們兩個愣在那裡幹什麼？咱們一起陪少爺去死啊！」

郭家兄弟方才醒悟，趕忙跑來拉住東方海和丁小蝶。

「少爺，你看，咱都到了山西，再努力一把就到延安了，找到東方明大哥，帶上他成千上萬的大軍，再去報仇也不晚啊。」

郭雲鵬點頭附和著郭雲生的話：「我哥說得有道理，咱不能白白去送死。」

衝在前面的于鎮山回頭瞪著他們喊：「你們都是孬種！你們不去，我一個人去！」

這時，一隊殺氣騰騰的日軍突然出現在坡路另一端，喊了起來：「花姑娘，花姑娘……」

丁小蝶、于冬梅、柳二妮驚慌地靠在一起。于鎮山氣得大叫：「媽的，來得正好，老子正要去找你們！」

「和鬼子拼了！」東方海大吼一聲，衝到于鎮山身邊。郭雲生忙上前將丁小蝶擋在身後，手裡緊握著棍子，郭雲鵬拿著一把鐝頭，趕到東方海身側，此時已是不得不戰。

　　　　　　　※　　　　　　　※　　　　　　　※

在這千鈞一髮之際，眾人身後傳來吼聲。「來得早不如來得巧，傳我命令，把這股鬼子幹掉！」一支軍隊從眾人身邊衝過，向日軍席捲而去。領頭幾人騎著馬，手持長槍短槍向日軍射擊，後方隊伍也吶喊著越過山坡，邊跑邊射擊。只見衝在最前面的男青年一騎突入敵群，一把手槍轉瞬間已射倒數個日軍，馬腿被槍擊中，他從馬上跌落下來，就勢一滾，躲過一個日軍捅來的步槍。他半跪著身子，一手按住敵方步槍槍身，另一隻手中槍聲響起，日軍倒下。他扔下打盡子彈的手槍，拽過步槍，大聲吼著，左右開弓，接連捅倒數個日軍。

轉眼間，這支軍隊與日軍攪成一團，戰局進入肉搏激戰階段。軍隊人數壓過日軍，處於上風，在搏殺的人群中，青年的勇猛尤為顯眼，丁小蝶眼睛閃亮地指向他。

「這個男人真能打，是個真正的軍人，鐵馬冰河入夢來，虎嘯風生，蓋世英雄啊！」

東方海因幫不上忙而著急，又有些困惑：「這是什麼隊伍？」

「看他們的衣服，不像是蘭雙禮的晉綏軍，倒像是八路軍。」柳富貴不太確定地說著。

「八路軍？我找的就是他們！」東方海聽了大喜。他想迎上前去，郭家兄弟趕忙緊緊拉住他。

「八路軍就是比國軍強。」丁小蝶先是有些失落地喃喃自語，接著，她扭頭果斷地看向東方海。「阿海，你說的也許是對的，咱們還是去投八路軍吧！」

激戰中，于鎮山衝上前，撿起日軍屍體邊的槍，一連射倒三個日軍。日軍見戰況不利，迅速退走，作戰參謀張志成向英勇青年請示：「團長，咱們追上去把他們幹掉？」

八路軍獨立團團長石保國翻身騎上警衛員小四川牽來的馬，舉起望遠鏡向順和鎮方向觀察。只見大隊日軍從鎮口湧出，帶隊的日本軍官揮著軍刀，正在指揮隊伍組織進攻，後方還出現了迫擊炮。石保國放下望遠鏡，搖了搖頭道：「至少有一個連隊的鬼子，咱們每個人步槍裡才有三發子彈，還是老辦法，打得贏就打，打不贏就走，讓他們吹鬍子瞪眼去。」

在石保國的命令下，獨立團開始撤退。退到于家班眾人身旁時，丁小蝶突然竄出來，拽住了石保國的馬韁繩。

「你們打啊，你們這麼多人，怎麼不追著打鬼子了？」

石保國皺著眉頭看看她，撇了撇嘴道：「看你打扮也是個大小姐，你懂什麼打仗？」

「你們那麼厲害，明明能把鬼子打敗的。」

儘管丁小蝶還拽著韁繩不放手，石保國聽了她的話卻很高興。

「那當然，八路軍當然能把鬼子打敗。不過，八路軍只打聰明仗，讓鬼子吃虧，不打讓自己吃虧的仗。」

他看看丁小蝶，又看看于冬梅和柳二妮，嘿嘿地笑了。「我今天救了三個美人，這仗打得值。」

「我們是從上海來的。」

丁小蝶扭頭指著東方海和郭家兄弟，東方海滿眼期待地看著石保國，急切地搶下丁小蝶的話頭：「我們要參加八路軍，打鬼子。」

石保國上上下下地打量東方海，尤其是看到他背上的琴盒，露出了懷疑的神情。

「我們在上海已經殺過三個鬼子了。」看出石保國的疑問，郭雲生站了

出來，丁小蝶也在一旁點頭道：「我親眼看到的，我作證。」

「是真的，我們從上海過來，就是為了參加八路軍打鬼子。」東方海也用力地點頭。

石保國徵求地看了眼一旁的政委趙松林，趙松林點了點頭。此時，獨立團仍在撤退中，只有幾個騎馬的幹部停在這邊，日軍的迫擊炮彈在稍遠處落下，于家班眾人下意識地躲閃，而幾位軍人絲毫不慌。

「只要抗日，我們共產黨都歡迎。你們跟著我先到根據地吧。」

聽到石保國的話，東方海、丁小蝶、郭家兄弟驚喜地互相看著。看到了于得水的屍體，石保國又轉向于鎮山和于冬梅。

「老人是被鬼子殺的吧。順和鎮毀了，你們也不要回去了，跟我們一起走吧，先讓老人入土為安。」

「我還想殺鬼子。」看于鎮山有些不願意，于冬梅拉著他胳膊搖了搖，悲傷地壓低了聲音：「哥，咱們先把爹埋了。」

眼看大批日軍就要攻過來了，眾人趕忙將于得水的屍體抬上馬車，跟在隊伍後面，向獨立團根據地進發。

※　　　　　　※　　　　　　※

眾人跟隨著獨立團的部隊，來到距順和鎮五十里開外的董家莊，獨立團司令部辦公的地方就設在這裡一處已去逃難的大戶人家的民宅內。一行人將馬車停在宅子門口後，就去村外不遠處找到了一片空地，挖好墓坑，將于得水的屍體放進墓坑中。郭家兄弟開始填土，于鎮山、于冬梅跪在地上哭爹，柳二妮攙著淚眼婆娑的柳富貴。

「得水兄弟，你大仁大義收留我們父女，還沒來得及報答你，你就走了。我沒啥送你，就唱一曲送你吧。」柳富貴唱起了哭喪調。東方海見于冬梅哭得傷心，上前扶住她安慰著。丁小蝶看著這一幕，不知為何心中感到些許不安，她有些困惑地眨了眨眼睛。

「小蝶，你來照顧一下冬梅。」聽到東方海的招呼，丁小蝶沒再多想，上前扶起于冬梅，柳二妮也扶起了于鎮山。東方海取出小提琴，拉起了如泣如訴的《安魂曲》。

不遠處，石保國對趙松林說：「這哭喪調唱得讓人想流淚，還有這琴，聽著就想大哭一場，這些人可是人才啊。」

趙松林點了點頭，道：「土洋結合，我還是第一次聽到，他們這可是在創造。」

※   ※   ※

班主去世，順和鎮被毀，于家班只能散了，剩下東方海、丁小蝶、于家兄妹、郭家兄弟和柳家父女八人。他們來到司令部求見團長，哨兵通報後，團長石保國、政委趙松林、作戰參謀張志成三人一起接見了他們。

「團長，我們要參加獨立團，立即上戰場殺鬼子。」

于鎮山也跟著東方海上前一步，「我們都要參加獨立團。」

石保國背著手，在他們面前走來走去，不時地打量他們。「你們說要參加獨立團，我得考考你們。你是幹啥的？」

他在丁小蝶跟前停下，丁小蝶有些得意地揚起了頭。「我會唱歌劇，還會跳芭蕾舞。」

「芭蕾舞？芭蕾舞是個啥東西？」

看石保國一臉驚訝，趙松林忙上前解釋：「團長，芭蕾舞是一種外國舞蹈，跳起來時，要用腳尖點地，所以又叫腳尖舞。」

「這個有意思，你跳跳這個洋舞讓我開開眼界。」

石保國往後退了兩步，興致勃勃，丁小蝶不敢相信地瞪著眼睛看他。趙松林見狀趕忙又向石保國解釋：「團長，這芭蕾舞要求很高，要穿特製的足尖鞋、舞蹈衣，另外，舞臺至少也要鋪上木板才行……」

「麻煩麻煩，還不如秧歌。」石保國擺擺手，又充滿期待地看丁小蝶，

「我最愛聽歌，你唱個聽聽。」

丁小蝶覺得石保國這個人實在土裡土氣，忍不住帶著些挑釁發問：「你知道《卡門》嗎？」

「我不知道，聽名字不咋樣。」石保國老老實實地搖頭。

「那你知道《達芙妮》嗎？」

「我也不知道，但這個名字土，想來和李大妮、柳二妮啥的也差不多，你唱唱。」石保國還自鳴得意地看了眼柳二妮。

丁小蝶撇了一下嘴角，唱了一段歌劇《達芙妮》中的女聲獨唱。石保國聽得一愣一愣的，滿臉困惑，扭頭問戰友們：「你們聽懂了嗎？」

另外兩人和他一樣困惑，石保國放下心來，笑嘻嘻地看著丁小蝶。

「你唱的這個歌太高深，我雖然一句也沒聽懂，但我知道是個好東西。」一旁的東方海躍躍欲試，「團長，你來考考我，我拉小提琴，你肯定能聽懂。」

「你不用拉了，我聽過了，確實不錯。」石保國擺擺手，轉向柳二妮，「小姑娘，你是唱啥的？」

「我會唱信天遊。」石保國大喜：「這個最對我的勁，你唱個聽聽。」

柳二妮唱了一曲抒發愛情的信天遊，石保國連連鼓掌。

「你唱得好，唱得妙，唱得呱呱叫。」

「團長，我們通過沒有，能不能當八路軍？」

看東方海一臉著急，石保國煞有介事地點了點頭。「你們個個身懷絕技，都有兩把刷子，正是我們共產黨需要的人才，都能當八路軍。」

上海來的四人興奮地歡呼起來，其他人也一臉雀躍，石保國做了個手勢讓他們冷靜。

「你們都能參加八路軍，但我獨立團可不敢要你們。」

「怎麼不能要？」東方海又著急了。

「我有的是力氣，打鬼子不比你們差。」于鎮山也一臉不悅。

「你們不要急，聽我慢慢說。前幾天，我遇到帶著抗敵劇團第三隊的光未然，你們應該知道，他是個大作家，是大寶貝。你們是上海來的學生娃娃，有知識有文化，也是寶貝。你們雖然能當八路軍，但俗話說得好，淺水難養蛟龍，平陽難藏猛虎，我們獨立團廟小裝不了大和尚，你們應該到延安去當八路軍，那裡有陝北公學，有魯迅藝術學院。我看你們就非常適合去魯迅藝術學院。」

聽到魯迅藝術學院的名字，東方海更是焦急：「我們不上學，我們要參加獨立團，立即上戰場殺鬼子。」

「我們獨立團一直在作戰，沒辦法收留你們。再說了，你們又沒有進行過軍事訓練，殺不了鬼子不說，還會拖我們的後腿。要想打鬼子，也得先去延安，學會打槍再說。」

「團長，我會用匕首，我在上海就差點弄死一個鬼子，我不怕死。」

面對始終堅持的東方海，石保國開始有些不耐煩了：「你一個娃娃，動不動就死死死，你不怕死，我還怕你死呢。文化人是黨的寶貝，我可不敢收留，你們去延安。」

于冬梅走到東方海身邊，壓低了聲音：「東方大哥，團長說得有道理，砍柴得先磨刀，咱們到了延安再說。」

郭雲鵬也點了點頭，還掉起了書袋。

「孔子說過，工欲善其事，必先利其器。先去延安，學會打仗的本領，再到戰場打鬼子不遲。」

丁小蝶看了一眼于冬梅，過來挽住了東方海的胳膊。「阿海，聽團長的話，咱去延安。」

「石團長，我們去了延安，能當八路軍嗎？」

被東方海一雙認真的眼睛盯著，石保國拍拍胸膛。「我用我這一百多斤給你保證，到了延安，你們肯定能當八路軍。我們獨立團推薦的，一定能當。」

「能上戰場殺鬼子嗎？」東方海又不甘心地問著。

「能，當然能，當兵打仗，天經地義。」石保國頻頻點頭。

「那我們今天就走。」下定決心，東方海一臉堅定。

石保國苦笑著搖了搖頭道：「那可不成，我得為你們的安全負責。從這裡到黃河邊，還有一百多里地。我可告訴你們，你們不在乎自己的小命，也要考慮考慮我的感受。到處是鬼子，你們要是有個閃失，我石保國的臉往哪裡放？我得給延安那邊聯繫，我們派人把你們送過黃河，延安再派人把你們接過去。我們團護送投奔延安的學生娃娃多了，都是這樣幹的，規矩不能壞了。」

「團長真是貼心，謝謝團長，謝謝團長。」

石保國得意地朝丁小蝶笑笑：「還是這位女娃娃懂事。你們先去休息休息，等我消息。」

一行人只能先行離開，走出一段距離後，丁小蝶回頭看向石保國。

「也就大不了幾歲，居然叫人家娃娃，沒大沒小！」

※　　　　　　　※　　　　　　　※

幾天後，石保國帶著一名排長和十多名獨立團戰士來到了東方海他們的住處。見到石保國，房間裡的眾人激動地站了起來。「團長，我們今天能走了嗎？」

「延安已經來電，讓我們獨立團立即護送你們過黃河。今年黃河水特別大，真邪乎了。延安特地安排了船老大接你們，我還沒享受過這待遇呢。說起來，咱們也有緣。下次我有機會到延安，一定要去會會你們，你們要表現好一點兒。」

東方海等人興奮地向石保國點頭。「團長放心，我們一定好好幹。」

石保國指了指身後的錢排長說：「這是我們偵察連的錢排長，他完成這趟任務，回來就要提連長了。我把我手下最能打仗的排長派來護送你們，

你們路上要聽他指揮。」

錢排長立正敬禮，眾人慌亂地回禮。看到有人學著樣子作敬軍禮狀，有人抱拳回禮，石保國不禁面露微笑。

※　　　　　　　※　　　　　　　※

在董家莊村口，一行人與石保國告別，鐵蛋也跟在隊伍裡，于冬梅牽著他的手。

「姑姑，到了延安我還能上學嗎？」

「能，當然能，延安有小學，有中學，還有大學呢。」

聽到于冬梅的安慰，鐵蛋卻並不開心。

「我不上大學，我長大了就當八路軍，也要打鬼子。」

于冬梅心情複雜，不知該不該勸說，石保國卻在後面大聲吆喝起來：「你們等一下，我還有句話要交代你們。」

眾人回頭，石保國看起來非常嚴肅。

「你們要記住，要珍惜在延安的學習機會，好好幹革命，年紀輕輕，不要談戀愛。」

「這管得太寬了吧。」

石保國聽到丁小蝶的低聲嘀咕，卻沒什麼反應，而是看著正東張西望完全沒聽進去的柳二妮。原來石保國自從那天聽到柳二妮唱信天遊，便對她有意。「那個……那個柳二妮，我剛才說的話聽到沒有？」

柳二妮茫然地看著石保國，于冬梅在一旁小聲提醒：「團長剛才說，到了延安不能談戀愛。」

「團長大叔，我記住了，到了延安不能談戀愛。」

石保國有點兒尷尬：「我年紀也不大嘛，叫我大叔，也太抬舉我了，叫大哥，叫大哥就行。」

「小蝶，你笑什麼？」丁小蝶捂住嘴撲哧笑了，東方海奇怪地看著她。

丁小蝶壓低聲音：「他在咱面前托大，口口聲聲叫咱娃娃，這會兒又嫌人家二妮叫他大叔叫大了。」

「確實不應該叫他大叔，他和咱也沒差幾歲嘛。」

看東方海一臉認真，丁小蝶無奈地白了他一眼。「沒情趣，連人家二妮都不如。」

※　　　　　※　　　　　※

路途中，眾人與詩人光未然相遇，便一同前往延安。這是一次奇遇，那時，東方海一行人剛爬上一座山坡，只見坡上有七八個人，其中三人八路軍裝束，其餘則是些青年男女學生，有個青年軍人正在高聲朗誦著一首詩，那飽含深情的聲音低回深沉，在空曠的土地上方迴盪著。

五月的鮮花開遍了原野，
鮮花掩蓋著志士的鮮血。
為了挽救這垂危的民族，
他們曾頑強地抗戰不歇……

東方海興奮地趕了過去。「這是大詩人光未然的作品，我很喜歡。」

「他就是光未然。」

旁邊一個青年學生話音剛落，光未然便轉過身，笑呵呵地看著他們。

「你們是投奔延安的學生？」

東方海激動地點頭道：「我是上海滬江大學的。真沒想到，一直讀您的詩，今天會在這裡遇到您。」

另外兩名軍人走了過來，其中一人面向錢排長開口：「你是獨立團的錢排長嗎？」

「是，請問首長有什麼事兒？」錢排長敬禮。

「我們是呂梁根據地的，本來要護送光未然老師去延安，昨天石團長帶著部隊到了前線，說你們正好護送一批青年學生過黃河，讓我們在這裡

等著。光未然老師和到延安去的這批學生就交給你了。」

「請首長放心，我們一定完成任務！」

兩名軍人與眾人告別，壯大的隊伍繼續前行。又趕了一陣路後，氣勢磅礴的黃河終於出現在他們眼前。站在山坡上，看著黃河滾滾而去，東方海興奮地舉起手。

「啊，黃河，母親河，我來了！」

光未然也激動地看著黃河，脫口而出：「我站在高山之巔，望黃河滾滾奔向東南……從昆侖山下，奔向黃海之邊，把中原大地劈成南北兩面。啊，黃河！你是中華民族的搖籃！」

「光老師，你一開口就是詩啊。」

光未然微笑看著正由衷敬佩的丁小蝶說：「看到了黃河，我想起了屈原在〈天問〉中說的一句話，一蛇吞象，厥大何如？日本就是這樣。在不可戰勝的中華民族面前，他們終將失敗。」

「我也要做首詩！啊，上海啊，你真遠啊！啊，黃河啊，你真黃啊！」

就連一向穩重的郭雲生也興奮起來，他學著東方海的樣子大喊，眾人聞聲笑成一團。

※　　　　　　※　　　　　　※

來到黃河岸邊時，一條大木船已停在那裡，船老大看到他們，站了起來。

「終於等到你們了，快上來！」

眾人正要上船，錢排長一聲大喊：「快，鬼子來了！」

回頭望去，只見數不清的日軍向黃河岸邊衝來，錢排長冷靜果斷地指揮著：「一班保護大家上船，二班、三班跟我來阻擊鬼子。」

一班戰士們緊張地扶著眾人上船，看到船上還有空間，光未然焦急地招呼著：「你們也快上來！」

「你們快走！我們的任務是保護你們安全過黃河！」班長說完，便帶著幾名戰士向錢排長所在的阻擊陣地衝去。

船老大將船開離岸邊，日軍炮火猛烈，有些炮彈落在水中，在船邊炸起水花。在搖晃的船艙中，眾人下意識地蹲下身子。等他們從慌亂中穩定下來，再抬頭看時，只見護送他們前來的獨立團戰士已犧牲了大半，為了給離岸尚且不遠的他們爭取時間，錢排長帶著僅剩的幾名戰士與人數占壓倒性優勢的日軍近身拼起了刺刀。

一個戰士被日軍刺中，仍然奮力向前，刺刀更深地沒入身體，但他的刺刀也捅進了日本兵的身體內……船上的眾人被這一幕驚呆了，他們滿含悲憤，焦急地看著激戰中的戰士們。

好不容易打退了一批日軍，但很快又有下一批湧來。錢排長向四周看了看，留意到稍遠的地方有一處懸崖。「同志們，我們往懸崖那邊轉移，把鬼子引到那邊去。」

戰士們且戰且退，向那處懸崖移動。

※　　　　　　※　　　　　　※

隨著離岸邊越來越遠，浪越來越大，木船忽上忽下，行進越來越吃力。船上的男青年們在船老大的號令下，奮力搖櫓。于鎮山和柳富貴帶頭呼喊著船夫號子，浪花撲面而來，激流呼嘯，在與驚濤駭浪的一番搏擊後，他們終於抵達了黃河西岸。

一行人跳下船，站在岸邊還能看到對岸的激戰，焦急地觀望著。只見東岸的懸崖上，只剩下錢排長等七八個人，都成了傷痕累累的血人。大群日軍包圍著他們，喊話要他們投降。重傷的錢排長搖搖晃晃地站著，看到大船已度過黃河，扭過頭來，看著剩下的幾名戰士。

「弟兄們，我們完成了任務！既然我們走不了，那我們就回家。黃河就是我們的家，我們死也要和母親在一起！」

錢排長和剩下的戰士們互相攙扶，艱難地向懸崖邊走去，一邊走著，一邊唱著〈義勇軍進行曲〉，伴隨著怒濤的吼聲，他們縱身跳下滾滾黃河。對岸的眾人被這一幕深深震撼，眼中滿含淚水，光未然激昂地說道：

　　「他們是軍人模範、民族的光榮。英雄的故事，像黃河怒濤，山嶽般地壯烈！他們把守著黃河兩岸，不讓敵人度過！他們要把瘋狂的敵人埋葬在滾滾的黃河！我要為他們寫詩！」

　　丁小蝶緊緊拉住東方海的手，柳二妮癱在地上，哇的一聲哭了，柳富貴彎身扶起她，哼唱著哭喪調，她止住哭聲，伴著父親一同唱起來。丁小蝶會意地鬆開了手，東方海取出小提琴，拉起《安魂曲》，為英勇戰死的戰士們送行。一時間，歌聲、樂音，在咆哮著的黃河的映襯下，宛若東方巨人為英勇抗戰發出吶喊，氣勢恢弘。

六　八路軍

七 延安

直到走上延安的街頭，黃河邊那一幕仍歷歷在目，東方海一行人都顯得疲憊而傷感。

「累了沒？再堅持一下啊，就當逛逛街，以後可沒那麼多機會出來逛了。」帶領他們的軍人幹部熱情地招呼著。眾人知曉這份好意，勉強打起精神來，向四周張望。街邊林立著各種店鋪，人來人往，十分熱鬧，小吃攤的攤主和食客們好奇地抬頭看向他們。有一對夫妻在遠處爭吵，一支小型宣傳隊在路邊演出，中央一個人打著快板，認真的聽眾圍成一圈。鐵蛋羨慕地盯著一個小女孩手裡的風車，小女孩也回頭看看他，炫耀地將風車吹得轉起來。

「這裡哪有布料店和裁縫鋪？」丁小蝶突然出聲問道。

「好像城那頭有，不順路。」軍人幹部一臉為難。

「小蝶，我們是來參軍的，你還想著穿衣打扮……」東方海伸手拽她的衣袖，丁小蝶瞪了他一眼，沒再吭聲。又走了一會兒，她累得直喘氣，虛弱地放慢了腳步。

「走不動了！還有多遠啊？」

「來來，我讓你，你來騎吧。」正騎在馬上的光未然聽到，立刻便要下來，眾人忙把他攔住。

看到東方海責備的目光與一旁柳二妮嫌棄的神情，丁小蝶更加不開心了：「我又沒說我要騎馬！怎麼了，走累了哼哼一聲也不行啊？我是被押解的犯人嗎？」

東方海不再理會她，轉身走遠了，眾人也繼續前行。看到這一幕的柳二妮對于冬梅說起了悄悄話：「剛才還精神兒好得要去買布料做衣服，衣服

一做不成，腿兒就軟了，白骨精也沒她會變！」

于冬梅沒接話，看起來有些擔憂。

※　　　　　※　　　　　※

到了一個岔路口，軍人幹部神祕地一笑：「得分頭走了，光未然老師跟我們走，另幾位同志，你們從這條路往下走一段，有人想見你們！」

于鎮山從馬上取下行李，光未然騎在馬上，笑著用未受傷的手與他們揮別，幾人沿著另一條路走遠了。東方海一行則來到了延河邊，這時前方忽然傳來一個渾厚的聲音：「小提琴家，長大了嘛！」

「明哥——」東方海驚喜地大叫，衝上前去，在東方明面前站定，上下打量著他，激動得不知所措。突然東方海啪地雙手抱拳，東方明也雙手一抱拳，兩人嘿哈地擺出幾個武術過招姿勢，之後一同大笑起來。在場的其他人見狀目瞪口呆，只有丁小蝶跟著露出笑容。

「從小到大，一見面就鬧這一齣，有完沒完哪？」

東方明感慨地拍著東方海的肩膀：「小時候我們都想當蓋世英雄，想拯救全天下的人。現在我們真的在走這條路了，我用槍，你用小提琴。」

「不，明哥，小提琴不能拯救天下，我連爸爸媽媽都保護不了……」東方海哽咽著說不下去，眼中泛起淚光，又突然激動起來，「明哥，我來延安就是為了參加八路軍，上戰場打鬼子，為爸爸媽媽報仇！你要幫我！」

「阿海，我非常非常理解你的心情，可是報仇雪恨的方式有很多種，你一定要用自己最擅長的那一種，發揮自己最大的作用，這樣報仇才是最有效的！」東方明傷感地看著他。

東方明要把鐵蛋送去學校，把柳富貴送到家屬區，還把郭家兄弟帶去連隊當兵，卻不讓東方海跟著走，堅持要他去魯迅藝術學院報到。

※　　　　　※　　　　　※

「從現在起，你們要拋棄很多個人想法，要有集體意識、紀律觀念。」

站在作為辦公室的窯洞門口處，魯藝音樂系協理員葉作舟身著軍裝，一臉嚴肅地說。她面前站著垂頭喪氣的東方海，還有丁小蝶、于鎮山、于冬梅、柳二妮。

「我們魯迅藝術學院是一所高等藝術院校，學校的主要發起人還是毛主席呢！目前我們有美術、戲劇、音樂三個系，採用三三制，就是在校學習三個月，外出實習三個月，再回校學習三個月，所以啊，我們的學員既是演員，也是戰士！學校有很多社團，到時候你們就知道了，活動會很豐富，出去演出的機會很多，地方上的老百姓，無論男女老幼都喜歡我們的節目……」

葉作舟看看心不在焉的東方海，又低頭翻看報名表。

「你叫……東方海，政工部的東方明是你哥？難怪要讓獨立團護送你們過來，聽說還犧牲了一個排的官兵！」

看葉作舟一副痛心的樣子，眾人面有難堪，又不好解釋，丁小蝶卻忍不住了：「你什麼意思？沒搞清楚情況就胡亂判斷！我們也很難過，為了送我們安全到達，犧牲了那麼多同志。但這和東方明沒有關係！是獨立團的石團長……」

「同志！」被葉作舟打斷，丁小蝶傲氣地抬著頭說：「我叫丁小蝶。」

「丁小蝶同志，請你注意自己的態度和言行。這裡是延安，不是長沙、武漢，更不是十里洋場的大上海！大家都是同志，相互平等，沒有大小姐和小丫鬟的區別！你的說話方式需要改改。」

丁小蝶與葉作舟互不退讓地瞪著對方。

「我是什麼說話方式？說人話不行啊？」

「這還像人話嗎？我告訴你吧，你的說話方式是盛、氣、凌、人！」

葉作舟畢竟是常與不服管的學生打交道的協理員，嚴肅而鎮定，丁小蝶氣得臉通紅，還要反駁，被東方海用眼神制止了。看到丁小蝶落了下風，柳二妮在一旁偷笑，于冬梅抿緊了嘴。

「過幾天會統一考試。大家把東西帶上，先跟我去宿舍安頓下來。」方才的爭執彷彿沒發生過一般，葉作舟掃視著全體人員，平穩地發出指示。

　　　　　　※　　　　　　　　　※　　　　　　　　　※

一行人去往作為宿舍的窯洞，葉作舟大步流星走在前面，隔著一段距離跟在後面的東方海和丁小蝶都打不起精神，兩人低聲說著話：「搞不懂明哥怎麼回事，非要我去考什麼魯藝，要是想讀書、學藝術，我還用得著來延安嗎？來延安我是要打仗的！」

「我也不想考。你看那個女的那副樣兒，臉板得可以切菜了！然後又和一幫沒文化的人一起上學，煩不煩！」

「小蝶，你不一樣，你還是留在後方好。正好你可以教他們學文化。」

丁小蝶一臉不悅，柳二妮和于家兄妹卻一臉新奇與興奮。

「冬梅姐，終於有治住白骨精的人了！」柳二妮眼神朝前面的葉作舟一閃，笑了。

「別這樣說，剛才小蝶是替我們大家解釋。這個葉協理員，就是誤會我們了，以為是東方明大哥徇了私情。」

「反正我不喜歡那個大小姐！她解釋歸解釋，幹嘛把話說那麼難聽？害得我們大家都沒臉面了！」

看柳二妮嘟著嘴，于冬梅說：「說哪話呢？銅錢別人賞，臉面自個兒掙。」

「對，銅錢別人賞，臉面自個兒掙！」柳二妮故意大聲把這話重複一遍。走在不遠處的丁小蝶聽到了，臉色更加難看起來。

　　　　　　※　　　　　　　　　※　　　　　　　　　※

女生宿舍的窯洞不大，靠窗是個大通鋪，每隔一段距離放著一個枕頭，枕頭上有布包袱、書、衣服之類的東西。幾個女孩在房間裡，或坐或躺，有一個正捧著書站著看，邊看邊走來走去。葉作舟一行推開門進來

時，女孩們同時抬頭朝她們看去。

「還能擠下三個嗎？」葉作舟打量著大通鋪，一個女孩滿臉的不高興。

「三個！我們就這已經不敢翻身了，還要擠三個，餃子也沒這包法！」

「大家既然來延安，就是來參加革命的，為革命拋頭顱灑熱血都可以，擠個鋪就覺得苦了嗎？」

葉作舟慢慢踱步過去，微微笑著，捧著書的女孩把書放下，去床上把自己的枕頭往旁邊挪。

「葉協理員說得對，要圖舒服就不會離開家了。擠就擠點吧。」

其他人只好跟著挪枕頭，葉作舟轉向新來的三人。「你們把東西也歸置歸置吧。」

三人開始整理自己的東西，丁小蝶順手把一個枕頭又往邊上挪了挪。

「再挪我就要掉炕下了。」

看到枕頭的主人抗議，于冬梅趕忙湊過來，「我來睡邊兒上吧。」

剛把各自睡的位置歸置好，丁小蝶忽然又跳起來，瞪圓了眼。

「有蝨子？」

葉作舟輕描淡寫地瞟她一眼。「我們還叫它革命蟲呢。在前線打仗的話，有時幾個月都洗不成澡，革命蟲來得可熱鬧了。」

「小蝶，沒那麼誇張，我幫你把被單再抖抖灰吧。」于冬梅正要伸手去收被單，被幾個女孩親熱地拉住。

「哎呀，一看你就是個好姐妹！你是來考啥的？」

「冬梅姐的歌唱得可好了！」

聽柳二妮搶著這麼說，于冬梅很是不好意思。

「二妮的嗓子比我好多了。」

四個女孩好奇地圍住她倆，又是誇她們的名字好聽，又是央求她們唱一首，于冬梅輕輕哼起了民歌，女孩們都鼓起掌來。丁小蝶一個人在大通鋪上整理東西，面無表情，葉作舟看了她一眼，走出門去。

　　　　　　　※　　　　　　　　　※　　　　　　　　※

　　轉眼到了考試這天。

　　考場外的空地上，三三兩兩聚著一些年輕人，或站或坐，有閒聊的，也有在準備考試的，有人在吊嗓子，還有人在給樂器調音。于冬梅、柳二妮走來，看見柳富貴和于鎮山已經到了，還帶著嗩吶二胡，柳二妮高興地迎上前。

　　「爹，你怎麼來了？」

　　「聽說我閨女今兒要考試唱歌，我專門跑來給你拉個琴打個幫手！」柳富貴笑咪咪的，柳二妮也喜滋滋的，于鎮山發現丁小蝶沒在。

　　「咦，怎麼就你們兩個？」

　　「人家大小姐叫我們先走，她還要在宿舍打扮打扮呢。」

　　柳二妮撇撇嘴，于冬梅也四處張望著。

　　「你怎麼也是一個人？東方哥呢？」

　　「我也不知道。一大早就不見了，我以為他先到一步了呢。」于鎮山無奈地搖了搖頭。

　　這時魯迅藝術學院編審委員會主任李伯釗來到考場外，她走到空地中間，面帶微笑，葉作舟跟在她身後。

　　「同志們，今天上午是音樂系的現場考試，考試項目為技術測驗，明天筆試再考作文和音樂常識。請大家不要緊張，準備充分，到時候我們一個一個點名入場，請不要隨意走動、大聲喧嘩……」

　　李伯釗還在那裡宣布紀律，于鎮山聽得一臉疑惑：「啥？還要考作文和……音樂啥玩意兒？」

　　「啥叫筆試呀？」柳二妮也跟著呆住了。

　　「筆試就是要用筆來寫答案的考試。她說的作文和音樂常識，都是要寫字來答卷的。」于冬梅給他倆解釋。

　　「啊？那咋辦？我不識字呀！就說嘛，我來考啥學，那個團長大叔非說這個學校不管你會不會寫字，只要歌兒唱得好就成！」

于鎮山比柳二妮還著急：「我雖然識幾個字，那也只能查查皇曆，認個借據啥的，哪能寫作文呢？這笑話可鬧大了！」

于冬梅也才意識到問題的嚴重性，她皺著眉。「要不去問問那個葉協理員，有沒有什麼說法，可以讓你們破例一下？」

「她看上去……厲害得很……」柳二妮為難地瞅著遠處的葉作舟。

這時一個戰士走出考場，在門口大聲點名：「于冬梅！于冬梅入場！柳二妮準備！」

于冬梅無奈，只好朝考場走去，半路上又擔憂地回頭看看，柳二妮急得跺了一下腳。

※　　　　　　　※　　　　　　　※

東方海早就背著小提琴，朝著與考場相反的方向趕去，一路打聽著找到了東方明辦公的窯洞。他突然闖進去時，東方明正在看一份文件，抬頭見是他，嚇了一大跳。

「怎麼回事？你今天不是考試嗎？來這兒幹嘛？」

東方海把背上的琴盒取下來，放在桌上。然後拉開桌前的椅子，一屁股坐上去，與東方明面對面。他先是拿起桌上一支鋼筆在手指間繞來繞去玩弄，直到東方明著急地一把奪過鋼筆，東方海才板著臉開口：「我明跟你說了吧，我吃了多少苦，千里迢迢到延安來投奔你，就是想著延安還有一個姓東方的，是我大哥，他和我有同樣的國恨家仇，一定會理解我、幫助我，讓我實現上戰場打鬼子的願望！可你倒好，你讓我去考那個破學校，什麼魯迅藝術學院！我要想繼續學藝術，還需要費這麼大勁嗎？放棄上海的優越教學條件，來這兒幹嘛？這破窯洞裡有哪一個教得了我？」

東方明直搖頭道：「還要我怎麼跟你說？每個人都有自己擅長的事，而你，你是一個音樂天才，應該用小提琴去征服世界而不是用槍桿子，還不懂嗎？如果叔叔嬸嬸還在世，你覺得他們是希望你用音樂來支援抗戰，還是只是作為一個士兵上戰場打槍？」

「我不管！反正我今天來了，不把我放到連隊當兵我就不走了！琴就擱你這兒替我保管著，等我打了勝仗你再還我。」

看東方海一副蠻橫的樣子，東方明生起氣來：「胡鬧！這裡是延安，你不要來耍少爺脾氣！看人家雲生雲鵬……」

「就是！雲生雲鵬都能當兵打仗，憑啥我不能？你還是不是我哥？我也要去雲生雲鵬的連隊，帶我去見他們！」

東方海越說越來勁，東方明心生一計：「好，我讓你見他們！」

※　　　　　　※　　　　　　※

從考場裡傳來于冬梅的歌聲，考場外等候的學生們靜靜聽著，臉上都露出讚賞的笑容。葉作舟正要進考場裡面去，于鎮山帶著二妮攔到了她面前說：「葉協理員，我說，那個……那個，筆試啥的，是每個人都得考嗎？」

葉作舟不明所以地點點頭，于鎮山和柳二妮對視了一眼，柳二妮拉拉他袖子，讓他繼續說。

「是這樣的，現在那裡面考試的，是我親妹子于冬梅，她和我，還有二妮，我們在老家都是于家班的，專門拉拉唱唱的，唱歌是吃飯的活計，你可以去打聽打聽于家班的唱功，絕對是豎大拇指的！不信你聽，你聽，我妹子唱得咋樣？厲害吧？」

「嗯，還有呢？」

看葉作舟有點兒不耐煩，于鎮山厚著臉皮說了下去：「我妹妹倒是念過中學，可我和二妮都沒讀過什麼書，除了飛嗓子就沒學別的，你說要是明天還來考啥作文，那可真是難為我們了！能不能給通融一下，唱歌啥的，我們可以多考幾遍，考十遍都可以！就是寫，就饒了我們，行不？」

葉作舟愣了一下，無奈地搖搖頭：「你們不知道魯藝是什麼嗎？它是培養革命藝術家的搖籃，是一所大學。大學懂嗎？進大學是有門檻的。雖然對專業特別過硬的，我們可以特招，但也不能隨便一個跑江湖的就放進來啊！」

「你這個女八路說話咋這麼難聽？跑江湖的又咋了？一不偷二不搶，憑本事吃飯！」

于鎮山一臉不悅，二妮正要附和他，葉作舟毫不客氣地繼續說著：「你跑你的江湖，跟我沒關係，但你要來考魯藝，那就得掂量掂量。像你這樣，大字都不識一個，就是讓你考進來，你能讀得下去嗎？趁早還是回去吧。」

于鎮山還要跟她爭吵，于冬梅從考場出來，臉上帶著笑意，但看到眼前的場面，她又愣住了。

「你哥想特殊照顧，不參加文化考試，我沒答應，他就成這樣了。」

于鎮山的臉色比葉作舟還要難看。「啥破學校，老子還不想考呢！二妮，咱們走！」

于冬梅沒攔住，于鎮山還是堅定地走了，柳家父女跟在後面，在眾目睽睽之下揚長而去。走了一段路，一直沒說上話的柳二妮氣不過，忽然轉身跑幾步，站到一個坡上，遙遙對著考場的方向，清清脆脆地亮了一嗓。歌聲飄蕩在延安上空，待考的學生們、站在考場門口的葉作舟和于冬梅、考場裡面的考官，都被清亮的歌聲所吸引，抬起了頭。亮完這一嗓，柳二妮痛快地一甩大辮子，扭頭走了。

※　　　　　　　※　　　　　　　※

考場設在教堂小小的布道廳中，此時正是考試間隙，考官們坐著，小聲地互相交流。一個胸前掛著方盒子相機的清瘦青年走了進來，葉作舟招呼著他：「關山，你好好拍幾張我們現場考試的照片，下次登到報紙上，讓毛主席也看看！」

關山很受鼓舞地笑著點點頭，他舉起相機，葉作舟趕忙擋住對準她的鏡頭。

「快別浪費膠捲了，這玩意兒花錢不說，還得費老大勁從外面帶回延安。你呀，要選準最好的目標，爭取每一張都拍漂亮！不說了，你是美術系老師，這個比我懂。」

正說著，報名字的士兵走到門口，對著外面喊了起來：「下一位，丁小蝶——」

葉作舟聽到這名字，臉上現出一絲鄙薄之色，但很快變成了驚異。關山看向門口的眼神也完全凝固了，考官們扭過去的頭也像是收不回來，全是震驚的表情。

在門口出現的丁小蝶，頭髮微捲，蓬鬆地披散在肩，一張化過淡妝的臉精緻玲瓏，她穿了旗袍，走到臺上，風華無人能及。現場仍安靜著，關山拿著相機上的手微微顫抖，丁小蝶大大方方地開口：「我叫丁小蝶，本來是上海滬江大學藝術學院的學生，上海淪陷後，我就離開了學校，離開了父母……」說著，她眼神黯然地往下一垂，考官們臉上一片同情之色。

「我從小就學習鋼琴、芭蕾舞，後來又跟一位義大利老師學習聲樂，今天，我為各位獻上歌劇《蝴蝶夫人》的選段。」

丁小蝶開口演唱起來，是她最擅長的美聲唱法，歌聲悠揚，考官們聽得專心致志，就連葉作舟都認真地注視著她。回過神來的關山，舉起相機對焦，一會兒走到前面去，一會兒退到後面來，喀嚓、喀嚓連續拍了好幾張，葉作舟見狀拉住了他。

「哎哎，不是叫你節約膠捲嗎！」

演唱結束時，一個考官帶頭啪啪啪地鼓掌，像是提醒了眾人，所有考官都鼓起掌來，掌聲越來越熱烈，到後來全都激動地站了起來。

「太專業了！原汁原味啊！」

聽到考官的誇讚，丁小蝶眼裡含著淚笑了。

　　　　　　※　　　　　　　　　※　　　　　　　　　※

這時，考場門口一陣喧鬧，竟是郭雲生、郭雲鵬押著東方海闖了進來。奉了東方明的指示，兄弟倆見抵達考場，才放鬆了手上的力氣，東方海終於掙脫控制，他生氣地瞪著郭家兄弟。

「要是在上海，你們敢！」

「可惜這不是上海，是延安！」

葉作舟疾步上前，東方海看到是她，立刻把臉別開，一言不發。

「怎麼回事？還沒叫下一個考生呢！而且一次只能進來一個人！」

郭雲生一邊取下背著的小提琴盒，一邊向葉作舟解釋：「少爺他……不，東方海同志應該今天參加考試，他找不到地方，東方明同志就讓我們送他過來。」

「又是你！你叫東方海，我記住了，離了你哥，你連考場都找不到了？門外那一大片參考的，哪一個是被護送過來的？」

「阿海！正好我考完了，你來，把你的小提琴拉一個！」東方海還沒來得及反駁，丁小蝶便搶著高聲招呼道。

「好呀，我也想聽聽，東方明的弟弟是什麼樣的音樂天才！」葉作舟聞言一臉譏諷。

郭雲生已經打開琴盒，東方海看看面前這幾個人，賭氣地取出小提琴，把琴弓在弦上胡亂擦過，吱吱呀呀，根本不成曲調，甚至成了雜訊。幾個考官痛苦地捂住了耳朵，其中一個站起來打斷了他：「你到底會不會拉？」

丁小蝶、郭家兄弟看到東方海這麼胡來，都氣得不行，可東方海就是揚著一張無所謂的臉。

「對不起，我就這水準。」

「請等等！」

正當主考官站起來，打算宣布東方海的落榜時，光未然突然出現在考場門口。

「各位，請聽我說一句。這位小兄弟，剛才雖然表現不好，但那不是他的真實水準。我在這次渡黃河回延安的時候與他同行，親耳聽到了他拉的曲子，我可以向各位保證，那是我有生之年聽到過的最好的小提琴曲！他是一個天才！天才，不容埋沒啊！」

光未然又一臉認真地轉向東方海。

「小兄弟，我們同船而來，有那樣一番經歷，也算是生死之交了吧？如果你和我一樣，心裡一直記著那些犧牲的戰士，記著他們一張張年輕的臉和臉上期待的表情，請你為他們演奏一曲，行嗎？」

東方海傷感地低下頭，片刻之後，他果斷地抬起琴，搭上琴弓。悠揚的琴聲傾瀉而出，飄蕩在考場上空，所有人都聽得如痴如醉。一曲終了，全場靜寂，接著有人鼓掌，然後是如雷的掌聲。

光未然欣慰地笑了。郭家兄弟、丁小蝶來到東方海身邊，興奮地拍打著他，東方海有些不好意思起來。

「天籟之音哪！不同凡響，不同凡響！我想說要錄取你，可怕只怕，我們這裡沒人能教得了你呀！」

光未然接下主考官激動的話語：「所以，我的建議是 —— 請他做老師。」

就這樣，最初連考試都不想參加的東方海，成了魯藝音樂系的助教老師。

※　　　　　　※　　　　　　※

于冬梅、丁小蝶與東方海三人已成為魯藝的成員，而離開了考場的于鎮山他們三人在一名憨厚老農民的幫助下，找到了一處廢棄的窯洞，作為安身之所。

柳家父女還是頭一回擁有屬於自己的寬敞住處，十分高興。于鎮山聽老農民說于家班在延安也有名聲，很是興奮。三人決定動手把窯洞收拾起來，重振于家班的生意，要把這窯洞變成虎嘯風生之處。

作為助教，東方海從學生宿舍搬了出來，與關山同住一個窯洞。他背著琴、帶著包袱進門來時，關山正坐在桌前看書。

「我叫東方海，音樂系新來的助教。」

「我知道，我知道，那天我也在考場，你就是那個天才小提琴家！幸會幸會，我是美術系老師關山。」關山迎上來，熱情地和東方海握手。

東方海一邊解下小提琴盒一邊打量著四周，教師宿舍的條件是比很多人擠一個大通鋪的學生宿舍好多了，他想起了丁小蝶，不知她住得怎麼樣。

「……小蝶要看到我這條件，說不定又要鬧起來。嘿，如果她真鬧，我就說，好哇，咱倆換吧！我要是跟她換，美死你了。」東方海開玩笑地說著，衝關山笑起來。

關山有些慌亂地把給東方海倒的水放到桌上，伸手去合上方才他正看的那本書，好在東方海並沒有看到，打開的書頁間夾著一張照片，是穿著旗袍在考場上深情款款地唱歌的丁小蝶。

※　　　　　※　　　　　※

魯藝的教室，大多設在窯洞門口的空地上。東方海負責的第一堂課，是藝術概論。他站在一塊寫有課程名稱的簡易黑板前，來回踱步，他面前的空地上，坐著十幾名軍人。他們軍姿嚴整地坐著，眼珠卻隨著東方海的踱步左晃右晃。

東方海下定決心似的停下腳步，在黑板前站定，清清嗓子：「你們這個……是個短訓班，這個短訓班嘛，就是短期培訓一下……大家不要緊張，啊，不要緊張，我……我也是剛來的，助教。今天，是第一次上課，啊。」東方海長出一口氣，擦擦汗。

「你們有什麼問題想問嗎？」

下面的學員你看看我，我看看你，面有疑慮，一個人舉起手。

「報告！請問助教同志，我們都是基層部隊打仗的，平時也就會集合唱歌時打個拍子，現在讓我們學這藝術啥玩意兒的，有啥用啊？」

「這個問題……其實我也……」

第一個問題就答不上來，東方海正緊張著，學員之一忽地站起來，轉過身，微笑著面向眾人。

「我們是基層部隊推選出來的文藝骨幹，哪怕只會打個拍子，那也是會打拍子的骨幹呀！魯藝是我們八路軍的最高藝術學府，能到這兒來學習，是

來之不易的機會。在這兒啊，雖然學不成藝術家，但回到連隊，拉個歌、合個唱，咱至少也算半個行家了不是？要說鼓舞士氣，咱可是有大功勞！」

下面的學員聽得神采飛揚，個個來了精神，東方海感激地看著這位發言人。

「這位同志說得很好！都是我想說的。對了，同志，你……挺面熟啊！」

「我是獨立團的作戰參謀，張志成。」

看到他笑起來的樣子，東方海醒悟過來。「對對對，張參謀！你怎麼來了？」

「本該是宣傳幹事來，結果他臨時被派了任務來不了了，政委不想浪費這個培訓名額，我這隻鴨子就上架了。」

張志成無奈地攤了攤手，下面一個學員搶著說道：「你是趕鴨子上架，我是被他們說唱歌像公雞打鳴，咱們雞鴨同籠了！」

眾人哄笑起來，不遠處李伯釗正和葉作舟說話，被笑聲吸引，兩人都轉頭來看，李伯釗欣賞地向東方海那邊點了點頭。

「你看，新來的東方助教幹工作很有熱情嘛，把一個短訓班的課都上得這麼活躍！」

※　　　　　　※　　　　　　※

課程結束後，東方海拉著張志成，爬上魯藝旁一處滿是林木的山坡。兩人來到一片林間空地，平日缺乏鍛鍊的東方海喘著氣。

「你今天又救了我一命！」

「站在人前說幾句話，最開始啊，確實很要命，我當班長時第一次要給戰士們講話，硬是憋了半天，最後蹦出倆字兒，解散！」

兩人一起大笑了一陣子，東方海突然有了一個想法：「那你第一次開槍呢？」

「怎麼，今天專門關心我的人生第一次經歷啊？第一次開槍其實比說話容易。說話得自個兒攢夠了詞兒，才能讓它往外蹦，槍呢，它自己有子

彈，你只要手指一扣，啪，就出去了。」

看張志成笑得輕鬆，東方海嘆了口氣道：「說得容易。」

「怎麼？大音樂家兼助教東方海同志，好像有心事？」

東方海誠懇地看著他。

「我們能不能互相幫助？我給你上課開小灶，下了課你給我搞軍事訓練！」

「你們魯藝不是也有軍事訓練嗎？」

東方海搖了搖頭，眼中透出堅定的光亮。「那點訓練哪夠啊！我是要當軍事尖子，像你這樣的！特別是，你得好好教我打槍，聽說你是神槍手級別的。等我也練成了神槍手，他們會讓我去前線的！」

張志成摸著頭為難地說：「說我是神槍手嘛，我原則上不反對。但是巧婦難為無米之炊呀，神槍手是靠子彈餵出來的。要是在我們獨立團還有辦法可想，可在這延安，我沒轍啊。」

「子彈嘛，我想辦法！」東方海沉思片刻。

於是東方海偷偷摸到了連隊訓練場旁邊的樹林中，將訓練休息間隙的郭雲生、郭雲鵬喊了出來，兄弟倆看到他都很高興。

「東方同志，聽說助教當得不錯呀！」

「我就說嘛，我們小姐相中的人肯定是不會錯的。」

「現在也得叫丁小蝶同志。」郭雲生用胳膊肘戳著弟弟。

「那我可不習慣！」

東方海板著臉打斷了兩人。

「行了行了！少來這套，你們兩個，一到延安就被東方明那傢伙收買了！」

郭家兄弟做出要解釋的無辜狀，被東方海斷然制止。

「我今天不是來跟你們算帳的，但你們得弄清楚，我和東方明，誰跟你們更親？」

「你。」郭家兄弟一臉正色。

「當然是我呀！這一路艱辛地走過來，我們已經是生死之交了！再說以前吧，東方明老早就幹革命了，走了，在上海是誰罩著你們？小姐罵你們，是誰幫著說好話的？再往前，八歲那年，誰幫你們跟弄堂裡的徐胖子打過架？」

「你幫我們打架？」

老實人郭雲鵬一臉驚異，又被哥哥用胳膊肘戳了一通。

「是是是，東方少爺幫我們打的，出奇制勝，我們臉都抓爛了您還啥事兒沒有！」

東方海哼了一聲：「記得就好。我也不要你們報答啥，你們現在在連隊，天天搞訓練，方便的時候吧，記得給我順幾盒子彈，啊。」

「什麼？！」郭家兄弟同時發出了驚叫聲。

　　　　　　　※　　　　　　　　　※　　　　　　　　　※

相較之下，丁小蝶的處境遠不如東方海順利，參加軍事訓練，她喊累，被葉作舟點名批評。訓練到一半，于鎮山居然跑了過來，原來他還在為葉作舟說他和柳二妮沒文化的事生氣，新起的于家班接了幾個活兒，賺了些錢，他一心想來葉作舟面前炫耀一番，最後還是于冬梅把他推走了。

東方海也沒那麼容易如願以償，他來到上次與郭家兄弟見面的地點，出現的卻是東方明。私自弄子彈是違反軍紀的大事，郭家兄弟自然不敢瞞著東方明，這下東方海不僅計畫落空，還不得不收好一整袋琴弦。這些天他一直以弦斷為藉口拒絕練習拉琴，現在只好拿著琴弦發怔，一個人生悶氣。

初到延安的一行人中，眼下只有于冬梅認真地學習著，內心充實而平靜。魯藝音樂系的學員同時還要兼任平劇團團員，進行平劇表演的基本功訓練。在休息時間，葉作舟找到于冬梅，要她幫助丁小蝶端正學習態度。儘管心裡很為難，于冬梅仍是答應下來。

訓練繼續，專業老師示範著，學員們都咿咿呀呀跟著學，只有丁小蝶

一個人不開口，于冬梅小聲勸她：「小蝶，你就跟著，哪怕哼幾下，讓人以為你在練習了也行。」

「我不像你會做表面文章！我不想學這個，不學就不開口，免得壞了我唱美聲的感覺。」丁小蝶白她一眼。

「哎呀，協理員剛才都跟我說了，說你態度不端正……」

于冬梅有些著急，丁小蝶一聽卻生氣了：「好你個于冬梅，沒了柳二妮，你又找了個同盟對付我是不是？」

「我哪有！」被丁小蝶這麼一說，于冬梅委屈得快要哭出來了，葉作舟都看在眼裡。

「丁小蝶，從軍事科目到專業學習，你沒有哪次訓練是認真的，今天下課你給我留下來，補課！」

丁小蝶氣得瞪著葉作舟。

　　　　　　※　　　　　　　　　※　　　　　　　　　※

又到了休息時間，幾個女孩跑來安慰被留堂的丁小蝶。

「小蝶，你就別倔了，聽說那葉協理員以前是帶兵打仗的，骨子裡就是個男的，根本容不得誰反抗命令。」

「還不止呢，說是她呀，結婚沒多久呢，兩口子感情好得很，沒想到丈夫在前線犧牲了，這樣一來她受了打擊，脾氣就變壞了，看誰都不順眼！」

沒想到葉作舟背後還有這些故事，丁小蝶心情複雜起來：「……怎麼讓我遇上了這樣一個女人。」

課程很快結束了，女孩們紛紛把水袖脫下來收好，只有丁小蝶仍然穿著水袖，一動不動站在練功場中間。人們都散去了，最後只剩下丁小蝶和葉作舟兩人。葉作舟看了看丁小蝶，想了想，無奈地嘆了口氣。

「算了，你也下課吧。」

葉作舟正要走，丁小蝶卻忽然開口唱了起來，她披著水袖，有板有眼地一甩，又捏著蘭花指，時不時倚一倚，做出平劇標緻的嫵媚姿態來，與

此同時，她嘴裡唱出的竟是美聲的歌劇。用平劇的動作配合著西洋歌劇的美聲，奇異又絢麗。

丁小蝶投入地表演著，葉作舟愣在那裡，久久盯著她。

回到辦公室後，葉作舟呆坐在桌前。過了一會兒，她從辦公桌的抽屜裡取出一面小鏡子，鏡面映照出她憂傷的面龐。她又把小圓鏡翻過來，熟練地摳開鏡子後部，從裡面取出一張照片，照片上是她與已戰死的丈夫，兩人笑吟吟地騎在馬上。葉作舟輕輕摩挲著照片，淚水無聲地落了下來。

※　　　　　　※　　　　　　※

東方海下定決心，來到了徵兵處。

在角落中觀察情況時，他看到一對拉拉扯扯的父子，已到中年的父親將還未娶親的年輕兒子拽回了家。東方海加入長隊，輪到他時，鎮定地報上了方才從父子爭執中偷聽到的姓名與住址。

無論如何，他都要到前線去。他趕了這麼遠的路，經歷了這麼多的波折，可不是為了找一個安全的地方，繼續教什麼音樂啊。這根本不是他所期待的延安生活，那麼他只能靠自己的努力去改變現狀。

八　隔閡

丁小蝶拒絕剪頭髮。

「小蝶，這是規定，到了部隊都得剪。」

于冬梅輕輕拉拉丁小蝶的袖子，可她依舊一臉傲氣。

「規定是死的，人是活的。」

「又是你！回回都是你挑頭！不服從命令，頂撞上級，違反規定，要在戰場上直接就給你執行紀律了！你說，今天你是把頭髮剪了，還是直接抱鋪蓋捲走人？」

葉作舟覺得自己這段時間生的氣比前二十多年加起來還多，丁小蝶只是冷冷地看著她。

「我已經向上級機關打了報告，他們還沒回話。」

「你以為你是誰呀？剪個頭髮就要打報告，如果革命需要你犧牲生命呢？你不就當叛徒了？」

這下葉作舟真的氣炸了。

「革命要我犧牲生命可以，那確實是革命為了勝利，需要我做出犧牲，可是革命叫我剪頭髮，我就不知道革命拿我的長頭髮去幹什麼！」

「本事不大，嘴皮子功夫倒上了天了！好，那我告訴你，你不是說怕蝨子嗎？蝨子最喜歡長頭髮！你要留著它，不出一禮拜就可以生出一窩一窩的蝨子來！」

丁小蝶仍舊不急不慢地說：「協理員不是說，蝨子是革命蟲嗎？我就和這革命的蝨子培養一下感情好了。」

葉作舟氣到極點，卻無話可說。

　　　　　　　　※　　　　　　　　※　　　　　　　　※

　　簡陋的理髮室，鏡子都是碎掉又黏回去的，女孩們惶然地排著長隊，有幾個低頭抹著眼淚。最後，在理髮師的詢問下，于冬梅第一個走上前，她坐了下來，閉起眼睛，聽著剪刀聲在耳邊喀嚓喀嚓響起。

　　「我好希望我是丁小蝶！」這時，不知是誰抽泣著小聲說了這麼一句話，傳到了于冬梅耳中。希望自己是丁小蝶嗎？在一點點失去珍重愛護著的長髮的過程中，于冬梅回想著與東方海的相遇，回想著丁小蝶的出現，靜下心來，她極為輕微卻很堅定地點了點頭。丁小蝶很特別，是那種令人羨慕的、閃閃發亮的特別，但是她于冬梅只希望做好自己。

　　丁小蝶不在理髮室中，她跟著葉作舟去了辦公室，在那兒等候著上級對她報告的回覆。葉作舟坐在桌前，看著一份文件，時不時抬起頭瞪一眼坐在桌子對面的丁小蝶，每次看到的都是丁小蝶面無表情的臉，她又把目光放回文件上。

　　這時從外面急匆匆跑進來一個戰士。

　　「協理員，徵兵處押了一個人過來，說是冒名頂替去參軍，被發現了，那人就說是我們魯藝的老師。徵兵處帶他來核實情況！」

　　葉作舟大驚，她剛站起來，從門口就進來幾個人。只見兩名戰士押著東方海，還有一個幹部，正要和葉作舟說話，葉作舟卻直盯著東方海，驚訝地睜大了眼。

　　「東方海！你跑徵兵處去幹什麼呀？你已經是軍人了！還不清楚嗎！」

　　東方海垂頭喪氣不說話，丁小蝶衝過去，使勁掰開押著東方海的那兩個戰士的手，幹部見狀點了點頭。

　　「看來，他這次說的是真話，確實是你們的人。」

　　「對，他是新來的助教，是我們學校的問題。東方老師，你真夠可以的。」

　　看葉作舟黑著臉，幹部笑了笑：「也不要太過責怪他，他就是想到前線

打仗，沒別的壞思想。也是啊，男兒一身熱血，就當揮灑疆場。別人在前方流血犧牲，自己卻一天到晚唱唱跳跳，想著也不是滋味！」

葉作舟生氣地看著他：「什麼叫唱唱跳跳？我們的藝術人才對政治宣傳工作很重要！」

「是，是，你說是就是。行，那我們就走了。」幹部臨出門前，又轉向東方海。「小同志，爭取下次上戰場啊，不要用別人的名字了！」

※　　　　　　※　　　　　　※

幹部和戰士們離開後，辦公室裡只剩下他們三個人，丁小蝶和東方海站在一起，葉作舟看著這兩個人，一臉恨鐵不成鋼的樣子。

「你們兩個，才到魯藝來幾天，一個賽一個，要上房揭瓦！到底是大上海來的大少爺、大小姐，不適應革命生活，不接受組織紀律的約束！那你們到延安來幹嘛？」

東方海和丁小蝶都不回答，葉作舟想了想，一臉痛心，道：「我是沒招了，算了，我去給你哥打電話，讓他把你領走吧，魯藝廟太小了，容不下你這大音樂家！回頭我們發個通報，給你個處分，算是開除你了，你到別處高就吧！」

東方海一聽慌了：「那可不行，協理員，我哥要是知道我又闖禍了，還被魯藝開除，說不定真就把我送走了！我還沒上過戰場，沒打過鬼子，家仇未報……」

葉作舟被東方海拖住，兩人在屋裡拉扯著，丁小蝶見狀，衝到桌前，抓起一把剪刀。葉作舟嚇得大叫：「丁小蝶，你要幹什麼？！」

丁小蝶一臉痛楚道：「我剪！我剪頭髮還不行嗎！協理員，你今天放過東方海，我把頭髮剪了，你也好跟領導有個交代，怎麼樣？」

「這是你談條件的時候嗎！」

「我真的要剪了，我剪了你還不說話就算是默認了！」

丁小蝶一手拿剪刀，一手抓起自己的長髮，咬緊嘴唇，閉上眼睛，握

剪刀的手正要使勁，李伯釗突然走了進來。

「別剪！丁小蝶同志，我認真看了你打的報告，覺得你說得有一定道理。我們劇團經常有演出，老要花錢去買假髮，現在這麼困難，能省就省點，我們研究通過了，特批你們這一屆音樂系學員留長髮，以後演出方便。」說完，她轉身看看目瞪口呆的葉作舟、東方海，又轉身看看拿著剪刀定格在那兒的丁小蝶，奇怪地眨了眨眼。「你們幹什麼呢？」

※　　　　　　※　　　　　　※

回到宿舍，東方海坐在窯洞的椅子上，他疲憊地仰起臉。敲門聲傳來，他一邊應著，一邊起來打開門，只見一頭短髮的于冬梅站在門口。

「頭髮呢？」

「說什麼話呢，又不是尼姑，頭髮當然在呀，只是剪短了。好看嗎？」見他一副驚異的樣子，于冬梅噘起了嘴，東方海只好點點頭。

「嗯。越來越像協理員。」

「我哥說，今天他看到徵兵處的人把你抓起來了，所以，我來看看你……」于冬梅一臉擔憂，她跟在頹廢的東方海身後，走到屋裡。正在這時，關山回來了，看到屋裡的兩人，他愣了一下。

「這是于冬梅。冬梅，這是關山。」

于冬梅和關山互相點頭，關山笨拙地走到書架前，匆匆地取了一本書就往外走。

「哦，這個，這個，我是回來拿本書的，拿去畫室看的。你們慢慢聊啊。」

關山又出門去了，受他慌張的神色影響，于冬梅和東方海兩個人有點兒尷尬。片刻的沉默後，東方海開口解釋不久前發生的事。

「哦，今天那事吧，就是我冒用了別人的名，想去參軍，上前線打仗。哪知道後來我冒名的那個傢伙又跑來報名，我就露餡兒了。唉，要不是回魯藝核實了身分，我差點兒被當成奸細給抓起來。」

于冬梅驚訝地瞪大了眼睛，東方海搖搖頭表示已經沒事了，停了一下，他有些突兀地問道：「冬梅，你喜歡延安嗎？」

于冬梅微笑著點點頭：「我喜歡！這裡的人都有一種……往高處飛的感覺，好像天天都過得挺有念想。而且這裡的人喜歡我，大家相處起來很愉快。」

「可我……感覺自己像被困在一個瓶子裡，瓶頸很深，瓶口小，怎麼努力也出不去。就是那樣一種……一種憋屈。」

東方海深深地嘆著氣，于冬梅有些猶豫，但仍是鼓起勇氣說道：「你困在瓶子裡，又不會孤單，至少有我……還有小蝶、二妮、我哥，陪著你一起啊……」

※　　　　　　　※　　　　　　　※

「阿海！」

忽然門被推開，丁小蝶走了進來，看見于冬梅也在，她愣住了。

「小蝶來了？我聽說東方哥今天遇到了麻煩，特意來看看。沒事就好。那我走了，你們聊。」于冬梅趕忙解釋著，匆匆出去了。

丁小蝶斜睨著她的背影。「慰問得可真及時啊！現在頭髮剪了，更像個女幹部了，做思想工作也是一套一套的吧？」

「別這樣說冬梅，人家比你適應能力強，在魯藝待得好好的，學東西認真，進步很快。你也應該——」

東方海話還沒說完，就被丁小蝶打斷了：「我也應該像她那樣活？忍氣吞聲地活，就為了拍葉作舟的馬屁？」

「你看你，把誰都當敵人。其實葉協理員，也沒有你說得那麼不好，她也就是堅持原則了一些……你啊，對她有偏見。」

丁小蝶瞪大眼睛：「我有什麼偏見？你又不是沒看見，自從我來到魯藝，她就看我不順眼，我後來才知道，她丈夫在前線犧牲了，她感情受傷，心理變態，就見不得別人比她強，比她好，比她有才，比她漂亮！」

129

「你要是一直用這種眼光去看待她，那你永遠也無法走出狹隘的陰影！」

「我狹隘？我——」

東方海有些生氣了，丁小蝶更是氣得哭了起來。不巧這時關山又走進門來，看見丁小蝶，他呆住，接著慌忙往書架處走。

「哦哦，那個，我剛才拿錯書了，我是來換本書的，馬上就走……」

丁小蝶一抹眼淚，一聲不吭地走了。東方海煩悶地嘆了口氣，伸手抓抓頭髮。關山則靜立在一旁，注視著丁小蝶離去的背影。

這天夜裡，丁小蝶側躺著通鋪上，睡夢中輕輕叫了一聲「爸爸媽媽」，忽然醒來。她睜大眼睛，愣了幾秒鐘。通鋪上的其他女孩仍在睡著，其中一個翻了個身，屋裡傳來清晰的呼吸聲，夾雜著某個女孩的呼嚕聲。

丁小蝶坐起來，左右看看。她下床，推門來到屋外，月亮又大又圓，月光砸在窯洞門口的院子裡，砸到丁小蝶身上，她映在地上的影子顯得那麼弱小。抬頭朝那圓月望著，她的眼淚終於流出來。誰也不在她身邊，現在的日子比討飯的時候還要辛苦。她撲通跪在地上，嗚咽著哭起來。

　　　　　　※　　　　　　※　　　　　　※

窯洞修繕一新，延安的于家班落成了。

這是于鎮山、柳富貴、柳二妮三人延安新生活的正式開端，他們決定以後要在這裡美美地過日子，把日子過得越來越舒坦。柳二妮正拿著柳富貴給的錢，去往集市買些窗花之類的家用品，她蹦蹦跳跳地走在路上，高興地哼著信天遊。

先前救下眾人的獨立團團長石保國也來到了延安，他奉命來延安抗日軍政大學進修學習，為期半年。他在前線衝殺慣了，不太適應這種平靜的日子，不過想到可以趁此機會給自己討個老婆，還是很興奮的。心中早已有了大概的想法，他騎上馬正要向魯藝奔去，學員隊長趕來，叫住了他。

「石保國，你去哪裡？」

「我去魯藝看一下音樂系的協理員，你知道的，我們可是老戰友。我

到延安來，還沒顧得上看她呢。」

學員隊長點了點頭：「快去快回，下午毛主席要來抗大講課，別遲到了。」

石保國騎著馬路過延安街頭，看到柳二妮在小攤邊擺弄著一個小飾品，急忙撥轉馬頭，差點兒撞到一個行人身上。他低頭向行人道歉時，柳二妮看到街角拐彎處的小店裡有窗花，高興地跑了進去，等石保國再抬起頭來，已找不見她了。

※　　　　　　※　　　　　　※

與此同時，魯藝平劇團正在排練戲劇《打漁殺家》，東方海在一旁指導樂隊隊員。負責分配任務的教員點到了丁小蝶與于冬梅的名字，兩人興沖沖地過去，充滿期待地看著教員。

「你們一個是唱民歌的，一個是唱美聲的，不是平劇專業出身的，只能演 B 角。」

于冬梅認真點頭，丁小蝶不情願地嘟著嘴。兩人走到排練場邊。

「你知道 B 角意味著什麼嗎？那只是替補，如果沒有機會，一輩子都上不了舞臺。」

面對丁小蝶的抱怨，于冬梅並沒有洩氣。

「我知道，但組織上安排的工作，我們就要努力做好。小蝶，只要我們準備好了，總有機會的，要是我們不努力，就是機會來了，我們也沒辦法上臺去演。我們還是好好排練吧。」

「這簡直是欺負人！欺負咱們是新人，那些當了 A 角的，哪裡會把機會讓給咱們？咱們再努力有什麼用？反正我不幹。我才不演什麼 B 角，要演就演 A 角。」說罷，丁小蝶怒氣沖沖地走了。她從排練場出來，差點兒撞上騎馬經過的石保國。石保國勒住馬，一看是她，不由得微笑起來。

「咦，這不是那個上海妹子嗎？乖乖，換上軍裝還真漂亮。」

「讓開！」丁小蝶不高興地瞪他一眼。

石保國有些驚訝：「我是獨立團的石保國呀，你不認識我了？」

「我怎麼不認識你？你又不是找我的，你是要去找葉作舟的！快去找吧，我煩著呢！」

石保國跳下馬，嬉皮笑臉地湊到正沒好氣的丁小蝶跟前。

「還能算出我去找誰，我也算算你吧。咋了？小蝶妹妹，愁眉苦臉的，誰惹你了？」

「快走快走，別擋著我的道。你也別問葉作舟在哪兒，我不知道。」丁小蝶不耐煩地揮著手。

「聽你這口氣，對葉協理員有意見？我告訴你，這個女人可不得了，當年在紅軍婦女團裡可是營長，帶著幾百號女兵，衝鋒起來像一陣風一樣，所到之處，敵人血流成河。我們這些老爺們兒都佩服得很呢……」

「不就是殺過人嗎？有什麼了不起！」

石保國碰了一鼻子煙，卻也不生氣，仍舊笑嘻嘻的。「小蝶妹妹，你在這裡習慣不習慣？咦，你好像瘦了嘛。」

「我習慣不習慣關你什麼事兒？」

丁小蝶繞開他，向一邊走去，石保國翻身上馬，看著丁小蝶的背影搖頭。

「這脾氣，吃了槍藥了！還是那個二妮好啊，又會唱又會笑，城裡的小姐哪裡比得上。」

※　　　　　　※　　　　　　※

葉作舟正在魯藝旁的菜地澆水，放下水壺後，她撿起一根樹枝，做瞄準狀。

石保國騎馬奔來，笑著招呼她：「嫂子，又想打槍了？」

「石保國石團長，你怎麼跑這裡來了？」

石保國翻身下馬，把馬隨手拴在樹上，走到一臉驚訝的葉作舟跟前。

「準確地說，是奉命回延安到抗大上學，得半年呢。」

「才半年，你看我，都不知道何時是個頭兒。你該知足了，打鬼子的大英雄，手下有幾千人，還開闢了一大塊根據地。我呢，只能困在這裡，想打仗想得拿根樹枝就當是步槍。」

葉作舟失落地嘆氣，石保國安慰她：「打仗是我們男人的事兒，你們女人嘛，應該是來讓男人疼的。」

「你呀，還是老樣子，說話沒個正經樣兒。」

石保國想起自己來的另一個目的：「嫂子，上次給你介紹的那幾個學生怎麼樣？我剛才在街上看到一個，唱歌唱得很好聽的那個，可一轉身就又找不到她了。」

「唱歌那個？你說于冬梅呀，我們錄取了，她蠻好的，是棵好苗子。」

石保國有些著急：「我說的是另一個。」

葉作舟斜眼看他。「噢，我聽明白了，你是來這找老婆的。石團長，做人要厚道，你家裡不是還有一個老婆嗎？」

「我正要給你說這事兒呢，她前些日子托人捎來信了，已經嫁人好幾年了，孩子都生了好幾個。」

看石保國高興的樣子，葉作舟哭笑不得：「石團長，我真不知道該如何說你，人家老婆改嫁了，難受得不行，你倒好，就像遇上一件天大的喜事兒。」

「嫂子，你又不是不知道，我和她純屬父母包辦的封建婚姻嘛。這樣好，我倆都解脫了。」

葉作舟乾脆地點點頭：「那你說說，你看上誰了，我給你保媒。」

※　　　　　　　※　　　　　　　※

排練場中，東方海從舞臺一邊走下來，招呼著于冬梅：「小蝶呢？你們不是在一起排練嗎？」

「……她對演 B 角有意見，剛才出去了。」

看于冬梅一臉為難，東方海有些生氣。

「她剛來的新人，上來就想演 A 角，哪裡有這樣的道理？」

「喝口水吧。」

于冬梅把一個茶缸遞過去，東方海接過。

「小蝶還沒適應這裡，你去勸勸她吧。」

「我才不去呢，她現在一見我就說要離開這裡，我躲都躲不及。她想通了，自己會回來的。」

「我真擔心她，這樣下去也不是個辦法。」

「她要是有你一半兒就好了。」聽到東方海的話，于冬梅一愣。

「東方老師！」樂隊那邊有人喊起來，東方海把茶缸還給于冬梅，匆匆趕去，于冬梅神色複雜地凝視著他的背影。

※　　　　　　※　　　　　　※

葉作舟帶著石保國來到魯藝的訓練場，只見男女學員們正在訓練刺殺。

「你們也搞軍事訓練？我還以為你們整天都在學吹拉彈唱。」

「那當然，文藝戰士首先是戰士，戰士哪有不進行軍事訓練的道理？我們魯藝三分之一時間用來學習，三分之一時間用來訓練，三分之一時間用來生產。」

石保國了然地點點頭：「那和我們也差不多。」

「我不是帶你來視察的，你到底看上誰了，你指一下，讓我看看。」

在葉作舟的催促下，石保國張望著人群，搖了搖頭。

「我已經看過了，她不在啊。我要找的是那個會唱信天遊，梳著大辮子，個子小小的那個。」

葉作舟恍然大悟：「我想起來了，是柳二妮。」

「你們沒錄取她？」

看石保國一副吃驚的樣子，葉作舟瞪他。「你以為我們這裡是草臺班子啊？我們這裡是有門檻的，不是什麼人說考就能考的。就憑唱得好就能來？我們還要考文化課，她都沒讀過書，我們怎麼能錄取她？」

「那她在哪裡?」

石保國著急了,葉作舟卻很無奈。

「她又不是我們魯藝學員,她在哪裡,我怎麼知道?」

「你不知道,肯定有人知道。嫂子,你就幫幫我這個忙,幫我打聽打聽。」

石保國不甘心地說完,便打算離開,葉作舟一把拉住馬韁繩。

「你這就要走?我答應幫你這麼大一個忙,你如何謝我?」

「嫂子,這個,這個,你說咋謝咱就咋謝。」石保國為難地搔頭。

葉作舟很乾脆地要求道:「讓我騎上你的馬遛兩圈。」

因為還要趕回去聽毛主席講課,石保國這次只答應讓葉作舟騎上一圈。

葉作舟騎在戰馬上,英姿颯爽,宛如馳騁在疆場。她的心中浮現出許許多多的回憶 —— 帶著紅軍婦女團衝鋒、與敵軍肉搏、抱著陣亡的丈夫慟哭……儘管淚水緩緩從臉側流下,她仍是意氣風發地縱馬前行。

※　　　　　※　　　　　※

又是幾天過去,延安下起雨來,雨勢不大,在魯藝音樂系的教室裡,師生們正在召開民主生活會,葉作舟站在教室中間,樣子很嚴肅。

「今天我們召開一次民主生活會,解決一些同學的思想問題。你們當中,有些同學來到魯藝的時間不長,可能不了解情況。我告訴你們,黨對魯藝是非常重視的,毛主席在魯藝成立時發表演講時說『魯迅藝術學院要造就具有遠大的理想、豐富的鬥爭經驗和良好的藝術技巧的一派文藝工作者,這三個條件缺少任何一個便不能成為偉大的藝術家』。毛主席還為魯藝題寫了校訓『緊張、嚴肅、刻苦、虛心』。」

葉作舟看了一眼丁小蝶,丁小蝶抱著胳膊,眼神賭氣又挑釁。

「魯藝是有門檻的,這門檻還是很高的,多少人想來魯藝學習而不得,而在座的個別同學,卻不知道珍惜這寶貴的機會。」

于冬梅伏案做著筆記，葉作舟看向她，口氣變得緩和。

「我今天要特地表揚一下于冬梅同學，並不是說她有多麼優秀，而是她學習用功，工作積極，遵守紀律。可以說，在各個方面，于冬梅都是大家的學習榜樣，也是大家的一面鏡子，拿她對照自己，每個人都想想自己的差距。」

話鋒一轉，她看著丁小蝶，口氣變得嚴厲。

「相反，我們有些同學，入學這麼長時間了，還擺不正自己的位置，不服從管理，不服從工作安排……」

丁小蝶知道葉作舟是在批評她，故意擺出一臉不屑的樣子，雖然沒直視葉作舟，卻蹺著腿晃著。葉作舟被她這副樣子氣到了，指著她大聲道：

「丁小蝶同學，我問你，平劇團讓你擔任 B 角，你為什麼不服從安排？」

「我不喜歡那些吱吱哇哇的戲，也不感興趣。還說是民主生活會呢，表揚誰，批評誰，還不是你說了算？這算哪門子民主？」丁小蝶很乾脆地回答，說著，她還撇了撇嘴。

「你……你還有理了？」

「丁小蝶同學剛來嘛，人人都有個適應期……」關山在一旁低聲打圓場，卻被葉作舟瞪了一眼，他低下了頭。

「我不會平劇，所以也演不了 B 角，你愛咋批就咋批吧。」丁小蝶一副無所謂的樣子。

葉作舟氣得冷笑起來：「好，你說你不會，也不願意學，那行，教員安排你排練話劇《血祭上海》呢？你難道也不會嗎？」

就算是話劇，丁小蝶也是不演 B 角的，她已經清楚地拒絕了教員，現在也毫不退讓地直視著葉作舟。

「我就是不會。」

東方海始終在看著丁小蝶，他越來越生氣，終於忍不住站了起來。

「你撒謊，你這不是能力問題，是態度問題。你在學校就表演過話劇。」

「你說什麼？」丁小蝶呆呆地看著東方海，有點兒不相信自己的耳朵。

「你會演話劇，次次都是主角，你為什麼說不會？」

「丁小蝶同學，我們作為藝術家，一定要先學會做人。你不想演是一回事兒，你會不會是另一回事兒，一個人首先要誠實。」

因為有東方海的批評，葉作舟的口氣反而緩和了，可東方海仍是不依不饒。

「你看看人家于冬梅，根本就沒學過平劇，甚至連話劇都沒聽說過，你知道嗎？你不願意演《血祭上海》的B角，人家于冬梅全接過來了，認認真真地排練，完全勝任了。」

丁小蝶從驚愕中醒過神來，滿臉通紅，突然她拍案而起：「她是她，我是我，你憑什麼拿她和我比？不錯，我是會演話劇，次次都是A角，我哪點兒做得差了？憑什麼現在讓我演B角？我就是不演！還有，東方海，我問你，葉協理員批評我也就算了，你有什麼資格訓斥我？」

「這是民主生活會，人人都有發言權，東方海完全有資格批評你。」

看都不看一臉嚴肅的葉作舟，丁小蝶憤然指著東方海。

「誰都可以批評我，誰都可以把唾沫吐在我臉上，但就是你不行！東方海，你必須向我道歉！」

「我說錯了嗎？我說的都是實話。」東方海不明白自己有什麼不對，他還只顧著生丁小蝶的氣。葉作舟來回看著針鋒相對的兩人，她也不希望將好好一個會開成這樣。

「東方海沒有錯，沒有必要給你道歉。丁小蝶同學，大家是在幫助你，是為你好……」

「是為我好？什麼民主生活會？把大家集中起來批我一個人，當眾羞辱我，是為我好？算了吧，你們的好，我承受不起！」痛苦地喊出這些話，丁小蝶轉身就跑，她重重地把門關上，衝入雨中。

八　隔閡

※　　　　　※　　　　　※

從教室裡跑出來，丁小蝶在細雨中奔跑。跑出很遠，她才慢慢停下來，茫然地在雨中走著。看到有人騎馬衝了過來，她讓到一邊，那人卻勒住馬。

「又是小蝶妹妹啊，上海來的大小姐就是不一樣，雨中漫步是不是特別有情調？」

丁小蝶狠狠地瞪著笑咪咪的石保國：「關你屁事！」

「看看你說的，如果啥事都能用『關你屁事』和『關我屁事』來回答，那世界不是臭烘烘的？」

差點兒被石保國逗笑，丁小蝶還是忍住了，她指著魯藝的方向。

「你不是去找那個女人嗎？快去吧，她現在心情好著呢。」

話音剛落，她打了一個噴嚏，石保國翻身下馬，湊到她跟前看了看，臉上還是嬉皮笑臉，但口氣卻很關切：「咋了？是不是感冒了？」

「是不是感冒關你什麼事兒？我就是死了，和你們也沒關係。」

看丁小蝶沒好氣，石保國做出一副誇張的神情。

「看你這話說的，咋和我沒關係？關係大著呢，你是我們獨立團推薦來的，不管你咋想，我可是把你們都當作我們獨立團的人了。來，上馬！」

他翻身上馬，然後向丁小蝶伸出一隻手，丁小蝶一臉疑惑地看著他。

「幹什麼？」

「雨中漫步有味道是有味道，可泥巴太多，騎到馬上，走自己的路，讓泥巴濺別人身上吧。」

丁小蝶臉上終於露出笑意，她抓住石保國的手，翻身上馬。石保國調轉馬頭，向來路駛去。天空漸漸放晴，遠方出現一抹美麗的彩虹。

※　　　　　※　　　　　※

石保國帶丁小蝶回到抗日軍政大學的學員宿舍中。丁小蝶在床鋪上坐著，連著打了好幾個噴嚏。不一會兒，石保國端著一碗熱氣騰騰的薑湯進

來，放在嘴上吹了吹，遞給了她。

「快趁熱喝了吧。延安不比你們大上海，說要藥，藥就來了，我們在前線，有個頭疼腦熱了，一碗薑湯就解決問題了。」

「其他學員呢？」丁小蝶接過薑湯，好奇地打量著空無一人的宿舍。

「他們去和延安中國女子大學搞聯歡去了。」

「有這等好事，你應該比誰都積極啊。」

丁小蝶撇嘴，石保國點點頭，又搖了搖頭。

「我確實比他們積極，我本來就是去找你們葉協理員……」

「別提那個女人，那麼多學員，她就盯著我，處處和我過不去，總是找我碴兒。」一聽到葉作舟的名字，丁小蝶就生起氣來，石保國茫然地看著她。

「不會吧，她當年在婦女團當營長時，就像一隻老母雞，戰士們就像小雞，她總想把她們罩在身子下。長征過草地時，她們營一個女戰士生病，她硬是背著女戰士過完了草地，那可是六天六夜，沒吃沒喝的……」

「那是從前，她丈夫後來不是死了嗎？有人疼她，她自然也會疼別人，沒人疼她了，她覺得這個世界都欠了她，自然把氣都撒在我們身上了。」

石保國直搖頭：「小蝶妹妹，不是我批評你，你說的葉作舟可不是我認識的葉作舟。我們當兵就在一起，她的丈夫是一個虎虎生威的戰將，也是我的好兄弟。這麼多年的交情，我比你了解她。不管你信不信，反正我信她是一個難得的好領導，一個合格的軍人，你要好好和她相處……」

丁小蝶不耐煩地放下薑湯。「行了行了，你不用說了，都是我不好，她十全十美天下無雙，全是我無理取鬧行不行？」

「我也不是這意思。人無完人，她脾氣有些急躁，工作方法也有待改進的地方。你呢，也有這麼一點點、一點點大小姐脾氣，你倆都得改一改。」石保國陪著笑，用手指比出很短的一截，丁小蝶被他滑稽的樣子逗樂，又端起了薑湯。

石保國看著她喝薑湯，得意地說：「這是我親手熬的薑湯，趁炊事員老

王不注意，還偷偷地放進了兩勺子白糖。」

「我說怎麼這麼甜呢。」

「我知道你們江南人喜歡甜食……唉，可惜啊，咱們延安的條件有限。這件事我給你記著，等我回前線，再打仗了，打掃戰場時，我爭取多繳獲一些敵人的白糖、冰糖啥的，到時給你帶回來。」

薑湯的熱氣在丁小蝶眼前撩起一層水霧，她心中感動，低聲喃喃著：「石團長，你人真好，唉，要是葉作舟，要是東方海有你一半兒就好了。」

「東方海怎麼了？」

丁小蝶神色黯然道：「他心裡只有殺鬼子報仇，全是仇恨，哪裡還能裝下我？更可氣的是，他還和葉作舟一起訓斥我，他有什麼資格訓我！」說完，她把薑湯狠狠地放在桌上。

石保國忙端起薑湯，笑呵呵地遞給她。「不說他了，趕緊趁熱喝，身體要緊。人的情緒嘛，就像噴嚏，打出來了也就沒事了。」他剛說完，丁小蝶就又打了一個噴嚏，兩人不由得相視而笑。

　　　　　　※　　　　　　　　※　　　　　　　　※

山林間一塊空地中，郭家兄弟在教東方海用槍。

「我這還是特地求你們魯藝關山老師畫的，咱就當是靶紙吧。」

郭雲鵬從口袋裡掏出一張紙，釘在樹幹上，上面畫著一個日軍。郭雲生掏出手槍遞給東方海，郭雲鵬教授持槍姿勢，郭雲生在旁邊講解：

「瞄準鬼子的額頭，目標、眼睛和手槍準星要在一條直線上，這叫三點連一線。」

東方海持槍瞄準，郭雲生一邊糾正他一邊繼續講解：「一定要用力握緊槍，直到握槍的手顫抖，然後放鬆一點兒，手腕一定要繃緊，這樣才能保持射擊時的穩定。」

郭雲鵬撿起一顆石子放在槍上，手槍晃動了一下，石子掉了下來，郭

雲鵬又把石子放了上去。

「你什麼時候能保持十分鐘不讓這顆石子掉下來，那就算練成了。」

「阿海，我們每週至少抽出半天時間來教你，一定會把你教成神槍手。磨刀不誤砍柴工，先把瞄準練好了，等有子彈了，自然一擊即中，這些練不好，有了子彈也白費。」

東方海咬緊牙關，堅定地點頭：「我一定會練好，將來上了戰場，為我爸我媽報仇。」

※　　　　　※　　　　　※

回到魯藝沒多久，東方海就被葉作舟叫去了辦公室。葉作舟知道東方海與丁小蝶關係好，想讓他多勸勸丁小蝶向于冬梅學習，並且叮囑東方海不要總想著報仇，要把助教的工作做好。東方海一一答應下來，又聽葉作舟說打算任命于冬梅為平劇團演員組組長，欣喜地表示贊同。臨走前，葉作舟又再三拜託東方海做好丁小蝶的思想工作。

離開葉作舟辦公室沒多久，東方海就在路上見到于冬梅抱著書從對面而來，她也看到了東方海，卻轉身朝另一條岔路走去，東方海趕忙追上她。

「冬梅，你怎麼見到我就躲？難道我是老虎，會吃了你不成？」

于冬梅不安地左右看了一下。「東方哥，我也不是有意躲你，我怕小蝶看到了誤會。」

「有什麼誤會的？咱們又沒惹她。」

猶豫了一下，于冬梅還是將心中所想說了出來：「東方哥，你有時做得也不對。民主生活會上，葉協理員批評小蝶可以，但你不應該那樣說她。她很在意你，你卻在公開場合批評她，她肯定會傷心的。我雖然不是很懂，但我看得出來，小蝶的心都在你身上，把你當作依靠。你就是幫她，也要講究方法。」

「看到她我都頭大了，都到這個時候了，她見了我，還動不動勸我離開延安，去香港。我還沒殺一個鬼子呢，怎麼可能跟她走呢？我真拿她沒辦法了。」

于冬梅憂心忡忡地看著東方海。

「東方哥，你也不要總想著報仇，要記得好好練琴，不能荒廢了，將來打敗了鬼子，你還是要當一個大音樂家的。」

「什麼大音樂家！什麼練琴！我現在沒那個心思，眼一閉，想的全是父母。我到延安來，就是為了當八路軍，好上前線打鬼子。沒報仇之前，我沒心思想這些。」

兩人正說著，丁小蝶走了過來，看到他們，收起了笑容，在兩人面前停下來，她打量著兩人，語氣不善：「于大組長，東方老師，你們兩個在一起，是在商量工作呢，還是談心呢？」

「小蝶，我去圖書館借了兩本書，正好遇到東方哥。」于冬梅強顏歡笑。

東方海卻想起葉作舟的囑咐，沒頭沒腦來了一句：「小蝶，你要多向冬梅學習。」

這句話戳到了丁小蝶的痛處，她譏諷地笑著：「冬梅姐那麼會討葉協理員的歡心，我可學不來。」

「小蝶，你說話怎麼這麼衝？冬梅是不願意跟你計較，你不要以為她好欺負。」

東方海越是幫著于冬梅說話，丁小蝶就越是生氣，三言兩語過去，兩人又吵了起來。于冬梅慌忙勸和，東方海卻更加生氣，丁小蝶說的話也越來越難聽。于冬梅也被丁小蝶帶刺的話氣到，一時不知說什麼好，轉身跑開了。東方海頭也不回地去追于冬梅，丁小蝶氣得跺腳，蹲下來捂著臉嗚嗚地哭了起來。

哭了一會兒，看到東方海又折了回來，以為他回心轉意，她欣喜地站

了起來，抹著眼淚懇求東方海跟她一起離開延安。卻沒想到東方海是回來責問她為什麼要為難于冬梅，兩人又爭吵起來，最終不歡而散。

　　　　　　　　※　　　　　　　　※　　　　　　　　※

　　石保國上次就是為了丁小蝶，沒來得及去找葉作舟，這次抽空趕來，卻又撞上了正蹲在路邊哭泣的丁小蝶。他趕忙翻身下馬，走了過來。

　　「小蝶妹妹，這是咋回事？又哭了？」

　　丁小蝶看了看他，哭得更響了。「這個破地方，我真是一刻都待不下去了！」

　　石保國站在丁小蝶的身後，想把手放在她肩上安慰，又覺得不妥，只好搓著手。「這話我就不同意了，我覺得一點兒都不破啊，好山好水，多美啊。你要是到了我們前線看看就知道什麼是破了，鬼子到處製造無人村，有些村子連一間完整的屋子都沒有，那才叫破呢。」

　　丁小蝶站了起來，抹了一把淚。「我寧願去前線，也不願意在這婆婆媽媽的地方待了。」

　　「你這口氣和葉作舟一個樣兒，她也是整天想著上前線……好好好，我不提她，不提她……我再提一下吧，她其實還是為你好……」

　　看到丁小蝶變了臉色，石保國忙連連擺手，丁小蝶撇著嘴看看他。

　　「用不著你來哄我，你趕緊去找你的嫂子去吧。」

　　「不急不急，你有什麼心事，給我說說，說出來了就好受了。」

　　「就你，你除了打仗，還懂什麼？我對你說，還不如對你騎著的馬說呢。」也不管石保國臉上陪著笑，丁小蝶說完，氣呼呼地走了。

　　　　　　　　※　　　　　　　　※　　　　　　　　※

　　在魯藝裡轉了大半圈，石保國才找到正在女生宿舍幫學員們整理內務的葉作舟。這陣子學校的工作忙，葉作舟還沒顧得上幫他打聽柳二妮的去處，石保國倒也不急，他把路上看見丁小蝶哭鼻子的事一說，葉作舟十分

143

意外，在她的印象裡，丁小蝶可從不在人前示弱。

「說起來，我還真沒接觸過像丁小蝶這樣的，那真是軟硬不吃、油鹽不進啊。」

「說難也不難，男人靠捧，女人靠哄。你多哄哄她就好了，靠吼不管用。」

看石保國嘿嘿笑著，葉作舟忍不住打趣他：「要不，不要柳二妮了，我給你說合說合丁小蝶吧。」

看石保國誇張地舉手做投降狀，葉作舟笑著去搶他手裡的韁繩。「好了好了，你放心吧，我會把你的柳二妮打聽出來的。把馬給我，我再去遛兩圈。」葉作舟翻身上馬，揚鞭而去，意氣風發，好一會兒才回來，等在原地的石保國上前牽住馬。

「說好遛兩圈，這三四圈都有了，過癮了吧。」

「過什麼癮啊，和當年騎馬殺敵差了十萬八千里。唉，我本來應該拿刀拿槍和鬼子拚命，可偏偏被留在了這婆婆媽媽的地方。」

石保國笑咪咪地看著一臉悻悻然的葉作舟。「你想殺鬼子還不容易？找個機會帶著魯藝的戰地服務團到我們獨立團去，你們教我們唱歌鼓舞士氣，我帶著你們上戰場殺鬼子！」

「對對對，下次再有戰地服務團到前線去，我一定要去。」

葉作舟眼睛發亮，石保國翻身上馬。

「嫂子，馬你也騎了，癮也過了，我拜託你的事兒也要當回事兒。」

「放心，下次你來，我一定會幫你找出柳二妮！」衝著他的背影，葉作舟高聲說道。

石保國就這樣騎著馬緩緩地離開魯藝，嘴裡哼唱起自己改了詞的信天遊，哼唱著他所期待的未來。

九　魯藝

　　石保國剛從前面走，于冬梅便帶著柳二妮過來了，葉作舟驚喜地迎了上去。柳二妮還在為不能考魯藝的事生氣，對葉作舟擺起了臉色，離開時又放聲高歌一曲來挖苦她。于冬梅又是著急又是尷尬，葉作舟倒也大度，笑著誇柳二妮唱得好聽，又從于冬梅口中問出了柳二妮的住處所在。

　　順著于冬梅指點的方向，葉作舟來到于家班的新住處。于鎮山正在窯洞外練習吹嗩吶，葉作舟站在一旁，耐心地聽著，等他吹完還鼓起了掌。于鎮山卻好像沒有看到她一樣，收拾一下就往窯洞走，葉作舟不得不叫住他：「那個，那個，冬梅的哥哥，你等一下。」

　　「我有名有姓，我叫于鎮山。」于鎮山冷冷地回頭看著她。

　　「對對對，于鎮山同志……」

　　「你別叫我同志，我又沒上魯藝，不是你們的同志。」

　　葉作舟有點兒生氣了：「你這個小夥子怎麼這樣不講理？你沒考上魯藝，是因為你自己沒文化，怎麼把氣撒在我頭上了？」

　　「咦，你這個女八路怎麼這樣不講理？事情到你嘴裡怎麼就成了我沒考上魯藝？你讓我考了嗎？」

　　兩人互相瞪了一會兒，葉作舟著急地擺了擺手。「我懶得和你掰扯這事兒，我來也不是找你的，我找柳二妮，柳二妮在哪裡？」

　　「柳二妮在哪裡，你管得著嗎？我們又不是魯藝的學生，你在你那一畝三分地呼風喚雨，到我們這裡可行不通。你哪裡來，還回哪裡去。」

　　于鎮山大踏步地往前走，葉作舟不甘心地跟了上去，對著窯洞大喊：「柳二妮，柳二妮！」

　　「那個……那個誰，你找我有啥事兒？」柳二妮出來，站在窯洞口，葉

作舟臉上出現喜色。

「二妮，你過來，我給你說個事兒。」

「你是來請我上魯藝的嗎？」柳二妮站著不動。

葉作舟哭笑不得地搖頭：「不是，我有其他事兒要給你說。」

「有什麼事兒你就直接說吧，咱正大光明地說，不用偷偷摸摸。」

葉作舟有些為難，她左右看看。

「你爹呢？」

「你這人真怪，先是找我鎮山哥，接著又找我，現在又找我爹，你到底找誰？到底有啥事兒？」

「算了，我啥事兒都沒有。」葉作舟一跺腳，轉身就走。

于鎮山高聲道：「走好，不送。」

在葉作舟身後，柳二妮又放開嗓子唱起了信天遊。

※　　　　　　※　　　　　　※

與此同時，東方海則來到了魯藝音樂系主任冼星海的家中。他前來拜訪時，冼星海正在伏案作曲，夫人錢韻玲支起一口鍋炒著黃豆。

「冼主任，你好，我是東方海，你找我有什麼事？」東方海有些拘束地走了進來，冼星海熱情地和他握手。

「東方，你好你好，快坐。這是我愛人錢韻玲。我們是幾個月前剛在武漢結的婚，婚禮主持人還是田漢呢。」

東方海好奇地看著錢韻玲手中的鍋鏟。「師母，你在忙什麼？」

「我在做咖啡。你們冼老師喜歡喝咖啡，這裡沒有咖啡，我就想了一個辦法，用黃豆炒一炒，然後磨碎，拌上紅糖，算是延安產的土咖啡吧。」

看東方海一臉驚奇，夫妻兩人一起笑起來。

「你還別說，還真是另有一番風味。對了，我一到魯藝來，就聽人說，你是個音樂天才，小提琴拉得特別好，我想聽聽。」

東方海取出小提琴，冼星海帶著審視的目光看著他。

「那你就拉一曲尼古拉‧林姆斯基 - 高沙可夫的《野蜂飛舞》吧。」

東方海深吸一口氣，拉起了《野蜂飛舞》，一曲終了，冼星海輕輕鼓掌。

「好，你拉得確實好，不過，你最近好像沒有好好練習吧？」

「是的，我最近拉得不是很多。」

東方海低頭承認，冼星海搖了搖頭。

「這可不行。我們搞音樂的，不僅僅靠天分，還要靠勤學苦練。一天不練，自己知道，三天不練，同行知道，一年不練，天下人都知道。你是個難得的音樂人才，浪費了自己的才情就太不應該了。」

「是，我一定好好練。」東方海慚愧地點點頭。

這時，毛主席來了，手裡還拎著兩隻雞，東方海忙跟著冼星海夫妻一同迎了上去，只見毛主席微笑著把手裡的雞提起來給他們看：「這是邊區政府給我送的雞，說要讓我補充營養。我想，獨樂樂不如眾樂樂，就借花獻佛給你拿來了。」

「主席，您整天也是粗茶淡飯，還是拿回去吧。」

冼星海有些不安，毛主席卻乾脆地把雞遞給了錢韻玲。

「我粗茶淡飯沒啥，你們這些才子就不一樣了，創作可是浪費腦細胞的，營養跟不上可不行。」

「感謝主席關心，我一定創作出偉大的作品。」

毛主席轉向東方海，冼星海連忙介紹：「這是音樂系助教東方海，也是一名小提琴家。主席，要不要聽聽？」

「好，我來點，還是你拉個最拿手的？」

東方海架起琴。「主席您點。」

「我聽說馬思聰在去年創作了一曲〈思鄉曲〉，你拉來聽聽。」

一曲終了，毛主席讚許地點了點頭：「你拉得好，很好地表達了這支曲子的神韻。這支曲子撥動了多少為抗日救亡而奮戰的中華兒女的心弦，引發了多少愛國愛鄉的炎黃子孫的共鳴，激勵人民投身抗戰。」

「毛主席，我有一個請求。」東方海鼓足勇氣，上前一步，毛主席饒有興趣地看著他。

「你說說看。」

「我在上海目睹了鬼子的燒殺搶掠，我的父母也死於鬼子的槍下。我是奔著救亡圖存的心來到延安的，我想到前線當一名真正的八路軍，真刀實槍地和鬼子拚命。」

「你把手伸出來，讓我看看，我可是會看手相的。」東方海疑惑地伸出手，毛主席拿著他的手端詳了一會兒。

「你這雙手，我給你看過了，你這手是拉小提琴的手，不是拿槍的手，你不能成為朱司令的兵，你是魯司令的兵。」

「主席，你就批准我上戰場吧。」

看東方海一臉的不甘心，毛主席語重心長地說道：「這場戰爭可不是打死一兩個鬼子的事兒，這是一場持久戰，這不僅是中日兩國物質層面上的較量，也是中日兩個民族在意志與精神上的較量。文藝戰線也很重要。你現在已經在戰場上了。」

「主席說得對，要想戰勝敵人，必先武裝精神。」冼星海也在一旁用滿含深意的目光注視著東方海。

「前年丁玲來到延安，主動要求到前線去看看。我給她寫了一首詞，通過電報把這首詞發給她了。這首詞裡有這麼一句：『纖筆一枝誰與似？三千毛瑟精兵。』你們這些大藝術家，是不拿槍的戰士，厲害著呢，你們用自己的雙手，創作出的喚醒人民、催發革命激情、鞭撻黑暗勢力的作品，簡直頂得上三千精兵呢。」

冼星海連連點頭：「主席說得好，我們還是應該用手中的筆參與這場戰爭。」

※　　　　　　　※　　　　　　　※

這才坐下一會兒，毛主席就為著其他工作，向他們告別了。毛主席走

後，冼星海拿過放在地上的兩隻雞，遞給了東方海。

「冼主任，這是主席送給您的雞。」

面對東方海的疑惑，冼星海笑得開心：「主席借花獻佛，我也再來一次借花獻佛，你拿回去交給葉協理員，給大家改善一下伙食。」

「這怎麼行？你的教學、創作任務那麼重，要好好補充營養。」

見東方海極力推辭，錢韻玲也過來勸說：「你就收下吧。你們冼主任工作起來不要命，思考一旦成熟，那勁頭是相當驚人的，可以連續幾天幾夜不休息，一直到作品完成才作罷。你放心，中央早就知道他是個拼命三郎，特批他每週能吃上兩次肉、兩次大米飯，每餐多加一個湯。」

「延安對知識分子的尊重，那可不僅僅是口頭上，而是扎扎實實地落實的。」

冼星海這麼說，東方海也只好點頭，滿懷感激地接過，道謝離開。

看到他提著兩隻雞回來，魯藝食堂前的空地上一會兒就聚起來好幾個人。

「太好了，終於有肉吃了。」

「孔子三月不知肉味，我是半年不知雞肉味了。」

眾人七嘴八舌地議論著，滿臉激動，丁小蝶也在其中，雖然沒那麼興奮，但也被眾人的情緒感染，臉上寫滿了期待。關山從食堂拿著一把菜刀興沖沖地過來。

「讓開，讓開，我來殺雞。」

眾人蹲成一圈，研究如何殺雞。

「我在家裡見過吳媽殺雞，是從脖子處下刀的。」

聽東方海這麼說，關山沉思片刻，只見他一手拿著菜刀，一手摸著雞脖子，摸了好大一會兒，也沒見什麼動靜。

「關山，你在幹什麼？」

「我在找頸動脈。」

東方海恍然大悟：「對對對，先找到頸動脈再說。」

又過一會兒，還是毫無動靜，圍著的學員們著急起來：「殺個雞那麼婆婆媽媽，找什麼頸動脈，照著雞脖子喀嚓一刀不就行了？」

「你行，那你來。」關山把菜刀和雞遞給了說話的學員。那人拿著菜刀猶豫起來，抬頭看到眾人充滿期待的目光，只得硬著頭皮小心翼翼地用菜刀在雞脖子上劃了一下，鮮血湧出，雞拚命掙扎，歪著脖子在地上跑，血沫亂飛。眾人趕緊彎腰追著，場面亂成一團。

剛趕到的葉作舟一把將雞抓起來，又好氣又好笑：「殺個雞就這麼難嗎？」

眾人齊齊點頭，葉作舟伸出手。「把菜刀拿來。」

她手起刀落，乾脆俐落地殺掉了兩隻雞。眾人愣愣地看著她提著死雞走向食堂的背影，丁小蝶嘖嘖感嘆著：「殺雞不眨眼，太殘忍了。」

※　　　　　　※　　　　　　※

終於盼到開飯，丁小蝶迫不及待地夾起一塊雞腿肉，剛放在嘴裡咬了一口，她就跳了起來，把雞腿肉吐在了地上，眾人驚愕地看著她。

「看什麼看？做得這麼辣，還讓不讓人吃飯了？」

「丁小蝶，你把這塊雞肉撿起來吃掉。」葉作舟站了起來，嚴厲地說。

丁小蝶吃驚地看著她：「你說什麼？」

葉作舟痛心疾首道：「你知道不知道，二萬五千里長征紅軍吃的是什麼？是連皮帶、皮鞋都要煮煮吃的。現在生活好了嗎？你知道不知道延安有多困難？這兩隻雞還是邊區政府送給毛主席補充營養的，毛主席捨不得吃，送給了冼星海主任，冼主任又送給咱們，你就這樣糟蹋牠？」

「你給我煮皮帶、皮鞋，我照樣能吃，但我就是不能吃這辣子雞，一點兒辣的都不行。」丁小蝶毫不退讓。

一旁的于冬梅低聲說道：「協理員，小蝶是在上海長大的，不習慣吃辣也是情有可原。」說著，她站起來，從地上撿起那塊雞腿肉，到食堂窗口

用水洗洗，自己吃了。

「你看看人家于冬梅，你要是有她十分之一的覺悟，就啥事兒都沒有了。」葉作舟指指于冬梅，向丁小蝶說道。

「別拿我和她比，她是她，我是我！」丁小蝶重重地放下手中的筷子，跑出了食堂。

葉作舟衝著她的背影直搖頭，東方海看到于冬梅向自己示意，才反應過來，追了出去。

※　　　　　　※　　　　　　※

東方海追上來時，丁小蝶已是滿臉淚水，她轉過身來，定定地看著東方海：「阿海，咱們一起離開延安吧。」

「動不動就要走，你這樣能幹什麼事兒？」東方海有些惱怒，丁小蝶一臉失望。

「你不願意跟我走？」

東方海揮了一下手。「走什麼走？怎麼走？現在到處是鬼子，我們已經到了延安，上了魯藝，穿著八路軍的衣服，就應該按八路軍的標準要求自己，如果要走，我也只有一個去處，那就是上前線殺鬼子。」

「那好，你就跟我一起上前線殺鬼子好不好，我們一起離開這裡好不好？」

看著丁小蝶懇求的目光，東方海真的無法理解她在想什麼。

「你想得容易，說上前線就能上前線？我都試過好多次了，我還當面向毛主席請求過，可有什麼用？」

「我明白了，你千方百計地找理由，只是不想和我在一起而已。我只問你，你到底有沒有愛過我？」沒料到丁小蝶突然拋出這樣一個問題，東方海的臉痛苦地皺了起來。

「我現在什麼都不想，我就想著為父母報仇。」

「我知道你喜歡的是于冬梅。好，東方海，你走著瞧，你總有後悔的

一天！」丁小蝶恨恨地說完，轉身快步離開了，東方海停在那裡，猶豫了一下，轉身向著食堂走了回去。

※　　　　　　※　　　　　　※

丁小蝶在不遠處的土坎上坐著，流著淚，拿著石子往身邊一塊石頭上砸，一邊砸一邊嘴裡喃喃有詞。石保國騎著馬衝了過去，沒走多遠，忙又勒馬停下。丁小蝶聽到聲音，抹了一下眼淚，站了起來，石保國翻身下馬，牽著馬走過來。

「小蝶妹妹，你這是在看風景呢，還是……哦，你怎麼又哭了？」

「剛才我們吃的是辣子雞，從來沒吃過這麼辣的，辣得眼淚都止不住，以後再也不吃了。」丁小蝶掩飾地說著。

石保國恍然大悟：「哦，可不是嘛，你們江南人是不吃辣的，愛吃甜的。我得給你們協理員說一下，要照顧一下小蝶妹妹的口味。」

「用不著你說，我也用不著她照顧。」

看丁小蝶又氣鼓鼓的，石保國笑了：「小蝶妹妹，你也不要生氣，你們協理員也不是有意為難你。她的底細我清楚，她本來也不吃辣的，就是在紅軍時，敵人圍剿，除了辣椒，連個菜葉子都見不著，她才開始慢慢吃的。」

「她能吃並不能代表我也能吃，就為了一個雞腿，當眾給我難堪，她這不是欺負人嗎？」

「我的大小姐，你就不要生氣了，為了一個雞腿，引發了一場戰爭，傳出去了，人家都要笑話呢。如果是為了一個男人撕破臉，我覺得倒還值得。」

石保國的話實在有趣，丁小蝶忍不住撲哧一聲笑了出來。

「你說得也是，就像為了海倫，打了十年的特洛伊戰爭，都成了史詩了，我們這場十分鐘都不到的雞腿大戰，再轟轟烈烈，也上不了史書。」

「海倫是誰？特洛伊戰爭是哪年打的，我怎麼沒聽說過？」

丁小蝶愣了一下，看看滿臉疑惑的石保國，搖了搖頭。

「夏蟲不可以語冰，井蛙不可以語海，凡夫不可以語道。你可以走啦。」

石保國皺眉道：「小蝶妹妹，你說的話雖然我沒全懂，但我也能聽出個大概，就是對牛彈琴的意思唄。」

「嘿，石團長，人不可貌相啊，你居然還聽出個八九不離十了。」丁小蝶驚訝道。

石保國洋洋得意地說：「那當然，聽話聽音嘛。你覺得對牛彈琴有失斯文，我卻覺得未必。你給牛彈琴，牛雖然可能聽不懂，但牠覺得那也是好聽的，你若大聲叱罵牛，牠也知好歹的。我是放牛娃出身，你聽我的沒錯。你就把我當作牛吧，有啥心事了就給我說說，說出來心裡就好了，我這人沒別的優點，就是善解人意。」

「……真沒見過像你這麼厚臉皮的人。」

石保國哈哈一笑，翻身上馬而去，丁小蝶看著他的背影，心中竟然有些惆悵。

※　　　　　　※　　　　　　※

葉作舟坐在距離魯藝不遠的一處山坡上遠望，石保國打馬上來。

「嫂子，我找你半天，你原來躲在這裡來了，是看風景呢，還是有心事了？」

「石團長，你說說，這些城市來的女娃娃怎麼這麼不懂事呢？」葉作舟悶悶不樂地站起來。

「我剛才遇到那個上海妹妹了，你也真是的，把人家都訓哭了。」

「她哭了？她那麼氣勢洶洶，還會哭？」雖然不是第一次從石保國口中聽到了，葉作舟仍會感到驚訝。

「哎呀我的姑奶奶啊，說句不好聽的話，你都忘了你自己是個女人了。當著那麼多人的面，你把人家狠狠地批評了一頓，誰能受得了？」

「那她也不應該扔雞腿。延安這麼困難，還是毛主席送的雞，她說扔

就扔了，你說像話嗎？我已經拿這個大小姐沒辦法了，真不如上戰場去，說打就打，白刀子進，紅刀子出，哪裡有這麼多婆婆媽媽的事兒。」

石保國笑咪咪地把馬韁繩遞給了葉作舟，說：「給，你今天好好過過騎馬的癮，想騎多少圈就騎多少圈，反正也沒有課。」

葉作舟開心地接過馬韁繩，走了兩步，又回頭看石保國，說：「石團長，你不是來找那個大辮子嗎？」

石保國猛地拍了一下自己的腦袋。「哎呀，看我這記性，把正事兒都忘了，你找到她了？給她說了嗎？她願意不願意？」

葉作舟直搖頭：「我還真找到她了，可她根本就不聽我說話啊。這個大辮子，還在恨我不讓她考魯藝的事兒，我一開口，她本來願意的，也會變成不願意了。石團長，這事兒還真得靠你自己了，該做的，不該做的，我都做了，實在是沒招了。」

「真沒招了？」

葉作舟翻身上馬，搖了搖頭。「真沒招了。」她揮起馬鞭，騎馬而去，留下石保國在原地惆悵地嘆氣。

※　　　　　　　※　　　　　　　※

石保國親自下延河摸了幾條魚，借街頭小飯店的砂鍋熬了一鍋美味的魚湯。這魚湯當然不是他自己喝的，他那肚子隨便什麼都能填飽，他花這麼大心思，是為了哄一個人高興。

拎著做好的魚湯，石保國走出飯店，馬卻被趕著處理公事的葉作舟和于冬梅借走了。怕魚湯涼了不好喝，他只好脫下上衣把砂鍋連著筐包起來，頂著冷風大步流星地向魯藝走去。

被叫出來的丁小蝶不明所以地跟在石保國身後，走進魯藝旁的橋兒溝小樹林，只見石保國獻寶一般解開衣服，從筐裡拿出碗和勺子，又打開砂鍋蓋子，魚湯的熱氣立刻冒了出來，他麻利地往外盛著魚湯。

「我的馬叫你們葉協理員騎走了,這魚湯要是涼了就不好喝了。來,嘗嘗。」

丁小蝶接過碗,先是喝了一小口魚湯,不相信似的看看石保國,又看看砂鍋,立刻大口大口喝起魚湯來。石保國看著她,露出笑容。

「慢點喝,慢點喝。」

「再來一碗。」丁小蝶把空碗遞過來,石保國從砂鍋裡撈了魚在碗裡,又加了湯遞回去。

「小心魚刺。這鯽魚哪都好,就是刺太多。這個季節沒有青菜了,要是能在裡面放一把嫩生生的小白菜,就更好了。」

丁小蝶熟練地把魚刺吐出來。

「刺多的魚才鮮美。論吃魚,我是老手了。我家的餐桌上,一年四季沒斷過魚……」

突然,她端著碗怔在那裡,眼淚流了下來。石保國慌張起來:「怎麼了,小蝶,魚刺卡著了?是不是魚的苦膽沒收拾乾淨,苦著你了?」

「我……我想我媽了,我媽知道我喜歡吃魚,每次做魚,她都親自下廚……」丁小蝶把碗放下,雙手捂著臉哭起來,石保國圍著丁小蝶轉了兩圈。

「你看看,你看看,又哭上了!不哭行不行?我大冷天下河摸這幾條魚,容易嗎?煙熏火燎地把魚湯燉出來,跑了這麼遠的路送給你,可不是來惹你哭鼻子的!」

丁小蝶掏出手絹擦擦眼淚。

「我只是被感動了。原以為你只是個會打仗的大老粗,沒想到你還挺細心的,有點兒像我們上海男人,還會燉魚湯,燉出來的魚湯還這麼好喝。」

「好喝你就多喝點兒,看看你瘦的,我在你面前大氣都不敢出。」

石保國鬆了口氣,又從鍋裡添了幾勺湯給丁小蝶。

「我有這麼可怕嗎?」

「我不是怕你,我是怕我出口大氣把你吹跑嘍。」

「真誇張。」丁小蝶忍不住笑了，石保國出神地看著她的笑容。

「又會哭又會笑，挺可愛一姑娘，怎麼都說你不好相處呢？」

丁小蝶變了臉色，把碗放下。「誰說我不好相處？是不是那個葉作舟？她整天看我不順眼，她才不好相處。」

「喝魚湯，先喝魚湯。」

東方海拿著一包點心走近時，石保國正把碗放到丁小蝶手上。遠遠看見勸丁小蝶喝湯的石保國臉上關切的神情，東方海轉身就想離開。可葉作舟和于冬梅也走了過來，兩個人邊走邊小聲討論著，于冬梅一抬頭看見東方海，忙招呼一聲：「東方。」

這下走不成了，東方海只好停下腳步，有些不自然地應著：「葉協理員，冬梅。」

「東方，正好有事找你。咦，石團長，你在這兒幹什麼？」于冬梅張望著，看看丁小蝶和石保國，又看看滿臉烏雲的東方海。

葉作舟果斷地走了過去，于冬梅拉拉東方海的衣袖，東方海遲疑了一下，也跟在她們後面，石保國有些尷尬地看著走近的三人。「別誤會，可別誤會嘍！我在做小丁同志的思想工作。」

丁小蝶站起身，看著東方海和于冬梅。「石團長關心革命同志，做魚湯給我喝，有什麼好誤會的？石團長，謝謝你，今天是我來到延安之後，感覺最溫暖的一天。」

「石團長，你做思想工作下的本錢不小啊，我都不知道你還會熬魚湯。」葉作舟毫不客氣地用勺子在砂鍋中翻攪著。

「這都是當年長征的時候學來的本領。小丁是上海人，吃不慣這裡的飯菜，熬個魚湯給她解解饞。」

「魯藝南方學員不少，下次再摸到魚，多摸點兒，拿到魯藝的食堂熬魚湯，讓大家都解解饞。」

看出葉作舟有些不悅，石保國連連點頭：「沒問題，摸魚我是老手了。」

東方海想了想，還是把帶來的一包點心遞給丁小蝶：「關山說你沒吃飯，特意從老鄉處拿了點心給你。」

※　　　　　　※　　　　　　※

原來葉作舟與于冬梅是為了尋找東方海來到此處，不久將有記者團來到延安，葉作舟打算讓東方海與于冬梅共同出一個既有質量又有新意的節目上歡迎晚會。丁小蝶一聽，又不高興了，她不明白為什麼她的歌劇配東方海的小提琴就不行。

葉作舟向她解釋，西洋藝術雖然好聽，但上次去部隊慰問演出時效果很不理想，于冬梅也說要丁小蝶一起，三個人肯定比兩個人的想法更好。丁小蝶卻謝過石保國，拿著點心包揚長而去，于冬梅跟了過去。東方海看了看砂鍋，向石保國和葉作舟點點頭，也跟了過去。

追到女生宿舍，東方海等在外面，于冬梅在裡面勸說丁小蝶。

「小蝶，我和東方商量好了，這次的節目咱們倆來個女生二重唱，就唱陝北民歌。東方說了，二妮會的歌多，咱們去找二妮，看看選哪一首比較好。」

「二妮唱的歌，不就一個調子麼，除了那些上不了檯面的歌詞，能有什麼區別？想讓我加入你們，就得唱我選的歌。」

于冬梅也不生氣，只是耐心地說著：「小蝶，這是學校布置的任務，葉協理員說了，這個節目要表現出延安本地的風情。」

「她懂什麼！反正要我唱酸曲、跳秧歌我就不去。」

受不了丁小蝶的態度，東方海走了進來。「不去就不去，冬梅，咱們走。」

「東方──」于冬梅還想再說什麼，丁小蝶把他們兩人推了出來。

「快走快走，別在這兒煩我！」

門關上了，東方海扭頭就走，于冬梅看看緊閉的門，猶豫了一下，追著東方海去了。過了一小會兒，丁小蝶打開門，看向東方海、于冬梅走遠了的背影，一跺腳，朝另外一個方向走去。

　　　　　　　※　　　　　　　　※　　　　　　　　※

　　關山在排練場舞臺下方支起畫架，從不同的角度審視著排練場。丁小蝶衝了進來，她走上舞臺，不管不顧地跳起舞來。簡陋的舞臺地板阻礙了她旋轉的腳步，於是她選擇了一些跳躍性多的動作，在舞臺上像個花蝴蝶一樣來回穿梭。關山的目光始終追隨著丁小蝶，情不自禁地開始鼓掌。丁小蝶做著謝幕的動作。「謝謝你的點心。」

　　關山低下頭，又抬起頭。「老鄉送的，我不愛吃甜食，正好東方說你沒吃飯……」

　　「他才不會關心我吃沒吃飯。」丁小蝶哼了一聲，走到關山的畫架前。「你這是做什麼？」

　　「戲劇社準備排練《日出》，讓我做舞臺美術設計。舞臺雖然簡陋了一點兒，但還不是問題，演員的造型設計最麻煩，我早忘了穿旗袍的女人是什麼樣子，陳白露的造型一點兒眉目都沒有。」

　　看關山愁眉緊鎖，丁小蝶莞爾一笑道：「想看穿旗袍的女人還不容易，我穿給你看。我這就去換衣服，想要什麼樣的造型都擺給你看，你準備好相機，想畫下來也行，我可以當模特。終於可以幹點像樣的事情了。」

　　丁小蝶很快又趕回了排練場，她穿著旗袍，頭髮高高盤起，臉上化了妝，塗了鮮豔的口紅。在舞臺上，她擺著各種造型，或回眸一笑，或托腮含笑，時而高冷，時而沉思。關山認真地給她拍照，注意到丁小蝶臉色凍得有點兒發青，他忙把自己的軍裝脫下來披在她身上。

　　「外面太冷了，你等一下，我去找點木炭，等會兒畫像的時候別把你凍壞了。」

　　關山背著相機走了，丁小蝶把軍裝裹緊，兩個女同學走了過來，看見丁小蝶這副打扮，圍了上來。其中一個女孩一臉羨慕地摸著旗袍的料子，另一個則有些嫉妒地上下打量著。丁小蝶一時興起，後退兩步，與兩個同學拉開距離，伸出一根手指放在紅唇上：「噓！我不是丁小蝶，我是陳白

露。太陽升起來了，黑暗留在後面。」

她挺起胸，兩手伸向前方，一隻腳向後退了一小步，白皙的大腿隱隱露出。不巧葉作舟這時走了過來，看到丁小蝶軍裝下面露出來的大腿，她眼睛睜得溜圓：「丁小蝶，你在幹什麼！」

丁小蝶轉過身來，用空洞的眼神看著葉作舟，喃喃自語：「但太陽不是我們的，我們要睡了。」

「看看你這副打扮，頭髮盤得像鳥窩，嘴唇畫得像喝了血，大冷天露著大腿，你也不怕凍出關節炎。陳白露這個名字，怎麼聽著像個妓女？」

葉作舟走近打量著丁小蝶，毫不客氣，丁小蝶冷笑一聲：「陳白露就是一個高級妓女的名字，她是著名戲劇家曹禺先生劇作《日出》中的主人公。葉協理員還真是聰明，不知道這個劇，聽名字就能猜出主人公的身分是個妓女。」

「你讀書多，你了不起，你看不起老百姓都愛聽的民歌，醉心於扮演一個妓女，這是不是就是你所說的偉大的藝術？你想追求偉大的藝術，回你的上海去追呀，別用八路軍的軍裝為一個妓女的角色取暖。」

葉作舟伸出手指點著，丁小蝶氣得抓住身上的軍裝扔在地上。

「不就是一破軍裝嗎，有什麼了不起，我不穿了！」

「撿起來，把軍裝撿起來！」葉作舟雙眼冒火。

「不撿，一會兒說我不配穿軍裝，一會兒又讓我撿軍裝，我為什麼要聽你這個霸道軍閥顛三倒四的話？」

「姑奶奶我和國民黨的軍閥打了七八年，你居然說我是軍閥！你這個四體不勤、五穀不分、貪圖享受、自私傲慢的資本家的臭大小姐，你居然敢侮辱我！」

被葉作舟一把抓住肩膀，丁小蝶毫不示弱地瞪著她。

「是你先侮辱我的，我拋棄一切來延安參加八路軍，為了體驗一個作家塑造的偉大角色，你這個什麼藝術都不懂的軍閥居然說我不配穿軍裝！」

　　兩個女同學見此情景忙過來勸架，關山跑了過來，把手中的木炭扔下，撿起地上的軍裝。

　　「葉協理員，都是誤會，丁小蝶不是自己要穿成這樣，她是幫我的忙，她在為我的舞臺造型當模特。這軍裝是我的，不是丁小蝶的，我已經撿起來了。」

　　葉作舟鬆開了手，兩人仍是互相瞪視著。

※　　　　　　※　　　　　　※

　　東方海、于冬梅、于鎮山和柳二妮一起走著。東方海輕拍著雙手找節拍，于冬梅和柳二妮邊走邊唱著〈繡荷包〉的曲句，于鎮山手裡拿著嗩吶，不時伴著兩人的歌聲吹個調調出來。

　　「一繡一隻船，船上撐著帆……冬梅姐，丁大小姐真能要我教她唱歌？她那雙眼睛可在頭頂上長著呢，老說我的歌土得掉渣。」

　　聽到柳二妮的話，于冬梅與東方海有些心虛地對視一眼。

　　「東方會把這首歌重新編曲，裡面的詞兒我們再找人改改，這首〈繡荷包〉肯定人人喜歡聽，人人喜歡唱。」

　　「我妹子說得有道理。再說了，東方兄弟一出面，小蝶小姐哪敢不聽？這世上都是一物降一物。」說著，于鎮山要去拍東方海的肩膀，卻被閃開了。只見丁小蝶從遠處跑了過來，氣喘吁吁的，她一把拉住東方海的手。

　　「阿海，你帶我走吧，我們離開這個地方。」

　　「你……你又怎麼了？」

　　見東方海愣住，丁小蝶使勁晃著他的手。「這個地方，我一天都待不下去了。」

　　「小蝶，出什麼事了？」

　　丁小蝶白了關切的于冬梅一眼。「出什麼事你最清楚，還不是你向葉作舟告了狀，說我不想和你一起唱民歌，葉作舟才對我橫挑鼻子豎挑眼的。」

　　于冬梅著急地搖頭：「我什麼都沒有說。」

「冬梅在葉協理員面前真的什麼都沒說。」

丁小蝶鬆開東方海的手，說：「我就知道你會護著她。」

「小蝶小姐，我以我手中的嗩吶發誓，我妹子從來不是搬弄是非的人。反倒是你，還有那個凶巴巴的女八路，一直都習慣自說自話，肯定是你們中間有了誤會，別把我妹子牽扯進去。」于鎮山也聲援著妹妹。

柳二妮跟著點了點頭，說：「對呀，丁小姐，冬梅姐的為人我最清楚了，別的不說，這大半天的時間，冬梅姐一直都在挑你能唱的曲子，處處為你著想。」

丁小蝶對幾人的話充耳不聞，又抓住東方海的手，說：「阿海，你跟我去那邊，我有話對你說。」

東方海看看丁小蝶，又看看于冬梅，一時不知該說什麼好。看出他的為難，于冬梅拉起柳二妮的手。「二妮，哥，食堂快開飯了，去晚了就吃不上飯了。」

于鎮山直盯著東方海和丁小蝶，柳二妮拽拽于鎮山的衣服，三個人走出幾步，柳二妮壓低聲音：「看丁小蝶那樣子，肯定和那女八路狠狠幹了一架，咱們趕緊聽故事去。」

聽到柳二妮的話，于冬梅停下了腳步。「哥，二妮，我這個月的飯票快吃完了，你們回于家班陪富貴叔吃飯吧。」她撇下兩人大步走了，柳二妮朝于鎮山吐吐舌頭，于鎮山嘆了口氣。

※　　　　　　※　　　　　　※

兩人來到橋兒溝樹林，丁小蝶滿臉激動地向東方海訴說著：「阿海，這就是我們面臨的現實，負責管理我們的，是一個連《日出》都沒有讀過的人，怎麼能指望這樣的人理解我們？」

東方海把丁小蝶拉到一塊石頭上坐下。

「小蝶，你別這麼激動。你說葉協理員不理解你，你有沒有試著去理解她？」

「我去理解她，為什麼？」丁小蝶瞪大眼睛，東方海避開她的視線。

「人與人之間的關係都是相互的，如果你能看問題客觀一點兒，就不會和別人有這麼多矛盾。」

丁小蝶站起身，道：「你什麼意思，阿海？別告訴我，你很滿意現在的處境，想在這兒一直待下去。」

「不，我沒想在這兒一直待下去。」

看東方海搖頭，丁小蝶熱切地注視著他說：「那我們走吧，離開延安，離開魯藝。」

「可我現在並不想離開。」

「你不想待下去，又不想離開，你到底想幹什麼？」

「我在等機會，等去前線的機會。冬梅說了，學校會派戰地服務團到前線，那時候我就有機會殺鬼子報仇了。」

猛然聽到于冬梅的名字，丁小蝶冷笑一聲道：「呵，原來于冬梅給了你承諾呀！她能幫你報仇，你相信她當然勝過相信我了。人，真有意思！」

「我相信我自己。小蝶，就待在延安，待在魯藝吧，我們一邊讀書做音樂，一邊上好軍事課，將來到前線去……」

東方海說得十分誠懇，可丁小蝶摀住了耳朵，道：「前線，前線，阿海，你不知道我現在有多麼痛苦？」

「小蝶，你別鬧了好不好，你不該說葉協理員是軍閥，她雖然嚴厲了點，但畢竟是老紅軍，一個女的爬雪山過草地走完了長征，還犧牲了丈夫……」

丁小蝶不認識似的看著東方海。「人人都說我不對，我以為你會站在我這邊，沒想到你也這樣對我。」她邊說邊往後退，撞在一棵樹上，她使勁拍打一下樹幹，轉身跑了。

※　　　　　　※　　　　　　※

石保國牽著馬站在女生宿舍門外，想去敲門，又有點兒猶豫。他本是來找葉作舟的，這回他又跑去延河摸了好幾條魚，既然答應過去魯藝食堂

給學生們熬魚湯，他就一定會做到，結果到了卻見葉作舟黑著一張臉，問了問果然是又和丁小蝶鬧矛盾了。他站在那裡猶豫了一會兒，也弄不清楚自己到底在操什麼心，最終轉身走了。

沒想到他正要上馬，丁小蝶便抹著眼淚跑了過來，看見石保國，哇的一聲哭了起來。石保國忙扭頭走過來問：「小蝶妹妹，怎麼了？」

「石團長，所有的人都在欺負我。」

不遠處東方海呼喚的聲音傳了過來，丁小蝶抓住石保國的衣袖。

「石團長，我不想見他。」

「來，上馬，我帶你喝魚湯去。」石保國整理一下馬鞍，丁小蝶扶著他上了馬，追過來的東方海看了看坐在馬上的丁小蝶，又看了看牽著馬的石保國，在兩人身後停下腳步。

　　　　　　　※　　　　　　　※　　　　　　　※

丁小蝶與葉作舟的這次爭吵，最後以音樂系負責人的口頭警告作結。在批評丁小蝶的這一次會議上，于冬梅因為表現優異，被任命為協理員助理，得到眾人熱烈的鼓掌慶賀。在于冬梅站起來敬禮時，丁小蝶表情木然，機械地拍著手。

時間過得飛快，從東方海他們趕到延安進入魯藝至今，已數月有餘。儘管總算從葉作舟處得知了柳二妮的所在，石保國在抗日軍政大學為期半年的進修卻眼看便要結束，他決定暫時先不考慮婚姻的事了，說來也怪，他更為關心的，反倒是葉作舟與丁小蝶之間如何相處的問題。

九　魯藝

十　結婚

從那天起，丁小蝶便失去了神采。

排練合唱時，她站在學生堆中，不時被前排的人擋住，她只是表情木然地唱著。其他人在食堂吃飯，她獨自在宿舍啃著窩窩頭配鹹菜。被噎到時，端起茶缸卻發現裡面沒有水，她只好使勁捶著胸口，眼淚無聲地流下來。她似乎也失去了時間的概念，不知道這樣的日子已經過了多久。

實際上，記者團今天才要抵達，排練場的舞臺上，于冬梅正在練習獨唱〈繡荷包〉，她邊唱邊舞，把思念情人的少女情懷表現得淋漓盡致，東方海在一旁拉著小提琴伴奏，兩人配合默契。丁小蝶在臺下看著，時而握緊雙手，時而咬著嘴唇，一曲終了，她走到正在擦拭琴弦的東方海身邊。

「阿海，你出來一下。我就說幾句話，耽誤不了你多長時間。」

東方海看看正在忙著和舞臺指導討論站位的于冬梅，拿著小提琴跟在丁小蝶身後走了出去，于冬梅看著兩人的背影有點兒愣神，但很快集中了注意力，專心聽舞臺指導講話。

※　　　　　　※　　　　　　※

他們來到了離魯藝不遠的延河邊，丁小蝶表情陰晴不定，邁著機械的步子，看到近在眼前的延河水，才停下腳步。東方海的神情也很複雜，有點兒著急，又有點兒不耐煩，但更多的是隱忍和困惑。他把小提琴放在一塊石頭上，走到丁小蝶身邊，只見她伸出手指向水面。

「和黃浦江沒法比，對吧？」

「可是很清澈、很透明，最終的流向也是大海。」

從東方海的話中聽出了陌生的距離感，丁小蝶黯然注視著水流。

「阿海，我們認識多少年了？」

「按照大人們的說法，我爸媽帶著六個月的我參加了你的百日宴。」

「我記得，小的時候，你總是追著我跑，有什麼好東西都和我分享，我生病了、受傷了，你比誰都緊張。十歲那年，因為我媽媽身體不好，我跟著她在法國住了兩年，再回到上海，就變成我追著你跑了，直到現在。」丁小蝶的話語聲中滿溢著深情，東方海靜靜聽著，沒有說話。「這麼些年，我對你的心思人人都知道。那麼多人追求我，都被我拒絕了，我一直在等著你，等著你向我表白。我知道你是一個很有責任心的人，不到事業有成、不到有一定的經濟實力，你是不會開口的。所以，我比你更關心你的音樂、你的成就，我比你更盼著你成功那一天。這一切曾經離我們那麼近，如果沒有這該死的戰爭，此刻的我們應該在塞納河畔，你已經舉辦了第一場小提琴獨奏音樂會，你會手捧鮮花向我求婚……」

「小蝶——」

丁小蝶收起夢幻般的眼神，看著東方海。「我是不是很會做夢？」

「我們現在沒有做夢的時間，也沒有做夢的條件了。國家正在危難當中，個人的命運如果不和國家的命運連在一起，會輕得連羽毛都不如。小蝶，我知道你最近壓力很大，可你一直是個不服輸的人，我相信你能克服現在的困難，找到正確的路。」

東方海明白自己此刻說出的絕不是丁小蝶期盼聽到的話，可這確實是他真實的想法。果然，丁小蝶臉色一沉，道：「我丁小蝶當然是個不服輸的人，我不管國家的命運會向何處走，我自己的命運一定要自己來掌握。東方海，我剛剛那番話是在向你表白，我愛你，愛了很多年，現在我要你的回答，你愛我嗎？」

東方海避開丁小蝶灼灼的目光，沉默地看著河水，丁小蝶扳過他的身體。「你回答我，今天一定要給我一個答案。你愛我嗎？」

「別逼我，你明明知道我現在沒有資格考慮這個問題。」東方海痛苦地注視著丁小蝶。

「為什麼沒有資格？就你和鬼子有仇嗎？就你處在戰爭中嗎？延安沒受過鬼子飛機轟炸嗎？可延安每天都在舉行婚禮，每天都有孩子出生。死亡的威脅一直懸掛在頭頂上，你知道人有多麼的孤獨和絕望嗎？我是女人，我需要一份情感的支援。阿海，你愛我嗎？」

丁小蝶熱切的眼神令東方海感到窒息般的難受，他轉身走了幾步，蹲在地上，看著河水，喃喃說道：「我不知道，每天一閉眼，我的腦海中就有父母躺在血泊中的畫面，我的心中只有仇恨。對不起，小蝶，你要的我給不了。」

兩人之間沉默著，只有河水在嘩嘩流動。這時于冬梅出現在遠方的路邊，她想跑過來，卻察覺出兩人之間微妙的氣氛，站在那裡等了一會兒，她終於還是喊了起來：「小蝶，東方 —— 演出隊馬上要出發了 ——」

「回去吧，今天的演出很重要。」

東方海站起身，丁小蝶卻背轉身看著河水。

「你先回去，我想靜一靜。」

東方海遲疑了一下，拿起小提琴朝于冬梅走去。丁小蝶猛地轉身，看到他們肩並肩離去的背影，眼淚大顆大顆流下。丁小蝶伸手擦了一把，又理理衣服和頭髮，用低沉的聲音堅定地對自己說道：

「再見，我的青春，再見，東方海。」

※　　　　　　※　　　　　　※

心意已決，丁小蝶演出也不去了，反正她只不過是合唱隊中的可有可無的一員。她步伐堅定地走在路上，臉上帶著決絕的神情，走向抗日軍政大學。

此時抗大的食堂中正在舉辦慶祝研修結束的聯歡會，幾十個學員分成兩隊正在拉歌，石保國是其中一隊的領隊。一個學員領著丁小蝶進來時，他們這一隊正被另一隊壓制，不知該唱些什麼好。丁小蝶從中間的通道走過，眾人的目光都被她吸引，只見她走到石保國面前。

「石團長。」

石保國驚喜萬分：「小蝶，丁小蝶！太好了，你真是我的及時雨。這位就是魯藝的大藝術家丁小蝶同志，她會唱歌劇，還會跳芭蕾舞。小蝶，把你那什麼詠嘆調來一曲，直接滅了他們。」

「大家好，我叫丁小蝶，是魯藝音樂系的學員。」丁小蝶落落大方地環視一周，笑盈盈地示意正起哄讓她唱一曲的眾人安靜，站到石保國面前，她直視著石保國的眼睛。「石團長，在唱歌之前，我想請你做一個選擇題。第一個答案是，你請我再去那個小飯館喝一次魚湯，喝完之後我就離開延安，想辦法去香港找我父母，我不管路上會遇到多少困難，也許會死在路上，但我還是想去見我父母，回到原來的家裡。第二個答案是，你娶了我，給我一個新的家。」

石保國愣住了，他下意識地壓低聲音：「小蝶，咱們遇到問題解決問題，別隨便做決定，這可不是兒戲。」

「你的意思是選第一個答案？」

眼看著丁小蝶神色黯淡下來，石保國又是握拳又是搓手。「我，我——」

現場炸了鍋，學員們紛紛嚷著要他選第二個，丁小蝶再次示意眾人安靜，她撲閃著眼睛看向石保國，聲音十分溫柔：「石團長，保國同志，我在等你的答覆。」

石保國看了看她，又看了看眾學員，眾人安靜地等著，他最終搖了搖頭。

「這是你的選擇題，但我也可以給你一個答案，還是那句話，這不是兒戲，我不能答應你。」

丁小蝶愣住了，學員們也都愣住了，低聲地議論起來，石保國有些尷尬：「小蝶妹妹，我知道，你是一個好姑娘……」

「你們沒有一個是男兒！」丁小蝶憤怒地扔下這句話，衝出了食堂。

※　　　　　　　※　　　　　　　※

　　石保國也從食堂跑了出來，不過他不是為了追趕丁小蝶，他只是想靜一靜。學員們都不明白發生了什麼，紛紛埋怨他拒絕了大好的機會，他們只看到石保國這半年來三天兩頭往魯藝跑，哪裡知道他一直想找的是另外一個人。

　　結果這麼多趟跑下來，他一次都沒見到柳二妮，每次遇到的都是丁小蝶，這和每次去找的都是丁小蝶，好像也沒什麼區別吧？

　　石保國坐在一處土坎上，茫然地將目光投向遠處，不停地抽著隨手摸來的煙。但他心思全在別處，不停地被煙嗆得直咳嗽。他想起很多事，想起在順和鎮外第一次遇到丁小蝶的時候，想起在獨立團聽不懂丁小蝶唱歌的時候，想起許多次看到丁小蝶各種哭泣的樣子，想起丁小蝶一臉幸福地喝著他煨的魚湯的樣子⋯⋯

　　石保國呼地站了起來，大踏步地往回走去，趕到宿舍外，俐落地解下馬韁繩，臉上不自覺地浮現出笑容。他騎馬狂奔到魯藝女生宿舍外，上前敲門。房間裡沒有聲響，他又大喊著丁小蝶的名字，還是沒有動靜，疑惑地推開門。房間空無一人，只見床頭有一摞疊得整整齊齊的軍裝，他心中焦躁起來。

　　石保國趕忙跑到教師宿舍，東方海與關山都在窯洞裡坐著，聽到他要找丁小蝶，關山猶豫著開口：

　　「她剛才來了一趟，還說要到香港去找她爸媽。」

　　「她只是說說。」東方海滿不在乎，石保國卻一拍腦袋。

　　「糟了，她真要走了。」也顧不上跟房間內的兩人細說，他轉身騎上馬，沿著大路追去。

※　　　　　　　※　　　　　　　※

　　好在沒多久，石保國就追上了丁小蝶，他跳下馬來，攔在她身前。

　　「我的姑奶奶，你真的要走啊。」

「你來幹什麼？讓開！」

丁小蝶瞪著他，石保國張開雙臂。

「我不讓你走！」

「你既然不願意娶我，為什麼又不讓我走？」

石保國真心誠意地注視著一臉憤怒的丁小蝶。

「我願意娶你！」

「算了吧，剛才我問你，你不是不願意嗎？我算看透你了，你對我做的一切，全是虛情假意。」

石保國猛然搖頭，又點頭，他的臉著急地漲紅了。

「小蝶，我給你做的一切都是真的，只不過……只不過……只不過我不知道我其實愛的是你，現在我知道了……」

「我不會相信你的……」沒等丁小蝶說完，石保國便彎腰把她抱了起來。

「放下我，放下我！」

石保國一聲不吭，把掙扎著的丁小蝶穩穩地放在馬上，然後騎上馬。丁小蝶慢慢安靜下來，讓石保國抱在懷裡，兩人向抗大而去。他們回到食堂時，聯歡會還沒散去，石保國把丁小蝶抱下馬來。

「你要幹什麼？」

「你當著大家的面問我了一個問題，我要當著大家的面回答你。」

他拉著丁小蝶的手走進食堂，學員們先是驚奇地看著他們，繼而爆發出熱烈的掌聲，石保國大聲說道：「大家靜一靜，我要宣布一個重大消息，我，石保國，要娶丁小蝶了，這一輩子好好待她，有再大的苦再大的難，都不離不棄。」

「謝謝，謝謝你。」丁小蝶流下淚來，掌聲更加響亮。

在眾人的起哄聲中，石保國把丁小蝶高高抱起，在原地轉圈，所有人都在歡呼著，這時學員隊長走了進來。

「呵，這麼熱鬧！這位女同志是？」

石保國把丁小蝶放下來，向學員隊長敬禮，一旁的學員搶著說道：「報告隊長，她是石保國剛找的媳婦，是魯藝的學員。」

「報告隊長，是我主動提出要嫁給石保國同志。」丁小蝶也動作標準地敬禮。

「爽快！我批准你們的婚事了。這可是我們抗大的大喜事，我要和魯藝的校領導通個氣，在這批學員離開延安前，給你們辦一個熱熱鬧鬧的婚禮。」

「謝謝隊長！」敬著軍禮的兩人臉上洋溢著笑容。

丁小蝶也有不知情的事，在她無故缺席演出的這個晚上，在她衝進教師宿舍甩下話語要離開延安的這個晚上，葉作舟與東方海兩人，終究放心不下，分別躲在女生宿舍的兩邊，直到眼看著她人回來了，才安心離開。

于冬梅也一直擔憂地坐在炕上等候著，聽到丁小蝶開門的聲音，她急忙躺下，裝作已經熟睡。對眾人的關心一無所知的丁小蝶，摸索著拿出筆和兩張紙，趴在炕上，用被窩蒙住頭，並打開手電筒，先在一張紙上寫下「結婚報告申請」幾個大字。

※　　　　　　※　　　　　　※

第二天一早，于鎮山和柳二妮趕到集市上採辦各式用品，延安的集市雖不算大，但很熱鬧，固定的店鋪不多，大部分都是地攤。兩人來到一處賣窗花紅紙的攤位前，正巧遇上石保國和他的兩個同學在挑選喜字窗花，柳二妮先認出了石保國，驚訝地打著招呼：「團長大叔，怎麼是你？」

「好像聽說你來了延安，原來是真的。」于鎮山也一臉驚訝，石保國有些尷尬地看向柳二妮。

「有一回在大街上，我們差點碰上面，要是碰上了……你們倆這是？」

「最近辦喜事的比較多，得多備點材料。石團長，你這又是要幫誰辦喜事呀？」于鎮山留意到他們手中的喜字，好奇地問著。

「石團長要結婚了。」一旁兩位學員樂著開口。

「石團長這回可有福氣了，要娶魯藝的女大學生。」

柳二妮瞪大了眼睛，石保國撓撓頭，于鎮山趕忙問道：「魯藝的，誰呀？」

「我要和丁小蝶結婚了。」石保國有些不好意思地笑了一下。

「丁小蝶！不可能！」柳二妮和于鎮山異口同聲道。

「你們不相信是吧，我現在也還是暈乎乎的。不過確有此事。婚禮後天舉行，我送請帖給你們。二妮，我想請你在我的婚禮上唱首祝福歌，就唱你最拿手的，行不？」

柳二妮傻傻點頭：「行，當然行，我一定去。」

于鎮山也回過神來，他樂得一拍手，笑道：「太好了，這真是太好了。石團長，你是個大好人，恭喜恭喜，我和二妮一定會把你的婚禮搞得熱熱鬧鬧。你慢慢選，我和二妮還有事。」

于鎮山拉著柳二妮走了，看著兩人的背影，石保國心中不禁感嘆著命運的奇妙，但這種時候就不要去考慮什麼「如果」了，他搖搖頭，驅散腦袋裡的想法。

※　　　　　　※　　　　　　※

葉作舟昨晚眼看著丁小蝶回到了宿舍，今天的晨練卻沒個人影兒，臉色又沉了下來。于冬梅和東方海出完早操後也四處尋找丁小蝶，他們找到小樹林中，看到關山正在畫板上夾著的一張傳單紙上作畫，于冬梅走了過去。

「關山，你有沒有看見丁小蝶？」

「沒看見，她怎麼了？」關山忙擱下畫筆，于冬梅一臉擔憂。

「她昨天沒去參加系裡的演出活動，今天一大早人又不見了，沒出早操，要是再不參加今天的訓練，恐怕要受處分了。」

「你昨晚很晚回宿舍，是為了等丁小蝶？」關山恍然大悟地看向東方海，東方海點了點頭。

「我們再去找找。」東方海和于冬梅走了，關山拿起筆，卻無心作畫。

正當他開始收拾畫具時，丁小蝶走了過來，滿面笑容跟他打招呼：「你好，關山。」

「丁小蝶，你在這兒啊。于冬梅和東方正在找你，你快去追他們。」

關山一臉驚喜，丁小蝶卻哼了一聲道：「我為什麼要去追他們？我是找你有事。麻煩你給我設計一份結婚請柬，做個木刻。」說著，她換了一副喜悅的表情，把一張紙遞給關山。

「這是我和新郎的名字，還有婚禮的時間地點，一定要抓緊啊！謝謝！」說完，丁小蝶飄然而去，留下關山呆愣地看著紙上的名字。

「石保國，這個男人是誰？」

※　　　　　　　　※　　　　　　　　※

到了正式訓練時分，丁小蝶還是不見蹤影，于冬梅和東方海一邊訓練著，一邊在人群中尋找丁小蝶的身影。不遠處，葉作舟手裡捏著兩張紙走過來，目光往人群中搜索著，向著于冬梅和東方海這邊靠近。與此同時，關山也來到了訓練場，柳二妮和于鎮山從另一個方向跑過來，他們三撥人，都向著于冬梅和東方海趕去。

葉作舟最先來到兩人身邊，她剛要開口，緊跟著跑來的柳二妮喘著氣急急地說道：「冬梅姐，上海哥哥，小蝶小姐要和團長大叔結婚了！」

東方海和于冬梅顯然沒反應過來，他們還笑著和跟在後面的于鎮山打招呼，然後才一齊愣愣地看向柳二妮。

「你們不相信吧，團長大叔說的時候我也不相信，可他們確實要結婚了，團長大叔還讓我和鎮山哥去唱祝福歌。」

「千真萬確！我確實想不到這兩個人能走到一起，肯定是丁家小姐主動的，我看石團長的嘴都樂歪了，他那兩個戰友都羨慕得不得了。」

葉作舟上前一步，瞪了興奮的于鎮山一眼。

「這是學校的訓練場，不是清涼山下的集市，請你們離開。」

　　于鎮山後退一步，連連擺手道：「我走，我馬上走，你眼睛別瞪那麼大，我害怕。冬梅，我和二妮在教堂那邊等著你。東方兄弟，再見。」

　　東方海好像沒聽見于鎮山招呼似的呆站在那裡，看到他的神情不太對勁兒，于冬梅忍不住也瞪了哥哥一眼。于鎮山見狀吐了下舌頭，拉著柳二妮走了。葉作舟把脖子上的哨子遞給于冬梅，道：「于冬梅，你負責大家今天的訓練。」

　　「是！」于冬梅敬了個禮，接過哨子，吹響集合號，訓練場上的學員們迅速集合排隊，東方海也邁著機械的步子加入人群中。

※　　　　　　　※　　　　　　　※

　　聽到丁小蝶要出嫁的消息，郭家兄弟立刻趕來抗日軍政大學，和幾位學員們一起，將一孔原是宿舍的窯洞收拾出來，作為一對新人的新房。

　　看眾人上上下下忙活得又髒又累，石保國拿著煙過來，想說將就將就算了，他在這兒也住不了幾晚，可學員們都很熱情，堅持不能將就。一個大大咧咧的學員開起了不太正經的玩笑，正在清掃牆壁的郭雲鵬聽到，重重咳嗽兩聲。石保國忙拉著那人往外走，剛出門就看見葉作舟黑著臉站在那裡，不由得吸了一口涼氣。

　　石保國和葉作舟來到校園中一處有桌凳的樹下，他用手擦了擦凳子，請葉作舟坐下，葉作舟卻把手中的兩張紙拍在桌子上。

　　「石保國，你什麼時候變得這麼有心計了？你拿柳二妮當藉口，天天往魯藝跑，原來是盯上了丁小蝶，還騙我說替我做思想工作。從你拿著一砂鍋魚湯去小樹林的時候我就覺得不對勁，到底還是讓你得手了。」

　　「小葉，嫂子，是我被丁小蝶那丫頭得手了。你是沒看到那天晚上的情景，她給了我兩個選擇，我要不娶她，她就要離開延安。」

　　石保國又是抱拳又是搓手，葉作舟也不知是氣是急，連連跺腳。

　　「這丁小蝶可是魯藝當臺柱子培養的！你們學校領導給我們學校領導打過電話，丁小蝶的結婚報告和請假報告都批下來了，還特地指派我作為

女方代表協助籌備婚事。我告訴你，這樁婚事，我一根手指頭的忙都不會幫，你的婚禮我也不會來參加。」

「忙可以不幫，婚禮可得參加，咱們的關係可不比旁人。再說了，小蝶是你手下的兵。」石保國陪著笑，葉作舟卻搖著頭。

「我手下不止丁小蝶一個學生。這個丁小蝶太不讓人省心了，她說嫁就嫁，也不管留下個什麼爛攤子，讓東方海……」意識到此話不妥，葉作舟看了一眼石保國，不說了，石保國卻很坦然。

「你那兒不是還有個于冬梅嗎？唉，小蝶要不是傷了心，她能會嫁給我？」

「書讀得多的人，心裡彎彎繞也多，我也不知道那些年輕人都在想些啥。你既然要娶丁小蝶，就要好好對她。」葉作舟抓起桌子上兩張紙，轉身就走。

※　　　　　　※　　　　　　※

訓練場上空蕩蕩的，只剩下東方海在練刺殺，他機械地重複著同一個動作，于冬梅站在不遠處注視著他，于鎮山陪在妹妹身旁，柳二妮則在一邊跳沙坑。

時間又過了一會兒，于鎮山實在忍不住了：「你說這人書讀多了就是愚，我真搞不懂這個東方大少爺，丁小蝶圍著他轉，他愛答不理，丁小蝶要嫁人了，他又這個樣子。」

「你不懂。」看看滿面愁雲的于冬梅，于鎮山嘆了口氣。

「我是不懂，我也不懂你了，丁小蝶嫁給別人，沒人和你爭東方大少爺了，你應該高興才是，可你這臉拉得比誰都長。」

「就是就是，冬梅姐，你應該高興才對。」柳二妮贊同地湊了過來，于冬梅搖了搖頭。

「他那麼痛苦，我怎麼高興得起來。」

這時，關山手裡拿著一沓請柬過來，給他們一人發了一張，柳二妮打開看著。

「這是啥，又有畫又有字，挺好看的。」

「丁小蝶和石團長的結婚請柬。你做的？刻得真好。」

關山對于鎮山的稱讚感謝地點點頭，便拿著請柬向東方海走去。

「關山。」關山停下腳步，回頭看著正遲疑著的于冬梅，她也只是下意識地開口阻攔。「……算了，你去吧。」

關山走了過去，把請柬遞過去，東方海打開看了看，頹然地坐到地上。

※　　※　　※

轉眼到了婚禮當天，于鎮山、柳二妮和柳富貴都裝扮好了，于鎮山還帶著自己最拿手的幾樣樂器。他們正在飯店門口等著，于冬梅從裡面走了出來。

「冬梅姐，走吧，婚禮時間快到了。」

于冬梅對柳二妮搖了搖頭道：「我等著東方和關山。」

「那倆人都喝成那樣了，還能參加婚禮？」

于鎮山扒在窗邊覷著飯店內堂，只見東方海和關山坐在角落裡，桌子上擺著一盤炒花生米、一盤炒土豆絲，兩個簡單的菜幾乎都沒動過的樣子，桌下倒著一個已經空了的酒罈子，桌上還放著一罈酒。飯店老闆端著一個砂鍋出來。

「剛剛那位姑娘讓給你們上一個暖胃的菜，這是本店新開發的招牌菜——砂鍋魚湯，清淡暖胃，營養豐富。」

東方海怔怔地看著砂鍋裡白色的魚湯，端起酒碗一飲而盡。東方明和郭家兄弟騎馬來到了飯店門外，三人下馬走來，眾人互相打著招呼。

「阿海呢？」

于鎮山將屋子裡的一角指給郭雲生說：「在裡面喝著呢，已經喝了一罈。」

「我去把阿海帶出來。」郭雲生請示似的看向東方明。

「算了，由他去吧。走，咱們去參加婚禮，畢竟是小蝶的婚禮。」東方

明遲疑了一下，搖了搖頭。

「你們也準備參加婚禮吧，我和我哥騎一匹馬，勻出一匹馬給你們。」

柳二妮面露喜色，剛想開口答應郭雲鵬，于冬梅卻果斷地拒絕了：「我等著東方，東方不去，我也不去。哥，你也不准去。」

「我不去，堅決不去。」于鎮山連連點頭，柳二妮為難地看向柳富貴。「爹，我已經答應團長大叔了。團長大叔救過咱們的命。」

「于老班主也救過咱們的命，聽冬梅姑娘的。」

聽柳富貴這麼說，柳二妮只好戀戀不捨地看著東方明和郭家兄弟離開。

抗大校園裡，樹上貼著大紅的喜字，丁小蝶坐在樹下，遠望著道路另一端。她穿著齊整的軍裝，胸前別著一朵紅花，頭上戴著一個紅色絹花做的頭飾，整個人既精神又好看。一樣裝束的石保國走了過來，他也順著丁小蝶的目光遠眺。「還沒來？」丁小蝶搖搖頭，石保國掏出懷錶來看看。「那就再等一會兒，超出一會兒沒關係。」

丁小蝶卻站了起來，她拍了拍褲子上的灰。「不等了，走，咱們結婚去。」

※　　　　　※　　　　　※

夜色降臨，于鎮山背著醉酒的東方海，柳富貴攙扶著踉蹌的關山，于冬梅和柳二妮拿著幾樣樂器，一行人沿著延河向魯藝走去。

窯洞內，紅蠟燭燃燒著，映著牆上貼的大紅喜字，臉頰紅紅的丁小蝶擁著一床花被子，端正地坐在炕上，石保國低頭往炕洞裡添著柴火。

「炕上暖和嗎？」

「很暖和。你也上來吧。」

石保國大喜，丁小蝶卻不慌不忙地伸出一根手指。「不過有條件。」

「小蝶，我知道咱倆這個婚結得有點兒倉促，你提什麼條件我都答應。我這個人最大的優點就是忍耐，你放心，就是躺在你身邊，我也能繼續把光棍打下去。」

十　結婚

看石保國一臉緊張地搓著手，丁小蝶撇了撇嘴道：「你把我丁小蝶當成什麼人了，我向來說話算話，說嫁給你，就是誠心誠意不摻一點兒假地嫁給你。我的條件只有一個，不，兩個。第一，你要騎馬帶著我在魯藝校園轉三圈。第二，你回根據地的時候，要帶我回去。」

說到第一條時，石保國還笑咪咪地點頭，聽到第二條他卻驚了：「這怎麼行，你是魯藝的學生，不是我想帶就能帶的，而且根據地是前線，隨時都要戰鬥。」

「我嫁給你，就是為了上前線，殺鬼子。」

石保國慌忙勸說道：「小蝶呀，毛主席早就給大家分了工，你和我不是一個司令的兵，你看看你這細胳膊小手，這不是拿槍的料。殺鬼子的事交給我，你就安心在魯藝讀書，好吧？」

「你不同意，我走。我和你結婚就是為了有個家，要是不能和你在一起，結這婚有什麼意義？我去香港找我爸媽去。」

丁小蝶掀開被子就要下炕，石保國一把抱住她，不讓她下來。

「你看看你這急脾氣，這不還在商量嗎。」

「保國，就帶我去吧。」

石保國實在是無法拒絕丁小蝶那含笑的目光。「行，依你，都依你。」

※　　　　　　　※　　　　　　　※

第二天一早，丁小蝶就殺到了葉作舟的辦公室。她笑咪咪地將一把喜糖放到辦公桌上，葉作舟倒也不氣不惱，自然地剝開一顆糖丟到嘴裡。

「糖挺甜，但願你日後的日子也過得甜。丁小蝶，我提醒你，要學會負責任，以後不要因為衝動的婚姻後悔。」

「沒有衝動就不叫青春，我這個人從來就不知道什麼叫後悔。在魯藝的這些日子，你把我照顧得很好，若不是你，我還鼓不起勇氣嫁給石保國。石保國年紀輕輕就獨立開闢一片根據地，是打鬼子的英雄，能嫁給他，我很自豪。」

葉作舟毫不在意丁小蝶話裡帶刺，點了點頭道：「你能這麼想，很好。石團長是我的老鄉，他回根據地之後，我會繼續照顧你。」

　　「你照顧不到我了，我要和保國一起去前線。」丁小蝶等的正是這個時候，看到葉作舟眉頭一皺，她得意地一甩頭髮。「你不是天天都想到前線去嗎，你去不成！我馬上就要去前線殺鬼子了，我一定會殺死很多很多鬼子，眼氣死你。」

　　一口氣說完這幾句話後，丁小蝶翻了個白眼，趾高氣揚地走了出去。葉作舟站起來追到門口，又返回來，她倒不是氣自己上不了前線，她是真搞不明白石保國到底在想些什麼，會同意把丁小蝶這個麻煩帶去前線。

　　臨行前，石保國如約帶著丁小蝶騎馬繞魯藝轉了三圈。東方海就像沒看到沒聽到一般，依然在訓練場上練習刺殺，于冬梅拿著一把木刀陪在他身邊。丁小蝶目光瞥到兩人，頓時失去了興致。

　　當馬兒踏上延河邊的道路，離延安遠去時，柳二妮跑了過來，邊跑邊喊著：「團長大哥，我那天不是故意不去參加你的婚禮，是我爹不讓我去，我把那天要唱的歌唱給你們聽，祝你們一路順風 ──」

　　喊完，柳二妮放開嗓子唱起了喜慶的信天遊，婉轉動聽的歌聲中，石保國和丁小蝶打起精神，策馬前行。丁小蝶就這樣離開了魯藝，離開了延安。

　　這天的黃昏時分，太陽西斜，一片雲彩將綿延起伏的黃土地映得金光閃閃。東方海獨自坐在一處山坡上，望向開闊的遠方。只見遠處有一群投奔延安的青年，他們背著簡單的行李，風塵僕僕卻充滿活力，齊聲唱著一首接一首的抗日歌曲。忽然歌聲停止，有人高喊一聲：「你們看！寶塔山！」

　　「延安！寶塔山！我們到延安了！我們到延安了！」人群歡呼起來，青年們流著激動的淚水，擁在一起，又蹦又跳。

　　不知什麼時候，于冬梅靜靜地站在東方海身後，和他一起佇望著。

　　「這樣的情景每天都在發生，延安真像一塊巨大的磁石，這麼多人冒著生命危險千里迢迢奔向延安，就像我們當初一樣。東方，我們的選擇是

正確的，你說呢？」

　　東方海並不是在後悔，也不是在為失去什麼而傷感。儘管他確實忍不住去反覆回想丁小蝶那天在延河邊所說的話，想要知道那番心意究竟是如何發生了變化，又或者至今是否真的有所改變。事實上，他沒有惋惜自己失去了丁小蝶的愛，他也從未想過去取得什麼人的愛意，之所以無法振作起來，之所以現在才開始在意起丁小蝶的真心，是因為他在懼怕，他怕這個從小一起長大、已經如同親人一般重要的人，由於他東方海的無情，而走上錯誤的人生道路。

　　人生在世，不可避免地會因為自身的存在而影響他人的命運。如果可以的話，東方海希望他的存在不會令丁小蝶走向痛苦，他希望丁小蝶的決定會給她自己帶來幸福，可他如何能夠確定這一點呢？他如何能夠得到答案？

　　這些令東方海內心感到痛苦的疑問，無法向他人傾訴，即使面對于冬梅也無法開口。東方海無精打采地站起來，拍了拍身上的土。

　　「我不知道我是不是做錯了什麼。晚上有課，我先走了。」

　　于冬梅默默地注視著他遠去的身影。

※　　　　　　※　　　　　　※

　　冬天的窯洞裡，燈光昏黃，氣氛卻很歡快熱烈。各個小組三五成群的，在分頭排練著，有練歌的，有練器樂的，還有練詩朗誦的，師生們都穿著灰色的軍裝棉襖。來檢查排練情況的葉作舟從窯洞外進來，嘴裡呵著寒氣，看到裡面這一派熱氣騰騰的景象，她愉快地笑起來。于冬梅迎了過來，兩人走到排練場邊緣坐下。

　　這次延安文藝界迎新春音樂詩歌晚會是一項非常盛大的活動，音樂系的節目由于冬梅負責。從始至終，她都發自內心地喜歡延安這個地方，熱愛魯藝這個大家庭，現在唯一令她憂心的，還是東方海的狀況。葉作舟也正是希望于冬梅能用自身的活力帶動東方海走出低落的情緒，振作起來，一同進步。

　　這些天，于家班的三人也沒閒著。窯洞外，于鎮山正在吭哧吭哧地敲

打著一塊鐵皮，柳二妮在另一邊動作有些笨拙地紡著線。

「鎮山哥，你那是做啥呢嘛？看你敲敲打打敲了好些天了。」

于鎮山笑呵呵地把最後一塊鐵皮敲打好。

「這是我從後山揀到的炸彈皮，日本人轟炸扔下來的。這不，眼見延河就要結冰了，我上回去縣上趕集，看到鐵匠鋪打冰刀，就畫了個樣子，回來照著打一個，給冬梅送去，她就可以溜冰了。」

「鎮山哥，你對冬梅姐真好！」

于鎮山將冰刀釘在一塊木板上，拍拍手欣賞著自己的傑作。

「成了！那是！我就這麼個親妹子！二妮，來，幫哥試試！」

「好嘞！」柳二妮高興地停下紡線，于鎮山將自製的溜冰裝具綁在她腳上，扶著她搖搖晃晃站起來，左看右看，滿意地點了點頭。

「好了，和鐵匠鋪打的一模一樣。就是這地方得多打幾個釘子，別摔著冬梅。」于鎮山把冰刀從二妮腳上解下來，又開始敲打。

「鎮山哥，這轉眼就過年了，我聽說延安有一個音樂詩歌晚會，你帶我去見識見識吧？」

沒想到柳二妮會對什麼詩歌晚會感興趣，于鎮山想了想，爽快地答應下來：「哥帶你去！我正好把這溜冰的傢伙給冬梅送去。」

※　　　　　※　　　　　※

舞臺是臨時搭建起來的，有些簡陋，一條寫著「延安文藝界迎新春音樂詩歌聯歡會」的橫幅掛在上方。臺上正在表演京劇《蘇三起解》的片斷，臺下人山人海，有延安官兵，也有當地百姓。有的坐著，有的站著，有的抄著手，有的背著手，身子挨著身子，歡笑伴著歡笑。于鎮山帶著柳二妮趕來，柳二妮伸長脖子，使勁往上跳著。「鎮山哥，我看不到！」

「來，二妮，往前邊去。」于鎮山拉著二妮往前臺擠。

臺上，扮蘇三的演員又哭又唱，突然只聽得京胡的琴弦喀嚓一下崩斷了，演員沒了伴奏，一時間連步子都不知該怎麼邁，臺下發出爆笑聲，演

員在臺上窘得不知該下去還是繼續唱。于鎮山一個箭步跳上臺，高聲給他伴奏，臺下眾人先是一愣，接著笑得更歡了。臺上演員總算冷靜下來，在于鎮山的口頭伴奏中從容地唱了下去，臺下叫好聲此起彼伏。演員演出完謝幕，掌聲如雷，有人叫著再來一個，于冬梅和幾個女同學坐在一起，捂著肚子笑得東倒西歪，她邊笑邊指著往臺下走的于鎮山說：「哎知道嗎，那……那是我哥！」

坐在她後面看演出的東方海鬱鬱寡歡，他甚至沒有注意到，在眾人的歡笑聲中，一個熟悉的人影跳上了舞臺，這人穿著灰色的軍裝，風紀扣瀟灑地敞開著，軍帽歪戴在腦後，腳上還穿著一雙草鞋。

「光未然老師！」于冬梅興奮地叫著，幾個女同學也興奮地捂著嘴。

光未然甩了甩頭髮，一隻手揮舞著，還沒有開口就能傳遞出一種激昂的情緒，全場出奇地靜了下來。光未然飽含感情地朗誦起他新作的黃河組詩，他激情地揮舞著右臂，向黃河傾訴著民族的災難……在光未然火山一樣噴湧而出的激情中，全場沸騰了，一次又一次爆發出掌聲。

冼星海激動地跳上臺來，握著光未然的手不放。「未然，太好了！我也早想寫一部以黃河為題材的大型音樂呢，你能不能把這首詩改寫成歌詞，讓我來譜曲？我有把握！我有把握把它寫好！」

在光未然朗誦的過程中，于冬梅和同學們手挽著手，神情肅然，攥緊了拳頭，節目結束後，她激動地回頭道：「寫得太好了！東方……」

東方海卻不知什麼時候離開了。

　　　　　　※　　　　　　　※　　　　　　　※

聯歡會結束，人群散去，于鎮山和柳二妮看到和同學們結伴趕回宿舍的于冬梅，在後面追著喊。

「哥！二妮！你們怎麼來了？」聽出他們的聲音，于冬梅驚喜地回頭。

兩人氣喘吁吁地跑到冬梅跟前，于鎮山剛要說話，被柳二妮快言快語

搶了先：「冬梅姐，這是鎮山哥給你做的溜冰刀，他可是費了好多的神呢，手都敲起血泡來了……」

于鎮山輕輕敲了一下柳二妮的頭，不讓她再說。「就你嘴快！妹子，就你哥這手藝，比縣裡鐵匠鋪打得還要結實，你就放心地使吧，摔不著你。」

「哥，你真是的！我每天忙死了，哪有空溜冰啊！」于冬梅珍惜地接過包裹，滿臉高興地抱怨著。

「知道你忙，再忙也要操心自個的事吧？哎我問你，東方怎麼樣了？丁小蝶都嫁人走了，你們這是革命隊伍了，那你主動點也沒什麼丟人的對吧？」

柳二妮也笑嘻嘻地湊上來說：「鎮山哥說得對，冬梅姐，你得趁空下手，要不，我教你唱酸曲，你學會了去給上海哥哥唱？」

「你這小妮子，人小鬼大！哥，你可別把二妮帶壞了。行了，我得去上課了，你們回吧。」于冬梅笑著打她。

「好，走了，妹子，我過些日子再來看你！」于鎮山招呼著柳二妮，兩人邊走邊回頭向站在窯洞口的于冬梅揮手作別。

十　結婚

十一　團長夫人

　　葉作舟敲門時，冼星海正眉飛色舞地在辦公桌上攤開一張紙寫字。他熱情地招呼葉作舟進來，把那張紙遞給她。「我正在回憶去年在武漢接到魯藝聘書和音樂系全體師生簽名信件時說過的話，你看！」

　　「『中國現在成了兩個世界，一個是向著墮落處下沉，而另一個就是向著光明的有希望的上進，延安就是新中國的發揚地！』說得真好！」葉作舟接過來，由衷地讚嘆道。

　　冼星海請她坐下，這次找她的緣由，是需要安排幾名助手，將光未然的詩作〈黃河吟〉寫成一部代表中華民族偉大氣魄的大合唱。冼星海一直期望用音樂表現中華民族的苦難、掙扎和奮鬥，表現人民對自由幸福的追求和最終取得勝利的信心，這孕育已久的創作衝動終於從光未然的激情吟誦得到了靈感。

　　冼星海指名要東方海參與創作中國第一部新形式的大合唱，葉作舟說東方海身上仍有很嚴重的小資產階級知識分子的動搖性，完全不在狀態。冼星海寬容地一笑，說：「來延安的愛國青年，很大一部分都是出身於富裕家庭，都有一個從叛逆者到革命者的成長過程。東方海他是個音樂人才，你要想辦法，要引導他從叛逆者到真正的革命者嘛！」

　　葉作舟點點頭，決定找機會和東方海好好地談一談。

※　　　　　　※　　　　　　※

　　這一天，東方海與郭家兄弟策馬奔馳在山林中。他遠遠地跑在前面，勒住馬繩，跳下馬；郭家兄弟共騎一匹馬，很快追了上來，兩人也跳下馬來。三人都跑得出了汗，東方海甩了甩頭。

　　「好久沒騎過馬了，真爽！」

「阿海，這又不是上海的跑馬場，這山路曲裡拐彎的，你跑這麼快，萬一出個什麼事，我和我哥回去可沒法交代了。」郭雲鵬責怪著。郭雲生也跟著說：「是啊，要讓東方明大哥知道了，準得關我倆禁閉。」

「行了行了，知道了。這兒夠遠了吧？學校那邊應該聽不見槍聲了，快把槍給我，我偷著練了這麼久，一次真槍也沒打過，都急死我了！」東方海擦擦汗，伸出手。郭雲生從馬背上取下一支獵槍，遞給東方海。

「獵槍？不是讓我打手槍嗎？你們不知道這幾個月我拿個木頭槍練得多辛苦，不就是為了玩個真的嗎？」

看東方海一臉失望，郭雲生小心地捂住自己腰間的手槍。「阿海，這獵槍可是費了好大勁才弄到的，你就別挑三揀四了。」

「好吧好吧，獵槍也算是真槍，總比那木頭槍強。」

接過獵槍，東方海舉起來就要開槍，郭雲鵬忙攔住他。「阿海，瞄準了再開，獵槍子彈也金貴著呢，省著點，省著點！」

「知道了，知道了，我不露一手給你倆看看，你們是不信我能當神槍手。」

東方海瞄準一隻兔子，扣動扳機，兔子聞聲驚慌地一抬頭，消失得無影無蹤。看他面露尷尬，郭雲鵬厚道地安慰著：「失手，失手！沒關係，再來。」

東方海接連幾次失手，又一隻兔子出現在草叢中，這次他全神貫注地瞄準，頭上微微冒汗，扣動扳機，兔子應聲倒地。

「打中了！阿海，你打中了！」

「打中了？我真的打中了？我真的打中了！」郭雲生興奮地喊著，東方海都不敢相信。郭雲鵬連連點頭，高興地跑去，撿起兔子，一隻手高高地揮舞著。「阿海，看，你打的兔子！」

東方海還想接著打，可是獵槍子彈被打光了，看他那遺憾的樣子，郭雲生從腰上的槍殼裡抽出自己的手槍，扔了過去，東方海忙伸出雙手一把接住。郭雲生又使使眼色，郭雲鵬拿出三顆子彈，像寶貝似的遞給東方海。

「阿海，這三顆子彈不是配發的，是我找鎮山哥磨嘰了多少回，他才從縣裡的黑市上買來的。」

「三顆就很滿足了，很滿足了！好兄弟，你們懂我！謝了！」把子彈壓進槍膛，東方海激動地向郭雲生道謝。

「阿海，快試試吧。」郭雲鵬在旁邊催促著。

東方海連連點頭，拿起槍秀了一套身手，瞄準半天，連發三槍，兩槍朝向空中，一槍朝向草叢，一隻不太大的山雀和一隻兔子應聲倒地。郭雲生高興地拍掌，三人看看天色不早，帶上戰利品策馬往回趕去。

※　　　　　※　　　　　※

葉作舟正擔心東方海狀態不佳，就發現所有助手中，只有他大半天不見人影。她惱火地找到教師宿舍時，恰好撞上東方海吹著口哨，肩上扛著兩隻野兔和一隻山雀，往窯洞走來。葉作舟直接把他帶去了辦公室，語重心長地教育了一番，一會兒要他向冼星海學習帶病創作的精神，一會兒又說延安是革命的搖籃、希望的搖籃，投身革命，大我永遠高於小我。講了一通道理後，葉作舟催著東方海拿上小提琴，帶上野兔和山雀，去冼星海家工作。

東方海趕到時，于冬梅和另外兩名助手正拿著冼星海剛創作出來的片斷試唱。在小書房內，冼星海頭上裹著一條白毛巾，盤腿趴在一張小木桌上奮筆疾書，用壞的筆尖在桌上堆成了一個小山頭。

于冬梅聽到東方海呼喊冼主任的聲音，快步走到門口，壓低聲音道：「小聲點！冼主任正在創作。你怎麼才來？」

「東方，快進來，外面冷。」冼星海夫人也聞聲迎了出來。

「師母，這是我今天打到的，給您。」東方海不好意思地把手上的野兔遞給她。

「太好了，冼主任好幾天沒吃肉了，有了這個，他的樂思一定像泉湧一樣。今晚你們都在這吃飯，我去做紅燒兔丁。」冼星海夫人開心地接過野兔。

東方海跟著躡手躡腳地走進窯洞，靜靜地看著冼星海渾然忘我的工作

狀態，于冬梅將譜子遞到他眼前，說：「冼主任感冒發燒好幾天了，可是他完全沉浸在沒日沒夜的創作中。東方，你把這段拉一下，冼主任說讓我們好好提意見，一個裝飾音都不能放過。」

東方海拿出琴調音，他看看樂譜，悠揚的琴聲隨即響起。

「是東方海來了吧？」聲音先從裡間傳出，緊跟著冼星海走了出來。「我一聽琴聲就知道是你！東方，你是不是好久沒練琴了？」

「冼主任，您怎麼知道？」于冬梅一臉驚異。

冼星海微笑著解釋：「他剛才的飛頓弓明顯有些僵硬。」

說到喜愛的音樂，冼星海就停不下來，一聽于冬梅問起飛頓弓，他便拿過琴邊比畫邊滔滔不絕地講解著。于冬梅聽得入迷，東方海也心服口服地低頭認錯。

「東方啊，你不用跟我說對不起。你要好好地用功，要做普通人所不能做的事情，吃普通人所不能吃的苦，不能浪費了自己的才華啊！」

前一秒還正向東方海嚴肅地搖著頭，一聞到兔肉的香味，冼星海立即大喜：「兔子！夫人，今天有肉吃了！」

「是啊是啊，東方打的野兔。」

冼星海夫人端著一大盤紅燒兔丁走來，于冬梅上前幫忙，小木桌上很快擺出了一席晚餐。除了兔肉還有青菜，于冬梅用幾隻空罐頭盒子盛了小米飯分給眾人，冼星海迫不及待地將一塊兔丁放進嘴裡。

「我是餓怕了！食物對於我來說，比音樂還難求。當年在巴黎，有好幾次，餓得快死了，沒法，只得提了提琴到咖啡館、大餐館中去拉奏討錢。有一次討錢的時候，一個有錢的中國留學生把我的碟子摔碎，掌我的頰，說我丟中國人的醜！」

「老師，在異國他鄉受到這樣的折磨，那您想過要放棄嗎？」

冼星海以堅毅的神情回應東方海的疑問：「我也曾有過迷惘，但從未想到放棄。我只想趕緊學成回國，我要用我所學，為多難的祖國做一些什

麼。我有我的人格良心，不是錢能買的。我的音樂，要獻給祖國，獻給勞動人民，為挽救民族危機服務。」

「好香啊！」

窯洞外突然傳來一個興沖沖的聲音，冼星海停下筷子拍掌大笑。「未然來了！」

光未然拿著一個小紙包風風火火地衝了進來，他聽說冼星海生病了，這次手頭卻沒有了雞，只好費了一番功夫，搞了些白糖帶來。冼星海高興地跳了起來，嚷嚷著肉和白糖一定能使他的創作靈感嘩嘩流淌，招呼光未然坐下吃飯。于冬梅找出一隻空罐頭盒子，添了一份小米飯，光未然接過，邊吃邊與冼星海談笑風生，東方海感受著兩位大師的樂觀、熱情，為自己的狀態而深感慚愧。

「東方，我愛惜你的才華，我們的音樂創作應該充滿著各種被壓迫的同胞的呼聲，要用我們的音樂做武器投身到抗日救亡運動中去。我的作品已經找到一條路，那就是吸收被壓迫人們的感情！中華民族的解放勝利，就是要每一個國民貢獻他純潔的愛國之心。」冼星海一邊說著，一邊把盤子裡最後一點肉湯汁倒給東方海。「給你，東方，這肉汁拌小米飯才美得讓人回味無窮呢，你試試！未然，我又寫了一段，你快來看看！夫人，來一杯咖啡！」

光未然興奮不已，和冼星海一起走進書房。于冬梅收拾著碗筷，見冼星海夫人往黃豆粉沖的土咖啡中加了一些白糖，她猶豫了一下，還是開口要了一小勺白糖，用一張馬蘭草紙小心地包起來收入懷中。

※　　　　　　※　　　　　　※

東方海在冼星海家自我反省的這段時間，葉作舟則為了他的事找到了東方明這裡。兩人順著延河，一邊散步一邊聊天，說到東方海的心結，也說到知識分子對於革命的重要性，感嘆只有把人生理想融入國家和民族的事業中，才能實現個人的人生價值。

　　山坡溝渠和延河兩岸很是熱鬧，葉作舟和東方明站定，兩人面對著沐浴在夕陽下的寶塔山。葉作舟正說起東方海跑去打兔子的事，郭家兄弟剛巧迎面走來，認出葉作舟，他們暗道不妙，轉身就想離開，卻被東方明招手叫住，便無奈地走上前去。被問起今天的行蹤，郭雲生搶在實誠的郭雲鵬前面說是去偵察了。

　　「撒謊！是不是帶著東方海去打兔子了？」

　　面對葉作舟的逼問，郭雲生和郭雲鵬同時給出了兩個截然相反的答案。

　　「不是！」

　　「是。」

　　兩人免不了被東方明責備一番，還要回去寫檢查，飛快跑開的過程中，郭雲生邊跑邊捅著不會說謊的弟弟。「笨死了，笨死了！這下阿海要倒楣了。」

　　葉作舟看著他們的背影說：「東方明同志，我今天來還有一個想法，魯藝戰地服務團都陸續開赴前線慰問演出，音樂系也組織了一個戰地服務團近期出發去獨立團，我想讓東方海隨隊一起去，有可能的話，讓戰地服務團直接參加戰鬥。另外，去獨立團要經過鬼子據點，他們畢竟沒有戰鬥經驗，所以我已經打了報告，請偵察連派郭家兄弟一起去，路上也好有個照應。」

　　東方明點點頭道：「好啊，是個好主意，我同意。他不是一心想殺鬼子嗎，這個心結解不開，他就不會好好創作，就讓他上前線去鍛鍊一下吧。」

　　　　　　　　※　　　　　　　　※　　　　　　　　※

　　機會來得很巧，東方海剛調整好自己的心態，就能如願以償地奔赴前線參與作戰了。他很快做好出發前的準備，又隨著于冬梅去了一趟延安小學，看望在那裡上學的鐵蛋。于冬梅用隨身攜帶的針線縫好鐵蛋衣服上的破口子，又把先前要到的一小口白糖倒給鐵蛋吃，聽到冬梅姑姑與東方叔叔要去前線，鐵蛋也吵著要去殺鬼子報仇，最後一臉不樂意地目送兩人離開。

這次戰地服務團趕往前線，葉作舟安排于冬梅帶隊，一方面是看好于冬梅膽大心細，經得起歷練，另一方面也是看出了于冬梅對東方海的感情，相信她能夠盡全力保護東方海周全。從郭雲生處得到消息的于鎮山與柳二妮，也找來了魯藝，說什麼都要跟著一起去。拗不過柳二妮的懇求與于鎮山的威脅，葉作舟只好答應將他們安排為戰地服務團的編外人員，條件是必須完全聽從于冬梅指揮。

最終，即將隨戰地服務團奔赴前線的有東方海、于家兄妹、郭家兄弟、柳二妮以及背著相機的關山。出發這天，葉作舟為他們送行，看著于冬梅帶頭的隊伍走下逶迤山路，越來越模糊，她心中只希望所有人能平安歸來，一個都不要少。

路上，見到日軍的炮樓，東方海一心想要攻下日軍的據點，于冬梅始終記得他們的任務是順利到達獨立團根據地，東方海也只能悶悶不樂地服從命令。在于冬梅的帶領下，戰地服務團在傍晚時分平安進入董家莊村口，得到獨立團作戰參謀張志成的接應，迅速整隊，跟著張志成向獨立團進發。

※　　　　　　※　　　　　　※

在獨立團位於董家莊的駐地中，丁小蝶也在打靶場努力學習打槍。石保國心疼有限的彈藥儲備，不支持她學槍，因為沒有內行人指導，丁小蝶不像東方海進步神速，往往五槍裡只能打中一槍。

「你要什麼我都捨得，就是這子彈，我實在是給不起啊，你知不知道，我這子彈可是一顆一個鬼子人頭啊！」

「你不就心疼子彈嗎？你放心，我練好了就上戰場去，多殺幾個鬼子，繳獲一麻袋子彈還給你！相信我，我一定會成為一名神槍手的！」

面對信誓旦旦的丁小蝶，石保國一時也沒了辦法。後來，他想到丁小蝶真正愛好的還是藝術，就從團部倉庫裡找出了從日軍處繳獲的留聲機與《天鵝湖》原聲碟，手腳麻利地收拾好屋子，在地上墊一床厚棉被，作為以後丁小蝶練功的場所。丁小蝶開心地換上了芭蕾舞裙和舞鞋，留聲機唱

針轉動著，她像一隻白天鵝般隨著悠揚流淌的小提琴曲翩翩起舞，美麗動人，石保國一臉痴迷地注視著她。一曲終了，丁小蝶轉到石保國面前，優雅地鞠躬，做了一個標準的謝幕動作。

石保國又忙活了一陣，端來一盆熱水放在床邊。「來，小蝶，洗腳。一會兒水涼了。」

丁小蝶過來坐下，石保國握著她的雙腳，輕輕地放在熱水裡。

「水溫正好吧？舒服不？小蝶，你聽我跟你說啊，這不有留聲機了嗎？練功的地方也有了，你啊，就可以練功了。你這雙腳是用來跳舞的，可不敢荒廢了。以後，你就專心練你的功，別老惦記著打槍的事兒了……」

丁小蝶一聽，不高興了，用腳撲騰兩下，濺得石保國滿臉是水。

「說來說去，你不就是怕我浪費子彈嗎？」

石保國抬起袖子擦臉說：「哎哎！你看又甩我一臉水，是，我是怕浪費子彈，可是，我更怕浪費了你這一身的藝術才華！你怎麼就是不明白我的心呢！」

這時，張志成帶著戰地服務團走進來，高聲喊著：「團長，團長，戰地服務團的同志到了！」

一行人也隨著走進屋來，一眼就看到石保國正在為丁小蝶洗腳的場景，關山俐落地拿起相機。

「別動，這樣的畫面值得留下。」喀嚓一聲，關山抓拍到了這張照片。

丁小蝶看到突然前來的老朋友們，一臉驚詫，腳停在半空中，她對上了東方海的目光，瞬間變得刺蝟似的。

「喲貴客呀！保國，你看你真是的，怎麼也沒提前說一聲？我好準備準備呀。」

石保國猛然看到東方海一行人，也不避諱，大大方方地繼續給小蝶洗腳。「這不是想給你一個驚喜嗎？東方，哎我說你們別笑啊，我媳婦兒這雙

腳是跳芭蕾的，金貴著呢，我得伺候好了。」石保國用毛巾仔細給小蝶擦乾腳，站起身來。「你們這一路也辛苦了，走走走，我帶你們去整點夜宵。」

※　　　　　　※　　　　　　※

第二天一早，于冬梅帶著戰地服務團出早操時，丁小蝶跑了過來，她高聲喊著東方海的名字，又用帶點挑釁意味的語氣對于冬梅說道：「于組長，我借用一下你的人！」

于冬梅揮揮手，東方海從佇列裡出來，其餘人繼續整隊，柳二妮正好端著盆走出房間，她十分在意地瞥著東方海和丁小蝶往樹林去的身影。

「怎麼，這麼久沒見，連句問候也沒有？」

走到樹林中，丁小蝶停下腳步，對於她咄咄逼人的態度，東方海並沒有在意。「小蝶，你過得好嗎？」

「當然好！好極了！我現在是獨立團團長夫人，你說怎麼能不好！」

丁小蝶揚起眉，東方海真心實意地說著：「小蝶，我真心希望你過得好。」

「你真心希望？是嗎？我看你是說一套做一套吧，我倒是沒想到你氣量這麼小，我的婚禮，你不僅自己不來，還鼓動我的老朋友們全體不來，不就是想晾我的場子，看我笑話嗎？」

「不是的，小蝶，你誤會了，那天我……我喝醉了……」

丁小蝶不容他解釋：「你不用找藉口了，我告訴你，你們不來，我照樣嫁得風風光光，熱熱鬧鬧，因為我的丈夫是一個人人尊敬的抗日英雄！你不就是想殺鬼子報仇嗎？這事容易啊，我叫我們家保國替你多殺幾個就是了。」

東方海不知該說些什麼，丁小蝶卻情緒越來越激動：「東方海，從十二歲開始，在人群中一眼找到你就成了我最擅長的事情，我是個從不認輸的人，卻允許自己在你面前一直輸。你明明知道我生你的氣了，你從來沒有道歉過，可是我卻一直在原諒著……東方海，你就是個渾蛋！從今天開始，就現在，從這一刻開始，我再也不要你在我的心裡來回溜達了，太難過了！」

丁小蝶淚流滿面，轉身衝走，東方海呆立在原地注視著她離去的身影。

　　　　　　※　　　　　　　　※　　　　　　　　※

于冬梅帶著眾人在前面走，跟在最後的柳二妮拉了一下于鎮山，低聲說：「鎮山哥！我看到那女的一大早就把上海哥哥叫到小樹林去了，還當著冬梅姐的面。」

「小樹林？去幹啥？」于鎮山一臉警覺，柳二妮搖了搖頭。

「不知道，我跟著去了，但太遠，沒聽清，都是那女的在說，上海哥哥沒說話，最後那女的自己說哭了，跑了。」

「二妮，沒影兒的事別瞎說啊。你呀，是好心，但有時候好心會辦壞事的，懂嗎？」

走在前面的郭雲生放慢了腳步，他回過頭來，柳二妮不好意思地摀著嘴。「哎呀我又多嘴了！雲生哥，我以後會注意的！」

郭雲生拍了拍她的腦袋，說：「好了沒事的，你也是好心嘛，走了，快到石團長家了。」

一行人來到石保國家，只見院子中央擺放著一張四方木桌，桌上堆放著大盤小碟的豐盛菜餚。丁小蝶坐在主位，石保國坐在她左手邊，東方海正要在下方的一個客位上坐下，丁小蝶卻指著自己右手邊的位置，看東方海怔在那兒不動，她冷笑一聲：「怎麼，是不敢坐呢還是不願坐呢？我有這麼可怕？」

東方海趕緊走過去坐下，其他人也找位置坐好，石保國呵呵笑著指指主位上的丁小蝶說：「今天的主角是我夫人，她說開始就開始。」

丁小蝶站起身，端起滿滿一杯酒，說：「今天，我丁小蝶設家宴款待各位延安來的老朋友們，我敬大家一杯，我先乾為敬！」見滿桌人都舉杯乾了，丁小蝶又端起一滿杯。「這第二杯，是我丁小蝶的喜酒。在延安，

我的婚禮，在座的各位大部分都沒有到場，今天，你們來了，我給你們補上！我乾了！」

東方海、于冬梅、于鎮山和柳二妮四人端著杯子面面相覷，不知道該喝不該喝，郭雲生、郭雲鵬也端著杯子呆立著，氣氛變得尷尬起來。丁小蝶仍舊站著，她亦怒亦嗔，氣場十足。

「怎麼，不喝？那好，我想替我們家保國提醒一句，也許你們都忘了，在順和鎮口，我家保國救了我，也救了你們，這沒錯吧？你們可以當我丁小蝶啥也不是，我丁小蝶面子不夠，我請不動你們大駕。可是，我家保國，往大了說，是戰功赫赫的抗日英雄，往小了說，也是你們的救命恩人，他的婚禮，於公於私，這喜酒你們不該喝嗎？」

于鎮山眼見一桌人傻愣著，忙帶頭端起杯子一飲而盡。「該喝，該喝！」

眾人也一飲而盡，丁小蝶又滿上第三杯，笑盈盈地轉向石保國。

「這第三杯，我要敬我家保國。」

石保國意外地怔住，他不好意思地擺手。

「我就不用敬了，小蝶，咱回家喝，回家喝！」

丁小蝶一反平日的驕縱習蠻，她認真地注視著石保國的雙眼。

「這杯酒我一定要敬，你也一定要喝！保國，我知道我有很多缺點，你不是看不到，而是包容了我，我任性我胡鬧，你不是不惱火，但是，你情願傷害自己也不會傷害我。你不懂浪漫，不會甜言蜜語，但在我難過傷心的時候，你會心疼，會跟我一起難過，會對我說『是我的錯，是我的錯！』這些，我都知道，我都記著呢！石保國，今天當著大傢伙的面，我告訴你，人，是我選的，婚，是我逼的，我不後悔。我丁小蝶，也絕不會負你！這杯酒，我敬你是條英雄漢子，也敬你是個好丈夫！」

石保國本來在憨憨笑著，聽著丁小蝶一席話，這個鐵血漢子感動得眼淚都出來了，他一把抓起酒瓶，大口大口喝著。「值了！我石保國死了也值！」

十一 團長夫人

※ ※ ※

　　這時警衛員小四川進來報告，晉綏軍蘭雙禮團長送賀禮來了，石保國讓小四川先將蘭雙禮請到團部，馬上帶著丁小蝶去會會。至於戰地服務團的工作安排，他已經委託政委趙松林聽取于冬梅的匯報，趙松林此刻在醫院慰問傷患，戰地服務團直接找去正合適。

　　石保國和丁小蝶趕到時，蘭雙禮正打量著團部的陳設，身旁的地上擺放著兩大箱禮物。

　　「蘭團長，抱歉抱歉怠慢了！」石保國快步迎進來，伸出手，蘭雙禮轉過身與他握手。

　　「哪裡哪裡，早聽說石團長大喜，這一直抽不開身，來遲了，還望石團長別怪罪啊！」

　　「蘭團長客氣了！咱們是一家人嘛。」

　　「可不是，要不是我同學田寶山說起，我還不知道你夫人就是上海來的丁小蝶呢，她人呢？」

　　丁小蝶走了進來，她微笑著向蘭雙禮問好，蘭雙禮看到她，眼睛都瞪大了，撫掌稱讚著：「石團長，你可真是福氣不淺！小蝶啊，你父母聽說你嫁人了，托你表哥給你帶來了一箱嫁妝，那個箱子就是你表哥田寶山特地托人送來的。」

　　「蘭團長，你與我表哥是真同學還是假同學啊？」

　　聽到丁小蝶這突然的問題，蘭雙禮也不生氣，他疑惑地歪了歪頭。

　　「那還能有假？我與寶山是黃埔六期同學，我倆還睡的上下鋪呢，如假包換啊，為何這麼問？」

　　「哦，這說起來話長了。小蝶從上海出來，本來是要投奔你的，結果路上差點兒被你們國軍一騙子騙去當姨太太了，還好，她機靈，逃出來了。」石保國早聽過丁小蝶說起先前路上遭遇的難事，經他一解釋，蘭雙禮就明白了。

「啊還有這事？那真是萬幸了！現在的國軍啊，魚龍混雜。唉，不提了！小蝶，這一箱呢，是我備下的一份薄禮。我對石團長敬佩已久，你又是寶山兄的妹妹，這份禮算我的一個心意吧，你打開看看，喜不喜歡？」

丁小蝶將箱子打開，見裡面都是些首飾布料，她直截了當地搖了搖頭。

「蘭團長，我不喜歡這些東西。」

沒料到她會這樣回答，蘭雙禮愣了一下，繼而哈哈笑道：「小蝶這率性我喜歡。好，你說，你想要什麼，我回頭就給你補上！」

「我想要槍，要子彈。」

蘭雙禮更加意外了，他指著石保國，說：「石團長，你這本事也太大了，一個上海洋小姐跟了你沒幾天就喜歡上舞槍弄棒了，高人！在下佩服！行，小蝶，這不是什麼難事，現在國共兩黨在合作，攜手抗日，只要是打鬼子，誰打都一樣，我說話算數，回頭就給你送一車武器彈藥過來。那我就先告辭了！」

送走蘭雙禮，石保國樂得抱起丁小蝶親了一口。「還是我媳婦面子大，這平時我問蘭雙禮要幾顆子彈都費勁，你都不知道他有多摳門！難得他這麼大方一回！」

※　　　　　※　　　　　※

獨立團醫院中，政委趙松林正和傷患們圍在一起談天說地，好不熱鬧。

「我跟你們說呀，當年我從老家安化出來的時候，才十三歲，打著赤腳沿著資江走了七天七夜，差點兒餓死，最後還是紅軍救了我的命，我就鐵了心跟著紅軍一直走到今天……」

「趙政委！」

這時于冬梅帶著戰地服務團趕到，趙松林熱情地迎了上去。

「是于冬梅同志吧？歡迎歡迎！」

「戰地服務隊想盡快給官兵慰問演出，政委，您看怎麼安排？」

「石團長跟我說了，沒想到你們這麼快就到了，要在全團組織可能還得準備幾天，要不，你們先休息休息？」

于冬梅搖了搖頭，她看看傷患們，心中有了想法。

「我們來不是休息的，這樣，趙政委，要不我們先給傷患們演一場，或者教他們唱歌也行。」

「那太好了，你看什麼時候演？」

「就現在！」

趙松林哈哈大笑道：「真沒想到你們文藝兵也有這股子衝鋒勁頭！好，需要我配合儘管說！」

「謝謝政委。大家準備一下，我們馬上為傷患同志們演出。」于冬梅招呼戰地服務團，又轉向關山。「關山，同志們還要稍等一會兒，你先給他們畫像吧。」

「好！誰想畫的坐這裡來。」關山拿出畫版，傷患們踴躍地圍了過去。

「給我畫，我要給我娘帶回去。」

「我也要畫，我媳婦三年沒見人了，保不齊把別的男人認成我了。」

關山微笑著連連點頭：「都畫，都畫，一個一個來。」

傷患圍成一圈看著關山畫畫，嘖嘖稱奇：

「從延安來的就是不一樣，個個都一身才華，可惜，我們沒到過延安。」

「沒關係，我下次來給你們帶些延安的版畫來，你們一看就知道延安是什麼樣子了。」

傷患們興奮地互相看看，又一齊看著關山。

「真的嗎？關畫家，你可要記著啊！」

「放心吧，忘不了！」

　　　　　※　　　　　　　　※　　　　　　　　※

　　不一會兒，一個臨時臺子搭好了，傷患們興高采烈地坐在臺下，丁小蝶也趕來了。

　　「于組長，聽說你們要演出，也算我一個，可以嗎？」

　　「當然可以！你本來就是我們中的一員，現在又是獨立團團長夫人，你能參加，我們求之不得啊。」

　　于冬梅爽快地答應著，這時小四川跑來向趙松林打報告。

　　「報告政委，團長讓你馬上回團部。」

　　「冬梅同志，真對不起，我不能在這陪你們了，我先回團部了。」趙松林對于冬梅說完，匆匆離開。他趕到團部時，見石保國正拿著一枝筆，在作戰室的大地圖面前沉思。「老石！」

　　聽到趙松林的招呼，石保國拿起筆在地圖上邊比畫邊說：「老趙，剛接到情報，連續一個星期，日軍運送物資的輜重車隊都從南峪公路經過，因為一路沒遇到什麼阻擊，鬼子十分麻痺。偵察員已經勘察好地形，只要我們從這掐住鬼子的咽喉要道，就能把鬼子引進設伏圈，打一個漂亮的伏擊戰！」

　　趙松林激動地點頭：「好啊！我早就想幹他一傢伙了！我們好好部署一下。」

　　　　　※　　　　　　　　※　　　　　　　　※

　　在臨時舞臺上，于冬梅為傷患們演唱〈在太行山上〉，她邊唱邊指揮著：「戰友們，跟我一起唱好嗎？」

　　傷患們在于冬梅的帶唱下，高聲齊唱：「抗日的烽火，燃燒在太行山上！氣焰千萬丈！」

　　氣勢高昂的一曲結束，丁小蝶走上臺，她演唱的是美聲〈今夜無人入睡〉，傷患們聽不懂，但一看是團長夫人，也熱烈鼓掌。

　　「聽說團長夫人愛打槍，浪費子彈，團長那叫一個心疼啊。」

「團長怕老婆，每天晚上都給她洗腳。全團都知道啊。」

「那又怎麼樣，人家團長夫人要貌有貌，要才有才，上海來的洋小姐，主動要嫁我們團長，就上天給她摘星星也應該啊！」

歡樂融洽的氣氛中，關山一臉專注地為臺上的丁小蝶畫著像。

十二　寫歌

　　戰士小吳正帶領著東方海往連隊訓練場趕去，兩人路過董家莊村口一塊空地，只見一群戰士們正在施工，工事尚未完成，但能看出是在搭建頗具規模的舞臺。

　　「小吳，這是在修舞臺嗎？」

　　「是啊，團長和政委說了，咱們獨立團現在兵強馬壯，要把氣勢搞起來，這個舞臺修好了，就可以全團搞大型文藝晚會了，氣派吧？」

　　東方海點點頭：「很氣派！」

　　「到了，東方老師，你看，我們連都集合好了，就等您了。」

　　小吳開心地笑著，指向前方的訓練場，只見戰士們列隊整齊，正在合唱〈游擊隊之歌〉，歌聲激昂。連長看到東方海到來，朝隊伍一揮手，戰士們停下歌聲，鼓掌歡迎。東方海在掌聲中站到隊伍前，誇獎道：「我剛才都聽到了，不錯，上次教的都會唱了！好，我們今天開始按演出效果排練。小吳，你們準備好了嗎？來，你們到中間來。」

　　小吳帶著三名戰士化裝成游擊隊員，在合唱隊伍前方表演，他們的動作有些笨拙，逗得戰士們哈哈大笑，現場氣氛十分熱烈。

　　「笑什麼？他們演得很像神槍手啊，對不對？」看到這麼說的東方海臉上也是掩不住的笑意，小吳紅著臉。

　　「我們本來就是神槍手嘛，不用演！」

　　「大家認真排練，等你們團的大舞臺修好了，爭取讓咱們這個節目成為獨立團的保留節目，好不好？」

　　戰士們受到鼓舞，齊聲叫好。

　　「好了，我們現在練合唱部分，連唱三遍，第一遍中強，第二遍弱，

第三遍最強。一開始要唱出點彈跳一樣的感覺，『在密密的樹林裡』兩句要唱得精神、機警；到『沒有吃沒有穿』換一種感情，很豪邁的，要有線條感；從『我們生長在這裡』再找回彈跳一樣的感覺，帶著一點兒堅定的情感。聽明白了嗎？」

「明白！」戰士們齊聲答道。

「好，我們試一試。」東方海抬起手指揮。

關山在一旁專注地畫畫，排練一會兒後，東方海示意戰士們休息片刻：「好，唱得不錯！休息一下。關畫家在那邊，大家可以找他去畫像。」

戰士們高興地圍到關山那邊去了，幾個戰士拿起關山的畫本翻看著，邊看邊議論：

「這羊畫得跟真的一樣！關畫家，應該加上一條狗，放羊人不帶狗，要吃狼的虧。」

「要是放羊人身上背上一條麻袋就帶勁了，麻袋能擋風雨，遇到母羊在山上下羔，還可以裝進麻袋裡背回來。」

關山聽了，拿過畫本，又拿起畫筆，只見畫上很快添了一條狗，放羊人手上也添了一隻剛出生的小羊羔，他笑著把畫本遞給戰士們看：「看看，是這樣嗎？」

「是這樣，是這樣，美著呢，好著呢！」

方才幾位戰士高興地叫著，這時炊事班班長大老李指著相機問道：「這是個什麼東西？」

關山拿起相機，道：「我正要給你們講講，這個是照相機，還有這個叫膠捲，這個呢叫支架，以後你們上前線打仗，見到這些東西記得都一定要完好地帶回來，這是寶貝，我們現在沒有，要靠你們繳獲回來。都認識了嗎？」

戰士們高興地答應著，大老李也拍著胸脯，用家鄉話保證著：「關畫家，你放心，下次我專找背著這東西的鬼子殺，連鬼子的狗頭和照相機都給你帶回來！」

「大老李，你背著大鐵鍋跑不快，還是我們打衝鋒的夫殺吧，你就只管把飯做香了！」

一名戰士在一旁笑他，關山拿著相機站了起來。

「來，我給大家照一張集體合影，下次再來就給你們一人一張。」

東方海招呼眾人圍到一起，關山數著「一、二、三」，相機喀嚓一聲，留下了這一群戰士們生氣勃勃的影像，東方海驚訝地看著人群中的大老李。

「你是炊事班長？那飯勺子都在你手裡，你怎麼比誰都瘦？」

「他啊，生怕我們吃不飽，所以自己常常餓著肚子的，好幾次把自己餓暈了。」一名戰士在旁邊搶著回答，大老李不好意思地笑了，關山感動地舉起相機。

「真是了不起，我想給他單獨照一張，你們同意嗎？」

「同意！」戰士們齊聲喊著，大老李激動得不知所措，搓著手紅著臉拘謹不安地坐在那裡。東方海走到他身邊，替他整整軍裝，並將自己的鋼筆拔下來，插在他的口袋上。「別緊張，別緊張，李班長，你是哪兒的人啊？」

「我是安徽無為駱家瓦村的嘛。」

大老李開心得像個孩子似的笑了，關山摁下相機，喀嚓一聲記錄下這個瞬間，東方海看著戰士們開心的樣子，也笑著拍了拍手。

「好了，我們繼續排練！」戰士們迅速整隊。東方海站到隊伍前，抬起雙手，開始指揮。

※　　　　　　※　　　　　　※

兩輛車一前一後開入獨立團防區，前面的吉普車上，坐著蘭雙禮和張志成，後面跟著一輛滿載槍枝彈藥的卡車。沒走多遠，前方傳來激昂的歌聲，聽到是〈游擊隊之歌〉，蘭雙禮精神為之一振。

「嘿，這歌聲，真提氣！志成，你們共產黨真是辦法多啊！這是又要開晚會？」

「蘭團長，魯藝戰地服務團來慰問演出，音樂系的東方海老師在幫連隊教歌呢。」

看張志成一臉得意，蘭雙禮來了興趣。

「哦，一直聽說這是個從上海到延安的音樂天才，難道是他？」

「對，就是他！我們毛主席都誇他琴拉得好呢！他還會作曲、指揮，總之，就是什麼都會！我可是他的學生呢！厲害吧？」

蘭雙禮連連點頭：「厲害厲害！見見，行嗎？」

「行啊，走吧。」

張志成指揮司機往連隊的方向開，車在訓練場不遠處停下時，東方海他們正要收工。

「不錯！再練幾次就可以參加演出了！好，時間不早了，今天就練到這裡。小吳，你們幾個有表演動作的要多練練。關山，我們回團部吧。」

關山收起畫版，小吳和戰士們依依不捨。「東方老師，關畫家，你們還會再來嗎？」

「會的！我們一定會再來的！」

東方海向戰士們保證著，突然聽到有人喊他，回頭一看，張志成和蘭雙禮從吉普車上跳了下來。

「志成，你怎麼來了？」

「我來接蘭團長去團部，正好路過。蘭團長，這就是東方老師！」

蘭雙禮上前伸出手，自報家門：「晉綏軍蘭雙禮。久聞大名，總算是見到真人了。」

「我是東方海。蘭團長，咱們見過，在你爺爺的葬禮上。」

東方海握住他的手，兩人為緣分的奇妙而相視一笑。

「走吧，捎你們一程，上車。」

「好，關山，走。」東方海拿起琴，招呼關山一起乘上吉普車。

聽到汽車聲，正在團部作戰室研究戰略的石保國抬起頭。

「不會是蘭雙禮吧？走，去看看。」

石保國和趙松林並肩迎了出來，蘭雙禮一行人跳下車，走進團部院子。石保國正要上前握手，丁小蝶搶先跑了出來，她並沒有看到東方海和關山，直接走到蘭雙禮面前。

「蘭團長，蘭大哥，言而有信，是個男人！」

幾個國軍士兵將卡車上的大木箱子搬下來，擺放在地上，蘭雙禮將一個箱子打開給丁小蝶看。

「那當然！我答應的一定兌現。小蝶，六箱彈藥，幾十支長短槍，歸你了！」

眾人都圍了上去，拿著武器愛不釋手，石保國笑得最為燦爛。

「大方！張志成，把東西收了。」

「哎，石保國，聽清沒有？這東西是蘭團長送給我的，處置權應該歸我吧？」

看丁小蝶不依，石保國只好點頭。

「你石團長的面子要維護，槍和一半子彈，歸你處理。另外三箱子彈，發給我學習打槍的連隊，還有團醫院的傷兵。說清楚，是我搞來的子彈。」

聽著丁小蝶的俐落安排，石保國瞪大了眼，蘭雙禮朝隨行的劉副官使個眼色，劉副官又從吉普車後座拿出一個包裹，蘭雙禮接過來，遞給丁小蝶。

「小蝶，這兩支槍是我從鬼子那裡繳獲來的，送你了，兩百發子彈，也歸你。」

「太好了！還是表哥的同學懂我。」

捧著包裹，丁小蝶目光閃閃發亮，蘭雙禮很受用地接收了小蝶的感謝，石保國也識得這是名槍，伸手就要去搶。

「這可是寶貝，小蝶，放你那還真是浪費了，要不，我給你保管著？」

「休想！我還不知道你，到你手上我還能要得回來嗎？」

丁小蝶趕緊把一長一短兩支槍連同子彈仔細包嚴實了，她想了想，又拿出一部分子彈，招呼著剛路過的郭雲鵬，把裝著兩支槍的包裹遞給他。

「雲鵬，給，幫我藏好！」

「放心吧，我一定幫你保管好。」

郭雲鵬接過來，丁小蝶用腳踩著彈藥箱。

「石團長，你是不是對我這樣分配槍彈有意見？」

「沒意見，沒意見，按你說的辦。」

石保國連忙搖頭，東方海和關山在不遠處看著丁小蝶，神情複雜。

※　　　　　　　※　　　　　　　※

在獨立團待著的這些日子，戰地服務團的工作除了演出，還有下鄉收集民歌，動員群眾等，這一天，結束了工作的于冬梅帶著于鎮山和柳二妮來團部報告。石保國一聽到他們又收集到十幾首開花調民歌，便要柳二妮唱一首新學會的歌來聽聽。柳二妮放開嗓子唱了一曲，石保國連連誇讚，張志成也在一旁歡欣雀躍。

「團長，戰地服務團到連隊去可受歡迎了，戰士們現在的精神頭，那可是嗷嗷叫！咱們這回收拾鬼子，絕對乾淨俐落！」

不想這話被正好經過門口的東方海聽到，他急忙從院外衝了進來。

「石團長，要打仗了？」

「還正在部署呢。」石保國埋怨地瞪了張志成一眼。

「石團長，我要求參戰！」東方海一挺胸膛道。

「你那雙手是拉琴的，不是拿槍的，給你槍你也不會用啊。」

看石保國一臉無奈，東方海揚起頭說：「我會！」

「真會假會？正好我要去訓練場檢查射擊，你敢不敢去考一考？要是打不準，你今後可再別吵著要參加戰鬥了。」

東方海信心滿滿地點著頭：「好！」

石保國不知道東方海在延安進行過祕密訓練，想不到東方海居然打出了五發全部命中的好成績，他滿臉驚訝。

「怎麼樣，石團長，我可以上前線殺鬼子了吧？」

「兩碼事，這只是個杵在地上一動不動的紙牌，打中也沒什麼了不起的，真上了戰場你敢不敢扣扳機還另說呢，這殺鬼子和打靶可完全是兩碼事。」

東方海急了：「你不給我機會怎麼知道我不行？你現在抓兩個鬼子來，看我敢不敢砍下他們的頭，石團長，你可是答應了的！」

「我什麼時候答應了？接著練！」扔下這話，石保國揚長而去，氣得東方海衝著他背影大喊：「言而無信，非君子也！」

這才剛被東方海指責「言而無信」，回到家中的石保國又被丁小蝶搶白一通：「你拉著東方海去靶場考槍法？石保國，他的手是拉琴的，不是拿槍的，你想幹什麼？你看人家真會打槍，傻了，答應的事也反悔了。懶得理你，我走了！」

「你去哪兒？」石保國愣愣地追到門口，丁小蝶的聲音遠遠傳來。

「回娘家！」

「什麼？娘家？你娘家不是上海嗎？哎，哎，你可別亂來啊！」

一旁的小四川忍著笑，給著急的石保國解釋：「團長，嫂子說過，魯藝是她娘家。她說回娘家可能是去戰地服務團了。」

「魯藝是她娘家？」石保國撓著頭發蒙，他還以為丁小蝶在魯藝沒留下什麼好回憶，因而對魯藝也不會有多少感情。他倒也有一小部分猜對了，丁小蝶好不容易主動提出要加入到戰地服務團的隊伍中去，卻與柳二妮一言不合吵了起來，于冬梅來勸和，又被丁小蝶指責戰地服務團的工作內容浪費了東方海的音樂才華：「你懂他嗎？你懂他的音樂嗎？連個譜都不識，你能幫他實現他的音樂夢想嗎？你看看他一天心都用到哪去了！」

「東方海是我的隊員，他的心用到哪去了，不是你該操心的吧？丁小蝶，我知道，你也就是愛嘴上逞個強，你心裡根本放不下魯藝，放不下東

方，我敬你對他的那一份情義。還有，我讓著你，不代表我怕你，你和二妮一樣，我把你們當姐妹。」于冬梅不惱不氣，丁小蝶被她說得啞口無言。

「還有，你理解東方的音樂，可是，你理解他的心嗎？你懂他為什麼一定要親手殺鬼子，甚至三番五次地闖禍還不甘心嗎？你不懂，我懂！」

丁小蝶呆立在那兒，其實，懂與不懂，又有誰真的明白呢？只不過丁小蝶與魯藝的距離，此生還未能比從前更為接近。

※　　　　　※　　　　　※

石保國真不知該拿東方海怎麼辦：「這個東方海真是讓我頭痛，小蝶還跟我急眼，老趙你說我冤不冤啊？她和那東方海，倆人就跟商量好了似的說我不是君子，什麼君子不君子的，老子是軍人！人家說秀才遇到兵，有理說不清，老子是兵遇到秀才了，上哪兒說理去啊我？」

趙松林還沒說話，只聽門外一聲招呼：「石團長！趙政委！」

石保國一聽正是東方海的聲音，急得跺腳。趙松林笑咪咪地低聲在他耳邊說了一番話，石保國立刻高興起來。

「團長、政委，我聽說，團裡正在部署新的作戰任務，我要求參加戰鬥，殺鬼子！親手殺鬼子報仇，是我最大的心願，你們就給我個機會吧？」東方海一進來，就直截了當地說道。

石保國擺了擺手，道：「東方啊，你的心願我們非常理解，但是，你不是戰鬥員，也沒有戰鬥經驗，上前線殺鬼子不是你的任務，這也不是鬧著玩兒的事情，搞不好會因為你而打亂整個戰鬥部署。後果很嚴重知道嗎？」

「我保證聽從命令，服從指揮，絕不亂來。」東方海堅持著。

石保國依著計畫，故作無奈地望向趙松林。「行，我們會認真考慮你的要求，不過我這有事個想請你幫忙。」

「行行，趙政委，什麼事你儘管說！」

趙松林看著一臉驚喜的東方海，含笑說：「你看啊，我們獨立團隊伍越來越壯大，想請你寫一首團歌來鼓鼓士氣，壯壯軍威，這個任務你能完成

嗎？」

「寫歌、作曲、拉琴是我的專業啊，這有什麼難的。」

看東方海欣然應允，石保國乘勝追擊道：「那你敢不敢打個賭，你的團歌如果寫好了，我們就批准你參加戰鬥。」

「那寫好的標準是什麼？」

「標準就是獨立團的戰士人人都叫好，人人都會唱。這不，團裡的大舞臺馬上就要建成了嗎，團歌大合唱就作為晚會的壓軸節目，怎麼樣？」

東方海毫不猶豫地點頭：「好，這個賭我打了！」

「有種！如果沒有寫好，你就乖乖地拉你的琴，別再提打仗的事了。」

「當然，願賭服輸。我馬上就回去寫！」

趙松林也含笑點頭：「去吧。我們等你的大作。」

東方海興沖沖地跑了出去，石保國如釋重負道：「老趙，你這主意好，總算把這小子穩住了。」

※   ※   ※

說幹就幹，東方海回到住處就開始創作團歌，直到深夜，昏黃的燈光下，小桌上堆滿了揉皺的紙團兒。突然間，燈油耗盡，燈滅了，東方海看著黑漆漆的屋子，急得團團轉。

「這可怎麼是好！」他打開門，天上掛著一彎新月，於是他乾脆蹲在門邊，藉著朦朧的月光繼續在紙上邊寫邊唸唸有詞。這時，一縷燈光在上方亮起，東方海抬起頭，看到于冬梅正舉著一盞油燈。

「太好了，有燈了！」

東方海將于冬梅讓進屋，兩人把燈放在桌子上。

「東方，寫歌也不急在這一晚上，早點休息吧，明天還要去連隊教歌。」

「知道了，我可是打了賭的，寫不好團歌，我就沒機會殺鬼子報仇了。」

于冬梅點點頭：「那好，我今天帶隊去梅城和興縣，趙政委說那兩座城的百姓為了躲鬼子都跑光了，但這裡是新開闢的根據地，上級有指示，部

隊需要群眾回來配合工作。宣傳鼓動工作正好是我們的強項。你就不用參加了，繼續寫團歌吧。」

「不，我加班寫，不會耽誤正常工作的，一起去。」東方海堅定地說完，繼續埋頭在紙上塗寫了起來，于冬梅默默地注視了他一會兒，悄無聲息地掩上門離開了。

※　　　　　※　　　　　※

第二天一早，戰地服務團下到縣城動員群眾，留在團部無事可做的丁小蝶碰到了行色匆匆的郭雲鵬。

「雲鵬，你這幾天怎麼都不見人影，去哪兒了？」

「我跟著偵察連鄭連長去偵察地形了，小姐，哦，小蝶，我告訴你，團裡有新的戰鬥部署，應該很快要打仗了！」

丁小蝶睜大了眼睛問：「真的嗎？那東方海在做什麼？」

「石團長讓阿海寫團歌，這幾天都在熬夜寫呢。」

愣了一下，丁小蝶很快明白過來：「寫團歌？他這是醉翁之意不在酒，就是變著法子想摁住阿海呢，薑還是老的辣啊！雲鵬，我那把槍你可得給我藏好了，我要用的。」

郭雲鵬猶豫了片刻，有些擔憂地問道：「小蝶，你不會也想著要上前線去殺鬼子吧？」

丁小蝶擺出一副理所當然的表情，點了點頭：「阿海那脾氣你還不了解嗎？我得盯著他知道嗎？」

※　　　　　※　　　　　※

街道上空無一人，兩側的民居門窗緊閉，戰地服務團的眾人站在街道中心。天空飄起細雨，于冬梅抬頭看了看，發出命令：「大家行動吧。」

眾人冒著雨，開始沿街一首接著一首地高唱著抗日救亡歌曲，于鎮山也帶著柳二妮和幾個人敲著鑼打著鼓，扭著秧歌穿街走巷。東方海拿起小

提琴加入了他們，于鎮山用嗩吶與他合奏，柳二妮亮開嗓子，唱起新學的山西民歌。關山拎著石灰桶，揮舞著刷子，沿街書寫牆頭標語，畫些八路軍前線抗日、英勇殺敵的生動的牆頭畫。

　　一名衣衫襤褸的男子從後院溜進一間屋子的廚房，慌亂地尋找食物。他揭開鍋蓋往裡看，鍋底空空如也，最後在院子裡一口破罈子中找到幾條酸菜。他抓了一條塞進嘴裡，把剩下的用紙包好揣入懷中，正要出去，聽到東方海推門的聲音，便隨手拿起一根木棍，躲在門後。

　　東方海跨進門，一眼看到正舉著木棍的男子，連忙解釋道：「老鄉，別怕，我們是八路軍。」

　　男子將信將疑地望著不遠處戰地服務團的成員們，跟在東方海身後的于冬梅拿出一包吃的遞給他。

　　「老鄉，八路軍打了勝仗了，你們可以回家了。」

　　男子接過吃的，一言不發就跑了，他跑回距離縣城不遠處的一個山洞中。裡面擁擠著逃難的男女老少，見他氣喘吁吁地跑進洞，紛紛圍上來七嘴八舌地問著：「山下咋樣，還有鬼子嗎？」

　　「沒有，有八路軍，剛才你們聽到的歌就是八路軍唱的，他們說把鬼子打跑了，我們可以回家了！看，這些吃的都是八路軍給的。」

　　「我們可以回家了！」眾百姓歡呼著，湧出昏暗汙濁的山洞，往山下跑去。

※　　　　　　　※　　　　　　　※

　　這些天，大戰在即，董家莊的眾人都十分忙碌。獨立團作戰室中，石保國和趙松林忙著研究作戰方案，張志成、偵察員、郭雲生、郭雲鵬等人都圍在地圖前。戰地服務團宿舍裡，東方海開始給寫好的歌詞譜曲，他從天亮寫到天黑，又從天黑寫到天亮。

　　夜裡，丁小蝶做了惡夢，她在哭喊中被石保國搖醒，滿臉的淚水和汗水。

「小蝶，又做惡夢了吧？別怕，有我在呢。」

一輪明月將淡淡的光芒投入房中，石保國心疼地給丁小蝶輕輕擦臉，緊緊依靠著她，丁小蝶喃喃低語：「保國，你答應東方海，讓他去殺鬼子吧。我們在上海經歷的，真的太可怕了，他眼睜睜地看著自己的父母死在鬼子槍下⋯⋯太可怕了，太可怕了！」

「小蝶，我哪能不理解？可是戰場上刀槍不長眼，我是怕他有什麼閃失啊，好了我答應你，會成全他的，睡吧。」丁小蝶乖乖地在石保國臂彎中合上眼。

天亮了，東方海終於完成了團歌初稿，他桌上堆積的廢紙比之前又多了好幾倍，走出房門，他看到柳二妮正好洗漱完，便招呼著：「哎二妮，你來！」

「上海哥哥，你又熬夜了吧？看你這眼睛紅得跟兔子眼似的。還是寫那團歌？」柳二妮放下手中的盆，走了過來。

「我寫好了，二妮，你來幫我試唱一下。」東方海拿出寫好的團歌。

東方海一句一句地唱，柳二妮跟著唱，但唱得很彆扭，東方海耐心地反覆教唱，她就是順不下來。

「上海哥哥，啥叫殺戮啊？」

「就是殺害的意思。也不全是，就是，對，就是屠殺，大規模屠殺⋯⋯」

柳二妮點點頭：「我懂了，就是像上次鬼子殺進順和鎮那樣，對嗎？那芒刺又是啥意思？」

「芒刺，芒刺就是⋯⋯」東方海嘆氣，柳二妮充滿歉意地看著他。

「上海哥哥，我沒文化，太笨了，你這新歌太洋氣了，我真的學不會，要不，你找冬梅姐吧？」

于冬梅正好走了過來，聽到兩人的對話，她微微笑著。

「二妮，不是你笨，冼主任說過⋯⋯」

東方海沮喪地接過話頭：「冼主任說過，如果一首歌教唱三遍人家還學不會，那不是學的人有問題，是寫歌的人有問題。好吧，我再改改。」

「東方，我看了你寫的詞，太抒情，太浪漫了，戰爭是殘酷的血腥的，沒有這麼多詩情畫意。」

柳二妮跟著點頭，東方海無奈地看著她們。

「這是藝術，你們不懂！」

他只是無心的一句話，卻令于冬梅呆住了，心裡有點兒不是滋味。

※　　　　※　　　　※

東方海拿著改動過的團歌去教戰士們唱，可戰士們也都唱得無精打采，一名戰士看著並不滿意的東方海，小心地開口說道：「東方老師，這歌好聽是好聽，就是唱著提不起勁。」

東方海只好沮喪地取消排練，背著琴無精打采地往回走，快到團部時，遠遠看見丁小蝶在前方路口處等著他。兩人來到一處山坡上，並肩坐下來，不約而同地抱住膝蓋。

「把你新創作的團歌給我看看。」

「他們都不喜歡。」

東方海搖搖頭，丁小蝶卻固執地伸出手，他只好將隨身帶著的譜稿給她看。丁小蝶鄭重地接過，認真看了一遍，神色逐漸激動起來：「好美！我喜歡！阿海，你拉琴。」

落日餘暉中，東方海拉琴，丁小蝶拿著譜子，輕聲哼唱起來：

如果槍膛對戰火說：「我要長出玫瑰。」
還需要多少人去再次犧牲？
還需要多少人，從仇恨和掠奪的欲望中覺醒？
如果孩子問我：「人類為什麼會有殺戮和戰爭？」
孩子啊，請讓我清除內心的烏雲，
把恥辱和仇恨的芒刺修剪乾淨。

我們戰鬥在崇山峻嶺和密密的叢林，

我們用如火的眼神仰望天空，

我們的信仰爛若星辰，

我們的心正燃燒著戰鬥的火焰，

我們的腳步堅定地走向祖國的黎明。

我們是獨立團的士兵，

我們是被怒火一再煆燒出的鋒利刀刃，

我們是獨立團的士兵，

如太陽的光芒不可戰勝！

　　　　　※　　　　　　※　　　　　　※

　　村口的空地上，舞臺已經竣工，戰士們正在打掃清理，石保國和趙松林在一旁查驗，兩人都十分滿意。趙松林作為政委重視著部隊的文化建設，石保國這個團長在經歷抗大半年的學習後，也深深體會到文化藝術對於部隊戰鬥力的重大加持。兩人看著氣派的舞臺，合計著趁戰地服務團在此，把全團集合起來搞一臺大型晚會，讓戰士們和老百姓都感受感受獨立團的精氣神。

　　趙松林已經和于冬梅商議過了，晚會節目都沒問題，由於沒有燈光，不能在晚上演出，儘管獨立團手中有從日軍處繳獲的發電機，可惜沒有柴油。晚飯時分，石保國還在惦記柴油的事，丁小蝶聽到他發愁的言語，心生一計，第二天獨自一人跑到了晉綏軍團部。

　　坐在蘭雙禮辦公室寬大的沙發中，丁小蝶捧著離開上海就沒再喝到過的藍山咖啡，一臉滿足地嗅著熱騰騰的香氣。蘭雙禮因為和田寶山交好，對待丁小蝶便如同對待自家妹妹一般。他對丁小蝶與東方海的事有所聽聞，以為嫁給石保國這麼個粗人委屈了她。

　　丁小蝶正色回應：「不，嫁給保國我不憋屈，他待我好著呢。這亂世之中，有一個人為你遮風擋雨，知冷知熱，還求什麼？蘭團長，我今天來，

就是受我們家保國之托。一呢，獨立團新舞臺竣工，要舉辦一場大型晚會，特邀請蘭團長參加；二呢，還想要點柴油。搞晚會不得有燈光嘛，我們有發電機，但沒柴油。」

就這樣，柴油的問題圓滿解決，當天夜裡，獨立團領導層與戰地服務團各位當即開會定下了晚會的節目安排，趙松林傳達了上級對於戰地服務團工作成效的表彰，眾人都面露喜色，唯獨東方海因為團歌創作失利，無法如約作為壓軸節目登場而悶悶不樂。

※　　　　　　※　　　　　　※

在獨立團新舞臺上，魯藝戰地服務隊慰問演出暨獨立團大型文藝晚會如期舉辦，戰士們架好了發電機，高高掛在杆子上的汽燈嗶地亮起來，白晃晃的燈光照得整個舞臺十分明亮，前來看熱鬧的老百姓們新奇地議論著，戰地服務團的眾人在後臺開始化妝準備。

石保國、趙松林和蘭雙禮坐在前排觀眾席的中央，他們周圍坐著獨立團的幹部們，當地百姓也幾乎全都跑來看演出了，現場聲勢浩大。演出順利進行，戰地服務團的節目一個接著一個，終於，會議上眾人商定的創新互動節目登場。只見柳二妮先是高歌一曲，繼而站在舞臺上，在一片熱烈的氣氛中，她撲閃著大眼睛對臺下喊：「哪位哥哥來和我對歌？」

張志成第一個站起來，其他的戰士們也踴躍舉手，臺下一時群情沸騰。正在這時，天空傳來轟鳴聲，石保國臉色劇變。

「不好，敵機！安靜！快滅燈！」

郭雲生一個箭步跳上舞臺，把愣在那兒的柳二妮一把拖了下來。于鎮山也眼疾手快地拉住了于冬梅，東方海本能地用身體將一旁的丁小蝶護住。現場立即陷入一片黑暗中，但轟鳴聲很快消失了，敵機並沒有轟炸獨立團根據地，直接飛了過去。

第二天他們才得到確切消息，前一晚日軍飛機是去轟炸延安的，好在

八路軍總部得到情報，提前做好防備，將損失降低到了最小。獨立團這邊虛驚一場，晚會卻受了些影響，好在臨近結尾，戰士們和老百姓還是很滿意的，效果相當不錯，伏擊日軍的時機也已成熟。

正當石保國與趙松林在作戰室中確定最終計畫時，于冬梅前來報告，代表戰地服務團請求石保國批准東方海參加戰鬥。石保國和趙松林相視一笑，其實他們早已決定滿足東方海這個心願，讓他寫團歌也不是為了刁難他，只是想讓他在這段備戰時間裡穩住自己，兩人叮囑先不要告訴東方海這個好消息，于冬梅歡欣地離開了。石保國回到家裡，正在考慮找個機會把東方海叫來，東方海卻拎著一個酒瓶子出現了，他已有幾分醉意，趁著酒勁兒，又來找石保國繼續喝。

兩人就著一包花生米，在院子裡的小桌上喝了起來，東方海把酒倒滿，一杯又一杯地敬著石保國，喝到後來，他滿臉是淚。

「石團長，石大哥，算我求你，你就讓我上前線殺鬼子吧，我的父母被鬼子殺了，鬼子害得我家破人亡……我小妹妹才十歲，我還答應她生日的時候，要帶她去坐摩天輪……可是，可是……此仇不報，我有何顏面苟活於人世？」

東方海抓起酒瓶咕嘟咕嘟往下灌，哭喊著，看著他，石保國也紅了眼眶，舉杯一飲而盡。

「你以為就你有血債？誰身上沒血債？就說去年那一仗，我負傷了，當我從昏迷中醒來，發現自己還活著，渾身的血汗濁腥臭，像泥漿般糊了我一身。我奇怪地問自己，你還活著？你為什麼還活著？誰給你三頭六臂？誰准你借屍還魂？烏泱泱的鬼子已經屠上了陣地，我握一把大刀，嚎叫著衝上去，和鬼子拚命，肉搏。我邊殺邊咆哮說，狗日的，來啊，來啊！有種把我也劈開，有種讓我也再死一回！後來，陣地守住了，可是兄弟們傷亡慘重，我像孩子那樣哭了起來，我嗷嗷嘔吐。我爬上山梁對著天空，一遍一遍喊那些犧牲的兄弟回來，但誰都沒有答應我……」

　　　　　※　　　　　　　※　　　　　　　※

　　等丁小蝶回到家裡時，東方海和石保國已醉得不省人事，桌上堆滿了空酒瓶子。她叫不醒他們，也拖不動他們，只好把這兩個爛醉如泥的人扔給小四川，自己又回戰地服務團去了。第二天一早，石保國醒來，看到身旁酣睡的人是東方海，嚇了一跳。東方海茫然地睜開眼睛，尷尬的兩人互相埋怨了一番，最後石保國對著東方海離去的背影叫著：「東方海，回去好好準備吧，就這幾日要行動了！」

　　「你是說，批准我參加戰鬥了？真的？」東方海不敢相信似的轉過臉來問：

　　「怎麼？不想報仇了？」石保國挑了挑眉。

　　「不不不，我這就回去準備了！」滿臉驚喜的東方海一邊跑一邊喊著。

　　他們卻不知道，日軍已經得到了獨立團部署對其物資運輸進行伏擊的情報，視石保國為眼中釘的日軍聯隊長山本龍太郎，決定將計就計。即將來臨的，會是一場十分慘烈的戰鬥。

十二　寫歌

十三　作戰

　　張志成帶著東方海、郭家兄弟等人貓腰上了小山坡，眼下的路便是古城到石城的唯一通路，路不寬，勉強能錯車，身後不遠的樹林裡時不時地飛出烏鴉來。

　　「這個點是我比對很久才確定的，視野廣，易於隱蔽，這就是你的位置。」聽到張志成的指示，東方海在指定的地方埋伏臥倒，張志成指著不遠處。

　　「團長那一組，會埋伏在那兒。」張志成話音未落，將起身張望的郭雲鵬一把摁下。他沒發話，只是瞪了郭雲鵬一眼，郭雲鵬立刻明白了自己方才的行動有多麼危險。

　　張志成撿起身旁的一根枯樹枝，邊畫圖邊解釋戰術安排：「按情報，明天早上大約八點過十分，鬼子的車隊會從這裡路過，我們在他們的右側翼。我們的方案是，等車隊全部暴露在我們的火力控制範圍後，兩個組一起開火，團長那組滅掉打頭的那輛車，我們這組滅掉最後一輛車，一頭一尾掐了，車隊就癱瘓了，我們再來個甕中捉鱉！」

　　這個作戰計畫張志成說了許多遍，東方海也在腦海裡排演了許多遍。看著東方海緊張的模樣，張志成拍拍他的肩膀。

　　「到時候別慌，聽我指令。你也別太緊張，打了一次，以後就放鬆多了。」

　　東方海等這樣的機會太久了，他不想因為緊張而錯過，於是故作鎮定道：「我怎麼會緊張？就等著這一天，我腦子裡已經預演過百八十回了！」

　　張志成聽到這樣的回答，只是笑笑。隊伍都安頓好了，眾人回到駐地，只等第二天重要時刻的來臨。

　　　　　　　※　　　　　　　　※　　　　　　　　※

　　戰地服務團駐地的院子裡一片安靜，于冬梅看見無精打采的于鎮山和柳二妮在地上玩著螞蟻，沒忍住笑出了聲：「這是怎麼了？不好好練嗓子，練手藝，倒和螞蟻交上朋友了？」

　　于鎮山扔下了手中的小木根，有些生氣地說：「還有心思開玩笑！」

　　「好像挺嚴重啊，莫非是獨立團聽歌不給錢？」

　　于鎮山忍不住起身走到于冬梅身邊。「冬梅，你說，咱們是不是跟日本人有仇？家仇！」

　　于冬梅點點頭。于鎮山氣急敗壞，一拳砸在桌上。「我們也有家仇，那為啥成天的，就只說東方海那傢伙有仇要報？哦，我們大家就得理解他關心他？完了到了獨立團，還真讓他上戰場殺鬼子，報仇雪恨。我們就沒人關心，沒人讓我們去殺鬼子，哪有這樣的道理！」

　　柳二妮拍了拍手上的泥土，起身附和：「是啊，冬梅姐，不讓我們老百姓上戰場就算了，為啥連你也不給上？你還是個小組長呢！」

　　于冬梅雙手搭在于鎮山的肩上，一步步把他引到座位上坐下。

　　「你們知道，東方海是個音樂天才……」

　　于鎮山一聽到「天才」二字，火一下子就上來了，一揚手打斷了她。

　　「天才？！天才！這話都聽得耳朵起繭子了！他是音樂天才，行，我在臺上讓他，他一個人從頭到腳表演完，我都沒一丁點兒意見！可他又不是打仗的天才，憑啥上戰場也要我讓著他？！」

　　「聽我說完嘛！我們都知道他是音樂天才，可他自己不知道啊！」

　　「啥？他自己不知道？你說啥呢，沒看他牛哄哄的樣兒嗎？到處闖禍，回回都有人老母雞似的護著他，還不是仗著自己能拉四根弦兒那本事！他能不知道這本事有多值價？喊！」

　　「他就是不能正確衡量他作為音樂天才的價值！這麼跟你們說吧，我們的國家要強大，需要各個行當的人才，就像這樣。」于冬梅把桌上的四個倒扣的

水杯擺在一起，把一張紙揉成團，放在倒扣的杯底上。「每個水杯都是一個行當，這個水杯是音樂，東方海就在這兒。他待在這裡，是這個行當的頂尖位置。但如果，他輕易放棄這裡，到他不熟悉的行當裡，就成了這樣。」

于冬梅又把紙團拿下來，把另一個水杯翻過來，將紙扔進去，紙團立馬掉到底端。柳二妮原本挺困惑的，看到于冬梅的杯子實驗，一下子恍然大悟：「就是說，他在音樂的水杯上可以在尖尖兒上，如果去打仗，就會落到最底下。」

于冬梅看到于鎮山還是一副不以為然的樣子，繼續解釋：「沒錯。打仗的話，他只是個普通士兵，對戰爭起不了更大的作用，可是在音樂界，他就是將軍，是元帥，是幾十年才出一個的天才！這種天才，對國家來說就是財富。你說，他如果懂得其中的道理，怎麼會拿這麼珍貴的財富去冒險，動不動就鬧著要上戰場？」

「那這樣說起來，就更不應該讓他去呀，幹嘛還由著他？」于鎮山越聽越糊塗，急得直搓手。于冬梅深吸了一口氣，喝了口茶。

「如果不讓他報這個仇，他的心就永遠不能平靜。只有給他一個機會，了他這個心結，他才能回到最熱愛的音樂上來。所以石團長他們反覆研究，周密部署了這場小規模戰鬥。獨立團的任務很重，不但要打鬼子，更重要的是要保護東方海不受傷害。我們去了，只會給他們添亂！」

于冬梅見于鎮山不說話，用胳膊肘捅了捅他。「怎麼？于班主還有什麼想不通？」

「我還有一個問題，丁小蝶去不去？」于冬梅愣住了，她一時忘了，除去東方海，還有一個丁小蝶需要看好。

※　　　　　　※　　　　　　※

此時，丁小蝶正對著鏡子試穿新買的衣服，郭雲鵬藏著槍，用暗號敲門。丁小蝶麻利地整理好衣服，開門把郭雲鵬迎進屋，拆開包袱驗槍。

「聽說你們上午都去埋伏點看地形了，也不叫上我！」

郭雲鵬聽丁小蝶有怒氣，趕忙解釋：「我也沒辦法呀，走得急，還要求保密。」

「在這獨立團，我倒要看看，誰跟我保得了密。石保國不讓我參加戰鬥，他管得了別人，還管得了我？」

丁小蝶摸著長槍，面露喜色：「就是我那把好槍！短的呢？」郭雲鵬忙從懷裡掏出一個小麻布包打開來，丁小蝶欣喜地把手槍拿來，插進槍套裡，一拍腰桿，神氣勁兒就都出來了。

「神氣吧？之後便要是在別上兩個手榴彈……」

「哎喲，我的大小姐，你這是要擺軍火攤兒呢？可不能叫團長知道，不然還不知道怎麼收拾我呢。」

「放心吧，在你來之前，我早就把小四川給支走了。」

兩人正說著，門外傳來石保國尋小四川的聲音，小四川連忙飛奔過來。

「幹啥去了，不是叫你……」石保國硬是把「看住」二字生生地咽了回去，清了清嗓子繼續說道，「不是叫你照顧好你嫂子嗎？」

「就是嫂子叫我去衛生隊給她拿藥的。」小四川辯解著。

「你就不知道找別人去拿？」

「我又沒有警衛員。」

「嘿，你這小子，還委屈了？再跟你說一遍，這段時間你的主要任務就是保護好嫂子，懂了沒？」

石保國把「保護」二字咬得格外重，他轉身進了家門，看見丁小蝶和郭雲鵬坐在桌前，疑惑不解：「這是幹什麼？」

丁小蝶被突如其來的石保國弄得有些慌亂，腦子一轉，謊言張口即來：「那個，雲鵬看書遇到不認識的字，正過來問我呢。」

「呵，不錯嘛，軍事、文化都不耽誤啊。」石保國把桌上那本書猛地一翻過來，書名是《紅樓夢》，丁小蝶想擋住，已經來不及了。

「咦，這不是咱家那本嗎？你經常看的呀。啥時候借給雲鵬了？昨晚

上我還在書架上看到呢。」

丁小蝶看石保國有刨根問底的意思，趕忙裝作生氣的樣子。

「你夠了沒？」

「又有火藥味了不是？—— 咦，你別說，我還真聞到火藥味兒了。」

石保國站起來四處看著，丁小蝶和郭雲鵬緊張起來。他在屋裡轉悠，一會兒拉開一個抽屜，一會兒打開一個櫃子。丁小蝶心裡發慌，做出一副氣鼓鼓的樣子，把他往屋外推，石保國拗不過，走出去把門關上，門背後露出掛著的兩把槍。

丁小蝶和郭雲鵬剛鬆了口氣，忽然門又一下子被打開，石保國臉上笑盈盈的，說：「對了雲鵬，晚上就在我們這兒吃吧？」

郭雲鵬嚇傻了，趕緊點點頭，之後趕緊又搖搖頭。石保國見狀仰天大笑著走了，留下兩人慢慢平復緊張的心情。

※　　　　　※　　　　　※

夜深人靜，東方海坐在宿舍前，藉著月光，手裡玩弄著一枝枯草，心情說不出的複雜。面對第二天的任務，他多少還是有些忐忑。石保國也睡不著，他大大咧咧地闖進趙松林的房間，一推門便開口要東西。

「上回繳的鬼子菸，你這兒還有沒有？」

「沒了。」趙松林很不自然地把半開的抽屜合上。石保國見狀上去拉扯一番，成功搜出半包菸，舉著在趙松林眼前晃晃。「這是什麼？還跟我藏私房呢！」

「石團長啊，石團長，回回你都裝大方讓我多拿些。結果呢？回頭就來打劫！完了我還得背著多吃多占的名兒。」

「別跟我囉唆，我還覺得煩呢，今兒怎麼都跟我捉迷藏！鬧得我心裡沒底。」石保國皺眉點起一根菸。

「這可不像你呀老石！你哪次不是幹勁十足，信心滿滿？這次怎麼了？有了這個東方海，你就心裡沒底了？不是都安排好了嗎，讓他打幾槍，殺

著了鬼子就撤下來，一組人掩護他下火線，另外的人把剩下的活兒幹了。」

「想是這麼想的。可是一上戰場啊，變數大，不一定都能按著預定計畫來呀！另外，我還覺得不放心的是鬼子那頭，總感覺不對勁兒。最近一段兒，他們太安靜了。」

「安靜不好嗎？」

「有時候吧，越安靜，越能聞出一種殺氣。」石保國說完，深吸了一口菸，手中的煙忽明忽暗。

※　　　　　　　※　　　　　　　※

翌日天剛亮，石保國便把丁小蝶鎖在屋裡，下了死命令，任何人都不能進出。可誰也沒料到，隊伍剛出發沒多久，郭雲鵬假借上廁所的工夫，溜回去把丁小蝶放了出來，兩人策馬急追大部隊。

張志成嘴裡叼著狗尾巴草，自顧自地倚著背後的小樹，打算閉目養神。

「瞇會兒吧，省點力氣，還早著呢。」

東方海不為所動，他趴在地上，繼續架著長槍瞄準。眼下，四周一片靜悄悄的，偶然飛來的鳥停在路上，啄了啄泥地，又撲稜稜地飛走了。

時間彷彿凝固了一般，一片沉寂，直到觀察哨的戰士伸出一隻拳頭——目標出現！全員警戒，就等開火的命令，東方海死死地盯著日軍的車隊，頭上的汗水不斷往下淌。不料丁小蝶突然的一聲大喊打亂了整個作戰計畫，東方海提前開了槍，沒有打中目標，車隊還沒有進入伏擊圈就停了下來，只見運輸車裡裝的不是裝備，而是日軍士兵。

石保國舉著望遠鏡，大聲喊：「他姥姥的，哪個新兵蛋子幹的！往東邊火力點轉移，開火！」

張志成懊惱地看著東方海，同時下令：「瞄準鬼子！給我狠狠地打！」

黃土高原刺眼的陽光下，隨風起舞的落葉被橫空掠過的子彈撕成兩半向地面急速飄去。子彈旋轉著打在日軍的車上，蹭出一溜火星，轉移中的

張志成這才發現身邊開槍的人不是戰士。

「嫂子？你怎麼來了！」

丁小蝶有條不紊地狙擊著敵人。

「我也是軍人，我打槍也不錯，怎麼不能參加戰鬥？」

「團長知道不？」

「誰要他知道！」

「哎喲，我的親娘嘞，我哪分得出三頭六臂來保護你呀！」

「誰要你保護？從小到大，我要過誰保護？」

另一側的石保國拿著望遠鏡觀察敵情。「狗日的山本這老狐狸，還調頭？！」

「團長，怎麼辦？」

石保國展開地圖指揮：「我們沒能打包圍，狗日的鬼子一定想把我們打個措手不及，但不可能直接從山下衝上來，那應該是……繞道……對，就是這山脊線。走！接應張志成去！」

張志成正在和眼前這批日軍對射，一戰士貓腰跑來。「張參謀，團長指示立刻防禦西邊的山脊線，鬼子會繞道到那裡，從高處對我們進行火力……」話沒說完，血霧從小戰士的頭顱上噴出。

「隱蔽！鬼子從山脊線上來了！」

小戰士重重地倒在了碎石交錯的地面。日軍到達制高點，居高臨下，火力壓制下，獨立團十分被動。

「回撤！把鬼子引下來！」

日軍端槍從山脊上往下跑，朝張志成他們衝來，呼嘯的子彈緊隨著張志成等人轉移的腳步，穿過泥土揚起陣陣沙塵。張志成安排郭家兄弟把東方海帶走。

「我不走！我闖了這麼大的禍，怎麼能一走了之！」

「到這步了，就不要再固執了，聽從命令！」

東方海還要說什麼，丁小蝶氣得去推他。

「還囉唆什麼？子彈不長眼，快走！」

郭雲生也急得大叫：「走吧！」

聽眾人這般勸阻，東方海終於咬著嘴唇點點頭，跟著郭家兄弟回撤。

張志成一面狙殺著敵人，一面擔心著身旁的丁小蝶：「嫂子，你也撤！我再派兩個人保護你！」

「我不撤！我還沒打中一個鬼子呢！」

石保國率隊趕來接應。「鬼子已經從山脊下來，不能讓他們往樹林裡深入太多，就在這裡形成封鎖線！」

張志成聽從石保國的指揮號令，揮手安排戰士到合適位置，一致對前方敵人射擊，跑在前面的日軍應聲倒下，石保國又問道：「東方海呢？」

「已經安排撤離了。就是嫂子不肯撤。」

「什麼？她跑來了？！她不是……唉！」

石保國輾轉幾個隱蔽點，子彈擦身，險情頻發，這才貼到丁小蝶身邊，兩人對視間的火藥味兒不比周遭的硝煙少。丁小蝶不說一句話，手上的槍卻從未停火，總算有了擊殺兩名敵人的功績。石保國沒空誇獎她，也沒心思憐香惜玉，他知道什麼叫大丈夫能屈能伸。

「來人！把丁小蝶繳械！押回去！」

兩個戰士上前去奪下丁小蝶的槍，連拖帶拽地往樹林裡跑去。丁小蝶一邊掙扎叫喊，一邊看著石保國帶隊奮力死守防線，溼潤的眼裡模糊一片。穿過了幾個溝壑，丁小蝶才停止了叫嚷，一路的掙扎讓她用盡了力氣，身後時不時地傳來槍聲。

這時，丁小蝶瞥見不遠處撤退的東方海一行人，她一路小跑追到幾人面前，東方海看到她，先問起來：「小蝶？你怎麼會在這兒？石團長呢？」

「我……我……先不說我了，鬼子快突破防線了……」

東方海聽了，正要往回衝，郭雲生一把拉住他，嚴肅地告誡道：「東方

海同志！你不能再任性了！今天的教訓還不夠深嗎！」

「是啊，少爺，快走吧，你不走，小姐也放心不下！」

郭雲生的話音剛落，一顆子彈打在旁邊的樹上。日軍一股小隊追了上來，東方海一行急忙撤退，而敵人槍聲緊隨。眾人邊跑邊射擊，戰況並不樂觀，日軍倒下兩個，兩名戰士也相繼中彈。為了爭取撤退的時間，小戰士忍著胸膛汩汩冒出的鮮血，抱住日軍的腿將其絆倒，日軍舉槍用刺刀猛扎，郭雲生急忙趕到，一刀結果了敵人的性命，小戰士卻也犧牲了。郭雲生極力掩護東方海他們撤離，自己成了一夫當關、萬夫莫開的大將，守在大石後面，珍惜著每一顆子彈。

在山體另一側，石保國獨立團與日軍的戰事隨著槍聲漸稀進入了肉搏戰。漫山的殺聲呼嘯著，刺刀激烈碰撞，血花四濺，滿目猙獰。有的戰士倒下，血流得殷紅一片，又咬牙再爬起，接連數次，直至緊握住插入敵人胸膛的匕首，就此長眠。年輕的戰士們懷著一腔熱血，奮勇殺敵，雖身受重傷，卻屹立不倒。在犧牲前的彌留之際，他們或許帶著一分笑意，想像著高唱凱歌回鄉的日子。

山本龍太郎在指揮所得到前線傳來的消息，獨立團死咬日軍縱隊，難解難分，一心想除掉石保國的山本可不會輕易錯過這次機會，他立即命令再增援一支隊伍，勢必將石保國的獨立團全殲。

※　　　　　　※　　　　　　※

東方海一行人在撤退中，也和追殺而來的兩名日軍近身肉搏起來。儘管有著人數上的優勢，但無奈東方海和丁小蝶都是文藝工作者，沒有經受過正規的格鬥訓練，狀況頻頻危急，眼看著刺刀緩緩逼近東方海的胸膛，情急之下，丁小蝶舉起石頭砸向敵人，幫助東方海脫困。郭雲生及時趕到，救下郭雲鵬，兩人架起跟蹌的丁小蝶，正要離開。被石頭砸暈的日軍醒來，解下一顆手雷，朝著他們扔去。

郭家兄弟同時看到，一瞬間，郭雲生抱著丁小蝶朝一個緩坡滾下，離

手雷更近的郭雲鵬則將東方海撲倒在旁邊一個低窪處，用自己的身體護住了東方海。

東方海從郭雲鵬身下爬起來，只看到他血肉模糊，驚叫出聲：「雲鵬！」

郭雲生和丁小蝶從坡下連滾帶爬地來到東方海身邊，郭雲鵬頭枕著東方海的腿，奄奄一息，氣若游絲，三人圍在他身邊掉眼淚。「好痛啊……哥，我怕痛……」

「別怕，哥在這裡。」

「小姐，我說話……算話……」

丁小蝶的腦海中響起郭雲鵬曾經說過的話，他發誓會讓東方海毫髮無損。她說不出話，只能朝郭雲鵬拚命地點著頭，哭成了淚人。

※　　　　　　※　　　　　　※

此時不遠處，蘭雙禮騎在馬上，正帶隊行軍，聽到槍聲，他揮手示意隊伍停下，拿起望遠鏡觀察，一名士兵跑來敬禮。

「報告！前方八路軍與鬼子交戰，鬼子居高臨下，八路軍處於弱勢。同時在山腳發現鬼子的增援力量。」

劉副官騎在一旁的馬上，若有所思：「看來石保國這回遇麻煩了。」

「全速前進，繞到鬼子側後去。」說完，蘭雙禮揮手，晉綏軍跑步出發。與此同時，八路軍大隊人馬也接到了偵察員的消息，正調整隊伍營救獨立團。

坡上的日軍漸漸少了，石保國刺倒眼前的最後一個敵人，一名戰士跑來報告：「報告！發現一小股日軍增援力量，正從山腳往上爬。」

石保國氣得一拍腿，道：「山本挖坑，就等著老子來跳！收攏剩餘的彈藥，從東線撤退！」

獨立團戰士們趕緊收拾槍彈，傷患遍地，來不及救治，日軍恐怕又要追上，石保國咬著牙，在猶豫是棄還是留，此時另一名戰士跑來。

「報告！山下突然來了兩支部隊，正在山腳阻擊日軍，日軍增援小隊已被重創。」

石保國疑惑不解：「兩支友軍？」

「一支是晉綏軍，一支是咱們自己人，不知道是哪個部隊的。」

「來得好，咱不撤了，給我打過去，兩面夾擊，讓鬼子當肉餡兒！」

若干日軍從山腳往上爬，暴露在八路軍另一部和晉綏軍的火力範圍中。槍聲大作，日軍紛紛從爬了一半的坡上滾落下來。戰鬥很快結束，日軍全滅，八路軍戰士開始收殮遺體，抬走傷患。

石保國看見蘭雙禮，急忙迎上前，說：「這次多虧了五支隊和蘭團長！」

「你都幫我幾回了，這份人情我還沒還夠呢！」蘭雙禮下馬，握著石保國的手，一旁的八路軍指揮官舉手敬禮。

「石團長，我們正向平原開進。後會有期。」

「替我謝謝李司令、劉政委。」

五支隊的人隨後撤離戰場，蘭雙禮看著傷患一一從面前被抬過。

「今天可真懸。以後，還是多走動走動。」

石保國也神情凝重地看著傷患們。

「今天這個仗，真叫懸！鬼子的鬼點子越來越多了，以後要多合作。」

「這一仗打下來，山本又要氣得跳腳，一定會想什麼新招來報復咱們，可得小心啊！」

不出蘭雙禮所料，山本一氣之下把桌上的茶杯掀翻，碎了一地。一個參謀站在他面前，畏懼地深深低著頭，山本一拳砸在桌上。

「這麼好的機會，打了個敗仗！八路五支隊和晉綏軍怎麼會同時出現呢？」

「這實在是個意外……」

「戰場上沒有意外！我就不信，他石保國是貓，有九條命！」

※ ※ ※

回到獨立團駐地，東方海一個人蹲在樹下，他抱住雙臂，神情悲傷。

「東方海！」于冬梅在遠處叫了一聲，東方海沒有回頭，一動不動。

　　于冬梅跑來，在他身旁坐下，她轉頭看看東方海，他還是一動不動。

「打仗哪有不死人的？」

「雲鵬是為我死的。」

　　于冬梅很努力地想要說些什麼來安慰他：「也不能這麼說……」

「你不懂。既不懂雲鵬，也不懂我。」

　　不知如何安慰，她只能看著東方海懊惱地離開。

　　不遠處，郭雲生坐在地上痛哭，柳二妮和于鎮山在兩旁安慰。東方海含著眼淚，站在那裡凝視著他們。那三人哭成一團，誰也沒有注意到東方海。他沒有勇氣上前，只是站在原地難以自抑地流淚，最後獨自離開。

※　　　　　　　※　　　　　　　※

　　獨立團戰士們都軍容嚴整，列隊肅立，石保國在臺上正襟危坐，輕拍著面前的話筒。他清了清嗓子，開始講話：「都說我們勝仗打得多，我們自己也這麼覺得，這次戰鬥，要不是五支隊和友軍碰巧趕上，連我這個團長都光榮了！輕敵！輕敵的責任由我石保國來負。我已經申請上級處分我。」

　　石保國看著臺下的一張張透著堅毅的面孔，他頓了頓，接著講：「另一個問題，我必須指出來，服從命令！只要有命令，那就得保證百分之百地執行！」

　　東方海在隊伍中，羞愧難當地流下眼淚。

　　「在這裡要點名批評一個人。東方海同志！你不聽指揮，瞎逞強，亂開槍！不是你一個人亂了陣腳的事，而是打亂了我們整個作戰部署！就因為你亂來的這一槍，那麼多兄弟的性命，白白地丟了！」

　　東方海衝出隊伍，走到最前排，悲憤地大喊：「我對不起犧牲的戰友們！對不起獨立團官兵！我請求軍法處置！」

　　「剛才我們支部開了會，鑑於東方海同志是初次上戰場，缺少戰鬥經驗，事後認錯態度較好，而且經調查，他是在慌亂之下無意中扣動扳機，不是主動射擊，屬於失誤，這一次就免於追究軍事法律責任，但要提出嚴

正批評，希望大家引以為戒！散會！」軍人們列隊散去，只有東方海一個人還站在原地，臉上久久帶著悲憤之色。

石保國站在臺上，正要走，看到東方海，便也停住了。兩個人就這麼隔著一段距離久久相望，神情複雜。不知過了多久，石保國嘆了口氣離開了。

東方海並沒有回到戰地服務團駐地，而是爬上了一處小山坡，他在土坡上居高臨下地看著遠處，滿腦子都是白天戰鬥的場面。射擊、投彈、拼刺刀、搏鬥、犧牲的戰友，最後是郭雲鵬為救他而死的面容……一切的一切都發生得太快，一幕幕畫面在眼前呈現，他的淚水止不住地流淌，漸漸地，一段旋律悄然從他的心中升起。他迅速地站了起來，哼出了一段曲子。他眼睛一亮，迅速從小土坡上衝下來，拚命地往回跑。他知道，這是戰友們的囑託，這是戰友們的呼喊，他需要記錄下來，需要將這一腔的憤懣和惆悵宣洩！東方海一進房間，就把門關起來，他點亮油燈，拿出一疊紙，一邊哼著，一邊掏出鋼筆迅速地寫下曲譜。

※　　　　　　※　　　　　　※

石保國背著手，慢慢地在房間裡踱步，若有所思。丁小蝶心神不寧地站在一旁，抬頭去看石保國，面有怯色。石保國坐下，仰起頭靠在椅背上，長嘆一口氣，閉上了眼。丁小蝶看著他，似乎下一秒就能落下淚來。

「你罵我吧，怎麼罵都行。不要不開口啊，保國你說話啊！」

半晌，石保國才睜開眼，問：「小蝶，你說，你嫁給我是不是很委屈？」

「怎麼說起這話來？保國，你知道的，是我自己要嫁給你的，你開始不答應，還是我逼著你答應的！這能有什麼委屈？」

「是，你是自願嫁給我的。可那是……那是，東方海的心思不在你身上的緣故吧？你在他那裡受了氣，又跟葉作舟不對付，兩面夾擊，才在我這兒殺出一條血路吧？」

「好好的，翻什麼舊帳！我和東方海是青梅竹馬，家裡邊是希望我們走在一起，但世道變了，我們都不再是原來的東方海和丁小蝶了，都有了

231

自己新的選擇，這不對嗎？至於葉作舟，我是很討厭她，而且我要跟她比試比試，她能上前線打仗，我也能，我還比她更厲害！可這也不是我要嫁給你的理由！你為什麼要這麼想我！」

「我是覺得，你的心不在我這兒。今天這一場，我們差點兒叫鬼子給滅了，主要原因在東方海，他違反紀律擅自開槍。可是你呢？你就沒責任嗎？」

丁小蝶不再言語，她慚愧地低下頭，石保國並沒有心軟。

「走之前我是千叮嚀萬囑咐，一再提防，甚至把你關起來，以為這樣就把你看住了。可你倒好，直接找了幫手，去了前線。我好歹還是一團之長吧，可我老婆根本沒拿我當回事！後果呢？差點兒叫鬼子一口吃了！你去前線幹什麼啊？你說！」見丁小蝶仍不說話，石保國把他心裡的氣憤一股腦兒地全發洩出來。「為了東方海！你怕我保護不好他，你放心不下，你一定要親自守著他，看著他安安全全地去，又安安全全地回！我，你的男人，三天兩頭帶兵上戰場，你咋就沒對我放心不下？上個月我要上戰場了，你還怪我半夜起床吵醒你！這他娘的叫什麼事！」

「別說了，我錯了，我認錯還不行嗎？」

「小蝶，不是你錯了，是我們的婚姻錯了。你這樣一個漂亮、多才的上海灘的大小姐、洋學生，不是我石保國消受得起的，我家祖祖輩輩是農民，出個團長，就不得了了。祖墳再冒青煙也不該娶你這樣的！唉，不是我的，拿了，就得還回去……」

丁小蝶驚惶地抬起頭問：「你要幹什麼？」

「小蝶，回延安吧，這裡不是你應該待的地方，我石保國也不是你該嫁的人。」

「你要趕我走？你要趕我走？從小到大沒一個人這麼對過我！」

石保國站起來，轉身走出門去。

※　　　　　　※　　　　　　※

第二日，于冬梅推門走進辦公室。只見屋裡曲譜散了一地，東方海靠牆坐著睡著了。于冬梅忙上前拾起兩張曲譜，左看右看，眼裡閃出欣喜的光。她看到一張寫滿歌詞與曲譜的紙，抬頭寫著〈獨立團之歌〉。

東方海這時慢慢醒來，于冬梅湊上前去，拿著一沓樂譜。

「東方哥，這是你昨晚上寫的？」

東方海疲憊又帶點興奮地點點頭。

「這是咋唱的？能唱給我聽聽嗎？」

東方海接過譜子，小聲唱起來：

崛起大別山，馳騁鄂豫皖，突封鎖，破重圍，鐵流千里征川陝，拋頭灑血仇未泯。

痛擊東洋寇，浴血太行山，別至親，赴國難，將身許國倍光榮，不滅倭寇誓不還！

青山無名塚，黃河不屈魂，獨立團，好兒男，我死國生從容去，剿滅鬼子兵百萬。

衝鋒啊！好兄弟，殺聲陣陣鳴驚雷，敵屍鋪平光榮路，嘿嘿！我們是英雄的獨立團！

衝鋒啊！好兄弟，人間正道血染就，淪陷山河寸寸收！嘿嘿！我們是英雄的獨立團！

東方海一字一句地教著于冬梅，很快，他創作的這首〈獨立團之歌〉一傳十，十傳百，被整個獨立團的戰士們學會了。

※　　　　　　※　　　　　　※

這一天，獨立團的指戰員們集合共唱團歌，眾人面容嚴肅，情緒激動。

前來喝慶功酒的蘭雙禮下了車，立即被周遭的歌聲吸引，他再也挪不開步子，一直站定在那裡聽著。石保國迎上來，蘭雙禮像是見到了救星，他迫切地想知道這麼氣勢恢宏的歌曲是什麼。

「這是什麼歌？」

「〈獨立團之歌〉。」

「我說呢，氣勢恢宏，豪情滿懷啊！這歌打哪來的？」

「就是那個闖禍的東方海寫的。他開始寫過一首，文縐縐的，戰士們都不愛唱，他還找不到原因。這下子，他上過戰場了，槍聲丁零噹啷在腦子裡那麼響過一圈，算是開竅了！」

「東方海還真是人才啊！我很久沒有為一首歌而熱血沸騰了。這一首真是不同凡響！啥時候請這位大才子給我們晉綏軍也寫一首啊？」

「得得得！你啥都跟我搶！這歌啊，是我們付出鮮血代價得來的，哪能說寫就寫呢？」

蘭雙禮還要爭論，石保國忙用酒菜堵住了他的嘴。席間，獨立團眾戰士第一杯共敬戰鬥中犧牲的兄弟們，不知誰又開了個頭，歌聲響起，很快由一人獨唱變成百人的大合唱。

外面下著小雨，東方海一個人拿著一杯酒，站在郭雲鵬的墓前。

「雲鵬，你能聽到這歌聲嗎？這是為你寫的！」東方海將酒灑下。

「雲鵬，接到上級指示，明天我們就回延安了，對不起，把你一個人留在這兒了。從小你和雲生就罩著我和小蝶，你們拿命來護著我，護著我這個沒用的人！我恨我自己啊！」說到此處，他忍不住淚如雨下，跪了下來，伏地大哭。「雲鵬！我的好兄弟！現在我爹媽的仇報了，可我欠你的、欠你們家的這份情，怎麼報答得了啊！」

雨越下越大。

※　　　　　　※　　　　　　※

酒宴結束，送走了蘭雙禮，石保國一進屋，抬頭就看見丁小蝶端坐在桌前等著。見他回來，丁小蝶站起來，迎上前拉著讓他坐在椅子上。石保國不知所措地望著沉默不語的丁小蝶。

「小蝶，你這是……」

丁小蝶沒有回答，她徑直走出門外，不一會兒端著一個洗腳盆進來，裡面是熱氣騰騰的水。丁小蝶把洗腳盆放在石保國腳邊，抱起石保國的一條腿來，給他脫鞋襪。石保國立即攔住她，更加困惑：「中什麼邪了吧？」

　　「你不是讓我走嗎？明天戰地服務團要回延安了，我只有跟著他們一起走，回延安，看那兒有沒有地方收留我。我走之前，也沒有什麼好說的，也沒有什麼能夠報答你。你給我洗過那麼多次腳，今天，就讓我給你洗一次吧！」

　　丁小蝶說罷又去抱他的腿，石保國攔住，她深情款款地抬起頭看他。

　　「小蝶你別這樣，你就那麼看我一眼，那眼睛水汪汪的，我真的就受不了……」

　　「將來，也不知道誰會在你身邊，聽你講打仗的故事，誰會坐在你的馬前，和你一起奔向疆場……我們夫妻一場，好歹讓我留下一點兒念想……」

　　石保國抓住丁小蝶的手，貼在自己臉上，哭了起來：「小蝶啊，真是要了我的命啊！我認命了，認命了……」

　　「可你沒說不讓我走，沒說還讓我當你老婆……」

　　石保國眼含熱淚道：「不走了，小蝶，咱不走……你是我石保國的老婆，誰也搶不走……」

　　丁小蝶也哭得淚人兒似的，她點著頭，哭著哭著又笑起來。

十三　作戰

十四　任務

　　戰地服務團準備啟程回延安，按照之前交代的任務，張志成全權負責將眾人護送到獨七旅根據地。天剛亮，張志成帶領著護送小分隊在團部清點武器裝備，石保國幾次晃到隊伍前，又折返了回去，猶豫再三還是把張志成叫到身邊。

　　「志成啊，來來來，你別嫌我囉唆。按說你護送的這段是沒有敵人的，但也不能掉以輕心！他們是魯藝重點培養的人才，你一定要保護好。萬一遇到敵人，切不可戀戰。」

　　「哎喲，我的石團長，我的石大團長。啥時候變得這麼婆婆媽媽的，一件事非得說上個七八遍。你就放心好了，保證出色地完成任務。有這工夫，你該多陪陪團長夫人。」張志成一如既往地嬉皮笑臉，石保國恨不得一腳把他直接踹到目的地去。

　　離團部不遠的村口，于冬梅帶領戰地服務團一行人在收拾行裝，隊員們大包小包地背在身上。此時，石保國、趙松林和丁小蝶走了過來，身後的小四川和另一名戰士各牽著一匹馬。于冬梅忙迎了上去，與特來送別的石保國握手。

　　「于組長，非常感謝你們這次到獨立團慰問演出，不但給我們送來了豐富的節目，還給我們培養了文藝骨幹，可謂超額完成任務。我們這裡也沒啥可以表達謝意的，就送兩匹馬吧，一匹給魯藝，另一匹是給葉作舟的，你們正好捎回去。」

　　「石團長，這可不行，我們出來時，領導就一再交代，不能麻煩你們，更不能要你們的東西，你們在前線很艱苦。」

　　趙松林在一旁幫腔：「冬梅同志，你就不要客氣了，這兩匹馬是繳獲鬼子

237

的東洋馬。我們雖然艱苦，但敵人會經常送上門的，打一仗，啥都有了。」

石保國見于冬梅仍沒有接納的意思，繼續遊說：「我這也是為我自己好，免得我再去延安了，你們葉協理員又要蹭我的馬騎。」

「于組長，你就收下吧，回延安的路很長，正好可以用來馱行李。難不成于組長還想著讓我張志成變成驢子不成。」張志成也插上了話，說完，他便示意身邊的兩名戰士接過馬匹。

于冬梅不再好推脫，只好恭敬不如從命，讓隊員們把行李挪到馬背上，又是鞠躬又是敬禮地感謝石團長，眾人揮手告別。丁小蝶看著隊伍遠去，急忙招呼住走在後面的于冬梅：「于組長，咱們借一步說話。」

于鎮山看著自己的妹妹被丁小蝶拉在一邊說話，放心不下，跟了上去。丁小蝶見狀打趣著：「鎮山哥，我們女人之間說話，你跟著過來幹啥？」

「她是我妹妹，妹妹走到哪裡，哥哥都得跟上，免得妹妹受人欺負。」

「哥，你走吧，小蝶是和我說說話。」

「我不走！」丁小蝶看于鎮山有種耍無賴的架勢，也不去管他，轉身對著于冬梅。

「于組長，你們就要回延安了，我就不拐彎抹角了。我和石團長已經結婚了，過去的事情也就過去了，我和阿海之間，你可以完全放心。我知道你喜歡他，可你們來這裡已經快三個月了，我怎麼沒有看出來他喜歡你的意思……」

于冬梅紅著臉，她別過頭，小聲說道：「小蝶，這次來獨立團，組織上很信任我，讓我帶隊。我的任務是兩件事兒，一件是來慰問演出，第二件是讓東方海報仇。我沒考慮個人的事兒。」

「于組長，你不要有別的想法，我是想提醒你一下，這裡畢竟和延安不一樣，除了我，只有你和二妮。延安就不一樣了，我估計這幾個月，肯定又來了不少女學生，魯藝也會招很多新生的，美女成群。你回到了延安，可得抓緊一點兒，不要大意失荊州。」

于鎮山聽了半天，揣摩出丁小蝶確實是想幫冬梅，放下了戒心，笑臉相迎。

「團長嫂子，你放心好了，東方海心裡早就裝著我妹妹了，你要是不信……」

「哥，說啥呢你？」于冬梅急忙打斷他。

丁小蝶怕兄妹二人誤會，又解釋著：「我真是好心。阿海有才又有貌，這樣的男人招人。我們從上海到延安的路上，就遇到過一個叫裴采蓮的女學生，剛認識兩天，就邀請阿海去延安。說不定，她現在也到了延安呢。冬梅姐，我可是希望你們倆能在一起的。」

「團長太太，小蝶妹子，東方海是那樣的人嗎？他就只喜歡我妹妹一個人，別的女人再漂亮，也都不入他的眼。我妹妹也很放心他。」

「哥，說啥呢你？別在這裡信口開河瞎咧咧。」于冬梅氣鼓鼓地推搡著于鎮山。其實她心裡是懵懂地害羞，也擔心這些話要是傳到了東方海耳朵裡，就算是有的感情也給攪和沒了，她也不知道再說些什麼好，不知所措地跟上了隊伍，留下丁小蝶和于鎮山站在原地。

丁小蝶笑了笑說：「算我多嘴吧。」

于鎮山追上于冬梅，嘿嘿地笑著說：「妹，我剛才說的可不是信口開河，我是替你說的，你敢說我說的不是你的心裡話嗎？」

「就你話多。」于冬梅嗔怪地打了于鎮山一拳。

　　　　※　　　　　　　　※　　　　　　　　※

戰地服務團返回延安的途中一路順利，但張志成總覺著平靜的背後隱藏著巨大的陰謀，如同暴風雨來臨之前平靜的海面，越是順利，越是需要謹慎前行。離山陝交界處約莫一百公里的時候，張志成招呼眾人停下腳步。

「大家注意了，我們離獨立團駐地董家莊已經很遠了，這段路比較複雜，每個人都必須聽從我的指揮，沒有我的命令任何人不許擅自行動，尤其不能隨便開槍。」

眾人點頭應著，一定按指令行事。于鎮山心裡不以為然，倒覺得能打上一場會是件極其爽快的事情。于冬梅了解哥哥，沒等他得意起來，便囑咐著：「哥，你可別逞能，要聽張參謀的話。」

比起于鎮山，張志成更擔心的是略顯疲態的東方海，舊恨又添新仇，張志成拿他沒有辦法，無奈之下，只能拜託于冬梅：「于組長，你要照顧好東方老師。」

東方海愣了一下，整理著衣服，把槍背在背上。「我不用照顧。」

「我說你小子，這麼快就把張參謀剛交代的給忘了？咱聽張參謀指揮。」于鎮山插話，說著還討好地看向于冬梅。

又翻過了一座山，隊伍在山上的樹林間穿梭行進，張志成突然示意眾人停下。此處地勢較高，能夠俯瞰山下，張志成弓身繼續前進，只見下面不遠處坐著十來個日軍，嘰嘰咕咕地說著什麼，張志成皺眉張望著山下的敵人。

「這幾個鬼子居然敢到根據地內部來了，膽兒夠肥的。」

「他們拿的步槍好像也不是三八式，是咱們用的漢陽造步槍。」

不知什麼時候，東方海帶著于冬梅也跟到張志成身旁，在一邊推著：「嘿，你小子怎麼又擅離職守，不是讓你別動嗎？于冬梅，不是讓你看好嗎？」

「我根本拉不住他。」

東方海沒理會張志成，裝作沒聽見的樣子。

「奇怪了，這些鬼子葫蘆裡賣的是什麼藥？」

只見山下，一個日軍軍官站起來說著什麼，接著十多個日軍站起來，把日軍軍服脫下，疊好，又放下背包，取出八路軍軍裝穿上。

「這群鬼子是怎麼回事？」東方海大驚，張志成也驚慌失色。「媽的，他們想幹什麼？」

這批日軍迅速把日軍軍裝藏匿起來，又互相整理衣服，指揮官說著一口流利的漢語：「從現在開始，我們不再是旅團的挺身隊，我們是八路軍晉

北獨立團。你們都是各個部隊挑出來的精通中國話的菁英，我希望不要出任何差錯。任務完成後，到這裡集合。」隨後，日軍軍官掏出一張地圖，攤在地上，布置著作戰任務。

坡上的三人你看看我，我看看你，東方海和于冬梅都在等張志成的命令。

「如果不是親眼所見，還真分辨不出來。」于冬梅一臉的不可思議，她努力想要看得更仔細。張志成從懷裡掏出一支菸，用手擋著風艱難地點燃。

「如果只是換衣服，只要一碰上，立馬就能露餡，他們能這麼自信，一定是精通中國話的，媽的，這一手真是毒辣！究竟是要幹什麼？」

「管他們幹什麼，只要是鬼子都該殺，把他們幹掉再說。」

東方海卻等不及了，他的手指扣在扳機上，隨時準備開火，張志成一手按在他的槍上。

「這些鬼子是挑出來的，要打，我們還不一定能打得過。再說，鬼子這樣幹，一定有大陰謀，我們跟著他們，先把他們的意圖查清再說。」

「就這樣把鬼子放走嗎？」

「不是放走他們，我們跟著他們，伺機找到兄弟部隊把他們幹掉，最重要的是得搞清他們的意圖。」張志成又弓著身子往回去，東方海卻往前爬了一點兒，于冬梅忙跟了上去。

「一，二，三……」東方海輕聲數著日軍的人數，他興奮地抓著于冬梅的胳膊。「才十二個！打吧，咱們有二十個人，又是出其不意，一定能把他們幹掉。」

「東方哥，要聽從張參謀的指揮。」

「他太優柔寡斷了。一想到雲鵬的死，我就恨不得衝上去把鬼子撕成兩半。」

「人家張參謀一直是打仗的，比咱們有經驗，一定要聽張參謀的指揮。」

東方海看到日軍準備出發了，急忙招呼摸出一段距離的張志成：「張參謀，他們要走了。」

張志成趕緊爬了過來看了看，說：「別急，咱們找機會跟著，摸清了他們的意圖，再找機會聯繫兄弟部隊把他們幹掉。」

「找機會，找機會，現在就是機會。他們就這一點兒人，我們隨便就拿下了，等他們走了哪有這麼好的機會？」東方海端起槍瞄準一個日軍，嘴裡爭辯著，「萬一跟丟了怎麼辦？萬一被他們發現了怎麼辦？」

「東方老師，這不是拉小提琴，打仗，你還得聽我的……」

張志成的話音未落，東方海扣動了扳機，槍響。

一個敵人應聲而倒，其餘日軍立即臥倒，有的還擊，有的匍匐尋找遮蔽物，子彈從張志成頭頂飛過，身後的樹枝斷裂，張志成怒瞪東方海。

「誰讓你開槍的？」

「還剩下十一個鬼子，一會兒就打完了。」東方海不服地辯解著，張志成氣極，只好迅速安排。

「大家注意隱蔽。于組長，你帶著大家在這裡還擊，我迂迴到鬼子側後，咱們彼此掩護，把這股鬼子幹掉。注意留一個鬼子的活口！」

張志成帶著兩名戰士藉著地形掩護向日軍側後迂迴，最終在側面伏下，他把手槍插回槍套，伸手。「拿步槍來！」

一個戰士遞過步槍。張志成瞄準敵人，一槍擊倒一個日軍，快速再瞄準，又幹掉一個，日軍發覺，向這邊還擊，子彈把張志成的帽子打掉，他撿起帽子，正要帶兩名戰士轉移，一個戰士驚叫：「張參，你看！」

張志成伸頭一看，只見多出來了二三十名日軍，有的著八路軍軍服，有的仍穿日軍軍服，他立刻意識到情況不妙：「不好，快撤！」

張志成帶著兩名戰士趕到于冬梅處，口裡忙喊著：「快撤！快撤！」

「我剛打死一個鬼子……」東方海還想再打，于鎮山一把把他拉起來。

「聽張參謀的話，快撤，快撤！」

張志成帶著眾人撤退，一陣狂奔，槍聲稀疏，似乎擺脫了敵人。

「這夥兒鬼子可能有大陰謀，要趕緊找到咱們的隊伍把這個情況報告上去！」

于冬梅環顧四周，沒有發現東方海，一下子心就懸了起來。

「東方海呢？東方海沒跟上來！」

眾人這才發現東方海不見了，身後是零星的槍聲。

「我回去找他。」說完于冬梅就往回跑，于鎮山急忙跟了上去。

張志成轉向一名戰士，吩咐道：「你帶大家在這裡等著，在十分鐘內如果沒有見我們回來，你們就迅速轉移，就近找到八路軍，把情況報告上去。」張志成回身要走，郭雲生也跟了上去。

東方海躲在一塊大石頭後面向追來的日軍射擊，不料子彈卡殼，他慌亂地退著子彈。眼看日軍就要撲上來了，張志成趕過來向敵人射擊，他向于冬梅大喊：「你帶東方海走，我們掩護。」

于冬梅去拉東方海，東方海還不願意走。「我要為雲鵬報仇！」

「你害死的人還不夠多嗎？快走！」

東方海掙扎著，還想再打死幾個日軍。這時，于冬梅看到一個日軍正在向這邊瞄準，她衝過去護住東方海，腹部中彈，倒在了東方海的懷裡。

「冬梅，冬梅！」

于鎮山聽到喊聲，扭頭看到妹妹倒在血泊中，立刻躥了過來。他一把將東方海推到一邊，抱著于冬梅大叫：「妹子，妹子！」

「快撤，快撤！」

張志成帶著戰士掩護，于鎮山抱起于冬梅，東方海惶然地跟在後面。戰士中彈倒下，郭雲生忙撲了過去，他正要背起戰士，戰士卻艱難地搖頭說：「把手榴彈留給我，別管我了，保護好他們……」

眼看日軍越來越近，郭雲生只好把身上的手榴彈留給那名戰士，含淚而去。負傷的戰士向日軍射擊，彈盡。日軍圍了上來，其中一個用流利的

中文說道：「你投降吧，我們也優待俘虜。」

戰士躺在地上，臉帶笑容。日軍圍上來，明晃晃的刺刀對準了他，他猛地拉響了藏在身下的手榴彈。

東方海聽到爆炸聲，回頭望去，一片硝煙，他跪倒在地痛哭：「是我把他害死的，是我把他害死的……」

「現在不是哭的時候，鬼子還在追，快走！」

張志成架起東方海快速離開，和大部隊會合，于鎮山放下于冬梅，焦急地跪在一旁，東方海過去抓住于冬梅的手說：「冬梅，你一定要堅持住，一定要堅持住！」

聽到有人呼喊自己的名字，于冬梅緩緩醒過來，她看看東方海，又看看于鎮山，艱難地開口說道：「我沒事，我沒事，哥，我要交代你一件事兒……」

「冬梅，你說，你說什麼我都答應。」

「你……你……別怪東方哥，他就是想多殺鬼子……」

于鎮山一拳砸在地上，他早在心裡打定主意，誰為東方海求情都不管用，可偏偏求情的是他的親妹妹。看著于冬梅氣若游絲的樣子，他不敢說個不字，可那個害得妹妹身負重傷的傢伙就在眼前。

「哥，你一定要答應我……」

「好，好，冬梅，我答應你，我答應你。」

敵方的槍聲越來越密，于冬梅傷勢很重，她已經把自己的命給了東方海，不想再拖累眾人。

「你們不要管我了，你們快走……」

「冬梅，我們一定要把你救出來，要死，大家就死在一起……」

眼看日軍就要衝過來，眾人全部拿起槍來，子彈上膛，決定與日軍拼個你死我活。不遠處突然傳來激烈的槍聲，張志成大喜，張望著山下。

「同志們，是我們的隊伍！」

八路軍戰士從四周湧來，他們集火消滅著眼前的日軍。東方海跟著戰士們一起，近乎瘋狂地向日軍衝殺，他心中的仇恨一波接著一波，既痛恨著敵人也悔恨著自己。日軍支撐不住，很快屍橫遍野，最後只剩下兩個穿著八路軍軍裝的日軍，在一塊大石頭後負隅頑抗。

　　「別開槍，留活口！」張志成大叫著，槍聲停止。

　　「你們繳槍吧，頑抗下去只是死路一條。」張志成向敵人大聲喊話。兩個渾身是血的日軍看著逐漸縮小的包圍圈，相互點了點頭，把槍口頂在對方腦門，扣動扳機。張志成看著倒地的屍體，頓足大罵。

　　支援部隊的幹部趕了過來，見到自殺的日軍，滿臉的驚訝與困惑：「啥情況？這幫鬼子怎麼穿著八路軍的衣裳？」

　　「我也不知道，這裡面一定有陰謀，本來想留個活口，誰知這倆傢伙居然會來這麼一手。」

　　「你們是哪個部隊的？」

　　「我們是晉北獨立團的，正要護送魯藝戰地服務團回延安。你們是哪個部隊的？我們這裡還有傷患，急需治療。」

　　「我們是一二九師補充團的。前面村子有個郎中是我們的人，快把她送到那裡。」

※　　　　　　　※　　　　　　　※

　　幹部帶著張志成等人來到郎中家，老郎中立即查看于冬梅腹部的傷勢，她已經昏迷不醒。老郎中吩咐著旁邊一個老太太。

　　「快，把咱們前幾天買的那塊布料拿來！」

　　老太太衝進裡面拿出一塊白布，老郎中把一些中藥敷在傷處，撕開白布，迅速給于冬梅包紮。東方海看到郎中只是止血，慌了神，急切地說道：「她身體裡還有子彈沒有取出來！」

　　「她傷得太重，這個我無能為力，只能先把血止住，你們趕緊找到可以做手術的地方去。」

于鎮山雙手張開，攔住老郎中，道：「不能治你也得治，現在我們到哪裡去找做手術的地方？」

「我聽說前天八路軍在廟嶺那邊打了一仗，那裡肯定有能做手術的，你們快去吧。」

張志成解圍，把于鎮山拉到一邊。「對，那邊是獨七旅，他們剛打了一仗，咱們趕緊過去。」

東方海搶身上前，想要去抱于冬梅，于鎮山一把將他推到一邊，自己抱起妹妹，衝出屋去。老郎中找來馬車，一二九師的幹部與張志成一行人告別，兩路人馬分道揚鑣。馬車一路向廟嶺狂奔，沒人顧及沿途崇山峻嶺的風光，懷中抱著妹妹的于鎮山更是恨不得腳踩筋斗雲，一下十萬八千里。

廟嶺正是獨七旅的根據地所在，周遭古香古色的村落像是一片淨地，白求恩診所就設在其中一座廟內。車還沒停穩，東方海便慌張地喊人救援。白求恩診所裡病人的哀號聲此起彼伏，廟內安置著十多張手術臺，醫務人員在緊張地忙碌著。白求恩的助手李慧珠醫生和兩個軍醫匆匆趕出來，將于冬梅抬到一座手術臺上，白求恩也聞聲過來，檢查著于冬梅的傷勢，東方海萬分焦急：「白大夫，她的傷怎麼樣？」

白求恩檢查完于冬梅，並沒有回覆東方海，只是吩咐李慧珠準備手術。東方海和于鎮山還想再問，被一位軍醫驅趕出來。

眾人在外面焦急等待，于鎮山看著安然無恙的東方海，再也忍不住，一拳打過去，又撲在倒地的東方海身上補了幾拳。東方海在地上本能地抱著頭防禦，眾人趕緊拉住于鎮山，于鎮山掙扎著大喊大叫：「你這個混蛋，三番五次地惹事，只知道自己過癮，哪管別人！你就是一個自私自利的傢伙！你這個混蛋，我妹妹這次要是活不過來，老子一定會讓你償命！」

「你打得對，我確實該打，我不但該打，我該死。我是只想著我自己，我害死了雲鵬兄弟，又連累了大家，還害得冬梅為我負了重傷，我真他媽的不是個東西。」東方海跪在地上，痛哭流涕。

「鎮山哥，事情已經這樣了，你再打再罵也沒有用了。上海哥哥心裡夠難受了，你就別再往他心上捅刀子了。」柳二妮緊緊地抓住于鎮山。

于鎮山根本沒有理睬，怒道：「你這個混蛋，到處闖禍，你報了父母的仇，又多了雲鵬的仇，雲鵬的仇還沒報完，又害死了八路軍，現在又拉上了我妹妹，你還配當個八路軍嗎？還他媽的是個教員！你他媽的狗屁不是！」

「你打我吧，如果你能出氣，你想怎麼打就怎麼打，我錯了，我不該衝動，是我害死了雲鵬，害了冬梅！」

這時李慧珠走了出來，厲聲呵斥：「白大夫正在做手術，你們吵什麼吵？安靜點！」

于鎮山這才停止掙扎，東方海忙從地上爬起來，跑到李慧珠跟前。

「小姐，不，醫生，冬梅怎麼樣，能不能救活？」

「她的傷勢很重，白大夫在盡最大努力。」說完，李慧珠又進了手術室。

眾人呆呆地站在外面，一片安靜。東方海頹廢地蹲在地上，用手揪著頭髮，一副天塌下來的樣子。

一場與死神搏鬥的救護之後，白求恩和李慧珠出現在眾人面前，白求恩臉帶疲憊之色，身上的白大褂上染著斑斑血跡，李慧珠面帶喜色。

「放心，你們的于組長命真大，她很堅強，雖然現在還昏迷不醒，但已經脫離危險。你們應該感謝白大夫，如果不是碰上白大夫，怕是懸了。」

于鎮山撲通一聲跪在地上，猛地磕頭。「白大夫，你的大恩大德，我們于家一輩子都不會忘記。」

白求恩慌忙過來攙扶，說：「不要這樣，不要這樣，救死扶傷本來就是我們醫生的天職，這和軍人殺敵一個道理。」

「他說什麼？我妹妹不會死吧。」于鎮山聽不懂英文，以為妹妹的病情有變化，他一把鼻涕一把淚地回頭詢問著東方海。

「放心吧，你妹妹沒事。不過病人現在還很虛弱，需要休息，你們不要去打擾她。」李慧珠忙上前解釋。

※　　　　　　　※　　　　　　　※

次日，張志成帶著獨立團的戰士們和獨七旅進行交接工作，隨後和一行人告別，東方海趁此機會溜到診所，白求恩正在收拾手術器械。

「白大夫，冬梅怎麼樣？」

「沒事，等麻醉藥的勁兒過了，她就會醒過來。」

東方海取下背著的小提琴，想為于冬梅拉一曲，白求恩好奇地看著他。

「如果我沒看錯的話，這個應該是義大利的瓜奈里小提琴，這琴是誰的？繳獲日本人的？」

「不，這是我的小提琴。」

「這是你的小提琴？」

「白大夫，你想聽什麼，我給你拉一曲吧。」

「我有點兒想念家鄉加拿大了，你給我拉一曲〈紅河谷〉吧。」

東方海深情地演奏了一曲〈紅河谷〉，白求恩情不自禁地隨著哼唱起來。琴聲悠揚，于冬梅慢慢地甦醒過來，東方海見狀，激動地撲到她身邊。

「冬梅，你怎麼樣？你沒事吧。」

于冬梅支起身子，看到白求恩，感到疑惑：「發生什麼事了？這是哪裡？」

「這是白求恩大夫，加拿大共產黨員，參加援華醫療隊，去年春天到華北抗日前線來，是他把你救過來的。我們現在是在獨七旅根據地。」

「謝謝你，白大夫。」

白求恩看著于冬梅，臉上露出一絲喜悅。「美麗的姑娘，你醒過來了，太好了。可我又要趕往前線了，你安心留在這裡養傷，祝你早日康復。」

「白大夫，我沒事，我能走的。」

「不，你至少還需要在這裡休養兩個月，我已經做了安排，醫生要隨時複查、複檢。你是革命軍人，一切行動聽指揮，這是我的命令，希望你能遵守。現在你好好休息吧。」

東方海送白求恩走出診所，白求恩用欣賞的眼神看著他。「東方先生，雖然剛才我只聽了你拉的一小段小提琴，但我聽得出來，你是一個音樂天才，一定要保護好自己的手。」

「白大夫，您太忙了，有機會的話，我完整地給您拉一曲。」

白求恩搖頭嘆息：「真可惜，中國現在被日本侵略，你這不是拿槍的手，而是應該在世界樂壇大放異彩的手。」

「毛主席說過，抗日戰爭是持久戰，最後勝利是中國的。我是一名文藝戰士，手中的琴就是我的武器，我會用好我的武器，為抗戰發出怒吼，為戰士發出呼聲！」

「我參加過西班牙內戰，深知戰爭的殘酷。東方先生，身為軍人，我敬佩你背著小提琴上戰場，但我希望能和你在勝利之日再聚首，再次聆聽到你的美妙音樂。」

東方海停下，向白求恩敬禮。「一定的，白大夫，我們一定能在勝利之日再見面！」

※　　　　　　　※　　　　　　　※

一行人興奮地聚在于冬梅病床前，于鎮山拿著溼毛巾，擦著她額頭微微滲出的細汗，一個大老粗在這特定的時刻變得極其溫柔：「我就知道我妹子命大，大難不死，必有後福。」

東方海也心疼著于冬梅，看著她每挪動一下，就會因為傷口的拉扯而眉頭緊蹙，他想說些什麼，卻欲言又止。于冬梅看出他的為難，有氣無力地寬慰道：「東方，你……不要總怪自己，我們都是為了打鬼子，要怪只能怪鬼子。」

于鎮山瞪了一眼東方海，端著水盆徑直從他面前走過，話裡有話地說

著：「冬梅，以後你走到哪裡我都要跟著你，免得有人又要連累你。」

「哥，你在說什麼呢？東方哥這次上了戰場，打死了好幾個鬼子呢。以後不許你再這樣說東方哥。」

「我不說了，不說了，冬梅，你餓了嗎？想吃什麼？」

「哥，我不餓。東方，我想聽聽我們第一次見面時你拉的曲子，我記

得你告訴我，那是馬思聰先生的〈思鄉曲〉。」于冬梅望著東方海，目光中滿是平靜的神情，東方海心頭一緊，取出琴來。

「對對對，是馬思聰先生的〈思鄉曲〉。」

眾人在東方海的琴聲中，也想念起自己的家鄉。

※　　※　　※

石保國推門進來，丁小蝶正在房間裡跳芭蕾舞《天鵝湖》，她沒有停下，一曲跳完，擺著最終的舞姿，朝著石保國俏皮地眨眨眼。

「我跳得怎麼樣？」

「小蝶，咱商量個事兒，你看吧，你跳得這麼好，但這又沒專門跳舞的地方，我要是給你弄個大場子，這傳出去了，說是團長夫人搞特殊。我看，你還是回延安吧。」

石保國搓著手，丁小蝶一聽果然不高興了。

「石團長！你不是說不攆我走了嗎？現在怎麼又要攆我走了？」

「我的姑奶奶啊，我這不是攆你走，是為你好。你這次也到戰場上看了，子彈不長眼啊。你跟我上前線不就是想消滅幾個鬼子嗎？你槍也打了，鬼子也幹掉了好幾個，該回魯藝了。」

「我不回，我才打死了幾個鬼子，那個小個子女人都打死過幾十上百個白軍呢。」

丁小蝶噘起嘴，石保國無奈地瞪著她。

「你和葉作舟比什麼？人家當年是婦女團的營長，領幾百號人，出生

入死，殺進殺出。我的姑奶奶，你和葉作舟不一樣啊，葉作舟有你的嗓子嗎？葉作舟會跳你這腳尖舞嗎？你是藝術家，你應該回延安！」

「可我也是你老婆啊，我總該給你生個兒子吧。」

聽丁小蝶這麼一說，石保國咧嘴哈哈大笑，道：「你說得好像也有道理。」

房門外，小四川端著一盆水。「報告團長，水燒好了。」

「好，我知道了，你放在門口吧。」

石保國正一臉寵溺地給丁小蝶洗著腳，張志成突然一頭撞了進來，石保國神情有些尷尬。

「不會報告嗎？冒失！」

「我本來只是想先看一下，啊，不是，我是想先報告一下，誰知腳下一絆就直接進來了。」

丁小蝶忍不住，捂著嘴笑出了聲。石保國把丁小蝶的腳捧在懷裡，用帕子仔細地擦著，一邊跟張志成聊著：「把魯藝戰地服務團安全地送過去了？」

「出事兒了，出大事兒了。」

石保國和丁小蝶都是一驚，聽張志成說到于冬梅中槍，石保國立刻坐不住了。

「我怎麼交代你的？要用生命保護他們的安全，誰也不能出事兒！」

「團長，嫂子，你們不要急。于組長是為了救東方海而受傷了。好在我們遇到白求恩大夫，他把于組長救過來了，人沒事了。」

丁小蝶和石保國長長地鬆了口氣。張志成又將路遇日軍喬裝成八路軍的事一說，石保國思索一番，命令他立即向總部發電報，通知所有部隊加強戒備。丁小蝶穿上鞋，遞給石保國一杯水，說：「東方海他們滯留在獨七旅的駐地廟嶺，于冬梅又因為他負傷了，他要是還想著報仇怎麼辦？我覺得他還是應該盡快回延安比較好。」

「你說得對。」石保國叫住已經走到門口的張志成，「張參謀，你同時

再發一份電報，讓總部通知魯藝，就說他們的老師東方海惹了很多事兒，讓他趕緊歸隊。」

張志成敬禮離開。

※　　　　　　　※　　　　　　　※

冼星海收到電報，叫來葉作舟，兩人也不知東方海都惹了什麼事，心緒不寧，只好先按照上級命令，以排練《黃河大合唱》為由，給獨七旅發電報催戰地服務團速回。電報很快發到廟嶺，來到于冬梅手中。

「魯藝來電了，讓你們趕緊回去，說是正在排練《黃河大合唱》，你們必須回去。我本來也要回去，但醫生檢查後，說還不能下床走動，至少再待一個月。我其實真想和你們一起走。」

柳二妮握住于冬梅的手說：「姐，我在這裡陪你。」

「二妮，你雖然不是魯藝的，但萬一延安演出需要你呢？你還是回去吧。這裡是咱們八路軍的根據地，他們把我照顧得很好，我一個人留在這裡就行。」

東方海上前，站也不是，坐也不是。「我要留下來。禍是我闖的，你的傷是因為我才受的，我要留下來照顧你。」

「電報上指名道姓讓你務必回去，這是命令。」于冬梅將電報遞給東方海看。

「你害我妹妹害得還不夠嗎？我妹妹讓你回去你就回去，哪有那麼多廢話？」于鎮山在一旁瞪著他。

「要走你們走，我要留下來。」

于冬梅坐直了身子，堅定的目光投向東方海。「東方哥，這次出來，葉協理員讓我負責，你要是還拿我這個組長當回事兒，就聽我的話，跟著大家一起回去。」

「我就是把你當回事兒了，所以我一定要陪著你，等你傷養好了，我和你一起回去。」

「葉協理員那麼信任我，讓我帶隊，如今，雲鵬犧牲了，我又受了重傷，我已經很難過了。魯藝讓你回去，如果你再不聽的話，我的任務等於又沒完成，你讓我如何向葉協理員交代？」

「這，這……我就是要等著你養好傷。」

「你若不肯走，那我只好立即出院，提前和大夥兒一起回去了。」

她作勢要起床，眾人趕緊攔住，于鎮山把東方海拽出病房外。

「你就不要給我妹子添亂了，都走，我留下來，我也不是八路軍，我就是我妹子的哥，我留下來天經地義。特別是你，別在這裡給我搶，我算看透你了。」

※　　　　　　※　　　　　　※

東方海隨著一行人勉為其難地回到了魯藝，他們剛抵達，便碰到了正要外出的葉作舟。郭雲生和關山牽著兩匹馬過來，把韁繩交給葉作舟。

「獨立團送給我們兩匹馬，是繳獲鬼子的東洋馬，一匹送給咱們魯藝，一匹送給你……」

葉作舟卻對馬視而不見，她打量著眾人，嚴肅地問東方海：「你把我的于組長弄哪裡了？于鎮山呢？」她又轉向郭雲生，拍著他的肩。「你弟弟呢？」

「我弟弟，我弟弟犧牲了……」

東方海也囁嚅著：「冬梅受了重傷，在獨七旅駐地廟嶺養傷，于鎮山在陪著……」

「這到底是怎麼回事！」

葉作舟沒有料到電報上說的惹禍竟然這麼嚴重，東方海自責地低下了頭。

「這全怪我，都是我惹的事兒……」還沒聽完東方海的話，葉作舟氣得直跺腳。

「你看看你這一趟，弄出多少事啊！你殺了幾個鬼子？報仇了？可這

仇報了，又來了新仇。你懂不懂？如果不把日本鬼子徹底趕出中國，這仇
永遠報不了。」

「協理員，我現在才明白，這場戰爭不是我一個人的事兒，是全民族
的事兒。我的戰場在魯藝，在舞臺，我的武器是音樂。」

葉作舟還想說些什麼，眾人都幫著東方海說話，她只能作罷：「好了好
了，既然回來了，就安心工作。《黃河大合唱》連排幾次了，你也幫不上
忙了。過幾天公演，到時你們好好看看，多學習學習。」

「是，我一定好好學習。」

「吃一塹長一智，你也要好好反省反省，在哪裡摔倒就在哪裡爬起
來，不要在哪裡摔倒了就在哪裡躺下。」

葉作舟牽過郭雲生手裡的馬，撫摸著馬背，說：「真是好馬。這個石
保國，還算有點兒良心，把我的人都拐走了，我要他兩匹馬也沒啥。關
山，你先把那匹馬牽到魯藝管理處，這匹馬我先遛兩圈，待會兒我自己送
去。」

葉作舟翻身上馬，又扭頭對東方海言語：「你有空去找一下冼主任
吧，他對你也很關心，你去給他匯報一下，另外看看還有什麼事兒需要幫
忙。」

葉作舟策馬飛奔而去。

十五　心意

　　東方海在冼星海家門外徘徊了一整夜，也沒能鼓起勇氣走進去。為了《黃河大合唱》的排演，無數人進進出出，可就是沒有東方海的身影。他自覺無顏面對犧牲的雲鵬、受傷的冬梅，也沒有力量直視自己的內心。東方海奔跑著，跑過巍巍寶塔山，跑過奔騰不息的延河，即使滿頭大汗，哪怕步履蹣跚，依然跑個不停。對他而言，似乎只有生理上的疼痛才能安撫少許心裡的創傷。

　　葉作舟把這一切都看在眼裡，她找來東方明，指著不遠處的東方海說：「剛回來那天還好，我訓他他也聽著，自己也承認了錯誤。沒幾天就成了這個樣子，提不起精神。課不好好上，飯不好好吃。你去見他吧。我怕我忍不住又要批評他。」

　　東方明走到已經癱坐在地上的東方海身邊，擰開軍用水壺蓋子遞給他。東方海掙扎著站起，低著頭不作聲，只管大口喝水，嗆到後劇烈咳嗽起來。東方明看得心疼，拍打著東方海的背，東方海眼角滿是被嗆出的淚水，像孩子一樣哭著喊了一聲：「哥！」

　　「看看你這樣子，又是汗水又是淚水，去洗把臉，整理一下軍容，跟我去吃飯。」

　　「我不想吃。」東方海搖頭。

　　「不想吃飯，那你想幹什麼？前線也去過了，鬼子也打過了，你還想幹什麼？」東方明加重了語氣。

　　「哥，雲鵬為了我……」

　　「雲鵬犧牲了，你以後活著的目標是不是就是為他報仇？對了，你已經為他報了仇，回來的路上又主動打了鬼子，聽說于冬梅同志為了救你受了

重傷，你是不是還想著要為她報仇？」東方明拉著東方海的手看了看，又放下來。「你還弄不明白，你這雙手該幹什麼嗎？聽說你寫了一首〈獨立團之歌〉，能和冼星海同志的〈太行山上〉比嗎？那可是傳遍根據地傳遍全中國的歌，那才是你應該追趕的目標！阿海，你該成熟起來成長起來了！」

東方海低著頭不說話，過了一會兒，他突然想到還有一個人也在煎熬之中。

「雲生還好吧？」

「雲生一向能藏得住事，他表面上看來比你好，正常吃飯，正常睡覺，正常出操，正常參加學習。可不管怎麼說，他在世上一個親人也沒有了。阿海，這是咱們東方家欠人家的，一定要還。」

※　　　　　※　　　　　※

對於郭雲鵬的犧牲，有一個人比東方海更加放不下，那就是郭雲生。他整理著弟弟的遺物，東西很簡單，只有被褥和幾件衣服。每疊起一件衣服，他就能想起一段往事，睹物思人，淚眼婆娑，以至於柳二妮過來送糕點，他都未能察覺。

熱騰騰的山楂糕出現在郭雲生眼前，他這才回過神，忙擺擺手道：「先放著吧，我過一會兒再吃。」

郭雲生轉過身把郭雲鵬的遺物包成一個小包袱，壓在自己的鋪位底下，然後抱著打包好的被褥準備出門。

「二妮，你先坐著，我去一趟總務處。」

「這些被褥是雲鵬哥的吧？」

郭雲生輕輕點頭：「嗯，按規定要上交。」

「我和你一起去。我爹說了，要帶你去我家吃飯，我爹特意去集市買了魚。」

「我要訓練，還要學習，你和富貴叔說一聲，他的心意我領了。」

郭雲生頭也沒回地出了門，柳二妮扶著門框，看著他遠去的身影，暗

自下決心，一定要讓他好起來。

※ ※ ※

東方海原本以為拉琴能讓自己振作起來，可翻來覆去連一首曲子都無法順利拉完，他拿著小提琴垂頭喪氣地走著，和從另一側走來的葉作舟撞到一起。

葉作舟一看是東方海，克制住自己的怒火問：「練琴去了？」

「嗯，練了一會兒。」

「你是不是還沒去見冼星海老師？」

東方海躲著葉作舟的視線，從牙縫裡擠出來幾個字：「老師很忙，我在辦公室見不到。」

「老師的家在哪兒你不知道？東方海，這都多長時間了，你怎麼還是一副丟了魂的樣子？你這個樣子，對得起在根據地犧牲的郭雲鵬嗎？對得起正在養傷的于冬梅嗎？你要振作，振作知道嗎？」

「協理員……我……我去上課了。」

東方海架不住葉作舟的質問，扯謊跑遠了。走在禮堂前，他迎面看見冼星海帶著幾個人過來，下意識地想要避開，但空曠的廣場上無處可避，他只好迎著走了過去，向冼星海敬禮。

「東方海，你這個音樂系的助教，我這個系主任見你一面還要上摺子嗎？我在忙著《黃河大合唱》的第一次公演，你在忙什麼？」

「對不起，冼老師。」東方海訥訥地道歉。

「我知道你在戰場上經歷了生死，作為一名戰士，這種經歷應該讓你意志堅強，作為一名藝術家，這種經歷應該成為你創作的源泉。你現在這種狀態對嗎？東方海，該收收心了。《黃河大合唱》三天後公演，你原本可以是這部作品的參與者，現在，我只能邀請你作為觀眾來聽這部作品。」冼星海說完就走了，留下東方海面紅耳赤地站在原地。

他並不是不想振作起來，他嘗試過，努力過，所有人都告訴他，他是

一個天才，他的戰場應當是音樂的海洋，他應當用盡心血去創作去投入。可是他此刻心中滿是畏懼，他害怕自己在藝術中也會像在戰場上那樣，成為一個一無是處的人，他害怕再次失敗。為了給父母報仇，他搭上了雲鵬的命，想要為雲鵬報仇，又搭上了冬梅的半條命。在他的眼中，自己就是個廢物，又談何藝術創作呢。

※　　　　　※　　　　　※

東方海心中的苦無從排解，只能在訓練場上拼了命地又跑又跳。柳二妮在一旁實在看不下去，她張開雙臂，攔在了東方海面前。

「上海哥哥，看你這一頭汗，你是不是和雲生哥一樣，一到訓練場，就死命跑，死命跳？」

「見過雲生了？」

「見了好幾次了，他不怎麼搭理我，在根據地的時候，他們兄弟兩個最關心我了，特別是雲生哥說我唱歌比小蝶小姐好聽，還常常和雲鵬哥爭……」

聽見郭雲鵬的名字，東方海不自覺地又低下了頭。

「你們這樣不對，為什麼都不願意提起雲鵬哥？打仗總是要死人的，你們殺了那麼多鬼子，已經給雲鵬哥報了仇，為什麼還是放不下？」

「雲鵬是因為我才死的。」

「我知道，可你老是放不下，雲鵬哥在天上能安心嗎？雲生哥和你一樣，總是怨自己沒有保護好雲鵬哥，他在訓練場上那個樣子，比你還嚇人，這樣下去，身體哪能受得了。我爹說了，要想讓雲生哥變好，得給雲鵬哥做個招魂儀式。」

東方海像是抓到了救命稻草，眼睛裡放出了光。「招魂儀式？」

「雲鵬哥埋在山西根據地，得把他的魂招過來，和雲生哥見上一面，兩下才都能安心。你們都是八路軍的人，八路軍不講究這些，說都是封建迷信。可雲生哥現在的情況，不這樣做不行啊。」

「我去找我哥。」就在這一剎那，東方海感到自己似乎被一隻大手拖出了泥潭，招魂儀式的想法看似荒唐，但未嘗不可一試，此時此刻，他想以讓雲生振作起來而贖罪。

東方明聽東方海說要為郭雲鵬招魂，吃驚得差點把手中的杯子掉在地上。「招魂？阿海，你已經是魯藝學員、八路軍戰士，怎麼還信封建迷信這一套？」

柳二妮一著急，也顧不上措辭，沒大沒小地在東方明面前嘰嘰喳喳起來：「軍官大哥，我知道你們八路軍規矩大，可你也看到了，你這個弟弟還有雲生哥，天天因為雲鵬哥的死半死不活的，不做點什麼，他們可都廢了。」

「你這個丫頭個頭不大，說話口氣不小，阿海和阿生都是八路軍戰士，我相信他們能克服自身的痛苦，振作起來。」

「這些日子，我是親眼看著他們怎麼過來的，要是不做點什麼，等著他們自己想明白，他們早把自己的身體搞垮了。」

東方海抬起頭來，他迷茫的神色中已經多了幾分堅定。「哥，這一路走來，我參加了幾次當地老百姓的葬禮，他們有些儀式確實能讓人心裡平靜下來。」

「雲生現在的狀況確實讓人擔憂。這樣吧，儀式不要太複雜，主要是讓雲生敞開心扉，他的心事太重了。」東方明沉吟一番，點頭應允。

「明天是雲鵬二十歲生日，就定在明天晚上舉行吧。」東方海見狀打，起精神來。

「柳姑娘，需要多少錢，我出。」東方明因黨員身分不能參加，所以就想出點錢，幫個忙。

柳二妮歪著腦袋，扶著門邊，笑吟吟地看著東方明說：「就許你們八路軍愛護部下，不許我們老百姓幫幫朋友？什麼錢不錢的，你當我是來招攬生意呀？冬梅姐交代過我，要照顧好上海哥哥和雲生哥，我這是在替冬梅姐操心。」

　　　　　　　※　　　　　　　　　※　　　　　　　　　※

　　黃土高原一到晚上，四處都靜悄悄的，風聲吹過，黃沙滿天。離魯藝不遠的一處十字路口中央，擺著一張四方桌，上面點著兩根白蠟燭，搖曳的火光映襯著郭雲鵬的牌位。東方海跪在地上，點上一根香插在香爐中，燒了幾張紙錢，磕了三個頭，站起身，郭雲生也照樣做了一遍。柳富貴一邊撒著圓紙錢一邊唱招魂調，聲音高亢，在夜色中傳得很遠，柳二妮歌聲清亮，隱隱帶著期盼。

　　聽著悲情的招魂調，郭雲生泣不成聲，此時，一根蠟燭結了一個燈花，發出啪的一聲爆響，郭雲生猛地睜開眼，注視著搖曳的燭光。

　　「雲鵬，是你嗎？雲鵬，對不起，是我沒有保護好你。爸爸媽媽去世之後，我帶著你四處漂泊，讓你受盡了苦，對不起。從小我就管你管得嚴，打過你也罵過你，今天是你二十歲生日，說好在生日這天我要陪你做你想做的事情，喝酒，抓野兔，下河摸魚，可什麼都沒有實現，是哥哥對不起你。雲鵬，你要能活著該有多好，哪怕再多活一天，你想幹什麼都行，我再也不會管著你，攔著你，都讓你盡興。雲鵬啊，我的弟弟雲鵬啊 —— 」

　　東方海也流著淚跪在一旁。「雲鵬，都是我不好，我衝動，我懦弱，我一心只想著復仇，是我害死了郭叔和吳姨，是我害得你背井離鄉，害得你為我而死。我沒有資格說對不起，我也不知道該怎麼辦。雲生，你打我吧，這一切都是我的錯。」說罷，東方海抓起郭雲生的手，要往自己臉上打，郭雲生一把攔住他，眼角的淚滴落下來。

　　「阿海，這不是你的錯，都是鬼子害的我們。你殺了鬼子，我殺了鬼子，雲鵬也殺了鬼子，雲鵬死得沒有遺憾，我只是捨不得他，捨不得我唯一的弟弟。」兩人雙手緊握，東方海滿臉是淚。

　　「雲生哥，我來做你弟弟！我代替雲鵬做你的親弟弟。從今往後，我東方海就是你的弟弟。我會代替雲鵬，和你像親兄弟一樣生活下去，我們一起上戰場，一定要把日本鬼子打跑，把上海奪回來，把淪陷的中國國土

奪回來。雲生哥——」

「雲鵬，阿海說的話也是我要說的話，你安心走吧，安心去找爸爸媽媽，打鬼子的事情我們來做。」

郭雲生看著郭雲鵬的牌位，月亮靜靜地掛在天上，月光安寧地撒下來。

「快擦擦鼻涕，這是冬梅姐送給我的手絹，送給你了。」柳二妮遞給東方海一塊手絹，又掏出一塊遞給郭雲生。「你也擦擦，鼻涕都過河了。」

「讓你們見笑了。」

柳富貴看著漫天飄零的紙錢忽明忽暗，牽著衣角擦了擦溼潤的眼眶。

「哭了好，這一哭，心中的疙瘩沒了，以後的日子就順溜了。」

「就是，你們男人總說什麼男兒有淚不輕彈，男人也是人，心裡難受就要哭出來。在一起哭過了，說過了，事情也就過去了，要是再能一起喝個酒——」東方海突然起身，環顧四周，柳二妮詫異地看著他。「怎麼，上海哥哥，還真想喝酒了？」

「不是，你們聽，有歌聲，這是從沒聽過的旋律，這旋律，這旋律……走，過去聽聽。」

東方海循著歌聲傳來的方向快步跑去，郭雲生和柳二妮跟在他身後，柳富貴在最後慢慢走著。

※　　　　　　※　　　　　　※

東方海在街上奔跑，《黃河大合唱》的旋律越來越清晰。音樂和歌聲從禮堂裡傳了出來，禮堂門口聚起了很多人。東方海一路跑來，心情激動地聽著裡面傳出的旋律，他向禮堂門口的兩位戰士說明了身分，急急衝了進去。

舞臺上《黃河大合唱》正在彩排，進行到了〈保衛黃河〉這一樂章，樂隊奏響激昂的旋律，身著軍裝的演出人員正在激情澎湃地朗誦著。

「但是，中華民族的兒女啊，誰願意像豬羊一般任人宰割？我們抱定必勝的決心，保衛黃河！保衛華北！保衛全中國！」

　　臺下，冼星海等人正專注地看著臺上的演出。東方海走了進來，音樂的旋律包圍了他，他神情激動一步步靠近舞臺，歌聲鋪天蓋地將他包圍：風在吼，馬在叫，黃河在咆哮，黃河在咆哮……東方海的腦海中閃現他初過黃河時的情景 —— 那翻騰的巨浪，那船工划船時手臂繃起的肌肉，那正和日軍戰鬥著的錢排長等人的面孔，他的雙手不自覺地握在一起，堅定的目光中閃著淚花。

　　彩排結束後，東方海來到冼星海家門口佇立著，手裡不停地打著節拍，臉上一直帶著激動的表情。他迫切地想要見到冼星海，就這樣在門外精神振奮地站著。

　　冼星海終於回來了，他打量著東方海。「看來你已經打起精神了。」

　　「如果聽了《黃河大合唱》還打不起精神，我就枉為中國人，枉為中華民族的子孫。如果我一直在延安就好了，我錯過了《黃河大合唱》這首不朽名曲的誕生過程……」

　　「東方，學會拍馬屁了？你怎麼就斷定這是一首不朽名曲？」

　　冼星海推開門，邀請東方海進屋，錢韻玲倒了熱水。

　　「師母，打擾你了。」

　　「星海在寫《黃河大合唱》曲子的時候，幾乎六天六夜沒睡覺，和那幾天比，這都不算啥。」錢韻玲含笑看著冼星海。

　　「多謝夫人那幾天一直陪著我，為我熬紅棗湯，烤山藥蛋，還要想辦法給我做紅燒肉。」

　　「老師，那六天六夜是一段神奇的時間，可以想像在這間屋子裡曾經激蕩著多麼偉大的靈感，你一直能聽到黃河的聲音吧，你能聽到每一個不屈服的中國人的心聲吧，這首曲子太偉大了！」

　　「誇張。」冼星海搖了搖頭。

　　「不，不誇張，我其實根本沒法用語言表達我的心情。老師，你說過，一首曲子好不好，就看人是不是聽了三遍就會唱。我只聽了一遍，

這些旋律就深深刻印在我的心中，我的腦海中。是，我是個搞音樂的人。這和平常記譜子不一樣，這是靈魂深處產生的共鳴。您的這部《黃河大合唱》，它蘊含著和黃河一樣奔騰不息的能量，它不止抵三千毛瑟精兵，它蘊含著千軍萬馬。老師，我相信，會有很多人唱著這首歌來參軍，會有很多人唱著這首歌去前線殺敵。」東方海仍是無法平息激動的心情。

冼星海看著激動的東方海，感慨地說：「看來，你的魂回來了。」

「是的，老師，像您以前說的那樣，我這雙手可以拿槍直接殺敵人，但我這雙手應該拿起別的武器，別的更有力量的武器。我要訓練自己，我要像您一樣找到屬於我自己的音樂的力量，我要像您一樣做一個對國家對民族有用的人。」

冼星海對東方海讚許地點了點頭：「我早說過，總有一天你會認識到你這雙手的真正價值！」

　　　　※　　　　　　※　　　　　　※

翌日，《黃河大合唱》首次公演，臺上是激情洋溢的演出人員，臺下是如痴如醉的觀眾。毛主席也觀看了這一場演出。演出極其成功，自公演之後，整個延安大地上無時無刻不飄揚著《黃河大合唱》的旋律，無論是戰士還是文藝工作者，無論是老人還是小孩，都有模有樣地學唱著。

保育院有幾個四五歲的孩子，他們一人挎著一根樹枝，在院子裡做遊戲，嘴裡面哼著：風在吼，馬在叫，黃河在保小，黃河在保小……其中一個小女孩看到穿著軍裝的東方海和郭雲生，把樹枝一丟跑了過來。她拽著東方海的衣角，仰起頭，露出天真無邪的笑容。

「叔叔，叔叔，你們會唱這首歌嗎？風在吼，馬在叫。」

「會呀，有什麼問題嗎？」

「這歌裡面有一句很奇怪，說黃河在保小，我都找遍了，我們保小沒有黃河。」

東方海忍俊不禁，他蹲下來揉了揉小女孩的頭髮。

「小朋友，這句歌詞是這麼說的，黃河在咆哮。咆哮的意思是憤怒的聲音。因為日本鬼子侵略我們，所以風在怒吼，馬在怒吼，黃河也在怒吼，讓我們全中國人都要起來，去打日本鬼子，保衛黃河，保衛我們的國家。」

「啊，原來是這個意思。」小女孩如獲至寶，急切地跑向另外幾個孩子。「我們都唱錯了，黃河不是在保小，黃河也不是在包餃，黃河是在咆哮，在怒吼，要把日本鬼子趕出去！」

柳二妮看著玩耍的小朋友，腦中突然萌生了識字念書的想法。

「雲生哥，我也想識字，想念書。」

「我最近也在讀書學習，我教你。」

「我還想參加八路軍，我能不能去你的部隊呀？你不是當副連長了嗎，我想去你手下當個小兵。」

郭雲生微笑著看向她。

「我們連隊不要女兵。再說了，你歌唱得那麼好，應該去魯藝。」

「人家魯藝不要我，嫌我沒文化。」

東方海安慰道：「魯藝畢竟是一所大學，文化課成績差得遠的話，在裡面學習起來很困難。不過我聽說可以破格錄取。」

※　　　　　　※　　　　　　※

遠在山西的于冬梅最關心的是自己何時能夠出院，為她做例行檢查的女醫生一邊耐心地記錄著各項指標，一邊說道：「再觀察一段時間。我知道你急著回延安，可你現在的身體狀況不適合長途行走。聽最近送來的傷員說，鬼子加大了對黃河渡口的封鎖，想回延安不容易。」

「回不去延安了？這可怎麼辦，一個月兩個月還能堅持，時間長了，富貴大叔還有二妮可支撐不了于家班。」于冬梅還沒有說什麼，于鎮山倒先急了。

「哥，你就別操心于家班的事了，他們在延安怎麼都能生存下來。我不需要你照顧，你參軍去吧。」

「我是不怕上戰場殺敵，我是怕一參軍，不知道被分到哪個部隊。我可

在咱爹墳前發過誓，一定要在你身邊照顧你。就算參加八路軍，也要回延安參加魯藝。反正你在哪兒我在哪兒，除非你嫁了可靠的人，我才放心。」

女醫生見于鎮山呵護妹妹，笑了起來。「這樣的哥可太少見了。你就留在醫院吧。」

「我們的錢都花完了，也不能讓我哥在醫院白吃白住。」

「你這個哥哥心靈手巧，醫院大部分是男傷患，我和院長說說，先讓你哥在這兒當個男護士。」

于鎮山愣住了，說：「啊？我堂堂的于班主……」

「哥，聽醫生的。要是不能馬上回延安，我也準備在醫院做點護理工作。再說了，我們還可以給傷患們唱唱歌，演演節目，鼓舞鼓舞士氣。在石團長的根據地，我們不是經常這麼做嗎？」

于鎮山趕忙跟著于冬梅說道：「唱歌我也在行，我還會各種樂器，可惜我的行頭都不在這兒。醫生，我要是每天去病房給大家唱唱曲兒，是不是就不用當男護士了？說真的，我有點兒暈血。」

「我去和院長商量商量。有些重活兒雜活兒你可得幫著幹。」

「這個沒問題。」于鎮山放下心來，連連點頭。

※ ※ ※

去過保育院後，柳二妮便一直纏著郭雲生要學字。郭雲生帶著課本來到于家班窯洞中，得意地拿出自製的小黑板說：「這幾本課本是好不容易得來的，一定要保護好。黑板是我自己做的，能用好長時間。」

柳二妮摸著黑板，心裡暖暖的，不經意間，望向郭雲生的眼中滿是愛意，郭雲生有些難為情地躲避著她的目光。「把我上次教給你的十個字寫出來看看。」

柳二妮胸有成竹地拿起粉筆，一筆一畫有模有樣地寫著。郭雲生在她身後，想上前，又有點兒不好意思，就在一旁假裝打量著房間裡的擺設。

「雲生哥，我有兩個字不會寫，你教教我。」

　　郭雲生這才敢走上前，只見黑板上寫著四個字，上面是「雲生」，下面是「二妮」。他臉紅起來，慌忙搖手道：「這不是我教你的十個字。」

　　「這是我最喜歡寫的字。雲生哥，教我寫『郭』，還有『柳』。」柳二妮很清楚自己的心情，她毫不掩飾。

　　「粉筆給我。」郭雲生敗下陣來，故作鎮定。

　　「我要你手把手教我寫，你教我寫嘛」柳二妮撒嬌地說著。

　　郭雲生緊張地清了清嗓子，又整理了下衣襟，站到柳二妮身後，握住她拿著粉筆的手，在黑板上寫下「郭」和「柳」兩個字。最後一筆寫完，兩人四目相對，手並沒有鬆開，柳富貴在門口見此情景，咳嗽了一聲。

　　「富貴大叔，我……我在教二妮寫字。我還有事，先走了。」郭雲生結結巴巴地說完，迅速從柳二妮身邊跳開，抓起自己放在桌邊的帽子，逃命似的從柳富貴旁邊跑了出去，差點兒被門檻絆倒。

　　「那什麼，爹，生意談成沒有？」柳二妮岔開話題。柳富貴嘆了口氣，坐到桌前給自己倒了杯水。「我唱起曲兒很溜到，一談起生意就拙嘴笨舌的。那管家一聽說于班主不在，立馬臉就沉下來了，說是沒有于班主的嗩吶，哭喪調就哭不出味道來。」

　　「那怎麼辦，我們已經沒多少錢了。」

　　「我已經讓夥計們先散了，就剩咱爺倆兒，咋都好說。二妮，你去找找東方少爺，問問學校當官的，于班主和冬梅姑娘啥時候能回來。這都三個月了，就算冬梅姑娘的傷沒好利索，回到延安養著也更方便呀。」

　　　　　　　※　　　　　　　　　※　　　　　　　　　※

　　柳二妮跑到東方海住處，追問于冬梅何時能回到延安，東方海將她帶去了葉作舟辦公室。

　　「葉大姐。」

　　「喲，二妮來了，中午就在食堂吃飯吧，我請客。」

　　「我不是來吃飯的，我是來打聽冬梅姐消息的，冬梅姐啥時候回來呀？」

葉作舟無奈地瞟一眼東方海，說：「二妮，東方昨天問過我這個問題，前天好像也問過，我的回答都一樣，我也不知道。東方，你沒和她說？」

「我說了，二妮不信。葉大姐，你好好和二妮解釋解釋，我還有事。」東方海說完，轉身走了。

「你這麼大的官，怎麼能不知道呢？你們不是有那什麼電報嗎，上次不是一個電報就把上海哥哥和我們叫回來了。不能再發個電報把冬梅姐叫回來？」柳二妮跑到葉作舟身後，又是捏肩，又是捶腿，百般討好。

「電報不是說發就能發的。再說了，冬梅的傷也不知道養好沒有，就是養好了，要是根據地那邊需要她，說不定她就留在那邊了。」

「不可能，冬梅姐絕對不會留在那邊，上海哥哥在延安，她肯定會回延安。」

葉作舟打量著柳二妮問：「那你還著什麼急？東方著急我可以理解，你嘛，你是不是在盼著于鎮山于班主回來？」

「你不要亂點鴛鴦譜，我有喜歡的人。」

「誰呀？」

「不告訴你。」

葉作舟笑起來說：「二妮，你喜歡的人要是普通老百姓，我祝福你們早結良緣，要是喜歡上了八路軍，我可得和你說一下，八路軍結婚是有規定的，達不到條件不能結婚。」

「啥條件？」

「八路軍要想結婚，男方必須滿足三個條件之一：超過二十八歲，超過五年黨齡，擔任團級以上職務。」

「啊？這麼高啊？不過我也放心了，就算冬梅姐晚回來幾天，上海哥哥也不會被別的女人搶走了，他好像不夠條件結婚。」

柳二妮放心地拍著胸口，葉作舟越看她越是覺得可愛。

「你對冬梅真不錯。」

「那當然，冬梅姐比我親姐姐還親。」

「你很講義氣，怪不得當初石團長看上的是你。」

「我一直把團長當大叔看。」

葉作舟逗她：「看來你喜歡的人肯定年輕英俊了，是誰呀，告訴我吧。」

「不告訴你。葉大姐，真不能給冬梅姐發個電報？鎮山哥不回來，我們于家班就要散夥了。葉大姐，要不，你讓我來參加魯藝吧，我已經認字了，雲生哥已經教會我認好幾百字了。」

「啊哈，我知道了，你喜歡的是郭雲生，對不對？」

結果，被猜中心思的柳二妮心裡一慌，全然忘記了來找葉作舟的目的。

※　　　　　　※　　　　　　※

東方海在延安，天天盼望著于冬梅回來。于冬梅努力地恢復著傷勢，她也想早日回到延安，可面對著傷患們，又十分地不捨。她每日都打起十二分的精神，為醫院的傷患們獻唱，嗓子唱啞了，就吹起口琴。一天，于冬梅接到與晉北支隊一同趕回延安的命令，她滿心都為了能夠回到延安，回到魯藝，再和戰友們一起上前線慰問而歡欣雀躍。

月照高山頭，病房裡亮著燈，于冬梅在燈光下剪了一個白求恩醫生的側影，惟妙惟肖，她把剪紙貼在房門上，鼓勵著傷患們。

「這間病房我之前也住過，當時就是白求恩醫生救活了我的命，咱就把這病房叫作白求恩病房吧，我相信大家都可以康復的。」

這時，白求恩和李慧珠來到了病房門口，于冬梅有點兒不敢相信地看著他們。

「美麗的姑娘，我們又見面了。」

于冬梅握住白求恩伸出的手，激動地說：「白求恩醫生，我真不敢相信又能見到你。」

「冬梅，白求恩醫生去雁北支隊從這裡路過，聽說你還在，特意來看看你。」李慧珠打趣著。

于冬梅拉著白求恩進了病房，給傷患們介紹著：「戰友們，這就是我的救命恩人白求恩醫生，他是加拿大共產黨員，也是我們的戰友。」

「白求恩大夫，這可真巧了，我妹妹剛把這間病房命名為白求恩病房，你就來了。你們看，像不像？」于鎮山給傷患們看白求恩的側臉，又舉起于冬梅手中的剪紙。

傷患們都說像，白求恩拿過剪紙，贊道：「美麗的姑娘，你還有一雙靈巧的手，太完美了。」

傷患們爭先恐後地說著于冬梅的好，她有些慚愧地低下了頭，說：「可惜我嗓子啞了，不能唱歌了。」

「你的傷恢復得怎麼樣？」

于冬梅轉了一圈，說：「已經完全恢復了。」

「真的嗎，讓我來檢查一下。美麗的姑娘，我可以請你跳支舞嗎？」

「我不會跳你們國家的舞。」

「很簡單的，跟著我的節奏來就行了。」

白求恩哼著〈紅河谷〉的旋律，帶著于冬梅開始跳舞。起初，于冬梅有點兒生疏，幾次踩到了白求恩的腳，但很快就掌握了舞步的節奏，兩人邁著舞步出了病房。于鎮山拿起口琴，吹著〈紅河谷〉的調子伴奏，跟了出去。醫生們與幾個傷勢較輕的傷患也跟了出去，很快，更多的傷患和醫護人員從房間裡湧了出來。不知是誰把煤油燈拿來掛到樹上，藉著院子裡的光，所有人都加入了跳舞的隊伍，匯成一片歡樂的海洋。

白求恩注視著和傷患們盡情舞蹈的于冬梅，身旁的醫生不由得感嘆著：「傷患們都很喜歡聽于冬梅唱歌，都說她的歌聲是最好的止疼藥。」

「她會一直留在這裡嗎？」

「不，她明天一早就要出發去延安，有人在延安等著她。」

白求恩嘆了口氣：「太可惜了。如果打中她腹部的子彈再高出一釐米就好了，這位美麗的姑娘也許永遠做不了母親了。」

※　　　　　　※　　　　　　※

皎潔的月光照耀著院子裡歡樂的人群，同樣照進了魯藝的宿舍裡。關山被東方海的叫聲驚醒，他點亮煤油燈，湊過去看，只見東方海表情痛苦地呻吟著：「冬梅……冬梅……」

「東方，東方，醒醒……」關山輕輕推東方海。

「冬梅！」他猛地坐了起來。

「東方，你咋了？」

東方海愣了一下，看清是關山，有些悵然若失道：「我剛才做了一個惡夢，夢見，夢見冬梅犧牲了……」

「冬梅在白求恩大夫那裡療傷，沒事的。」

「可這麼長時間了，她怎麼還不回來？」

關山來了興致，他立即坐上了東方海的床鋪，盤起腿問：「東方，你老實告訴我，你是不是喜歡上冬梅了？」

「沒有，沒有，她是為我負的傷……」東方海忙搖頭。

「算了吧，東方，你可瞞不住我，你幾次說夢話，喊的都是冬梅，這不是喜歡是什麼？咱倆是睡一個屋裡的，你要是不對我說實話，那就有點兒把我當外人了。」

「沒有，沒有，我沒把你當外人。」

「你啊，大家都知道你喜歡冬梅。嘴巴可以騙人，眼睛是不會騙人的。你看到冬梅，那眼神真是沒法說。人家小蝶也不是傻子，能看不出來？她為什麼要嫁給石團長？還不是看出了你的心思。她為什麼要離開延安？你瞧你看冬梅的樣子，眼睛裡淌蜜，放在誰身上，誰也受不了。」

東方海咬著牙想了一會兒，一拍大腿道：「我是喜歡冬梅，她身上有一種我在上海從來都沒見過的氣質，純樸、善良。她唱的歌，也像天籟之

音，我從來都沒聽過，這些都深深地吸引著我。可能我看到她第一眼起就喜歡上她了。對，我是愛她。」

「這就對了，是愛就大膽說出來嘛，光在夢裡說有啥用？」

「可現在是戰爭，鬼子占了大半個中國，國將不國，何以為家？我本來有一個家，幸福美滿，可鬼子來了，父母死了，妹妹下落不明。雲生雲鵬也有一個家，他們父母被鬼子打死了，雲鵬也犧牲了。國破，我們的家也都支離破碎了，我是眼睜睜地看著身邊的親人一個個走了……我們應該先把鬼子趕出中國，再考慮個人的事兒。」東方海說著說著，神情黯淡下來。

「東方，我這就要批評你了，毛主席都講過多少次了，抗戰是持久戰，不是一天兩天的事兒，也不是一年兩年。抗戰是持久戰，愛情卻不能是持久戰。人家冬梅是姑娘，你難道就這樣和人家耗下去？」關山撇撇嘴。

「我也想過，咱們雖然是文藝戰士，但首先是軍人，在這場戰爭中，軍人都要準備隨時犧牲，何況，咱們的文藝戰士已經有在前線英勇犧牲的了……我要是再成一個家，再支離破碎了，不管留下的是誰，都不好過。我不想拖累冬梅。」

「你啊你啊，你已經拖累冬梅了，人家的心思都在你身上，你還這樣猶猶豫豫……某些人啊，真的是身在福中不知福啊。」

關山起身，吹滅煤油燈，躺下時長嘆一聲。

十五　心意

十六　追求

　　郭雲生站在接待處大門外的樹下張望，東方海和柳二妮一起走了過來。遠遠看見郭雲生，柳二妮趕忙小跑幾步來到他面前，甜甜地叫了一聲：「雲生哥。」

　　「二妮，謝謝你。」郭雲生也含笑看著她。

　　「雲生哥，你的事就是我的事，再說了，唱歌是我最拿手的，我保證幫你們連拿冠軍。」

　　「你們連第幾個唱？」東方海也走了過來。

　　「倒數第二個。阿海，有你給我們當指揮，有二妮給我們幫唱，這次的比賽我們肯定拿冠軍。」

　　「雲生哥，你們連拿了冠軍，你會不會升官呀？」柳二妮撲閃著一雙大眼睛，她可是在盼著郭雲生早點當上團長。郭雲生也明白她的心思，微笑著說還有四年他就滿二十八歲了。

　　「雲生哥，比賽歌曲練得怎麼樣了？」聽不明白兩人對話的東方海一心惦記著接下來的比賽。

　　「〈太行山上〉沒問題，〈保衛黃河〉問題也不大。」

　　「放心吧，我唱的〈黃河怨〉肯定能給你們的〈保衛黃河〉出大彩。」

　　「二妮，比賽的時候一定要看我的指揮……」三個人說著話，向作為賽場的軍營中走去。

　　　　　　　※　　　　　　　　※　　　　　　　　※

　　于家兄妹帶著一隊人風塵僕僕地來到了延安，于冬梅停下腳步，指著不遠處的寶塔山。

　　「看，延安寶塔，我們馬上就到接待處了。」

「真是一個漫長的旅途。」

一名戴眼鏡的青年騎在馬上，神情憔悴，長出了一口氣。一旁年長的領隊也安下心來，招呼著眾人：「終於到延安了。你們記著，一定要睜大眼睛，好好觀察觀察，弄清楚這個偏僻的小城延安，到底有什麼魅力，能吸引這麼多人前來。」

「你們看看我妹妹，她一進入延安地界，整個人就不一樣了，一點兒不像受過重傷剛剛養好的樣子，要不是她嗓子還沒恢復好，說不定這會兒就唱起來了。」于鎮山笑咪咪地看著于冬梅，領隊也點頭稱是。

「于小姐確實和路上不一樣了，路上你比那些護送我們的八路軍戰士還要緊張還要警惕。這會兒放鬆多了，就好像到家了一樣。」

「延安就是我的家，歡迎你們來延安這個大家庭做客。走，我帶你們去接待處。」

于冬梅被有些著急的于鎮山悄悄拉住。「妹子，給他們指個路就行了，你不急著回魯藝見你想見的人？」

「你急著回于家班先走好了，我要完成我的任務。」于冬梅認真地說完，帶著一隊人繼續向前走。

「這一到延安，妹子就不是我妹子了，又成了于組長。」于鎮山在原地愣了一會兒。

郭雲生所屬連隊的一小隊戰士唱著〈保衛黃河〉，與他們擦肩而過。

※　　　　　　　※　　　　　　　※

從接待處走出來，于冬梅擦擦臉上的汗，于鎮山心疼地看著她。

「妹子，這一路上夠你忙的，比個男人幹的事兒都多。你這身子骨才剛剛好，醫生不是交代了嗎，還得好好養著。你在這兒等一會兒，我去僱個毛驢，你騎著回魯藝。」

「哪有那麼誇張，剩下這十里路，我跑都能跑回去。再說路上咱們的行李都是你拿著，你是不是累了？我幫你拿點。」

「我堂堂男子漢,這點行李算什麼。走吧。」

兩個人走了沒幾步,于冬梅突然停下腳步,于鎮山趕忙問著:「咋啦?累了?哥背你。」

「不累,你聽那歌聲,挺帶勁兒。」

這時,東方明帶著警衛員走了過來,看見于冬梅,他愣了一下。

「小于,于冬梅。」

「東方首長好!」于冬梅看見東方明,忙跑過去敬禮。

「你的傷好了?」東方明打量著她。

「是,完全好了,今天剛剛從前線回來。」

「這麼說,給記者觀察團帶路的魯藝學員是你了。你的任務完成得很好。」

于冬梅有些不好意思地笑了,說:「謝謝首長表揚。」

「趕快回魯藝吧,你們的葉協理員一直在打聽你的情況。對了,機關各部隊在舉行歌唱比賽,阿海被雲生的連隊邀請來當指揮,你要不要進去看看?」

聽到東方海就在這兒,于冬梅愣了一下,連忙點頭:「要去,要去。」

警衛員帶著于家兄妹進入軍營訓練場時,郭雲生所屬的連隊剛登上臨時搭建的舞臺,東方海背對著臺下開始指揮。參賽曲目開端是一段柳二妮的女聲獨唱,穿著白底藍花上衣的她梳著一個大辮子,和穿軍服的戰士們對比鮮明卻又很和諧。她唱完一段〈黃河怨〉,東方海指揮棒一點,戰士們開始合唱〈保衛黃河〉。臺下準備上場的最後一支隊伍與觀看比賽的戰士們都很專心地聽著。

于冬梅的目光始終鎖定在東方海的身上,她站在那裡,安靜地感受著東方海背影帶來的震撼,于鎮山也在她身旁停下腳步。戰士們的合唱越來越洪亮,柳二妮也加入進去,最後,在東方海有力的手勢中,歌聲停下,臺下響起熱烈的掌聲。東方海轉過身來,柳二妮、郭雲生和三個戰士走過

來，六人站成一排向臺下的戰士們敬禮，掌聲一浪高過一浪。

于鎮山站在那兒拚命揮手，終於成功引得臺上三個人的注意。柳二妮又驚又喜，忙用手摀住嘴巴，控制自己不叫出來；郭雲生笑著點點頭，算是打了招呼。東方海卻只看到鼓掌的于冬梅，他一陣激動，覺得眼眶發熱，忍不住就要往臺下走。郭雲生見狀忙拉住他，指揮著隊伍從旁邊下臺。

東方海和柳二妮急匆匆地從側面走下臺子，柳二妮向于冬梅跑著，眼淚忍不住湧了出來，她一下子抱住迎過來的于冬梅，哽咽著說道：「冬梅姐，你可回來了，我都快想死你了。」

「二妮，你唱得真好。」于冬梅鬆開柳二妮，給她擦眼淚。

「都是上海哥哥教我的。你和上海哥哥說說話吧，他可想你了。」

「東方哥。」

東方海看著于冬梅發紅的臉頰，他很想擁抱一下她，但只是伸出手。

「冬梅，你好。」

于冬梅剛伸出手來，于鎮山卻搶先一步握住了東方海的手。「二妮，東方海，你們眼裡都只有我妹子，我這麼大個人站在這兒，你們都當我是棵樹？還是棵掛滿行李的樹。」

「我來，幫你拿。」東方海忙伸手拿行李，柳二妮也拿過一件。

「鎮山哥，你辛苦了！我爹可想你了！」

「唉，也只有富貴叔惦記著我。」

行李一拿，東方海的注意力又全回到了于冬梅身上。

「身體完全恢復了？」

「嗯，完全好了，健康得很。」

「鎮山，冬梅，見到你們真高興。」郭雲生跑了過來。

「雲生，清明的時候，我本想去一趟石團長那裡，給我爹和雲鵬上上墳，可那個時候冬梅的傷勢還很嚴重。」

聽到于鎮山的話，郭雲生神色傷感了一瞬，很快恢復如常。

「沒關係，心裡想著就都有了。你們先找個地方說說話，等我忙完歌唱比賽，給你們接風。」

「接風的事情我來幹吧。」葉作舟牽著馬，突然出現在眾人身旁，原來她在辦公室接到電話，得知于冬梅傷癒歸來，高興得親自騎馬來接，一路邊走邊打量著路邊的行人，好不容易才在這裡找到了他們。

「葉大姐。」于冬梅驚喜地迎上去，一下子撲到葉作舟懷裡。

葉作舟拍拍她的肩膀道：「回來就好，回來就好。我看看，嗯，臉色不錯。」

于鎮山也趕忙跑了過來。「葉領導，你真是個好領導，居然勞動你的大駕親自來接冬梅，謝謝了。」

「我來接我魯藝的人，有什麼好謝的。我倒是該謝謝你，這麼長時間一直照顧冬梅。把行李放馬上吧，別打擾人家比賽。」

于鎮山忙把行李放馬上，接過了馬韁繩。

「多謝領導，領導一來就把我給解放出來了。你不僅是我妹子的好領導，也是我的好領導。我來牽馬。」

一行人在臺上〈太行山上〉的歌聲中向外走去。

※　　　　　　※　　　　　　※

這天夜裡，于家班住處也擺下了接風宴，設在柳富貴的屋中，炕桌上擺了四個菜，關山也跟著東方海來了。于冬梅和柳二妮端著最後兩道菜過來，郭雲生給眾人斟好酒，于鎮山舉起杯來。

「來來，大家先乾一杯。」

「鎮山，冬梅，你們回來了，我這心才踏實了。鎮山，對不起，我沒把于家班撐起來。」

看柳富貴眼眶一紅，于冬梅急忙搶過話來：「富貴叔，你是于家班的臺柱子，那些雜事本來就不該你操心。是我拖了我哥的後腿。」

「我也有責任，冬梅受傷是因為我。」東方海也自責著。

「過去的事情大家都不要再提了，向前看，大家都向前看。富貴叔，于家班想再興盛起來，容易。來，再走一個。」于鎮山擺了擺手。

「冬梅姐，我可是天天都盼著你回來，我現在認識字了，雲生哥給我找的小學課本我都會讀。」

柳二妮朝郭雲生靠了靠，于鎮山看出端倪，笑著給郭雲生遞眼色。

「雲生，你行呀，石團長都做不到的事，你居然做到了。沒想到我一回來就有喜酒喝。」

「鎮山哥，你別隨便開玩笑，這會兒我只拿雲生哥當老師。八路軍那邊規矩大，連冬梅姐都不能隨便結婚，我著急也沒用啊。」

一直沒說話的關山看了看東方海，突然說道：「冬梅想什麼時候結婚都沒問題，魯藝的學員和教員，不受 285 團條件限制。」

柳二妮聽到這句話，有點兒發愣，于冬梅也看了一眼東方海。

「好好的，說這些幹什麼，我來敬個酒吧，謝謝大家惦記著我。」

眾人碰杯，東方海把于冬梅的酒碗奪過來喝了，又把自己碗裡的酒喝了。

「你少喝點兒酒。」

「東方海，你可和以前大不一樣了，都知道關心人了。看來我在廟嶺的醫院打你打對了。」看于冬梅拉下臉來，于鎮山忙岔開話題，「關山，咱倆碰杯。關山，你說你們魯藝，真得有了大學問才能上？」

「美術系對文化課的要求不是很嚴，像我，也沒有正經的中學文憑。你的專業在樂器和唱歌方面，這個問題，你得去問音樂系的葉協理員。」

于鎮山眼珠一轉，道：「這位葉領導，她最喜歡什麼？」

「馬。葉大姐最喜歡馬，石團長是她老鄉，又是她的老戰友，最了解她，所以才托我們帶馬給她。我去魯藝，不是碰到她在工作，就是看見她在騎馬。」

柳二妮說完，東方海跟著補充道：「葉大姐喜歡的還有一個，就是才

華。」

「這個也對，上海哥哥有才華，葉大姐就特別關照上海哥哥。她有一次聽我唱了歌，還誇我。鎮山哥，她不是還批准咱們當了戰地服務團的編外人員嗎？」

于鎮山連連點頭：「有戲，絕對有戲。來來，喝酒，這次祝願我們能心想事成。關山，東方，我妹子又回學校了，你們兩個要多關照她。」

※　　　　　　　　　　※　　　　　　　　　　※

飯後，柳二妮和于冬梅在廚房洗碗。柳二妮到門口看了看，回來悄聲說道：「冬梅姐，你不在這段時間，我為啥老往魯藝跑，一是我很喜歡魯藝這個地方，還有一點，我得幫你看住上海哥哥。」

「看啥看，我可沒讓你做這種事。」于冬梅又是好氣又是好笑地看著她。

「這半年多，魯藝來了不少新學生，上海哥哥除了給她們講課，別的時候都像一個木頭人一樣。也是，他連丁小蝶都沒看上，更不用說別人了。」

「是啊，他連丁小蝶都沒看上，更不用說別人了。」于冬梅嘆了口氣。

「你不一樣啊，冬梅姐，你可是他的救命恩人。」

「我不喜歡他因為感恩接近我。」

柳二妮一手支著臉頰，出神地說著：「管他是什麼原因，只要他喜歡接近你就行。冬梅姐，我們剛回到延安的時候，因為雲鵬哥剛死，你又受了重傷，雲生哥和上海哥哥心裡都不好受，他們倆當時都是半死不活的，真的很可憐。雲鵬哥生日那天，我和我爹陪著雲生哥和上海哥哥在二里溝那邊給雲鵬哥招魂，雲生哥和上海哥哥那天晚上哭得特別傷心，我應該就是那時候喜歡上雲生哥的。我以前還從來沒有對男人有過感覺。」

「二妮真的長大了。」于冬梅感慨地拍了拍柳二妮的肩。

「姐，你那麼喜歡上海哥哥，主動點吧。要是關山哥不在這兒就好了，一會兒你和上海哥哥一起回學校，走到橋兒溝的小樹林，你就說你害

怕，上海哥哥肯定會拉你的手，我最喜歡雲生哥拉我的手了，他的手大大的，暖暖的……」

「真不害羞！」柳二妮一臉陶醉，于冬梅捏捏她的臉蛋。

「冬梅，我們該走了。」這時，東方海在外面叫著。

「好，這就出去。」于冬梅答應著，轉身要走，柳二妮一把拉住了她。

「姐，聽我的，把關山哥支走，一定要和上海哥哥去一次小樹林。」

「再胡說，我撐你的嘴。我走了。」于冬梅輕輕甩開柳二妮的手，笑著走了。

※　　　　　　※　　　　　　※

第二天一早，于鎮山和柳二妮拎著筐進了魯藝的馬棚，兩人來到葉作舟那匹馬前，把筐裡的飼料倒出來餵馬。回去的路上，他們正好迎面遇見來看馬的葉作舟，葉作舟先打了招呼，于鎮山應著，故意把筐往後藏藏。

「領導，以後別叫我于班主了，于家班我不準備再開下去。你可以叫我于鎮山。」

「那你也別叫我什麼領導，我又不領導你。你也叫我名字吧。你不開于家班，以後準備幹啥？」

「叫名字多不禮貌，我也跟著冬梅和二妮叫你大姐。我準備幹大事，大姐等等看就知道了。再見，大姐。」

葉作舟納悶地扭頭看了一會兒于鎮山的背影。等進了馬棚，她看到馬槽中摻了黑豆的草料，心裡明白了些。她解開韁繩，拍拍馬屁股道：「這是在拍你的馬屁還是在拍我的馬屁？」

※　　　　　　※　　　　　　※

于鎮山和柳二妮在橋兒溝樹林裡又遇到了于冬梅，聽哥哥說剛去給葉作舟的馬送了飼料，她有點兒生氣：「哥，我在魯藝很好，不需要你給葉協理員送禮。」

「區區一點兒飼料，哪就和送禮扯上了？再說了，我可不是為了你，是為了我和二妮，還有富貴叔。我們都想加入魯藝，要加入魯藝，必須得過葉大領導這一關。」于鎮山解釋著。

「葉大姐可是很清正廉明的，惹惱了她，別說加入魯藝了，恐怕你們以後想來見我都不行了。」于冬梅一臉擔憂地看著他。

「妹子，你放心，哥向你保證，我一定能加入魯藝。你上次受傷後，我就發誓，一定不能離開你。」

「冬梅姐，除了在你身邊照顧你，鎮山哥和我一樣，很想參加八路軍。關山哥說了，魯藝的學員教員結婚不受條件限制。我要和你在一起，和你一樣每天唱歌，去前線慰問，我還要能盡快結婚。」柳二妮也一臉認真。

「妹子，我和二妮參加魯藝的事你不用管，你只管上好你的學，演好你的節目，每天高高興興的。」

這時一名學員走過來招呼于冬梅參加音樂系和抗大的聯歡活動，于鎮山笑著讓她放心，把她推走了。

沒想到這次活動生出了不必要的事端，一位李旋風李團長對上臺演唱的于冬梅一見鍾情，騎馬追來魯藝排練場，硬要于冬梅當著同學們的面收下他的全部身家 —— 一個裝有一匹綢緞布料和幾件金銀首飾的包袱。于冬梅不肯收，他扔下就跑了，幾個同學圍著包袱起哄，感嘆禮物貴重。于冬梅沉著臉，把包袱直接拿去了葉作舟辦公室。

見于冬梅只是把包袱往辦公桌上一攤，低著頭不說話，葉作舟站起來，答應會解決這件事，讓她不要有思想負擔。葉作舟拎著包袱來到馬棚，看看槽子裡的飼料，拍拍馬屁股，解開韁繩把馬牽了出去。來到抗大，她直接找到李團長的領導，明確表示于冬梅拒絕任何形式的追求，將包袱物歸原主。

學校裡的消息往往傳得很快，關山走進宿舍時，東方海正在給一首歌

編曲，他朝關山點點頭，繼續沉浸在工作中。關山泡了兩杯茶水，又拿出刻刀和一副刻了一半的木板，比畫了兩下，終於忍不住把東西放下，轉向東方海說：「東方，于冬梅回來時間不短了，你和她見過面沒有？」

「你這問題真奇怪，見呀，天天都見，排練廳、訓練場、辦公室、食堂，咱們三個今天一起吃的早飯呀。」

東方海心不在焉地應著，關山有點兒著急：「我說的不是這種同學式的見面，我是指你們兩個單獨見面，還不是為了工作單獨見面，我說的是約會。」

「我們沒有正式約會過。」

東方海放下了手中的筆，關山追著問他：「你不喜歡她嗎？我記得冬梅在山西那邊養傷的時候，你天天心緒不寧，那明顯是相思入骨的表現。」

「她現在回來了，健健康康待在我身邊，我每天都能見到她，我覺得這就夠了。」

「東方，你還是太理想主義，整個魯藝不止你們兩個人，整個延安更不止你們兩個人。我剛剛聽到一個爆炸新聞，抗大一個團長學員來向于冬梅表白，送了一份厚禮。」

對於這個消息，東方海顯得不怎麼在意：「冬梅是個有主見的人。」

「如果不只是禮物，還有別的因素呢？東方，一家有女百家求，于冬梅經過戰火洗禮，如今是名副其實的魯藝一枝花，你對她是什麼樣的感情，該表白就得主動表白，別等她也叫別人帶走了，又來找我喝悶酒。」

「關山，你什麼時候也變得這麼俗氣了，那些情啊愛啊，統統不在我的關注範圍，我和冬梅，我們有更重要的事情要做。」

東方海說著，把桌上的紙疊起來，拿著走了，關山笑著搖了搖頭。

※　　　　　　※　　　　　　※

沒想到這半天都還沒過去，于鎮山和柳二妮也聽到了傳聞。他們給葉作舟的馬添飼料時，遇見了于冬梅。柳二妮趕忙眉飛色舞地將聽聞描述一番：「姐，你現在可有名了，我這一路碰見一個認識的人，都會給我講李團

長求婚的故事。聽說包袱裡有十根金條、春夏秋冬的綢緞料子、幾十雙玻璃絲襪……」

聽著柳二妮的話，于冬梅眼睛越瞪越大。「這都哪兒跟哪兒呀，李團長沒有求婚，就是送了禮物，說想和我見面。那包袱裡總共就有一塊料子、三件首飾，兩件都是銀的。」

「你現在比當年丁小蝶還有名，有人說團長大叔把整個延河的魚都摸過來送給了魯藝，這才把丁小蝶娶走了。大家都在打賭你什麼時候會嫁給李團長……」

于冬梅搖了搖頭道：「真無聊，別再說了。」

「我覺得這是個好事，能讓東方海那小子有點兒緊張感……」于鎮山的話被一陣馬嘶聲打斷，從抗大回來的葉作舟騎著馬在三人身邊停下。

「葉大姐，你的馬受驚了？」柳二妮驚訝地問道。

只見葉作舟的馬向前走了兩步，伸頭去于鎮山拿著的筐裡吃飼料，葉作舟冷笑一聲，說：「馬沒受驚，馬認出了拍牠馬屁的人。冬梅，李團長的事情已經解決了，他不會再來找你。你，跟我來。」

葉作舟把馬韁繩扔給于鎮山，仰著頭朝前走。于鎮山朝有些著急的于冬梅擺擺手，一手拎著筐，一手牽著馬跟在葉作舟後面走了，柳二妮也一臉焦急。

「葉大姐的臉黑得比烏雲還黑，鎮山哥肯定頂不住。我們上魯藝的事兒黃了。姐，怎麼辦，要不我去你們食堂擇菜去？」

「二妮，你的專長是唱歌，不是擇菜做飯。冬梅，你這會兒有時間嗎？」

看到東方海走了過來，柳二妮一下子又充滿活力，她看到東方海手裡拿著一張折疊起來的紙。

「有，冬梅姐當然有時間。上海哥哥，你手裡拿的，不會是情書吧？」

「不是，這是我為冬梅編寫的一首歌。」

「真的嗎？練歌的話，這大街上不合適，你們去小樹林吧。快去吧。我看看鎮山哥去。」

柳二妮朝于冬梅擠擠眼，把于冬梅推到東方海身邊，轉身走了。走出沒幾步，她回頭看見于冬梅和東方海並肩離開，又悄悄跟了過去。

※　　　　　　※　　　　　　※

于冬梅跟著東方海來到橋兒溝樹林中，她打開那張紙，上面是一首歌的譜子，歌名處寫著〈繡荷包〉。

「還真是一首歌譜。這首歌我唱過很多次了，當初咱倆還一起表演過。」

「我知道，這首歌最能代表你的演唱風格，我又重新給它編了曲。你唱唱試試，特別是這一部分……」

于冬梅感到心情有些複雜，她把譜子收了起來。

「東方，李團長的事情你聽說了吧？」

「聽說了，現在傳得很厲害，你不去管它，過幾天，那些傳言自然就消失了。」

「我對李團長一點兒印象都沒有，以後也不打算和他有什麼來往。」

她都這麼說了，東方海看起來還是像個木頭一樣。

「我知道，你應該和我一樣，暫時不要考慮個人問題。」

「你……不打算考慮個人問題？」

「我的經歷你很清楚，本來做著藝術夢，一下子國破家亡，我受到的衝擊別人無法體會。」

于冬梅不是不能理解東方海的心情，但正是因為一直以來都比旁人更為理解，此刻她才感到有些急躁。

「我爹也是鬼子殺害的啊。」

「所以我一直很佩服你，你有那種把痛苦化為力量的能力。來到延安，其實是一種新生活的開始，你很快就投入了新生活，可我始終無法適

應，沉浸在痛苦中不能自拔。」

東方海目光誠摯，于冬梅默默看了他一會兒，低聲說道：「可你現在已經好了啊。」

「那是用雲鵬的生命和你的傷換來的，還有《黃河大合唱》給我的震撼。我現在很少考慮自己，一心只想在藝術領域探索，我想寫出像冼星海老師那樣有思想、有力度、有深度的作品，我想讓我的作品有鼓舞人的力量。雖然現在我還做不到，但我在努力做準備。」

于冬梅嘆了口氣：「那你還有時間給我編曲子？」

「給你編曲子，我永遠都有時間。冬梅，在咱們這一屆學生中，你是最有發展空間的，我一直想為你寫一首歌，可我創作上西洋音樂留下的痕跡太重了。我現在只能對你熟悉的歌曲略做修改，盡量讓你的演唱有新意。」

于冬梅的神色溫柔起來，她把歌譜展開拿好。

「嗯，我唱唱試試。」

「這裡，特別注意這個地方。」東方海指著歌譜中間的地方，于冬梅輕輕哼了起來，躲在一棵樹後的柳二妮一臉迷惑。

「他們進了小樹林，還真就談唱歌了。冬梅姐唱得真好聽。」

※　　　　　　※　　　　　　※

另一邊，于鎮山跟著葉作舟來到馬棚，葉作舟把馬拴好，于鎮山把筐裡的飼料倒進馬槽，葉作舟站在一旁，看著筐空了。

「這是最後一次。」說完，她轉身往外走，于鎮山拎著筐跟了出去，

兩人又回到葉作舟辦公室。于鎮山等的正是這個時候，葉作舟一問起他的企圖，他就將想要加入魯藝的事誠懇地和盤托出：「葉領導，因為我妹子冬梅的原因，咱們也沒少打交道，去年冬天，你還特意批准我和二妮作為編外成員參加了魯藝的戰地服務小組。正是這次根據地之行，讓我的思想發生了翻天覆地的變化。冬梅在山西養傷的時候，我陪著她在戰地醫院工作了不短時間，我是受過八路軍教育的人。在石團長的根據地，張參謀

285

就建議我留下來。可我覺著我這一身本事，只有在魯藝才能發揮出來。」

葉作舟打量著于鎮山道：「你一身本事，我怎麼看不出來？」

「葉領導，我打聽了，魯藝是藝術院校，如果有特殊的才藝，文化課差一點兒，也是可以破格錄取的。我去了一趟根據地明白了，共產黨八路軍的文藝，是要為戰爭服務的。如果我向你證明了，我有絕活兒，而且是特別能鼓舞前方戰士士氣的絕活兒，你能不能破格錄取我？」

葉作舟看著于鎮山的眼睛，于鎮山也很嚴肅地看著葉作舟。

「看在你誠心誠意的分上，我給你這個機會。記住，必須得是大家公認的絕活兒。」

「放心吧，領導，我于鎮山不是喝稀飯長大的。我去準備了。」

于鎮山站起來往外走，葉作舟在他身後喊：「哎，不是說過了，別叫我領導。」

「是，大姐！」遠遠傳回來于鎮山帶著笑意的聲音。

※　　　　　　※　　　　　　※

于鎮山的計畫，是利用于得水留下的積蓄，組建一個腰鼓隊，去安塞參加鬥鼓大會，把冠軍的金腰鼓拿回來。這金腰鼓便是證明，證明于家班有前線用得上的絕活兒，于鎮山和柳二妮也就能加入魯藝了。為了順利拿到金腰鼓，于鎮山此刻也顧不上管東方海和自家妹妹的事了，誰知那李團長仍不氣餒，不僅托領導屢次聯繫葉作舟求情，還擅自跑來魯藝轉悠。

葉作舟被弄得煩不勝煩，只好分別找到于冬梅和東方海，想做好兩人的思想工作。誰知于冬梅既不想給東方海壓力，也不願意考慮東方海之外的人選，東方海也認為于冬梅還沒有戀愛結婚的想法，即使葉作舟拿丁小蝶當年的離開來激他，也只是愣著沉默了一會兒。

他其實比任何人都清楚，自己對於丁小蝶與于冬梅是完全不同的情感。先前丁小蝶嫁給石保國，他喝得大醉，只是害怕丁小蝶跟他賭氣做出的決定會是個無法挽回的錯誤，去過獨立團後，他明白丁小蝶過得很好，

就不再介懷了。可他從未設想過于冬梅不在自己身邊的狀況，葉作舟的一番話終究是令他的想法發生了微妙的改變。

于冬梅的心境也發生了變化，她開始躲著東方海。察覺到這一點的東方海開始心煩意亂，連琴都拉不下去，這天他又在宿舍嘆著氣，無可奈何地將琴收好，轉向一旁正專心刻著版畫的關山。

「關山，今天那個李團長又來訓練場了，葉協理員把他勸走了，可是大家一直在議論，冬梅的臉色很不好。」

「這些我都聽說了。看來這件事並不像你說的那樣，很快就過去了。」

「冬梅最近總在迴避我。」

東方海嘆了口氣，關山抬眼看著他。

「現在這種情況下，冬梅身邊需要的不是男性朋友，而是男朋友，未婚夫。」

「可是我，我還沒有準備好面對一段感情。我現在只想練琴，只想追隨冼星海老師的腳步，尋找屬於我的音樂。」

關山無奈地盯著東方海看了一會兒，突然有些傷感地開口說道：「我少年的時候，只想用這雙手畫畫、雕刻、拍照，只想創造美的作品。後來有一天，我突然想用這雙手抓住另一雙手，想用這雙手擁抱一個人的身體，想為她擦去眼淚，想撫摸她的髮絲。可她不屬於我，我什麼都做不了。你這雙手，除了拉琴、作曲，就不想再做點什麼了嗎？」

聽著關山的話，東方海攤開兩隻手，呆呆地看著。片刻後，不知哪裡來的一股決心，他衝出宿舍，先是跑去于冬梅宿舍敲門，又衝到空無一人的排練廳，跑過小樹林，驚嚇到一對情侶，可哪裡都沒有于冬梅的身影。

※   ※   ※

于冬梅正在于家班住處的院子裡看于鎮山和柳家父女練習鬥鼓，她有些心不在焉。休息時，柳二妮靠著她，問魯藝最近有什麼好玩的故事，她都笑得很勉強；于鎮山問起葉作舟的近況，她也隨便地應付著。看出于冬

梅狀態不太對，于鎮山只是想開個玩笑逗她：「發生什麼事了，是不是東方海欺負你了？那個榆木疙瘩要還是天天蔫不唧的，對你一點兒表示沒有，我就要做主把你嫁給別人了。」

于冬梅卻忍不住哭了起來。「我不嫁人，我不想嫁給別人，我誰都不想嫁！為什麼女人就非得要嫁人，為什麼我就不能過平靜的生活，好好唱我的歌！」

「冬梅姐，別哭，你別哭。」柳二妮忙拉住于冬梅的手。這時郭雲生跑了過來，他看著滿臉是淚的于冬梅問：「冬梅，你已經得到消息了？」

于冬梅擦擦眼淚，看向郭雲生。

「白求恩醫生犧牲了，是在搶救傷患的時候染上破傷風去世的。」

于冬梅呆住了，眼淚更是止不住地流下來。

十七　噩耗

　　東方海跑遍了魯藝附近都沒有找到于冬梅，他來到葉作舟的辦公室，正看到她一臉惆悵地放下電話。

　　「東方，看見冬梅沒有？」

　　「我也在找她。」

　　「救過冬梅性命的白求恩醫生犧牲了，你快去找找冬梅，好好安慰安慰她。」

　　東方海回想自己這一路找來，于冬梅只可能是去于家班了，他又一路跑到于家班住處前。遠遠看到窯洞的燈光，他正要過去，于冬梅正好從院子裡走出來。她一邊走一邊擦著眼淚，朝另一個方向走去，東方海忙跟了過去，一直跟到了延河邊。天上掛著一輪明月，照得河水閃閃發亮，于冬梅靜靜地看著河水流淌，東方海則在不遠處站定，沉默地看著她。

　　「白求恩大夫，我哥哥在家裡給你設了靈位，給你燒香，給你送紙錢，你很不習慣這種紀念方式吧，這是我們中國人的心意。你在我哥哥心中，是神。」

　　此刻的于家班窯洞中，于鎮山把寫有「白求恩醫生之靈位」的紙貼在一塊木板上，柳富貴把香爐在靈位前擺好，柳二妮端來幾樣供品一一放好，三人在靈位前上香，跪下磕頭，燒了紙錢。于冬梅明白這祭奠方式並不合適，但這是一番心意，與她此刻站在延河邊的心意是相通的。

　　「白求恩醫生，延河的水能流向大海，你家鄉紅河谷裡的水也能流向大海，海洋的水都是相通的吧。如果你的靈魂已經回到了家鄉，通過延河，通過大海，通過紅河谷，你能聽到我的心聲嗎？我的生命曾經遇到過危險，是你救了我。我現在面臨著極大的困擾，真希望有人能像你一樣，

拿一把手術刀，把我心裡這些困擾清除出去。」

　　這一刻，于冬梅彷彿覺得心頭的苦惱已經少了許多，是啊，和白求恩醫生的一生比起來，她的生活是多麼安寧而幸福，她正在煩惱的也都是些多麼微不足道的事。

　　「白求恩醫生，你一直都在前線辛苦奔波，救了那麼多傷患的性命，這會兒你可以安息了。你喜歡跳舞，我跳給你看吧。我想用這種方式來紀念你。」

　　于冬梅哼著〈紅河谷〉的曲子，在河灘上獨自起舞。

※　　　　　　　※　　　　　　　※

　　東方海想要過去陪伴她，但又停下了腳步。他靜靜地看著在月光下翩翩起舞的于冬梅，聽著她哼唱出的優美曲調，耳邊響起了關山的聲音：「有一天，我突然想用這雙手抓住另一雙手，想用這雙手擁抱一個人的身體，想為她擦去眼淚，想撫摸她的髮絲……你這雙手，除了拉琴、作曲，就不想再做點什麼了嗎？」

　　東方海深吸一口氣，朝于冬梅走去，輕輕叫了一聲：「冬梅。」

　　于冬梅驀地停下舞步，她回過頭來，臉上的淚水還沒乾。

　　「東方，我……我在想白求恩大夫……」

　　「我知道，這是他喜歡唱的曲子，是他喜歡跳的舞。我想和你一起跳，讓白大夫看看……」東方海停頓了一下，覺得心頭似有說不盡的萬語千言，「今天有人問我，我這雙手除了拉琴、作曲，就不想再做點什麼了嗎？一直以來，我和你在一起，就想用這雙手拉你最喜歡的曲子給你聽，就想用這雙手為你喜歡唱的歌編出更優美動聽的旋律。可今天晚上，此時此刻，我想用這雙手握住你的手，想陪你跳舞，想用這雙手擁抱你，想為你擦去眼淚，想捧著你的臉告訴你，盡情哭吧，盡情傷心吧，盡情抒發你的情緒吧，我會在你身邊，一直都在你身邊陪伴你。」

　　「天哪，東方！」于冬梅低聲說著，腳步不由自主地朝東方海走來。東方海也向她走去，伸出手，緊緊地抱住了她，兩個人輕輕哼著〈紅河谷〉

的旋律，在河灘上緩緩邁出舞步。

※　　　　　　※　　　　　　※

來到延安這麼久，東方海還是第一次找到了東方明家中。窰洞外，八歲的姪女點點正一個人在一蹦一跳地玩耍，東方海從遠處走來，叫她的名字，點點歪著頭打量他。

「你怎麼知道我叫點點？」

「你猜？」

東方海笑著彎下腰逗她，點點想了想，驚喜地張開雙手摟住東方海的脖子。

「你是小叔！爸爸早就說過了，點點有個會拉琴的叔叔！」

「點點真聰明！」東方海把點點抱起來轉了一圈，又拿出一個口琴吹了一支搖籃曲。「好聽嗎？」

「嗯，真好聽！」

東方海把口琴送給點點。「那，這個就送給你，小叔有空就來教你吹。」

「謝謝小叔！小叔，你教我拉琴好嗎？」

「好啊，我一定教點點。」

東方明的妻子劉雯熱情地迎出來。

「是阿海來了嗎？點點，快讓小叔進來！」

「嫂子！」東方海笑著打招呼，劉雯也滿面笑容。

「阿海，你哥可是在我耳邊念叨了不知多少回，終於見到你了！外頭冷，快進來。你哥說，怕我的衡陽菜把你辣壞了，所以，他要親自燒菜。來，阿海，吃飯。」

劉雯邊擺碗筷邊招呼東方海坐，東方明正在廚房炒菜。

「你嫂子從重慶帶來了一點兒竹筍和醃肉，我給你做了個竹筍醃鮮。阿海，你嘗嘗怎麼樣？」

東方明端著一盤菜出來，東方海夾了一塊筍放進嘴裡，讚不絕口。

「家鄉的味道！哥，我好久沒吃到了！」

「媽媽，我要吃剁辣椒。」

劉雯拿出一個小玻璃瓶子，裡面是鮮紅的剁辣椒。

「點點是無辣不歡。來，給。」

東方明也往自己碗裡夾了一筷子辣椒。

「我這是娶了個湘妹子，又給我生了個小辣妹子，我呀，就成少數民族咯。嗯，這剁辣椒正宗，香！再給我來點。」

「小叔，你吃，可好吃了！」點點從自己碗裡挑了一點兒辣椒非要東方海吃，東方海張開嘴吃下辣椒，被嗆得眼淚直流，一副狼狽樣。

東方明一家三口樂壞了，劉雯一邊給他倒水一邊笑說：「阿海，阿明剛開始吃辣椒的時候和你一模一樣。多鍛鍊鍛鍊就好了。要不，再來點兒？」

東方海忙把碗縮回說：「哎哎我就算了，哥，我看你也被嫂子和點點改造得差不多了嘛。嫂子，你這次來了就不走了吧？」

「不走了，我已經正式從重慶八路軍辦事處調到延安工作了。阿海，聽你哥說，音樂系有個唱民歌的山西姑娘不錯，叫什麼小梅？」

東方海喜滋滋地回答道：「于冬梅。」

「看你這滿臉喜色，是不是有好消息要報告啊？」

「還，還沒什麼……」東方明笑咪咪地看著堂弟，說：「還什麼還？昨晚你是不是和于冬梅約會了？雲生和二妮說看到你們了。」

「那不算約會吧，上次冬梅為了我負了重傷，是白求恩大夫救了冬梅的命，得知他犧牲的消息，冬梅很悲痛，我就是陪她去祭悼一下白大夫。」

「我聽你哥說了，冬梅為了你連命都不顧，這樣的好姑娘你可一定要珍惜啊！」東方明與劉雯夫妻倆前後催促著東方海。

「阿海，你呀，就是優柔寡斷。這方面，你連雲生都不如，他都有了

二妮了，你呢？這回那個抗大的團長半路上殺出來追冬梅，要不是葉作舟攔住，于冬梅也是團長夫人了！你好好學學我，做事就要當機立斷，我當年跟著周副主席，才十四歲，但我追隨共產黨的心就再也沒有動搖過。我追你嫂子也一樣，一眼相中，一追到底，當時追你嫂子的人少說也有一個加強排吧，最後突出重圍的就是你哥我，對吧，小雯？」

劉雯笑他：「你就吹吧！不過阿海，我聽你哥說，石保國團長一碗魚湯就拐跑了丁小蝶，你可別讓冬梅姑娘又叫人拐跑了。」

「哥，嫂子，我今晚就想向冬梅表白。」東方海有些不好意思地道出來意，父母去世後，對他而言，堂哥和堂嫂就是他做出重大人生決定時必須知會的家人。

「我了解過了，這個姑娘歌唱得好，人品也好，是音樂系重點培養的對象，這樣的好姑娘配得上我們家阿海。你抓緊把事辦了，早點兒給東方家添個孫子，我們點點也好有個弟弟。哎，你等等。」劉雯走進裡屋，拿出一條珍珠項鍊交給東方海。

「阿海，這條珍珠項鍊是我媽留給我的，喏，你收好。」

「謝謝嫂子！」東方海接過來。

這時飯也吃完了，他要幫著收拾碗筷，劉雯忙推開他。「不用你管，你去把項鍊送給冬梅姑娘，別再拖拖拉拉的。快去快去。」

「阿海，聽你嫂子的，快去吧。」

「好，那我走了！點點，小叔下次帶個會唱歌的阿姨來跟你玩好嗎？」

東方海彎腰逗著點點，點點開心地舉起了手。

「小叔是要結婚了嗎？我想要個弟弟。」

「你個小人精！對，小叔要結婚了！」

東方明一家三口送東方海走出窯洞，天空翻滾著烏雲。

「快下雨了，阿海，你騎我的馬回去吧，我明天正好要到你們那邊去

辦事，再順便騎回來。」

東方海感謝地向東方明點點頭，策馬而去，天邊傳來隱隱雷聲。

※　　　　　　※　　　　　　※

于冬梅在排練場中練習平劇，葉作舟從外面進來，叫住了她：「冬梅！」

「大姐，有事嗎？」

葉作舟一眼看到她額頭上密密的一層汗珠，道：「你看你這一頭汗，當心感冒了，休息一會兒。」

「沒事的，我想把法門寺再練練。」

「冬梅，你也得把個人的事放心上了，你和東方最近怎麼樣？」

于冬梅羞澀地一笑道：「還好吧。」

「哦？什麼叫還好吧？是他向你表白了？」葉作舟敏銳地捕捉到於冬梅神色的變化，她忍不住激動起來。

「我也不知道算不算……」

「啥叫算不算啊！你呀，幹起工作來爽快俐落，在這種事情上就變得不自信了？我看東方海就是個感情被動型的，你可得有主見哪。對了，我來找你是要告訴你，毛主席接見白求恩醫療隊，李慧珠大夫來延安了。」

「真的？她在哪兒，我去找她！」

早料到于冬梅會是這個反應，葉作舟笑道：「醫療隊住在馬列學院後山窯洞，快去吧，騎我的馬去。」

于冬梅跑到訓練場外，縱身上馬，向馬列學院方向趕去。她與東方海都騎馬前行，在兩條極為相近的蜿蜒小路上，兩人擦肩錯過。

※　　　　　　※　　　　　　※

來到白求恩醫療隊住處，于冬梅跳下馬，向工作人員打聽李慧珠的所在。這時，李慧珠迎面走來，熱情地擁抱了她。

「冬梅！冬梅姑娘，我正想找你呢！」

「李大夫！沒想到能在延安見到你！」于冬梅滿臉高興，李慧珠上下打量著她：「是啊是啊！看樣子，你恢復得不錯，越來越漂亮了！」

「慧珠姐，你又笑我。你快跟我說說，白大夫是怎麼犧牲的？」

兩人手拉著手，在院子裡的石頭凳子上坐下，李慧珠神情肅穆，緩緩道來：「上個月中旬，白求恩大夫準備回國一次，他說要向世界人民宣傳中國的抗日戰爭，募集經費和藥品。中共中央和聶榮臻司令員同意了他的請求，軍區衛生部特地為他舉行了歡送會。正在這時，日軍調動五萬兵力，對北嶽區發動了大規模的冬季大掃蕩，白大夫得知這一消息後，決定推遲回國。他帶領我們醫療隊，趕往灤源摩天嶺前線，在離前線只有七公里的孫家莊停下來，將手術室設在村外一個小廟裡，搶救傷患……」

于冬梅靜靜地聽李慧珠講述。

「二十分鐘後，只剩下最後一名受傷的戰士小朱。這時槍聲四起，子彈呼嘯著從頭頂掠過。小朱是大腿粉碎性骨折。為加快手術速度，白大夫把左手中指伸進傷口掏取碎骨。結果碎骨刺破了白大夫的手指，但他只是把手指伸進消毒液裡浸了浸，又繼續手術，直到縫完最後一針，才跟隨擔架轉移到村後的山溝裡。十分鐘後，敵人就衝進了孫家莊。」

「白大夫真了不起！」

李慧珠神色黯然起來。

「是啊，可是，第二天，白大夫手指上的傷口發炎了，他忍著腫脹和劇痛繼續醫治傷患。11 月 1 日，我們醫療隊準備轉移時，從前線送來一名患頸部丹毒合併蜂窩組織炎的傷患，這屬於外科烈性傳染病。白大夫不顧勸阻，立即進行手術搶救。手術過程中，手套被鋒利的手術刀割破，白大夫帶傷的中指受到致命的細菌感染。無情的病毒侵蝕著他的血液，他發起了高燒。可他不顧大家的勸阻，繼續隨醫療隊向火線開進。從 11 月 2 日到 6 日黃土嶺戰役前夕，他親自主刀做了十三例手術，還寫了治瘧疾病的

講課提綱。他的手指感染加重，腫脹得比平時大兩倍，但他卻說，不要擔心，我還可以照樣工作。」

聽著的于冬梅已經哭成了淚人，李慧珠紅著眼眶，繼續說著：「白大夫傷勢惡化，轉為敗血症。聶榮臻司令員派醫生攜帶藥品器械趕來了，下令要部隊不惜一切代價把白大夫安全轉移出來。白大夫病危的消息，也牽動了晉察冀邊區每個知情人的心。村民送來了上等的紅棗、柿子，路過的八路軍戰士隔窗獻上了特有的軍禮……白大夫醫術精湛，但脾氣古怪、暴躁，不過這種暴躁卻從來不會發洩到病人身上。我在白大夫身上學到了很多東西，他給我們上野戰外科示範課，手把手教我做野戰手術，沒有絲毫洋專家的架子，他還為野戰手術專門設計的一種橋型木架，搭在馬背上，一頭裝藥品，一頭裝器械，他給取名叫『盧溝橋』。他告訴我，當一名好醫生不僅要技術好，還要時刻準備上前線……」

「白大夫的遺體安葬在哪兒？」

李慧珠一臉悲痛，她對于冬梅點了點頭。

「白大夫是 11 月 12 日五時十二分在唐縣黃石口村逝世的。當天上午十時，交通隊就將遺體化裝成重傷患，抬著擔架出發，急走五天，轉移到了于家寨。11 月 16 日，晉察冀邊區聶榮臻司令員含著淚給白大夫入殮，淨身整容，紅綢裹體，外穿八路軍新軍裝，用上好的柏木做壽材，埋葬於村南狼山溝口。為了防止敵人破壞，邊區軍民將墓地犁平不留墳頭。三天後日寇果然來掃蕩，沒有發現墓地。」

「慧珠姐，我好想念白大夫，我好想去他的墳頭再為他唱一次〈紅河谷〉！」

李慧珠看了看手錶。

「冬梅，我很理解你的心情。我早就想來延安了，正好還有一點兒時間，你陪我轉轉吧，但不能走遠，要等毛主席召見。」

　　　　　※　　　　　　　　※　　　　　　　　※

陰沉的天色下，于冬梅和李慧珠並肩走著，于冬梅指著遠處的山頂。

　　「慧珠姐，你看，那就是寶塔山，也叫嘉嶺山，傳說盛唐時代，山上就建有寶塔，北宋時期，韓琦，范仲淹等一代名將，在寶塔山屯兵設寨，戍邊禦敵，留下了好多文物古蹟。明清時期，這裡廟宇林立，紅極一時。可惜今天快要下雨了，平時的寶塔山可美了，下次我帶你爬上去看看。」

　　「好啊！冬梅你知道嗎，我多少回在夢裡夢到過，它是革命聖地的象徵，看到它就好像看到了光明。哪怕是遠遠地望著也很激動。」李慧珠駐足仰望著寶塔山。

　　「我理解，第一次到延安的時候，我們看到寶塔山都激動得哭了。」

　　「冬梅，你看一說白大夫的事都忘了問你了，白大夫也一直牽掛著你，打聽了好幾次，不知道你上次受的傷恢復得怎麼樣了？」

　　「我已經都好了，沒事了！」

　　「真的都好了？沒有什麼不正常嗎？」李慧珠認真地看著她。

　　「慧珠姐，我實話告訴你吧，其他都還好，就是，那個……不太正常。」

　　「難道白大夫的判斷是對的……」李慧珠一驚，脫口而出。

　　「白大夫的判斷？他說了什麼？」于冬梅急忙問道。

　　「沒說什麼，他只是擔心你的傷會有後遺症。」李慧珠欲言又止。看到于冬梅真的很在意，她嘆了口氣：「冬梅，那我就把白大夫的原話如實告訴你吧，不過你要聽清楚，千萬別亂想。白大夫說，你受傷的部位，有可能導致你再也沒有機會當媽媽了……」

　　聽到這句話，于冬梅呆立在那兒，李慧珠抓緊她的手安慰著：「冬梅，你聽我說，白大夫……」

　　不巧這時工作人員跑來報告，毛主席要接見白求恩醫療隊的各位，李慧珠只好站起身，她邊整理軍裝邊對于冬梅說著：「冬梅，你別多想，我回頭再找你！」

　　李慧珠隨工作人員匆匆離開，于冬梅依然呆立在那兒，也不知過了過久，天空飄起了雨，她才渾渾噩噩地騎上馬。雨越下越大，于冬梅策馬狂奔在回去的路上，淚水混合著雨水從臉上不停地淌下，她的腦海中始終回響著李慧珠的那句話，像一個詛咒般揮之不去。

※　　　　　　※　　　　　　※

　　彷彿前一天的重演，只是少了幾分不安，多了幾分興奮，東方海走進音樂系教室，呼喚著于冬梅的名字，又轉身跑向排練場，從空無一人的排練場茫然地退出來，他抬頭看著飄雨的天空。雨很快下大了，東方海冒著雨趕到音樂系宿舍時，于冬梅也剛回來沒多久，她呆坐在床上，頭髮上還滴著水。

　　「冬梅！冬梅！」

　　東方海一身溼漉漉的，站在門外，于冬梅聽到喊聲驀然一驚。

　　「冬梅睡了！」

　　「麻煩你幫我叫一下，我有急事找她！」

　　于冬梅看著鏡子映出的自己的臉，因為東方海的到來，又淌滿了淚水。

　　「好，我幫你看看。」

　　聽到同學在外面的聲音，于冬梅迅速躺到床上，她用被子把頭蒙住。

　　「東方，她真的睡了，你先回去吧。」

　　于冬梅蒙著被子壓抑住聲音痛哭起來，東方海失望地返身走進雨中，他帶著一身水回到教師宿舍，關山忙拿來一條乾毛巾。

　　「東方？你怎麼淋了一身雨啊，快擦擦，小心感冒了。你去哪兒了？」

　　「我去找冬梅，她睡了，沒見著。」東方海接過毛巾擦著頭髮。

　　「你這麼急著找她，有什麼事？」

　　「我嫂子讓我給她送條項鍊。」有些不好意思開口，東方海從口袋裡拿出珍珠項鍊。

「東方，你這個人，遇到感情的事怎麼這麼扭捏呢？明明就是你自己想去找她表白。」

「是的，可是好奇怪，她說她睡了，不見我。」

關山一反常態，坐到東方海面前，像個老媽子似的嘮叨起來：「東方，我可跟你說，你得抓點緊了。你知不知道，延安男女性別比例嚴重失衡。」

「關山，合著你每天出去不是為了寫生，而是去做人口普查了？」

東方海跟關山開玩笑，他卻一臉嚴肅道：「我從抗大那邊聽到，找媳婦的標準已經一路放低了，現在只要求一是女的、二是大腳、三是識字就好。你聽聽，這說明什麼？」

「可我聽說，延安的女孩子們追求的是自由戀愛。」

「天真！雖然她們一腦門子婦女解放、獨立平等，一些青年女性還拉起『不嫁首長』的大旗，但她們中的絕大多數最終還是只能以『革命價值』為價值，以職位高低為高低，以嫁給長征老幹部為榮。真正堅持『平等』的，鳳毛麟角。」關山不停地說著，倒了一杯熱開水端給東方海。「丁玲說過，在延安，女同志的結婚永遠使人注意，而不會使人滿意的。若是嫁了工農幹部，會受到知識分子幹部的嘲諷，若嫁了知識分子，工農幹部也有意見，這就是現狀。」

「這麼嚴重？我不信。」東方海被他說愣住了。

「你別不信啊，東方，像于冬梅這樣，人長得漂亮，又是音樂系的臺柱子，不知有多少雙眼睛盯著呢，我可是提醒你了。」

東方海固執地搖了搖頭道：「戀愛要『革命的原則、不妨礙工作學習的原則、自願的原則』，這是毛主席說的『三不』原則，難道不算數？」

「你怎麼這麼書呆子氣呀？那還有『組織分配』呢，一個二十二歲、走過長征的女孩被安排給五十四歲的老幹部，組織告訴她這是一項莊嚴神聖的革命任務，她爽快應答『保證完成任務』，就打起背包走上夫人崗位。我

再提醒你，前面死追于冬梅的那個團長，雖然被葉協理員給摁住了，可我聽說那人可比石保國還軸，他要想占領的陣地就是拼了命也非得拿下，你啊，當心吧。」

被關山說得有些心虛，東方海囁嚅著說：「他就一大老粗，女孩子的芳心又不是碉堡，靠炸的？」

「你以為你有文化，懂藝術，就穩操勝券是吧？我告訴你，女孩子最架不住硬漢還有一顆細膩的心，你頂多會對女孩子說生病要多喝熱水，但人家石硬漢技高一籌，他會破冰撈魚熬魚湯，這樣的鐵血柔情哪個女孩能把持得住？丁小蝶嫁你還是嫁他，需要選嗎？」

「也對啊。」東方海傻了。

「行了，快睡吧，明天一早趕緊行動。」

關山展開被子躺下睡覺，東方海還愣怔在那兒發蒙。

※　　　　　　※　　　　　　※

這天，下了一夜的雨。夜雨淅瀝中，有一對一夜無眠的人。于冬梅坐在被窩裡，雙手抱膝，頭深深地埋著，東方海聽著屋外的雨聲，輾轉反側，無法入眠。第二天一大早，東方海急匆匆地走進音樂系教室，看見于冬梅正在整理教室，他一下子高興起來。

「冬梅！我就知道每天都是你第一個到。你昨晚怎麼睡那麼早啊？來，我幫你一起。」

「你有事嗎？」東方海順手拿起掃把，幫著打掃，于冬梅邊清掃邊冷淡地背對著他。

東方海拿著掃把，像個小尾巴似的跟在于冬梅後頭，語無倫次說了一堆話：「我昨天去我哥家吃飯了，我嫂子從重慶調到延安來工作了。對了，我小姪女叫點點，她可聰明了，一下就猜到了我是誰。你知道嗎，她提了一堆要求，還讓我吃辣椒，我可是出了大洋相。對，我嫂子是湖南人，人可好了，下次我帶你去見她。還有，嫂子還讓我把這個給你。」

東方海從口袋裡拿出項鍊，想給于冬梅。于冬梅卻又是一個轉身，把後背對著他。「讓開，別擋著我！」

東方海伸出的手僵在那，停了半晌，他對著眼前的背影怯怯地問道：「冬梅，你怎麼了？是我做錯了什麼嗎？」

「對不起，葉協理員找我還有事。」于冬梅奪路而去。

東方海呆立在原地，葉作舟和于冬梅擦肩而過，走了進來。她回頭看看于冬梅，又望望東方海，一臉不解：「這一大早，你倆唱的是哪一齣啊？」

「她不是說你找她有事嗎？」

東方海一臉茫然，葉作舟更是莫名其妙。

「我什麼時候找她了？不對啊，昨天她還喜滋滋地說你們倆好了，你是不是惹她生氣了？」

「沒有啊，我昨天晚上去找她，但是她睡了，沒見著。我嫂子讓我送的項鍊都沒送出去。她怎麼好像變了個人似的？」

葉作舟想了想，一副恍然大悟的樣子。「這你就不懂了，女孩子家都矜持，總不能你一開口就歡天喜地應承了，對吧，這是考驗你有沒有誠意，你得多追幾回，變著花樣追！」

「葉大姐，你好像很有經驗。」聽葉作舟這麼一說，東方海稍微放下心來，他打趣著。

「我能有什麼經驗，面對你們這些滿腦子長心眼的小怪物，我不得惡補點理論嘛。」葉作舟搖頭笑了起來。

「明白了，好像有點兒道理，我試試。」

　　　　　　　　※　　　　　　　　※　　　　　　　　※

說幹就幹，東方海看音樂系學生剛進行完軍事訓練，追著到了小樹林邊，在山坡上摘下幾枝野花，攔住眾人，當著所有同學的面把花獻給了于冬梅。

「願所有的美好如約而至。」

「東方老師，請注意影響。」見同學起哄，于冬梅尷尬地退了一小步。

「于冬梅同學，我在組織的支援下，本著『革命的原則、不妨礙工作學習的原則、自願的原則』追求我的愛情，不會造成任何壞影響。」

見東方海強行攔住想轉身走的于冬梅，同學們笑得更歡了。

「對呀，這『三不』原則可是毛主席說的，冬梅，你難道連毛主席的話都不聽了嗎？」

「有什麼事，我們到那邊說。」

于冬梅急急忙忙走到旁邊的小樹林，東方海跟在後面，同學們笑著喊加油，東方海也笑著回頭揮了揮手，繼續往前走著。兩人走到樹林另一邊，于冬梅突然停步，東方海差點兒撞到她，忙後退兩步。

「東方老師，我請你不要這樣胡攪蠻纏。」

「我怎麼胡攪蠻纏了？冬梅，你到底怎麼了，為什麼像變了個人？發生什麼事了？」

于冬梅背對著他，不吭聲。

「冬梅，你說話呀，你為什麼不理我？」

「好，我告訴你為什麼，因為我不想考慮個人問題。」

東方海沒有退卻，他誠懇地說道：「冬梅，這些我都知道，我不會拖你後腿的，我們共同進步！」

「不，顧家難顧國，顧卿難顧黨，沉溺於卿卿我我就不能全心全意撲在革命上。」

「冬梅，你這是什麼歪理啊？你被禁慾主義洗腦了嗎？」聽著這番話，東方海哭笑不得。見于冬梅不再言語，東方海忽然躥到她面前，單腿跪地。「冬梅，嫁給我！」

于冬梅也愣住了，說不清是喜是悲，她呆立半晌，一字一頓地拒絕：「不，我不願意！」

「冬梅，是不是我做錯了什麼讓你生氣了？你為什麼要這樣心口不一？

你為了我做了那麼多事，甚至連自己的命都不要，我知道你心裡是有我的，你不會是擔心我放不下小蝶吧？我對她和對你從來不一樣，我對你是真心的！」東方海跪在地上不起來。于冬梅感受著心中撕裂般的疼痛，她咬了咬牙道：「東方海，你不要自以為是，心裡有你就一定要跟你過一輩子嗎？丁小蝶心裡也有你，她還不是嫁給了別人？東方海，我們不是一路人！」

于冬梅掩面衝走，東方海跪在地上，怔怔地望著她遠去的背影。

※　　　　　　※　　　　　　※

這一幕恰好被走在半路的柳二妮看到，她完全不明白發生了什麼，跑到于鎮山一行人租下來練習鬥鼓的院子中。于鎮山正帶著幾個于家班的人在敲敲打打，一邊練著，一邊為決賽時人手不夠的事發愁。柳二妮氣喘吁吁地衝進院子，一看還有別人，向于鎮山直招手。

「鎮山哥，你過來，我有事跟你說。」

「二妮，哥正忙著呢，還有啥事比咱參加八路軍更大的事，回頭說，啊。」

「真是急事！是冬梅姐的事！」

「什麼？冬梅出什麼事了？快說！」于鎮山立馬停下手中的活兒。

「我剛才看到，上海哥哥在小樹林跪在地上，冬梅姐也在。上海哥哥向冬梅姐求婚，跪地上求。」

「真的？這大喜事啊！二妮，這事是天大的事，咱們得趕緊準備起來。」

于鎮山精神一振，柳二妮慌忙擺手道：「不是不是……」

「二妮，你說話能不大喘氣嗎？你別急，好好說給哥聽。」

柳二妮鎮靜了一下，終於連貫地說了出來：「上海哥哥向冬梅姐求婚，可不知為啥，冬梅姐不幹，一口給回了，最後呢，冬梅姐哭著跑了。」

「這可真是大事！」于鎮山大吃一驚，他拉上柳二妮，兩個人立刻趕到魯藝排練場。于冬梅穿著戲服一個人在練功，她甩著長長的水袖，瘋狂地

旋轉著，旋轉著，終於摔倒在地，伏在地上痛哭。

「妹子！」于鎮山大叫一聲跑了過去，扶起滿臉是淚的于冬梅，心痛不已。「妹子，妹子，出啥事了，跟哥說，啊！你別哭啊，有哥在呢，別哭別哭，你把哥的心都哭碎了……」

「哥，沒事，我就是太入戲了。」

于冬梅掩飾地低頭擦著淚，柳二妮卻著急地問道：「冬梅姐，上海哥哥是不是向你求婚了？」

「妹子，你不是早就等著這一天了嗎？咋了？是不是東方那小子又犯渾了？你告訴哥，哥幫你做主！」

「我的事不要你管！你們都走，讓我安靜一會兒！」于冬梅生氣地看著兩人。

著急的于鎮山和柳二妮只好又跑到音樂系外面喊東方海，葉作舟聞聲出來，三人都不知道東方海和于冬梅之間發生了什麼。聽到東方海求婚被拒絕，葉作舟也大吃一驚。于鎮山知道自家妹妹最聽這個大姐的話，求她去勸勸，葉作舟立刻找到排練場，竟也史無前例地被于冬梅的頂撞氣得說不出話來，最後，只好讓于冬梅休兩天假，先跟著于鎮山回于家班待一陣子再說。

※　　　　　※　　　　　※

東方海察覺到異樣，跑到葉作舟辦公室來，詢問于冬梅先前的行蹤，得知她態度開始發生變化正是在見過李慧珠醫生後，他匆匆轉身離開，找到了白求恩醫療隊的住處，在院子裡踱步等候。

「東方老師！我們又見面了。」李慧珠看到東方海，熱情地伸出手，東方海忙握住她的手。

「李大夫，你好！你們是剛從毛主席那裡回來吧？」

「是啊，毛主席號召我們要向白求恩大夫學習，像他那樣做一個高尚的人，一個純粹的人，一個有道德的人，一個脫離了低級趣味的人，一個

有益於人民的人。」

　　東方海喃喃地重複著：「做一個高尚的人，一個純粹的人，一個有道德的人，一個脫離了低級趣味的人，一個有益於人民的人……毛主席說得真好！」

　　「嗯！東方，你找我有事嗎？」

　　東方海猶豫了一下，仍是開口問道：「我想問問，冬梅這兩天情緒很反常，是不是發生了什麼事？」

　　「哎呀！這正是我擔心的，這可怎麼辦才好？」李慧珠愣了一下，立刻明白了是怎麼一回事，她看著一臉焦急的東方海。「東方，冬梅在養傷的時候時常提到你，看得出來你在她心中有很重要的位置，你可不可以先告訴我，你們是什麼關係？」

　　「我向她求婚，被她拒絕了。」

　　李慧珠嚴肅地點了點頭：「果然是這樣！東方，冬梅的事我可以告訴你，怎麼選擇你自己考慮吧。」

十七　噩耗

十八　告白

　　東方海漫無目的地走在路上，他的腦海裡不斷迴響著李慧珠的話，不知不覺中，走到了東方明家的窯洞前。正當他猶豫要不要進去時，跑出來的點點看到了他，驚喜過來拉住他的手。

　　「小叔！媽媽，小叔來了！」

　　「阿海？快進來。餓了吧？我去給你拿點吃的。」劉雯也迎了出來，她倒了一杯水給東方海。

　　「阿海來了？吃飯了嗎？怎麼不帶冬梅一起來？」

　　「小叔，你不是說要帶個會唱歌的阿姨來結婚的嗎？說話不算數。」

　　看著東方明一家三口關切的眼神，東方海搖搖頭，欲言又止，直到東方明著急地追問著，他才一臉痛苦地開口說道：「冬梅拒絕了我的求婚，因為白求恩醫療隊的李慧珠大夫來延安了，她告訴冬梅，白大夫說她可能沒有機會當媽媽了，我也是剛知道。」

　　東方明與劉雯兩人先是半張著嘴呆愣了片刻，然後對視了一眼。

　　「沒想到冬梅姑娘遇到這樣的事了，唉，真是可憐。」

　　「可不是嘛！做媽媽是每一個女人最大的願望，她心裡一定很痛苦，阿海，你準備怎麼辦？」

　　劉雯看看女兒點點，又徵詢地望向東方明，東方海也看著東方明。

　　「阿海，雖然我們東方家是三代單傳，但這是你的終身大事，你自己拿主意吧。」

　　東方海堅定地點了點頭道：「冬梅是因為我才負的傷，我現在心裡除了內疚就是心疼，我是真心愛她的。哥，嫂了，我下決心了，不管她變成什麼樣，我都要娶她！」

十八　告白

「阿海，我支持你！一個人要講良心。阿海，你再說說，白大夫的原話是怎麼說的？」東方明聞言讚許地看著弟弟。

「白大夫說，冬梅受傷的部位再高一公分或者低一公分就好了，現在打中的位置可能會導致她沒有機會當媽媽了。」

聽到東方海這麼說，劉雯站了起來說：「可能？那就是說也有機會能生？不行，我得找李大夫再問問清楚，我要讓她親自告訴我是完全沒機會了還是有一線希望。」

劉雯匆匆跑出窯洞，騎上東方明的馬奔馳而去。

※　　　　　※　　　　　※

另一邊，于鎮山將于冬梅帶回于家班窯洞中，四口人正在炕上吃飯，四方桌上擺著幾道菜，于鎮山往于冬梅碗裡夾了一塊雞肉。

「妹子，你看你都瘦成啥樣了，這是上回打的一隻山雞，特地晒乾了給你留著呢，多吃點兒。」

「我吃飽了。」于冬梅放下筷子，她幾乎沒吃什麼。

「這都還沒吃呢，咋就飽了呢？妹子，不管發生啥事，你也不許這麼作踐自己的身子骨啊！你還年輕，還得養好了，將來好生娃呢！」

于冬梅聞聲痛哭起來，柳二妮急得也快哭了。

「冬梅姐，冬梅姐你咋了？你這一傷心讓我都想哭了……」

「二妮，走，跟爹去把馬餵了。」柳富貴強行拉著柳二妮離開了。

于鎮山等他們走遠後，向于冬梅身邊靠了靠說：「妹子，現在就咱兄妹倆了，你有啥苦處就說吧，哥給你做主。」

「哥，我可能永遠都生不了娃了！」于冬梅哭喊著。

「什麼？我苦命的妹子啊，你說這老天是不長眼了啊！」于鎮山驚呆了。

于鎮山抱住妹妹哭了，過了一會兒，想起柳二妮說過的事，他抹了把眼淚，抓住于冬梅的肩。

308

「妹子，我也不是叫你瞞東方海一輩子，咱先把婚結了，把日子過起來，娃的事慢慢再合計，行嗎？再說了，你這也是為他才受的傷，咱也不是賴上他，但凡有點兒良心，他就得負這個責！」

「不，哥，我不能答應他，更不能欺騙他！東方家三代單傳，我不能給他生娃，心上就像壓了塊秤砣，你想讓我背著這秤砣過一輩子嗎？」

「妹子，你啥事都只知道為別人打算，聽哥的，你就為自己打算一回，行嗎？日後東方真的怪起來，哥擔著！」看于冬梅仍是流淚搖頭，于鎮山咬了咬牙。「白大夫說的不是有可能嗎？咱去找最好的郎中調養，沒準兒就能治好呢？不行，我得找李大夫再問問清楚，我要讓她親自告訴我是完全沒機會了還是有一線希望。」

于鎮山匆匆跑出窯洞，騎上馬奔馳而去。

這天正是白求恩醫療隊離開延安的日子，于鎮山和從另一個方向追來的劉雯，兩人都只能遠遠看到李慧珠與醫療隊眾人騎在馬上遠去的背影。

　　　　※　　　　　　　※　　　　　　　※

傍晚，于冬梅和幾個女同學來到延河邊洗腳，對岸幾名戰士列隊傻看著，幾個姑娘笑鬧著，給于冬梅唱她們聽到的編來取笑抗大學員難找對象的歌，好不容易把這些天都悶悶不樂的于冬梅逗笑了，東方海卻又出現了。于冬梅剛站起來要躲，就被他一把拉住。「冬梅，你跟我來！」

「你幹什麼？放開我！」于冬梅掙扎著，東方海卻不鬆手，強行拉著她，在眾目睽睽下離開。兩人來到那晚伴著〈紅河谷〉旋律相擁起舞的河灘上，天逐漸黑了下來，看來似乎又要下雨。東方海停住腳步，鬆開于冬梅的手。

「東方海，你想幹什麼！」梅惱怒地看著他。

「冬梅，嫁給我！」東方海轉身面對她，再次單膝跪地。

「我已經跟你說過了，我不……」

「我都知道了！」東方海毫不猶豫地打斷了她，于冬梅呆立著，東方海又低聲補上解釋，「我見過李慧珠大夫了。」

「既然你都知道了，還來找我幹什麼？同情？報恩？我告訴你，我不需要人可憐！」

東方海站了起來，他灼灼的目光在黑夜中閃閃發亮。

「冬梅，我不是可憐你，我愛你，不管你是不是能生孩子我都愛你！我知道，我以前做得不好，可是我現在看清了，真的看清了！對小蝶，我會有一種保護她的衝動，就像自己的妹妹一樣，而我第一次看到你，就覺得心裡跳的節奏不一樣。你記得嗎，在那個地方，你聽我拉琴，圍著我，問這問那，我心裡的那種感覺從來沒有過。你的眼神像太陽的光芒一樣，讓我忘記了自己的落魄和難堪，我跟著你回家，就像是找到了命運的歸宿一樣，我覺得自己何其幸運，我們像兩條溪流，共同奔向一個山谷。你是這個世界上真正認識我和真正愛我的人！不管什麼時候，一見你的眼睛，我便清醒起來，充滿力量。冬梅，我不能沒有你！冬梅，你也是愛我的，不是嗎？答應我，嫁給我！」

「不，東方，正因為我愛你，我才不能這麼自私，我不能害了你，你忘了我吧……」于冬梅哭著搖頭。

一道閃電映照著于冬梅臉上的淚，天空開始落下雨滴，她轉身想要跑開，被她拋在身後的東方海高聲喊道：「冬梅，我已經寫好了上前線的申請，你如果不答應，我就離開延安，隨便去哪個前線部隊，我要戰死沙場，就當是我把這條命賠給你。」

于冬梅聽到，下意識地轉身撲到東方海懷裡，用手狠狠地捶打著他。

「你這個傻瓜！你這個傻瓜！」她一邊哭一邊罵，東方海伸出雙臂緊緊地抱住她，低下頭深情地親吻著她。在這場雨中，兩顆心終於走到了一起。

※　　　　　　※　　　　　　※

自那以後，時間過得很快，河灘上冒出了青草，這一天，上面還架起了用樹枝搭建的婚禮花棚，葉作舟正喜氣洋洋地帶人在婚禮現場張羅著。對她而言，這場婚禮不只關乎兩個人的愛情，還是音樂系內部的第一個婚

禮，當然要大張旗鼓地辦好。于鎮山也帶著他操練已久的鬥鼓隊來到，他招呼眾人架起鼓，喜氣洋洋地囑咐兄弟們打出精神來。

鼓樂聲中，來參加婚禮的音樂系及其他魯藝師生們，前來看熱鬧的延安百姓們，還有保育小學的老師孩子們，把一方草坪擠得滿滿的。

音樂系主任冼星海帶著夫人錢韻玲到來，兩人的孩子算起來近些日子也該出世了，光未然跟在兩人後面，葉作舟迎了上去。聽她說這回要搞個盛大的音樂婚禮，冼星海很是開心。幾人坐好，婚禮如期開始，一番激昂的鼓聲過後，于鎮山頭戴黑色高帽，手持魔術棒，吹著輕快的口哨俏皮地登場，他從空空的帽子裡變出五彩繽紛的塑膠碎花，又把繫在腰間的絲巾掏出來，變成一團熊熊火焰，人群中發出陣陣驚呼和不息的掌聲，在場的孩子們歡聲不斷。

于鎮山摘下禮帽，雙手抱拳謝幕後，柳二妮與柳富貴登臺，亮開嗓子對唱專為婚禮準備的喜慶信天遊。二人唱完，音樂系的女生們頭戴花冠，由鐵蛋和點點在最前面引路，列成兩路縱隊，手牽手上場，邊走邊低聲吟唱著〈紅河谷〉。

純人聲的四句一小節過後，小提琴聲響起，全場安靜下來。身穿軍裝、頭戴花冠的新娘于冬梅緩步走來，同樣身著軍裝的新郎東方海在路的盡頭拉著小提琴，微笑地等候著她，在琴聲中，于冬梅繼續唱著，歌聲悠揚動聽，充滿深情。

正在這時，日軍敵機從頭頂飛過，扔下大包大包的策反傳單，葉作舟笑稱這是鬼子的賀禮，招呼眾人撿起傳單，拿回系裡統一銷毀。關山撿了一大包，他想起畫紙短缺，猶豫了一下，悄悄帶回了宿舍窯洞中。

※　　　　　　　※　　　　　　　※

洞房花燭夜，窯洞內張貼著雙喜字，掛著關山送來的鴛鴦版畫，東方海和于冬梅兩個人都有點兒不自然，氣氛一時有些尷尬。于冬梅看還有紅紙，拿起剪子剪著窗花，東方海則搓著手，在那兒傻笑。

　　葉作舟抱著兩捆麥秸稈過來，笑著趕跑了正在門外偷聽的鐵蛋和幾個年輕人，進來幫兩位新人把床鋪好，又喜滋滋地離開了。房間裡只剩下東方海與于冬梅兩個人，昏黃的燈光下，東方海輕聲開口：「冬梅，天不早了，休息吧？」

　　「那，你先把燈吹了。」于冬梅臉紅起來。

　　「冬梅，我想好好看看你。」東方海溫柔地凝視著她。

　　「不，我不想讓你看到我的傷疤，怕嚇到你。」于冬梅扭過身，東方海卻一把拉過她，抱在懷裡。

　　「傻瓜，那個傷疤是我們的『愛情疤』，我就要看，我要牢牢記在心裡，于冬梅不僅是我東方海的妻子，還是我的救命恩人！」

　　燭光輕搖，新婚的兩人面帶幸福的紅暈，深情相吻。

※　　　　　　　※　　　　　　　※

　　東方海與于冬梅兩人已結為夫妻，接下來的緊要事件便輪到鬥鼓大賽了。這將決定于鎮山與柳二妮能否順利加入魯藝。距離比賽之日還有半月有餘，葉作舟一早來到于家班訓練鬥鼓的院子外，本想立刻進去，但看到的畫面讓她驀地駐足。于鎮山正在訓練鬥鼓，他一個人打得酣暢淋漓，左右開弓、馬步衝擊、穿插對打、開合鬥打。葉作舟看得眼花繚亂，情不自禁地鼓掌叫好。

　　于鎮山聽到聲音，停下來和葉作舟聊起了鬥鼓的歷史和講究：「可別小看這鬥鼓，使用的樂器不多，只有鼓、鑼、鑔三件，卻能打出大自然的風雨雷電，人世間的喜怒哀樂。傳說大禹在治理黃河時，黃河裡有一條蛟龍興風作浪，大禹懷抱濟世拯物之心，奮力擒拿牠。十里八鄉的老百姓們紛紛趕來，在黃河岸邊的龍王辿擺起了鼓陣，成千面鑼鼓爭搶著湧向瀑布，他們用氣勢沖天的鼓聲壓住黃河的怒吼聲，以此來震住黃河的蛟龍，為禹王爺擊鼓助威，所以形成了鬥鼓。當大禹將蛟龍壓在壺口的十里龍槽中之後，人們擂鼓慶祝勝利。」

「要練成絕活，難度很大吧？」

于鎮山一邊演示給葉作舟看，一邊介紹：「那可不是吹的，光是鼓譜就有亂颳風、三條城、四聲鼓、高橋鼓、大秧鼓、歇歇鼓、跑羅漢、常流水等好多種。打擊技巧的變化有正擊、輕擊、邊擊、幫擊，鑔有擦擊、拋擊、悶擊、平擊，每種擊法還可細分，打法技巧不下幾十種。」

「想不到你懂得還挺多的。」葉作舟由衷地讚嘆道，于鎮山笑起來。

「還有半個月就是一年一度的鬥鼓大賽了，你能去嗎？」

「我今天就為這事來的。這不正好想安排下去采風嘛，我準備就帶他們去安塞。我了解過了，安塞的腰鼓、民歌、剪紙、農民畫都是非常出名的民間藝術，值得去學習、挖掘。也順便給你去捧場助威！」

「這可太好了！」于鎮山驚喜地拍手道。

※　　　　　※　　　　　※

就在音樂系采風隊和于家班鬥鼓隊一同出發去安塞的兩天前，冼星海的夫人錢韻玲順利生下了女兒，聽到女兒第一聲響亮的啼哭，冼星海大喜，對一旁的葉作舟感嘆生了一位女高音。在一片歡樂的氣氛中，眾人來到安塞，于家班一路闖進鬥鼓大賽的決賽，葉作舟帶著東方海他們，還有為柳二妮專程打報告同來的郭雲生，一行人在臺下為于家班加油鼓勁。

第一輪是個人競技，于鎮山與多年的冠軍金腰鼓得主、安塞鼓王第八代傳人的高隊長在臺中間鬥得難解難分，薑還是老的辣，于鎮山稍不留神，一個動作失誤，敗下陣來。第二輪綜合競技，于家班以柳二妮、柳富貴與于冬梅的歌聲作為祕密武器，取得了壓倒性的勝利，觀眾們連連為天籟般的歌聲驚呼。

到了最後一輪團體競技，兩支鼓隊擺開陣勢，主鼓指揮，鑔主奏，群鑔齊鳴，眾鼓爭威，上百面鼓，成百副鑔，共鳴齊奏時，如天地轟鳴，使人感受到當年大禹征服蛟龍的威風。鬥著鬥著，只見高家班那邊又上來了三十人，隊伍壯大後更加威武，于家班對比之下便顯得隊伍單薄了。突

然，葉作舟、東方海帶著音樂系的眾人跳上臺，身著軍裝的他們手裡拿的卻是就地取材的鍋碗瓢盆，這個特別的方陣加入了于家班鼓隊，節奏鏗鏘，十分新穎，觀眾大呼過癮，鬥鼓大賽最終在歡樂的氣氛中圓滿落幕。

回延安的路上，柳二妮懷抱著黃燦燦的金腰鼓，一行人興奮不已。東方海為于冬梅拈去頭髮上的草葉，被眾人笑著嫌膩歪。于鎮山對葉作舟的救場表達了鄭重的感謝，滿懷期待地問起加入八路軍的事，葉作舟開懷地笑著讓他放心，回到延安後，她就去向上級請示。

※　　　　　　※　　　　　　※

冼星海聽葉作舟匯報于家班鬥鼓隊拿到了冠軍，精神一振，立刻便想到鬥鼓這種形式融舞蹈、武術、打擊樂為一體，又具有高亢昂揚、粗獷豪放、剽悍威武、威猛剛烈等特點，非常適合引進來服務部隊。聽葉作舟說柳家父女也想進入魯藝，他痛快地答應下來，考慮到魯藝學員經常到部隊演出，要穿越封鎖線，有時還要參加戰鬥，就安排年紀偏大的柳富貴在魯藝做後勤工作。

這一天，在操場上，于鎮山、柳二妮和三十幾名鬥鼓隊隊員穿上了八路軍軍裝。他們都很興奮，互相整理軍裝，說著打趣的話。遠遠見葉作舟過來，眾人趕忙打著招呼：「協理員好。」

葉作舟點頭，在于鎮山跟前停下，道：「嘿，穿上軍裝還挺精神的」

「從此以後我就是您的兵，您指哪兒我打哪兒，服從命令，聽從指揮，只能給八路軍爭臉，不能給八路軍抹黑。」

葉作舟很滿意地點了點頭：「挺有自知之明嘛。」

「謝謝首長表揚！」于鎮山笑嘻嘻地說道，葉作舟又看向柳二妮，柳二妮挺直腰桿。

「謝謝協理員讓我當了八路軍！」

「大辮子剪了，心疼不心疼？」

「報告協理員，心不疼。長頭髮剪成短帽蓋，八路來了人人愛。」

「你還真有一手，還有啥詞？」葉作舟聽得一愣，很快笑起來。

「山裡的石頭溝裡頭的水，爹娘親罷就數你。脆格錚錚蘿蔔綠纓纓，感謝協理員一片心。白櫃子過河沉了底，我今生今世忘不了你。長長的雜麵一筷筷撈，誰也不如協理員你好。」

「這些詞兒都是你編的？」

「都是我編的，一句趕一句就出來了，全是我的心裡話。」

「你還是真有兩把刷子。」葉作舟讚許地點頭。

「報告協理員，我有好多把刷子，下部隊了我都會亮出來，刷刷刷！」

柳二妮精神抖擻地說道。

※　　　　　　　※　　　　　　　※

魯藝音樂系迎來了新的成員，卻也送走了系主任冼星海，毛主席交給他一項重要任務，赴蘇聯完成黨的第一部紀錄片《延安與八路軍》的後期配樂工作。冼星海出發那天，葉作舟、東方海和于冬梅來到大路邊為他送行，眾人緊緊握手，依依不捨地揮手。離開的人越走越遠，背影越來越模糊，留下《黃河大合唱》這瑰麗不朽的樂章迴響在延安每一位革命者的心中。

波折過後，眾人在魯藝的生活又回歸到排練演出循環往復的熟悉模式中。這一天，于冬梅一身戲服，正要排練平劇《法門寺》，原本應當與她對戲的演員卻遲遲不到，東方海便跳上臺陪著她排練，兩人配合默契。葉作舟從外面進來，站在臺下靜靜地聽著，一場完畢，連連鼓掌。她帶來一個好消息，朱總司令剛從前線回來，想抽空聽一聽《法門寺》這個戲，這次演出將由于冬梅擔任 A 角，葉作舟希望她能抓住機會好好表現。

經過一段刻苦的排練與認真的準備，平劇《法門寺》的演出圓滿結束，眾人還沉浸在表演的興奮之中，葉作舟走上臺，拍了拍手，全場肅靜。

「朱總司令看了咱們的演出，非常高興。他說，打日本有兩件武器不能少，一是槍，二是筆，有了這兩件武器，就一定能打敗敵人。『文』與

『武』是革命戰車的左右雙輪，缺一不可，在中華民族生死存亡的歷史關頭，革命文藝當然要配合民族解放戰爭。朱總司令還答應，會送給咱們魯藝一批戰利品作為戲劇表演的道具。」

學員們熱烈鼓掌，紛紛叫好，葉作舟示意他們安靜，繼續說道：「朱總司令還講，八路軍抗戰進入了一個大發展階段，由最初的四萬六千萬人，發展到了近五十萬人，可謂兵強馬壯。但全國抗戰形勢仍然很嚴峻，汪精衛三月分在南京成立了偽政府，成了頭號大漢奸，蔣介石也與日本人拉拉扯扯，八路軍準備主動出擊，告訴全世界，中國人絕不屈服！」

眾人群情激昂，東方海、于冬梅也跟著一起高聲吶喊：「上前線，我們也要上前線！」

「大家安靜，聽我說，朱總司令的想法和大家一樣，非常歡迎大家到前線去。他說，藝術家應當參加實際鬥爭，不應當是旁觀者，而應當是參加實際鬥爭的戰士。只有這樣，才能深入生活，創作出好的作品，為廣大群眾所喜愛。他還說，在前方，拿槍桿子的打得很熱鬧，拿筆桿子的打得雖然也還熱鬧，但還不夠，他希望前後方的槍桿子和筆桿子親密地聯合起來。大家想不想去前線？」

「想！」學員們齊聲呼喊，聲浪激蕩在舞臺上方。

※　　　　　　　※　　　　　　　※

說起想要奔赴前線的信念，沒有人會比此刻的葉作舟更為強烈，因為學院主任李伯釗不在延安，葉作舟打定主意，便找到了東方明，請他這位首長批准自己參加戰地服務團，帶隊去前線。東方明答應後，嚴肅地叮囑葉作舟記住戰地服務團的主要任務是去部隊慰問演出，鼓舞部隊殺敵，在途中一定要盡量避免與日軍作戰。

從東方明家出來，葉作舟遇見了鐵蛋，他跟在葉作舟身後，稱呼她協理員，說也要去她手下當兵，上前線殺鬼子，還說別人殺的不算數，只能自己親手報仇。鐵蛋令葉作舟想起了剛來延安時的東方海，她微笑著讓鐵

蛋先好好上學，然後與他拉勾約定，長大後一起去前線殺敵。

戰地服務團出發那天，馬車上放著鑼鼓家什，每人背著一支嶄新步槍，因為帶上了于家班鬥鼓隊，人數多達三四十人，葉作舟騎著馬，向眾人訓話：「八路軍總部對我們這次到前線慰問演出極為重視，專門給我們調換了新槍。八路軍這次主動出擊是一次前所未有的大規模作戰，我們能前去參戰，這是無比幸運的。」

眾人肅穆而立，葉作舟繼續說道：「魯藝師生分成了十幾個戰地服務團，全部下到各個根據地去。大家都要記住了，穿上這身軍裝，就意味著我們首先是八路軍戰士，其次才是文藝家，這是不能含糊的，魯司令的兵又要和朱總司令的兵並肩作戰了……」

隊伍裡一陣嘈雜，葉作舟回頭望去，只見郭雲生帶著三十餘名八路軍戰士趕來，其中兩名戰士還背著輕機槍，郭雲生向葉作舟報告：「報告協理員，偵察連連長郭雲生前來報到！首長讓我帶一個排護送戰地服務團，從今天開始，咱們就在一起啦。」

見到故人，戰地服務團的眾人興奮地低語著，聽到郭雲生升任連長，柳二妮尤其開心。葉作舟示意眾人安靜：「大家看到了吧，郭連長親自帶著一個排來護送我們，可見領導對我們是多麼重視，同時也說明我們被寄予厚望。朱總司令這次回延安來，還說過一句話，他說，打了三年仗，可歌可泣的故事太多了。但是，好多戰士們英勇犧牲於戰場，還不知道他姓張姓李。同志們，我們這次到前線去，不僅要用我們的文藝鼓舞士氣，還要把戰士們英勇抗戰的故事搜集上來，豐富我們的創作。」

葉作舟意氣風發地下令出發。

※　　　　　　　※　　　　　　　※

這次戰地服務團的目的地也是故人所在，昔日的獨立團已發展壯大成獨立旅，眾人又將與石保國、趙松林和張志成等人並肩作戰。

半路休息時，郭雲生用路邊的野花給柳二妮編了一個花環，怕眾人看

到起哄，慌張地把花環戴在柳二妮的軍帽上。一旁的柳富貴為了讓兩個年輕人安心說話，唱起信天遊吸引眾人的注意力。在一片叫好聲中，于冬梅看出了端倪，和東方海低聲笑著。

軍帽上戴花環不符合軍容要求，怕葉作舟看到會批評，隊伍再出發後，柳二妮只好有些不情願地把花環從軍帽上取下來，捨不得扔掉，拿在手裡，走了一段路，她跟在隊伍末尾，又悄悄把花環戴到了軍帽上，恰好葉作舟回過頭來。

「二妮，誰給你編的花環？」

柳二妮慌亂地要拿掉軍帽上的花環，葉作舟笑著阻止了她。

「別，你幹嘛要取下來？你戴著真好看。」

柳二妮有些吃驚，繼而喜笑顏開道：「協理員，謝謝你！」

「你謝我幹嘛？又不是我給你編的。你應該謝謝雲生。雲生，是你編的吧？」

郭雲生羞澀地低頭笑著，柳二妮追到于冬梅身旁，認真地悄聲說道：「姐，我有點兒喜歡協理員姐姐啦。」

戰地服務團來到一處名為李園村的村莊，此地在一道山谷中，一邊是山坡，另一邊有條河。一行人在村口停住，葉作舟下馬，左右看看。

「這個村莊不錯。」

「阡陌交通，雞犬相聞，鳥語花香，世外桃源一般。」東方海點頭說著，葉作舟卻指向山坡。

「你們看，要是咱埋伏在這邊的坡頭，在坡頭那個拐彎處架上一挺機槍截尾，再在村莊這邊的坡頭架挺機槍掐頭，可以封鎖住整條路。」

「東方說的是世外桃源，協理員想的卻是打仗，這真是賣鹽的說鹽鹹，賣醋的說醋酸，吃哪行飯，說哪行話。」于冬梅笑了起來。

「我也只是隨口一說。」葉作舟遺憾地搖了搖頭。

正說著，村長王老漢趕來了，原來這李園村表面上是受日軍治轄的維持

委員會，實際上村民們都是白皮紅心，在這日軍來來往往的敵我交接處，經常招待過路的八路軍用餐歇腳。眾人在院裡休息時，葉作舟招呼東方海、于冬梅、于鎮山和郭雲生到屋子裡，開門見山地說道：「你們剛才也聽王村長說了，鬼子經常從這條路上過，我想打他個埋伏。你們看看怎麼樣？」

「我同意，日常所到之處，只要有鬼子的地方通通都是戰場。」

于冬梅瞪了一臉激動的于鎮山一眼道：「我們也都想殺鬼子，但我們的任務是去前線部隊慰問演出，當務之急是趕緊通過這裡，平安到達獨立旅根據地。我覺得不應該打這一仗。」

「我贊成冬梅的意見。協理員，我們連鬼子什麼時間從這裡通過，有多少兵力都不知道，萬一被鬼子發覺了，可能會帶來大麻煩。」

看東方海和于冬梅一起反對，葉作舟不甘心地看向郭雲生。

「雲生，你怎麼看？」

「就我個人來說，我很想打這一仗。可大家說得也有道理，安全到達獨立旅才是重中之重。我來時，首長也特意交代，遇到鬼子，能躲就躲；要是遭遇了，要速戰速決，絕不能戀戰。我覺得還是不打為好。」

「看來就只有于鎮山和我意見一樣。」葉作舟有些難過地看看幾人。

于鎮山有些愧疚地喃喃說道：「我又考慮了一下，我覺得我妹子說得也對，咱們畢竟是文藝戰士，自衛還可以，主動找鬼子打仗，不要沒把鬼子吞了，反而被硌掉牙了就不好了。」

「那好吧，暫時就這樣吧，大家先休息休息。」

葉作舟無可奈何地把幾人打發走，又獨自一人跑到村口那條路上，她仔細地觀察著地形，又跑上坡頭，伏在地上觀察那條道路，最後一拳砸在地上，下了決心。回到村公所中，葉作舟再次召集眾人，這次還叫上了王村長，所有人都面色嚴肅。葉作舟向王村長確認了日軍經過此處的大致時間與人數規模，臉上露出興奮之色。

「如果只有二三十人，哪怕四五十人，這個仗我們就可以打。我們是

伏兵，出其不意，又是居高臨下，先來一頓手榴彈，能報銷他們一半，步槍、機槍一齊開火，最後來個衝鋒，完全可以打個速戰速決的殲滅仗。」

「首長啊，你們千萬不要在這裡打，你們要是在這裡打了，鬼子會來報復我們村的，他們可是燒光、殺光、搶光啊。」

王村長驚慌地擺手，葉作舟安撫他：「老鄉，你講的情況我也知道，但你放心，我會想出辦法的。咱們再商量商量，我覺得這個仗可以打。」後半句是對其他幾人說的，見眾人皺眉思考，沒有應聲，葉作舟語帶懇求：「我想打這一仗。我就給你們說實話吧，從西路軍回來後，我就沒再打過一仗了。我當紅軍、當八路軍都十多年了，最後一仗還是個敗仗，多少兄弟姐妹都犧牲了，而我還活著……從抗戰爆發到現在，都快三年了，我連個鬼子都沒見過，更別說打死鬼子了。我其實……其實連丁小蝶都不如，她都打死過幾個鬼子了……」說著說著，葉作舟的聲音有些低沉。「現在有這麼好的一個機會，打的還是鬼子，如果還不讓我打……希望你們能理解我的心情。」

「雲生哥，咱們就打吧。」柳二妮忍不住拉了拉郭雲生的胳膊，郭雲生點頭。

「我同意協理員的意見，我們八路軍就是打鬼子的，這一仗，咱們打！」

「我也同意。當了八路軍，我就做好了隨時戰死的準備，反正都是死，死到哪裡，啥時候死都一樣，打！」

葉作舟瞪著于鎮山道：「于鎮山，你不要口口聲聲說死，我葉作舟也算是死裡逃生的，我從戰爭中學到的最有用的就是，如何用盡可能小的犧牲換取最大的勝利。」

「協理員，我也沒想死，就是用死來表示決心。我知道，我們要盡可能讓自己活著，讓鬼子死。」于鎮山不好意思地笑了。

葉作舟又用徵求的目光看著東方海和于冬梅，東方海和于冬梅堅定地

點了點頭，得到了所有人的支持，葉作舟激動起來。

「謝謝大家支持我，但請大家放心，我葉作舟不是魯莽的人，要打就打勝仗。大家到時聽我指揮，能吃掉敵人，咱就打。如果敵人太多，就暫時放過他們。」

「協理員，我們聽你指揮。」

眾人點頭，說幹就幹，他們帶著部隊在村口的山坡上隱蔽起來。王村長愁眉苦臉地跟在葉作舟後面，語氣裡帶著哀求：「首長啊，我也知道這裡地形好，好多八路軍都想在這裡打一仗，可考慮到我是白皮紅心蘿蔔，為了掩護我開展工作，他們最後都沒打，我怕……」

葉作舟很乾脆地站定，對王村長說：「你不用怕，我有辦法，既能讓我們打好這一仗，也能讓鬼子找不到你的把柄。我們在坡上埋伏，你也在村外兩三里的地方藏好，我們這邊一打響，你就往鬼子的據點跑，跑去報告他們，就說八路軍在這裡伏擊他們了，該咋說你就咋說。」

「不不不，這當漢奸的事兒，我是絕對不能幹的，我不會去報告的。」

王村長驚慌地後退一步，連連擺手。

「王村長，你放心好了，我既然決定要打，這仗就一定是個可以打的仗，能在半個小時內解決戰鬥的。等你跑到鬼子據點那裡，我們就已經結束戰鬥了，等鬼子來了，我們早就轉移了。」葉作舟笑起來。

「這個主意好，我既向鬼子表了忠心，報告他們了，你們這邊也把鬼子消滅掉了，安全地轉移了。」王村長眼睛亮了。

「對，就是這個意思！」葉作舟微笑點頭。

十八　告白

十九　冰釋

葉作舟帶領眾人靜靜埋伏在李園村村口的山坡上，每人身前都放著幾枚手榴彈。她彎著腰，從隊頭走到隊尾，不停地提醒著眾人把頭放低些，把手榴彈準備好，聽她槍響聲，先用手榴彈砸。

「二妮，是不是著急了？」葉作舟來到柳二妮面前。

「協理員，跟著你打仗，我一點兒都不急。」

「你嘴巴辣起來嗆死人，甜起來膩死人。」

兩人都笑起來，葉作舟又來到東方海和于冬梅面前。

「這是個巧仗，大家要有耐心。」

「明白，協理員放心。」

見東方海點頭，葉作舟轉向于冬梅，說：「冬梅，你要保護好東方老師。」

「協理員你放心，我會像保護自己的眼睛一樣保護東方。」

東方海有些著急。

「協理員，我是男人，給點面子啊。」

「你是個男人，但你也是個大藝術家嘛，我們是在保護大藝術家。」

葉作舟和于冬梅都看著東方海笑。

※　　　　　※　　　　　※

時間飛快流逝，眾人埋伏在山坡上，太陽從頭頂走過落下，月亮隨夜色降臨升起到頭頂。深夜時分，許多人都趴在坡上睡著了，葉作舟仍雙目炯炯有神地盯著大路。等到第二天日上三竿，眾人都等得有些著急時，自遠而近，傳來了越來越響的汽車聲，葉作舟拔出雙槍道：「準備戰鬥，大家聽好，以我槍聲為號，先給鬼子來頓手榴彈會餐，再來一波子彈點心，然

後咱們衝鋒！」

　　日軍很快出現在他們視野中，只見兩輛小轎車後跟著六七十名日軍。儘管戰地服務團在人數上稍有劣勢，葉作舟仍是果斷地在日軍進入伏擊圈的那一瞬間扣下了扳機。槍聲響起，眾人將手榴彈鋪天蓋地砸向日軍。手榴彈爆炸的氣浪過後，日軍有的往前跑，有的往後跑，埋伏在兩側山坡上的機槍同時響起，步槍的射擊聲也接連不斷。

　　「同志們，衝啊！」葉作舟站起來大喊一聲，帶領眾人衝到大路上，與殘存的日軍展開肉搏。敵軍中，手持雙槍的葉作舟神勇無匹，初次上陣的柳二妮也在緊要關頭為于鎮山解了圍，東方海用刺刀捅向撲倒于冬梅的日軍……很快，在眾人的勇猛衝殺與互相支持之下，日軍被全數消滅。

　　「大家把鬼子的鋼盔、步槍，特別是歪把子機槍收了，趕緊撤退。」

　　在葉作舟命令下，眾人緊張地打掃戰場，郭雲生帶人趕來馬車。

　　「快走，快走！」

　　眾人把繳獲的武器都堆到馬車上，放不下的就隨身帶著，迅速撤退，很快進入了安全區域，柳二妮背著兩支三八大蓋，追上葉作舟。

　　「協理員大姐，你真厲害，我給你唱首歌吧。」

　　「你不會再唱那些噁心我的歌吧。」葉作舟想起以前的事，忍不住逗她。

　　柳二妮臉一紅，趕忙說道：「不會啦，不會啦，這次我給你唱好聽的。」說完，柳二妮唱起一首〈當紅軍的哥哥回來了〉。葉作舟靜靜地聽著歌聲，又想起了自己帶著紅軍婦女團衝鋒的日子，想起與敵軍肉搏的戰場，想起抱著陣亡丈夫慟哭的時候……察覺到臉上有淚水流下，她突然拍馬遠去。

　　「我又唱錯了嗎？協理員不喜歡我唱的這歌？」柳二妮有點兒不安地看向于冬梅。

　　「她喜歡你的歌，只是，只是她心裡苦……」從同學口中聽到過葉作舟

的往事，于冬梅輕聲對柳二妮解釋著。

「我從前還唱過挖苦她的歌，想想真不應該。」

「沒事兒的，協理員不是記仇的人，她挺喜歡你的。」于冬梅安慰著，低落的柳二妮振作起來。

「我以後一定也要對她好。」

※　　　　　※　　　　　※

兩年多過去，獨立團已成為獨立旅，但董家莊的駐地並沒有變，石保國與丁小蝶的家也還是原來的樣子，簡陋卻很溫馨。丁小蝶把頭髮盤成髮髻，兩人坐在桌前吃著簡單的飯菜，石保國一邊給她夾菜一邊念叨著要她快生個大胖小子，兩人你來我往，有說有笑，把孩子的名字都想好了，取「盼新」二字，寓意早日打敗侵略者，國家日新月異。

張志成趕來報告，魯藝的戰地服務團就要到了，丁小蝶又驚又喜，一行人迎到了董家莊村口。正巧接到郭雲生和柳二妮帶著一個班來打前站，丁小蝶左看右看，拉住郭雲生問：「怎麼就你們這些，其他人呢？」

「其他人還在後面，葉協理員派我倆來打前站。」

聽到葉作舟親自帶隊，石保國大喜：「你們協理員來了？」

「是啊，協理員姐姐早就想來了。小蝶姐姐，協理員姐姐現在可好啦，你也會喜歡上她的。」

柳二妮興奮地對丁小蝶說著，郭雲生跟著說道：「小蝶妹妹，阿海哥和冬梅姐結婚了。」

丁小蝶有些意外，她怔了一下，在場的眾人都沒有發現她神色間細微的變化。

「小四川，你帶他們先安置下來。走，咱們往前面走走，接接他們。」石保國吆喝著，小四川領著郭雲生、柳二妮這隊人進入董家莊，石保國、趙松林則順路向前去迎接葉作舟一行。

「你們先去吧，我回去一下，一會兒就來。」丁小蝶說完，匆匆回到

家裡，她倒不是因為東方海與于冬梅的婚事而失落，她是生性要強，聽到老朋友老冤家這次都來了，又發生了這麼重大的變化，她下意識地決定必須得鄭重打扮一番去迎接戰地服務團。她在屋裡的穿衣鏡前換了好幾身衣服，都不滿意，最後仍是穿著軍裝，只不過解了髮髻，將一頭長髮披散下來，又匆匆往屋外跑。

她跑到村口時，石保國幾人正接上了葉作舟一行人回來，他離得老遠就吆喝著：「小蝶，快過來看看，咱嫂子這一路上大顯神威，降妖伏魔，一仗幹掉了幾十個鬼子！」

「協理員，你好。」丁小蝶過來，給葉作舟打過招呼，高興地跑到背著槍的東方海和于冬梅身邊。

「阿海、冬梅，你們可真厲害 ——」

「你頭髮怎麼這麼長？這是戰鬥部隊，又不是在魯藝，你留這麼長的頭髮幹什麼？」葉作舟皺著眉打斷了她的話。

丁小蝶愣了一下，毫不客氣地說：「喲，協理員，你還真是厲害，到了我們獨立旅，還是威風八面啊。」

「你是石旅長的愛人，更應該注意形象。」

石保國有些尷尬過來打圓場：「小蝶有時也有演出，她經常到部隊慰問，現在還是我們獨立旅文化幹事，培養出了不少業餘文藝骨幹。」

他一邊說著，一邊使眼色，丁小蝶卻只哼了一聲，親熱地拉住于冬梅的胳膊。

「冬梅姐姐，聽說你和阿海結婚了，恭喜恭喜。」

「謝謝小蝶妹妹，那時也想告訴你一聲，無奈咱們離得太遠。」

于冬梅不好意思起來，丁小蝶點點頭。

「阿海從小就知道拉琴，思想單純，不會照顧人，也不會照顧自己，有你在他身邊，我們都放心。」

見東方海在一旁只是笑，于冬梅紅著臉為他說話：「阿海現在可會照顧

人了。」

丁小蝶見狀也笑起來：「啊，他會照顧人了？那不是他厲害，是你厲害，把他培養出來了。」

※   ※   ※

一番敘舊後，戰地服務團前往獨立旅安排好的住處修整，石保國跟在丁小蝶身後回到家裡。沿路一直喜笑顏開，進了家門，丁小蝶奇怪地扭頭問他：「你怎麼回事？笑成一朵花了。」

「嘿嘿，沒啥沒啥。東方海可算結婚了。冬梅這姑娘還是蠻能幹的，下手挺快，心想事成啦。」

石保國笑得更歡了，丁小蝶疑惑地看著他：「你就為這個高興？」

石保國撓了撓頭，道：「那當然，我只是塊石頭，你那個阿海哥可是朵花兒，他要還是名花無主，你這個小彩蝶在我這塊石頭上還能待下去嗎？」

看丁小蝶並沒有像往常那樣被他的話逗樂，石保國不敢笑了，他小心翼翼地打量著丁小蝶不悅的神色。

「小蝶，魯藝的戰地服務團來了，也算是你的娘家人，這可是大好事。你是見誰不高興了？你給我說說。」

「我不想說。」

「我猜猜，是生葉作舟的氣呢？還是生阿海這麼快就娶了于冬梅的氣？」

丁小蝶生氣地瞪著他，說：「你瞎說什麼呢？阿海結婚我當然高興啦。我看不慣的是你的那個嫂子，你看她，都這麼長時間了，到了咱們這裡，還是一副高高在上、盛氣凌人的樣子，一見面就訓我頭髮長！」

「原來生她的氣啊，哎呀，你要理解嘛，她帶部隊帶慣了。」

石保國陪著笑臉，丁小蝶還是很氣，她找到一把剪刀，就要剪頭髮，石保國趕緊抓住她的手。

「她不是嫌我頭髮長嗎？我就把它剪了，她能做到的，我同樣能做

到！你放手！」

「那你少剪一點點好不好？我還是喜歡長頭髮……」

石保國只好放手，丁小蝶比畫著作勢要剪頭髮，一會兒覺得剪得太短，一會兒又覺得剪得太長，試了幾次，還是放下了剪刀，長嘆一聲：「唉，算了吧，雖然我打鬼子不如她，但我歌唱得比她好。」

「就是就是，十個指頭還有長短呢，咱用咱的長處和她的短處比，你一下子就壓她一頭了。」

丁小蝶白了石保國一眼，道：「還是怪你，我幾次要到前線去，你都不讓去。她現在殺了好多鬼子，又是戰地服務團團長，我卻只是一個旅長夫人。下次打鬼子，我也非去不可！」

※　　　　　　※　　　　　　※

第二天一早，丁小蝶盤好頭髮，來到戰地服務團駐紮的大院子裡。看到于冬梅出來，她迎了上去。

「冬梅姐，我有個事兒正要找你呢。我想借你的東方哥說幾句話。」

「看你，還要給我說啊，隨便借，沒問題。」

于冬梅笑著回頭喊了兩聲，東方海出來了。

「小蝶，你來了？」

「小蝶妹妹找你有事兒，你倆好久沒見了，是該好好說說話了。我不打擾你們，先忙去了。」

「冬梅姐，你放心，我一會兒就完璧歸趙。」

「我把東方交給你啦。」于冬梅笑著和她揮揮手。

「完璧歸趙？搞得我像一個東西一樣。」東方海一臉無奈。

「你才不是東西呢，比東西寶貴多啦。」丁小蝶笑道。

兩人來到董家莊附近一處樹林中，邊走邊談。

「你知道嗎？我爸媽現在在香港，可他們覺得香港也不安全了，要離開香港了。」

「你怎麼知道的？他們離開香港，又能到哪裡去？」

「我聽蘭雙禮講的，他又是聽我表哥說的。我爸媽準備到美國去。現在世界到處在打仗，就美國還好。」

「這可惡的法西斯，總有一天，我們會把他們打敗的。」

兩人談話的這一幕不巧被路過的柳二妮看到，她躲到一棵樹後看了一會兒，著急地往回趕，慌裡慌張地跑進郭雲生的房間，郭雲生正坐在凳子上擦著一支槍。

「雲生哥，我又看到了不該看到的。我也不知道該說不該說，說了吧，我覺得不對，可不說吧，好像也不對，真讓我為難。」

「先不要給別人說，給我說沒事兒。」

柳二妮在另一個凳子上坐下，不安地絞著手指。

「我剛才看到丁小蝶和上海哥哥去小樹林了。我親眼看到的，忙跑回來告訴你了。幹啥倒是沒幹啥，也就是說說話，兩人可親密啦，挨得可近了，說話聲音還很低。我豎著耳朵聽半天，連一星半點都沒聽到。」

郭雲生想了想，嚴肅地對柳二妮說道：「他們在說啥，咱也不知道。這事就到此為止，除了我，你誰也不能再說了。」

「我連冬梅姐都不告訴嗎？」看柳二妮一臉的擔心，郭雲生點點頭。「對，對冬梅姐更不能說了。」

「什麼事兒不能說？」于鎮山突然走了進來，柳二妮慌忙擺手，郭雲生打圓場：「鎮山，沒啥事兒，我和二妮就是在這裡東扯西拉地瞎聊。」

「二妮，你說我對你好不好？我一直把你當作親妹妹，你難道還有事兒要瞞著我嗎？」

柳二妮被于鎮山緊緊盯住，她求助地看向郭雲生。

「我來說吧，其實我看也沒啥事兒，二妮看到阿海和小蝶妹妹又出去說話了。他倆從小長大，一年多沒見面了，說說話也很正常，你說對不對，鎮山哥？」

「哼，這事不怪東方海。我已經注意到了。她見到咱們的時候，我就在那個地方站著，親眼看到她眼睛直往東方海身上瞟，看了東方海好幾次。咱們戰地服務團哪裡去不了，偏偏又來到了獨立旅，這怎麼辦呢？」于鎮山皺起了眉。

「那你給冬梅姐姐說說，讓她留個心眼兒。」柳二妮小心翼翼地建議著。

「這種事兒咋能和她說呢？氣著她咋辦？」于鎮山搖頭。

「那你也不能去打上海哥哥。」

于鎮山想了想，說：「二妮，你放心，東方海是我妹夫了，我說啥也不會再打他了。這事兒我有辦法。」

于鎮山所謂的辦法，就是直接跑去獨立旅司令部找石保國，他也沒說清楚，石保國一聽就誤會了，回到家裡免不了又對丁小蝶一番質問。丁小蝶又哪裡會任人背後說三道四，她當即扯了石保國的衣領，來到戰地服務團駐地院中。

「東方海，你出來！你給石保國石旅長石大人說說，咱倆去小樹林說了啥。」

聽到丁小蝶的喊聲，東方海走了出來，眾人見狀也圍了過來。柳二妮把門掩上，趴在門縫處緊張地往外看，東方海一臉疑惑：「沒說啥啊，不就是說了你爸媽要去美國，還有咱們在上海時的一些雞毛蒜皮的事嗎？怎麼了？」

「石旅長，你誤會了，小蝶妹妹來找東方，給我說過了，是我讓他倆出去說說話的。」于冬梅立刻明白了怎麼回事，她笑著說。

「給你說過了？你也知道？可你哥去找我，對我說，讓我留心點。」石保國卻有些發愣。

「于鎮山，你過來！」

于鎮山在眾人後面頭一低，想溜走，聽見丁小蝶滿是怒氣的叫聲，他

低頭哈腰地過來，連連擺手道：「誤會，誤會，全是誤會。我這不也是聽別人說的嘛……」

「就是，就是，我是被他帶到溝裡了。」

丁小蝶怒瞪一眼石保國，又轉向于鎮山，說：「你聽誰說的，讓他出來！」

柳二妮驚慌地把屋門關上，坐在床邊撫著胸口。于鎮山為難了片刻，很是硬氣地搖了搖頭道：「人家也沒惡意，就是誤會了嘛。江湖有江湖的規矩，我當然不能說是誰，好漢做事好漢當，要殺要剮你就衝著我來吧。」

「咦，看不出來，你還挺有骨氣嘛。好，我就不問是誰了，如果我再聽到這樣的話，可別怪我不客氣。」丁小蝶又拽著石保國走了，眾人哭笑不得地散去。

郭雲生輕輕推開柳二妮的房門，柳二妮怯怯地看著他。「雲生哥，我以後再看到什麼就假裝沒看見，啥也不說了。」

「二妮，你也不要自責了，有空了還是找小蝶認個錯吧。」

「她那麼凶，我不敢去。」

「你放心好了，我最了解她，刀子嘴豆腐心，人很善良的，你服軟，承認錯誤，她會原諒你的。」郭雲生笑起來。

「好，鎮山哥說得對，好漢做事好漢當。」柳二妮咬著牙想了一會兒，點了點頭。

　　　　　　※　　　　　　　　※　　　　　　　　※

柳二妮來到石保國家，鼓起勇氣敲了門。丁小蝶立刻跑來開門，看到是柳二妮，滿面笑容道：「二妮，你來了？快進屋坐。」

「石旅長不在吧？」柳二妮小聲說著，探頭往屋裡看了看，丁小蝶搬來一把椅子。

「他不在，你快進來吧。二妮，你坐，我給你倒碗水。」

「小蝶姐，我不坐，我不渴。」柳二妮慌張地擺手。

「二妮，你怎麼了？」丁小蝶奇怪地看著她。

「小蝶姐，你罵我吧，那話……那話是我傳的。就是……就是說你和上海哥哥去小樹林的話，是我傳給鎮山哥的……」柳二妮低頭拉著衣角，說著說著就想哭了。

丁小蝶先是愣了一下，很快就笑了，她過來拉住柳二妮的手說：「哎呀，我以為是什麼事兒，原來是這事兒。沒事，我已經把石保國狠狠教訓了一頓。要是別人傳的，我還在心裡打個問號呢，二妮妹妹傳的，那絕對是無心的。你就像一顆璞玉，遍體透明，哪裡會害人？」

「姐，你真不怪我？」柳二妮驚異地看著笑盈盈的丁小蝶。

「二妮，我不怪你，我本來也只是生石保國的氣，說清楚了，風一吹就沒了。」

「姐，這事兒你不怪我，可從前的事兒你也得原諒我，我從前，我從前一直覺得你不好，還對冬梅姐說過你的壞話。」

淚水在柳二妮的眼眶裡打轉，丁小蝶輕輕捏了捏她的手。

「二妮，你又扯到哪裡去了？那時我就是人見人煩狗見狗嫌，連我自己都有點兒討厭我自己呢。」

「姐，你真好。」

丁小蝶鬆開手，轉身走進內室，再出來時手裡多了一個精緻的髮卡，她把髮卡遞給柳二妮。「二妮，姐沒啥禮物送你，這個髮卡是我從上海帶來的，就送給你吧。」

「謝謝姐！」柳二妮不知如何表達心頭的感動，突然給丁小蝶敬了一個軍禮，丁小蝶趕忙故作認真地回禮，如釋重負的柳二妮喜笑顏開。

「姐，那我有事先回去啦。」

「二妮，有空你就過來玩啊。」丁小蝶點了點頭，送到門口，與她揮手作別。

※　　　　　　※　　　　　　※

這場小風波過後，葉作舟對戰地服務團全體成員進行了一次嚴肅的訓話，動員眾人全心全意幹好自己的本職工作，開展演出，服務部隊，提高部隊戰鬥力，戰地服務團即刻行動起來，分成幾路下到各個連隊中。

關山還記得上一次來時的約定，帶來了他創作的版畫，有些是戰士們故鄉的名山名水，更多的是延安的風景勝地，有寶塔山、延河、清涼山等地。于鎮山帶領鬥鼓隊給戰士們表演，石保國和趙松林看完讚不絕口，極力支持將鬥鼓這種新穎的形式引進部隊，並決定以後每次大型作戰前，以鬥鼓定輸贏，由獲勝的連隊來擔任突擊隊。正說著，石保國一拍手道：「說幹就幹，上級不是讓咱打金湯縣城嗎？咱這次就用鬥鼓勝負來選突擊隊。」

葉作舟點點頭：「好，我這就讓隊員們下到各個連隊，爭取這幾天就把每個連隊教會。」

幾天過後，在鬥鼓隊成員的指導下，悟性最高的連隊已基本掌握了鬥鼓的訣竅，葉作舟看完戰士們的表演，和連長、指導員在一起說話。

「你們連隊這麼快就學會了鬥鼓，還是蠻厲害的。除了鬥鼓，你們還有什麼需要，儘管給我們說，我們這次到部隊來，就是為了活躍部隊文化生活，鼓舞士氣……」

這時，外面突然一片歡騰，葉作舟扭頭去看，只見戰士們湧向剛剛到來的丁小蝶，齊聲歡快地叫起來：「嫂子來了，嫂子來了！」

「嫂子，我們可想你啦。」

「嫂子，再教我們一支歌吧！」

「嫂子，你上次教我的字我都會寫了！」

戰士們圍在丁小蝶身邊七嘴八舌地說著話，都很興奮。葉作舟認真地看著滿面笑容的丁小蝶，像是在看一個她完全不認識的人。

　　　　※　　　　　　　※　　　　　　　※

上級命令獨立旅在這次破襲戰中把金湯縣城拿下來，這是一場硬仗，金湯縣城駐有日軍一個大隊，並且這座縣城的圍牆是用麥秸稈混合糯米築

成的，正如它的名字，固若金湯，要想強攻，將會付出很大代價。旅長石保國、政委趙松林、參謀張志成他們已經在司令部圍著地圖想了很多天，都沒有想出一個智取的好戰略。這一天，石保國獨自一人在司令部，看著桌子上的地圖，眉頭緊緊地皺著。他站起來走了兩步，又回來盯著地圖看了一會兒，再來回走，聽到葉作舟的聲音在門口打報告。他忙招呼她進來，慌亂地想把地圖收起，葉作舟伸手按住地圖。

「慢著，不就是想打金湯縣城嘛，我看看又有什麼？」

「這打仗的事兒，是我們作戰部隊的分內事，我們獨立旅現在兵強馬壯……」

石保國尷尬地笑了笑，葉作舟不耐煩地打斷他：「我知道了，根據地擴大了兩倍，人口增加了一倍，民兵不算，人馬都快一萬了，隨隨便便就可以拉出兩個團。」

「所以，戰地服務團，顧名思義，服務嘛，你懂的。」

葉作舟對搓著手的石保國點點頭：「對，我們主要是服務部隊，我來這裡，該做的事兒都做了，教會了每個連隊鬥鼓，也慰問了，也演出了，這是服務團的公事。可我葉作舟個人的事兒……」

「這個我懂，不就是想再打一仗嗎？這個沒問題，你指揮過幾十次上百次戰鬥了，可我擔心戰地服務團的其他同志。畢竟是文藝戰士，從軍殺敵，以筆為槍嘛，真要打起仗來，還是要真刀真槍拚命的。」

「這個你放心，我帶的兵我心裡有數。石旅長，我也不為難你，咱們還是公平點，我的鬥鼓隊現在已經分散到各個連隊了，服務團留下的同志從前也沒學過鬥鼓，我讓于鎮山現在就教他們，到時咱們一起比賽，如果我們贏了，那突擊隊就是我們的。」葉作舟傲然一笑。

「我不答應你行不行？」石保國走了幾個來回。

「不行。」葉作舟異常堅定。

石保國只好接受她的挑戰，他想了想，又補充道：「你們的人數太少

了，正好我們偵察連人也不多，把你們加強給偵察連，哦不，把偵察連加強給你們，你看行不行？」

「韓信用兵，多多益善。那這個連就由我指揮了，贏了鬥鼓，到時突擊隊可是我們的了！」

葉作舟成竹在胸，畢竟他們這支隊伍中不少人都曾在安塞登臺助陣，與鼓王隊伍同臺競技過。幾天後的旅部鬥鼓賽中，戰地服務團不負所望奪得頭籌，東方海、于冬梅、于鎮山在舞臺上收拾腰鼓，葉作舟激動地跑上臺。

「你們表現得很好，咱們贏了這場比賽，這次戰鬥，他石旅長是沒辦法不讓咱們參加了。」

「協理員親自上場給我們加油鼓勁，我們不贏才怪。」

于鎮山高興地豎起大拇指，東方海卻有些擔憂：「協理員，雖然我也很想打這一仗，可畢竟是攻打敵人堅固設防的縣城，咱們服務團都是拉二胡的、唱歌的、演戲的，參加戰鬥可以，當突擊隊，我怕……我怕影響了整個戰鬥。」

「對，我們不怕死，就是怕影響作戰。」于冬梅也跟著點頭，葉作舟向他們眨眨眼。

「你們放心好了，你們的擔心正是石旅長的擔心，我只不過是用當突擊隊來說事兒，他石旅長不答應咱當突擊隊，咱就退一步，要求讓咱們服務團也參加這一仗，我讓這麼大的步，他石旅長還有啥話說？」

「千軍萬馬向前衝，孫子兵法藏胸中，運籌帷幄之中，決勝千里之外，協理員英明。」于鎮山又豎起了大拇指，葉作舟笑起來。

「油腔滑調，討厭！」

※　　　　　　※　　　　　　※

得知戰地服務團在鬥鼓賽中取勝，石保國立即將葉作舟叫到了司令部，趙松林也在，兩人懇求地看著葉作舟。

「嫂子，攻打日軍堅守的金湯縣城不是兒戲，我們曾經打過幾次，都

335

無功而返，這次志在必得。鬥鼓用來鼓舞士氣行，打仗還得靠我們。所以，這次鬥鼓定輸贏就算了吧，突擊隊還是我來帶。」

「協理員，老石的意見是對的，這次攻打金湯縣城事關重大，既然要打，就一定要勝，不能不慎重。」

葉作舟故作不悅，慢悠悠地開口：「你們不想讓我們戰地服務團當突擊隊，那也行，我們可以委屈一下，把突擊隊讓出來，但必須讓我帶著戰地服務團，再給我一個營，讓我帶著參加這次戰鬥。」

「協理員，我知道你從前很能打，可你畢竟有三年多沒帶過部隊打仗了，再說，這又是打鬼子。」趙松林有些猶豫。

葉作舟只管瞪著眼睛看石保國，石保國咬牙下定決心。

「只要不當突擊隊，我給你兩個營指揮都行！」

「兩個營倒不必了，一個營就夠了。」

「你這麼篤定，是不是有啥高招了？」石保國觀察著葉作舟得意的神情，陪著笑問道。

「那當然，千軍萬馬向前衝，孫子兵法藏胸中，運籌帷幄之中，決勝千里之外，我自有高招。」

「金湯縣城難打，是因為它有三個鬼子的中隊守著。我們就把它們調出來打。三十六計中有圍魏救趙，兵法中也有圍點打援。我們就把這兩個計謀揉合在一起。你們看，這是周村鎮，據偵察結果，原來駐在周村鎮的日軍中隊被抽調走，現在周村鎮由一支偽軍守著。我們如果智取周村鎮，調動日軍一部來援，縣城空虛，我們就可以乘機取之，同時把援敵消滅在半路。你們看看，怎麼樣？」葉作舟指點著地圖。

石保國和趙松林俯身看著地圖，兩人臉上浮現出驚異之色。

「果然是高招。」

「協理員，你這個主意太好了，我完全贊成。」

　　　　　　　　※　　　　　　　　※　　　　　　　　※

這些天，丁小蝶與葉作舟在路上時不時碰見，但總是一個敬禮一個還禮，氣氛有些尷尬。丁小蝶人雖不在戰地服務團，但每天也是在連隊間跑來跑去，和戰士們打成一片，做的工作與葉作舟一行人實是異曲同工。

獨立旅依照葉作舟的想法定下作戰總策略的這天晚上，石保國回到家裡，隨手把帽子揭下來扔到桌上，在桌旁剪指甲的丁小蝶抬頭瞟了他一眼。

「怎麼商量的？」見石保國裝傻，丁小蝶嘴一噘，「你們要打一個縣城，還當我不知道呢。」

「有紀律嘛，不能洩露軍情。」

丁小蝶哼一聲，繼續剪指甲。石保國坐下，端起水杯來喝水，突然一口水噴出來，笑了，他一邊笑，一邊對丁小蝶說著：「那葉作舟……怕是看上人了……」

「什麼什麼？快說說，她看上誰了？」

看丁小蝶對葉作舟的事如此介意，石保國賣起了關子，他把水杯往桌上一放，身子往椅背上一靠。

「哎喲，我這肩膀呀，最近老有點兒酸，要是有倆小拳頭給捶捶就好了。」

丁小蝶斜著眼看他，扯起嘴角一笑，走到他身後，給他捶打起來。石保國閉著眼睛，享受地哼起了小曲，丁小蝶終於不耐煩地使勁打了他一拳。

「美死你！快說，葉作舟……到底怎麼了？」

「跟你說啊，這葉作舟提出了一個行動方案，她要化裝成新娘子坐花轎去……」

「什麼？她要當新娘子？簡直想像不出來！誰敢娶她呀，那母老虎的脾氣……對了，那誰當新郎官呢？」丁小蝶睜圓了眼睛。

「于鎮山。」低聲說完，石保國又憋不住笑了起來，丁小蝶愣了一下。

「好你個葉作舟！難怪那麼喜歡于冬梅，敢情早就打這主意了！」

「哎，這麼說可就過了。小葉啊，以前是泡在前一段感情裡面出不來，現在嘛，也該走出來，往前看了。」說著，石保國的神色嚴肅起來，還有些傷感。「我還真希望她不是演戲，真真兒地找個新郎官，好好過日子。我說，若是哪一天我上戰場沒回來，你不要像小葉那樣，難過那麼長時間，得認真另找一個……」

「呸呸呸！說瞎話，要挨打，下輩子變烏龜爬！」

丁小蝶急得用手去捂他的嘴，石保國掰開她的手，憨厚的笑容中滿是深情，他開口要說話，丁小蝶又去捂他的嘴。

「你要說，我們好好兒地過一輩子。」

「我們好好兒地過一輩子。」被捂住嘴的石保國點著頭，聲音含糊不清。

丁小蝶聽得笑起來，仍然捂著他的嘴不放，兩人隔著手掌相視而笑，石保國伸手撓她癢，兩人笑成一團。

※　　　　　　　※　　　　　　　※

葉作舟在營區一邊散步一邊思索戰略細節。于鎮山在不遠處認出她，馬上躲到了樹後，穩了穩情緒，又假裝沒看到似的向她迎面走去，走到眼前，裝作驚訝的樣子。

「葉大姐！」

「是你啊。」葉作舟嚇了一跳，看到是他，點了點頭。

「喲，這麼晚了不睡覺，你還在思考國家大事？」

「我至少還在思考國家大事，你瞎逛啥呢？」

「你這個問題，把我問住了。我也想知道，這大晚上的，我瞎逛啥呢？也就聽到一丁點風聲，激動個啥呢？」于鎮山眉頭緊鎖，他抱起胳膊做思考狀。

「你聽到什麼風聲？」

看到葉作舟還沒反應過來，于鎮山倒先不好意思起來。他一邊支支吾吾說著，一邊拿眼角去偷瞄葉作舟：「也沒……啥，就是聽說，好像要去執行任務，我要配合葉大姐做點啥啥的……」

「剛拿出初步方案，具體行動、參與人選什麼的都還沒確定……這可是軍事機密，你可別亂去說！」葉作舟明白了是怎麼一回事，她臉紅起來，有些慌亂。

于鎮山啪地立正道：「是！我，于鎮山，山西人，今年二十五歲，相貌堂堂、一表人才，身強力壯，尚未婚配。父母去世，有一妹妹于冬梅，溫柔敦厚，很好相處……」

「你在說啥呢！」葉作舟又羞又急地打斷他，于鎮山仍打直腰板站著。

「我是在向組織表態，一定會盡全力配合協理員同志此次行動！希望組織信任我、考驗我，早點把這項光榮而重大的任務交給我！」說完，于鎮山向葉作舟鄭重敬禮，之後以標準軍人姿勢向右轉，齊步走。

葉作舟看著他走遠的背影，咬了咬嘴唇，忍不住羞澀地笑了起來。

十九　冰釋

二十　偽軍

「你們那任務什麼時候開始啊？」臨睡前，丁小蝶突然問道。

「都說了有紀律，別問那麼多了，反正你也不能參加。」

「我又不是不守紀律，就是好奇，想著葉作舟坐花轎的場面，嘿，簡直是世界奇蹟！」

石保國把一隻手搭到丁小蝶肩上，丁小蝶把他的手推開，石保國一臉委屈：「怎麼了嘛？」

「就你會這樣對我！也不去看看，這全旅上下，誰不喜歡我？隨便數一個連，幹部吧，我一個個地都能叫出名兒，戰士吧，全聽過我唱歌，還都給我鼓過掌……」丁小蝶不服氣地說著。

「我說姑奶奶，我知道你不服氣葉作舟去打仗，把你摞下了。可這次的行動攤子太大了，難保你的安全，你就別摻和了。」石保國低聲哄她。

「哦，葉作舟上陣是正兒八經地打仗，我去了，就是給你們添亂了？」

兩人生氣地互相看著，然後各自躺下，背對背，用手枕著頭。過了一會兒，石保國忍不住開口：「葉作舟這次又不是打鬼子！是去拿下一個偽軍的團，行了吧？告訴你了。」

「在哪兒呢？」

「周村鎮。也巧了，那個團長就姓周，好像叫周寶庭。」

丁小蝶猛地一翻身坐了起來，嚇了石保國一跳。

　　　　　　※　　　　　　　※　　　　　　　※

半夜聽到急促的敲門聲，張志成打著哈欠披上衣服，睡眼惺忪地拉開門。只見小四川站在門外，叫他趕快去一趟石旅長家，說嫂子看起來很激

動。張志成一頭霧水地趕到時，丁小蝶正在屋裡焦躁不安地走來走去，石保國坐在一旁悶著頭抽菸。看到張志成進來，丁小蝶正要搶著說話，石保國抬手制止了她。

「張參謀，周村鎮那個偽軍團長，是不是叫周寶庭？」

張志成想了想，點了點頭：「是的。」

「他是個什麼來歷？」石保國一邊指著椅子示意他坐，一邊問。

張志成邊坐下邊說：「他呀，簡直就是一混子！最早他是個占山為王的土匪，像他這樣，本來是該抓住殺頭的，沒想到要打鬼子了，國軍要擴充力量，土匪頭子就成了國軍團長，駐地在河南。後來呢，鬼子來了，他竟然不敢打，直接投靠了日本人。按日軍的部署，原封不動地把部隊移到這兒來，當起了偽軍團長。」

「真是他！這個混蛋！」丁小蝶咬牙切齒地說道。

「嫂子認識這個人？」張志成發蒙了。

「太認識了！我要參加這次行動！」

「我得和政委商量一下。」石保國把菸掐滅，站了起來。

「我去找趙松林！這就去！」丁小蝶急得一跺腳，轉身便要出門。石保國和張志成忙拉住她。

「保國，這個人逼我當他的小老婆，如果不是逃出來，我這輩子都叫他給害了！你要理解我，我一定要親手抓住這個壞蛋！」

張志成聽到丁小蝶悲憤的話語，也激動起來：「原來是這樣，旅長，就讓嫂子去吧，葉協理員的方案是不動槍彈拿下守鎮子的偽軍，那邊相對安全。」

石保國看著丁小蝶，鄭重地點了點頭。

※　　　　　　　※　　　　　　　※

在批准丁小蝶參加作戰行動這件事上，葉作舟與石保國起了爭執。在葉作舟看來，這是組織決定的軍事行動，不是為了結個人恩怨。石保國便翻出了上次獨立團配合安排東方海上戰場，差點毀了一次軍事行動的舊

帳。正當兩人爭執不下時，丁小蝶出現了，她神情莊重地向葉作舟保證絕對聽從命令服從指揮，葉作舟為難地看看她，又看看石保國，只好艱難地答應下來。丁小蝶立正感謝葉作舟，又請求親自審問周寶庭，葉作舟正要發作，石保國卻在葉作舟旁邊搶著批准了。丁小蝶高興地離開後，石保國無辜地看著又是生氣又是無奈的葉作舟。

獨立旅的煙草儲備也不足了，把金湯縣城打下來，應該能繳獲不少煙草，眾人對這場戰鬥都是摩拳擦掌，充滿期待。直到眾人齊聚作戰室前，趙松林還在擔心丁小蝶的加入，石保國指出有葉作舟壓陣，盡可以放心。

先前攤在作戰室桌上的地圖已被掛了起來，取而代之擺上了簡易的沙盤，沙土堆出山形地勢，散布的小木塊則代表著建築物。石保國帶著獨立旅幹部們、葉作舟帶著戰地服務團骨幹，一群人圍在沙盤邊站著。石保國手中拿著一根小木棍，他指向沙盤中的木塊堆。

「這就是周村鎮。我們這次要兵分三路，一路由葉作舟協理員帶隊，直取周村鎮，讓周村鎮的偽軍向金湯縣城的日軍發出求援信號。」木棍末端在沙盤上標有周村鎮的區域畫了個圈。

「一路由趙政委帶隊，埋伏在金湯縣與周村鎮之間的山路上，當縣城出來的日本援軍到達這裡，一舉將他們殲滅！」棍子又在金湯縣與周村鎮之間的小路上畫了個圈。

「最後一路由我帶隊，等日軍派出援軍，守城日軍力量減弱後，我們可趁機將城門攻破，搗了山本的老窩！」

棍子最後在金湯縣城畫了個圈，在場的眾人看著這三處地方，眼中閃爍著激動的光芒。

※　　　　　　　※　　　　　　　※

這次作戰，丁小蝶的加入還真幫了大忙。在她的妙手下，一個個面容清秀的年輕戰士，描了眉，抹上腮紅，畫好口紅，戴著假髮，身穿女裝，看上去完全是一群俊俏的姑娘。丁小蝶又叮囑他們模仿女人的姿態走路，

戰士們現學現練，笑成一團。

辦公室裡間，葉作舟生氣地將胭脂盒往地上一扔，看著鏡子中臉上塗得紅彤彤的一大片，她急得快哭了。

「什麼破玩意兒！比槍都難弄！我們那兒的人，從戰場下來，把臉上的灰擦一擦就結個婚。」

「可不能讓敵人看出，你是個上戰場的新娘！」

于鎮山著急地在旁邊說著，葉作舟看到他更加來氣：「你走！走！」

于鎮山只好離開了，過了一會兒，葉作舟感到一隻手輕輕扳著她的肩膀，以為是于鎮山又來了，回頭正要發火，卻見是丁小蝶。她另一隻手裡捏著一塊溼毛巾，輕輕地把葉作舟臉上的大紅胭脂擦掉。葉作舟不知道說什麼好，尷尬地任她擺弄，丁小蝶認真地給葉作舟搽粉、描眉、擦腮紅、畫口紅，又給她梳上新娘的髮髻，再給她換上新娘的紅色衣裙，每一道程序都仔仔細細。

最後出現在鏡子裡的，是一個出奇漂亮的新娘。于鎮山一進來就呆住了，眼睛都看直了。葉作舟有些羞澀地低了低頭，又抬起頭來看著丁小蝶，眼神裡充滿感激。「謝謝你。」

「你原來有這麼美！」丁小蝶微笑著說道，兩人都有些不知所措。

※　　　　　　※　　　　　　※

作戰正式開始，偽裝好的迎親隊伍出發了，一行人走在前往周村鎮的路上。騎馬的于鎮山胸前紮大綢花，跟在花轎邊，喬裝打扮的戰士們在一旁步行，戰地服務團的隨行成員都帶著吹拉彈唱的器具。行至半路，離周村鎮尚遠，葉作舟掀開轎簾，露出臉來打量。

「還有多遠？」

「還早呢。這麼著急到婆家？」

騎在馬上的于鎮山嬉皮笑臉，葉作舟瞪他一眼。

「于鎮山同志，我命令你匯報！」

「大約還要小半個時辰。」

「好。注意警戒。少說廢話。」

葉作舟說完，放下轎簾，于鎮山故作誇張地搖頭嘆氣：「這麼凶！誰跟我說的這門親啊？我得揍那媒婆一頓！」

眾人都竊笑起來，葉作舟在轎子裡咬著嘴唇，也忍不住笑了。走在隊伍裡的于冬梅笑著低聲對東方海說道：「哎，你看，葉大姐和我哥，還真是挺配呢，是不是？」

「虧得是執行任務，如果是真的……好難想像，我大舅子的老婆是我領導！」東方海嘆著氣。

「那又怎樣？」

「那就不用擔心睡了懶覺被抓缺勤了」

于冬梅又好笑又好氣地瞪他一眼，她看到隊伍裡丁小蝶表情嚴肅地走著，又悄悄問東方海：「小蝶這次，感覺好嚴肅啊！」

東方海理解地點了點頭：「她差點兒就被害了。換成誰，也不會放過那樣一個惡棍。」

※　　　　　※　　　　　※

這周村鎮的偽軍團長周寶庭，正是當年東方海一行人遇到的國軍團長周寶庭。這個人並沒有什麼變化，雖然從國軍變成了偽軍，從河南跑到了山西，仍是每日裡混日子，抽著雪茄聽著豫劇，對陳副官得意洋洋地宣講他所謂的亂世生存哲學，最後，滿心只惦記著多搶占幾房姨太太。

原本他只是成日裡在住處二樓端著望遠鏡往街上找女人，結果誤打誤撞發現軍營對面的茶鋪裡，有兩個帽子壓得很低、臉色警惕的青年已經坐了好幾天。明知這是被派來監視自己動靜的人，周寶庭倒也毫不在意，對他來說，世道不管怎麼變，只需走一步看一步，隨波逐流即可。

周寶庭發現的這兩個人，是獨立旅最大的敵人山本龍太郎為防八路軍攻打周村鎮，命人派來盯哨的，而茶鋪的夥計與老闆才是獨立旅此次作戰

的周邊偵察人員。葉作舟帶領的迎親隊伍出發後不久，趙松林便帶領一支隊伍沿小路祕密來到預定埋伏點，在周村鎮與金湯縣相連大路旁的小樹林中，戰士們各自找好隱蔽點，埋伏起來。石保國與張志成帶領的部隊也迅速來到金湯縣城外的山丘上，隱蔽起來，從石縫間能看到不遠處的金湯縣城牆，牆上日軍守衛森嚴。

「這計畫可是環環相扣，如果鬼子不派兵去救周村鎮，那可怎麼辦？」張志成擔憂地低聲問道。

「周村鎮如果被拿下，金湯縣的脖子就被捏住了，山本太清楚了，他絕不會撒手不管的！」石保國搖了搖頭。

懷著對戰術的信心與信念，埋伏的兩隊人馬在時間的流逝中沉下心來等待著。娶親隊伍到達周村鎮鎮口，于鎮山遞了個眼色，一幫人吹吹打打起來，頓時圍上來不少看熱鬧的，跟在後面嘻嘻哈哈，一路走向偽軍軍營門口所在的道路。娶親隊伍裡有男扮女裝的戰士，怕被看出端倪，低著頭走路，旁邊看熱鬧的小媳婦們和老太太們指指點點著戰士們的大腳。熱鬧一直延續過來，守在軍營門口盯哨的兩名日軍聽到了，昂起頭張望著。正在打牌的周寶庭和姨太太們也聽到了動靜，看到窗外的娶親隊伍，姨太太們摁著不讓周寶庭去，陳副官心領神會地溜了出來。

娶親隊伍來到偽軍軍營門口，十來個偽軍士兵出來看熱鬧。茶鋪老闆和夥計對了對眼神，夥計拖著兩個條凳出來，在街道中間擺上，笑嘻嘻地看著于鎮山。「新郎官大方點，給點喜糖喜錢，不然這道板凳關可過不去！」

眾人都拍手起哄，又有幾個圍觀的年輕人跑到茶鋪裡去拖了好幾條長凳出來，堆在路上設置障礙。群眾、偽軍士兵都樂翻了，只等著看好戲。

于鎮山下了馬，一臉著急地衝茶鋪夥計作揖。「兄弟行個方便，娶個媳婦不容易，路還遠著呢……」

那夥計坐在條凳上，蹺起二郎腿，臉朝天仰，一副不通融的樣子。看

熱鬧的人群起哄，干鎮山抹著汗，于冬梅上前，給夥計送喜糖，眾人激動地大聲叫好。幾個偽軍士兵湊了過去，于冬梅忙給他們也散發喜糖。

「煩軍爺行個方便。」

士兵們只是嬉皮笑臉，這時陳副官笑咪咪地出現在門口。

「我說怎麼這麼熱鬧，原來是有大喜事呀！」

東方海、丁小蝶怕被陳副官認出，立刻悄悄往轎子後面躲。東方海留意著丁小蝶，她已是一臉憤怒，拳頭緊握。

「這位軍爺，煩您給說個話兒，我這大喜的日子，大老遠地接到新媳婦，還得趕好時辰拜堂呢，您看看，您看看，哎呀，這可怎麼好呀！」

于鎮山連忙對陳副官作揖，于冬梅上前敬菸，陳副官很享受地吐出一口白氣。

「大兄弟，你也知道這鬧喜的規矩，有熱鬧大家湊，就圖個喜慶，對吧？看看，兄弟們想瞧瞧新娘子，這點兒小心願，總得遂一遂吧？」

「這可萬萬使不得！老家規矩大，沒有拜過堂，不能揭蓋頭哇！」于鎮山做出一副驚嚇的樣子。

陳副官不聽他的，兀自涎著臉來到轎前，笑嘻嘻地說道：「新娘子可否給陳某人賞個臉？」

見沒有動靜，陳副官不甘心，伸出手去要掀轎簾，忽然簾子從裡面掀開，露出葉作舟那嬌美的新娘裝扮的一張臉來，于鎮山痛苦地大叫一聲，抱了頭蹲在地上。陳副官看得驚呆了，葉作舟故作楚楚可憐地看著他。

「軍爺，您行個方便，放我們走吧！」

陳副官這才回過神來，露出一副貪婪的表情。

「走是可以啊，但既然來了，也要從周村鎮的風水寶地、我們團座府邸上過呀！來人！送新娘子過風水寶地！」

陳副官一揮手，眾偽軍士兵大笑著，上前推開四個轎夫，七手八腳地抬起轎子就往軍營大門裡走，娶親隊伍頓時慌亂了，擠上去，鬧著推著，

一起往那大門裡湧。餘下的士兵嬉笑著要攔住人群，沒能攔下來，最後只好把扮新郎官的于鎮山一個人擋在門外。眼見大門在面前關上，于鎮山急得跳腳，大聲叫喚：「娘子！還我娘子！」

　　　　　　※　　　　　　　　※　　　　　　　　※

　　陳副官一番耳語，聽得周寶庭眉飛色舞，他嚷嚷著緊急軍務，撇下嚇呆的幾個姨太太，急急往外趕。兩人來到一口門廳時，偽軍士兵們已經把花轎停在那裡，送親隊伍的人都被士兵們攔著不讓靠近。周寶庭走過去，笑咪咪地站在花轎旁邊。丁小蝶從人群縫隙裡看到周寶庭，不禁眼冒怒火，東方海關切地看著她。

　　「鄙人是這周村鎮的守鎮武官周寶庭，聽說小娘子貌美如花，可否讓周某人觀瞻觀瞻您的花容月貌啊？」

　　花轎的門簾一動，葉作舟款款而出，眾人驚嘆著紅衣新娘的美貌，周寶庭也看愣了，嘴都合不攏。不等他回過神來，葉作舟便迅速來到他身邊，不知從哪裡掏出一把槍，頂住了他的頭。

　　「別動！」

　　眾人大驚，士兵們正要舉槍，卻見送親隊伍裡的男男女女和湧進來看熱鬧的群眾竟然訓練有素地各自用槍對準一個偽軍士兵，迅速控制住了局面。

　　「你你你……你們是什麼人？」

　　「八路！」

　　聽到葉作舟的回答，陳副官臉上的肌肉都顫抖起來，而周寶庭一動不動，臉上堆起尷尬的笑。

　　「哦，八路軍啊，好說，好說！都給我把槍放下！」他朝偽軍士兵們喊道。

　　士兵們一個個地放下了舉槍的手，兩名八路軍戰士過來，將他們手裡的槍繳了，又按照葉作舟的命令把偽軍士兵們全數押走。葉作舟又命令周

寶庭帶她去找電話機，其他人按預定方案，分組行動，控制整個營院。

　　被押著去電話室的路上，周寶庭一邊走一邊和顏悅色地跟葉作舟套近乎，解釋他身不由己才成為漢奸的苦衷，葉作舟只是不耐煩地推了他一把，讓他少說廢話好好帶路。來到裝修奢華的書房中，葉作舟指著電話機，命令周寶庭打給金湯縣城的日軍大隊長，報告遭遇八路軍突然襲擊，已受重創，請求大力支援。為了增加求援電話的真實性，隨行的戰士打了幾發空槍，茶鋪門口的兩個盯哨日軍聽到軍營傳來槍聲，警覺地站起，偵察人員事前聽到過這兩人說日語，明白他們是日方的眼線，也緊張起來，好在有于鎮山的配合，暫時打消了兩名日軍的疑心。

　　誰知山本沒收到監視人員的通報，疑心有詐，不同意金湯縣城派出中隊支援周村鎮。守在金湯縣城外的石保國與趙松林兩路人馬久久不見有日軍出城，都著急起來，只能寄希望於葉作舟一隊在周村鎮的進一步行動。葉作舟並沒有辜負他們的期望，她安排東方海帶人拿上偽軍的槍彈，去周村鎮外山坡上打了一輪空槍，又有幾名化裝成群眾的戰士來到茶鋪中，于鎮山配合著周邊偵察員演了一齣逃命的戲，接著悄悄跟在那兩名日軍身後，等他們用藏在樓上客棧房間中的祕密電臺給山本方報信後，將他們擊斃，並搗毀了電臺。

　　這下山本與日軍大隊長都慌了，派出兩個中隊支援周村鎮，金湯縣城只留下一個中隊防守。石保國派人從小路通知趙松林做好與兩個中隊對打的準備，趙松林接到消息，絲毫不差地判斷出最佳開火時機，打了日軍一個措手不及。聽到趙松林那邊戰鬥打響，石保國也趁著守城日軍最為慌亂的時機發動了進攻，很快，城牆上的日軍火力點被摧毀，城門也被炸開，獨立旅一路衝殺進日軍大隊長辦公室，砸開門，正見到日軍大隊長吞槍自殺。在電話另一端聽到槍聲的山本龍太郎，就像挨了一記耳光，拿著電話，久久說不出話來。這場攻打金湯縣城的戰役，以日軍的慘敗告終，獨立旅大獲全勝。

　　　　　　※　　　　　　　　　※　　　　　　　　　※

　　在截獲援軍與攻打金湯縣城的戰鬥進行當中，周村鎮這邊一切順利，偽軍被控制起來，周寶庭住處的院子裡，集合了一群穿著各色花旗袍、嚇得瑟瑟發抖的姨太太。丁小蝶走到她們面前，一個一個地看過去，越來越焦慮，看到最後一個，也沒有找到當年那位救過她的女子。

　　丁小蝶來到關押周寶庭的書房中，周寶庭正無所事事地靠牆坐在地板上，抱著胳膊打瞌睡，他一下子驚醒過來，仰頭愣愣地看著丁小蝶。

　　「咦，你這姑娘好面熟……我還在做夢嗎？」

　　「再美的夢，也該醒了，周團長！」丁小蝶諷刺地說道。

　　「哎呀，這不是，這不是小蝶姑娘嗎？」周寶庭晃了晃頭，從地上爬起來，驚喜地看著丁小蝶。

　　「想不到我們還久別重逢啊！」

　　周寶庭也不在意丁小蝶臉上的冷笑，十分激動地說：「是啊是啊，老熟人了不是？你不是找當國軍的表哥去了嗎？怎麼在這兒呀？這是八路軍啊。」

　　「我參加的就是八路軍！」

　　「哦，哦，好的好的，八路軍也挺好。國軍確實，打仗老打不贏，嘿嘿。你這條路啊，算是選對了！中國的希望就是八路軍！」

　　丁小蝶突然掏出一把手槍，徑直地對準周寶庭的腦門。「我恨不得一槍崩了你！」

　　「這是說哪話呢小蝶姑娘？我有什麼對不住你的，有話好好說嘛！」

　　周寶庭神色驚慌，丁小蝶一臉悲憤。

　　「有什麼對不住我？我差點兒就被你這個無恥混蛋給害了！」

　　「哦，你說的是那個呀。那個那個，我其實是特別喜歡你，真的真的，我可以向上天發誓，我從來沒有那麼喜歡過……」

　　「閉嘴！你喜歡的就可以霸占嗎？如果不是我逃出來，今天就跟樓下

那群姨太太一樣，只有等人解救，才能重見天日了！」

周寶庭愣了一下。「啊，姨太太們都給抓起來了？哎喲那可怎麼得了！小蝶姑娘，你能不能幫我通融一下，對我怎麼都可以，可別傷到那些個女眷，她們都跟我好長時間了，有的還懷了孩子，你說這要是有個三長兩短的……」

「你還真挺心疼她們呢！放心吧，我們會放她們走，讓她們各自回老家去。」

周寶庭又連忙搖頭道：「哦？那可不行！算了算了，還是押著吧，等我脫身了，還得有姨太太呀！」

丁小蝶氣得不知說什麼好，這時突然想到自己要找的人。

「你的姨太太裡，有沒有一個，她弟弟在你手下服役的？」

「哦！那是老五。老五呀，年前生了孩子，我怕這兵荒馬亂的，傷著孩子了，就把她送英國去了。你看看，我哪個女人吃過虧？老大，現在在美國，吃著利息過得美美的，老三，在香港，上個月還收到信，說是香港不太平，她也要去美國，又跟我要錢呢。老五、老六……只要給我老周家留了血脈的，哪一個我都給安頓得舒舒坦坦的！我過得辛苦點沒事，俸祿之人嘛，難免奔波，可我的女人和孩子，絕對不能受苦！所以啊，小蝶姑娘，不是我自誇，你當初要是跟了我……」

「呸！」丁小蝶拿槍指著他，指頭放在扳機上，負責看押的戰士嚇得趕快跑過來。周寶庭縮起了脖子，他身後的牆上掛著一幅大字：仁義禮智信、溫良恭儉讓。丁小蝶指著那幅字罵道：「你這樣的混蛋，還有臉掛這樣的字！」說著，丁小蝶走上前，一把扯下那幅大字，牆面露出一個大壁櫃，其中一格放著丁小蝶從上海帶出來的高級皮箱。

丁小蝶驚訝地瞪大了眼，她想把自己的皮箱打開，卻發現鎖住了，在她的命令下，周寶庭嘆口氣，從衣兜裡掏出鑰匙打開皮箱。丁小蝶推開他，走上前，箱子裡竟然裝著各式各樣的女式內衣，有絲巾、首飾、胭脂

等女性用品，一小紮用絲線捆起來的黑白照片，照片上的女人都衣衫不
整，此外還有一本厚厚的筆記簿。

「這些是什麼東西？」丁小蝶驚得瞠目結舌，她指著箱子問。

「這些啊，這些都是跟過我的女人，不管成不成得了夫妻，總得留下
點念想不是？哎呀，我這個人就是念舊，對女人是一等一的好！凡是跟過
我的，都沒虧待過！」

在周寶庭滔滔不絕地炫耀時，丁小蝶慢慢翻揀著箱子裡的東西，又取
出那本筆記簿來翻看。只見上面記滿了周寶庭霸占女子的時間、人名、詳
細描述，有的貼了照片，在最前面甚至按照姓名編寫了索引。

丁小蝶眼睛越瞪越大，周寶庭見狀，深情款款對她說道：「你看，我給
她們都留著紀念呢。你那一章……在四十七頁。」

丁小蝶萬分震驚地翻到第四十七頁，上面只有幾句抄來的〈關雎〉。

「唉，你是唯一一個沒有讓周某人成功載入史冊的，我一直惦念著你
哪！」

丁小蝶氣得又把槍舉起來，直抵到周寶庭腦門上。

「現在就是打死你，也嫌讓你死得太痛快了！」

負責看押的戰士又著急地跑了過來，丁小蝶點點頭，表示明白，放下
了槍。

「要不是我們有紀律，不能殺俘虜，你今天別想活著出這道門！」說
著，丁小蝶把手中的筆記簿狠狠地砸進箱子，箱底露出書的一角。她眉頭
一緊，伸出手去，小心翼翼地拿出那本書，封面上赫然印著「西行漫記」。
丁小蝶心裡一慌，沒有拿住，書掉到了地上，她顫抖著嘴唇問：

「這書是誰的？你把她怎麼了？」

「哎喲，她呀，她……不怎麼聽話，就……」

「就怎麼啦？你這個畜生！是不是裴采蓮？她在哪兒？還活著嗎？」丁
小蝶上前一把揪住周寶庭的衣領。

「哎哎，怎麼說的這是，我難道還會弄死她……你怎麼還認識她？這這這……」周寶庭一邊說，一邊淌著汗，他掏出一把鑰匙，丁小蝶押著他來到後院中。

「真不能怨我，她太不聽話了！一來就動剪刀，直接要往脖子上扎，那是把我給嚇得！一般的，關幾次也就聽話了，可誰像她，關了十次八次都改不了，出來就咬人！已經鬧成病了！你說說……」周寶庭一路上不停地辯解著。

「你不是對女人好嗎？」丁小蝶恨恨地看著他。

「那也要女人認我這個好呀！像采蓮這樣的，真是沒法把她的心烘熱啊！」

在後院一所偏僻的小房子前，周寶庭用鑰匙打開了房門上的鐵鎖，門一開，丁小蝶迅速擠了過去。這裡只有一個小而高的窗洞，光線昏暗，是個洞穴般的牢房，一個披散著髒兮兮長髮的人蹲在牢房深處，她用雙手抱住雙臂，驚恐的眼睛從頭髮絲的縫隙間露出來。

「采蓮……是你嗎？你還記得我嗎？我叫丁小蝶……」丁小蝶聲音顫抖著，裴采蓮一動不動，眼睛裡的驚恐更深了。丁小蝶輕輕碰她一下，她尖叫一聲，跳到一邊去，丁小蝶把手伸向她。

「來，不要怕，慢慢的，你可以出來了。」

裴采蓮抬頭看著丁小蝶，她遲疑著，仍然不敢過來，丁小蝶眼淚流了出來。

「采蓮，你忘了嗎？是你約我們一起到延安的，我們已經到了延安，參加了八路軍，可就是一直沒看見你……東方海到處都打聽過，逢人就問有沒有見過裴采蓮……」

慢慢的，像是回憶起了什麼，裴采蓮的眼神活過來，她轉向丁小蝶，眼巴巴地看著她。丁小蝶把那本《西行漫記》遞到她手上，她低頭仔細地看看，翻翻，用臉貼貼，小聲地哭起來。丁小蝶小心地把手放到她肩上，

慢慢攬過她，輕輕拍著。

「我說吧，她就是有病。」

聽到周寶庭插嘴的聲音，裴采蓮抬起頭，看到是周寶庭，她驚恐地胡亂叫起來，直往牢房深處躲，沒命地要把自己藏起來。丁小蝶忍無可忍，站起來衝到周寶庭面前，掏出槍來，將槍口對準他的額頭，周寶庭已經不怕了，他冷笑一聲。

「又來了是不是？我說，你就不能換個花樣？」

「周寶庭！你信不信我真的斃了你！」丁小蝶咬著牙說，周寶庭不屑地看著她。

「好呀！你斃了我！你要是斃不了我，回頭我歸順了八路軍，你信不信，我還是繼續當我的團長？當八路軍的團長！這江湖上，誰坐龍椅不是批一樣的奏摺？我早把你們那套政策研究透了！投誠，起義，都可以收編，而且吧，你們說是一夫一妻，那是公開的，我私底下養幾個小老婆，還是誰也管不著！我那些到了美國、去了香港的姨太太，你們更管不著！我就告訴你，等我當了八路軍的團長，本團座第一件事就是把你拿下！我不管你是……」

丁小蝶手中的槍響了，周寶庭猛地往後一倒，丁小蝶長長地舒了一口氣，握著槍的手慢慢放下來。裴采蓮站起來，慢慢走向周寶庭的屍體，她先是彎下腰去看看，之後發瘋一般朝那具屍體狠狠地踢，邊踢邊哭著，累得踢不動了，她就站在那兒，痛哭起來。交代一旁目瞪口呆的戰士照看好裴采蓮後，丁小蝶衝回書房，拿上箱子回到後院中，她把箱子往地上一倒，又把手上拿來的油燈朝箱子上一扔，劃亮一根火柴，拋在那本筆記簿上面，很快，整個箱子都燒起來，火光映著丁小蝶神情複雜的臉。

※　　　　　　※　　　　　　※

「到底出了什麼事？怎麼就開槍了？你剛才在後院燒的是什麼東西？」

大廳裡站了許多人，都看著生氣的葉作舟和一臉平靜的丁小蝶。

「你別問了，我不會告訴你。」

「丁小蝶你簡直目無軍紀！來之前說得好好兒的，你也保證了又保證，才讓你參加這次行動，就算是石保國給你百般開恩，最後一條底線都是── 不殺俘虜！你可好，一槍就斃了一個手無寸鐵、認罪態度好、積極配合工作的俘虜！還是一個團職俘虜！」

丁小蝶看了看裴采蓮，她正沉默地坐在角落的椅子裡。

「人，確實是我殺了。但我不後悔，我願意接受任何軍法處置。」

「你這是什麼態度？還沒認識到自己的錯誤是不是？」

這時，出去打空槍的東方海背著槍，帶著幾個戰士回來了。

「出什麼事了？」

一見到東方海，裴采蓮忽然眼光直了，沒有人注意到角落裡的她，但她還是非常心虛地把身體轉過去，背對著東方海，一臉的痛楚與倉皇，這一幕都被丁小蝶看在眼裡。

「小蝶，到底怎麼了？」東方海追問著。丁小蝶從背對著東方海瑟瑟發抖的裴采蓮身上移開目光，苦楚地揚起頭道：「我殺了周寶庭這個人渣！」

東方海不知道說什麼才好，丁小蝶看著他，只是含著眼淚搖了搖頭，過了一會兒，她又去看角落裡的椅子，那裡卻已經空了。

※　　　　　　※　　　　　　※

這一天，整個獨立旅營區歡天喜地，有的戰士忙著清點收繳來的槍枝彈藥、生活補給，有的戰士押著大批俘虜走過，有的戰士在說說笑笑地抬東西。石保國卻坐在花臺上發愣，連趙松林遞來的菸都沒有心情抽，打了這麼大的勝仗，他還情緒低落，只能是為了丁小蝶的事。

槍殺俘虜，違反軍紀，丁小蝶一回來就被關進了禁閉室。她坐在小床上發呆，厚重的木門上有個小窗，光線從那裡斜斜地射進來，忽然間被擋住了。丁小蝶扭頭去看，石保國正站在那裡，兩人隔著那個小窗互相望著，默默無言。過了一會兒，石保國拖著沉重的腳步走了，丁小蝶落下淚

來。她又定定地望著那個小窗，在她出神的想像中，小窗像一個螢幕，映出活動的人影來，人影越來越清晰，那是裴采蓮跌跌撞撞地走在路上，丁小蝶腦海中響起她自己的聲音。

「采蓮，跟我去延安吧！」

畫面中的裴采蓮站住，淒然地搖了搖頭，從懷裡抽出那本《西行漫記》來看看，撫摸片刻，又揣回懷裡，走遠了。

丁小蝶眼睛一閉，昏了過去。

二十一　懷孕

　　獨立旅衛生隊裡，石保國坐在病床邊，病床上躺著昏迷不醒的丁小蝶，石保國看看丁小蝶，嘆了口氣，滿眼都是心疼。一名軍醫走了進來，他鄭重地告訴石保國，丁小蝶懷孕了。在衛生隊照顧傷患的于冬梅聽到丁小蝶懷孕的消息，著急地找到葉作舟，兩人趕來衛生隊，卻發現丁小蝶不見了。一臉焦急的衛生員說，石保國走後，丁小蝶醒來，她知道自己懷孕了，仍是堅持要回到禁閉室，怎麼攔都攔不住，葉作舟和于冬梅只好又去拉上石保國。

　　「哎呀，我們去衛生隊，人家說小蝶自己堅持要回禁閉室，現在你看怎麼辦？」

　　葉作舟一邊走一邊說著，石保國一臉無奈，來到禁閉室門外，看守的戰士打開門，只見丁小蝶坐在禁閉室的小床上發呆。于冬梅跑上前，抓起她的手。

　　「小蝶，你可受苦了！」

　　「冬梅，葉協理員，謝謝你們來看我。」丁小蝶一臉平靜地望著她們，微微一笑。葉作舟看了石保國一眼，石保國有點兒尷尬，他咳了一聲後開口說道：「那個……小蝶，醫生說，你懷孕了，可得要好好照顧你才行。」

　　「這是我的事，不用你操心。」

　　「哪能這麼說話呢？唉，故意氣我是不是？」丁小蝶看都不看石保國一眼，他急了。

　　「小蝶，現在不是置氣的時候。有孩子了，考慮問題就得更成熟了。我說，對殺俘虜這件事，你好好地認個錯，當眾做個檢討，態度端正了，可以爭取寬大處理！」

　　葉作舟上前勸說，丁小蝶傲然道：「謝謝協理員。我殺的不是俘虜，是禍害！既是以前的禍主，也是將來的禍根。除掉他，我沒有什麼好檢討的！」

　　「你到現在都還嘴硬不認錯？簡直是……」

　　于冬梅擺了擺手，不讓著急的石保國說下去。她轉向丁小蝶道：「小蝶，你就是不為自己考慮，也要想想肚子裡的孩子啊！這麼一直關禁閉關下去，孩子可受罪了！」

　　「我不能讓我的孩子以為，他的媽媽是一個犯了大錯的人。他應該以我為榮。」

　　「真挺光榮是不是？」

　　見石保國真生氣了，葉作舟趕忙拉住他，說：「小蝶，你再好好想想，不要任性。做母親的人了，為人處世都要更成熟一些才是。」

　　丁小蝶不說話，葉作舟轉向其他人道：「我們先回去吧。」

　　石保國出門前又回頭看看丁小蝶，欲言又止，最後還是嘆口氣，走了，丁小蝶還維持著那個姿勢，一個人待在禁閉室中，神情冷靜。

※　　　　　　　※　　　　　　　※

　　轉眼間，丁小蝶關禁閉已滿七天。這一天，旅部會議室中，獨立旅幹部們匯聚一堂，討論對丁小蝶違反軍紀事件的處理意見。石保國率先提議取消丁小蝶的幹部身分，直接降為戰士，以趙松林為首的其他幹部們都覺得這個處分過重了，降職一級更為合適，石保國一臉沉重地堅持著自己的決定。殺俘虜，是破壞抗日統一戰線政策的行為，性質惡劣，會對爭取偽軍部隊投誠的戰略產生嚴重影響，不能輕判。另一方面，違反軍紀的丁小蝶正是旅長石保國自己的夫人，如果不從重處理，他也不再能夠要求其他部下服從命令、遵守紀律。結果已定，散會之後幹部們紛紛走出會議室，趙松林一邊戴帽子，一邊催石保國先回家好好準備賠罪，由他去禁閉室向丁小蝶宣布處分決定。

丁小蝶拖著疲憊的身體回到家，她剛進院子，就看見一大群人聚在這兒，葉作舟、于鎮山、于冬梅、東方海、柳富貴、柳二妮、郭雲生都來了，眾人在廚房進進出出，忙著張羅一桌飯菜。石保國穿了個圍裙，兩手的袖子挽得老高，一手拿著一把菜，看到丁小蝶，所有人都迎上去和她說話。

「小蝶，你可回來了！」于冬梅笑盈盈的。

「有沒有聞到你最喜歡的魚湯的香味兒？」東方海跟著問道。

「是什麼好日子嗎？」丁小蝶有些吃驚，一時沒有反應過來。

「當然是好日子啊，慶祝你和保國有了一個新生命！」葉作舟笑了。

丁小蝶深吸一口氣道：「謝謝大家的好意！剛才趙政委跟我宣布了處分決定，我現在不再是幹部，而是八路軍戰士丁小蝶了。這也算是我的新生！戰士丁小蝶，重新開始！謝謝大家！」

所有人笑著鼓起掌來，隔著一段距離的石保國也看著丁小蝶笑了。

※　　　　　※　　　　　※

獨立旅的戰士們很快都聽到了旅長夫人懷孕的好消息，見到出來買鹽的小四川，戰士們紛紛送上賀禮，有燻肉、罐頭、調味品等，小四川忙不迭地應著，手裡的東西越來越多，抱都抱不下。小四川回來沒多久，趙松林也拎著賀禮來到石保國家，進了院門，他笑著和眾人打招呼，把手頭的東西交給迎上來的石保國。

「這是給小蝶補身子的，沒你的份兒啊，可別偷吃！」

圍坐在大飯桌旁的眾人都笑了起來，熱情地給趙松林讓座，小四川往杯子裡倒酒，倒到丁小蝶時，于冬梅攔住了他。

「給小蝶倒杯茶吧，可不興讓孕婦喝酒。」

小四川點頭，待一席準備妥當後，丁小蝶端起茶杯，動情地說道：「有勞各位，我丁小蝶從上海到延安，又到董家莊，這條路，說實話是我以前從來沒想到過的。雖然吃過一些苦，我不後悔，能遇到你們這樣知心貼心

的朋友，是我丁小蝶這輩子的福氣！這幾天我在禁閉室裡回想了很多很多事，越想越覺得幸福。我要敬大家一杯！」

眾人都微笑著舉杯，石保國頻頻點頭：「是啊是啊，我家小蝶是各位看著一點點進步、一點點成長起來的，我也要感謝大家！」

「你說的就帶領導味兒了，沒人家小蝶說得好。」

「在家裡她才是領導好不好。」

石保國委屈地看著趙松林，眾人又笑起來，一起碰杯，喝酒。

「好酒！這還是從周寶庭的酒窖裡弄出來的，怕是存了好些年頭了。」

聽石保國說到周寶庭的名字，眾人都有點兒尷尬，席間沉默下來。柳二妮和于冬梅小心地看向丁小蝶，只見她神色自若，葉作舟索性問她：「小蝶，那天你在周寶庭的後院裡，到底燒了什麼東西啊？」

「葉大姐，還是不要問了，這事我不想說。」

丁小蝶淡然一笑，趙松林打著圓場：「來來來，繼續喝！小四川，倒酒！」

小四川應聲過來，這時柳二妮笑著問于冬梅：「冬梅姐，小蝶姐都有孩子了，你們打算啥時候生呀？」

于冬梅臉色一沉，不知道說什麼好，只是端起酒杯來喝酒，不知實情的葉作舟以為她是害羞了，便對柳二妮說道：「人家冬梅事業心強，要把工作幹好了再考慮生孩子。」

「看嘛，冬梅又得表揚了，我又成落後的了。我也不想啊，都是石保國這個壞蛋！」丁小蝶噘起了嘴，石保國樂呵呵地點頭。

「好好好，怪我，怪我！」

眾人又笑起來。笑聲中，東方海極為關切地注視著于冬梅，她仍然尷尬地端著酒杯，掩飾性地小口抿著酒。

※　　　　　　※　　　　　　※

飯後，眾人陸續從石保國家的院子出來，一路上有說有笑。于冬梅小

心地避開眾人，悄悄走上一條小路，慢慢走到一個僻靜的小土坡上，心事重重地抱著雙臂，望著遠處。跟過來的東方海走到她身邊，輕輕把手搭在她肩上，關切地問：「怎麼了，冬梅？」

于冬梅回頭看看他，有些憂傷地搖搖頭。「是不是因為剛才二妮那句話？」

「阿海，你會不會後悔和我結婚？」于冬梅嘆了口氣。

「胡思亂想！我怎麼會後悔呢？經歷了這麼多事，你還沒有想明白嗎？有孩子是一種未來，沒有孩子也是一種未來，並不是非要有孩子參與，人生才完美無缺。」

「可老話總說，不孝有三，無後為大。」

「那是愚昧的舊思想！舊時代的人，認為要把血脈流傳下去，必須一代代地生孩子，可你自己想想，你還記得你的祖爺爺嗎？就算你哥哥繼承了于家的姓，就算他再找老婆生個姓于的孩子，這對已經死去的先祖而言，又有什麼意義？也就是一個姓而已，其他的，沒有任何關係，沒有任何感情，這和一個陌生人又有多大區別？」東方海搖了搖頭。

「還真是這樣呢。」于冬梅若有所思。

東方海繼續堅定地說著：「我們中國人，就是誇大了傳宗接代的意義，把希望寄託在無法預料的未來，寄託給無法預料的後人，這還是一種生物繁衍的原始觀念。如果只是為了繁衍，那人類和一棵樹、一條魚、一隻兔子又有什麼區別？人與其他生物的區別就在於，我們不是只求活著、複製自己，而是要建設自己的人生，讓它過得有美感、有價值、有擔當。」

「阿海，你讓我覺得，這人生比我想的有意思多了。」

于冬梅點點頭，終於露出了笑容，東方海看著她，也笑起來，兩人相視而笑，擁抱在一起，互相依靠著看向遠處的風景。

※　　　　　　※　　　　　　※

日子平穩地過去，獨立旅營區儼然成了戰地服務團成員們的第二個

家，他們每日練功，時有演出。這期間，獨立旅又打了幾次勝仗。振奮人心的好消息也從四處傳來，八路軍在華北接連打了幾個大勝仗，百團大戰的勝利令戰地服務團的眾人十分激動，期待著有朝一日能把鼓舞人心的文藝演出送到一線指戰員面前。

獨立旅的眾人也成日裡喜氣盈盈的，又一次勝利歸來，趙松林與石保國在辦公室裡閒聊。

「好傢伙，這兩仗打的，可真帶勁兒！延安要不表彰你，那都說不過去了。」

「唉，沒事，咱要謙虛、謹慎！不要拿成績說事兒。再說了，延安表彰不表彰沒關係，咱家小蝶要能獎勵我一個大胖小子，我真要大醉三天！」石保國爽快地笑著。

「不能這麼封建，要是生個女兒，跟你家小蝶一樣漂亮又有才，不也挺好？」

「好是好，就怕我女兒將來遇不到像我這麼好的男人，那怎麼辦？」

「剛剛還說要謙虛謹慎呢。騙子！」趙松林直搖頭。

這時，小四川打著報告，抱了一個沉甸甸的箱子進來。

「旅長，這些繳獲的東西是分給你和嫂子的，您要不要看看？」

「奶粉、罐頭、布料⋯⋯不錯，小孩做衣服的都有了⋯⋯咦，這是什麼？」

石保國一邊翻著箱子裡的東西，一邊口裡念叨著，從裡面拿出一個匣子來，趙松林也湊過去看。

「哦，這是鬼子用的照相機，應該還有膠捲，要配合著用。」

「嘿，這玩意兒金貴，我可用不起。不過我知道誰用得起。」

石保國得意地一笑，叫上了張志成和幾個幹部，拿著相機找到關山，想趁這個機會照張合影。關山在營區中找到一棵很精神的樹，讓一行人在樹下站成一排，他拿著相機走開了一段距離，卻在鏡頭中看到眾人表情都

緊張得僵硬。

「大家放鬆點，不要那麼嚴肅。」

「要……要怎麼才叫放鬆？」

「笑一笑嘛。」關山從鏡頭後探出臉來。

石保國和趙松林互相看看，又轉頭看向鏡頭，兩人鼓足勇氣似的咧嘴露出牙齒裝笑，關山從鏡頭裡看到，嘆了口氣，他放下相機，耐心地啟發眾人。

「你們是打了大勝仗的英雄，要笑得很大氣，充滿自豪感！」

石保國焦躁不安地左右看看，硬著頭皮說道：「大家跟我一起來。哈哈哈、哈哈哈、哈哈哈！」

站成一排的人都乾癟地發出笑聲，配上僵硬的表情，效果十分詭異。關山看著這一幕，眼都直了。這時他背後忽然響起了一片自然的笑聲，回頭一看，柳二妮、于冬梅、于鎮山和葉作舟不知什麼時候開始在一旁看熱鬧，已經樂翻了。石保國、趙松林他們也跟著尷尬地笑起來，關山抓住機會，照下了這個瞬間。

※　　　　　　※　　　　　　※

石保國又領著關山來到自己家門前，兩人弓著腰，悄悄推開院門，躡手躡腳地進了院子。丁小蝶正背對著兩人，在院子裡晾床單。見關山準備好了相機，石保國輕輕喊了一聲，已是大腹便便的丁小蝶轉過身來，在她轉過來的一瞬間，關山喀嚓一聲按下了快門。

丁小蝶大喊一聲，石保國遞個眼色，關山趕快抱著相機溜出了院門，丁小蝶笨拙地追過來，石保國上前一把抱住她。

「你這個壞人！我說了不拍照片，不拍照片，你非要給我拍！這樣子醜死了！」丁小蝶一把拍在他身上，石保國笑著點頭。

「好好，以後再也不拍了！我不過是想留個紀念嘛。其實你現在這個樣子，在我眼裡最最最漂亮的！」

丁小蝶嗔怒地噘了噘嘴，又不好意思地笑了，石保國輕輕把耳朵貼在她膨起的肚子上。

「我兒子在跟我說話呢。我兒子說，爹呀，娘長這麼漂亮，你怎麼這麼能耐呀！我以後上哪兒去找這麼美的媳婦？」

「兒子兒子，老這麼喊，要是生個女兒呢？」

丁小蝶又好氣又好笑，石保國蠻橫地搖搖頭。

「肯定是兒子呀！咱們不都說好了，就叫石盼新！你看，多好的名字，盼望新中國，盼望新世界！要是女兒，肯定長得像你這麼漂亮，想著我這麼漂亮的女兒，將來要跟一個我不認識的渾小子跑了，我這心裡就鬧騰得！現在都睡不好覺了！」看石保國說著說著一臉著急，丁小蝶撲哧一下笑了。

「想得可夠長遠的啊！先說眼前的，是女兒的話，我可要叫她丁盼新了？」

「也叫石盼新。」看石保國一副不服氣的樣子，丁小蝶白他一眼，作勢生氣，走開了。石保國衝著她的背影小聲喊：「石盼新，石盼新，石盼新！」

丁小蝶一回頭，石保國馬上坐好，假裝打蚊子。

※　　　　　※　　　　　※

很快，獨立旅接到延安發來的電報，通知石保國去參加表彰大會，作為先進旅團指揮員代表在會上發言。面對這來自寶塔山的召喚，石保國忽然想到，這時正好可以將丁小蝶帶去延安，讓她在那邊安安全全地生產，孩子生下來還有保育院照顧。

沒想到丁小蝶一聽生氣了，說什麼也不去，延安是安全、方便，但她只想待在獨立旅，只想和自己的丈夫在一起，將來共同撫養他們的孩子。石保國把話說得不留餘地了些，丁小蝶竟然收拾好東西，對小四川說要去看董家莊新來的老中醫，結果一個人頂著個大肚子，跑到晉綏軍營區投奔蘭雙禮這個娘家人去了。

無可奈何的石保國只好獨自帶上兩個戰士，出發趕往延安。眾人在營區大門口告別時，關山上前將加緊洗好的照片遞到石保國手中，看到是丁小蝶抱著大肚子的那一張，石保國頓時樂開了花。他謝過關山，小心翼翼地將照片放進衣兜裡，又用手拍了拍衣兜。趙松林讓他放心去開會，石保國向眾人揮手作別。

　　「找到小蝶，跟她說，在家照顧好石盼新──」說完，他一踢馬肚，跑向前方，留下眾人莫名其妙地互相看看。

　　「石，石……石什麼？」東方海第一個出聲。

　　另一邊，丁小蝶在晉綏軍得到了娘家人級別的悉心招待，蘭雙禮差人給趙松林送了信，趙松林和葉作舟得知丁小蝶去了晉綏軍，感到安心的同時也有些哭笑不得，考慮到晉綏軍那邊各方條件都比獨立旅這裡更好，趙松林決定先讓丁小蝶在那邊待上一段時間，正好也省得他們再為這位任性妄為的旅長夫人頭痛。

※　　　　　　　　※　　　　　　　　※

　　八路軍的連勝激起了日軍的瘋狂反撲，在山西與獨立旅和晉綏軍長期對抗的山本連隊，接到上級命令，集結大批兵力，要與國共兩方決一死戰。收到急電時，趙松林正和張志成在作戰室研究地圖，看到電報內容，兩人的臉色變得十分嚴肅，石保國的離開太不是時候了，因為與日軍集結兵力對比處於弱勢，獨立旅部隊必須立即轉移，同時還要組織董家莊的群眾安全撤離。詳細的方案由張志成負責，他又給延安發了急電催石保國速回，葉作舟帶領的戰隊服務團也必須跟隨部隊一同行動。

　　決定下得突然，獨立旅進入與時間賽跑的階段，各連隊開始通知轉移時，柳二妮還在一塊空地上為一個排的戰士們演唱民歌。于冬梅和于鎮山跑到空地旁，著急地朝她招手，示意她停下來，柳二妮看到後有些疑惑，但因為正在演出，不敢停下來，所以還繼續唱著，只是唱得有些磕磕絆絆了。戰士們也有些奇怪地看著她，又互相看看。于鎮山不耐煩了，直接衝

過去，一把抓住柳二妮的袖子，拖著她就走。柳二妮叫起來，看表演的戰士們也議論紛紛。這時，一個指揮員跑來，發出緊急集合的通知，戰士們匆匆跑了。

于冬梅、于鎮山帶著柳二妮跑進辦公室，葉作舟和東方海、郭雲生已經在了，見他們進來，葉作舟招呼著：「快來。我們剛接到消息，鬼子要對根據地進行瘋狂反撲，獨立旅馬上要掩護群眾撤離董家莊，我們戰地服務團按上級要求，要隨部隊一起，完成撤離群眾的任務。」

于鎮山點頭：「我去通知其他人收拾東西。」

「動作要快，不要拖泥帶水。」

郭雲生關切地問柳二妮：「東西多不多？要不要幫忙？」

「東西倒沒啥，就是我爹聽說後山上有個會唱『把手調』的，昨天就出去找那人去了，說要去會會這個民間高人，可能要兩三天以後才回來。現在他還沒回來，怎麼辦呢？」

柳二妮急得臉色都變了，郭雲生忙安慰她：「你別急，我們想辦法找到他！」

她擔心地點了點頭。

※　　　　　※　　　　　※

石保國與兩名戰士連著趕了幾天路，風塵僕僕地來到延安，衝出來迎接他們的是臉色焦急的東方明。他把急電的內容說給石保國，又說上級批准他馬上回去指揮戰鬥。聽到日軍來勢凶猛，且目標正是獨立旅旅部所在的董家莊，石保國又驚又氣，調轉馬頭，騎了就跑，兩個戰士也匆匆跟著他離開。

此時的董家莊村子裡，趙松林和張志成正帶著戰士們組織群眾轉移，村裡的男女老少紛紛帶著大包小包，倉皇失措地加入逃難的隊伍。戰士們幫著群眾抱小孩、拿東西，一名戰士在佇列旁邊維持秩序，大聲喊著：「老鄉，跟上啊！」

「我不走！糧食都在屋裡，出去只有要飯！」

一個老頭被兒子拽著在哭喊，另一個年輕婦女拉著趙松林的袖子哭訴。

「八路軍大哥，我爺爺八十七了，實在走不動啊，咋辦？」

「派個戰士去，背出來！」

聽到趙松林的命令，張志成指著一個戰士。

「你跟著大姐去，把老人背出來！」

婦女道著謝，領著戰士匆匆離開。柳二妮著急地在人流中尋找，不斷地喊著：「爹——爹——」

「姑娘，你別喊了，我聽著老以為是我閨女叫。」一個逃難的老頭路過，對她說道。

「找到了嗎？」看到郭雲生過來，柳二妮趕緊問。

郭雲生遺憾地搖了搖頭，柳二妮急得掉起眼淚。

「我爹沒回來，我不能離開董家莊！」

「說什麼傻話呢！鬼子掃蕩，別說你這樣女娃娃，連雞鴨都不會放過的。他們所到之處，寸草不生！」

「那可怎麼辦哪？」

郭雲生安慰她：「二妮，你別急，大叔肯定在這不遠處，他會跟著群眾一起轉移的。」

「那我們再找找。」柳二妮抹抹眼淚，又開始在人群中邊搜尋邊喊著。

※　　　　　　※　　　　　　※

傍晚時分，部隊集結，跑步開拔，趙松林和葉作舟在行進的佇列旁說著話。

「我們馬上到晉綏軍那裡接丁小蝶。」

「辛苦你了，葉協理員！我們不能等了，必須馬上走，要趕到鬼子來之前掩護所有群眾安全轉移。」

葉作舟點點頭：「明白，我們一接到丁小蝶就趕去和你們會合。」

「記住，下一個集結點在青銅嶺！」

葉作舟再次鄭重地點了點頭。

晉綏軍也收到了日軍來襲的消息，丁小蝶聽到士兵們向蘭雙禮匯報撤離的進度，驚覺獨立旅也會開始轉移。蘭雙禮希望丁小蝶隨醫療條件更好的晉綏軍離開，丁小蝶卻決定與獨立旅共進退，來到營部大門口時，天色已晚，恰好葉作舟一行人趕著馬車前來接她，丁小蝶又驚又喜。

「葉大姐！」

「你讓人擔心死了！」葉作舟走上前，恨鐵不成鋼地看著她。丁小蝶低下頭，一臉知錯了的神情。

「大部隊正在撤。」

東方海說著，于冬梅關切地問丁小蝶：「小蝶，你的身體，能堅持嗎？」

丁小蝶眼裡湧上淚，使勁點了點頭，蘭雙禮上前，向葉作舟點點頭。

「我們也要撤了，小蝶就交給你們了。」他想了想，又抿著嘴說道，「希望大家都好運吧！」

葉作舟一行都向他點點頭，眾人急急忙忙把丁小蝶扶上馬車，向青銅嶺進發。來到一處岔路口，東方海觀察著地形。

「就要進山了，都是小路，馬車走不成了。」

「下來，車扔了，馬帶上。」

葉作舟扶著丁小蝶下車，幾人從不遠處向他們跑來，是于鎮山和柳二妮，他們還帶著幾位戰地服務團的成員。

「葉大姐！」

「鎮山、二妮，你們怎麼還沒走？」

于鎮山看看東方海身旁的于冬梅，開口說道：「我讓服務團其他人跟著部隊先走了，我們在這兒等你們。」

「葉大姐，我爹還沒找到，真怕他出什麼意外……」柳二妮聲音裡帶著哭腔，葉作舟輕輕拍著她的肩。

「大部隊都轉移了，群眾也走了，你不能冒險留下來。柳大叔就是回來，看到部隊走了，又是兵荒馬亂的，他也不會待在原地等你。」

柳二妮難過地點點頭，丁小蝶看了看幾人，有些擔心地問：「二妮，雲生呢？」

「他幫我找爹沒找到，只好跟著部隊趕往青銅嶺了。」

現在就只有柳富貴下落不明，葉作舟抬頭看看夜空，深吸一口氣道：「快走吧！」

一行人迅速列成一隊，走進山路。

※　　　　　　※　　　　　　※

這一夜，柳富貴偏偏在董家莊後山迷了路，彷彿遇到鬼打牆一般。他跌跌撞撞地走在山裡，一腳深一腳淺，走了好半天，站在一棵大樹底下休息，忽然間，他伸出手仔細摸摸這棵大樹，叫了起來：「怎麼又走回來了？這棵樹不是剛才我見過的嗎！」

他十分洩氣地倚著樹幹坐下來，自言自語：「唉，老了，老了，真是不中用啊！這點山路居然都走迷糊了！我家二妮一定擔心死了！」

柳富貴無助地望著天空，低空懸著一彎殘月，不知哪枝樹枝上的貓頭鷹咕咕叫著。歇了一會兒，他又一瘸一拐地走起來，不住地擦汗，兜了一圈，他再次回到方才那棵大樹下，他停住腳步摸了摸，絕望地搧自己的臉。

「你個老東西，你個老東西！記性都丟光了！」他疲憊地靠著樹幹坐下來，自言自語，「我不走了，不走了，說啥也不走了，不定這山裡頭有妖怪，就想留我一夜呢……」

柳富貴靠著樹幹，慢慢眯上眼睛睡著了，貓頭鷹的叫聲停住，從樹枝上飛起，翅膀掠過月影。山間的另一條小路上，丁小蝶躺在搖搖晃晃的擔

架上，眼睛盯著天上的殘月，四周只有沉重的腳步聲與趕路的喘息聲，此刻被濃重的夜色與緊張的氣氛放大了，無比清晰地傳到她耳中。她聽到于冬梅不小心腳一滑，差點兒絆倒，東方海上前扶起她。

「冬梅，沒事吧？」

「沒事。」

于冬梅很快站穩了，東方海關切的話語聲響起。

「黑燈瞎火的，你不要靠外面走，當心滑下去！」

「嗯，好。」

丁小蝶躺著，聽著他們的對話，她的心中翻來覆去只有一個念頭。

「保國，你在哪兒？保國——」

同一輪月下，石保國騎著馬，他焦灼地抬頭四顧，兩個戰士騎馬跟在他身後，夜色墨一般的黑，只憑著一點兒月光，馬走得很慢。

「旅長，已經看不清路了，我們休息一下，明天早上再趕路吧！」

聽到戰士的聲音，石保國看看前面，嘆了口氣道：「再走一段。」

三人三馬被夜色淹沒。

　　　　　　　※　　　　　　　　　※　　　　　　　　　※

這一夜，日軍到了董家莊，山本龍太郎親自帶隊，他騎馬停在一個高坡上，面對空蕩蕩的董家莊。一名士兵前來報告：「報告！八路的獨立旅和晉綏軍已經逃離了，連平民都幾乎跑光了，只剩幾個走不動的老弱之人，已經把他們集中看押起來。」

「這麼快，跑了？帶著一幫沒有軍事素質的老百姓，我諒他們跑也跑不了多遠！」

山本咬著牙，日軍大隊長騎馬過來。

「閣下，現在怎麼辦？」

「問問，八路軍往哪兒去了。我估計這些廢物也不知道情況，問完都殺掉吧。」

日軍大隊長向一名低級軍官點點頭，那名軍官立正敬禮，轉身大步走了。山本和日軍大隊長從馬上下來，一名士兵提著油燈和地圖過來，山本展開地圖，和日軍大隊長就著油燈燈光研究起來。

「看來，他們的逃跑方向……」

「有三種可能。要麼是大雁灣，要麼是青銅嶺，要麼是九里堡。」

「最大可能會是哪裡？」山本思索片刻。

「我估計會是青銅嶺，因為翻過青銅嶺，有一大片八路軍控制的地區，他們可獲得接應。但也不排除其他兩個方向的可能性。我們得兵分三路，務必要找到獨立旅，把這個釘子給拔了！」

「兵分三路，這樣會大大削弱我們的戰鬥實力啊！」

「那也必須做到萬無一失！而且以我們的兵力，三分之一也照樣拿下他！就這樣吧，每個方向去一個大隊。你就帶著你的大隊，跟我一起去青銅嶺吧！」

日軍大隊長立正領命，山本忽然抬頭說道：「對了，去問問，那些留下的平民都殺了嗎？」

「已經遵照命令，全部殺了！」剛才那名下級軍官跑來匯報，山本深吸了一口氣。

「唉，應該留個帶路的，抄近路過去。去，把翻譯官叫來，跟我們這隊走吧。」

※　　　　　　　※　　　　　　　※

朝陽升起，鳥兒跳動在山間的樹枝上，發出悅耳的鳴聲。靠著樹幹睡覺的柳富貴被幾顆石頭打醒，他先是用手揉揉眼，伸了一個懶腰，懶腰還沒伸完，他嚇得一個激靈，完全清醒過來。

在他面前站著以山本龍太郎為首的一大隊日軍，山本、日軍大隊長和翻譯官孫昌本都笑咪咪地盯著他。見他醒了，山本將手裡剩下的幾塊小石頭輕輕往旁邊一扔，笑起來說：「看，我的石頭鬧鐘管用吧？」

　　他身邊的人也跟著笑，柳富貴聽不懂他在說什麼，只是緊張地盯著日軍，慢慢地站起來，山本微笑著走到他面前。

　　「看你沒帶什麼行李，你應該不是走遠路的，是住這附近的吧？」

　　「皇軍問你，是不是住這附近的？」翻譯官孫昌本上前，用漢語問道。

　　柳富貴不說話，板著一張臉，孫昌本生氣地喊道：「皇軍問你話呢！」

　　柳富貴仍沉默著，山本見狀，開口說道：「你只要帶我們去青銅嶺，走最近的小路，我可以保證你的安全。」

　　孫昌本跟著翻譯，柳富貴還是不吭聲，山本伸手制止了想要發火的孫昌本。他湊到柳富貴面前去，伸出手，猛地抽出柳富貴腰間別著的小嗩吶，拿在手裡端詳，瞇起眼看看吹孔，看看喇叭，一臉讚賞：「我聽過這種樂器的演奏，聲音很響亮，好像滿世界都喜慶了。神奇的中國樂器！」

　　翻譯官孫昌本正要翻譯，山本又用生硬的漢語對柳富貴說道：「你會吹它，你是這個。」他向柳富貴豎起大拇指，「可他們，八路軍，走了，不管你了，不要你了。」

　　柳富貴斜眼瞟著山本，山本繼續說著彆腳的漢語，「你，帶我們去，找他們。去青銅嶺。我，保證，不殺你！」

　　柳富貴冷冷地盯著山本，兩人對視良久，柳富貴點了點頭。他突然上前，向著山本伸出手，日軍士兵們立刻將槍端起來對準他，山本卻抬手讓他們不要動。只見柳富貴緩緩地從山本手中奪回了嗩吶，他恨恨地用衣襟擦著嗩吶，擦好了，又把嗩吶別在腰帶上。

　　孫昌本上前推搡，柳富貴用肩膀抵開他的手，邁步走向前，山本若有所思地看著柳富貴的背影，大隊日軍都跟著走了起來。

二十二　烈士

通宵頂著夜色趕路，獨立旅的戰士們走在青銅嶺的山路上，一個個都極其疲憊。原地休息的命令被隊伍一道道傳播下去，越傳越遠，戰士們得到休息的機會，有的一屁股坐到地上，有的靠在樹上慢慢往下滑，有的直接抓緊這點時間，背靠背睡起覺來，張志成也一邊喘著氣，一邊用帽子搧風。

「走了一整宿，都是山路，夠嗆啊。」

趙松林擦著汗，走向高處，他拿起望遠鏡觀察遠處，又放下望遠鏡思考，張志成跟在他身邊，這時一名偵察員跑來。「報告！發現有日軍朝青銅嶺方向追來，大約有一個大隊。」

「鬼子這麼快就咬上來了！」張志成與趙松林警覺地互相看看。

「必須在這裡進行火力阻擊，掩護群眾繼續轉移。」趙松林環顧四周。

「這裡有山，作為阻擊點，地勢還算理想。」

張志成也贊同地點頭，見趙松林把手一伸，他立馬取出地圖來展開，趙松林指著地圖。

「旅指揮部設在這裡，現在馬上架設電話線，保證與指揮部的聯繫暢通。去把三個營長都叫來！」

經過一夜的追趕，葉作舟等人也已與部隊中戰地服務團的其他成員們會合，眾人此時正靠在一處相對平坦的山坡上休息。丁小蝶坐在一塊大石頭上，葉作舟來到她身邊，關切地問她：「小蝶，你還好吧？」

「我沒什麼，就是辛苦了大家，一路上都照顧我。」

丁小蝶感激地笑著，葉作舟也跟著她笑。

「你肚子裡有小八路，不照顧你還照顧誰？」

　　這時，不遠處傳來一陣吵鬧聲，葉作舟和丁小蝶轉頭去看，是東方海、于鎮山和于冬梅圍著柳二妮，不讓她離開。柳二妮一邊試圖掙脫他們的阻攔，一邊著急地喊著：「我得找我爹！你們放我走！」

　　「二妮，現在部隊和群眾都在轉移中，你到哪兒去找你爹？」

　　看到葉作舟過來問，柳二妮哭著說道：「剛才我睡著了，一閉上眼就看見我爹，跟我說，二妮，快來救我！我叫鬼子給抓住了！」

　　眾人互相看看，又面色不忍地看著柳二妮。

　　「二妮，沒聽說過嗎，夢都是反著來的，你做這樣的夢，可能正說明柳大叔現在好好兒的，等我們安全轉移了，你就能找到他！」

　　聽到于冬梅的話，柳二妮哭著點點頭，一頭撲在于冬梅懷裡。于冬梅撫著她的背，小聲安慰她。東方海與于鎮山、葉作舟都沉重地互相看看，沒有說話。

※　　　　　　　※　　　　　　　※

　　在青銅嶺設下的獨立旅臨時指揮部中，三位營長和張志成圍著趙松林，等他下達戰鬥指令，趙松林的手指在地圖上滑動。

　　「我們現在在青銅嶺的南面，日軍從北面過來。要設防，有三個方向，青銅嶺的北面，地形開闊，易攻難守，這裡，由一營來駐守。」

　　一營長立正領命，張志成點點頭。

　　「對，一營多是老兵，大多數還當過紅軍，經驗豐富，戰鬥力最強。」

　　「把二營放在西面，這裡地形險要，除了一條羊腸小徑，其他都是懸崖絕壁，易守難攻。」趙松林繼續下達指示。

　　二營長也立正領命，張志成問道：「政委的意思，是要把三營放在東面嗎？」

　　趙松林點點頭：「對。東面是最險要的，要從那裡上來，難度太大。防守的力量可以相對薄弱一些，讓新兵最多的三營守東面。估計鬼子不會從東面上來，必要時，三營可支援一、二營。」

三營長立正領命，趙松林最後一臉正色地看向張志成道：「你負責配合三營長，守住東面！」

　　張志成敬禮領命，三位營長迅速離開。張志成轉身要走，又轉身回來，欲言又止，趙松林疑惑地看著他，問：「怎麼啦？」

　　「怎麼把我派到三營？三營守東面，是最安全的，鬼子最不可能從這裡進攻……」

　　趙松林神色凝重道：「張參謀，你知道，三營的老營長前不久犧牲了，這個剛提起來的新營長是地方部隊過來的，缺乏戰鬥經驗，又帶著一批新兵，實在是……唉，只有你去了，那裡的防守才算讓我放心了。」

　　「明白！」張志成一臉正色地回答後，轉身迅速離開。

　　　　　　　　※　　　　　　　　※　　　　　　　　※

　　石保國騎著馬在路上飛奔，兩名戰士緊隨其後，馬蹄踏過小水溝，汙泥高高濺起。後面的兩名戰士表情緊張，其中一位忍不住說道：「能歇會兒嗎？來回這樣都跑多少天了，我都快受不了了！」

　　「不行啊，慢一點兒就跟不上！」另一位戰士搖了搖頭，兩人一臉痛苦繼續策馬飛奔，追趕著石保國。

　　此時的青銅嶺上，一隊老百姓急急地走著，幾名戰士護送著他們。

　　「還要走啊？這都走多遠了！」一個婦女抱怨著。

　　「大嬸，鬼子在後面，啥也別說了，就快點逃吧！保命要緊！」身旁的姑娘勸她。

　　「鬼子現在在哪兒？會不會追來了？」一個老頭問道。

　　「大爺，我們有人留在這裡，專等鬼子來，一來就打！」一名戰士回答他。

　　百姓們放心地繼續走著，趙松林在不遠處用望遠鏡看著正在轉移的群眾，臉色凝重。一名作戰參謀趕過來。

　　「報告！三個營都到達了指定位置。」

「好。酒菜擺好了，就等喝酒的來了。」趙松林點著頭，葉作舟也跑了過來。

「趙政委！」

「葉協理員，怎麼了？」

葉作舟一臉認真地說：「趙政委，我們戰地服務團請求參與阻擊！」

「那不行！葉協理員，你怎麼不明白？你帶領的，是我軍最高級的文藝隊伍，他們個個都是藝術人才，不能讓他們冒這個險！像東方海那樣的，出了事，我們的損失可就不僅僅是軍事方面的！」

「東方海、于鎮山同志已經正式提出參戰申請！」

趙松林有些焦慮地說：「那，還有丁小蝶呢，大著個肚子，你說怎麼辦？」

「我會留下足夠人手看護她的。」

看葉作舟一臉篤定，趙松林用手痛苦地抓著頭髮道：「哎呀，你說你……我都不知道拿你怎麼辦了！石保國這傢伙，怎麼還不回來！」

「趙政委，沒時間猶豫了，你快給我們布置任務吧！」

趙松林一臉煩亂，沒有說話。突然，柳二妮慌張地跑了過來道：「葉大姐，小蝶姐她……她……肚子痛了……」

兩人聞言大驚，忙隨柳二妮跑過去。他們趕到丁小蝶身邊，看到她臉色蒼白，滴著汗水，表情痛苦。葉作舟關切地抓住她的手說：「小蝶，你感覺怎麼樣？」

「每隔一會兒……就痛一陣兒。」丁小蝶聲音十分虛弱。

「你這是在開始發作了。以前我見過一個嫂子生孩子，開頭就是這樣。」

葉作舟想起和冼星海一起將錢韻玲送到醫院時的情景。

「啊？這就是要生孩子了？」于冬梅聞言，慌張起來。

柳二妮、東方海等人都圍了上來，眾人關切地問丁小蝶：「想喝水

嗎？」「疼得厲害不？」「別怕，我們在這兒陪你。」

趙松林思索片刻，下定決心道：「這樣吧，葉協理員！戰鬥服務團的男團員——像東方海、于鎮山這樣的，去三營配合工作，守住東面防線。」

葉作舟起身立正領命，趙松林又說道：「另外，戰鬥在即，所有衛生員都已經部署到三個防守點了，丁小蝶這裡，就只有委託你了。」

葉作舟正要領命，忽然呆住了，有些尷尬地說：「什麼？我？我……我可不會接生啊！」

「你不是見過一個嫂子生孩子嘛！其他的人，見都沒見過啊。」葉作舟還想辯解，趙松林搖了搖頭，「不要再說了，時間緊張，我們都有任務，各自完成好分內的工作吧！」

趙松林說完，轉身匆匆趕回指揮部。葉作舟站在原地，有些茫然地看看丁小蝶，又看看其他人，眾人也都不知所措地互相看著。

※　　　　　※　　　　　※

日軍在山路上快速行軍，柳富貴被一名士兵押著走在隊伍最前面。山本站定，用望遠鏡向周圍觀察。

「這離青銅嶺不遠了吧？」

「應該是不遠了，但這路……總感覺走得有些蹊蹺。」

日軍大隊長懷疑地看著柳富貴。山本走到柳富貴身前，用漢語問他：「你，確定是這條路嗎？」

柳富貴板著臉，冷冷地點了點頭，腳下步子不停。山本盯著柳富貴的背影，孫昌本湊過來，討好地對山本說道：「閣下，我去把他盯緊些！」

山本點了點頭，孫昌本點頭哈腰，追著柳富貴走了。山本回頭交代著日軍大隊長：「你去提醒他們，已經接近目標，所有人都必須保持安靜，不得暴露我軍的行蹤！」

日軍大隊長和幾名軍官跑到隊伍中，低聲發布著保持安靜的命令。在前面走著的柳富貴咳了一聲，孫昌本趕忙低聲警告他：「你小聲點兒！皇軍

377

命令大家要保持安靜！不能讓八路軍知道我們的行蹤！」

柳富貴瞟了孫昌本一眼。

※　　　　　　　※　　　　　　　※

位於東面峭壁之上的防線處，張志成用望遠鏡觀察著遠處，看到群眾已經撤離到有相當一段距離的遠處，他稍微安心地放下了望遠鏡。

「剛才接到旅部通知，鬼子已經到前面那座山了，但奇怪的是，他們拐上了一條死路。」三營長在他旁邊說道。

「死路？」張志成有些疑惑。

「是啊，據偵察，那條路通向絕壁，除非鬼子會飛，否則不可能過得去。」

張志成皺眉凝神，他心中生出一股不安的預感。

戰地服務團這邊，東方海、于鎮山等人抬著丁小蝶，來到一棵大樹下。

「就這裡吧！」

眾人聽著葉作舟的指令，安頓好丁小蝶，開始打理周邊環境。于冬梅撿掉地上的小石頭，東方海在一根低垂的樹枝上掛起遮擋的簾子，于鎮山在地上鋪棉墊，很快，一個野外臨時產房布置好了。

「我聽說要準備熱水，我去燒點水吧！」

「千萬別！如果生火，煙霧會暴露我們的具體位置！」

葉作舟趕忙攔下來，柳二妮嚇得連連點頭：「哎喲，有這麼嚴重，嚇死我了！」

「小蝶，條件有限，就委屈你了。」

丁小蝶虛弱地擠出一絲微笑，朝葉作舟點點頭。

「你們去東面防線吧，這裡有我們幾個，有情況隨時聯繫！」

東方海、于鎮山也對葉作舟點點頭，東方海又走上前對丁小蝶說道：「小蝶，你別怕，我們會擋住鬼子的！」

丁小蝶欣慰地笑了笑，東方海和于鎮山轉身離開了。

※　　　　　※　　　　　※

日軍仍在行軍中，柳富貴放慢腳步，混到隊伍中，他左右看看，悄悄把手摸向別在腰間的嗩吶。就在這時，嗩吶被一隻手搶先一步拿走，柳富貴回頭一看，山本正狡猾地微笑著，用生硬的中國話說道：「現在，要保持安靜。這個神奇樂器，還是等任務完成，再還給你吧。」

柳富貴恨恨地看著他，山本挑釁地學柳富貴的樣子，把嗩吶別在自己的軍裝腰帶上，然後笑咪咪地將一根食指放在嘴前，做個了噤聲的手勢。孫昌本上前來推了柳富貴一把，柳富貴白了山本一眼，扭頭繼續走。又走了一會兒，一名日軍偵察員急匆匆地跑過來，急切地向山本匯報：「報告！前方是絕壁，已經無路可走了！」

山本大怒，他衝到柳富貴面前，咬牙切齒地說道：「你……你是八路！」

柳富貴笑了一聲，忽然跑開幾步，他仰頭向天，用民歌調子，中氣十足地吼出了響亮的一嗓子：「鬼子來嘍喂 ——」

歌聲突起，東面防線的張志成與三營長站定，驚疑地朝對面山上望去。指揮部中，趙松林猛地聽到東面傳來歌聲，也吃驚地抬起了頭。在大樹下陪著丁小蝶的柳二妮聽到這一聲，整個人都驚呆了，她騰地站起來，仔細地聽著，葉作舟和于冬梅也警覺地抬起了頭。

山本身邊的日軍大隊長頓時慌了，一下子拔出手槍，對著柳富貴開了兩槍。山本沒來得及阻攔，槍聲響起，張志成和三營長被槍響驚動，張志成伸出手道：「在那邊！在對面山腰！」

柳二妮被遙遠卻清晰的兩聲槍響嚇得一個激靈，她瞪大眼睛，朝著遠方望去。

「昰我爹！是我爹！」

「二妮，不能去！」她要衝過去，葉作舟、于冬梅含淚死死抱住了她。

她一邊掙扎著一邊哭喊：「爹 —— 爹 ——」

「不能開槍！應該用刺刀！現在可好，你讓八路軍知道我們走上死路了！」

山本氣得大叫，日軍大隊長羞愧地使勁點頭：「卑職有罪！卑職失職！」

孫昌本看看日軍大隊長，小心地對山本說道：「山本閣下，其實就算不開槍，剛才老東西喊那一嗓，也夠暴露我們了。」

山本氣得作勢要拔刺刀，孫昌本嚇得連連後退，道：「皇……皇軍，閣下，我只是實話實說而已。」

山本想了想，恨恨地收回了刺刀，他走到柳富貴的遺體前，面無表情地低頭看著。

「可惜了一副好嗓子！」說著，他把嗩吶從腰帶上抽出來，輕輕扔到柳富貴身上。

「通知部隊，原路返回，另找出路！」

日軍大隊長立正點頭，大隊日軍的一雙雙腳從柳富貴遺體邊迅速走過，犧牲的柳富貴與他用了大半輩子的嗩吶，一同安然躺在山路上。

※　　　　　　※　　　　　　※

對面山崖上，張志成拿著望遠鏡觀察著這邊。

「好，他們繞了路，給群眾轉移爭取了時間，我們也可以準備得更充分。通知全體人員做好戰鬥準備！」

三營長冷冷地看看他，沒說話。張志成放下望遠鏡，不解地看著他。

「張參謀，我知道你是旅部機關派來的，但別忘了，我才是三營長！」說完，三營長轉身走了，一邊走一邊向遠處的戰士下達指令：「傳我命令，做好戰鬥準備！」

張志成衝他的背影搖搖頭，嘆了口氣。

柳二妮倒在于冬梅懷裡痛哭，于冬梅不停地拍著她的背，一旁的樹下，葉作舟照顧著丁小蝶，丁小蝶的汗水已將衣服溼透，她神情痛苦。

「葉大姐……怎麼,越來越疼啊?」

「生孩子就是要受這個罪。就像打仗一樣,只能咬著牙拼了!」

丁小蝶哭了起來:「打仗……也沒這樣疼啊!我不想生了!不想生了!」

「小蝶,這個仗才開始,你可不能投降啊!」葉作舟著急地勸著她。

「石保國你個混蛋 ——」丁小蝶哭喊著。

以極限狀態趕路的石保國三人,距離獨立旅部隊越來越近,趁著在溪邊喝水的時間,石保國從挎包裡掏出一張地圖,仔細研究起來,兩名戰士圍過來問:「旅長,我們現在是回董家莊嗎?」

石保國一邊看地圖一邊搖頭道:「部隊已經轉移了,根據地現在沒人了。」

「啊?轉移了?那我們追得上他們嗎?」

「電報上用暗號告訴我,第一個集結點是青銅嶺,我們要直接去那裡。看地圖,前面那個路口一過,有一條直插青銅嶺的小路,就走那條路!」

兩名戰士有些著急地說:「旅長,如果遇上鬼子怎麼辦?」

「盡量隱蔽,避免被他們發現。如果真打起來,也要快打快撤,不能和他們硬碰硬。」

「明白!」兩個戰士一臉鄭重地點頭答應。

「我還得快點去看看我老婆,快生了都。」石保國嘆了口氣。

「明白!」

聽到兩名戰士又齊聲喊著,石保國笑了起來:「你們明白啥呀?小屁孩兒!」

他伸手撸一把身邊戰士的頭髮,從兜裡掏出一張照片,遞給他們看。

「看,我老婆,大上海的洋學生,會唱歌劇、彈鋼琴、跳芭蕾舞。嘿,就嫁了我了!我對她呀,是捧在手裡怕冷了,含在嘴裡怕化了呀!現在鬼子來掃蕩,她要是有危險怎麼辦?她肚子裡還懷著我兒子石盼新哪!」

「也可能是個女兒呀！」

石保國臉一板，假裝生氣道：「就會說喪氣話！一定是兒子！兒子！」

※　　　　　　※　　　　　　※

日軍行軍到山腳，山本點頭示意，日軍大隊長向排頭兵做手勢，隊伍停下來。

「已經確認，八路軍帶著平民是朝著青銅嶺的方向逃離的。現在我們已經追上他們了。」

「那他們應該也做好阻擊準備了。」

一名士兵遞上展開的地圖，山本和日軍大隊長細細研究著，山本抬起頭來，向四周打量，再看看地圖。

「這裡的地勢，確實很適合防禦，但八路軍想把我阻擊下來，沒那麼容易！」

「我已經派人去實地進行地形偵察了，一定能找到他們的薄弱之處。」

山本點點頭，一名偵察兵跑來敬禮。

「報告！經偵察，青銅嶺北面是緩坡，地形開闊，攻擊相對容易，西面、南面，是陡坡，只有一條狹窄小路可供進退，進攻難度大，東面近乎懸崖絕壁，無路可上。」

山本聽了，又低頭在地圖上研究一番，日軍大隊長湊過去。

「那我們從北面進攻吧！」

「他們也會想到這點。北面的防守一定是最嚴密的。」

見山本搖頭，日軍大隊長不屑地說道：「那又如何？憑他們千人的小團，能擋得住我們嗎？」

「別忘了，你是在和石保國打。石保國，是個有天賦的作戰奇才，要是這次能活捉他，我真想跟他喝一頓酒，好好聊聊。」

日軍大隊長神情疑惑，山本笑起來道：「我是說，你要學習用石保國的思維，來考慮戰局。他咬了我那麼多次，這一次，我要老帳新帳一起算，

一定贏回來！」

　　很快，日軍定下最終戰略，任務布置下去，士兵們敬禮，轉身迅速離開。

　　「閣下，已經安排妥當！」日軍大隊長走向臉色嚴肅的山本。

　　「這是一著險棋，但也值得冒險。」

　　「我認為，我們還應該再派一小隊人到另一面，給他來個聲東擊西。」

　　山本盯著前方，對日軍大隊長的提議默默地點了點頭。

※　　　　　　　　※　　　　　　　　※

　　東方海與于鎮山趕到三營防守線時，張志成正一一檢查著防守點的戰鬥準備情況，戰士們在各自崗位上架著步槍等待著。

　　「張參謀，趙政委派我們來支援你們東面防線。」

　　聽到東方海的話，三營長在旁邊不耐煩地插話：「我們這邊不是最安全嗎？下面就是懸崖峭壁，鬼子還能飛上來？還派人來支援我們，喊，說得好聽，還不是想保護你們！」

　　東方海生氣地想要爭辯，于鎮山拉住他，輕輕搖了搖頭。張志成看了一眼三營長，轉向兩人道：「在戰場上，形勢千變萬化，每個方面的防禦都很重要！你們跟我來，我給你們安排任務！」

　　東方海、于鎮山跟著張志成走了，臨走時東方海挑釁地瞟了一眼滿臉不高興的三營長。另一邊，臨時指揮部所在的一片小樹林中，不遠處幾名電臺兵忙碌著架設電話線路，趙松林在一旁焦急地走來走去。

　　「有情況沒有？」

　　作戰參謀搖搖頭道：「鬼子到底葫蘆裡賣的什麼藥？怎麼還沒動靜？」

　　「他們時間拖得越久，群眾就撤離得越遠，不是好事嗎？」

　　趙松林搖頭，一巴掌拍在一棵樹上，說：「他們是在想法子對付我們，花的時間多，就部署得更周密。石保國說過，有時候越安靜，就越能聞出一股殺氣。」

　　戰地服務團這邊，情況也不容樂觀。丁小蝶痛苦地輕聲呻吟著，于冬梅用一塊溼毛巾給她擦汗，擦著擦著，一隻手接過了毛巾。于冬梅抬頭一看，是柳二妮，哭過之後的她神情依然哀傷，但已有堅強之色。

　　「冬梅姐，你休息一下吧，我來照顧小蝶姐。」

　　于冬梅看著她，點了點頭，眼含淚水。

※　　　　　※　　　　　※

　　張志成帶著東方海和于鎮山來到防守線的一處空檔，給兩人設下防守點，他俯身對趴在步槍前的東方海講解射擊經驗：「不用一直瞄準，不然眼睛會酸……」

　　已經大致掌握要領的于鎮山從旁邊的哨位抬起頭來說：「張參謀，三營長說，鬼子絕對不會從東面進攻，是這道理嗎？」

　　「在戰場上，什麼都不是絕對的……」張志成正說著，突然轟的一聲，離他們不遠處亮起火光，石屑與土粒飛濺，三人迅速趴在地上躲過。

　　「鬼子在朝我們開炮！」觀察哨有人喊著。

　　全場緊張起來，三營長慌張地下令：「快打！打回去！」

　　戰士們紛紛開槍射擊。

　　「什麼？鬼子進攻東面了？不可能啊！」趙松林在指揮部接到消息，大驚失色。作戰參謀著急地點頭：「是真的！」

　　「確實是東面防線。」趙松林仔細聆聽著遠處傳來的槍炮聲，他站起來，來回走動。

　　「政委，東面打起來了，要不要派其他兩個營支援？」

　　「我懷疑其中有詐。」沉思片刻，趙松林搖了搖頭。

　　在炸響的炮彈聲中，張志成一邊隱蔽躲避，一邊拿著望遠鏡朝山下觀察。

　　「鬼子就是衝我們來的！快聯繫旅部，給我們火力支援！」聽到跑過來的張志成這麼說，三營長的眼睛瞪大了。「衝……衝我們來？……為什麼？」

「還愣著幹什麼！聯繫趙政委！」

三營長慌忙答應，轉身跑開，趙松林在另一端接起電話說：「不可能！他們的攻擊方向絕不可能是東面！你們頂著！」

放下電話後，趙松林對滿臉焦急的作戰參謀解釋著：「要是從北面、西面派援軍過去，那兩個方向的防守力量就弱了，一旦鬼子發動進攻，那就麻煩了。」

「優勢火力武器都在北面、西面，東面的防守力量與裝備最差，萬一⋯⋯」

「他們有地形優勢！」趙松林沉吟片刻，又沉穩地補上一句，「還有張志成。」

※　　　　　　※　　　　　　※

一小隊日軍士兵在樹木間穿行，悄悄來到青銅嶺北面防線，在坡下架起機槍射擊，同時朝山上的獨立旅一營守軍投出手榴彈，收到北面防線遭到日軍進攻的消息，趙松林激動地大喊：「你看你看！我說得沒錯吧？鬼子就是在聲東擊西！他們壓根兒就是想進攻北面防線！通知一營，嚴防死守，不得擅自撤離！」

不遠處一名幹部敬禮接下指令，迅速退下，作戰參謀仍是一臉擔憂：「但是東面的張參謀來電催了幾次，堅持認為敵軍的目標是東面，要我們火速給他們派遣支援力量！」

「張志成也算是經驗豐富的老兵了，怎麼這麼糊塗！他憑什麼認為東面是鬼子的目標？」

聽到接線員傳達趙松林的質疑，張志成又急又氣，他對著電話大喊：「憑著我對山本的了解，還有我觀察到的敵軍部署，我敢這麼說！」

不遠處響起炮聲，張志成掛了電話，衝回陣地上。三營長正在指揮兩名戰士抬一名傷患離開，張志成著急地對三營長說道：「我催了幾次，旅部還不給我們派支援力量！」

「鬼子這是在聲東擊西呢！你不知道北面已經打起來了嗎？那才是他們的攻擊目標！」

張志成搖頭道：「他們的重型火力都集中到東面了。」

「那又怎樣？但凡有點兒腦子就想得出來，從我們東面怎麼進攻？他會飛還是會爬？」

又一記炮彈在較遠處炸響，炮聲過後，原本在一線射擊的幾個戰士往後撤退。

「營長！火力太強了，我們是槍，他們是炮！」

「避開炮火！」

得到三營長指令，戰士們繼續往後撤，張志成一臉焦慮地看著他們。

※　　　　　※　　　　　※

「政委！東面遭受持續的炮火攻擊！」接到最新消息的作戰參謀著急地跑過來，趙松林點起一支菸。

「那北面呢？」

「北面仍有小規模火力襲擊。很奇怪，像是只有一支小分隊在作戰，而且只是騷擾，並沒有正式進攻。」

趙松林面無表情地吸著菸，心中卻思緒翻湧，痛苦萬分。

「政委，怎麼辦？」

「不能動。東面再緊，北面和西面都不能動！一營和二營各抽出一個連組成預備隊，隨時準備支援三營。」

儘管已經大致猜到日軍的戰略，趙松林仍是下定決心，做出指令。

北面防線的日軍小隊很快被擊破，但獨立旅在東面防線的火力並沒有增強，山本專注地聽著遠處的炮聲。趙松林的決定是對的，一旦他下令支援東面三營，山本也會立即調整策略，大舉進攻易攻難守的北面防線。

「閣下，還是堅持我們的計畫嗎？如果他們在東面加強了火力配置，我們就被動了。」

山本微微一笑，道：「他們不敢把北面與西面的兵力減弱，來支援東面。這是最正確的部署方法。我就是賭的這個。」

「就算炮火這樣密集，他們也不敢把重心轉移到東面？」山本又專注地聽了一會兒，堅決地點了點頭。

「下一步準備好了？」

日軍大隊長點頭，他一揮手，一隊身上背著繩索和登山鉤的日軍士兵排隊向遠處跑去，山本看著他們的背影。

「一定要加強掩護！」

日軍大隊長點頭，山本望著遠處，淡淡地開口說道：「成敗在此一舉。」

※　　　　　※　　　　　※

炮聲突然停歇，東面防線的戰士們紛紛從隱蔽點小心地走出來，站著不動，靜靜地聽著，東方海開口說道：「好像炮聲停了。」

「去看看。」三營長指揮著。

一名戰士走到懸崖邊，小心地探頭出去，忽然大驚：「鬼子——」

一陣機關槍掃射，戰士中彈倒下，眾人條件反射地隱蔽起來。張志成迅速地移動到一個觀察點，拿起望遠鏡，只見對面山上有日軍架起的數臺機關槍，對準這邊隨時準備開火。張志成正在疑惑，忽然一隻登山鉤啪地搭上來，牢牢咬住地面，登山鉤連著的繩子在不停晃動，張志成大驚，他掏出匕首，剛剛走出隱蔽點，一陣槍聲響起，他身後的樹幹上留下一串彈孔。張志成撲倒在地，匍匐前進，到了那登山鉤前，他用匕首拚命一挑，連在登山鉤上的繩子斷裂，傳來一聲慘叫，抓著繩子攀登山壁的日軍摔下山去。

東面防線正對的山腳下，山本用望遠鏡觀察著戰局。日軍大隊長站在他身邊，只見二十多根登山繩長長地垂在懸崖上，日軍士兵正沿著登山繩往上攀爬。

「他們都是我特意挑選出來的尖兵，精於山地作戰，都經過良好的訓練。」

「掩護他們的火力一定要充足。」山本讚許地點了點頭。

峭壁之上，張志成向後方的三營長喊著。

「快報告旅部，敵人派兵攀爬絕壁，企圖從東面攻破防線！」

三營長大驚，立即跑步離開。張志成又招了招手，東方海、于鎮山和幾名戰士在隱蔽處聚集起來。

「不要靠邊緣太近，鬼子在對面山上部署了火力，對準我們這裡，就為了掩護他們的登山兵！」

「那我們怎麼辦？」

「你們先扔手榴彈！不要扔遠了，貼著峭壁扔！」

東方海和于鎮山一起點頭，他們和幾名戰士迅速離開，張志成招來另外幾名戰士交代：「你們帶刀匍匐過去，到懸崖邊緣，見繩就割！同時注意隱藏自己！」

幾名戰士點頭離開，一名新兵沒有走，害怕得哆嗦起來道：「首長……我會不會……會不會死？」

新兵眼神直直的，張志成鼓勵地拍了拍他的肩說：「我不知道任何人的生死，包括我自己。我只知道，只要我活著，就得幹好自己的事。」

東面防線戰況危急，日軍士兵在山壁上迅速攀登繩索。東方海、于鎮山匍匐著來到懸崖邊，兩人拿出手榴彈，拉開，貼著峭壁往下扔，手榴彈在崖壁處爆炸，彈片與泥土飛濺。一個日軍士兵被彈片擊中，從繩索上掉下，另一個士兵隨著斷掉的繩子一起摔下山崖。

來回向趙松林傳遞消息的作戰參謀越發焦急：「政委，鬼子真的是鐵了心要打東面防線！他們的兵已經在攀爬峭壁了！鬼子專門訓練了一支擅長山地作戰的精兵隊伍，每個人都有豐富的作戰經驗，號稱以一當十！而我們的三營幾乎全是新兵，而且沒有重型火力保護，後果難料啊！」

「讓他們堅持兩個小時！等群眾轉移到下一個集結地，安全了，我們就撤！」

「那……還是不讓一營二營支援三營嗎？」

趙松林深深地嘆了口氣，搖搖頭道：「北線、西線防守弱了，鬼子就可輕鬆突破防禦，長驅直入。我不能犯這樣的錯。」

日軍派往北面防線進行騷擾攻擊的小隊中活下來的一個士兵回來匯報。日軍大隊長走向山本道：「閣下，您的聲東擊西，應該起作用了。北面一直有騷擾，八路軍就不敢把兵力調到東面防線，我們的攀登隊就快掌握主動了。」

山本點點頭，道：「炮火轟擊，掩護攀登隊進攻。」

在離懸崖邊緣不遠處用石頭壘出的簡易防禦工事中，張志成帶領東方海、于鎮山和幾名戰士支著步槍等待著，日軍的炮火突然覆蓋下來，眾人被火力壓制得抬不起頭。這一波炮擊剛剛停止，一個日軍士兵從懸崖邊緣冒出頭來，東方海正從被炸塌的工事中爬出來，他迅速開槍，日軍士兵倒下懸崖，然而更多的日軍爬了上來。

「鬼子上來了！」東方海高聲叫著，上來的日軍躲在石頭後面，不時開槍射擊。眾人都行動起來，于鎮山衝日軍扔出手榴彈，手榴彈被一個日軍士兵撿起來扔回，在空中爆炸。

「快撤！」三營長嚷著。

張志成迅速攔下了他的命令：「不能撤！現在鬼子上來的還不多，必須頂住！不然他們會掩護更多鬼子上來！」

「怎麼辦？」

張志成咬牙對東方海他們喊道：「打！往死裡打！」

山本舉著望遠鏡，看到攀登繩索的日軍士兵紛紛登上崖頂，又有幾挺重機槍通過繩索被拉上去，露出了滿意的笑容。爬上陣地的日軍士兵架起拉上來的重機槍，對八路軍進行掃射。張志成率領戰士開槍射擊，重機槍火舌吞吐，陣地上傷亡很大，張志成只好大聲下令：「撤──」

　　東方海、于鎮山找準機會，與其他戰士們一同往後撤。穩住陣腳的日軍又在山壁上放下許多軟梯，山崖下的日軍紛紛沿著軟梯爬上去，一時崖壁上密密麻麻的全是日軍。

二十三　盼新

　　趙松林滿臉冒汗，神情緊張，終於等到作戰參謀帶來關鍵消息：「雖然三營失守，但群眾已經安全轉移。按照我們的計畫，三營已經抵擋了足夠時間。」

　　「現在是我們需要安全轉移了，必須保存實力。通知三營，撤退！同時通知旅部所有人，趕緊撤！」

　　這時，葉作舟驚慌地跑了過來。

　　「趙政委！丁小蝶開始生了！就沒有一個衛生員嗎？」

　　「等等！」趙松林瞪大了眼睛，他咬著牙，喊住了作戰參謀。

　　「什麼？還要我們扛？開始我們要支援，你不給！現在群眾已經安全轉移，鬼子的重型火力壓著我們，你還不讓我們撤！」

　　張志成在密集的槍聲中對著電話大吼，電話另一頭，趙松林一臉沉重。

　　「張參謀，丁小蝶正在生孩子，旅部不能撤！旅部不撤，你就得把最後一道防線給守住！我讓預備隊立即支援你們。」

　　「嫂子她……在生孩子？」張志成哽咽了。

　　趙松林的聲音也激動起來：「是的。我們千辛萬苦地打仗，是為了什麼？還不是為了孩子，為了未來！志成，請你，無論如何，堅持到孩子生下來！」

　　張志成咬著牙點頭道：「政委放心！我張志成，哪怕流乾最後一滴血，也會守住防線！」

　　電話掛斷，趙松林深深地埋下頭，張志成卻一臉堅毅之色，他來到陣地，找到東方海和于鎮山說：「你們撤回指揮部。」

「為什麼？」

張志成神色嚴厲：「這是命令！」

東方海和于鎮山對視一眼，點點頭，轉身離開，又忍不住回頭看著張志成。等他們走遠，張志成衝戰士們喊道：「把剩的彈藥都集中起來！」

張志成和三營長帶領戰士們一起向從崖邊攻來的日軍拚命射擊，不斷有人倒下，兩名戰士放下手中的槍，要抬一名傷患下去，張志成攔住他們。

「繼續戰鬥！」所有還能戰鬥的人咬緊牙關，繼續向敵人射擊。張志成推開犧牲的機槍手，親自操作機槍射擊，腿部中彈，他繼續射擊著，肩膀和腹部也中彈，傷勢嚴重。三營長和戰士們撲過去，把他拖到一邊，要往擔架上放。他掙扎著坐起來，倚靠著一棵樹，嘴裡冒著血。

「這個陣地，必須守住！我宣布 —— 不管輕傷、重傷，一律在火線救治，不抬下去！這一規定，自我開始！不許抬我下去！」

張志成喘息著，低頭看向自己全身上下流血的傷口。三營長忍住眼淚，難過地看著他，張志成抬頭盯著三營長說：「你才是……三營的營長，這個陣地應該……由你指揮！」

「你必須接受救治！來人……」

三營長的眼淚流了出來，張志成見狀，拔出手槍，對準自己的太陽穴道：「我不能……給你們，留後顧之憂……我說過，此規定，自我開始執行！」

手指扣動扳機，槍聲響起，張志成偏頭倒下。

「張參謀 ——」三營長伏地哭泣片刻，抬起頭，咬著牙喊道：「給我打 ——」

　　　　　　※　　　　　　　　　※　　　　　　　　　※

石保國一行趕到了青銅嶺附近，他漸漸放慢了速度，最後讓馬停下，兩名戰士也跟著他停下。石保國仔細聽著，遙遠的槍炮聲傳來，他回頭說

道：「前面已經在交戰，情況危急，我們要加倍小心！」

　　兩名戰士鄭重地點頭，三人繼續小心翼翼地進發，來到青銅嶺山腳下，石保國跳下馬，兩個戰士隨之下馬。忽然，槍聲響起，石保國迅速帶領戰士隱蔽，他小聲對兩名戰士指示：「我們要從鬼子包圍圈的外圍繞過去，盡量不要驚動鬼子。」

　　片刻平靜之後，石保國帶著戰士在樹木遮蔽下，一路跑起來，在一處小坡上，他們遭遇一小隊日軍，對射後迅速離開。士兵回到營地報告時，日軍大隊長與山本正在商定接下來的計畫。

　　「閣下，我們已攻破敵軍的東線，應該讓深入戰線的士兵繞到西線，從背後去攻擊西面的八路軍，一旦他們從西線的羊腸小徑撤下來，我們山下的士兵正好可以進行阻擊，將他們兩面夾擊！」

　　「好！是個好主意！」

　　士兵報告在山下與幾名便裝人士交戰，日軍大隊長與山本都十分驚詫。問明方向後，山本舉起望遠鏡，鏡頭裡的樹叢間，出現了石保國的身影。

　　「先不要實施你那個西線計畫！集中兵力，把石保國拿下！」

　　「可是，如果現在不立即實施，恐怕會貽誤戰機！」

　　「石保國出現了，這才是真正的戰機！」

　　日軍大隊長神色猶豫道：「從偵察情況看，他只帶了兩三個士兵，派支分隊就可以消滅他了，何必為他放棄一個作戰計畫？」

　　「你根本不懂！那個石保國，是個作戰天才，一個人足以抵一個團、一個旅！不過，他既然突然出現在這裡，其中肯定有問題，我們不能不小心！」

　　日軍大隊長著急起來：「就憑他一人帶兩三個人，就想故弄玄虛分散我軍兵力？這手段太低級了！一旦將注意力放在那幾個身上，很可能會放走八路軍主力！我們千萬不能上他的當！」

　　「可我寧可放走這整個旅的人，也不能放走石保國一個人！他對我軍

的殺傷力太大了！傳我命令，集中山下所有力量，捕殺石保國！」山本冷笑一聲，不容置疑地發出指令。

※　　　　　　※　　　　　　※

丁小蝶渾身被汗水浸透了，她痛苦地呻吟著，于冬梅和柳二妮不停地安慰著她。葉作舟匆匆忙忙地從指揮部回來，沒有衛生員的現實使她不得不鼓足勇氣，擔負起給丁小蝶接生的工作。

距離她們不遠處，三營正在東線與日軍苦戰，石保國在山下被日軍追剿。生產的過程並不順利，丁小蝶痛苦地哭叫著，于冬梅和柳二妮充滿焦慮地看著面色慘白的丁小蝶與臉色漲得通紅的葉作舟。

石保國和兩名戰士被大批日軍圍住，他們邊跑邊回頭與日軍對射。距離日軍越來越近，槍林彈雨也越來越密集，石保國拚命奔跑著，忽然背後中彈，一個趔趄摔倒下去。他躺在地上，意識漸漸模糊，眼前出現了丁小蝶俏皮的笑臉，越來越遠。石保國在意識裡向抱著大肚子微笑的丁小蝶伸出手，他的眼中爆發出最後也最為熱切的光芒，在心底呼喊著：「小蝶 —— 盼新 ——」

與此同時，嬰兒的啼哭聲響亮地迸發出來，丁小蝶疲憊而幸福地露出微笑，葉作舟也欣慰地笑了，于冬梅和柳二妮激動地抱在一起。

東面防線，三營戰鬥到只剩三營長最後一人時，終於等到了趙松林派出的援軍，大批戰士攜著凶猛火力將日軍逼回崖邊，日軍四散潰退。

「撤！快撤！」得到丁小蝶平安生產的消息，趙松林大聲向指揮部的眾人喊著。幾名幹部與戰士聞言快速行動，收拾好裝備飛奔而去。趙松林問跑來的作戰參謀：「撤退命令都下達沒有？」

「北面、西面已通知。東面還沒聯繫上。」

作戰參謀面色悲傷，趙松林咬了咬牙道：「派人去通知。」

作戰參謀點點頭，匆匆離開了。趙松林跟著向前走了幾步，忽然站住，他一手撐著身旁的樹幹，一手捂住自己的臉，不出聲地哭了起來。

　　　　　※　　　　　　　※　　　　　　　※

　　獨立旅成功撤離青銅嶺，得到了後方部隊的接應。在臨時駐地衛生隊中，丁小蝶疲憊地躺在炕上，孩子在她身邊睡著，葉作舟、于鎮山、東方海和于冬梅進來看望她。經過一場戰鬥，眾人的樣子都有些狼狽，但此時相見，臉上微露笑意。

　　「總算安全撤離了！當時你生孩子那個樣子，真把我給嚇慘了！」

　　「葉大姐，這次多虧了你和大家，不然，我丁小蝶和孩子絕不可能這麼平平安安地躺在這兒。你們這份情，我這輩子也還不了！」丁小蝶感激地看著葉作舟。

　　「小蝶，快別這樣說，我們為你做這些都是應該的，也是心甘情願的。你早就不只是我們的戰友，也是我們的親人！」

　　「是啊，不只是我們呢……」于冬梅話到嘴邊，忽然又想起什麼，打住話頭不說了。

　　「我都知道了，為了保護我，犧牲了好多的戰友……包括張參謀……」丁小蝶神色黯然道，她的眼睛低垂下去，淚水落出來。

　　東方海見狀，趕忙岔開話題：「對了，你生的……是男孩吧？」

　　「是的，便宜石保國了！」丁小蝶把眼淚抹掉，點了點頭。

　　「當時石旅長臨走時說，要你照顧好石……石什麼來著？」

　　「石盼新。這是我們給兒子取的名字。」丁小蝶忍不住笑了出來，于冬梅也露出笑容。

　　「呀，連名字都取好了！」

　　「聽著大氣。」葉作舟點點頭。

　　東方海跟著說道：「這名字很有意義，盼新，盼望新中國，盼望新天地！」

　　丁小蝶轉過頭看著孩子，目光中滿是愛憐道：「我呀，現在只盼望他這個人，回來看看他的兒子！」

　　　　　　　　※　　　　　　　※　　　　　　　※

　　剛看望過丁小蝶，葉作舟被叫到臨時辦公室，柳二妮與郭雲生站在趙松林面前。一看到葉作舟，柳二妮便哭著開口：「葉大姐、趙政委，找不到我爹，我這輩子都不會安心！你們就答應我吧！」

　　「二妮，柳大叔他很可能已經……當時我聽到了他吼的一嗓，然後是兩聲槍響。」趙松林面色不忍。

　　柳二妮哭著點頭道：「我也聽到了……但活要見人死要見屍啊！我總得要知道他的下落，給他老人家一個身後的安排……」

　　「二妮，雖然那裡鬼子已撤了，但畢竟還有危險。你一個女孩……」

　　「我陪她去！我和她化裝成老百姓，回青銅嶺去打聽打聽。」郭雲生在一旁開口說道。

　　葉作舟和趙松林對視一眼，趙松林深吸一口氣道：「好吧！我們也不可能在這裡駐紮太久，給你們七天時間，七天之內必須回來！」

　　「雲生，你一定要保護好二妮！」

　　面對葉作舟的囑咐，郭雲生鄭重地點了點頭，他與柳二妮立即喬裝打扮成村民，從臨時駐地出發趕回青銅嶺一帶，幾經周折，來到一個破敗的農家小院外。兩人看著院子，有些猶豫。

　　「好像就是說的這家。咱們去問問吧。」柳二妮小聲說，郭雲生點點頭。

　　「先別急，不要暴露我們的身分，還不知道這家人的底細。」

　　這時院門忽然打開，出來一位中年大叔，看到兩人，愣了一下。郭雲生趕忙上前，小心地問道。

　　「大叔，這附近……不太平吧？」

　　「不太平。前些日子還打過仗。」大叔一臉警覺。

　　「打仗的時候，您在家嗎？」

　　「鬼子都來了，還能在家待著？我們早跑了！聽說鬼子退了，我們才

回來的！」

「那您見著一個人沒？年紀和您差不多，臉兒瘦瘦的……」柳二妮有些著急地比畫著，大叔認真地觀察著她的神情。

「你們是來找家人的吧？」

郭雲生連忙點頭道：「不瞞大叔，我們就是來找爹的。聽人說大叔有慈悲心，回來做了不少善事，就想來問問……」

「唉！這世道亂成這樣，我能做點啥呀？我也就是，回來以後帶了幾個人，到山上埋了不少無名屍首，大多是有穿軍裝的，也有幾個穿百姓衣裳的。」大叔嘆著氣。

「穿便裝的，不多吧？」

「不多，一共就四個。你說的年紀和我差不多的，有一個，是在對面半山腰上，胸口上中了兩槍。對了，他身邊還有個東西……你們跟我來。」

郭雲生、柳二妮跟著大叔進了院子，又進了屋。大叔從裡屋捧出來一個木箱，打開來，裡面密密麻麻放著鋼筆、信、照片之類的物件，一支嗩吶顯眼地擺在最上面。大叔剛把嗩吶拿出來，柳二妮的眼睛就溼潤了。

「爹……是我爹……」柳二妮接過嗩吶，有些站不穩，郭雲生伸手扶住，她撲進郭雲生懷裡大哭起來。

「那天有人在逃難路上看見，鬼子押著你爹，好像是要他帶路來著。但是你爹真是好樣兒的！他帶的那條路啊，是條絕路，壓根兒走不出去的，估計鬼子發現上了當，就把你爹給害了！」大叔感慨地說著。

柳二妮哭個不停，郭雲生安撫地拍著她的肩，目光落在打開的木箱上。「大叔，這箱子裡的東西……」

「唉！我給人家入殮了，卻不知道人家的名姓，萬一有像你們這樣來找親人的，總得讓人家知道個下落吧！我呀，每次都從他們身上搜些東西出來，放在這兒，若是有人來尋，就拿箱子給他看，看裡面有沒有他親人的物件，一來好辨認身分，二來也給親人留個念想不是？你看，這嗩吶不

就讓你們認出爹了嗎？」

大叔說話的時候，郭雲生一直目光直勾勾地注視著那個木箱。忽然，他把柳二妮輕輕扶開，走近木箱，在裡面急急地翻揀，拿出一張照片來。照片上，大著肚子的丁小蝶正回眸一笑，郭雲生驚呆了，柳二妮也看到了這張照片。

「旅長？大叔他也……」

兩人一個拿著嗩吶，一個捏著照片，緊緊抱在一起放聲痛哭。

※　　　　　　※　　　　　　※

大叔又帶著郭雲生和柳二妮來到青銅嶺後的一處山坡上，指著一個無名塚說：「這一個，就是你爹的。」

「爹！我來晚了！」柳二妮上前跪下，哭著。

「大叔！您放心走吧，我會保護二妮，一生一世地保護她！」郭雲生在柳二妮斜後方跪下道。

「雲生哥——」柳二妮回過頭，郭雲生跪著過去，兩人靠在一起。柳二妮泣不成聲地唱起了哭喪調，調子十分哀涼。

大叔聽著，忍不住抹起了眼淚，又指著另一個無名塚說：「這裡頭有三個人，一個年紀有二十多不到三十吧，另兩個都是十幾歲的孩子。照片就是從二十幾歲的那人身上找到的。罪過呀！老婆還大著肚子……」

郭雲生和柳二妮一臉肅穆，莊重地向埋葬石保國的無名塚鞠躬，兩人帶著嗩吶和照片回到獨立旅臨時駐地，來到丁小蝶面前。所有人都聞訊趕來，丁小蝶吃驚地捧著自己的照片，她的手顫抖著，淚水奪眶而出。

「他回來了，他回來了……可他連自己的孩子也沒見著一面！」

于冬梅上前抱住失聲痛哭的丁小蝶，趙松林面色沉重。

「老石一定是在打算與我們會合時，被鬼子發現了。當時我們就得到情報，山下的鬼子突然集結，向另一個方向去了，我們這才贏得了時間，趕快撤離……他在最後，都保護了我們，保護了小蝶和孩子……」

孩子哭起來，丁小蝶抹了抹淚，抱起正在哭的孩子，輕聲對他說：「盼新，你知道嗎，爸爸叫石保國，爸爸保護了我們！」

眾人聽著，都落下淚來。丁小蝶抱著孩子走出門，走到院子裡，她抬起頭來，仰望著天空。

「保國，這是我們的孩子，石盼新！你好好看看！你看看他！我會把他養大成人，讓他像你一樣頂天立地！」

天空蔚藍，陽光明媚，彷彿代替石保國的注視一般，溫暖的光芒照在丁小蝶與石盼新母子身上。

之後，柳二妮和郭雲生遞交了結婚申請，兩人留在了獨立旅，像從前的石保國與丁小蝶一樣，留在戰鬥的第一線，而丁小蝶帶著孩子，與葉作舟一行人回到延安，回到了魯藝。

　　　　　　※　　　　　　　　　※　　　　　　　　　※

時間流逝，一段與戰鬥同樣艱難的困難時期橫在眾人眼前，物資緊缺，大人孩子都過著食不果腹的日子。這天清晨，丁小蝶在獨居的窯洞中，疲憊不堪地哄著襁褓中不停哭鬧的孩子：「盼新不哭，你都哭了一晚上了，對不起，媽媽沒用，沒有奶水餵我的乖寶寶，要是你爸爸在，一定不會讓寶寶挨餓……」

丁小蝶一手抱著孩子，一手拿起水瓶，可水瓶也是空的，她無奈地把頭埋在襁褓中，再抬起頭來，臉上滿是淚水。

「小蝶，小蝶！」

窯洞外傳來喊聲，丁小蝶慌忙胡亂地擦乾眼淚。于冬梅走了進來，她伸手接過丁小蝶手中的孩子。

「我老遠就聽到盼新的哭聲，這又鬧了一晚上吧？來，給我抱抱，你歇會兒。你是不是一點兒奶水都沒了？」

「是啊！這孩子太難帶了。」丁小蝶點點頭，于冬梅抱著孩子，從兜裡掏出一小包東西放下。

「不能怪孩子，你沒奶，他是餓的，這有一小包白糖，你快去燒點水，給孩子沖點糖水。」

「好好，我馬上沖！冬梅，你三天兩頭往我這送吃的，你們自己吃什麼啊？」

于冬梅笑了笑說：「你放心吧，我哥有辦法。再說，大人能扛，不能把孩子餓壞了。」

丁小蝶燒好水，小心地將那一小包糖放進杯子裡調勻，端過來餵給孩子。孩子喝了糖水，總算不哭鬧了。

「小蝶，你看你這黑眼圈！又一晚上沒睡吧，我抱盼新出去晒晒太陽，你趕緊瞇一會兒吧。」

于冬梅抱著孩子走了出去，丁小蝶直直地躺到炕上，眼睛卻睜著，目光空洞。

村子裡到處都是荒涼的景象，于冬梅抱著孩子東張西望，看到有農婦抱著個嬰兒在餵奶，她欣喜地趕過去，等嬰兒不吃了，往前湊湊。

「大嫂，這娃生得真好，像你。」

「這才多大點兒啊，哪看得出來像不像的。這是你娃？多大了？咋這麼瘦？」

「不，不是我的，這娃是八路軍的，他一出生，他爸就犧牲了。」

農婦憐惜地搖了搖頭說：「可憐的娃！他怎麼哭鬧得這麼厲害？」

「他媽媽一點兒奶水都沒有，娃給餓的。」

「可憐的娃！來，給我，我這奶水也不多，這年頭沒吃沒喝的，難熬啊，讓娃吸兩口吧。」

于冬梅感激得連連點頭，道：「太感謝你了大嫂！來我給你抱著娃。」

農婦和于冬梅換過孩子，看著孩子拚命吃奶的樣子，于冬梅眼淚掉了下來。

※　　　　　　　※　　　　　　　※

東方海扛著一大包工具來到丁小蝶窯洞前。

「有人在家嗎？」喊聲沒人應，東方海把東西放下，又叫著，「小蝶！丁小蝶！」

丁小蝶半天才從窯洞裡出來，神情萎靡，東方海抱歉地看著她。

「吵醒你了吧？冬梅和我商量，想幫你壘個小灶。」

「你？你會？」

看丁小蝶一副不相信的樣子，東方海解釋著：「我特地到王老師家學過了，他家的小灶壘得很好用。你看，這些爐條就是他送給我的。」

東方海跟著丁小蝶進了窯洞，察看一番，指著靠門的角落問：「就這兒，行嗎？」

「隨便。」丁小蝶有氣無力地應著，沒什麼表情。

「小蝶，你昨晚是不是又一晚沒睡？眼睛都腫了，你在一邊歇著，我一會兒就給你弄好。」東方海擔憂地看看她。

東方海開始忙活起來，丁小蝶懶洋洋地看著他動作並不是很熟練地從山坡上一鐵鍬一鐵鍬地鏟土，撿石塊，調水，和泥。

「你現在有孩子了，不比一個人，這個小灶用得著的，孩子需要餵水，也需要洗洗擦擦，經常需要燒個水什麼的。」他一邊忙一邊和丁小蝶搭話。

丁小蝶眼看著小灶一步步完工，覺得很神奇，眼中有了些神采。

「謝謝！」

東方海拍拍手上的泥，滿意地打量著自己的勞動成果。「跟我還客氣？小蝶怎麼樣？我覺得不錯哦。對了，我再得做個煙筒。」

東方海又開始砌煙筒，他爬上爬下，累得滿頭是汗。「王老師說，這煙筒得講究一些，得一樣大小的石頭片子砌，不然容易塌掉。我給你砌高一點兒，不能讓煙往屋裡灌，你是最怕煙燻的，何況還有孩子。」

丁小蝶望著東方海出神，眼前交替幻化出石保國的身影。東方海一直

把煙筒砌到窯洞門上面，這才跳下來，丁小蝶遞給他一條白毛巾。

東方海不接，他笑著搖搖頭，用袖子往自己臉上一抹。「不用不用，你這白毛巾，留著給孩子吧。好了，我們試試？」

他往灶裡塞了一把野草，點著，火光熊熊，他馬上又伸出頭去看窯洞門外的煙筒，只見青煙從煙筒裡冒出來，東方海像個孩子似的笑了。

「成了成了！」

「別動。」丁小蝶露出了難得的笑容，她拿起毛巾，仔細擦去東方海臉上的黑灰。東方海乖乖站著，等她弄好，又把窯洞外的另一包東西拿進來，打開一看，是幾個有缺口的盆盆罐罐。

「這是鎮山哥從一個燒窯的老鄉那裡要來的，他說這些瓦盆瓦罐都是有缺口的次品，堆在那裡也沒用，多的是，不要錢。我想你可能需要，就挑了幾個來，你是個講究的人，要是嫌棄就扔了。」

丁小蝶趕忙說：「挺好的，我正好缺呢。謝謝你。」

「小蝶，眼下這日子都過得很難，你一個人帶個孩子更苦，你也別太逞強了，有需要就言語一聲，總能搭把手。好了，我一會兒還得去我哥那兒，我先回去了。」

望著東方海走遠的背影，丁小蝶的身形在窯洞前顯得十分單薄。

※　　　　　　　※　　　　　　　※

東方海來到一片山地中，東方明正在鋤地開荒，劉雯帶著點點在挖野菜。東方海和他們打了招呼，也拿起鋤頭加入開荒的工作，劉雯抬頭看看他問：「阿海，你這一身的灰，上哪兒去了？」

「我剛去幫小蝶壘了個小灶。」

東方明一邊揮動著鋤頭，一邊嘆氣：「丁小蝶這個上海嬌小姐，現在一個人帶個嬰兒，真是夠難為她的。」

「阿海，我看冬梅最近臉色不好，是不是營養太差了？」

東方海動作有些笨拙地鋤著地，說：「哪還有什麼營養啊，她把家裡的

吃的都送到丁小蝶那兒去了，自己老餓肚子。小蝶沒奶水，小盼新整天哭鬧，冬梅說她比我們更難。」

劉雯也搖頭嘆氣道：「冬梅啊，真是個善良的好姑娘，我聽說她時常抱著小盼新走家串戶去蹭奶，這也不是個辦法啊。」

「媽媽，這是什麼菜？能吃嗎？」點點拿著挖到的一株野菜問。

「可以的，點點，這個叫苦菜，你再看我手裡這個，叫山莧菜，都是可以吃的，記住了嗎？乖孩子，去吧。」劉雯耐心地對她講解。

點點乖巧地點頭，轉身繼續找野菜去了。

「哥，這困難時期什麼時候才能度過啊？」

東方明停下動作，拄著鋤頭，一臉憂慮地說：「不好說啊，現在是世界法西斯勢力最倡狂的時期，也是抗戰最困難、最艱苦的時期。」

「嗯，我們前幾天也在抗大聽了形勢報告，『皖南事變』之後，國民政府對陝甘寧邊區實行軍事包圍和經濟封鎖，陝甘寧邊區的財政難以維持。我們現在抗日的同時，還不得不提防國民黨從背後捅刀子。」

「是啊，加上華北各地連年災荒，軍民傷亡嚴重。我們可能會面臨更大的困難啊。」

東方海、東方明、劉雯抬起頭，望著灰濛濛的天空下荒蕪的黃土地，還有那些彎腰尋野菜的人們，面色凝重。

　　　　　　　※　　　　　　　※　　　　　　　※

于冬梅在窯洞中翻揀著空空如也的袋子和瓦罐，小心地拿紙包好找到的最後一捧小米。見東方海回家，她迎了上去。

「東方，你回來了，我們也就這麼點小米了，我想給小蝶送去，咱們自己吃野菜，你看行嗎？」

「我是沒什麼問題，我今天去給她把小灶壘起來了，可以熬粥、燒水了。可是冬梅，你不能再這麼熬下去了，今天嫂子都說你臉色不好，這樣你會把自己拖垮的。」

　　看東方海滿臉擔憂，于冬梅笑著搖搖頭道：「放心吧，我哪有那麼金貴，小蝶不一樣，她沒奶水，而且我看她精神狀態也不大對，我挺擔心她的。」

　　她正想出門，突然眼前一黑，差點兒摔倒，被東方海一把扶住。

　　「冬梅，你怎麼了？」

　　「沒事，我沒事。你看，這不好好的嗎？」于冬梅輕輕掙開，站好了，向東方海笑。

　　「都把自己餓暈了還說沒事，你啊，什麼時候知道擔心擔心自己！」

　　東方海看著于冬梅擺擺手離開，目光又轉向倚在牆邊的小提琴琴盒。他下定決心，獨自來到冷冷清清的集市中，這昂貴到能在上海買下一棟洋樓的名琴，在如今經濟困難的延安，也只能去當鋪換來可憐的一點兒法幣，贖回時還要加價。

　　東方海當琴的時候，于冬梅正抱著哭鬧的孩子四處找奶吃，丁小蝶在半山腰撿著煤核，東方海拿著換來的法幣，又費了一番周折，好不容易買到一隻母羊，他興沖沖地牽著羊，往丁小蝶住的窯洞走來，丁小蝶提著一籃煤核吃力地在前面走。東方海認出她的背影，大聲喊道：「小蝶！小蝶！」

　　丁小蝶回過頭，看到東方海牽著羊氣喘吁吁地趕上來。

　　「小蝶，你又去撿煤核了？盼新有奶吃了！你看，我買了隻母羊回來，我跟你說，這隻母羊我可是跑遍了整個集市都沒有，後來又跑了幾里地，在一個老鄉家才買到的，可不容易了！」

　　「真的嗎？這隻羊真的有奶嗎？太好了，太好了！」丁小蝶又笑又哭。

　　「哎哎小蝶，你怎麼哭了？」東方海一下慌了神。

　　「我連隻羊都不如……」丁小蝶嗚嗚地哭著。

　　東方海手足無措地哄她：「傻瓜！羊哪能和你比……不是，你哪能和羊比……哎呀這被你繞得我都不會說話了，好了小蝶，別哭了，你趕緊生火，我這還買了羊骨頭呢，都斬成小段小段的了，別看這個便宜，老鄉說，放在瓦罐裡慢慢煨著，熬湯比雞湯還好喝，你怕膻，我還弄來了一包生薑。給。」

丁小蝶接過來，東方海張望著前方問：「盼新呢？是不是冬梅又抱著去蹭奶了？」

「在這兒呢。東方，你怎麼來了？咦？哪兒來的羊？」于冬梅抱著盼新從兩人身後走來。

「是阿海買來的。」

東方海點點頭，于冬梅的目光亮起來。

「是啊，是母羊，盼新有奶吃了。」

「真的？太好了！小盼新，你有奶吃了！」

丁小蝶接過孩子抱著，于冬梅走過去摸著羊。

「乖，我們盼新就靠你了。對了東方，你哪兒來的錢買羊？」

「我……」東方海支吾著，丁小蝶和于冬梅察覺到不對，齊齊看向他。

※　　　　　　　※　　　　　　　※

夜晚，回到家裡，于冬梅仍賭氣不跟東方海說話，家中氣氛沉悶。

「冬梅，別生氣了好嗎？」東方海哄著，于冬梅扭過身子不理他。

「我這也是實在沒辦法了，所以只好把琴當了，我一定會贖回來的。」

「你說當就當了，連商量都不跟我和商量一下！這琴你看得比命都重，可是你為了丁小蝶就捨得了，你恨不得把全世界都給她對吧！」

于冬梅轉過來，滿臉是淚，東方海看著她，目光誠懇。

「冬梅，你別說氣話，你知道我不是這個意思。我是心疼孩子……」

「是，就你心疼孩子是吧？我不心疼嗎？我不心疼嗎？」

東方海一把摟住于冬梅，道：「你讓我把話說完！我是心疼孩子，可是我更心疼你！你有一口吃的就想著要給丁小蝶送去，為了讓孩子蹭上口奶，你天天腿都跑細了，你看看你自己，還有個人樣嗎？你會把自己拖垮的！琴是重要，可比琴更重要的是人！」

于冬梅在東方海懷裡失聲痛哭，第二天，她頂著還沒消腫的一雙眼去找于鎮山。聽到東方海把琴當了換奶羊，又心疼哭紅了眼的妹妹，于鎮山

保證會盡快想辦法把琴贖回來。他四處打聽，正巧有個大戶人家辦喪事，缺一個扮孝子的人，于鎮山去披麻戴孝跪了三天，牽回來兩隻奶羊，又跑了幾趟才把東方海買的羊折價退掉，結果到了當鋪，法幣和邊幣都不好用了，必須要銀圓才能把琴贖回來。

　　葉作舟一行人正發愁去哪裡弄銀圓，另一邊，丁小蝶已將東方海送她的玉墜拿去當鋪，換回了小提琴。她抱著石盼新，背著東方海的小提琴，來到音樂系教室，于冬梅迎上去接過孩子。

　　「盼新來了，來。我抱抱。」

　　丁小蝶把琴取下來給東方海：「給，你的琴。」

　　葉作舟驚訝地睜大了眼問：「小蝶，你把琴贖回來了？你哪來的錢啊？」

　　「用阿海送我的玉墜換回來的。」丁小蝶直截了當地回答道。

　　「謝謝你，小蝶。」東方海接過琴道謝。

　　「謝什麼，物歸原主而已。」

　　葉作舟點點頭。

　　「贖回來就好。小盼新，為了你，這琴可是差點兒回不來嘍。」

　　「好，那我就為盼新拉一曲吧。」

　　東方海取出小提琴，拉起了搖籃曲，一曲結束，于冬梅靈光一現。

　　「小蝶，正好盼新沒有小名，我們就叫他小提吧？小提，你喜歡嗎？啊你們看，他笑了。」

　　果然，石盼新在于冬梅懷裡歡快地笑出了聲，丁小蝶也跟著笑了。

　　「小提？小提，你笑了！」

　　「小提，小提。」東方海和葉作舟都高興地圍過來連聲叫著。于冬梅抱著小提，輕聲哼起兒歌。

二十四　抑鬱

　　困難時期，魯藝將學員們平日裡的軍事訓練課時改為生產課時，只有自力更生，發展生產，才能齊心協力克服困難。學員們每日都拿著鋤頭和鐵鍬等勞動工具，在後山開墾荒地，種上蔬菜種子，悉心料理。

　　延安城東南方向的南泥灣開荒進展迅速，效果拔群，成為各單位組隊觀摩學習的典範。葉作舟不甘落後，立即向上級匯報，打算帶上東方海、于冬梅、于鎮山、關山一行人奔赴南泥灣。毛主席在大禮堂發表了動員延安軍民開展大生產運動的重要講話，眾人會後即刻集合出發。

　　「這趟去南泥灣，雖然時間短，但收穫真大！」

　　幾天後，一行人走在回延安的路上，邊走邊興奮地說著。

　　「是啊，真沒想到那麼一個荒山野嶺變化那麼大！」于鎮山附和著于冬梅的話，東方海跟著點了點頭。

　　「朱總司令那首〈遊南泥灣〉寫得真生動，我給你們背背。『去年初到此，遍地皆荒草。夜無宿營地，破窯亦難找。今闢新市場，洞房滿山腰。平川種嘉禾，水田栽新稻。屯田方告成，戰士粗溫飽。農場牛羊肥，馬蘭造紙俏。熏風拂面來，有似江南好。』」

　　「東方，你記性可真好！可惜丁小蝶沒跟著去，下次把她帶上，我看她精神一直不好，冬梅，小提也快一歲了，你找她談談，讓她把孩子送保育院，也該投入到工作中來了。」

　　聽葉作舟說到丁小蝶，幾人面露擔憂之色，于冬梅率先開口：「協理員，我總感覺小蝶狀態一直不大對，有一種說不上來的感覺，我挺擔心她的。」

　　「是啊，我也覺得她完全變了個人，不會出什麼事吧？」東方海也憂心忡忡地說。

「快到了，我們直接去小蝶家看看吧。」葉作舟抬頭看看路前方。

一行人急急忙忙加快腳步，向丁小蝶家趕去。

※　　　　　　※　　　　　　※

窯洞中，小提已經從小小的嬰兒長成可以在炕上滾來滾去的孩子了。一旁坐著的丁小蝶神情有些漠然，她低頭看著小提，眼前出現一幕又一幕的幻覺，她看到東方海父母倒在血泊中、于得水倒在血泊中、護送他們過黃河的錢排長倒在血泊中、郭雲鵬倒在血泊中……最後一幕裡倒下的是石保國，丁小蝶緊緊地把小提抱在懷裡。

「保國，保國！我在這裡，我帶你回家，我們回家……」

小提被丁小蝶抱得過緊，一張小臉憋得通紅，但丁小蝶完全沒有意識到，她懷中的小提很快被憋得臉色發紫，情況越發危急時，丁小蝶又出現了幻聽。

「小蝶！小蝶，該你上場了！」

她猛地鬆開手，小提哇的一聲哭了出來。

「聽，音樂起了，該我上場了。」丁小蝶像夢遊般唱起了《蝴蝶夫人》的詠嘆調，旋轉著跳出窯洞外，耀眼的陽光令她抬手擋了一下自己的眼睛，她喃喃地唸出劇中的臺詞：「啊，大人，您的微笑像鮮花一樣美麗，神說過，微笑可以征服一切困難……我像一個美麗的女神，從天空中月亮裡輕輕地走下來。我親愛的，我願和你一起飛到天堂。」

丁小蝶半閉著眼，完全沉浸在自己的意念中。走在前面的東方海遠遠看到她正翩翩起舞，猛地停下腳步，他揮一揮手，眾人都停了下來，呆呆地看向丁小蝶。東方海放慢腳步，輕輕向她走去，走到近處，他拿出小提琴，輕柔地拉了起來，聽到琴聲，丁小蝶回過神來，神態恢復正常。

「阿海？你怎麼來了？」

「小蝶，我們從南泥灣回來了，給你和小提帶了好多吃的呢。」

東方海小心地觀察著她的反應，又朝身後的一行人招招手，葉作舟他們趕快跑了過來，眾人走進窯洞，于冬梅抱起小提。

「小提，幾天不見又長大了，來，阿姨抱抱。」

小提和于冬梅格外親近，在她懷裡咯咯地笑著，葉作舟小心地從包裹裡拿出幾個雞蛋。

「小蝶，你看，這是朱總司令送給我們的，給小提蒸蛋羹吃。」

「這還有大米和黑豆呢，小蝶，這是戰士們自己種的，你看這大米多白！」

東方海拿出一包大米，于鎮山拿出一隻南瓜，還有一個小石磨。

「看看我這兒，還有好東西，這小石磨我特意找來了，有了這個，就可以給小提磨米糊糊、豆粉了。」

丁小蝶被他們的熱情感染著，臉上微微現出笑意，但仍不言語。

「小蝶，你身體怎麼樣？小提也快一歲了，你是不是考慮把孩子送到保育院去？現在大家都在忙，你也該投入到工作中來了。」

聽到葉作舟的話，丁小蝶臉色一變，情緒變得十分激烈：「你什麼意思啊？說我吃閒飯嗎？我就是個廢物，什麼也幹不了！你們走！我不想見到你們！走！」她越說越激動，伸出手將桌上的東西都掃到了地上，黑豆灑出來，滾得滿地都是。

「丁小蝶，你！你……」葉作舟不明白她怎麼突然發脾氣，氣得臉色都變了。

「小蝶累了，讓她休息，我們走，我們走。」于冬梅慌忙拉住葉作舟，又朝嚇傻了的東方海使眼色。

「好好，小蝶，你好好休息，我們先走了。」東方海推著幾人離開了丁小蝶家。

他們離開很久後，丁小蝶蹲在一片狼藉的窯洞地上，低著頭一顆一顆撿著滾落的黑豆子，眼淚掉下來，洇溼了地上的黃土。撿了一會兒，她坐

在地上不動了，把頭埋在胳膊裡抽泣，瘦弱的後背起起伏伏，終於發出了壓抑的嚎哭聲。

※　　　　　※　　　　　※

一行人回到魯藝，找來軍醫一問，才知道丁小蝶患上了產後抑鬱症，眾人焦急地聚在葉作舟辦公室裡，商量對策。東方海始終沒有說話，他很擔心，但又茫然無措。

「東方，你有什麼想法？」葉作舟直接發問，東方海只好嘆口氣。

「經濟最困難的時期終於熬過去了，還以為一切都好起來了，誰想到，小蝶又患了產後抑鬱症，我現在很為小蝶擔心……」

「軍醫說患這個病的人容易煩躁悲觀，不願意見人，自我封閉，建議我們一定要多關心她，轉移她的注意力，緩解不良情緒。東方，你對她最了解，你有什麼想法？東方！」葉作舟提高了聲音。

東方海回過神來，茫然地搖搖頭道：「我？我也不知道怎麼才能治好她這個病，小蝶好強，心氣高，可她其實很怕孤獨，內心很脆弱，從離開上海後她經歷了太多的事，精神上的壓力太大了，唯一的辦法就是讓她輕鬆起來。」

「讓她輕鬆？那還不容易，她最喜歡幹什麼就讓她幹什麼唄。」

于鎮山的話令東方海眼前一亮。「她最喜歡跳芭蕾！」

于鎮山在魯藝附近找到一個長滿荒草的窯洞，東方海幫著他伐木，鋸木板，兩人一邊幹活一邊聊著天：「我找了好半天也就找到這口窯洞了，收拾收拾給小蝶用還湊合。你說要弄些啥？」

「芭蕾舞的練功房主要是對地板要求比較高，其他的就看條件吧。」

「行，我們先收拾周邊。地板我最後弄。」

于鎮山點點頭，東方海看著手裡的木板，有些惆悵，他想起很多事情。

「小蝶特別喜歡跳舞，從小的夢想就是要當一個會跳芭蕾的公主。練芭蕾可苦了，可是她一點兒也不怕，天天苦練下腰、劈叉旋轉、平轉等芭蕾舞基本功，光是要把腳背壓出一個弧度那種痛就不是一般人能受得

了的，但小蝶從來不叫痛。她嘴饞，可怕胖，什麼也不敢吃，天天就吃番茄，因為這個吃了不胖。」

「我是搞不懂你們這些城裡人，尤其是小蝶，看起來那麼弱不禁風的，可有時候內心又很強大的樣子，到底在想什麼啊。這芭蕾有什麼好跳的，踮個腳尖轉來轉去的。」

「那是她的夢想。說起來，是我害了她，所以我心裡一直覺得欠她的。」

于鎮山猛地抬起頭來說：「你什麼意思？我警告你，你現在可是我妹夫，心裡可不能再有別的女人了，要不，我饒不了你！」

「鎮山哥，這哪兒跟哪兒呀，我不是那意思。」東方海一臉無奈，于鎮山重重地哼了一聲。

「我搞不懂你們這些文化人那些花花腸子，雖然我也覺得小蝶不容易，但你要是讓冬梅受委屈可不行！」

※　　　　　※　　　　　※

于冬梅陪著丁小蝶在門口晒太陽，小提乖乖地坐在一旁的木頭馬車裡，于冬梅將一對毛線針遞給丁小蝶，見她不接，便塞到她手裡。

「小蝶，來，你試試看嘛，很容易的。」

于冬梅拿起另外一對針，織給丁小蝶看：「你看，這樣，對，手上的毛線往這邊一挽，對，就這樣。我說不難吧？」

丁小蝶跟著織了幾針，突然又情緒失控：「你們是不是都看不起我？同情我？笑話我？」

「小蝶，你想哪裡去了？你那麼優秀，我們怎麼會看不起你？你現在是有病……」于冬梅慌忙解釋。

丁小蝶打斷她的話：「對，我在你們眼裡就是有病！是，我哪能跟你比，你是進步好青年，哪兒哪兒都有你，組織信任，情場得意，有器重你的領導，有百依百順的親哥，有情深意長的愛人，你要什麼有什麼，我

411

呢？我丁小蝶一無所有！于冬梅你用不著這樣！我討厭你這一副救世主的樣子！我不需要施捨！」

「丁小蝶！」于冬梅忍無可忍，提高聲音叫了一聲，丁小蝶愣怔地看著她。于冬梅看似很平靜，但內心裡奔湧著被壓抑許久的情緒，用不高卻充滿震懾力的聲音說道：「小蝶，你知道我有多羨慕你嗎？你漂亮，你有才，你氣強場大，你高高在上，你集萬千光環於一身，你連哭都可以哭得讓人心疼，你彷彿就像一道強光，往那一站就把所有人罩得嚴嚴實實，哪個女孩子不想任性？可是我不能，也不敢，因為我沒有你那樣的資本。別以為自己就是世界上最痛苦的人，別人的難處你又知道多少呢？你至少有了小提，而我，我也許一輩子都不會有自己的孩子了……」

「什麼？冬梅，你說什麼？」

說著說著，于冬梅已是淚流滿面，丁小蝶呆住了。

※　　　　　※　　　　　※

幾天過後，于鎮山和東方海把窯洞收拾得嶄新，地上鋪著平整的木地板，窯洞門上裝飾著花環。兩人站在門口，滿意地欣賞著自己的工作成果。眾人飽含期待地將丁小蝶帶來這裡，她站在窯洞前，被這美麗的芭蕾舞室驚呆了，不敢相信地回過頭來，東方海站在她身後微笑道：「小蝶，進去看看。」

窯洞內，換好芭蕾舞服的丁小蝶試著踮起腳旋轉。陽光從高窗照進來，柔和地灑在丁小蝶身上，關山在角落裡神情專注地為她畫像。東方海拉起小提琴，丁小蝶隨著音樂投入地翩翩起舞，在一旁觀看的葉作舟和于冬梅靜靜看著這一幕，神情既驚訝又喜悅。一曲舞畢，眾人熱烈鼓掌，丁小蝶優雅地鞠躬致謝，臉上露出難得的笑容，兩行熱淚順著臉頰淌下來。在她的示意下，東方海也走過去，兩人手拉著手向觀眾們致謝。

于鎮山看著舞臺上的兩人，神情有些複雜。丁小蝶與東方海站在一起，看起來太過般配，他怕自己的妹妹受委屈。于冬梅卻一心只為丁小蝶

恢復笑容而開心，讓于鎮山不要多想，還說丁小蝶與東方海在音樂上的默契本就是誰也比不了的。于鎮山卻越想越擔心，他一時糊塗，又跑去丁小蝶那兒說了些旁敲側擊的話，要她向前看，不要活在過去，不管是石保國還是東方海都已經過去了。丁小蝶聽出他的意思，氣得臉色發白，直接把他趕了出來，對葉作舟、東方海和于冬梅他們也閉門不見，一連數天，只是在家中抱著小提掉眼淚。

　　三人本以為丁小蝶的病這就要好了，高高興興地來看望她，沒想到又出了狀況。于冬梅在家一邊給小提縫衣服一邊出神，突然想起于鎮山之前說過的話，葉作舟把于鎮山叫來一問，氣得又把他訓了一通。于鎮山理虧，只能低頭聽著。

　　「于鎮山，你真是太讓我失望了！你知不知道，丁小蝶的產後抑鬱症正在恢復中，你的衝動會讓我們所有人的努力前功盡棄！你怎麼不想想丁小蝶她現在是病人，還帶著個那麼小的孩子，就算她沒有工作，但她是在哺養我們八路軍的後代，她容易嗎？」

　　「你不是一直看不起她，看不慣她嗎，怎麼還這麼向著她？」

　　丁小蝶消沉了幾天，破而後立，終於徹底振作起來，她穿上整齊的軍裝，來到葉作舟辦公室門前，伸出手要敲門，正巧于鎮山與葉作舟的對話進行到這裡，丁小蝶聽到門那邊的說話聲，停住了動作。

　　「于鎮山，我在你眼裡是不是一個特別小心眼的女人？我告訴你，我從來沒有看不起丁小蝶。毛主席都說『抗大沒有考試，通過敵人的封鎖線到延安來，這就是最好的考試！』她一個嬌生慣養的洋小姐，能從上海到延安，又在根據地發揮自己所長，為抗日盡力，這足以證明她是一名合格的八路軍戰士，我葉作舟佩服她！我和她只是性格上的衝突，說實話，我內心裡還挺喜歡她那股子勁兒的。」

　　「協理員，我錯了，其實我對小蝶也挺欣賞的，我可能在心裡也感覺她和東方更般配，所以我才害怕，現在咋辦啊？我去向她認錯？求她原諒？」

　　聽到這裡，丁小蝶推開了門。「不必了，我沒事。葉協理員，我請求回來工作。」

　　葉作舟和于鎮山都愣住了。「小蝶，你不用著急，養好身體要緊。再說，你哺養小提，他是八路軍的後代，這也是工作，而且是更重要的工作。」

　　「小提可以送保育院。協理員，你不用擔心，我知道自己在幹什麼。」

　　于鎮山慚愧地垂下目光，不敢看她。「小蝶，我，我……」

　　「鎮山哥，謝謝你，是你下的猛藥才使我清醒了，你的話戳到了我自己不敢正視的角落。你說得沒錯，無論是保國還是東方，我都沒有真正放下，我讓自己活在回憶中，自怨自艾，越陷越深，不能自拔。這兩天我想清楚了，與其讓自己活得暗無天日，成為別人的負擔和累贅，不如放下過往，從頭再來，沒錯，我丁小蝶想試試再重生一次！」

　　不知什麼時候起，于冬梅、東方海和音樂系的幾名學員站在辦公室門外，聽到這裡，爆發出熱烈的掌聲。看著丁小蝶臉上堅毅的神情，葉作舟和于鎮山都欣慰而感動地笑了。

　　　　　　　　※　　　　　　　　※　　　　　　　　※

　　繼丁小蝶歸隊後，音樂系又迎來了一個好消息，他們有了第一架鋼琴。這一天，葉作舟帶著音樂系的全體師生迎候在門口，翹首以盼，眾人臉上都喜氣洋洋。

　　「來了，來了！」

　　汽車喇叭聲響起，一輛卡車遠遠地駛來，停在門口。一名戰士掀起後車廂的蒙布，一架古老的德國式鋼琴出現在興奮的眾人眼前，歡呼聲與議論聲四起。葉作舟一邊指揮著，一邊要上前去抬，于鎮山忙攔住她。

　　「你還真是不把自己當女人哪，起開起開，這要閃著腰了可不是個小事。」

　　葉作舟瞪于鎮山，東方海看在眼裡，低聲對于冬梅說：「哎，你說他倆這感覺，是不是有戲？」

葉作舟裝作沒聽見東方海的話，一本正經地向眾人說著：「同學們，大家聽我說，這是我們魯藝的第一臺鋼琴，是重慶一位愛國人士送給周副主席的，周副主席又派人把它翻山越嶺運到了延安，這可是我們的寶貝啊！大家一定要特別愛惜它！經過組織上慎重的考慮，決定分配給少數過去學習過鋼琴的人使用，使它在促進教學、演出、創作的活動中發揮作用。」

　　于冬梅、于鎮山和其他同學們圍著鋼琴興奮不已，誰也不敢動手摸一下。

　　「東方，小蝶，你們倆從小就學鋼琴，你們來試彈一下？」

　　「小蝶，你來。」

　　丁小蝶落落大方地坐下，彈起貝多芬的《致愛麗絲》，這還是魯藝第一次傳出鋼琴聲，眾人都聽得入了迷，于冬梅更是一臉羨慕。

　　丁小蝶彈完起身說：「東方，琴鍵好像有些鬆了，而且接觸不良。」

　　「對，這架琴已經上了年紀了，音不太準，也得調了。鎮山哥，回頭我們一起做一套調音器什麼的，我給它保養一下。」

　　于鎮山向東方海點點頭：「沒問題，包在我身上。」

　　「好，東方，你就當它的保健醫生吧，其他人不經過同意不能隨便摸琴。」葉作舟說著，又回過頭瞪于鎮山，「尤其是你！」

　　「我只管抬，行了吧，就不能像個女人一樣說話。」

　　于鎮山一開口，眾人都低聲笑了起來，又有一位男學員俏皮地笑道：「知道了，協理員，這寶貝就是咱魯藝的『重機槍』！我們只有抬鋼琴的份兒，別說彈了，連摸一下的份兒也沒有。」

　　東方海躬身檢視著鋼琴的狀況，一臉欣喜。「來得真是時候！我們馬上要舉行新年音樂會，它可就派上大用場了。」

　　魯藝音樂系舉辦新年音樂會的當天，丁小蝶將小提送到了保育院，全心投入到工作中來。全體師生在排練場中認真地進行最終演練，于冬梅指揮著合唱，葉作舟檢查服裝，丁小蝶彈奏那架受到整個延安矚目的鋼琴，

東方海拉小提琴，兩人共同為合唱伴奏。

晚上，禮堂裡坐滿了軍民，魯藝正規隆重的大音樂會順利進行，舞臺上正要演出最後的壓軸節目。合唱隊穿著西洋風格的演出服，曲目也是西方合唱經典，純淨柔美的女聲合唱《天使》和表現男性勇武的《獵人大合唱》。丁小蝶長髮披肩，坐在鋼琴前彈奏，東方海穿著燕尾服站在一旁拉著小提琴。音樂系的師生們全情投入，激情高昂，臺上氣氛熱烈。然而臺下的反應卻形成鮮明反差，幹部與記者們頻頻點頭，戰士們卻聽不懂，也不喜歡聽，反應很冷淡，老百姓更是聽不下去，沒等結束就三三兩兩走了。

第二天，音樂系的師生們分散到各個地方向百姓和戰士們了解情況，東方海和于冬梅一組，他們見到幾個正要去耕地的老鄉，忙拉住問著：「老鄉，你們昨晚看了音樂會嗎？」

「看了看了。」

「好看嗎？」

「好著呢。女的唱得跟貓叫一樣，男的跟毛驢叫喚一樣。」

東方海和于冬梅面面相覷。

※　　　　　　※　　　　　　※

音樂系教室的牆上張貼著《藝術工作公約》與《九個月工作統計表》，學員們湊上來圍觀，議論紛紛。

「喲，我們幹了這麼多事，怪不得忙死了。」

「開會了。這幾天安排大家分頭下去調研，今天就把調研的情況交流總結一下。誰先發言。」葉作舟拍了拍手。

東方海舉起手道：「通過這幾天的調研，我很吃驚。我真的完全沒想到，我們這場空前盛大、具有學院派風格的大音樂會在戰士們和老百姓那裡這麼不受歡迎。」

「是啊，我們的合唱，大家都覺得水準很高，很專業，但戰士們說你

們歌唱的聲音好聽，但不知道你們唱的是什麼，這是第一個。第二個你們合唱得怪，有的人張嘴，有的人不張嘴，怎麼那些人不唱呢？因為他們不接受多聲部的合唱曲。我們那麼努力地給大家唱，可是老百姓根本不接受，不能理解。看來，是我們脫離了人民群眾，出了問題。」

于冬梅說完，丁小蝶舉起手道：「我反對！不能憑幾天調研就武斷地否定我們的音樂和藝術。我們的問題在於，沒有認識到老百姓文化水準低，需要教育，需要普及。我認為作為延安唯一的一所文藝學院，魯藝更應該著眼於提高。我們演出的音樂劇碼都是世界級的高雅藝術經典，是經得起時間檢驗的。我們不是要停演，而是要更專業，要表演水準更高，藝術感染力更強，讓它更具有新文化的衝擊力。再說，毛主席還支持排大戲洋戲呢，對吧協理員？」

葉作舟點點頭道：「是宣導大洋古還是民間文藝，這不僅在我們音樂系發生了分歧，整個延安文藝界都在為此爭論不休。魯藝實驗劇團決定復排《日出》，丁小蝶，你帶人準備一下，我向他們推薦了你來出演陳白露。」

「真的嗎？太好了！」丁小蝶喜形於色，她站起來，立刻入戲，擺出一副慵懶的神情，「我喜歡春天，我喜歡青年，我喜歡我自己。」

在場眾人一下沒反應過來，都愣住了，只見丁小蝶挺起胸，慢慢走到窗前。

「太陽升起來了，黑暗留在後面。」她吸進一口涼氣，打了個寒戰，回轉頭來，「但是太陽不是我們的，我們要睡了。」

「好！好一個陳白露！」一些剛加入魯藝不久的年輕學生立刻為她歡呼鼓掌起來，葉作舟讚許地點了點頭。

「好了，今天就討論到這裡吧，晚上還要去邊區政府慰問演出。鎮山，還是你來組織人抬鋼琴。今晚去邊區，路可不近啊，你們晚上得多吃一碗小米飯。」

于鎮山點頭一笑：「好嘞！還知道關心啊！」

　　　　　　　※　　　　　　　　　※　　　　　　　　　※

　　誰知音樂系這次會議中顯露出的分歧愈演愈烈，很快，會議場變成了東方海與丁小蝶的辯論場，兩人每次開會都要爭得面紅耳赤。

　　「演大戲怎麼不對了？是毛主席說的，延安也應當上演一點兒國統區名作家的作品，《日出》就可以演。結果怎麼樣？《日出》公演八天，觀眾將近八萬，連《解放日報》上都評價說『演出效果甚佳，獲得了一致好評』。還有《帶槍的人》在延安連演多場，每一場幾乎觀眾都在千人以上，反響十分強烈。我們通過對斯坦尼戲劇表演法的學習研究與中外名劇的排演實踐，話劇的表演、導演水準和創作水準是不是提高了？」

　　「我不否認這些大戲的藝術價值，但我們現在正處於抗戰時期，就不應該讓與抗戰無關的藝術作品占領舞臺。就說我們那臺大音樂會，雖然在知識分子和文化人中博得了好評，但引起了工農幹部的反感。有些從前線回延安學習的部隊幹部，聽了一半就走了。什麼是文藝的標準？我認為，文藝還是要堅持以老百姓懂不懂作為標準，堅持『大眾化』的標準，堅持反映現實抗戰題材的創作和演出，要以文藝作為戰鬥的武器。」

　　「請你注意，我們討論的是『文藝的標準』，而你恰恰忽略了藝術這個主旨，你說的那不是藝術的標準，而是宣傳廣告的標準。他們之所以排斥『唱洋歌』，是有『聽不懂』的因素，但恐怕這不是主要原因。根本原因在於，有些人認為『洋歌』是西方資產階級的玩意兒，缺乏政治性和戰鬥性，不能為抗戰服務，是脫離群眾、脫離實際的。這實際上就是一種誤解，我們應該去消除這種誤解，而不是停演。」

　　「小蝶，我覺得是你有誤解，你還是把自己當成上海來的洋小姐了，沉醉於高雅藝術，忽視抗日和實際鬥爭的需要。這是小資產階級思想在作祟。」東方海一時情急，話一出口就後悔了，丁小蝶果然臉色變了。

　　「東方海，你是想說，我是小資產階級臭小姐，我的靈魂是不乾淨的，是自私自利，怯懦、脆弱、動搖的，對嗎？不要以為就你覺悟高，誰

都可以批評我，你，沒有資格！」丁小蝶拂袖而去，于冬梅瞪了東方海一眼，追了出去，葉作舟扶著額頭。

「好了，好了！每次一開會，討論就變成爭論了，吵得我頭都大了！近期我們演出大戲的任務很重，古裝傳統京劇也在加緊排練中，有這些閒工夫鬥嘴，不如把各自的工作落實好，完成好。」

這天夜裡，東方海坐在自家炕上，心神不寧地織著毛衣。看到于冬梅從丁小蝶家回來，他趕忙問道：「小蝶怎麼樣了？她沒事吧？她哭了嗎？」

「你怎麼能那樣說小蝶？太過分了！」

東方海低頭接受著于冬梅的埋怨：「我也知道說重了點，那不是話趕話嗎。」

「別人不知道，你還不知道嗎？她思想上與那個上海洋小姐早就分道揚鑣了。小蝶她離開上海，一路上經歷了多少波折來到延安，又和石團長去了根據地，在炮火中生孩子。她經歷了生死的考驗，戰勝了產後抑鬱症，把小提送保育院，回來參加工作，這一切你都沒有看在眼裡嗎？她最討厭的就是人家說她是上海來的洋小姐，現在連你都這樣說她，她有多委屈。」

東方海懊惱不已：「我當時不知道在想什麼……我真是混蛋，她的病剛好，我還這樣傷她。冬梅，那，小蝶她吃飯了嗎？」

看到他急得團團亂轉，于冬梅不忍心再嚇他了。「現在知道急了？你啊，太不了解小蝶了，她已經不是過去那個不堪一擊的嬌小姐了。放心吧，她沒事。」說完，她微笑起來，東方海也安下心來。

※　　　　　　※　　　　　　※

其實，不只音樂系內部在爭論，整個延安文藝界都陷入了迷茫之中，東方明與葉作舟都在為類似的問題頭痛，此刻反倒是像于鎮山一樣既不用參與決策又沒有很高文化的人心裡頭清閒。在東方海與丁小蝶爭得如火如荼、于冬梅覺得都有道理而兩邊為難的時候，于鎮山只管揮動鋤頭，將自家後頭一塊山坡開墾出來，種滿了丁小蝶和葉作舟都愛吃的番茄。

　　邊區財政困難，開荒仍是主題。毛主席帶頭推行兩大原則：一是精兵簡政，調整人員；二是擴大收入，發展生產。從東方明那裡領下這新的工作綱領，葉作舟回到魯藝音樂系開會的教室，還沒進門，就又聽到爭吵聲傳出來，她無奈地深吸一口氣，走了進去。

　　「協理員，你回來得正好，我們已經決定打擂臺，讓觀眾來定輸贏。」

　　聽到丁小蝶的話，葉作舟忙不迭地點頭，只要能解決問題，比一比也沒什麼不好。擂臺賽設立在魯藝操場上，兩張桌子分別擺在兩側，每張桌上有一個大罐子和一碟豆子，丁小蝶和于冬梅各站一邊，圍觀的人群有音樂系的師生和延安的軍民們。

　　「今天我們在這裡組織一個比賽。評委就是你們。你們喜歡誰就把豆子放在誰的罐子裡。好嗎？」東方海上前宣布比賽規則。

　　眾人高聲應好，丁小蝶首先唱了一曲詠嘆調《卡門》的經典唱段，東方海用小提琴給她伴奏，人群竊竊私語。

　　「這嗓子是夠亮的，夜鶯一樣，不過唱的是啥，一句也聽不懂啊。」

　　于冬梅接著唱了一首山西民歌，于鎮山用嗩吶為她伴奏，眾人聽得如痴如醉，還跟著一起唱。一輪唱罷，人群排成長隊，依次投豆子，于冬梅罐子裡的豆子越堆越多，丁小蝶罐子裡豆子寥寥無幾。投票結束，丁小蝶突然開口：「等一下，比賽還沒完。下面，我再給大家唱一曲。」

　　丁小蝶亮開嗓子，唱起不久前剛找于鎮山學來的酸曲，東方海和於冬梅都愣住了，就連教她唱酸曲的于鎮山，都沒料到她學來是為了這時候用。

　　「好，再來一個！」觀眾卻興奮地叫起來。

　　「今晚的比賽到此結束，大家都散了吧。」東方海匆忙宣布。

　　觀眾笑著散去，操場上只剩下音樂系的師生，東方海瞪著丁小蝶：「小蝶，你怎麼能為了贏就唱那麼低俗的酸曲？」

　　「我不是為了贏，我是想讓你看看，不一定老百姓喜歡的就是文藝的唯一標準，酸曲很受歡迎吧？我們應該宣導嗎？」丁小蝶理直氣壯地反駁

著，東方海被她說得啞口無言，葉作舟在一旁直搖頭。

「丁小蝶啊丁小蝶，你這究竟要唱哪一齣啊！」

　　　　　　※　　　　　　　　　※　　　　　　　　　※

楊家嶺，毛主席正在自家窯洞中伏案批閱文件，這時東方海和丁小蝶吵吵嚷嚷的聲音來到了窯洞門口，接著傳來葉作舟的報告聲，毛主席讓他們進來，放下毛筆，抬起頭，笑容可掬地看著走進窯洞的三人。

「哈哈，你們還在吵啊？」

「報告主席，我們不是吵架，而是辯論！」

毛主席指著凳子，示意三人坐下。「哦，辯論？那還是坐而論道吧，相信真理越辯越明。」

「我和她從小吵到大，從上海吵到延安，吵慣了。沒想到會驚動主席……」東方海滿含歉意地說道。

「我剛才聲明過了，不是吵架，是辯論！」丁小蝶向他橫眉。

毛主席見狀笑起來：「你們辯論的問題，不是你們個人之間的問題，而是延安文藝界帶有普遍性的問題。你們昨晚擺擂臺很熱鬧啊，有人反映到我這裡來了，所以請你們來，想當面聽聽你們的意見。」

「我們有些同志參加革命多年，仍不能跟群眾很好地結合。他們醉心於高雅音樂，嚴重脫離群眾。前些天的大合唱是一例，昨晚打擂臺又是一例，觀眾喜聞樂見的是民間音樂……」東方海率先發難。

丁小蝶不滿地搶過話來：「一味地迎合觀眾品味只會滑向低俗化，在文化落後的地區，觀眾是需要教化的，這也是我們文藝工作者的使命。」

東方海和丁小蝶又開始爭論不休，毛主席點起菸，看了一眼葉作舟。

「這對冤家還是青梅竹馬呢。」聽到葉作舟小聲這麼說，毛主席會心地笑了。

二十四　抑鬱

二十五　爭論

　　東方海與丁小蝶二人爭論完，請毛主席評判，毛主席將吸了一半的菸放在一邊，從容地開口：「古人有『陽春白雪和者寡，下里巴人和者眾』的說法。丁小蝶的西洋美聲唱法，曲高和寡是必然的。但事物都是相對的，如果昨晚的觀眾不是文化低的陝北軍民，而是音樂學院的師生，情況可能會恰恰相反。」

　　「是呀，到什麼山上唱什麼歌，某人總是搞錯觀眾對象，冷場是必然的，沒有中途退席就不錯了。」

　　丁小蝶對東方海反唇相譏：「那唱酸曲好啦！最受歡迎了！昨晚你都看到了，你不臉紅，我都替你臉紅！沒想到你一個音樂天才，變得一味媚俗，排斥高雅藝術。哼，主席也是提倡排大洋戲的。」

　　「我提倡的是『古為今用，洋為中用』，古今中外一切優秀文化均可為我所用，但要批判地繼承，『取其精華，去其糟粕』，更重要的是推陳出新，在繼承中有所發展、有所創新。希望你們能創作更多更好的新形式和新內容，服務於這個新時代。」

　　三人聽著毛主席的話，頻頻點頭，丁小蝶又舉手問道：「主席，如何看待大戲、洋戲？」

　　「藝術家追求更高的藝術形式是值得提倡和肯定的，你們排演的《雷雨》就很受歡迎，這說明延安的觀眾也不全是土包子，吃過洋麵包的也不少。但這種多幕大戲應少而精，不宜多搞，尤其在敵後根據地，那裡敵情複雜，條件艱苦，應多排練可在火線、行軍途中、街頭和田間地頭隨時演出的小戲。」

　　「主席指示非常及時。」

東方海會心地微笑，丁小蝶瞪他一眼。

「你不要曲解主席的意思，主席是說大戲要少而精，並沒有絕對禁止！」

毛主席哈哈大笑道：「任何事情都不能太絕對，物極必反。再說洋戲，我們提倡洋為中用，一切先進的外來文化我們都要吸納，一味地排外是不對的，『閉關鎖國』註定要失敗。但不能盲目崇外，那同樣是錯誤的。」

「主席如何看待古戲？」東方海舉起手問。

毛主席娓娓道來：「對於一切優秀的傳統文化，我們都要繼承發揚，但不能因循守舊、故步自封。認為『祖宗之法不可變』的想法，也是注定要失敗的。沉醉於堯天舜日，厚古薄今是沒有科學根據的，畢竟歷史是前進的，今人肯定勝過古人。」

「主席的話令人信服，不似某人看問題絕對化。」

東方海只橫了丁小蝶一眼，沒有回嘴。

「我建議你們也要學一點兒馬列主義，學一點兒唯物論和辯證法，文藝界也要反對教條主義，那種食洋不化食古不化、同群眾鬥爭實踐相脫離的傾向是錯誤的。」

「主席提倡文藝工作要服務於政治，如何理解政治？」

毛主席耐心地回答著東方海的問題：「政治說起來比較複雜，其實也好理解。把自己的人搞得越多越好，把敵人的人搞得越少越好，這就叫政治。我們的文藝工作者要發揮自己的專長，用生動活潑、群眾喜聞樂見的藝術表現形式，來宣傳黨的政策，發動群眾、鼓動群眾投身於偉大的抗戰，將敵人置於人民戰爭的汪洋大海中，完成民族解放事業，這就是黨的文藝工作者的使命。」

三人默默點頭，為毛主席的高論所折服，東方海感慨地說：「聽君一席話，勝讀十年書。投身革命以來，縈繞在頭腦中的迷霧今天總算驅散了。對我個人來說，進這間窯洞之前與之後，判若兩人啊，真有『洞中方一

日，世上已千年』之慨啊！感謝主席的教誨！」

「教誨不敢當，你們才是文藝界的行家，我要虛心向你們請教才是。」

「主席是詩文大家，在您面前我們都是小學生。」丁小蝶連忙擺手道。

「偶爾附庸風雅而已，哪裡敢稱詩文大家？論彈琴演戲，那我是你們的小學生嘍。還是孔夫子說得好，三人行必有吾師焉。我們要相互學習，取長補短，才能不斷進步。」毛主席開懷大笑道。

「我們不久要去南泥灣慰問演出，準備工作還沒做好呢，就不打擾主席了。」葉作舟見問題解決，帶頭起身作別。

毛主席坦率地說：「是吃飯的時間到了吧？哈哈，現在邊區很困難，我請不起你們這麼多人在家吃飯了，請了我得餓肚子。」

三人聽到主席這一番話，都坦然大笑起來。等他們出門後，毛主席拿起菸，深吸一口，緩緩吐出，喃喃自語：「文藝界的主要問題有兩個，一是為誰服務？二是怎麼服務？有人建議開一次文藝工作座談會，以解決這些問題。我看很有必要啊！」

※   ※   ※

東方海和丁小蝶有說有笑地走在路上。

「毛主席的話我愛聽，明明滿腹經綸卻說得風趣幽默、通俗易懂，這才是化腐朽為神奇的高手！不像某些人就知道掉書袋子，生搬硬套，不知所云。」

「是啊是啊，我哪能跟某人比，從小牙尖嘴利，說不贏哭也要哭贏，小賴皮。」

聽到東方海的話，丁小蝶伸出兩個爪子，做出要撓他的樣子。

「是啊是啊，我還會吃人哪！」

兩人走到關山所住的窯洞前，見他正忙著將自己創作的畫掛在用樹枝搭出的四方形展板上，東方海欣賞著展板下用土堆出的臺階和一旁栽好的小樹。

「關山，你這幾天大興土木，終於竣工了？不錯嘛。」

「哇，關山，這架勢！你這是複製了一個『馬克公園』啊，真漂亮！」

關山看到他倆，放下手中的活，熱情地招呼著：「小蝶，阿海，快來幫我看看。這些天有一個諷刺漫畫展，我想用這些畫去參加，你們說好嗎？」關山指著掛了一半的畫，丁小蝶一張一張看過去。

「畫得真好，我喜歡！」

「真的嗎？小蝶，你真的喜歡嗎？」關山兩眼發光，丁小蝶點點頭。她好奇地摸著畫紙，她不知道那是關山把之前在東方海與于冬梅婚禮上撿到的日軍傳單黏在一起應急用的。

「嗯！你這啥紙啊，這麼厚。顏色也怪怪的。不過現在條件艱苦，有紙給你畫就不錯了，講究不起，對吧？」

「對，就是這意思。」

想到已經把有日軍勸降字樣的一面黏起來了，關山便沒多說什麼，倒是東方海有些擔憂：「關山，你這些畫好是好，可是我怎麼覺得有點兒不對味呢？諷刺是需要的，但你這大多都在諷刺自己人，這對嗎？」

「諷刺是屬於文藝批評的一種手段，我是出於善意地批評和揭露。延安是聖地，我希望這裡只有光明，沒有黑暗！」

「好，關山，你是個真正的勇士！」丁小蝶鼓起了掌。

「我還是覺得我們應該更多地關注當下火熱的生活，用革命的文藝鼓舞人心。」

不理會仍是皺著眉的東方海，丁小蝶向關山說道：「對了關山，過幾天我們要去南泥灣采風，你一起去嗎？」

「好，一起去！我相信那裡的火熱生活一定會讓我畫都畫不完！」關山高興地答應下來。

※　　　　　　　※　　　　　　　※

音樂系小隊這次去往南泥灣采風，與當地戰士們一起勞動，教戰士們唱歌，組織多次大型演出服務軍民，關山也埋頭畫下許多新作品。采風正進行得熱火朝天，東方明一封急信，將他們叫回了延安。

眾人匆匆趕回教室時，東方明正在裡面給音樂系師生傳達文件。

「報告！」東方海推開門，唸文件的東方明停了下來。

「你們回來得還算及時，快找位子坐下。」

「出什麼大事了？一路急行軍，差點兒虛脫了！」

丁小蝶擦著額頭上的汗水，東方明等眾人坐好，揮著手上的文件。

「黨中央在延安召開了文藝工作座談會，毛主席發表了重要講話。上級指示，必須迅速傳達到魯藝師生每一個人。大家要認真學習文件精神，對照檢查，提高認識，積極開展批評與自我批評，使每一個人思想上受到一次真正的洗禮。」

丁小蝶聽著東方明繼續宣讀文件，回憶起毛主席在窯洞裡高談闊論的情景。文件宣讀完畢，東方明說道：「下面是分組討論，你們從南泥灣回來的同志臨時組成一個小組，就在這裡討論，由葉協理員負責。其他小組分頭找地方討論。」

東方明宣布散會，眾人紛紛起立，由各自的小組長招呼著出了教室。東方明將文件遞給葉作舟：「我去院裡參加中心組學習。這裡就交給你了，注意效果，切忌流於形式，要觸及靈魂，真正在思想上刮起一場風暴！」

葉作舟點頭，等東方明出了教室，她一邊翻著文件，一邊琢磨著如何才能讓眾人觸及靈魂、刮起風暴。丁小蝶一行人靜坐著，看著出神的葉作舟暗暗發笑。

「協理員，你演默劇啊？她們都在笑你呢。」東方海忍不住開口說道。

葉作舟用筆在文件上畫了幾下，走到丁小蝶身邊。「丁小蝶，你把這兩段文件唸一下。」

丁小蝶接過文件，起身離座，用話劇的腔調抑揚頓挫地唸起來，不時還配以瀟灑的手勢。

「一切革命的文學藝術家只有聯繫群眾，表現群眾，把自己當作群眾的忠實的代言人，他們的工作才有意義，只有代表群眾才能教育群眾，只

有做群眾的學生才能做群眾的先生。如果把自己看作群眾的主人，看作高踞於『下等人』頭上的貴族，那麼，不管他們有多大的才能，也是群眾所不需要的，他們的工作是沒有前途的。」唸完這段，丁小蝶旋轉，做了一個舞蹈動作，葉作舟嚴肅地看著她。

「繼續唸。」

「某種作品，只有少數人所偏愛，而為多數人所不需要，甚至對多數人有害，硬要拿來上市，拿來向群眾宣傳，以求其個人的或狹隘集團的功利，還要責備群眾的功利主義，這就不但侮辱群眾，也太無自知之明了……」

葉作舟突然開口：「就唸到這裡。丁小蝶，你明白我為什麼讓你唸這些嗎？」

「你明白為什麼讓我唸這些嗎？」丁小蝶沒緩過神來，她回過頭問東方海，東方海也發著蒙搖頭。

葉作舟見狀，嚴肅地開口說道：「你應該對照檢查一下自己。你身上就有一種高踞群眾之上的貴族氣息，視群眾為沒有文化、不懂藝術的『下等人』！總是想教化群眾，從沒有想過應放下身段，虛心向群眾學習，只有先當群眾的學生，而後才能當群眾的先生。」

丁小蝶愣住了，她如同被人當頭澆了一盆涼水，氣得說不出話來。其他人也呆住了，尤其是東方海，他異常不安，目光裡充滿了對丁小蝶的同情，葉作舟也不管眾人的反應，繼續開火：「你的那些西洋詠嘆調，就是只有少數人偏愛，不受群眾歡迎的作品。硬要拿來向群眾宣傳，這就不但侮辱了群眾，也太無自知之明了……」

聽到這裡，丁小蝶終於發作了，她用力拍了一下桌子，手疼得一哆嗦。

「葉作舟，你不覺得太過分了嗎？」她又將手指向東方海，「東方海你說，那天在毛主席的窯洞裡，主席是怎麼講的？連主席都沒有批我，她

憑什麼亂打棍子？她這是不是有意曲解主席的講話？東方海你說，你說呀！」

東方海連忙起身，道：「是，我覺得協理員上綱上線有些過分，過分！」

「過分？過分的是丁小蝶！她為了嘩眾取寵，居然唱酸曲，那晚看你們演出的除了老百姓還有革命軍人，影響很不好，他們說魯藝搞色情表演，還有人向上級告了狀。為你們這破事，我可沒少挨批啊！」

東方海替丁小蝶解釋著：「事出有因，小蝶不是故意唱酸曲，她只是想說明一個道理，不能一味迎合觀眾。」

「那也不能成為唱酸曲的理由，不要忘了我們是革命文藝戰士！我在這裡宣布一條紀律，從今往後，誰也不准再唱酸曲！你們同意不同意？」

看到眾人點頭同意，葉作舟連忙宣布散會。東方海想留下來安慰眼淚汪汪的丁小蝶，葉作舟卻說要跟丁小蝶單獨談談，東方海只好隨其他人散去。等到教室裡只剩下她們兩人時，葉作舟走到丁小蝶身邊，方才的滿面冰霜迅速消失，取而代之的是異常親切溫柔的面孔，她歉疚地輕拍著丁小蝶的肩。丁小蝶一時反應不過來怎麼回事，不解地看向她。

「小蝶，委屈你了。你說怎麼才能『觸及靈魂，刮起風暴』呢？倉促之間，我來不及細想，就拿你當了靶子。再說，我一直想把禁止唱酸曲的事給大夥兒講一講，也就借題發揮了。小蝶，你理解大姐嗎？」

「你這是跟我道歉嗎？」丁小蝶滿腹委屈，仍是氣呼呼的。

「大姐真誠地跟你道歉！」葉作舟摟著她的雙肩。

瞬間，丁小蝶的氣已消了一大半。

「那好，你給我記住了，我給你當了一回靶子，我也有一張鐵弓，說不定哪天我會把今天你射來的冷箭給你射回去。」

「那就扯平了，姐我等著。」

因為足夠了解丁小蝶就會嘴上發狠，葉作舟哈哈一笑。丁小蝶走出門

外，見東方海和于冬梅都在等她。

「小蝶，你別生氣了。」

丁小蝶把頭髮往後一攏，對兩人一笑。「你看我像生氣的樣子嗎？」說完，她邁開乾脆俐落的步子走了。

「她沒事吧？」東方海和于冬梅詫異地望著她的背影。

「你看她像有事的樣子嗎？」葉作舟從教室出來，笑著說完，也邁開瀟灑的步子走了。看著這一幕，東方海和于冬梅不禁為丁小蝶的變化感到欣喜。

※　　　　　　　※　　　　　　　※

發生變化的不只丁小蝶一人，在周圍人的眼中，東方海也已變得更加成熟，更加信仰堅定，很快，他入黨的這一天順理成章地到來。為他感到高興的同時，此時還未入黨的丁小蝶與于鎮山也不甘落後，兩人決定組成搭檔，共同進步。丁小蝶打算在音樂系的學習《講話》心得體會交流會中，以改造的全新秧歌形式進行匯報。到了交流會當天，丁小蝶與于鎮山的秧歌表演令人耳目一新，大獲成功，葉作舟當即表揚道：「丁小蝶、于鎮山用實際行動學習《講話》，值得我們學習！我們要組織推廣。」

「小蝶，原來你偷偷準備了祕密武器啊？你真厲害！這就叫不鳴則已，一鳴驚人！」東方海和于冬梅也高興地上前來。

「我是王大化，你這個形式太好了！我要好好向你請教請教。」觀眾中又走出一個人，他向丁小蝶伸出手。

丁小蝶大方地握住他的手，頑皮地對于鎮山眨眨眼。

「好的呀，共同進步。」

※　　　　　　　※　　　　　　　※

開荒熱潮還未散去，革命區又捲起一股紡線之風，延安軍民紡織大賽即將召開。聽到點點也報名參加，東方海特意托關山從南泥灣帶回一臺小型紡車，搬到了東方明家。點點正和東方明一起用紡車練習紡線，她立刻高

興地坐到小紡車上去，抓了一把洗淨的蓬鬆羊毛，用靈巧的手指將羊毛搓成捲兒，再把捲兒紡成線。東方海教給她紡線的訣竅，又唱了從南泥灣學來的〈紡車謠〉給她聽，點點清脆的童聲學唱著。此時已是夜晚，淡淡的月光下，東方明一家三口紡線的身影與東方海的歌聲相互映襯著，顯得格外美好。

一時間，陽光下、月光下、寶塔山下、山坡上、深谷中、延水河邊，到處都是豪邁的紡線軍陣，戰士們與老百姓們都一邊搖著紡車一邊唱著歌。音樂系的師生這段時間也十分忙碌，南泥灣慰問演出跑了好幾趟，還要參加大生產和紡線運動。于冬梅和丁小蝶抽空帶著織好的毛衣來到保育院看望鐵蛋與小提，第二天又趕到南泥灣。演出慰問之餘，一行人坐在麥田邊的山坡上，討論該如何創作反映大生產的新劇。金黃的麥浪翻滾著，一片豐收在望的景象，關山興奮地架著畫板，在眾人身旁揮筆作畫。

討論中，東方海和丁小蝶又爭執起來，新劇採用歌舞的形式，歌用信天遊加秧歌的元素，舞用安塞腰鼓的元素，這一點上兩人沒有分歧，但對主題是反映普通勞動大眾還是反映部隊領袖各執己見，誰也說服不了誰。正在二人喋喋不休之際，葉作舟拿著一個劇本過來了，是之前與丁小蝶握手的王大化所創作的《兄妹開荒》。眾人接過劇本開始翻閱，邊看邊讚不絕口，葉作舟又通知眾人，今天晚上王大化和李波便會上臺表演《兄妹開荒》，讓他們去現場觀摩學習。

魯藝家的新式秧歌，在南泥灣已是遠近聞名，只消站在山梁子上喊一嗓子說晚上有魯藝秧歌開演，消息就會被一道又一道地傳下去。回聲在山谷中飄蕩，人們都從自家窯洞裡湧出來，拿著小木軋，三三兩兩熱熱鬧鬧地往演出所在的露天廣場趕來。這是《兄妹開荒》的首演，王大化與李波在臺上又扭又唱，臺下戰士們與百姓們笑得合不攏嘴。

毛主席帶著一個警衛員來到音樂系眾人身邊，東方海趕忙給主席讓座，毛主席就在黃土飛揚的大風中，坐在長板凳上觀看秧歌表演，坐了不一會兒，身上落了一層黃土，但他並不在意，看著王大化與李波的表演，興奮得

哈哈大笑。演出結束，毛主席拍拍灰站起來，走上舞臺熱情地與演員握手。

「《兄妹開荒》有歌有舞，田間地頭都能表演。很好嘛！你們已經走出去了，把『小魯藝』辦成了『大魯藝』。」

在毛主席的誇讚聲中，現場氣氛高漲，東方海舉起了手。

「主席，我們要到人民中間去，要到火熱的鬥爭中去。我已經有了一個想法，要發起一個民歌研究會，去採集、收錄、彙編民間的藝術精華。」

毛主席讚許地點點頭：「好想法！我支持你！」

※　　　　　　※　　　　　　※

東方海一行人走在下鄉採集民歌的路上，于鎮山開口問道：「東方，在順和鎮的時候你不就從我爹那兒收集了好多民歌嗎？還不夠？」

「是啊，我在順和鎮收集的是山西民歌，現在是陝北民歌，這些民歌流傳了幾千年，無論是內容還是形式都豐富多樣，它記錄了各個時代勞動人民的生活，反映了他們的苦難、他們的歡樂、他們的勞動、他們的愛情和他們的希望。這可是一座挖之不竭的寶庫啊！交流、傳播和研究，整理出版這些民歌，是我們的當務之急。」

丁小蝶跟著說道：「我也同意，這項工作意義特別大。說實話，我一開始聽來，覺得與我熟悉的西洋音樂相比，顯得過於單調，但當我走在山川中的蜿蜒小路上，經過農人們勞作的山坡，或是走進任何荒僻的農村，無論到什麼地方，總可以聽到老鄉們這樣唱著他們自己的歌，歌聲是那麼遼闊悠遠，像是山川裡永遠流不盡的河水，又是那麼單純樸直，充滿農民深刻的情感。當我逐漸地接近了他們的生活。了解了他們的情感，就體會到這簡單的山歌裡蘊藏著迷人的力量，就能知道他們無時無刻不沉浸於這歌聲裡，並不是沒有理由的了。」

東方海用力點點頭道：「說得太對了！就是這種感覺！我們現在收集的陝北民歌裡，最有特徵的兩部分是情歌和革命歌，這兩部分歌曲，不僅內容深刻，語言豐富有色彩，曲調亦是簡樸有力，坦率情深……」

「小蝶、東方，你倆說得真好！可是好難啊，老鄉們都不好意思在我們面前唱。」于冬梅煩惱地支著臉頰。

丁小蝶想了想，拍一拍手道：「我有辦法了！我們以前不是也收集了一些歌嗎？我們去村頭搞一個對唱，把氣氛調動起來，他們就放開了。」

「這主意好！走！」

眾人齊聲叫好，又走了一會兒，他們來到一處鄉間空坪上，丁小蝶最先亮開嗓子唱起來，于鎮山拿出嗩吶邊吹邊唱，加入對歌。聽到這些熟悉的旋律，人漸漸多起來，越圍越近。起先百姓們還不好意思開口，後來情緒慢慢被感染，一位青年被推搡到人前，他扭捏了一會兒，盡著陝北人的大嗓門兒唱了一曲，東方海帶頭叫好，圍觀的百姓也叫起好來。又有一名青年笑著站出來唱，于冬梅和他對唱，一個農婦站出來唱，越來越多的百姓加入唱歌的隊伍中。

「快，我和小蝶記錄，鎮山哥、冬梅，你倆和他們繼續對歌。」東方海趕緊安排著。

「娃娃們，我那還有好多呢，走，走，上我家去，邊喝邊唱，那才帶勁呢。」這時一位大叔上前來。

「裴大叔是俺們這兒的歌王，跟他走，沒錯呢！」眾人簇擁著東方海一行往一處院子裡走去。

大叔家人把他們讓上炕，端來了酒菜。東方海就和大叔坐在炕頭，一邊喝酒，一邊對山歌，到了這一天的最後，一行人滿載而歸。

收集民歌的工作有了顯著成果後，東方海又有了新的想法。他找來于鎮山以及幾名手藝好的戰士，忙活著做起了樂器。

「東方，你知道不，現在延安最有名有兩個人，一是王大化，二就是你，人家一說『魯藝家的樂隊來了』，人都跟瘋了一樣趕著來看。你真行啊！」

于鎮山做著一把快成形的大提琴，東方海接過來左右看著。

「我是想起上回你去安塞參加鬥鼓大賽，我們最後那個樂隊還挺受歡

迎的，所以就想正式成立一支土洋結合、中西合璧的樂隊，沒想到老百姓和戰士們這麼喜歡。鎮山哥，要說行，你是真行，這大提琴你就用個大洋油箱安上個把子，一個葫蘆瓢安上個板，這音質還不錯呢。好了，大家集合，練起來！」

樂隊集合好，嗩吶、口琴、風琴、手風琴、小提琴、竹笛、二胡、三弦、吉他、鑼鼓、雲板一應俱全。木魚隊左面放著用洋油桶自製的低音胡琴，側面則是由大號搪瓷缸和飯勺組成的打擊樂器。東方海走到排列有序的隊伍前，拿起一根柳條枝，開始指揮起《黃河大合唱》的練習演奏。

※　　　　　　※　　　　　　※

又過去一段時間，延安開始搞整風運動，兼任獨立旅旅長和政委的趙松林前來參加，他帶著許多東西來到丁小蝶家，正在門前紡線的丁小蝶驚喜地招待了他，問起郭雲生與柳二妮的近況，得知一切都好。趙松林看到丁小蝶精神滿滿地投入工作，也放下心來，趕去保育院看小提了。

丁小蝶將趙松林送來的東西都交給了音樂系，眾人看到丁小蝶已真正從石保國犧牲的陰影中走出，都十分欣喜。只有于鎮山，欣喜之餘，心情又有些複雜。這次他倒不是為了東方海與于冬梅的事，他是為著自己對葉作舟的那份情而煩惱，他不止一次跑到葉作舟面前，暗示她也該像丁小蝶一樣走出過去。葉作舟卻只是裝傻，哪怕于鎮山鼓起勇氣，對著她的背影唱起吐露心聲的情歌，唱得聲音中都帶上了哭腔，葉作舟仍是頭也不回。

轉眼到了新年，一大家子人聚在東方海家的窯洞裡，窗外飄著雪花，炕桌上擺著豐盛的飯菜，于冬梅和丁小蝶從保育院接出了鐵蛋和小提，關山也來了。眾人互相敬酒，逗著孩子，其樂融融地吃著團圓飯。飯後，丁小蝶和關山帶著兩個孩子在院子裡玩雪，鐵蛋堆雪人，丁小蝶和關山帶著小提打雪仗。東方海在廚房陪著于冬梅洗碗，給她添熱水，怕她的手凍著，兩人閒聊著于鎮山什麼時候能追到葉作舟，聊著小提是會先被東方海培養成音樂家還是先被關山培養成畫家。聊著聊著，東方海回想起關山曾

經說過的話，他好像明白了些什麼。

　　炕桌邊只剩下于鎮山和葉作舟，兩人相對而坐。于鎮山殷勤地給葉作舟倒茶水，葉作舟卻只問他是不是該撮合關山和丁小蝶，于鎮山厚著臉皮開口：「要想撮合他們倆，咱倆得先成啊。」

　　葉作舟卻不接他的茬兒：「我這酒喝得渾身發熱，乾脆咱們也出去，在雪地裡打打雪仗唱唱歌。」

　　于鎮山只好無奈地跟著葉作舟下了炕，東方海和于冬梅也到了院子裡，眾人合力堆起一個大大的雪人。關山抱著小提，把兩塊煤球安在雪人臉上當眼睛；鐵蛋跑過來，拿著一根紅蘿蔔安在雪人臉上作鼻子；丁小蝶把脖子上的圍巾解下來，圍在雪人脖子上；于冬梅拿著一塊紅紙，和東方海一起給雪人抹了紅臉蛋和紅嘴唇。于鎮山團起一個雪球，向雪人瞄準。

　　「于鎮山，你別搞破壞！」葉作舟抓起一把雪捏了捏，朝于鎮山打去，雪團在于鎮山頭上開了花。于鎮山又把手中的雪球對準葉作舟，終是捨不得，故意扔偏了。鐵蛋撿起滾落在雪地上的雪球，扔回于鎮山身上。小提從關山懷裡下來，小手握起一把雪，加入戰團。關山團了雪球，給小提當武器，幾個人在院子奔跑打鬧。

　　東方海和于冬梅相視一笑，他跑回屋子裡拿出小提琴，拉起〈踏雪尋梅〉，于冬梅跟著琴聲唱起歌來。丁小蝶走過來跟著一起唱，她倆的歌聲還沒落下，于鎮山又一嗓子吼起了信天遊，歌聲與歡笑聲迴盪在窯洞前。

　　　　　　　　　※　　　　　　　　　※　　　　　　　　　※

　　小提長大了，不願和媽媽分開，每次要回保育院之前，他都會躲到關山家裡畫畫。丁小蝶來接時，他將自己的畫和關山的畫疊在一起，遞給丁小蝶。

　　「媽媽，我不在家的時候，讓我的畫陪著你吧。」

　　「來，讓媽媽抱你一會兒。」

　　丁小蝶把畫放進口袋，抱起小提，關山跟在她身後，東方海和于冬梅帶著鐵蛋，一行人走在去保育院的路上。葉作舟派人來叫于冬梅回音樂系

開黨會，關山便從丁小蝶手中接過小提，讓她回家收拾，由他和東方海去送孩子。丁小蝶回到住處，把小提的玩具收在盒子裡裝好，又伸手從口袋裡拿出那兩張畫，看著小提可愛的畫，忍不住笑了，又看了關山畫上的她自己，非常喜歡。她打量著牆上的位置，想把兩幅畫掛起來，卻一不當心瞥到了畫紙反面，愣住了：「中國將士諸君，持此票向日本軍隊投誠者，皆是朋友夥伴。大東亞共榮！」

丁小蝶第一次見到這傳單，也不知是什麼來頭，她看著這些字，呼吸急促，想了想，拿著畫跑去找葉作舟。她焦急地等在會議室外，看到于冬梅和葉作舟出來，忙把傳單遞給兩人看，不料被一位面容嚴肅的主任注意到。在他的追問下，丁小蝶只好說出這傳單是從關山那裡來的。

※　　　　　※　　　　　※

另一邊，把兩個孩子送回保育院，東方海拖著關山來到橋兒溝樹林中。

「看架勢，你是要和我交交心，也是，自從你結婚之後，我們兩個人很久沒有深談過了。」

兩人在樹林裡熟悉的石頭上坐下，東方海開門見山道：「記得我對感情猶豫不決的時候，你曾點撥過我，你說你曾愛過一個女人。那個女人是不是小蝶？」

「看破不說破，暗戀這種事，一旦說破，沒了神祕感，也就該結束了。」

「我記得你當時說了，很後悔什麼都沒做，什麼都沒說。現在你又有機會了，我希望這次你能勇敢一點兒。」

關山嘆了口氣。

「我和你的情況不一樣，于冬梅一直喜歡你。」

「這世界上的事情，你不去爭取，怎麼知道不可能發生？你應該很清楚，我那大舅子于鎮山，一直在追求葉大姐。」

「他成功了沒有？」

兩人想起于鎮山在葉作舟面前的樣子，都不自覺地露出笑容。

「我認為已經接近成功。」

「這幾年，追求小蝶的人一點兒不比她結婚前少。」

「葉大姐以前說過，我和小蝶很像。既然你和我能夠成為好朋友，你肯定也會是小蝶的知音。」

關山看著遠方的樹木，「我是她的知音。」

「那你告訴她呀。」

「我很滿足現在這種狀況，能夠在身邊默默關注她，能夠陪伴著她的兒子成長，已經足夠了。」關山搖搖頭。

東方海有點兒著急：「要是再出現一個石保國把她和小提帶走了，你可別找我陪你喝悶酒。」

「我相信不會再有一個石保國，就是有，小蝶也不會跟他走，因為真有這麼個人出現的話，我會挺身出來和他爭。」

東方海哭笑不得地看著他，「你這是什麼邏輯？非得有人和你爭了你才出手？」

「我了解小蝶，她現在正摸索著走自己的路，比起談一次戀愛，她恐怕更想打一仗。東方，你放心，我不想打一輩子光棍，也不會讓小蝶一直一個人，等到抗戰勝利了，我會選擇在那個激動人心的時刻向她表白。」

「說話算話。照現在的國際形勢，我估計這一天不遠了……」

這時，一個學生跑了過來，他喘著氣，有些驚慌地看著關山，說：「關……關老師，你快回宿舍，出事了。」

二十五　爭論

二十六 關山

　　東方海與關山趕回教師宿舍時，只見丁小蝶和于冬梅一臉不安地站在門外，門大開著，屋裡站著無奈的葉作舟和那位面色嚴肅的主任。兩個年輕人正在搜查關山的東西，他們拿著搜到的日軍傳單走了出來，丁小蝶看看關山，欲言又止。

　　「關山，跟我們去一趟教務處吧。」主任對關山晃了晃手裡的傳單，轉身走開，兩個年輕人站到關山身邊，關山像被他們押送著似的跟著走了。

　　「這是怎麼回事？」

　　「關山給小提畫畫的紙，背面是日本人的傳單。」

　　聽于冬梅這麼說，東方海愣了一下，但很快反應過來。

　　「這有什麼問題嗎？這傳單是幾年前日本人投的，那時候延安很困難，紙張缺乏，大家都撿起來廢物利用，我還曾經在背面寫過譜子。是誰小題大做，把這件事報告上去的？」

　　「是我。我那幾年不在延安，沒見過這種傳單，今天一看見，嚇壞了，本來是想先跟葉大姐和冬梅商量一下，誰知道……」丁小蝶歉疚地小聲說著，東方海一聽是她，放心地長出一口氣。

　　「我去教務處看看。你們別擔心，該忙什麼忙什麼去。」葉作舟說完走了。

　　「我是不是害了關山？」丁小蝶著急地說。

　　「應該沒什麼大問題。」儘管這麼說著，于冬梅的神情也很憂慮。這一天，雖然各自忙工作去了，但他們都一直惦記著關山的事，一看葉作舟開完會回來，三人立刻回到關山宿舍門前等著。見關山低著頭走過來，東方海忙迎了上去，于冬梅跟在後面，丁小蝶遲疑了一下，慢慢走在最後。

「關山，組織上怎麼決定的？」

「留黨察看一年。」

于冬梅和東方海互相看看。「怎麼給了這麼重的處分？」

「我去找院黨委會，你根本不是有意保留這些傳單的。」

關山攔住東方海，「算了，確實是我認識不夠，這些傳單早該銷毀。」

「對不起，是我害了你。」丁小蝶猛地鞠了一個躬。

「小蝶，這不關你的事，我不該保留這些傳單，還在上面給你畫像。」關山搖搖頭。

「我總是闖禍，總是給別人帶來傷害，對不起。」

丁小蝶抹著眼淚跑走，于冬梅追了過去，東方海看看她倆的背影，又看看關山。

「關山，走，我陪你喝酒。」

「算了，我想休息一下。」關山有氣無力地回絕後，打開門走進屋裡，東方海站在門外嘆氣。

※　　　　　　※　　　　　　※

年後的這天，葉作舟和于冬梅在辦公室中布置工作。

「這年過得大家都有點兒鬆懈，需要把勁頭鼓起來。好幾個根據地邀請我們下去演出，最近大家都要辛苦一點兒。」

「意料之中的事。各個演出小組都在排新節目，爭取來個新年開門紅。」

葉作舟對于冬梅點點頭，低頭看著手裡的文件，突然問道：「丁小蝶最近情緒怎麼樣？」

「每天就知道排練，演出，我怕她的嗓子頂不住，可又不能說。」

這時，趙松林走了進來。

「作舟同志，冬梅同志，你們好。」

「趙政委，你好。快請坐。」

葉作舟和于冬梅忙站起來打招呼，于冬梅給趙松林倒了一杯茶。

「來的時候我就說過，走的時候要把你們都帶上。這不，我來邀請你們了。整風運動已告一段落，現在國際形勢正在好轉，日本鬼子早晚得乖乖認輸。不過，我得回去按住山本龍太郎這個臨死的鬼子螞蚱。」

「你要回去打幾個硬仗？」聽到趙松林的話，葉作舟眼睛一亮。

「反正肯定不會閒著。走吧，跟我走吧。上次你們走的時候，根據地正是困難時期，現在不一樣了，我們的面積又擴大了，大生產運動也搞得不錯，生活條件比以前好了許多，戰士們都非常歡迎你們這些大藝術家。」

「演出是冬梅他們這些專業演員的事兒，我只管有仗打。你要同意我參加戰鬥，我就帶隊去。」

趙松林笑著點頭說：「那我自然是同意了。對了，把小蝶同志帶上，還有老石的兒子，獨立旅的官兵都想看看老旅長的兒子。」

葉作舟激動地招呼于冬梅：「冬梅，快召集人開會，把下一步的工作好好安排安排，延安本地部隊的演出可以往後推一推，咱們戰地服務團要好好為根據地前線部隊服務。」

※　　　　　　※　　　　　　※

于冬梅陪著丁小蝶前往保育院，院長說什麼都不批准她們帶上孩子離開延安去根據地，這次獨立旅之行小提是去不成了。東方海聽到有機會去前線，拉著關山來找葉作舟，希望能讓關山隨行，有一個立功的機會。于鎮山也表示要回去為獨立旅戰士們表演鬥鼓，還有他和丁小蝶合作的土洋創新版《兄妹開荒》。最終，戰地服務團原班人馬再次踏上了前往獨立旅根據地的路途。

戰地服務團一行人駕著兩輛車來到董家莊村口，一輛車上拉著樂器，一輛車上拉著演出服裝和道具。丁小蝶看到熟悉的景物，不由自主地離開隊伍，目光憂傷地打量著一切，關山關切地注視著她。

「二妮呢？怎麼不過來接我們？」于鎮山東張西望著，葉作舟撇了撇嘴。

「老地方，熟門熟路，有沒有人接都無所謂。只是路上沒遇到過鬼子有點兒遺憾，看來鬼子真是兔子的尾巴長不了了。」

這時，一個男孩跑了過來，說：「你們是戰地服務團的人吧？跟我來吧。」

一行人有些納悶地跟著這個孩子，來到獨立旅的大舞臺前，一條寫有「熱烈歡迎魯戰團戰友們」的橫幅掛在那裡。柳二妮一個人站在臺上，她穿著整齊的軍裝，手裡拿著一根竹棍，看見眾人走近，她依舊站在舞臺上，只是表情激動起來。

「二妮，你站在那兒幹啥？還不快過來迎接我們？雲生呢？」于鎮山最先看見舞臺上的人，他招呼著。柳二妮向他們招招手，並不下來，又揮一揮手，只見三個孩子拿著樂器上了舞臺。小小軍號手吹了一個集合號，幾十個孩子從兩邊跑著上了舞臺，按高低排成三排站好。葉作舟一行人走到舞臺下站定，柳二妮向他們敬了個禮，轉身揮動指揮棒，孩子們開始在樂器的伴奏下合唱〈保衛黃河〉。一曲終了，葉作舟帶頭鼓掌，眾人也齊聲叫好。

「二妮真棒！二妮成指揮家了！二妮成老師了！」

柳二妮指揮孩子們散去，這才從舞臺上衝了下來，一把抱住了于冬梅。郭雲生也從舞臺後面跑了過來，向眾人敬禮。

東方海上前握住郭雲生的手道：「雲生哥，又見面了。」

關山和于鎮山也跟郭雲生握手，柳二妮到葉作舟面前敬了個禮。

「葉協理員，魯藝戰士柳二妮向你報導。」

「幹得好，柳二妮，不愧是魯藝戰士。」葉作舟還了一個禮，和她擁抱。

「小蝶姐，你兒子呢，怎麼沒帶來？」柳二妮又來到丁小蝶面前。

「保育院不讓帶。」丁小蝶搖了搖頭。

「小蝶姐，我現在是獨立旅的宣傳幹事，那些連隊的宣傳員們都可想你了。」

「我也想他們，我想這個地方。」丁小蝶用懷念的目光注視著舞臺和周圍的景象，喃喃說道。

「根據地收復之後，趙政委下的第一個命令，就是把石旅長和你的住處恢復成原樣。走，我帶你過去，你還住在那裡吧。」

聽到郭雲生的話，丁小蝶的眼淚流了下來。她跟著郭雲生來到昔日的家中，在屋子裡沉默地站了許久，她的目光在各個角落掠過，腦海中閃現出與石保國共同度過的無數時光。她走出屋子，把門關上，說：「我現在已經不是獨立旅的人，這間屋子，我不能再住了。我們去服務團的駐地。睹物思人，在這兒，我會徹夜難眠。如果下次帶小提過來，我會考慮住在這裡，給他講講他爸爸的故事。」

柳二妮對欲言又止的郭雲生點了點頭。「雲生，戰地服務團的人當然要住在一起了。雲生，今天晚上我也不回家了，我要和小蝶姐、冬梅姐還有葉大姐好好說說話。」

這時一名白淨的戰士拎著一個籃子走了過來，他向丁小蝶敬禮，道：「嫂子好！我是獨立旅二團警衛連一排三班班長張斗滿，我們團最近在董家莊駐防，魯藝戰地服務團的安全由我們班負責。大家聽說嫂子帶著旅長的兒子來了，派我作代表，給嫂子還有我們獨立旅的小八路送禮物，請收下。」張斗滿雙手把籃子遞過來。

「你們獨立旅的小八路這次沒有來，禮物我就不收了。」

「禮物一定要收下，要不我回去沒法交代。」

丁小蝶看了看滿籃子的紅棗，微笑著點點頭，「好，我收下了，女同志們都喜歡吃紅棗。」

郭雲生鎖了門，拎著行李要走，張斗滿從他手中拿過行李。

「首長，嫂子的行李我來拿。」

「雲生現在都成首長了。」丁小蝶笑著碰碰柳二妮，兩人跟在後面邊走邊說話。「那可不，雲生現在是營長了，手下管了好幾百人呢。小蝶姐，

在獨立旅，你永遠是大家最敬重的人。」

「大家敬重的是保國。二妮，富貴叔犧牲了，我很為你難過。」

想起柳富貴，柳二妮眼眶微紅，她堅強地抬起頭。

「我爹臨死前吼了一聲報了信，讓我們的部隊安全轉移，他死得值。再說了，這兩年雲生哥沒少殺鬼子為我爹報仇。對了，小蝶姐，根據地一恢復，趙政委就把石大哥和我爹的墓地遷到這邊了。」

郭雲生回頭對丁小蝶說道：「趙政委一回來就去安排工作，他要騰出明天上午的時間給石旅長掃墓。」

※　　　　　　※　　　　　　※

董家莊墓園又起了兩座新墳，柳富貴的墳挨著于得水的墳，柳二妮、郭雲生跪在墓前燒紙錢，于鎮山過去跪下給柳富貴磕了三個頭，點了幾張紙錢。東方海、于冬梅、葉作舟、關山站在一旁脫帽致敬。祭奠完柳富貴，于鎮山又帶著東方海和于冬梅來到于得水墓前，東方海和于冬梅跪下磕頭，他們站起來後，于鎮山跪下磕了一個頭。

「爹，冬梅嫁給了你喜歡的東方家少爺東方海。我還沒成親，不過，我很快就會給你娶一個滿意的兒媳婦。」

葉作舟猶豫了一下，和關山一起走過去在于得水的墳前脫帽致敬。這時，整齊的腳步聲響起，丁小蝶抱著一束紙花走在最前面，趙松林帶著一隊戰士踏著正步，一行人來到石保國墓前。丁小蝶把手中的花放下，東方海他們都走了過來，在她身後站好，跟趙松林帶領的戰士們一起，向石保國的墓敬禮。

不出幾日，戰地服務團已經徹底在獨立旅安頓好，原本這裡就是眾人所熟悉的家一般的地方，此番前來，眾人還住在從前那個院子裡，房間裡不時傳來樂器的聲音。院子空地上，丁小蝶和于鎮山正在排練《兄妹開荒》，柳二妮在一旁邊看邊做筆記。趙松林帶著兩名警衛員走了進來，寒暄過後，丁小蝶招呼一聲，葉作舟和于冬梅從屋子裡出來問好。

「你們來根據地精神慰問，我來你們的住處物質慰問。都拿進來吧。」

警衛員朝外面招招手，幾個戰士抱著新棉被進來。

「你們在延安睡慣了炕，受不了這兒的倒春寒天氣吧。這是我們根據地種的棉花做的被子，一人一床新被子，保證晚上暖暖和和不想家。」

「這份大禮我們收了。冬梅，你負責把被子分下去。趙政委，進來坐。」

葉作舟和趙松林進了屋子，葉作舟倒水時，趙松林看著牆上的演出表。

「工作開展得挺快。」

「咱們還是老規矩，除了正常的演出，我們還要唱一臺大戲，這臺大戲的時間，就定在你們打大仗前。」

葉作舟目光閃亮，趙松林點點頭。

「你們好好排練，時機到了，咱們一起唱大戲。」

※　　　　　　　※　　　　　　　※

關山還沒有從受到處分的低落心情中走出來，他獨自一人來到墓地附近的山上寫生。東方海一路找他找到了這裡，靜靜地看著他作畫，過了一會兒開口道：「這兒風景很美。」

「是啊，如果讓我選，長眠在這兒也不錯。」

「關山，我知道，你最近的壓力很大，越是這種時候越要想得開，你一向是瀟灑的人。」從關山的話裡聽出了消極的意味，東方海小心斟酌著詞語。

「你放心，我絕對不可能自殺。但我渴望戰鬥，我渴望痛痛快快地死，像埋在那裡的人們一樣。這樣的話，你們會來看我的。」

「關山！」看東方海加重了語氣，關山苦笑起來。

「別發火，我只是感慨一下。這塊根據地是試煉場，我們終究都要在這裡經受血與火的錘鍊。你經受過，冬梅經受過，小蝶經受過，二妮和雲生也經受過，這次該我了。」

「東方老師，關山老師。」張斗滿跑了過來。

「張班長。」兩人招呼著。

「丁老師讓我來找你，她說你會照相，也會畫像。」

聽到是丁小蝶讓他來的，關山的神情恢復了一些亮色。

「我這次來，沒帶照相機，畫像隨時都可以。」

「能不能給我畫張像？我十五歲參加紅軍，到現在整整十年了。我這個人，不識字，腦袋也不太靈光。這幾天和你們服務團的文化人接觸多了，好像有點兒開竅了。我想給家裡寄封信，麻煩你給我畫張像，裝在信封裡寄回去。」

關山向神情忸怩的張斗滿點了點頭道：「好，我這就給你畫。」

「張班長，你班裡的戰士，有多少是你這種情況，從來沒和家裡聯絡過？」東方海看到關山開始神情專注地畫像，便和張斗滿搭話。

「我們班的戰士，幾乎沒有識字的，都沒給家裡寫過信。」

「你看這樣好不好，讓關老師給你們每人畫張像，我替你們每人寫封家書，一起寄回家。」

張斗滿激動得一拍大腿，道：「好啊。真該謝謝嫂子丁老師，要不是她讓我來找關老師，哪能有這種好事。你說我這信寫啥好呢？我從來沒寫過信。」

「你心裡想啥，說出來就好。」

「十年了，我這心裡想得太多了。我爹、我娘、我哥、我兩個妹子，還有我家的小黑，哦，小黑是條狗……」

張斗滿說著話，關山已經把畫像畫好了。「張班長，你看看，不滿意的話我再修改。」

張斗滿端詳著畫像，臉上現出驚奇的神情。「又快又好，這是我嗎？這個畫中的人是我嗎？長得還挺好看，我娘看見了肯定開心，知道我在外面沒受苦。太神奇了，關老師，我能學會畫畫嗎？」

「只要想學，肯定能會。」

「想學，特別想學。」張斗滿連連點頭。

「好，那我教你。」

看到關山又回到從前那樣和戰士們相處的狀態，東方海在一旁安心地笑了。

※　　　　　　※　　　　　　※

關山回到服務團駐地，丁小蝶正在院子裡練習秧歌舞蹈，他站在那裡看著她挑著擔子起舞，從背包裡掏出畫本。丁小蝶跳累了，停下來休息，關山走過來，把畫的速寫遞給她。「我第一次看見這麼美的秧歌舞。」

「我還以為，你再也不會畫我了。」

「謝謝你讓張班長去找我。」關山微笑起來。

「以前你來根據地，總是為戰士們拍照、畫像，你一直都最受戰士們歡迎。關山，我只想彌補我的錯誤。」兩人毫無芥蒂地對視著。

「小蝶，都過去了。只能說，一切都是命運。放心吧，我沒那麼脆弱。」

「關山在和小蝶說話，看來他們兩個人終於開始正常交流了。」看到這一幕的于冬梅來到臨時辦公室裡，對正在研究地圖的葉作舟說道。

「這下你和東方可去了一塊心病。」

「東方前些日子都不敢離開關山，生怕他做出過激的行為。還是小蝶有辦法，知道怎麼轉移關山的注意力。」

「反正你們比我有辦法。一個跳芭蕾的窯洞，治好了小蝶的病；關山也一樣，只要手中有筆，畫架上有紙，眼前有能讓他感動的景、人，他就能忘掉一切。要是能有個機會讓他立個功，把處分去掉，就太好了。可惜呀，關山不是個打仗的料。」

于冬梅走到桌前，跟葉作舟一起看著地圖。

「大姐，有仗可打了？」

「鬼子看來真要完蛋了，很少出來掃蕩，縮在各個據點不出來。攻打這些據點代價太大，意義倒不大。唯一的一塊肥肉是虎口鎮這個東亞煤礦。我看趙政委的目標也是這個地方。」

葉作舟敲著地圖，東方海和郭雲生一起走進來，看見郭雲生，葉作舟眼睛一亮。

「我來傳達趙政委的指示，趙政委說，想看服務團唱大戲。」

「我就在等這句話，冬梅、東方，通知各演出小隊回董家莊，把咱們的大戲亮出來。」葉作舟激動地站了起來。

戰地服務團布置好舞臺，掛起匯報演出的橫幅，臺下坐滿了觀看演出的戰士和群眾。葉作舟和趙松林也坐在臺下觀看，演出由于冬梅在後臺指揮，先是于鎮山的鬥鼓隊表演一曲〈金鼓鬧春〉熱場，掌聲響起，東方海登臺指揮鼓樂合奏，匯報演出正式開始。

演出進行到一半，作戰室卻傳來了壞消息，獨立旅派入東亞煤礦偽軍臥底的同志身分暴露，已經犧牲，敵人的火力分布情況無法掌握，強行進攻會傷亡巨大，戰鬥方案一時擱淺。演出圓滿結束，葉作舟跟著趙松林來到作戰室中，她提議進行一次火力偵察。趙松林眼睛一亮，卻發現旅部沒有繪圖功力過關的偵察員，煤礦有三個入口，必須在有限的偵察時間內把所有布置畫好，這是一項艱巨的任務，葉作舟當即向趙松林推薦了關山。

※　　　　　　　※　　　　　　　※

院子裡掛著一盞燈，戰地服務團的眾人在等葉作舟回來。

「這次打仗，我一定要參加。上次打周村鎮真過癮，幾乎沒開槍就把一個二鬼子團消滅了，重點是我還扮了一次新郎官。」于鎮山激動地說著，丁小蝶白了他一眼。

「這都幾年過去了，你也就是扮演了一次新郎。我說你呀，天天像個牛皮糖一樣黏在葉大姐身邊，一點兒進展都沒有，你到底行不行？」

「這次要是能打個大勝仗，我保證能當上真的新郎官。東方，你想不

想參加戰鬥？」

「我聽從葉大姐的安排。」東方海早已不是當年那個衝動莽撞的人了，他沉穩地答道。

「那你是撈不到仗打了，你不上戰場也好，要不我還得惦記你的安全，惦記我妹子的安全。這幾年我一天都沒落下訓練，論槍法，你們都不是我的對手。」

「你有葉大姐的槍法好？」柳二妮對于鎮山撇撇嘴，丁小蝶走到沉默的關山身邊。

「別人上不上戰場不重要，咱們倆一定要參加戰鬥。我想火線入黨，你得把你那個處分拿掉。」

「咱們還是聽葉大姐的安排。關山這一次深入基層，給戰士們畫了很多像，寫了幾百封家書，回延安後，我會好好向組織匯報。還有你，小蝶，你今天的演出很受歡迎，我也會向考察小組匯報你的情況，所以你們不要衝動。」聽到丁小蝶的話，于冬梅過來勸說。

「你哥最衝動，你咋不勸勸他？」

「我哥的情況比較特殊，只要葉大姐參加戰鬥，我哥肯定要參加，這個我勸不了。」

這時，葉作舟在張斗滿的陪伴下走了進來，于鎮山第一個衝了過去。

「怎麼樣？趙政委批准我們參加戰鬥了？」

「有沒有仗打還是個問題。好了，你們都先去休息，關山，你跟我來。」

葉作舟情緒不高，她帶著關山進了辦公室，東方海看一眼兩人的背影。

「張班長，到底什麼情況？」

「我也不清楚。我這個班負責保護你們的安全，只要你們上戰場，我班的人都跟著去，負責貼身保護。」張斗滿撓撓頭，于鎮山過去拍拍他的肩。

「張班長，你給他們幾個每人派兩個戰士，我不用，我能使雙槍。」

屋子裡，葉作舟走了兩個來回，才開口說道：「關山，你會畫地圖嗎？」

「你說的是作戰地圖？」

「兵力火力布置圖。要是讓你到實地看一下，能不能畫出來？」

關山點點頭道：「當然沒問題。」

「這和你平常寫生創作不同，是在火力偵察中畫圖，很危險。」

「我不怕危險，葉協理員，把這個任務交給我吧。」

葉作舟看著關山，兩人都神色堅定。

※　　　　　※　　　　　※

在距離東亞煤礦所在虎口鎮最近的根據地，一隊戰士整裝待發，村口一棵大樹下，郭雲生攤著地圖，向手下三個連長布置任務：「記住，我們這次是火力偵察，只要敵人暴露火力分布就撤退，不要和敵人糾纏。」

不遠處，戰地服務團一眾人在和關山告別。

「關山，你記住，不管運動到哪個位置，首先要保證自己的安全。」

「我知道，協理員。放心吧，有張班長保護我。」

「葉首長，只要有我在，絕不會讓關老師傷一根頭髮。」張斗滿站在關山身旁。

「關山，我相信你，你一定行的！」

丁小蝶把幾枝鉛筆遞給關山，東方海握住他的手使勁晃了兩下，于鎮山拍了拍他的肩。

「關山，該走了。」郭雲生走過來說。

「好，我們在這兒等著。祝你們成功。」

葉作舟敬了個軍禮，眾人敬禮告別，作戰隊伍出發了。

※　　　　　※　　　　　※

獨立旅安插在偽軍中的臥底暴露後，東亞煤礦的守軍全部換成了日軍，不僅火力分布隨之發生變化，火力程度也變得更為凶猛。由於沒有預

料到這一點，這次火力偵察失敗了。關山畫了一半的圖被日軍的炮火炸得粉碎，張斗滿為保護關山當場犧牲，關山拿起他的槍與日軍對射，也中彈倒下，郭雲生帶著戰士們衝過來，背起關山和張斗滿匆匆撤退。

　　葉作舟帶著戰地服務團的眾人，一直站在村口的樹下張望著，遠遠看見隊伍的影子，于鎮山興奮地喊起來：「回來了，回來了，只要拿到火力布置圖，就可以打仗了。」

　　「雲生哥，雲生哥！」

　　郭雲生走在隊伍最前面，看見柳二妮蹦著招手，他快走幾步過來，柳二妮忙著看他有沒有受傷。

　　「怎麼樣？」葉作舟問道。

　　「煤礦的守軍全換成了日本人，敵人的火力很猛，根本偵察不到核心火力點布置。」

　　「關山呢？」郭雲生沒說話，東方海抓住郭雲生的雙臂，又問了一遍。這時幾副擔架抬了過來，丁小蝶衝到第一副擔架前，張斗滿早已沒有氣息。

　　「張班長！」

　　「關山！」東方海衝到第二副擔架旁，眾人聞言驚慌地圍到擔架旁。關山的目光落在東方海臉上，他聲音微弱：「阿海，把我和張班長帶回董家莊，葬在那塊墓園。」

　　東方海忍著眼淚點點頭，關山又用虛弱的聲音叫著：「小蝶，小蝶。」

　　「我在這兒。」

　　「手、手……」

　　丁小蝶伸出雙手緊緊握住關山的手，眼淚流了下來，關山心疼地看著她說：「別哭，別哭。」

　　「你別說話，這兒有醫生，能救活你。」

　　「我在延安的東西，你替我保管吧。」關山用盡最後的力氣回握住丁小蝶的手說。

「你別說話，你別說話。」

「真好，你帶著小提看保國，順便也能看看我。真好。」關山臉上帶著笑，閉上了眼睛。

※　　　　　　　　※　　　　　　　　※

才過去短暫的一段時間，墓園中又添了兩座新墳，丁小蝶把野花編成的花環放在關山和張斗滿墳頭，獨立旅與戰地服務團的眾人在墳前敬禮。回到辦公室，趙松林將獨立旅為關山請功的報告書交給葉作舟，臉上滿是遺憾，說：「你們這一次帶來了深受前線戰士歡迎的節目，獨立旅卻沒有滿足你們的願望，打一個大勝仗。」

「根據地不僅是戰地服務團展示自己的大舞臺，也是激發我們進行文藝創作的大本營。我們很快還會來的，我相信服務團的每一位成員更願意和這裡的戰士們一起，和犧牲了的戰友們一起迎接最後的勝利。」

葉作舟敬禮，離開，看到于鎮山等在外面，問：「你在這兒幹什麼？」

「等你。我知道你心裡不好受，仗沒打成，關山又……」

「你知道什麼！如果我知道關山會付出生命的代價，一定不會讓他參加這次的火力偵察。我該反省反省了，每次來根據地，我們最應該做的是什麼，我最應該做的是什麼。」葉作舟瞪他一眼，拔腿就走。

「你去哪兒？」

「要走了，我去和關山告個別，告訴他組織上會撤銷對他的處分。」

「我看見東方海拿著小提琴去了墓地，關山是東方海最好的朋友，我們就不打擾了吧。我陪你去看看我們的大舞臺，那天我和丁小蝶表演《兄妹開荒》，你為了打仗的事兒，都沒有好好欣賞，我再表演一遍給你看看。」于鎮山追在葉作舟身後。

「你們的排練，我看了幾十遍了。」

「排練和正式演出不一樣，二妮也挺出息，不聲不響地弄了個兒童版《兄妹開荒》，搶了我們的風頭，看來以後我還是得多琢磨一些絕活。你放

心，有我在，保證你帶領的戰地服務團最受歡迎。」

葉作舟終於被于鎮山逗笑，兩個人說著話走了。

※　　　　　※　　　　　※

柳二妮想要跟隨戰地服務團一起回延安，她想念延安，想念魯藝，想和勝似親人的朋友們在一起，最重要的是想要回去學習，提升自己。郭雲生雖然不捨，但也支持她的決定。分別之時，想到關山的犧牲，他囑咐道：「回去之後，多陪陪小蝶，關山的犧牲讓她心裡不好受。」

「放心吧，我回去之後和小蝶姐住在一起，一定會讓她開開心心、充滿鬥志。」柳二妮用力點著頭。

眾人都明白關山犧牲後，最痛苦的人是丁小蝶，于冬梅也早早收拾好東西，來到丁小蝶的房間。她推開門時，丁小蝶正坐在床邊，拿著關山的畫，流著淚怔怔看著。

「我來幫你收拾行李。」于冬梅看到床上放著收拾了一半的行李，走了過去。

「我來吧。」丁小蝶把紙疊好放進口袋，擦擦眼淚。

「關山很勇敢，他走得沒有遺憾。」于冬梅說著，麻利地打著背包。

「這是他給小提做的玩具，回到延安，小提問起他，我該怎麼說？」丁小蝶拿起桌子上一個木刻陀螺。

「就說關叔叔留在了根據地，以後會帶他來根據地看關叔叔。」

丁小蝶忍住眼淚，對于冬梅點點頭。

※　　　　　※　　　　　※

墓園中，東方海獨自站在關山墳前，拉著莫札特的曲子。

「關山，我們要走了。富貴叔也安葬在這裡，你又可以喝到他釀的美酒，聽到他唱的曲子。你的離去讓小蝶很傷心，這說明你在她心中有一個位置。你放心，大家會照顧好小蝶，她自己也會很好地堅持下來。我們都

曾是痴迷在藝術裡的人，來到延安，才開始接觸真正的生活，這一點，你比我感悟得早，感悟得深。雖然我們不在一個領域，但我們有相同的藝術主張，我會幫你實現你的藝術夢，會創作出表現中華民族偉大精神的作品……」

※　　　　　　※　　　　　　※

　　戰地服務團一行人與獨立旅派來護送的戰士們一道走在回延安的山路上，因為關山的犧牲，眾人情緒不高，只顧匆匆趕路，這時前方傳來槍聲。眾人迅速隱蔽到山間小路，只見一個穿八路軍軍裝的人跑了過來，後面幾個土匪追著他射擊。葉作舟迎上去，一顆子彈擦過她的胳膊，她當即舉槍還擊，于鎮山和戰士班長也加入戰局，土匪漸漸不敵，掉頭逃跑了。

　　「謝謝你們。」得救的戰士氣喘吁吁地走了過來，看到葉作舟，他一臉興奮，「我叫林漫，是魯藝文學系的學員，你給我們上過軍事訓練課。」

　　「你怎麼一個人在這裡？」

　　「我畢業後在《晉察冀日報》工作，這次出來采風，沒想到遇到土匪。你們這是？」

　　于鎮山注意到葉作舟受傷，抓起她的手臂來看，葉作舟滿不在乎地甩開他。「我們去根據地采風演出，要回延安。林漫，這一帶雖然沒有日本人，可也不在我們根據地管轄範圍，經常有土匪出沒，你一個人出來采風不安全。」

　　戰地服務團的人陸續從隱蔽處出來，林漫認識東方海，兩人打著招呼。于鎮山從山坡上跑回來，抓起葉作舟的胳膊，把嘴巴裡嚼著的一團野草吐出來抹在傷口上，又用一根紅綢帶纏好。

　　「刺腳芽，止血，消炎，我這一處理，保證你的傷口很快就好。」

　　「髒死了。二妮，你把藥箱拿過來，給我用酒精消毒。」葉作舟故作嫌棄。

　　「葉大姐，鎮山哥這藥，比酒精好用，你們說是不是？」柳二妮笑道。

眾人都笑而不語，葉作舟白了于鎮山一眼，「這兒不安全，咱們先過了這座山再說。」

二十六　關山

二十七　祭奠

　　戰地服務團帶著救下的林漫在一處村子裡休息，一男一女兩個中年村民坐在眾人旁邊，正眉飛色舞地講著當地白毛仙姑的傳說，聽著像是各種傳說故事拼湊出來的，有些不倫不類。林漫卻一副很感興趣的樣子，原來他這次采風，便是在四處搜尋白毛仙姑的傳說，葉作舟有些驚訝。

　　「這都是封建迷信。林漫，你搜集這些故事有什麼用？」

　　「這一帶是我們新開闢的根據地，好多村子都建有白毛仙姑廟，老鄉們天天給廟裡上供，說那仙姑能懲惡揚善，治病救人，靈驗得很，就只信白毛仙姑，這讓我們的工作不好開展。」林漫說著，指一指旁邊兩位村民，「葉協理員，有些老鄉，只認白毛仙姑。在這兒見不到白毛仙姑，我還要去河北那邊調查，那邊也有白毛仙姑的傳說，只有弄清楚白毛仙姑的真相，才能教育群眾。」

　　休息過後，戰地服務團繼續趕路，來到一處岔路口，葉作舟讓兩個戰士跟著林漫，護送他采風，眾人與林漫揮手告別。

※　　　　　　※　　　　　　※

　　回到延安，柳二妮從于家班搬來和丁小蝶同住。她在丁小蝶的窯洞裡好奇地走來走去，看這看那的。「小蝶姐，你這個窯洞真大。在根據地那邊，一到冬天，我就特別想念延安的窯洞，窯洞裡面熱乎乎的炕。哎呀，這個好，這個能在上面跳舞。小蝶姐，給我跳個芭蕾舞吧。」

　　「你還是先幫我打掃衛生，要不跳起舞來，屋子裡的灰能嗆死人。」正在歸置雜物的丁小蝶抿嘴一笑。

　　「好，我先把這個地板擦出來。」柳二妮拿抹布擦著木地板，東方海和于冬梅來了，兩人帶著一大堆生活用品，東方海手裡還拎著一個包袱。

「二妮，回到延安，是不是看著什麼都好？」

「那當然，連這地板上的灰我都喜歡。讓東方姐夫幫我拿東西，真是慚愧。」柳二妮忙幫著兩人把東西放到炕上。

「這是關山的私人物品，你幫著整理一下吧。」東方海把手裡的包袱遞給丁小蝶。

「二妮，跟我去看看分給你的菜地，還要學一學紡線織布，回到延安，一切都要自力更生。」于冬梅挽著柳二妮，又拉拉東方海的衣服，三個人一起走了出去。

窯洞裡只剩下丁小蝶一個人，她拎著包袱站了一會兒，走到木地板上坐下。打開包袱，最上面是關山的相機，丁小蝶拿起相機看了看，放在一邊。她又拿出一個盒子，裡面放著關山的畫筆、刻刀，盒子下面是一疊畫稿。丁小蝶翻看著，大多是延安和根據地的風景、戰鬥的場面。最下面是一個陳舊的素描本子，丁小蝶打開本子，裡面夾著一張她的照片，上面是她穿著旗袍初到延安參加考試的情景，她繼續翻下去，發現本子裡都是自己的畫像，有她初到延安時的，有她在根據地時的，有她抱著小提的……看著看著，丁小蝶的眼中滿是淚水。

※　　　　　　　※　　　　　　　※

魯藝的菜地上，葉作舟正帶著幾人整理土地，于鎮山揮舞鐝頭刨地，幹得最歡，葉作舟毫不示弱，緊緊跟在後面，于冬梅和東方海用鐝頭把大的土塊敲碎。柳二妮拿個耙子把土耙勻，看到東方海很仔細地把每一塊土敲碎，笑道：「東方姐夫，我看你不是在整地，你這是在繡花。」

「二妮，說得好！」于鎮山邊幹活邊跟著起哄，于冬梅瞪他。

「哥，每個人有每個人的工作方法。咱們這是在種菜，地整好了，菜才能長得好。我們魯藝的菜地可是在整個延安都有名。」

「種菜也能種出名聲？看來這兩年我錯過了很多東西。」

「你在根據地幹得也不錯，你搞的兒童合唱團特別好。」東方海跟著于

冬梅誇讚柳二妮，「二妮這一點確實做得好。」

「你們這麼一誇，我都有點兒不好意思了。小蝶姐來了。她好像哭過。」

丁小蝶扛著一把老虎耙子過來，進到地裡就開始刨地。葉作舟朝於鎮山使了個眼色，于鎮山忙過去，按住丁小蝶的農具。

「這活兒該男人幹，來，咱倆換換。你像他們一樣敲敲土坷垃就行了。」

于鎮山把鑭頭遞給丁小蝶，拿過老虎耙子刨地，一邊刨一邊唱起歌來。丁小蝶用鑭頭刨地，于冬梅過去把丁小蝶的鑭頭翻過來，指指還在敲土塊的東方海。

「你就這麼幹吧。」

「你們不用照顧我，我這會兒需要幹點兒體力活，出一身大汗。」

葉作舟邊幹活邊觀察著丁小蝶，眾人又幹了一會兒，她開口道：「小蝶，去保育院，把小提接回來。」

「我陪你一起去，我還沒見過你兒子呢。」

于鎮山對雀躍的柳二妮撇了撇嘴，也沒細想便說道：「你去沒有用，十幾里路，你抱不動那小傢伙，以前都是關山……」

于冬梅瞪了于鎮山一眼，截住了他的話，丁小蝶抬起頭坦然地看向眾人。「關山是你們的朋友、戰友，也是我的朋友、戰友。只是失去他，我比你們誰的損失都大，可惜我現在才意識到這一點。」

「我幫你去接小提。」

「還是我去吧，我力氣大。」

丁小蝶對東方海和于鎮山搖了搖頭，道：「都不用，我可以拉著小提的手，讓他自己走回來。二妮，你陪我去吧。」

于鎮山把柳二妮手裡的耙子拿過來，換下葉作舟手裡的鑭頭。

「出大力氣的活兒我來幹，你們幹點兒精細活兒。」

「多種點兒青皮蘿蔔，我喜歡吃那個。」

丁小蝶放下農具，拉著柳二妮走遠了，兩個人邊走邊唱起歡快的歌，葉作舟看著她們的背影。

「拿得起放得下，丁小蝶這一點還挺讓人佩服。」

「關山已經走了，她必須得放得下。」

聽出于鎮山話裡有話，于冬梅朝東方海使個眼色，東方海說道：「葉大姐，我忽然想起來，還有工作要做。冬梅，我寫了一首歌，需要你幫我試試音。」

「葉大姐，我們走了。我哥力氣大，一個能頂仨，你就盡情使喚他吧。」

夫妻倆拿著農具走了，于鎮山朝他們豎起大拇指，他賣力幹著活，邊幹邊說：「這些活我一個人能幹得了，你在一旁歇著吧，要是能給我唱歌鼓勁更好。咱倆一起唱〈圪梁梁〉，在根據地的時候，我已經教會你了。」

「能者多勞，你說你力氣大，這塊地交給你了。還有，鎮山，這兒是延安，是魯藝，你少在我面前嬉皮笑臉。」沒想到葉作舟把耙子一扔，也轉身走了。

于鎮山看看整了一半的地，苦笑著撇撇嘴，對著葉作舟的背影喊道：「領導你放心，我一定完成任務！」

躲藏在路邊的于冬梅和東方海看著葉作舟從街上走過。

「葉大姐走了，你哥一個人整那塊地，怕是幹到天黑也幹不完，咱們去幫幫他。」

于冬梅想了想，搖搖頭道：「葉大姐這是在考驗我哥，咱們不能幫。小提要回來了，今天包餃子吧，小提最愛吃餃子。還有，你想想怎麼陪小提玩，以前都是關山陪著他。」

「我不會做遊戲，也不會做玩具，只能拉琴給他聽了，也不知道他會不會感興趣。」東方海嘆著氣道。

「你的琴拉得那麼好，他肯定喜歡聽。要是我們的孩子，一定會喜歡聽你拉琴。」于冬梅對著他笑。

「我的琴聲只要你聽不夠就足夠了。如果你喜歡看孩子們聽我拉琴，等抗戰勝利了，我們到學校當老師，我媽媽就是一名中學音樂老師……」

兩個人說著話，一起走了。

※　　　　　※　　　　　※

日子轉眼又從初夏走到了深秋。

小提喜歡東方海拉小提琴，聽得很認真，也喜歡和于鎮山一起捏泥巴，捏出各種各樣的形狀。兩人捏泥巴的時候，東方海會在一旁拉琴，拉著歡快的曲子。一行人常聚在丁小蝶家中包餃子，窯洞的牆上，用酸棗刺釘著許多關山給丁小蝶畫的像。

悉心收拾的菜地已是豐收，這一天，葉作舟帶著柳二妮和丁小蝶在菜地裡拔蘿蔔，于鎮山把拔出來的蘿蔔拎到地頭，倒成高高的一堆。于冬梅和東方海坐在蘿蔔堆旁邊，用刀把蘿蔔纓切掉，放進大筐裡。柳二妮哼著〈南泥灣〉，拔起一個大蘿蔔，她激動地站直了身子。

「我拔了一個蘿蔔大王！瞧這蘿蔔皮，水靈靈的，一定好吃。」

菜地旁的路上，一名青年低頭趕路。他正陷入深深的思考當中，朝著一棵樹直直走去，正在炫耀蘿蔔王的柳二妮看見，急切間不知該怎麼辦，只是拿著蘿蔔指著他，叫起來。葉作舟和丁小蝶順著柳二妮指的方向望去，也大聲叫道：「小心樹！」

青年一頭撞到了樹上，他顯然還沒有回過神，用手扶著樹發愣。于鎮山和葉作舟跑過去扶住他。「兄弟，沒事吧？」

葉作舟認出了青年，是聞名魯藝的文學系才子賀敬之。「小賀同志，我看看，還好，頭沒撞破。」

「這個人讓我想起當年的上海哥哥，他也喜歡走路愣神，差點撞樹撞牆。」

「你知道他是誰嗎？就是你最喜歡唱的〈南泥灣〉的詞作者，在延安可有名了，有個外號叫『十七歲的馬雅可夫斯基』。」丁小蝶好笑地看著柳二妮。

柳二妮聞言，眼睛一亮，拿著手中的大蘿蔔跑了。于鎮山扶著賀敬之來到蘿蔔堆旁，于冬梅把自己的凳子讓給賀敬之坐下。

「兄弟，想啥想得這麼入神，那麼大棵樹都看不到。」

「哥，賀敬之同志是文學系的大才子，你別兄弟兄弟亂叫。」

賀敬之哈哈一笑道：「我挺喜歡這種稱呼。葉協理員，讓你們見笑了。」

「司機同志，請你吃大蘿蔔。」柳二妮拿著洗得乾乾淨淨的蘿蔔跑回來，把蘿蔔遞給賀敬之。眾人愣住了。

「二妮，馬雅可夫斯基是蘇聯的大詩人，不是什麼司機。」

聽到丁小蝶的話，柳二妮向賀敬之吐吐舌頭。「對不起了。你的〈南泥灣〉寫得真好，我最愛唱。這是這塊地的蘿蔔王，請你收下。」

賀敬之大方地接過蘿蔔，道：「謝謝。對了，葉協理員，你們去過晉察冀那邊的根據地，聽到過白毛仙姑的傳說嗎？」

「你也對這個感興趣？我們今年回延安的路上，遇到一個《晉察冀日報》的記者，他就在調查白毛仙姑的傳說。」

「聽說西戰團的人要創作一部和白毛仙姑的傳說有關的劇。這是周楊院長很重視的一個作品。」于冬梅說完，東方海補充道：「這次要創作一部歌劇，音樂系已經組成了創作小組，曾提議我擔任顧問。」

「西戰團搞了一個劇本，沒有通過，現在這個任務落到了文學系手裡，我們也成立了創作小組，由我和丁毅同志執筆寫，我把大致的情節寫出來了，總覺得還少了點什麼，沒抓住那個關鍵的點。」

「那白毛仙姑不就是一個封建迷信的故事，有什麼好寫的。」于鎮山納悶地看著賀敬之。

「周楊院長已經給這部劇定了新的主題，要在劇中體現勞動人民的反抗意識，以鼓舞人民的鬥志，去爭取抗戰的最後勝利。在我這一稿裡，白毛仙姑已經變成了一個貧苦農家的姑娘，被當地一個惡霸地主看中，以討債的名義逼迫她當了小老婆。這個姑娘忍受不了地主和地主婆的凌辱和毒害，逃到了大山深處，多年的非人生活讓她的頭髮變成白色，被不明真相的當地群眾誤當成白毛仙姑。」

柳二妮愣愣地開口說道：「這說的不就是當年的我嗎？當年我爹弄丟了地主老財家幾頭羊，他們就逼著我給地主老財當小老婆。我要不是逃跑途中遇到了冬梅姐一家，說不定也會逃到深山裡變成白毛仙姑。」

「我雖然沒有遭遇到二妮那種情況，可當年如果不來延安參加八路軍，也不知道現在會過著什麼樣的生活。」

于冬梅沉思起來，于鎮山也臉色發白。

「我爹叫日本人打死了，家也被燒了，要是不來延安，說不定我就上山當了土匪，哎呀，想想就覺得可怕。」

「我和小蝶在上海被逼得走投無路，逃難途中經歷了各種危險，如果不是來到延安，來到這個全新的生活環境，我不可能走我的音樂之路。」

丁小蝶隨著東方海的話連連點頭說：「是啊，如果我當初沒有逃出上海，就得嫁給潘夢九那個漢奸，說不定早就和他們潘家同歸於盡了。如果我在路上仍執著於尋找國軍，即使能逃脫周寶庭的魔爪，也說不定又被誰逼著當姨太太，那就沒有我的今天了。」

聽著眾人的話，賀敬之站了起來，激動地拍打著手裡的蘿蔔。

「有辦法了，有辦法了，舊社會把人變成鬼，新社會把鬼變成人，就是這個主題，這個主題好。這蘿蔔真甜，真好吃，謝謝你們。我要去工作了。」

他雙手抱著咬過一口的蘿蔔，迅速走遠了，柳二妮看著他的背影說：「這就走了？我還想唱〈南泥灣〉給他聽呢。」

「天才都是這樣，冼星海老師當年創作《黃河大合唱》的時候，曾經六天

463

六夜沒有睡覺。你們當時都不在延安，我負責給冼星海老師提供後勤保障，每天看著他窯洞的燈徹夜不息，也都不敢好好睡覺。我在小賀眼中看到了光，他一定能創作出一部好作品。」葉作舟感慨地說著，又埋頭拔起了蘿蔔。

※　　　　　　※　　　　　　※

　　轉眼又是冬季，整個魯藝都在因《白毛女》劇本出爐而興奮不已，音樂系的眾人也是爭相傳閱。這一天，專心看劇本的東方海差點兒撞上牆，他還沒讀完，一看到是《白毛女》，丁小蝶和柳二妮搶了就跑，回到窯洞裡，柳二妮手捧劇本，邊看邊抹眼淚。

　　「喜兒，可憐的喜兒！」

　　一旁的丁小蝶在地板上做出幾個舞蹈動作，嘴裡喃喃唸著：「北風吹，雪花飄……」

　　于鎮山也在葉作舟辦公室裡專心讀著劇本，看完最後一頁，他把劇本合上，一拍桌子道：「這個黃世仁該槍斃，絕對該槍斃！」

　　「激動什麼？桌子都叫你拍散架了，我看看，你沒把本子拍壞吧？」葉作舟瞪他。

　　「這麼好的本子，我都是放在桌子上看的，生怕手心出汗把本子弄壞了。我能不能提個意見，這個黃世仁還有他那個狗腿子穆仁智，通通應該槍斃掉。」

　　「看你軟磨硬泡得可憐，我才給你找了本子看，沒想到你還提起意見來了。這本子沒你的事，演出任務下來了，快去領著你的腰鼓隊好好準備吧。」

　　于鎮山被葉作舟趕出了辦公室，在他忙著準備鬥鼓演出的時候，丁小蝶和柳二妮帶著劇本來到東方海家。于冬梅坐在桌子前專心讀著，其他三個人坐在炕上，熱烈地討論著。

　　「阿海，作曲完成了沒有？」

　　「基本上算完成了，還有幾個主要的唱段沒定稿。」

　　「開場曲〈北風吹〉寫好了沒有？」

「已經寫了幾稿了，還是不滿意。」

柳二妮眼中露出嚮往的光。

「聽說作曲小組裡有我最喜歡的〈南泥灣〉的作曲馬可老師，肯定好聽得不得了。小蝶姐，你想不想唱喜兒，我特別想唱喜兒。」

「只要是搞聲樂的，誰不想演喜兒？不過這次演出已經定了由西戰團的演員來表演，我們都沒有機會。」

「在延安沒有機會，我們可以到獨立旅根據地演啊，戰士們肯定會喜歡。」

看著劇本的于冬梅抽泣起來，東方海下了炕，遞手絹給她，又拍拍她的肩。

「冬梅姐，我看本子的時候，也哭了。你也想唱喜兒吧，咱們三個人都唱，一人一種唱法，就是鎮山哥得辛苦一下，他一人演楊白勞要配合我們三個人。」

「天天嬉皮笑臉的于鎮山怎麼能演苦大仇深的楊白勞，我看他演那個十惡不赦的黃世仁還差不多。」

「丁小蝶，你再說讓我演黃世仁，小心我跟你翻臉。」正巧于鎮山推門進來。

「好演員從來不會挑角色，只會盡力演好每一個角色。如果你只有演黃世仁的機會，你是演還是不演？」

聽到丁小蝶的話，于鎮山愣了一下。「那我還是得演。二妮，走吧，有演出任務。」

「我跟你們一起去演出，順便還能去看看小提。」丁小蝶也跟了出去。

※　　　　　　※　　　　　　※

看完《白毛女》劇本後，丁小蝶一行人也躍躍欲試地想要排練，她們來到葉作舟辦公室說明來意，葉作舟卻不同意：「一個魯藝，兩個班子在排練同一部戲，這像話嗎？比如說，你們創作了一部戲，正在排練，別人也

要和你們排練同一部戲，你們能願意？」

「我們又不是過去的戲班子，沒有競爭這種說法。我們確實是太喜歡《白毛女》這齣戲了，又是一部歌劇，太對我的路子了。」

葉作舟無奈地看著滿臉央求神色的丁小蝶和柳二妮，轉頭問旁邊辦公桌上坐著的于冬梅：「冬梅，你也是這個想法？」

「我感覺過不多久，咱們又要到根據地前線去了，要是在走之前，利用魯藝的條件，排一部新戲出來，是很好的事情。畢竟在這裡能夠得到美術系的支持，還能得到戲劇系的指導。」

這時，東方海走了進來，于冬梅趕忙問他：「開場戲的曲子定下了？」

「定下了。」東方海點點頭。

丁小蝶和柳二妮圍了過去，丁小蝶拿過譜子，輕聲哼著。

「冬梅，你來唱，這個比較適合你。」

于冬梅從丁小蝶手裡接過譜子，看了一會兒，開口唱道：「北風那個吹，雪花那個飄……」

「太好聽了。」柳二妮睜大眼睛看著于冬梅，喃喃說著。葉作舟也站了起來，認真聽于冬梅哼唱。于鎮山帶著東方明走了進來，見眾人專心聽歌沒有注意，他咳嗽一聲。「葉協理員，東方首長來了。」

「什麼首長，大家都是戰友。冬梅，你這是在唱什麼歌？」

葉作舟忙走過來請東方明坐下，于冬梅把譜子收好。

「大哥，你來了。我們在學唱一首新歌。」

「我聽了一下，旋律很優美。」

東方海點點頭說：「這是魯藝正在排練中的一部大作品。大哥，我們打算排練一個新的版本。」

「東方大哥，你支持我們一下。」丁小蝶也趕緊說道，一邊說著一邊偷眼看葉作舟，東方明一笑。

「你們想排練新節目，這一點恐怕在延安辦不到了。現在戰局發生了

變化，國民黨在豫湘桂戰役中大潰敗，日軍打通了大陸交通線，但也為此付出了代價，在華北的軍事力量減弱。我們的機會來了，中央決定，動員文藝工作者到前線去，參加到即將開始的大反攻中，配合部隊，擴大共產黨八路軍的影響。如果你們想排練新節目，可以到根據地前線去排練，效果肯定更好。」

「要到前線去了，太好了！」

「你是急著要去見雲生吧。」看柳二妮十分興奮的樣子，丁小蝶笑她。

「東方大哥，小日本是不是快要完蛋了？」于鎮山也很激動。

「鬼子完蛋之前肯定要瘋狂一把，這次去前線肯定有好戲唱。你們幾個是願意留在魯藝排大戲，還是願意跟我去前線？」葉作舟問他們。

「我當然是跟著你走了。」于鎮山嘿嘿一笑。

「小蝶姐，一起去吧。」柳二妮轉向丁小蝶。

「只要讓我參加攻打東亞煤礦的戰鬥，我就去。」

「連我能不能撈著仗打，我都不能確定，我可不敢給你下保證。」

「那就過去看情況吧。」丁小蝶對葉作舟點點頭。

「東方海，你呢？畢竟魯藝正在排的這部大戲，你能幫上忙。」

東方海想了想，對葉作舟說道：「這次的作曲小組陣容強大，我能做的工作不多。我覺得參加戰地服務團，到根據地去，我能做得更多。」

「上次去根據地，我們都答應過趙政委，要和戰士們一起迎接抗戰的勝利。葉大姐，這次我們還要想想辦法，把小提帶上。」

聽到于冬梅的話，葉作舟沉吟一下，答應下來：「這件事情交給我來辦。」

「大哥，鐵蛋已經參加了八路軍，我們想把他也帶上。」

東方明對東方海點了點頭：「放心吧，包在我身上。」

※　　　　　　※　　　　　　※

葉作舟寫下保證書，保證孩子絕對安全，保育院院長終於同意丁小蝶

帶著石盼新趕赴獨立旅前線。戰地服務團一行人很快再度出發，他們來到黃河邊，葉作舟和于冬梅指揮眾人做渡河的準備，東方海抱著石盼新來到河邊，指著河水。

「看，這就是黃河。」

「黃河真大啊，黃河在咆哮。」石盼新驚奇地看著黃河，東方海揉揉他的頭髮。

「小提真聰明。」

「過了黃河就是山西，小提，你爸爸的部隊就在黃河那邊。」丁小蝶來到二人身邊。

「我們要坐船過去嗎？」

「是，我們坐船過去。看見沒有，那邊是渡口，我們就從那邊坐船過去。」東方海邊說邊把渡口指給石盼新看。

于冬梅在一旁默默注視著這一大一小兩個人，目光中滿是羨慕。于鎮山察覺到這一點，走了過去。

「小提，想不想來叔叔這裡騎大馬，這樣看黃河能看得更清楚。」

「好。」

「你別亂跑，你小心我兒子。」于鎮山接過石盼新，讓他騎在自己的脖子上，來回跑，丁小蝶喊著追了過去。

東方海一個人站在黃河邊，看著黃河水沉思，葉作舟來到于冬梅身邊說：「你哥哥比個孩子還孩子。」

「他成了家，就會成熟起來。葉大姐，你看我哥是不是該成個家了？」

葉作舟躲閃著于冬梅的目光。「那是他的事情，讓他自己考慮去。冬梅，這次我們過了黃河，不把日本鬼子打敗就不回來。」

「報告，渡河準備已經完成，可以過河了。」已經是八路軍戰士的鐵蛋跑了過來，敬了個禮。

葉作舟意氣風發地抬手道：「冬梅，讓大家集合，我們出發過黃河，打日本鬼子去。」

　　「是！」于冬梅吹響了集合的哨子。度過黃河後，又趕了一段路，眾人來到一處丘陵地帶休息，東方海和丁小蝶陪著石盼新唱起英文兒歌。過了一會兒，石盼新又騎在東方海的脖子上，做出拉小提琴的樣子。休息時間結束，丁小蝶跟在東方海和石盼新身後走起來，神情興奮。葉作舟趕上兩步，走到她身邊。

　　「小蝶，是不是心早飛到獨立旅了？」

　　「那當然，到了獨立旅，說不定咱就又撈到仗打了。」

　　葉作舟忍不住笑起來，「小蝶，你呀，和我一樣，總想著打仗。」

　　「協理員，我哪裡敢和你比？放在從前，我呀，多說也就是一個花木蘭，你呢，那可是穆桂英啊。」

　　「小蝶，你可真會說話，我哪裡有那麼厲害？」從沒被丁小蝶這麼誇過，葉作舟有些不好意思起來。

　　「怎麼沒有？你也是帶過兵的人。對了，協理員，說起穆桂英，我還會唱《穆桂英掛帥》呢，是在咱魯藝平劇團學的，可惜那時沒好好學。不過呢，我還真會唱兩句。」

　　「真的？《穆桂英掛帥》可是我最愛聽的。」葉作舟驚訝地看著她。

　　「協理員，那我就獻醜了，給大家來上一段提提神。」丁小蝶亮開嗓子，唱了一曲《穆桂英掛帥》的經典唱段。

　　葉作舟由衷讚嘆道：「小蝶，那時我只知道你不喜歡唱平劇，沒想到，你還真學會了。」

　　「協理員，那時我不懂事。不過呢，雖然我嘴上說不學，實際上可都看在眼裡，記在心裡，學會了好多唱段呢。唉，如果能回到從前該多好啊。」

　　回想起從前，丁小蝶有些羞澀，葉作舟認真地看著她。

　　「小蝶，你現在已經很好了。」

「協理員，謝謝你，你人總是那麼好。」丁小蝶也真誠地回望著葉作舟。

　　　　※　　　　　　　※　　　　　　　※

在戰地服務團趕路的同時，日軍方面得到情報，蘭雙禮正率晉綏軍孤軍冒進黃龍鎮，山本龍太郎隨即帶領聯隊包抄晉綏軍，並對之進行猛攻。炮火連天中，蘭雙禮在戰壕裡來回跑著指揮，親自持槍射擊，決定與日軍拼死一戰。

趙松林收到消息，得知友軍蘭雙禮部被日軍包圍在黃龍鎮附近，正處於危急之中，他立即命令獨立旅所有部隊集結，向黃龍鎮前進，先到的部隊率先投入戰鬥，解圍友軍。因為山本龍太郎此番出動了整個連隊的兵力，晉綏軍傷亡不斷。日軍派出坦克，晉綏軍仍未放棄戰鬥，敢死隊員身上捆著手榴彈，以血肉之軀炸翻坦克，英勇犧牲。最後，蘭雙禮拿起步槍，打上刺刀，帶領僅剩的晉綏軍士兵衝向敵群，與日軍肉搏。蘭雙禮刺倒幾個日軍，渾身是血，一顆炸彈落下，他被炸暈，倒了下來。

趙松林帶領獨立旅戰士們以最快速度趕到黃龍鎮，然而日軍已經撤走，戰場一片狼藉，到處是晉綏軍的屍體。獨立旅將晉綏軍傷患全部救起，趙松林在戰場上到處尋找蘭雙禮，最後也沒有找到，只好痛苦地放棄了尋找。他帶人收拾好戰場，將晉綏軍陣亡將士們妥善安葬，又率領獨立旅將士在晉綏軍官兵墳前脫帽致敬。一切辦妥後，趙松林率獨立旅戰士們回到董家莊駐地，正趕得及迎接戰地服務團一行人。

「歡迎，歡迎，可把你們盼來了。」

「我們來參加你們的大反攻，一起見證抗戰勝利的到來！」

戰士們在村口列隊歡迎戰地服務團，趙松林與葉作舟握手。一旁，郭雲生與柳二妮也緊緊握手。幾名戰士跑過來，從丁小蝶懷裡接過石盼新，高聲歡呼：「我們的小八路！」

眾人來到獨立旅第一件事便是前往墓園，給石保國掃墓，丁小蝶牽著

石盼新，他手上拿著一個花環。

「保國兄弟，我們又來看你了，小蝶現在很好，小提也長大了，我們這次來，特地把他帶上，讓你看看。你就放心吧，小蝶是我們的親人，小提是我們的孩子。」葉作舟說完，東方海跟著開口：「保國大哥，我保證，將來一定會把小提培養成一個小提琴家。」

丁小蝶低頭對石盼新說道：「記住，你的爸爸叫石保國，是一個堂堂正正的中國人、抗日大英雄！」

「媽媽，我長大了也要當一個英雄。」石盼新爬上墳頭，把花環珍重地放在那裡。

「小提，你為什麼要把花環放在那裡？」

他轉過頭，用稚嫩的聲音對柳二妮說道：「夏天快來了，我要讓爸爸用它遮太陽。」

丁小蝶蹲下來，緊緊地抱住了他。

※　　　　　　※　　　　　　※

戰地服務團與獨立旅這次重聚，有兩項主要任務，一個是回應中央號召，趁日軍窮途末路之際向東出擊展開大反攻，另一個則是徵求前線官兵對《白毛女》部分唱段的意見，爭取把這部向黨的七大獻禮的作品《白毛女》打造成經典。

這天，在董家莊的大舞臺下，戰士們席地而坐，郭雲生帶著石盼新坐在第一排，兩人身邊放著好多郭雲生採來的野花。葉作舟登臺介紹完《白毛女》的創作經過後，柳二妮演唱了一曲〈北風那個吹〉，臺下熱烈鼓掌，郭雲生跳上舞臺，敬禮，把一束花獻給了柳二妮。于鎮山跟著上臺演唱了一曲，他充滿期待地看著臺下的葉作舟，兩人目光相撞，葉作舟低頭拿起一束花，遞給旁邊的石盼新。

「小提，把這束花獻給鎮山伯伯。」

石盼新很聽話地拿著花，爬上舞臺送給了于鎮山，于鎮山抱起石盼新。

「謝謝小提。」

「鎮山叔叔，你要謝就謝葉阿姨，是她讓我給你獻花的。」

眾人大笑。接下來又是丁小蝶與于鎮山合作演唱的《白毛女》片段〈紅頭繩〉。看到老旅長的夫人上臺，戰士們的掌聲更加熱烈，個個喜笑顏開。于鎮山扮演楊白勞，同時又負責樂器，他一會兒在舞臺中央演唱，一會兒跑到樂隊操琴，忙得不亦樂乎，葉作舟在整個演出過程中指著于鎮山笑個不停。郭雲生把兩束野花遞給石盼新，他走上舞臺，給臺上的兩人獻花。丁小蝶感動地蹲下來，抱著他親了一口。獨立旅的戰士們都站了起來，高聲請丁小蝶再來一曲，盛情難卻，她又演唱了一首〈歌唱二小放牛郎〉，最後在熱烈的掌聲中鞠躬謝幕。

二十八　勝利

葉作舟一個人在村外的路上走著，于鎮山笑嘻嘻地趕過來，追上她。

「作舟，你這是散步，還是看風景呢？」

「都不是，我在考慮打東亞煤礦的事兒。」

「小鬼子很快就完蛋了，他們折騰不了幾天了，你還是好好考慮考慮個人的事吧。」

「我給你說過多少遍了，我個人的事兒等到抗戰勝利後再說吧。」葉作舟看也不看于鎮山一眼。

「毛主席說，抗戰是持久戰，咱們這事兒，都這麼多年了，再等等，黃花菜都涼了。」于鎮山正委屈巴巴地說著。

丁小蝶牽著石盼新走了過來，石盼新手裡拿著一束野花，看著于鎮山垂頭喪氣的樣子，丁小蝶笑起來說：「你看你那出息，又失敗了？」

「我哪像保國團長有本事，讓你這個大美女主動追，不過，抗戰很快就勝利了，曙光就在眼前。」于鎮山訕訕地笑著。

「還曙光呢，就你這嬉皮笑臉的，誰能看上你？」

「心誠則靈，是不是，作舟？」

葉作舟不理他，轉向丁小蝶，故作嫌棄：「小蝶你看看，這人臉皮多厚。」

「他的臉皮比山還厚，不過嘛，情比海還深。協理員，你可以考慮考慮。」

「小蝶，就連你也來取笑我了。」

丁小蝶收起笑容，一臉認真地說：「協理員，我是說真的，經過這麼多年的考驗，我覺得鎮山大哥還真的不錯。我覺得吧，打完這一仗，你們真

的可以考慮考慮了。」她彎腰，低聲對石盼新說道：「小提，把花給叔叔。」

「叔叔，給阿姨花。」石盼新把手裡那束花遞給于鎮山，聲音稚嫩，于鎮山笑得開心。

「小提人小鬼大啊，了不得，將來又是一個石保國啊。」

于鎮山單膝跪地，將從石盼新手中接過的花送給葉作舟。

「作舟，皇天在上，日月可鑑，我于鎮山雖是粗人，但我的感情像暖暖的陽光。我沒別的想法，就想那些陽光能在以後的歲月裡溫暖你的心房。」

「你在說什麼呢？快起來！」葉作舟急得直跺腳，丁小蝶鼓起掌來。「鎮山大哥搖身變成詩人了，不愧是唱信天遊的，張口就是暖人的話。」

「作舟，你要是不答應我，我就不起來。」于鎮山仰頭定定地看著葉作舟。

「你真是一塊牛皮糖。好好，我答應你，打完這一仗，咱們就一起過日子。」葉作舟害羞起來，又想掩飾，她扔下樂開花的于鎮山，也沒看一眼笑容滿面的丁小蝶，轉身急急走了。一路走到村口，她臉上始終帶著羞澀的微笑。

這時，她的視野中突然撞進一個搖搖晃晃的人影，那人穿著破破爛爛的國軍軍裝，正艱難地向董家莊挪著，葉作舟大驚，忙迎了過去，她不認得這是晉綏軍的劉副官。

「你是誰？哪個部隊的？」

「我，我……」劉副官踉蹌地過來，還沒有說完，就一頭栽倒在地。葉作舟上前扶起他，大聲向遠處的于鎮山和丁小蝶喊：「快過來，快過來！」

「這不是劉副官嗎？」于鎮山和丁小蝶急忙跑過來，看到劉副官，都大吃一驚，于鎮山背起劉副官，向獨立旅衛生隊趕去，葉作舟跟著他們，又回頭讓丁小蝶快去找趙松林來。

※　　　　　　※　　　　　　※

趙松林趕來沒多久，劉副官悠悠醒轉，他接過葉作舟倒的水，急急喝下道：「快去救救蘭團長……」

　　「蘭團長還活著？」趙松林聞言大喜，劉副官虛弱地點頭。

　　「我們中了鬼子的埋伏，全團的兄弟，都戰死了……剩下的幾百名兄弟，都被鬼子俘虜了，把我們送到東亞煤礦做苦工。」

　　「劉副官，你放心，我們一定會把東亞煤礦打下來！」

　　劉副官感激地看著趙松林，但神色又很焦急。

　　「你們要快些，鬼子很快就要把東亞煤礦的俘虜送到日本去當勞工……是蘭團長他們掩護我逃出來的，讓我來找你們報信，他還說，八路軍一定會救我們的。」

　　「八路軍當然不會坐視不管，只要是參加抗戰的中國人，都是兄弟。劉副官，你安心在這裡休養，我們一定會把東亞煤礦打下來，救出蘭團長和所有的兄弟。」

　　安撫好劉副官，從衛生隊出來，趙松林直接帶著葉作舟來到司令部。他召集了獨立旅其他幹部們，決定暫緩回應中央向東反攻的命令，先集中兵力把東亞煤礦攻下，絕不能眼睜睜地看著中國人被送到日本去做勞工。更何況，蘭雙禮率領的晉綏軍在抗戰中始終堅決與日軍對抗，從未為難八路軍，並且還救援過獨立旅。攻打東亞煤礦，也可以算作大反攻的一部分。趙松林決定，打下東亞煤礦，救出所有國軍戰俘後，獨立旅再向東出擊。

　　從司令部出來後，趙松林又跟著葉作舟來到戰地服務團住處的院子裡，眾人圍著院中一張石桌，或坐或站，商議攻打東亞煤礦的策略。

　　「我來介紹一下情況。東亞煤礦所在的虎口鎮駐有日軍一個聯隊，聯隊長是山本龍太郎，一直是我們獨立旅的老對手。我們獨立旅和他們多次交手，但一直沒能打下來。這次，無論多難，我們都要把它打下來。日軍兵力雖多，但今非昔比，強弩之末，我們獨立旅還是有信心的。」

　　趙松林說完後，葉作舟接著說明這次作戰的核心難點：「趙旅長給我說過，最大的問題還是東亞煤礦的兵力部署與火力點位置不大清楚。除了日軍，虎口鎮還駐有一部分偽軍，這部分偽軍是從別的地方調過來的，一時還沒有辦法派人打進去。」

　　「我們還得到一個情報，山本龍太郎這幾天去太原開會了。這是個機會。鬼子的那個翻譯官孫昌本也陪山本龍太郎去太原了。對了，還有個情報，不知道有用沒有。這個孫昌本的表姐白邵婷從前在英國留學，現在歐洲的形勢好轉，她從英國回來了，說這幾天就要到虎口鎮來看看表弟。」

　　趙松林帶來的作戰參謀在一旁說著，于冬梅眼睛一亮。「這麼說，這個要來虎口鎮的白邵婷除了鬼子的翻譯官，其他人都沒見過？」

　　「我們是不是可以乘虛而入，派人冒充這個翻譯官的表姐去偵察一番，記下鬼子的兵力和火力點？」葉作舟也很快反應過來，趙松林點點頭。

　　「這不失為一個辦法，可是，派誰去才好呢？」

　　「我扮作下人，協理員扮演表姐，我們兩個去。」

　　看于鎮山舉著手自告奮勇，丁小蝶撲哧笑了。「看你那樣子，是不是急著把這仗打完？」

　　「別急，這事兒我也知道了，等這仗打完，你和作舟的婚事就在我們獨立旅辦了。我們獨立旅一定會傾其所有，辦得熱熱鬧鬧……」

　　于鎮山嘿嘿地笑，趙松林也笑著說道，葉作舟瞪他們。

　　「老趙，你跑題了，談正事兒，談正事兒。」

　　「協理員還是應該坐鎮指揮，我看還是讓我去最合適。那個白邵婷是從英國留學回來的，想必也是風情萬種儀態萬方。這個嘛，哈哈，其實我最擅長，不用演，一招一式都很自然。」丁小蝶舉著手，東方海點點頭。

　　「小蝶有這個派頭。」

　　「這個任務太危險了，萬一被識破了，後果不堪設想。再說，小提還需

要人照顧，我不同意。」葉作舟卻直搖頭，趙松林也表示反對：「讓誰去，我們也不能讓老旅長的夫人去，萬一出了事兒，我們對老旅長無法交代。」

于冬梅和柳二妮更是扮不來出國留學歸來的大戶小姐，討論了一圈，眾人只好無可奈何地苦笑著，趙松林站了起來。

「這樣吧，我們再偵察，你們大家再想想，如果能想出其他辦法更好。我明天再探敵營。」

※　　　　　※　　　　　※

第二天一大早，葉作舟便穿好旗袍，整理了一下，她左右看看，無奈沒有鏡子，看不出效果，只得走到門邊，向外面張望。于鎮山正好路過，他看到葉作舟，眼睛一下子直了。

「發什麼呆，過來！」

「作舟，你穿上旗袍真好看。一直看你穿軍裝，真沒想到，你原來穿其他衣服也這麼漂亮。」于鎮山趕忙跑了過來，認真地說道。

「有丁小蝶漂亮嗎？」葉作舟也認真地問他。

「幹嘛和她比？你就是你，她是她。」于鎮山一愣，連連擺手。

葉作舟卻追著問：「你老老實實回答我，有丁小蝶漂亮嗎？」

「作舟，我眼裡只有你，別人再漂亮，我都不會多看一眼。」

看于鎮山誤解了自己的意思，葉作舟著急地說道：「你說什麼呢？我只是想知道，丁小蝶一穿上旗袍，就是大城市小姐的模樣，我想知道我能不能穿出這個味道。如果行的話，我想了，到虎口鎮偵察這事兒，還只有我能去。你說吧，我這樣化裝進去，像不像一個在歐洲留過學的大小姐？」

「像是像，如果讓小蝶再化妝一下，效果會更好，她上次給你化妝成新娘效果就不錯。」

于鎮山端詳著葉作舟，葉作舟卻連連搖頭道：「那不行，我要是去找了她，她再一嚷，搞得趙旅長知道了，我就去不成了，這事兒只能悄悄地幹。鎮山，你不是也給鬥鼓隊隊員化過妝嗎？你幫我化。」

「那好，那好，我就試試吧。」于鎮山為難地點了點頭，他拿來化妝用品，兩人一邊化著妝，一邊拌嘴閒聊。化好後，于鎮山拿了一個小鏡子遞給葉作舟，她看了看，點點頭。

「你去看看外面有沒有人，我要偷偷地溜出去，被人發現就去不成了。」

「那我跟著你一起去吧。」

「這又不是上次扮新娘，用不著你。」葉作舟搖頭。

「你扮成一個從歐洲留學回來的富家小姐，肯定得有下人跟著，兵荒馬亂的，你一個女人出現在那裡，怕是不合適。我終歸是不放心你的。」

于鎮山說得有道理，葉作舟沉思片刻，看著他點了點頭。

「那好，你就跟著我去吧。你去冬梅那裡看看，我記個還有一個用作道具的皮箱，你拎著，把我那兩支短槍，還有你的那支，壓滿子彈放進去，再帶上幾顆手榴彈，萬一被鬼子識破了，咱就和他們拼了。」

于鎮山忙不迭地點頭，眼裡滿是笑意。「那當然，咱生生死死都要在一起。」

兩人來到董家莊村民張大伯家，坐上他趕的馬車往虎口鎮去了。

※　　　　　　※　　　　　　※

東方海帶著石盼新坐在田埂上。

「小提，你長大了準備幹什麼？」

「我準備長大了當八路軍，像我爸爸媽媽一樣打鬼子。」

「等你長大了，鬼子早就被打走了。那時啊，國家就不需要打仗了。」

石盼新眨著眼睛，對東方海說道：「那我就跟著你拉小提琴，當個大音樂家。」

「我就等你這句話呢，我要把我全部看家本事都教給你，讓你成為一個大音樂家。」東方海聽到他這麼說，非常高興。

「叔叔，你的小提琴拉得可好聽了，我最喜歡聽你拉琴。」

「可惜我現在沒帶琴，我教你唱首兒歌吧。」

東方海唱起〈兒童團放哨歌〉，石盼新跟著唱，兩人其樂融融。丁小蝶急匆匆地趕來，她穿著旗袍，臉上化了妝，她著急地問道：「阿海，你看到協理員和于鎮山沒有？」

東方海站了起來，說：「沒啊，我和小提一直在這裡玩，他們怎麼了？」

「他們兩個突然不見了，找了兩個多時辰，還是沒一點兒影子。」

東方海抱起石盼新，三人匆匆往董家莊村內走去。趕到司令部，趙松林、于冬梅和郭雲生正焦急地等在那裡。

「你見到協理員和于鎮山了嗎？」

東方海對趙松林搖頭，于冬梅走過來。

「本來已經商量好了，讓小蝶妹妹化裝到虎口鎮偵察，可準備出發了，卻找不到協理員和我哥，都找了兩個時辰了。他們去了哪裡呢？」

「如果我沒猜錯的話，協理員帶著于鎮山前去虎口鎮偵察去了。」

趙松林走了幾個來回，東方海點頭。

「協理員一聽說要打仗，渾身都是勁，很有可能，他們是去了虎口鎮。」

「要是這樣，那就糟了。」丁小蝶驚叫一聲，眾人不解地看向她。

「我去是最合適的，你們想，冒充那個翻譯官剛從英國留學回來的表姐，要是鬼子懷疑了，讓協理員說一句英語，那不是全露餡了。」

「協理員忘了這個。」東方海大驚。

「我帶人去追他們。」郭雲生著急地拔腿就要走。

趙松林攔下郭雲生，他思索了片刻，做出決定：「已經來不及了，估計這個時間他們已經到虎口鎮了。協理員身經百戰，我想應該沒事。但為了以防萬一，我和雲生帶一個營向虎口鎮方向移動，伺機接應。」

「我們也去。」

趙松林看看面色焦急的眾人，點了點頭。「好，大家一起去。」

二十八　勝利

※　　　　　　　　※　　　　　　　　※

　　到了虎口鎮東亞煤礦的偽軍崗樓外，葉作舟和于鎮山下了馬車，低聲
囑咐張大伯在鎮子東門等上兩個時辰，過了時間就自己先走。接著，葉作
舟穿著旗袍，于鎮山跟在後面提著一個皮箱，兩人大搖大擺地來到了偽軍
崗哨前，開始演戲。葉作舟扮起趾高氣揚的大小姐還真像那麼回事，于鎮
山的僕人也裝得有模有樣。兩人一唱一和，順利地騙過了站崗的偽軍，進
了崗樓，又取得了偽軍朱連長的信任，進入了東亞煤礦的核心區。在偽軍
連部坐了一會兒，葉作舟提出要到處走走，朱連長不敢怠慢，帶著兩人在
礦區中逛著。他們趁機仔細地打量著四周的炮樓，暗暗記下日軍的火力點
分布，眼看就要走到日軍司令部附近，迎面過來一個日軍軍官，攔下了三
人。好在有朱連長解釋，日軍沒有抓捕他們，只是舉槍逼著三人離開。

　　葉作舟、于鎮山被日軍驅趕出東亞煤礦核心區，跟再三道歉的朱連長
分開，進了街邊一處茶館。茶館的二樓上只有他們兩人，斜對面是日軍聯
隊部，牆上布滿密密麻麻的射孔，儼然一座堡壘。葉作舟示意，于鎮山忙
打開皮箱，拿出紙筆。葉作舟接過，觀察著日軍聯隊部的火力配置，不時
低頭，在紙上迅速畫出日軍兵力與火力部署的簡圖。于鎮山負責留意街上
的狀況，他看到有三個日軍向茶館方向走來，立刻告訴葉作舟，兩人迅速
把紙筆收起，慌張地下樓。眼看著要在茶館門前遭遇日軍，茶館夥計看出
兩人是打日軍的人，領著他們從後門離開。

　　離開茶館，葉作舟和于鎮山匆匆忙忙地往鎮子東頭趕去，于鎮山擦了
一把汗。

　　「你說，鬼子是不是發現咱們了？」

　　「只是巧合而已，他們要是發現了，早就全體出動了。但如果咱們不
走，他們在茶館裡再遇到咱們，那就會懷疑了。」

　　「你要咬定是孫翻譯官的表姐，諒他們也識破不了。」

　　葉作舟搖搖頭，低低說道：「你懂什麼？咱只是在走一步險棋。要是鬼

子懷疑咱了，不用孫翻譯官回來對質，咱就露餡了。」

「你現在的派頭看上去就是一個城市的大小姐啊，怎麼會露餡？」于鎮山不解。

葉作舟耐心地對他解釋著：「我現在冒充的是鬼子翻譯官剛從英國留學回來的表姐，鬼子要是讓我說一句英語，那我不是抓瞎了嗎？我就知道從一到十，還是聽東方教小提唱兒歌時拾著聽的。」

「你這麼說還真是的，這個任務其實最適合丁小蝶，她會說英語。」于鎮山恍然大悟地點頭。

「我就是想到了這一點才搶先過來的，她雖然會英語，但實戰經驗不足，我怕她來了，萬一出了什麼事兒，咱就沒辦法向石旅長交代了。」

「作舟，你太偉大了。」于鎮山由衷地稱讚著。

「叫我白小姐，笨蛋。」葉作舟不好意思起來。

「好的，好的，我的白小姐。」

于鎮山正嘿嘿地笑著，突然間，他們與載著山本龍太郎和孫昌本的車隊迎面而過，儘管躲閃到了路邊，葉作舟扎眼的旗袍仍是令孫昌本投來了目光。預感到不妙，兩人剛加快步子，葉作舟扭傷了腳，于鎮山彎下腰，背上她小跑起來。他們抵達東門，乘上張大伯的馬車，向董家莊疾駛，坐在顛簸的車上，葉作舟迅速打開皮箱，取出兩人的武器，與駕駛著摩托車追來的日軍對射。

快到一處山坡時，機槍子彈落在馬車四周，險情頻發，很快車被射翻。葉作舟和于鎮山就地還擊，眼看日軍就要衝到跟前，突然坡上槍聲大作，趙松林和郭雲生帶領獨立旅戰士殺出，消滅了追趕的日軍，平安接下兩人。

一行人衝過來，扶起葉作舟和于鎮山，趙松林焦急地看兩人有沒有受傷。

「作舟，萬一出了事兒，我如何向魯藝交代，向延安交代？下次不能這樣了。」

「沒有下次了，小日本很快就要完蛋了。」

這時，丁小蝶脆聲笑著說道：「哎呀，你們別顧著關心協理員有沒有傷著了，快看看，協理員穿上旗袍多漂亮啊。」

眾人看著葉作舟，爭相誇讚起來，葉作舟不好意思地整了整旗袍。「你們就別打趣我了，我這次穿旗袍，還不是工作需要嗎？其實我還是喜歡穿軍裝，打仗方便。」

※　　　　　※　　　　　※

有了葉作舟畫的日軍兵力與火力配置圖，攻打東亞煤礦已是蓄勢待發，勢在必行。戰鬥前一日，郭雲生和柳二妮特意把他們的住處騰出來，準備給于鎮山和葉作舟當新房。丁小蝶、于冬梅和柳二妮樂呵呵地收拾著，在炕上鋪好嶄新的被褥，剪好喜字貼在牆上，想要給葉作舟一個驚喜。

第二天，獨立旅埋伏在虎口鎮外，戰地服務團被趙松林安排隨三團一起，攻打日軍聯隊部。獨立旅如今力量壯大，不僅有山炮，還有了迫擊炮，隨著一聲令下，炮火齊鳴，日軍陣地一片硝煙，東方海一行人都興奮地看著眼前的景象。炮火準備完畢，司號手站起來，吹起衝鋒號，戰士們吶喊著向虎口鎮衝去，與日軍展開激戰。

戰地服務團一行人隨著三團突入鎮內，來到日軍聯隊部近前，三層樓房牆上滿是機槍射孔，封鎖著大街，火力壓得獨立旅方面抬不起頭。在一個拐角隱蔽處，趙松林、葉作舟、于鎮山等人聚在一起商量，決定組織一支突擊隊，由熟悉路線的于鎮山來帶領，迂迴到聯隊部斜對面的茶館。眾人冒著槍林彈雨閃進茶館裡，趙松林稍稍打開門，日軍的子彈便密集地射過來，他趕緊閃了回來，于鎮山從門縫裡焦急地打量著對面。

「要想衝過這條馬路到鬼子的聯隊部，必須得把這扇門打開才行，可鬼子的機槍封鎖得死死的，怎麼辦？」

「趙旅長，我們得先回去一個人，讓街正面的機槍、迫擊炮一起打聯

隊部，把鬼子的火力吸引過去，咱們趁機打開門，衝過去把它炸掉。」

趙松林點頭，命作戰參謀從茶館後門繞回大街正面，讓機槍和迫擊炮進行掩護，看到對面日軍聯隊部被大街正面八路軍的機槍、迫擊炮封鎖後，于鎮山從身邊戰士手中奪過炸藥包，說：「我去把鬼子的聯隊部炸掉。」

「鎮山，你要小心點。」葉作舟關切地說。

于鎮山點頭，一腳把門踹開，抱著炸藥包過了街，日軍的機槍掃射過來，他趕緊臥倒。葉作舟見狀衝出茶館，藉著斷牆的掩護，持雙槍向日軍射擊。短槍毫無效果，她便把雙槍插回腰間，從身邊戰士手裡奪過一支步槍，瞄準日軍射擊孔，一槍擊倒了牆後的機槍手。立刻又有新的機槍手替補上來，向葉作舟射擊，子彈在她周圍噗噗作響。于鎮山趁機匍匐前進，終於來到日軍聯隊部的樓下，拉動了導火索。葉作舟閃身從斷牆後出現，向日軍射擊，吸引火力。于鎮山剛撤回來，只聽一聲巨響，碎石子、水泥塊飛濺在半空中，漫天的黑煙裹著白霧向四面散開來。

「衝啊！」趙松林大吼一聲，四面八方的獨立旅戰士衝向日軍聯隊部，大部隊很快殺入建築內部，殘存的日軍舉手投降。眾人打掃戰場，于鎮山一步不離地跟在葉作舟身後。

「作舟，你剛才為了掩護我，整個身子都暴露在鬼子的火力下，這太危險了，以後不能這樣了。」

「我才不是為了你，我是為了多殺幾個鬼子。」

于鎮山嘿嘿笑著：「今天打掃完戰場，明天咱就結婚。」

「好了好了，別貧嘴了，咱趕緊找找山本龍太郎，就是死的，也要看到他的屍體才行。」

「是，夫人大人！」鎮山滑稽地給她敬個禮，笑嘻嘻地分頭去找山本了。

葉作舟帶著幾名戰士踹開一扇門，抓到了裝死的孫昌本，他也不知道山本在哪兒，不過交代了樓下還有一層地道。葉作舟留下兩名戰士看押孫昌本，帶著剩下的人往地道趕去。

　　　　　　　　　※　　　　　　　　※　　　　　　　　※

　　另一邊，郭雲生率領著二團主攻煤礦核心區，偽軍和部分日軍憑藉碉堡和沙袋一類工事頑抗。郭雲生等人受到敵人的火力壓制，他們派出柳二妮向偽軍喊話勸降，槍聲沉寂下來，偽軍朱連長早已不堪日軍的羞辱，帶領偽軍掉轉槍口，向日軍開槍。郭雲生觀察到戰機，站起來揮槍吶喊，獨立團戰士們向東亞煤礦核心區衝去。有了偽軍的協助，日軍很快被擊潰，郭雲生從朱連長口中問出關押戰俘的地點，來到後方倉庫，開槍打壞門鎖。

　　蘭雙禮帶著衣衫襤褸的戰俘們衝了出來，他緊緊地握住郭雲生的手，熱淚盈眶：「謝謝你們，我就知道八路軍會來救我們的。」

　　「蘭團長，你們受苦了。」

　　日軍聯隊部大樓裡，葉作舟帶著兩名戰士來到地下一層，地道彎彎繞繞，有很多房間，一片狼藉的地上橫著日軍士兵的屍體。葉作舟往裡走了一段，看到丁小蝶也在這裡搜尋。

　　「找到山本龍太郎沒有？」

　　「還沒找到。這個混蛋，挖地三尺也要把他找出來。」

　　葉作舟吩咐著兩名戰士，四人分頭搜尋，她接連踹開兩個房間，均無山本蹤影。房間裡有些文件，她拿起來看了看，都沒什麼價值，又放了下來。踹到了第三間時，突然傳來丁小蝶的聲音：「協理員，快過來，他在這裡，這傢伙受傷了。」

　　葉作舟循著聲音趕到丁小蝶所在的房間，丁小蝶興奮地扭頭招呼著她：「這傢伙腿快被炸斷了。」

　　山本龍太郎蜷縮在角落裡，他看到丁小蝶注意力集中在葉作舟身上，突然間掏出手槍，向丁小蝶瞄準。趕來的葉作舟看到這一幕，大驚失色，她迅速搶上一步，把丁小蝶推到一邊，同時向山本開槍。兩支槍幾乎同時響起，山本龍太郎被擊中手臂，槍掉了下來，葉作舟卻直接向後倒去。她

傷在胸口，丁小蝶一手抱起她，另一隻手摀住向外噴湧的鮮血，大喊著的聲音都變了調：「協理員，協理員……」

「小蝶，別哭……」葉作舟抽搐著，痛苦地咳著血沫，她艱難地伸出手，想撫丁小蝶的臉，但手還沒舉起，就無力地垂落了下來。

「姐姐，姐姐……」丁小蝶放聲大哭，兩名戰士趕來，扶著已沒有氣息的葉作舟。丁小蝶站起來，撿起地上的手槍對準了山本龍太郎。

「丁幹事，不能殺俘虜！」一名戰士驚叫。

「去他媽的不殺俘虜！」咬牙切齒地說完，丁小蝶毫不猶豫地開槍，打盡了所有子彈。

※　　　　　　　※　　　　　　　※

葉作舟也躺進了董家莊的墓園中。

出殯那天，趙松林、東方海、于鎮山、郭雲生、蘭雙禮和一名戰士，一共六人抬著葉作舟的靈柩來到墓地。列成兩隊的獨立旅戰士們，在靈柩經過面前時，一個接一個地舉手敬禮。所有人都面容哀傷，最痛苦的是于鎮山，他悲痛的臉因壓抑而扭曲著。

隨著靈柩緩緩放入墳墓，一聲口令，戰士們整齊地持槍指向天空，鳴槍三聲致敬。趙松林帶領抬棺的眾人向墳墓填土，填好後，于鎮山將刻著葉作舟名字的木牌砸進土裡，一下、兩下、三下……緩慢而沉重。

獨立旅全體將士脫帽默哀，柳二妮唱起了哭喪調，所有人聽著聽著，都淚流滿面，只剩下于鎮山強忍住悲痛，撫著木牌。

這天夜裡，于鎮山坐在眾人為他和葉作舟布置的新房中，撫摸著牆上的喜字，撫摸著嶄新的被褥，不由得潸然淚下。他壓抑地撲在床上，頭埋進被褥中，雙肩抽搐著。丁小蝶走了進來，坐在他身邊，輕拍著他的肩。

「鎮山哥，我知道你心裡難過，你想哭就大聲地哭出來吧。」

于鎮山終於忍不住，放聲大哭。

「我一直沒有好好地給葉大姐唱首歌……我現在給她唱首歌吧。」丁小

蝶站起身來，唱起《安魂曲》。東方海、于冬梅、柳二妮也來了，他們都靜
靜地站在那裡，聽著丁小蝶的歌聲，在腦海中以鮮活的記憶懷念著那位英
姿颯爽的女英雄。一曲終了，于鎮山停止哭泣，他抬起狼狽的臉。

「謝謝你，小蝶，作舟一定聽到了，她會喜歡的……」

「葉大姐人雖然走了，但她會一直留在我們心裡。」丁小蝶按著心口，
用力地說著。

「這歌，讓我聽著難受……我們本來應該今天結婚的……」于鎮山喃喃
說著，看向東方海。

「還記得我們在賀家莊參加的那次婚禮嗎？我想再聽聽你拉一曲。」

東方海點頭，他用小提琴拉起《費加洛婚禮》，丁小蝶、于冬梅伴著悠
揚的樂音唱著，聲音因為哽咽壓得很低，每個人都淚流滿面。

※　　　　　　　　　※　　　　　　　　　※

幾天後，眾人在司令部送別恢復元氣的蘭雙禮。

「感謝趙旅長這次救命之恩，為了打這一仗，葉協理員都犧牲了，我
很過意不去。」

丁小蝶看著蘭雙禮，十分難過。「蘭團長，這不怪你，葉大姐是為了
救我才犧牲的。」

「葉協理員是一位英勇的軍人，即使不救蘭團長，我們八路軍也要打
這一仗。」面色沉重的東方海也在一旁說道。

「八路軍是仁義之師，蘭某深為佩服。」蘭雙禮深深地看著他們。

「蘭團長，您再考慮考慮，您是一位抗日英雄，我希望您能加入我們
獨立旅。」

蘭雙禮對發出邀請的趙松林苦笑了一下：「實在很慚愧，眼看抗戰就要
勝利了，我身為軍人，卻全軍覆沒，這是軍人的恥辱。我在這場戰爭中經
歷了太多生死，已經累了，我想先回上海看看家人再說。趙旅長，你們共
產黨、八路軍的恩情我記住了。」

「上海還被日軍占領，你怎麼回去？」

東方海與丁小蝶對視一眼，上海這個地方，對他們而言也很特殊。

「這倒沒什麼，日軍雖然占領了上海，但我在上海還是有很多親友的，他們會幫我。」

「既然這樣，那我就不勉強了，祝您一路順風！」

趙松林點點頭，丁小蝶叫住正要轉身的蘭雙禮。「蘭團長，您回到上海，見到了我表哥，請轉達我的問候。」

「好，我一定轉達到。」蘭雙禮點頭致意，轉身離開。

※　　　　　　※　　　　　　※

1945 年 5 月，德國、義大利法西斯覆亡。第二次世界大戰的歐洲戰場作戰以同盟國的勝利而告終。8 月，美軍在廣島、長崎投下原子彈。蘇聯出兵中國東北，向日本關東軍發起進攻。

8 月 9 日，毛澤東發表〈對日寇的最後一戰〉，指揮人民軍隊對侵略者展開全面反攻。8 月 15 日，日本天皇裕仁宣布投降。9 月 2 日，日本政府在東京灣美軍戰列艦「密蘇里」號簽字投降。至此，中國人民抗日戰爭暨世界反法西斯戰爭勝利結束。

※　　　　　　※　　　　　　※

戰地服務團兌現了諾言，與獨立旅並肩戰鬥，直到抗戰勝利的這一刻。全體軍民在虎口鎮載歌載舞慶祝日本投降，掛著「慶祝抗戰勝利」橫幅的舞臺上，東方海正帶著他組建的土洋結合鼓樂隊演出。于鎮山帶著鬥鼓隊走過大街，走過廣場，沿途表演，于冬梅的秧歌隊也沿著另外的路線進行演出，柳二妮對人群唱起信天遊。節目豐富的演出完畢，趙松林登上舞臺，拿起麥克風說：「我提議，在這普天同慶的日子裡，向抗日戰爭中犧牲的將士默哀！」

全體軍民低頭默哀，安靜過後，眾人很快又因勝利而歡騰起來。人群

中，丁小蝶抱著石盼新，她的臉上是喜悅的，淚水卻止不住地流下來。石盼新伸出小手，給媽媽擦眼淚，邊擦邊問著：「媽媽，大家都在笑，你怎麼流淚了？」

「媽媽想起了你爸爸，想起了你葉阿姨，還有你沒有見過面的郭叔叔，他們是抗日英雄、大英雄……勝利了，終於勝利了，媽媽高興，媽媽高興！」

丁小蝶帶著淚痕對石盼新微笑，她仰起頭，看向湛藍的天空，她看得很遠，很遠。

二十九　返鄉

抗戰勝利後的第一個初春，丁小蝶的父母丁振家與田知秋回到了上海，他們來到田富達家，看著門前懸掛的青天白日旗，無限感慨：「八年了，整整八年了，回來了，終於回來了！」

「是啊，是啊，勝利了，勝利了……」

丁振家打量四周，田知秋抹著眼淚，房門打開，已是國軍少將的田寶山招呼著他們：「姑父，姑姑！快進來，快進來！」

「哎呀，你們終於回來啦。」田富達夫婦也激動地迎了出來，眾人進屋。

「寶山，我剛到香港時，得到你托人捎來的消息，小蝶、阿海去了延安當了八路軍，他們現在還好嗎？」丁振家一坐下就問田寶山。

「我也是從蘭雙禮那裡知道他們去了延安的，剛開始我也想把他們接到我那裡，但後來一打聽，他們在延安生活得還不錯。說真心話，共產黨還是很重視人才的。我想了想，我整天帶兵打仗，顛沛流離，小蝶、阿海跟了我，也未必過得好，就沒去接他們。」

「寶山還聽蘭雙禮講，小蝶已經結婚了，還有個兒子叫石盼新……」

聽到田夫人的話，丁振家和田知秋都覺得很意外。田知秋著急地問道：「不是姓東方嗎？怎麼姓石？」

「我也是聽蘭雙禮講的，不知道為什麼，小蝶沒有嫁給阿海，而是嫁給了八路軍的團長石保國。可惜，石保國後來戰死在抗日戰場上，說起來，也是一個英雄。」

「可憐的孩子，我的小蝶，年紀輕輕就守了寡……」田知秋低頭抹淚，」振家瞪了她一眼。「你咋說話呢？小蝶還年輕呢。她本來就應該嫁給阿

海，那個八路軍團長，哼，說不定是逼著小蝶……」

「姑夫，我詳細調查了，小蝶還真不是被逼的，是她主動要嫁給石保國的。這一點，人家共產黨不會像潘家父子那樣……」田寶山笑著搖頭。

田富達插話道：「說到潘家，幸虧小蝶沒有嫁過去。潘家父子當了漢奸，這大上海一光復，他們父子嚇跑了，連家都不要了。誰知道現在成啥樣子了，說不定哪天就被捉住槍斃了。」

「我家小蝶命苦，雖然跟了共產黨受了罪，但好歹比跟了漢奸強，這也算是不幸中的萬幸吧。」

丁振家卻面色沉重道：「現在雖然抗戰勝利了，可我這一路上都在琢磨著，一山不容二虎，一國不能有兩主，將來國共兩黨還會再打起來的，小蝶跟了共產黨，可能會有麻煩。」

「上個月，國共兩黨及民主黨派在政治協商會議上通過了《和平建國綱領》，抗日戰爭已經結束，要立即開始和平建設了。打了這麼多年仗，人人都想和平，這仗怕是打不起來了。姑夫，你就放心好了。」

丁振家對田寶山搖頭道：「寶山，我要說你了，你雖然身為軍人，打仗你在行，但戰爭你不懂，戰爭是政治的延續。這方面，你還得聽我的。這《和平建國綱領》，怕是中看不中用，臥榻之側，豈容他人鼾睡？共產黨想平起平坐，怕是蔣委員長不會同意的。」

「咱不管他們打仗不打仗，寶山，你能不能想辦法把小蝶、阿海帶回上海來？」

聽到田知秋提起東方海，田夫人說道：「阿海也結婚了，聽說是一個叫于冬梅的姑娘。」

「于冬梅？她是幹啥的？她是哪裡人？」

「這也是我聽蘭雙禮說的，于冬梅是八路軍，咱們老家順和鎮人……」

田寶山對田知秋說著，在一旁思索的田富達恍然大悟道：「我琢磨著，順

和鎮姓于的，不就是只有一家戲班嗎？這個于冬梅，可能就是于家班的。」

「說了半天，原來是戲子。阿海是不是昏頭了？怎麼會娶這樣一個丫頭？寶山，你想辦法把阿海、小蝶，還有小蝶的孩子帶回上海來。」

田寶山沒有立即應田知秋的話，他用徵詢的目光看著丁振家，丁振家沉吟著：「我總覺得國家要打仗。要是這樣的話，還是要把他們儘早帶回上海，共產黨遲早要被打敗。退一步說，不打仗了，和平建國了，他們更不能浪費了自己的才華，回到上海發展最好。」

「我也覺得他們回來最好，寶山，你懂軍隊上的事情，你想想辦法。」田富達也跟著說道。

田寶山想了一會兒，點了點頭：「小蝶、阿海他們現在正好在山西虎口鎮那邊，離晉綏軍的防區很近，我帶蘭雙禮親自去一趟，他雖然不在晉綏軍了，但都是舊相識，他們會幫忙的。」

正說著，已長大成人的東方丹回來了，看丁振家和田知秋面露疑惑，田夫人忙說道：「這是東方家的丹丹。她可勇敢了，想當年，從日本人那裡跑出來，硬是自己一個人摸到了我們家。上完了中學，現在在工廠裡工作呢。」

「哎呀，還真找到了，我還想再也見不到丹丹了……」丁振家驚喜地說著，和田知秋一起過來拉住了東方丹的手。

「你們肯定就是丁伯父、田伯母了，你們走時，我雖然還小，但還記得你們的模樣，都八年了，你們還是那麼精神。」

「八年了，如果東方千里兄弟，還有嫂子，知道丹丹現在這麼大了，九泉之下也會欣慰的。」

聽到丁振家的話，東方丹的眼圈紅了，田知秋拉著她坐到自己身邊。

「今天是大喜日子，不說這些了。來，丹丹，坐到我身邊，我要好好看看你。」

「丹丹，你哥知道不知道你還活著？」

東方丹對丁振家搖了搖頭道：「這八年來，我一直都不知道哥哥到哪裡了，也是前不久，蘭團長回到上海來，我們才知道我哥和小蝶姐姐去延安了，我都想去找他們了。」

「你不用去了，剛才我們商量好了，你哥和小蝶現在在山西虎口鎮，準備讓你寶山哥帶著蘭團長去一趟，把他們帶回來。」

東方丹欣喜地看著田富達說：「那太好了，我恨不得早點兒見到他們。」

田寶山靈機一動，他走上前來，對東方丹說道：「丹丹，你回來得正好，如果你能寫幾句話，我帶上捎給你哥，會更好些。」

「寶山想得周到，共產黨也不知道用了什麼法術，年輕人去了他們那裡，都死心塌地地不回來了。」丁振家讚許地點了點頭。

「好，我來寫，我就寫一句，哥哥，我想你。」東方丹歡快地說道。

「這一句勝過千言萬語。」田寶山微微一笑。

※　　　　　　※　　　　　　※

東方海、于冬梅和丁小蝶帶著石盼新在虎口鎮附近的郊區遊玩，東方海抬頭看看不遠處的獨立旅駐地。

「抗戰一勝利，魯藝就遷往東北了，咱們接到的命令是就地待命，不知道下一步會給咱們安排什麼工作。」

「我聽說可能會組建文工團下部隊去。」于冬梅一邊留意著在一旁玩耍的石盼新，一邊說。

「如果能成為獨立旅文工團，那該多好啊。」丁小蝶臉上滿是期待。

這時，身著便裝的蘭雙禮開著小汽車來到。三人驚異地看著，認出下車的人是蘭雙禮，丁小蝶驚喜地迎了上去。

「蘭團長，你怎麼來了？」

「蘭團長，你怎麼穿著便裝？真的解甲歸田了？」

「你們一會兒拋出這麼多問題，我應接不暇啊，三位聽我慢慢道來。」

蘭雙禮對他們笑著，又抱起石盼新，舉了起來。「哎喲，可這麼高了！」

蘭雙禮放下石盼新，掏出一把牛奶糖。「來，小提，這是叔叔特地從上海帶來的牛奶糖。」

「謝謝蘭叔叔。」石盼新高興地接過，丁小蝶眼睛發亮。「你真回上海了？都見到什麼人了？你快說說。」

「我去年被你們救了以後，心灰意冷，就回了上海。你舅舅他們都挺好，還見到了你表哥田寶山，他現在已經是少將了，在他的遊說下，我只好又回來了。我的那個團不但重建了，又被擴編成旅了，我就順理成章成了旅長。」

于冬梅有些遲疑地問他：「你都成了旅長，怎麼穿起便裝來了？」

「雖然簽訂了《雙十協定》，頒布了《和平建國綱領》，但到了你們八路軍的地盤，還是比較敏感的。我倒不是怕你們八路軍，而是軍統的人無處不在，我得提防他們。」

「我爸爸媽媽呢？有他們的消息嗎？」丁小蝶急急地問道。

「要說的話很多，自從上次分別，已經好幾個月了，咱們沒有好好聚了，三位跟我到旅部好好一敘如何？」蘭雙禮微微一笑。

「這樣怕是不好吧。你是穿著便裝來的，我們穿著軍裝到你們那裡，似乎也有些不大方便。」

丁小蝶對猶豫著的于冬梅說道：「有什麼不方便？毛主席還去過重慶呢，咱們去坐坐就回來。」

「冬梅，聽小蝶的，咱們就去一趟，說說話就回來了。」

看東方海也這麼說，于冬梅咬著嘴唇想了一會兒，點了點頭。

「那好吧，說完話咱就立即回來。」

三人帶著石盼新坐進了蘭雙禮的小汽車，來到晉綏軍駐地所在的縣城。小汽車停下一處院前，田寶山從屋內迎了出來，丁小蝶大喜，撲上去抱住了他。

「表哥！」

田寶山與丁小蝶分開，又握住了東方海的手。「我們終於又見面了！」

「八年了，都八年了……」東方海激動地點頭，田寶山看著于冬梅。「阿海，我沒猜錯的話，這位是你的太太吧。」

「我是東方的愛人。」

「對對對，愛人，你們共產黨叫愛人。」田寶山對于冬梅點點頭，彎下腰抱起了石盼新。

「小提可這麼大了！」

「媽媽，我給這位叔叔喊什麼？」

石盼新看著丁小蝶，眾人笑起來：「表舅，喊表舅。」

「表舅好。」

田寶山笑著誇他：「真是個聰明的小傢伙。」

「快進屋，進屋聊。」蘭雙禮招呼眾人進屋，田寶山放下石盼新，拿來一個寫滿英文的盒子。丁小蝶一把搶了過去，興奮地叫道：「這是吉百利巧克力啊，你從哪裡弄來的？」

「小蝶，我要告訴你一個好消息，你爸爸媽媽從美國回來了，這是他們帶回來的，特地讓我捎過來的。」

丁小蝶驚喜地看向田寶山：「他們回來了？他們還好嗎？」

「好，身體都很好，就是想你，也想見見外孫。」

「可惜我現在還不能回去。」丁小蝶有些黯然。

「沒事，沒事，反正以後有的是機會。」田寶山愣了一下，但很快又喜笑顏開。

「真好吃啊，八年了，我終於又嘗到它的味道了。」丁小蝶閉上眼睛，神情陶醉地吃著巧克力，她又給東方海和于冬梅一人一顆。「嘗嘗，你們也嘗嘗。」

「冬梅，這是巧克力，原產於中南美洲，主要原料是可可豆……」

見于冬梅看著黑乎乎的巧克力，有些猶豫，東方海微笑著對她解釋著。丁小蝶把剩下的巧克力連同盒子都給了石盼新，抬起頭來問于冬梅：「好吃嗎？」

「真好吃。」于冬梅點頭。

蘭雙禮開口道：「時間不早了，咱們中午就到醉仙樓吃飯，一邊吃一邊聊。」

「太好了，我要點個清蒸鱖魚，好久沒吃過啦。」丁小蝶雀躍地說道。

「這裡畢竟是國軍防區，你們穿著八路軍的衣服太顯眼了，還是先換上便裝吧，雙禮都準備好了。」田寶山打量著他們。

于冬梅有些猶豫，丁小蝶見狀催促著她：「走吧，走吧，今天要好好吃它一頓。」

「那咱們吃過飯就趕緊回去，咱們都沒有請假。」丁小蝶點點頭。

「那當然，咱邊吃邊聊，吃完也就聊完了，正好回去。」一行人來到醉仙樓，點了一桌豐盛的飯菜，田寶山帶頭敬酒，眾人乾杯。丁小蝶不時地站起來夾菜，一副餓急的可愛樣子，田寶山看時機差不多了，開口說明來意：「小蝶，我這次來，其實並非軍務，而是受姑夫姑姑之托前來捎個信。他們八年多沒見過你，一直牽腸掛肚，聽說你有了兒子，也很高興，希望你能帶著孩子回到上海去。阿海，不僅僅是小蝶，你丁伯父田伯母也很想你，希望你能帶著太太，對了，你們共產黨叫愛人，也一起回上海。」

田寶山邊說邊遞了個眼色，蘭雙禮說要帶石盼新到街上玩，抱起他走了出去。丁小蝶只顧著吃，東方海也沒多想。

「寶山，我們都是軍人，軍隊有紀律，八路軍的紀律你也是知道的，更加嚴格。我怕假是請不下來的，你也可以讓伯父伯母來山西一趟。」

「阿海，小蝶，你們還沒聽明白我的意思，我不是說回上海一趟，而是希望你們能回到上海。抗戰勝利了，國家要建設，到哪裡都是為國出

力，以你們的藝術才華，到了上海才能真正發揮作用。」

「這絕對不可能，我們是八路軍，有組織有紀律，你說去上海就去上海了？」于冬梅啪地放下筷子。

「冬梅，你別激動，寶山是自己人，沒有惡意。」東方海忙拉了拉她。

「冬梅姐你放心，他只是說說，咱們不願意去，他難道能把咱們綁架去不成？」丁小蝶只當是開了個玩笑。

「阿海，你父母走了，現在就剩下你和丹丹，你八年沒見過她了，難道不想她嗎？」田寶山轉向東方海。

「有丹丹的消息了？她在哪兒？」

東方海立刻站了起來，田寶山擺擺手。

「你先坐下來聽我說。你和小蝶離開上海後，丹丹從日本人那裡逃了出來，自己一個人摸到了我們家。這八年，一直在我們家，我爸媽待她和親生女兒一樣。你離開她時，她十歲，現在成了一個十八歲的大姑娘了，你難道真的不想見她嗎？你看看，這是她托我送給你的紙條。」

田寶山拿出東方丹寫的紙條，東方海接過，手不停地顫抖。

「丹丹，你還活著，你還活著，真好，真好！」

「你難道還不想回到上海嗎？」

于冬梅悄悄地扯了扯東方海的衣服，他抬起頭，哽咽著說道：「想，我恨不得立即見到丹丹。但是，我是一名共產黨員，還是一名八路軍戰士，如果要去，也得經過組織批准。寶山，你如果是真心想幫我和小蝶，那就讓丁伯父田伯母帶上丹丹到山西一趟吧。」

「對，表哥，你就給我爸我媽捎個信，讓他們帶著丹丹來一趟。」

丁小蝶在一旁點頭，田寶山愕然地看著他們：「我真想不明白，共產黨到底給你們灌了什麼迷魂湯，居然讓你們如此固執？為了所謂的革命，連自己的親人都不要了，你們共產黨難道這麼殘酷無情嗎？」

「田寶山，我不許你誣衊共產黨！」于冬梅拍案而起，東方海也站了

起來。

「看來咱和寶山話不投機，回去吧。」

丁小蝶有些猶豫，但還是站了起來。這時，田寶山對著門口喊了一聲，幾個國軍士兵進來，控制住了三人，丁小蝶大吃一驚：「表哥，你真的要綁架我們？」

「是你們逼我這樣做的。」田寶山平靜地點點頭，東方海掙扎著。

「寶山，你這樣來硬的是不行的，我們不會跟你走的。」

「怕是不走也不行了，小提現在正在去太原的路上，咱們要是現在走，還可以趕上小提，一起乘火車去上海……」

丁小蝶憤怒地叫起來：「田寶山，虧你是我表哥，居然會這麼卑鄙，拿孩子來要脅我們！你真是個混蛋！」

「你怎麼罵我都行，我這麼做都是為你們好，走吧。」

在田寶山的命令下，國軍士兵押著三人，上了停在門口的兩輛小汽車。

※   ※   ※

獨立旅這邊，突然不見了三個大人一個孩子，著急的于鎮山一行人找了一天，最後還是趙松林冒險騎馬趕去晉綏軍部打聽，才知道東方海他們是被田寶山和蘭雙禮帶走了。這件事被迅速上報到東方明那裡，因為國共關係正處於緊張時期，組織上決定私下派郭雲生和柳二妮潛入上海，找到東方海三人，設法帶他們回延安。聽到于冬梅也被帶去了上海，于鎮山又氣又急，一連十幾天得不到妹妹的消息，平日裡一個硬漢，急到蹲在地上抹起眼淚來。他甚至做了個惡夢，夢見東方海和丁小蝶結婚了，于冬梅在上海討飯。

于鎮山的擔心不無道理，讓田寶山以石盼新為要脅把丁小蝶一行人強行帶回上海，是田知秋的主意。在她的心裡，自己的女兒就應該和東方海在一起，于冬梅只是個多餘的存在。她在丁家別墅裡安排下的房間，都刻

意讓東方海與于冬梅夫妻兩個分開住。對於田知秋的計較，丁振家是不認同的，但也沒有辦法。他很清楚，自己的這位夫人與女兒都不是省油的燈。

當丁小蝶一行人怒氣沖沖地跟著田寶山來到丁家別墅時，石盼新已經穿上漂亮合身的西式套裝，坐在餐桌前用叉子吃水果拼盤，田知秋在一旁愛憐地看著他。丁振家聽到汽車聲，激動地站起來，石盼新聽到媽媽回來了，卻只自顧自地吃水果，田寶山帶著三個人進了客廳，田知秋和丁振家看著他們身上整齊的八路軍軍裝，一時愣住了，田知秋尷尬地笑了笑。

「小蝶，阿海，是我一個人一哭二鬧三上吊的，逼著寶山把你們從共產黨那邊弄過來的。你看你這個寶山，叫他們回上海，也該讓他們換身衣服。行了，平安回來了，好得很嘛。你們穿這八路的衣服，嚇我一跳……」

「丁伯母，我們誰也沒想嚇您，您老人家這麼做，太……太瘋狂了吧？」

田知秋上下左右仔細打量一遍于冬梅，丁小蝶衝到石盼新面前，抓起裝水果的盤子猛摔在地上。

「吃吃吃，就知道吃！跟我走。」

「走？丁小蝶，你給我聽著，你今天要是把孩子帶出這個家，我就死給你看。」田知秋抓起餐桌上的水果刀橫向自己的脖子。

剛去工廠接上東方丹的田富達衝了進來，慌忙勸著：「快，快把刀放下，快！這一家人好不容易團聚了，這又唱的是哪一齣？有什麼話，不能坐下來好好商量？八年了，鬼子都投降了，家裡這點事，還要鬧出人命嗎？振家，振家，你倒是說句話呀！」

田富達急得直搓手，丁振家卻慢悠悠地取出雪茄，劃火柴點上，他吐一口菸。

「閨女是個什麼閨女，你田知秋不知道？上海淪陷了，花重金搞到的去香港船票，這個閨女為了這個阿海，廢了船票，連爸媽都不管不顧了，

臨開船時，跳下船，陪這個阿海了。這陰差陽錯的，小蝶又嫁給個抗日英雄。」丁振家站起來走過去，拍了拍石盼新的小臉蛋。「還生了這麼可愛的一個小傢伙。阿海呢？這娶了這麼一個共產黨的女英雄。你說你這個田知秋，你忘了這是戰爭，你忘了女兒已經在共產黨那邊生活了整整八年，你想用她兒子控制她，讓她聽你的，你這不是做夢嗎？」

「小蝶，你知道媽我這些年過的什麼日子嗎？」田知秋哭了起來。

丁振家淡然地看了她一眼，繼續開口說道：「你說這些沒用。你倆都有錯，可你的錯要占八成。你說你都知道人家阿海成了家，你讓寶山他們把阿海也弄回來幹什麼？你們還把人家的媳婦也弄回來了。這些事你們都做得欠考慮。在香港，在美國，我都在關注你們共產黨。共產黨在這八年能成事，能讓羅斯福總統高看一眼兩眼，前幾個月，你們黨的領袖毛澤東能到重慶和蔣委員長去談判，在我看來，有兩點，一是你們共產黨有主張有目標，讓老百姓看到了希望，願意跟著共產黨走，二是你們共產黨有鐵的紀律……」

「這都要出人命了，你扯那麼多沒用的幹什麼！」田富達急得直跺腳。

丁振家卻顯然有著自己的計議：「有用沒用，我都得說。國共兩黨雖然生分了，可畢竟沒撕破臉，沒打起來。美國不是派了五星上將馬歇爾來調停了嗎？所以寶山，你做錯的，你為你姑姑做錯的這件事，恐怕還是可以補救的。你說呢？」

「小蝶，阿海，于姑娘，這事確實是我考慮不周。貴黨在南京設有辦事機構，我會把你們的情況通報他們，向貴黨做個說明。說明這錯完全在我。」

丁振家對田寶山點了點頭：「還有別的辦法。還可以說丁小蝶的父親想和共產黨合作，丁小蝶是回來談合作的。共產黨別的人可能不了解我，阿海，你的大哥東方明肯定知道我是有能力為共產黨做些事的。」

「我大哥當然了解伯父。」

　　看到東方海已經放鬆下來，丁振家又過去掰開丁小蝶抓住兒子的手，「孩子，來姥爺這邊。看把孩子嚇得。」

　　「苦命的小蝶呀，媽都是為你好啊。媽不想讓你們娘兒倆再受苦了。」

　　丁小蝶蹲在地上嗚嗚地哭了起來，田知秋把刀朝餐桌上一扔，母女倆跪在地上抱頭痛哭。

※　　　　　　　※　　　　　　　※

　　等到夜幕降臨，田寶山和蘭雙禮答應會向共產黨高層通報東方海一行人的行蹤後，上車離開了。其實他們只是按照田知秋的吩咐，說謊穩住三人，並不打算真的去與共產黨方面聯繫。于冬梅也並不信任他們，東方丹悄悄找到她，想要跟她一起去延安，于冬梅答應下來，心底卻一籌莫展。

　　這一夜，于冬梅住在丁家別墅裡，看著從未見過的真絲睡衣，承受著田知秋嫌棄的目光，內心從未像此刻這般焦急而痛苦。不得已之下，她去找東方海來教她用抽水馬桶，夜裡又在過於柔軟的席夢思床上輾轉反側無法入睡，只好把被子抱到地毯上躺了下來。

　　丁小蝶住的房間裡，田知秋跑來看她，母女倆話不投機，田知秋言語裡盡是對于冬梅的不屑。聽到她嘲諷于冬梅瘦得生不了孩子，丁小蝶一時氣憤，不當心將于冬梅為東方海受傷後不能生養的事情說了出來。田知秋聞言驚呆了，在她的觀念裡，東方海娶了個不能生養的女人，就是娶了個廢物，丁小蝶急得讓她不許為難于冬梅，兩人不歡而散。

　　第二天，東方海帶著于冬梅和東方丹來到郊區公墓，于冬梅跪在東方千里和戈碧雲的墓前燒著紙錢。

　　「嫂子，你沒睡好？」注意到她神情憔悴，東方丹問道。

　　「幾乎一夜沒睡。床軟得沒法睡，地板上睡，有鋪沒蓋，有蓋沒鋪，睡不成。只好裹著被子靠牆打了個盹。」

　　「慢慢就習慣了。昨晚我睡得可真香。」

　　「你是不是準備待在上海不走了？」于冬梅站起身來，看著東方海。

「誰說不走了？寶山哥答應幫我們聯繫組織。我肯定要回延安的。」東方海納悶地看著神情冷若冰霜的于冬梅。

「一方水土養一方人，我忘了你是上海生上海長的音樂天才了。我要提醒你，你現在首先是個共產黨員。」

「嫂子，嫂子，是不是那個丁伯母說什麼難聽的話了？」

「真聰明！話都很好聽，可眼神像刀片，割得我的心疼。又不能說，說什麼？我能說什麼？我這身上穿的，裡裡外外，全是人家賞的。」于冬梅摸摸東方丹的臉。

「我理解，我太理解了。我從鬼子拘留所裡回來，家沒了，我哥也走了，我只好去住田伯伯家。他們看上去對我挺好，可我總覺得自己多餘。這不，初中剛畢業，我就要求進廠工作了。欠人情的感覺真的不好。」

東方丹連連點頭，于冬梅問她：「丹丹，你攢了多少錢？」

「錢？我沒攢錢。我領了工資，全部繳給田伯母。我不想欠他們太多。所以，我想跟著你們去延安，去那個人人平等的地方。」

「可惜了，你手裡也沒私房錢！」

「冬梅，你這是怎麼了？」

「怎麼了？我和丹丹，總不能一路要飯回延安吧？」于冬梅挑眉看著東方海。

此後的很長一段時間，于冬梅跟在東方海和丁小蝶身後，他們去南京路的商店購物，在外灘上行走，前面兩人有說有笑，留下神色恍惚的于冬梅跟在後面，滿臉悽楚。在和平飯店西餐廳，從沒吃過西餐的于冬梅向服務生要筷子，又把杯子裡的紅酒一口喝光，東方海和丁小蝶笑著要教她用餐禮儀，她臉色突變，把滲血的牛排摔到盤子裡。去百樂門舞廳，東方海和丁小蝶在舞池裡跳舞，于冬梅臉色陰沉地注視著兩人，眼裡燃起怒火，忍無可忍地站起來，直接轉身往外面走去。她對東方海和丁小蝶兩個人感到非常失望，他們完全忘記了自己八路軍戰士的身分，忘記了他們應當歸屬於什麼樣的地方。

　　　　　　　　　※　　　　　　　　※　　　　　　　　※

　　這天早些時候，丁振家正在客廳裡翻看報紙，他猛地站起來，驚呼：
「知秋，知秋，快來，快來——」

　　「國共打起來了？」田知秋從樓上下來，丁振家指著報紙。

　　「你看，你看，潘清才成了特派員了！一個上海灘商界的大漢奸，鬼
子投降後，銷聲匿跡幾個月，突然搖身一變，變成了上海核查商界通敵的
特派員！」

　　「這上邊怎麼能這麼幹呢？你是怕他還會惦記咱們？」

　　田知秋拿著報紙看，丁振家踱著步，神經質地拍打著腦門，說：「叫你
哥馬上過來，還有，給寶山去個電話，讓他也回來一趟。得搞搞清楚到底
是怎麼回事。潘清才當了接收大員？這國民政府瞎了眼了嗎？」

　　夜間，田寶山帶著蘭雙禮趕來，田富達已經在了，一眾人坐在客廳
裡，說著潘家的事。

　　「姑父，你和姑姑在美國住久了！潘清才這種人，到處都有。漢奸變
接收大員的，多得是。南京軍界，皇協軍的少將中將，如今變成國軍少將
中將的也多得是。你們還是不要惹這個姓潘的。他上面有人！」田寶山認
真地對丁振家說道。

　　正巧這時東方海三人回來了，丁小蝶一進門就問道：「哪個姓潘的？」

　　「當年逼你結婚那一家唄。如今潘清才成接收大員了。」

　　聽到這個消息，丁小蝶也呆住了，于冬梅生硬地接道：「田將軍答應管
我們的小事，有結果了沒？」

　　「你們三個的事情，我專門去南京梅園，見了貴黨的周恩來……」

　　于冬梅打斷故作認真的田寶山問：「周副主席是不是還留著大鬍子？」

　　「這個鬍子嘛，不算太長。我講了姑父準備和貴黨合作的事，周將軍
讓你們在上海把事情辦妥了，再回延安。」

　　于冬梅冷笑一聲，徑直朝樓梯走去。「但願田將軍說的是實話。」

「阿海呀阿海，你可真是好眼力呀！」田知秋搖頭擺手，東方海快步追上了樓，跟著于冬梅進到房間裡。

「你什麼態度？你這脾氣怎麼變成這樣了？」

「是我變了，還是你變了？你在延安，什麼時候看到周副主席留過鬍子？東方海，你給我聽著，我可以以你妻子的身分，忍耐到春節。我現在要以一個黨員，一個魯藝戰士的身分提醒你，你身上的公子少爺勁頭很可能會毀掉你。西餐廳、百樂門舞廳，它們屬於我們嗎？延安整風，白整了嗎？」

東方海怔怔地看著面容嚴肅、帶著怒氣的于冬梅。

「你確實比我成熟……」

「你讓我說完！大道理，我不跟你講。我只問你，萬一田寶山騙了我們，我們心安理得地待在大上海，日後怎麼面對組織，怎麼面對魯藝的戰友？我們必須自己掌握自己的命運！我們必須主動去尋找組織！」

「我聽你的。」見東方海點頭，于冬梅掏出一張小廣告。「我們必須掙點錢！辦一個教孩子們唱歌跳舞的輔導班……」

※　　　　　　※　　　　　　※

于冬梅和東方海好不容易掙了些錢，買到三張去南京的火車票，卻沒想到田知秋早已吩咐田寶山疏通上海的軍方和警方，限制幾人離開，三張票就這麼作廢了。客廳裡，于冬梅和田知秋隔著茶几對坐，氣氛緊張。

「伯母，你的女兒小蝶，你可以用你的外孫子控制住。我和東方真要走，恐怕你也攔不住吧？」

「我這都是為小蝶和她孩子好。冬梅姑娘，我準備讓你走。你要是答應我的條件，成全小蝶和阿海，你就可以帶著這箱東西離開。」

田知秋打開茶几上的一隻小箱子，推向于冬梅，于冬梅伸手摸摸箱子裡的金條和銀圓，怪異地笑了幾聲：「真是筆好買賣！你女兒丁小蝶和東方海，青梅竹馬，你們兩家門當戶對，又是世交，我就是一段多餘的插曲。

伯母，我答不答應，先另說，東方海答不答應，您老人家考慮過嗎？」

「他會同意的。我看著他長大的，知道他的品性。你帶著這東西走了，阿海一定會和小蝶在一起的。他們本來就有感情基礎嘛。我知道，你救過阿海的命，他也是為了這個，才娶的你⋯⋯」田知秋自信滿滿地說著。

「你知道的可真多，你都說出來吧，說，說呀——」于冬梅越聽越感覺不對，有些神經質地站了起來。

「姑娘，東方家三代單傳，你忍心讓東方家絕後嗎？」

于冬梅大笑幾聲，她帶著哭腔喊道：「說得好，說得好！我走，我走，我成全你們——」

「怎麼了？怎麼了？」丁小蝶和東方海衝進來。

「你媽說我不會生養，要我拿著這箱東西離開上海，成全你和東方海⋯⋯我答應成全你們了——」于冬梅說完，捂著臉跑了出去。

「冬梅——冬梅——」東方海抓起箱子朝地上一摔，追了出去。

三十　歸去

　　于冬梅在前面猛跑，東方海在後面緊追，在一條弄堂口，他終於追上于冬梅，一把抓住了她。

　　「對不起，真的對不起。咱們走，咱們回延安。」

　　「走，怎麼走？要飯還是賣藝？沒有丁家的施捨，你我今天都得露宿街頭。」于冬梅仰起一張淚臉看著東方海。

　　「冬梅姐，快過來。」突然，郭雲生和柳二妮出現在弄堂深處。

　　「二妮，二妮──」于冬梅又驚又喜地朝柳二妮跑去，抱住她哭起來。郭雲生警覺地打量著四周。「快，快到我們住的地方。」

　　「我哥派你們來的？」

　　郭雲生催促著東方海：「快走！一直有人跟蹤你們。我們來上海三天了。快，這邊。」

　　四人東拐西拐，消失在迷宮樣的弄堂裡。跟蹤東方海他們的人，是田知秋僱的，丁振家得知田知秋想讓于冬梅拿錢走人，氣得指著她罵：「糊塗！混帳！你幹的這不叫人事！」

　　「沒想到她性子真烈。」田知秋囁嚅著。

　　丁振家邊搖頭邊大聲說著：「他們是共產黨，共產黨你知道嗎？你女兒也是共產黨！你想用這些收買他們？做夢吧你！」

　　「已經這樣了，你說該怎麼辦？」

　　這時，丁小蝶一手拎著箱子，一手拉著石盼新，從樓梯上快步走下來。

　　「幹什麼？你要幹什麼？」

　　「你說呢？別想攔住我，除非你把我殺了。」丁小蝶看著田知秋，眼裡冒著火。

「聽我說幾句行不行？」丁振家開口，丁小蝶有些不耐煩地看向他。「田知秋，立馬把你僱的那些個人撤了。小蝶，你覺得你在上海，能找阿海和冬梅嗎？你覺得他們會回來嗎？」

「他們傷透了心，肯定不會回來了。」丁小蝶難過地搖頭道。

「他們教孩子唱歌跳舞掙的那點錢，夠他們在上海生活三五天？回延安？容易嗎？你是有錢，你怎麼送給他們？」

「你說怎麼辦？」

丁振家沉著地點點頭：「這事我來辦。」

※　　　　　　※　　　　　　※

于冬梅、東方海、郭雲生和柳二妮在旅館房間裡商量著回延安的事。

「我堅持帶上丹丹。」于冬梅說著，東方海也在一旁懇求地看著，郭雲生點頭。

「好，帶上。費用問題，出城問題，我找青幫的朋友解決。二妮，你和我去找丹丹，讓她做個準備。晚上，我去找朋友。」

「真的不管小蝶姐了？」柳二妮問。郭雲生果斷地點點頭，「我是這次行動的負責人。」

「上海沒人認識我，我去接近小蝶姐，沒人會懷疑，從小蝶姐那裡要錢，總比你找什麼朋友借錢容易啊。」

「也安全些。二妮見見小蝶，也讓她知道組織上一直在找我們。」

「可以通過電話找她呀。」郭雲生有些著急，他擺擺手制止了其他人的話。「你們知不知道有多少便衣在跟著你們？只能等我們出了上海，才能考慮救小蝶的事。這是我最後的決定。」

柳二妮戴上口罩，去工廠門口攔住了東方丹。不遠處，跟在丁振家身旁暗中觀察的丁小蝶摘下墨鏡，激動地說道：「爸爸，是二妮！爸爸，組織上派人來了。爸爸，你太厲害了！」

「兩天前，我就發現了吳媽家的大兒子叫什麼雲生，他和這個姑娘在

咱們家附近。」

丁振家招呼來黃包車夫，和」小蝶跟上了柳二妮與東方丹乘坐的車。來到旅館，他交給東方海和于冬梅一個裝滿銀圓的盒子，又向于冬梅鞠躬。

「于姑娘，我再說一聲對不起。」

「都過去了。小蝶，你也跟我們回延安？」

「我當然要回去。」

看到丁小蝶堅定的神色，于冬梅臉上現出了開心的笑意。

「帶著盼新一起回延安？」

「孩子留在上海，他該上學了。」丁振家說道。

「小蝶，捨得嗎？」于冬梅看著丁小蝶。

丁小蝶咬了咬嘴唇說：「看行動吧。我明天就搬過來。」

※　　　　　※　　　　　※

郭雲生此刻在外，還不知道在丁振家的幫助下，路費的問題已經解決。他找到曾經在青幫中的大哥余習武，想要抵押石庫門的房子借錢，卻得知潘清才已經侵占了那片地，房子很快會被拆掉。余習武在日軍的牢房裡關了三年，早已不是當年那個意氣風發的大哥，他現在也只是潘家手下一個跑腿的。臨走前，他給郭雲生留下了三塊大洋。回到旅館，得知丁振家帶著丁小蝶來過，郭雲生和于冬梅決定為保險起見，先換個住處，再另行通知東方丹和丁小蝶。

沒想到就在第二天一早，變故陡生，一輛卡車開到丁家門口，十幾個國民黨憲兵跳下車來，把丁家別墅團團圍住，兩個憲兵拿著探雷器進了房子，潘清才從隨後抵達的黑色轎車裡鑽出來。田富達送東方丹去工廠，路過丁家，見此景象，慌忙下了車。

「潘先生，潘先生，潘特派員，這是怎麼回事？」

東方丹也從車上下來，吃驚地看著這一幕。

「田先生，富達兄。事情是這樣的，日軍占領時期，這座房子是鬼子特務機關的一個辦公地。這個你知道嗎？」潘清才淡淡地說著。

「知道，知道。鬼子強占了這座房子。」田富達連連點頭。

「是不是強占，還在調查中。根據日軍留下的祕密材料顯示，這座房子安放著自毀裝置。我呢，今天來探望丁先生，不查看查看清楚，我不大放心。」

東方丹小心地朝四周看看，趁沒人留意她，轉身跑走了。她的餘光掠過剛從車上下來，抱著一束玫瑰花的潘夢九。柳二妮和郭雲生來到工廠門口，沒有等到東方丹，便來到先前的旅館，正好撞上東方丹慌張地趕來，她把所見的事情一講，郭雲生便心中暗叫糟糕。

原來，幾天前丁小蝶帶著石盼新在城隍廟遊玩時，撞見了帶著夫人燒香的潘夢九，丁小蝶自然不會對他客氣，譏諷幾句就走了。沒想到潘夢九還如同八年前一樣對她痴心一片，回到家裡對潘清才一說，父子兩人一個為財一個為色，就又算計起了丁家。此刻，他們坐在丁家客廳中，潘夢九帶來的玫瑰花擺在茶几上，丁家的傭人王媽在給眾人倒茶。

「特派員，潘公子，請用茶。」

潘清才端起茶杯呷一口道：「我一直以為振家兄還在美國逍遙，幾天前，夢九碰到了你家小蝶，我才知道你們早回到上海了。」

「謝謝掛念。光復不久，我們就回來了。」

潘清才皮笑肉不笑地說道：「我記得上次來，還是八年前的事了，我來給夢九提親。」

「好記性。你還許了我個上海大東亞共榮商會副會長的頭銜。」

丁振家也是話裡有話，沒想到潘夢九臉皮厚到瞎話張口就來：「對對對，你很爽快地答應了。那時，我剛剛奉國民西遷政府之命，來鬼子這兒臥底當了這個會長，想找個能幹的幫手。」

「小蝶，漂亮，真是太漂亮了。」

看到丁小蝶走下樓，潘夢九忙抱起玫瑰迎上去，丁小蝶笑著接過玫瑰。

「謝謝夢九。這花還是日本的東洋藍色妖姬？你們還在跟日本人來往？」

「不不不。這是馬來玫瑰。」潘夢九連聲說著。

「夫人呢？嫂夫人怎麼沒來？」丁小蝶又問。

「她呀，她那一頁，已經翻過去了。」潘夢九激動地搓著手，又從口袋裡掏出一個離婚證明。

丁振家、田富達和田知秋面露驚訝，丁小蝶把離婚證看了又看，努力控制住自己厭惡的情緒，潘清才還以為她是被感動了。

「小蝶姑娘，夢九從前對你怎樣，你都清楚。你從上海消失之後，他硬是不相信，在上海又找了你三年！日本人打了珍珠港，這才娶了別人。前幾天，夢九一見你，又魔怔了，哭著鬧著要和你在一起。振家兄，夢九和小蝶，這真叫有緣分……」

「等等，等等！潘伯伯，我和夢九，要算是有緣無分。」丁小蝶忙道。

潘夢九一聽著急起來：「你死了丈夫，我離了婚，怎麼能叫有緣無分呢？」

「我是死過丈夫，可我早就又嫁人了……」丁小蝶嘆一聲，心裡立刻浮現出一個人選，「你這個妹夫叫，叫于鎮山，也是八路軍的一個旅長。他殺死的鬼子和漢奸不計其數。我呢，也不是原來的丁小蝶了，我也殺過鬼子，殺的漢奸更多。三年前吧，我還親手殺了個漢奸團長。夢九，其實我一直也挺喜歡你的……」

「共產黨？大姪女，你和那個共產黨的旅長分了吧。」潘清才冷笑一聲。

丁振家迅速反應過來，他故作沉痛地說道：「說得好！我和知秋正勸小蝶不要再跟共產黨走了。這樣吧，給小蝶點時間，讓她把……把這個于……于旅長的事給結了。然後，然後……」

「小蝶，你說的不是真的吧？你是不是在騙我？」潘夢九痴痴地看著丁小蝶，潘清才恨鐵不成鋼地瞪了一眼兒子。

「真真假假，誰說得清？我也告訴你們個真假難辨的事吧。有人揭發，你們丁家的這座房，是你們主動送給日軍用的……」他從黑皮包裡取出個檔案袋放到丁振家面前，「還有人舉報，你們晉申實業公司，在日據時期，一直在為日軍服務……」

「證據呢？潘清才，日本已經投降了……晉申——」田富達忍無可忍，丁振家攔住他，「富達！你讓特派員把話說完！」

「我知道，田兄的公子已經是少將高參了，也算朝裡有人了嘛。明說吧，不是犬子夢九這麼迷戀小蝶姑娘，這件事早該公事公辦了……」潘清才煞有介事地站了起來。

「怎麼個辦法？」丁小蝶問他。

「沒收資產，主謀以漢奸罪論處。」他又從皮包裡掏出一張公文，「不冤枉一個好人，不放過一個漢奸，這是我上任前給上峰做出的保證。這是給你們的正式通知。從即日起，啟動對你們通敵指控的調查。丁小蝶這些年是不是也在為日本人服務，當然也需要調查。」

「什麼世道？顛倒黑白……」

丁振家厲聲呵斥丁小蝶：「小蝶，住口！」

「調查期間，涉案人員一律不准離開上海。夢九，咱們走。」說完，潘清才轉身離開。

「小蝶，你好好想想。」潘夢九深深地看了丁小蝶一眼，跟著走了。

※　　　　　　※　　　　　　※

等潘家父子離開後，丁小蝶流起淚來，「爸，媽，都是我惹的禍。」

「不怪你。潘清才最終的目的是吞掉咱們的家產。」丁振家搖搖頭，田富達氣得咬牙切齒。

「這個潘清才，簡直不是人。」

「富達，你先去把情況告訴阿海他們，讓他們先走吧。看這個形勢，內戰隨時都會爆發。你再去趟南京，多帶些錢，讓寶山查清楚，潘清才的

靠山到底是誰。不從上層入手，解決不了這個難題。」

丁小蝶抹著眼淚說：「爸，我能幹點什麼？」

「小蝶呀，恐怕得委屈你一下……潘清才心狠手辣，不小心對付，就是滅門之災！小蝶，在摸清潘清才底細之前，你要好好利用一下那個潘夢九。」

電話鈴聲響起，丁小蝶拿起聽筒，是郭雲生。她將事情大致講了一下，郭雲生掛斷電話，垂頭喪氣地回到新住處，東方海、東方丹、于冬梅和柳二妮正在房間裡等著。

「大漢奸潘清才變成了今天的接收大員。潘清才想吞掉丁家的家產，誣陷丁家跟日本人合作……」

「胡說八道！」東方海著急了。

「東方，聽雲生說！」于冬梅輕拍他的手背。

「潘清才用這個辦法，讓好多個資本家家破人亡了。小蝶和她爸媽已經失去了行動自由。小蝶她爸爸讓我們盡快離開上海回延安。」

「小蝶姐呢？不管她了？她留在這裡太危險了。」柳二妮著急地說。

「她們全家都很危險。小蝶那個很有能耐的表哥呢？」于冬梅臉色凝重。

「潘清才的靠山太厲害，田寶山估計沒辦法與他們抗衡。」

「怎麼辦？我們不能走。」東方海說著，看看幾人。

于冬梅思索片刻，咬著牙說道：「雲生，東方，這個事我們不能不管！我們留下來，想辦法除掉這個漢奸、人渣！雲生，我、你和東方，都是共產黨員，我們必須管這件事。」

「我贊成。」東方海說完，柳二妮跟著說道：「雲生，你要是不幹，我就不跟你過了。救人，必須的。」

「我說不管了嗎？古話說，將在外，君命有所不受。我決定了，除掉潘清才，救丁家。」

郭雲生瞪了柳二妮一眼，柳二妮激動地親了一下他，「我就說我沒看錯你。」

「一邊兒去！咱們商量個方案吧。」郭雲生有些不好意思，他伸手擦擦自己的臉。

※　　　　　※　　　　　※

丁小蝶流淚接著于冬梅打來的電話。「冬梅，謝謝你們，謝謝組織。你們有這句話就行，千萬不要幹傻事。這個王八蛋勢力太大了。你們還是快點回去吧，不要管我。」

「冬梅姑娘，我是丁振家。我家的電話也不安全了，你們的人要和我們聯繫，找我家的王媽，以後她每天早上去青龍橋市場買菜。好了。不說了。」

丁振家說完，掛了電話，又對丁小蝶說道：「小蝶，你去延安，跟共產黨走，這一步走對了。過了這個難關，我要認真考慮跟共產黨合作的事兒。這內戰要是全面開打……」

「振家，你可要考慮考慮清楚。」田知秋擔心地看著他，丁振家心意已決。

「大漢奸潘清才變成接收大員，這個政府該垮了。」

田富達去了南京，找到田寶山的辦公室裡，把一本空白支票放在兒子面前。

「你姑夫說了，花上一個億，幾個億，都該花。送送吧。」

「爸，潘清才不好扳倒，我查了一下，他至少和第一等的三個家族有瓜葛。他出手很大，不然，也弄不到特派員的職位。」

田寶山拿起鋼筆在支票上寫了個數字，撕一張，又寫一張，田富達看著他寫支票，恨恨地說道。

「這王八蛋已經動了殺心……」

「爸，就要還都南京了，潘清才要抓誰，要查誰，需要向南京報告。

雙禮，這五十萬，你疏通一下清算委員會，我要提前看到潘清才的報告。」

「這個辦法好。」蘭雙禮接過，點了點頭，田寶山又撕一張支票遞給他。「這五十萬，你選上八到十個身手好，槍法好的兄弟，暗中把他們調到我們這裡。」

把蘭雙禮安排好，田寶山又轉向田富達道：「爸，我不能回上海，這會激怒潘清才。你讓姑夫他們暫時忍一忍。沒有必勝把握，不能出手！」

郭雲生用從丁家要來四根金條，在余習武那兒買了一把日式狙擊步槍。一行人決定直接除掉潘清才，解救丁小蝶一家。此刻，丁小蝶為了穩住潘家，在和平飯店被潘夢九灌酒灌到回家嘔吐不止，田知秋心疼不已，丁振家在一旁哆嗦著手點菸，毫無辦法。田富達從南京回來，轉告田寶山的話，潘家在國民黨高層有諸多靠山，只能智取，不能力敵，喝醉的丁小蝶笑起來：「別擔心。我嫁過去，殺了這個老雜種，殺了這個老雜種。」說著，她搖搖晃晃地上了樓。丁振家嘆息一聲，猛吸了一口菸。

※　　　　　※　　　　　※

郭雲生與東方海確定了計畫，由東方海帶著柳二妮和于冬梅易容成賣唱的，用歌聲將潘清才引到窗前，郭雲生埋伏在潘家對面的廢樓上，用狙擊步槍取潘清才的性命。這一招很冒險，但也別無他法。這天夜裡，東方海扮成一個瞎子，于冬梅扮成一個中年婦女，柳二妮扮作他們的女兒，三人喬裝完畢，就等第二天一早前往潘家展開行動。郭雲生告別他們，獨自先行前往狙擊地點埋伏下來。

這天晚上，丁小蝶也從潘夢九口中套出了話，得知國民黨很快要對共產黨發動內戰，丁振家決定無論如何都要送丁小蝶離開上海回到延安，他要求丁小蝶第二天約潘夢九去和平飯店吃西餐，從那裡直接走。與此同時，遠在南京的田寶山與蘭雙禮，也拿到了潘清才提交的檔案，確定他就要對丁家下手，栽贓丁振家是漢奸。兩人把材料燒掉，立刻叫上安排好的

人手，連夜出發趕回上海。

　　第二天一早，潘家對面的廢樓裡，郭雲生用望遠鏡觀察著，四個荷槍實彈的衛兵分站在潘家大門兩旁。柳二妮和于冬梅走在前面，于冬梅用一根棍子牽著扮成瞎子的東方海，三個人慢慢朝潘家大門靠近。

　　這時，兩輛吉普車和一輛卡車開了過來。車窗裡，蘭雙禮向門衛出示了證件。

　　「蘭雙禮，田寶山，還唱不唱？」于冬梅壓低了嗓子。

　　「往前走，觀察觀察。」東方海也低聲說道。

　　車開進了院子，田寶山、蘭雙禮帶著四個士兵朝別墅門口的衛兵走去，又出示了特別證件。進到房間中，兩人直接用槍抵住了潘家父子倆的腦袋，先逼迫他寫下手令，解除對丁家的監視，又將兩人以回南京開會為名押送走，半路綁上石頭裝進麻袋，扔進了黃浦江。

　　這一邊，郭雲生始終無法瞄準，只好眼睜睜地看著潘清才被帶走，東方海三人也不知道發生了什麼，被丁振家催著打電話約潘夢九的丁小蝶，掛了電話，臉色也一片茫然。

　　「潘少爺和特派員去南京了？開緊急會議？」

　　「這是怎麼回事？」丁振家也愣住了，田富達走進來說道：「你們家門口沒兵了？」

　　「這個大漢奸和他的寶貝兒子，去閻王爺那裡報到了。」

　　這時，田寶山和蘭雙禮穿著軍裝來到，兩人又轉向丁小蝶。

　　「小蝶，阿海他們還在上海。」

　　「兩個小時前，東方海、于冬梅，還有那個大辮子，出現在潘家大門外。他們都化了裝。」

　　丁小蝶不敢相信地看看田寶山，又看看蘭雙禮。

　　「他們真的，真的沒走？郭雲生呢？他在哪裡？」

　　「沒看見。可以肯定，他們是針對潘清才化的裝。保護潘家的，有一

個班的士兵，潘清才還僱了六個身手不錯的保鏢。我們要是晚到一會兒，後果不堪設想。」

「共產黨可真是仁義。」田知秋怔怔地說著，蘭雙禮點點頭。

「我和幾百個兄弟，都是他們救出來的，為救我們，他們獨立旅死了不少人。不是他們仗義出手，我恐怕在日本當勞工了。她們那個女長官，很厲害，會使雙槍。可惜呀，也戰死了。」

「她是我們音樂系的協理員。盼新就是她接生的。為了讓盼新順利生下來，打阻擊的部隊多堅持了一個多小時，犧牲了很多人……」丁小蝶說著說著，眼淚流了下來。

「這些都沒聽你說過呀。」田知秋有些窘迫地開口道。

「你把我弄到上海軟禁起來，我能跟你說這些嗎？組織上派了雲生和他夫人，就是蘭團長說的那個大辮子，來上海找我們。媽，你說，我能不想回延安嗎？」

丁小蝶擦擦眼淚，田知秋嘆了口氣道：「都怪我。我先在香港，後去美國，走了八年，印象中共產黨還是被追著打的土匪……」

「姑姑，我也對共產黨有偏見。小蝶，快點兒找到他們，全面內戰，已不可避免，你們得趕緊走。現在走，我還能幫些忙，走晚了，很麻煩。」田寶山說著，與蘭雙禮對視一眼，兩人心中已有了計議。

至此，丁家的危機徹底解除，但國共內戰的危機卻迫在眉睫。接到王媽通知，所有人在丁家齊聚，田寶山拿過郭雲生的狙擊步槍端詳著。

「你不是認出我了才沒開槍吧？」

「他們仁不是也在門外嘛，我只是怕他們脫不了身，太遠了，我哪裡看出來是你呀。這一猶豫，你們出了大門。」

田寶山呵呵一笑道：「我算是撿了一條命。小蝶，阿海，還有兩個弟妹，這回，我帶你們去南京，見見你們的大領導。我也得認識認識他們了。」

「表哥，蘭大哥，我真不希望下次見面，我們成了敵人。」

田寶山和蘭雙禮神祕地笑著：「放心吧，先總理孫先生說，天下大勢，浩浩蕩蕩，順之者昌，逆之者亡。何為大勢，人心向背。潘清才的故事，我已經扮演了順人心的角色。我，田寶山，一不做民族的罪人，二不做家族的罪人。」

「說得好！」丁振家拎了個很沉的箱子過來，他把箱子打開，裡面裝滿了金條。「帶到南京梅園一號，交給你們的大首長，算是晉申實業的一點兒心意。把你們從山西弄到上海，滯留了半年多，你們回去了，沒點兒像樣的成果，你們不好交代。請轉告貴黨，晉申實業全力支持改朝換代，丁振家在上海恭迎共產黨主政。」

※　　　　　　　　※　　　　　　　　※

葉作舟犧牲，于冬梅失蹤，郭雲生和柳二妮去上海救人，久久沒有消息，待在延安的于鎮山起先還時不時去東方明那裡追問進展，後來因耽誤工作被批評了幾次，也不再言語，只是時不時會跑到丁小蝶的住處，默默修補窯洞裡壞掉的木地板，等著他的親人朋友們回來。這一天，他正修著，東方明騎馬過來，下了馬走到他身旁。

「手藝不錯呀。丁小蝶就是在這個舞臺上走出了人生最黑暗的時期。」

「葉作舟下達的任務，要我想法讓小蝶笑起來，我得執行命令。小蝶剛到順和鎮那天，洗完澡……」孤身一人的這些日子裡，于鎮山想起了從前的許多事。一直以來，他們這群人，都像是被時間的鞭子催著，事情一件接著一件，變故一場趕著一場，于鎮山又本不是個會多加思考的人，他更加愛說，愛笑，喜歡熱鬧。葉作舟犧牲也快一年了，不知為什麼，最近他卻總是想到丁小蝶，想到第一次見到她時的情景。

「你……洗澡？」

看東方明愣住了，于鎮山趕忙站起來解釋：「別，別，你別誤會。算是我碰上了美人出浴。當時我一下頭大了一圈，覺著這個女子太美了。後來知道她喜歡跳舞，就想讓她有個跳舞的地方。」

「對呀，當時你怎麼沒追丁小蝶，反倒去追了葉作舟？」

于鎮山捲了根紙菸說：「小蝶，那是仙物，放著供的，我怕降不住。誰沒有個動心的時候？但也不是誰都會付諸行動。」

「石保國比你強，敢想敢幹。丁小蝶要是回來了，你敢不敢大膽追她？」

東方明面帶笑意，于鎮山卻苦惱地撓著頭，「可……可這仙女是死是活都不知道……」

「于鎮山同志，經過這番考察，我認為你還是一個有整體觀念的人。」東方明嚴肅起來，將此番真正來意道出，「東方海、丁小蝶，還有你妹妹，他們去上海，事出有因。上海大財團晉申實業的大老闆丁振家，也就是丁小蝶的父親，想和共產黨接觸。那時，主席也去了重慶談判，阿海他們就自作主張去了上海。經過半年接觸，晉申實業決定全面與咱們合作了。」

「他們還活著？」于鎮山又驚又喜，東方明點點頭。

「半月前，他們去了南京梅園，帶去了五十根金條。三天前，他們到了西安。」

「跟做夢似的。」

東方明卻面色憂慮道：「先別高興。昨天，全面內戰爆發了，全國各地，國民黨都在抓捕我們的人。西安更是這樣。阿海他們現在的處境相當危險。」他掏出一張紙條遞給于鎮山，「這是他們在西安的住處。你帶幾個人，去把他們接應回來。他們幾個，特別是丁小蝶的安全，必須保證。」

「保證完成任務！」丁鎮山舉手敬禮。

※　　　　　　※　　　　　　※

西安的臨時住處中，一輛卡車停在院子裡，東方海一行人圍住一對中年男女，面色焦急：「大哥，這都說好了，你可不能坐地起價。」

「兄弟，這不是打起來了嗎？你們又是往延安去，這實在……」

丁小蝶把一根金條拍在中年男人手裡，「求你幫幫忙。」

「這個，聽說路上設了卡，能送多遠，我可不敢保證。問起來……」

丁小蝶又取下一隻銀鐲子，「添上。問起來，就說我們是去安塞買鼓的。」

「上車吧。頂多能把你們送出富平。」

中年男人為難地點了點頭，把金條和鐲子塞給旁邊的婦人。幾個人把箱子和包袱放在車上，車開出了院子。他們才走沒多久，裝扮成國軍上尉的于鎮山就開著卡車，帶著六個國軍憲兵裝束的戰士趕來。他問明方向，趕忙上車去追，追到時，正逢東方海一行人被國民黨的檢查站攔下，行李中被搜出了八路軍的軍裝。于鎮山停下車，假裝友軍對檢查站的國軍喊話，出其不意開槍射擊，打倒了困住東方海他們的幾個士兵。

「快，快上這輛車 ——」

幾人手忙腳亂地朝車上搬東西，丁小蝶笑著走向于鎮山，「鎮山哥 ——」

倒在地上的國軍突然抬頭，舉槍朝丁小蝶瞄準，于鎮山猛地前衝，把丁小蝶推到一邊，同時向敵人開槍，兩支槍幾乎同時響起，國軍被擊斃，于鎮山則被擊中手臂。看著熟悉的一幕，丁小蝶恐慌地大喊起來：「鎮山 ——」

「快 —— 過來 ——」

丁小蝶很快意識到于鎮山的傷勢不重，她迅速跟著于鎮山跳上車，追來的國軍開始射擊，車上只要手裡有武器的人都紛紛還擊。郭雲生發動車子，丁小蝶和于鎮山擠在副駕駛處。她轉身騎在于鎮山腿上，撕下自己的一綹衣服，麻利地包紮好他左臂的傷口。

槍聲越來越稀，眾人脫離了危險，奔向延安。

　　　　　　※　　　　　　　　※　　　　　　　　※

這天，丁小蝶在窯洞裡編排《白毛女》的芭蕾舞版本，于鎮山在一旁伴奏。

「妹子呀，你這舞越跳越有味兒。」

「你就會誇我。」

于鎮山怔怔地看著丁小蝶的笑臉。「小蝶，上海那個小王八蛋逼你結婚，你說你早嫁給一個叫于鎮山的旅長？真的假的？」

「你想讓我證明哪個真哪個假？」

看著丁小蝶平靜的目光，于鎮山橫下一條心來。「明說了，我希望你說的變成個真事。我覺得這個事不是件壞事，咱們兩個，正好配一對兒，這麼多年也知根知底……反正我下了這個決心了。我……我又不是不喜歡你。其實你到順和鎮第一天，我就……這沒說出來，這是因為……你，你嫁了石保國，後來，我和葉作舟……她叫我開導你……」

于鎮山越說越亂，丁小蝶吃吃地笑起來：「有你這樣求愛的嗎？你看都不敢看我，你還吹牛說咱倆知根知底？我要是現在答應你呢？」

于鎮山愣住了，他沒想到丁小蝶會這樣回答，不知哪來一股勇氣，他猛地把丁小蝶摟在懷裡，吻了一下。丁小蝶也沒想到于鎮山會這麼乾脆地用行動代替語言，她一下子害羞起來，推開了于鎮山。兩人不敢去猜對方心中的想法，默然對視了一會兒。

于鎮山最先採取了行動，他單膝跪地，仰著臉，真摯地看著丁小蝶。

「小蝶，嫁給我吧。我是個啥人，你都知道……」

丁小蝶也跪到地板上，打從她在潘家父子面前說出于鎮山名字的那一刻起，她就隱隱覺得，他們可以在一起，也應該在一起，他們在一起會很好，因為他們這群人在這幾年間一直都在一起。

「不用再說了，鎮山哥。我的命，都是你和作舟姐捨命換的。我答應你。親你的新娘吧。」

丁小蝶閉上眼睛，等著于鎮山再次吻她。于鎮山卻緊張起來，只是很輕很輕地吻了一下丁小蝶的嘴唇。婚姻，是為了互相扶持，成為一家人。從這一點上來說，他們早已是一家人了。

　　遺憾的是，眾人本想為于鎮山和丁小蝶熱熱鬧鬧辦一場婚禮，于冬梅和東方海兩人尤其期待。然而此時，中央決定放棄延安，用延安換取全國的勝利，魯藝的留守人員將跟隨中央工委行動。

※　　　　　　※　　　　　　※

　　三年後，北平西便門一處四合院中，東方海、丁小蝶、于鎮山、于冬梅、柳二妮都穿著解放軍軍裝，胸前別著寫有代表字樣的紅布條。

　　「全國要開文代會，你東方海，你丁小蝶，是大學生，是音樂大才，你們開會，這合情合理。我、冬梅，還有二妮，跑江湖出身，怎麼也能當了代表呢？跟做夢一樣。」于鎮山嘆道。

　　「我只是個放羊的。」柳二妮有些緊張地笑著。

　　「別忘了，你們都是魯迅藝術學院的人。」東方海對兩人說道，于冬梅點了點頭，眼中充滿對未來的嚮往。

　　「我們都用我們的音樂，為抗日戰爭和即將結束的解放戰爭，做過貢獻。我相信，我們也有能力辦好新中國的音樂學院。」

　　田寶山、蘭雙禮和東方丹三個人也身著解放軍軍裝，走進院子。

　　「我們劉鄧大軍就要向大西南進軍了，特地來向幾位藝術家告個別。沒有你們當年奔向延安，奔向希望，奔向光明，就沒有我們的今天。敬禮！」

　　三人舉起了右手，行標準的軍禮，東方海一行五人也舉手還禮。

尾聲

十年後，北京。

音樂學院禮堂內座無虛席，丁小蝶、于冬梅、于鎮山、柳二妮端坐在前排的領導位置，緊閉的大幕上方，掛著一條鮮紅色的橫幅。大幕徐徐拉開，臺上的樂隊和合唱隊就位，身著盛裝的報幕員款款而出。

「各位領導、各位朋友、各位老師、各位同學，大家晚上好！由我院副院長、東方海教授創作的大型交響樂《中國頌》獲得國際金獎後，已在東歐友好國家巡演二十場，為國家爭得榮譽。我宣布，大型交響樂《中國頌》獲國際金獎匯報演出現在開始。第一個節目，《黃河大合唱》選段。指揮，東方海。首席小提琴，石盼新。」

東方海和石盼新身著燕尾禮服，從兩側登臺，向觀眾鞠躬致意，全場掌聲雷動。東方海指揮棒一揚，《黃河大合唱》最華彩的樂章奏響，臺下的幾人，眼中閃爍起激動的淚花。

苦難無法消弭，悲歡離合始終在上演，愛與希望也將長久存續……一段故事可以結束，但故事本身，永無真正結束之時。

我們的青春之歌：

懷抱滿腔熱血與國恨家仇，抗戰青年以藝術點亮未來的希望

原著編劇：柳建偉，裴指海，諶虹穎，柳靜，王甜

改　　編：房柳辰，柳成蔭

發 行 人：黃振庭

出 版 者：崧燁文化事業有限公司

發 行 者：崧燁文化事業有限公司

E-mail：sonbookservice@gmail.com

粉 絲 頁：https://www.facebook.com/
　　　　　sonbookss/

網　　址：https://sonbook.net/

地　　址：台北市中正區重慶南路一段六十一號八
　　　　　樓 815 室

Rm. 815, 8F., No.61, Sec. 1, Chongqing S. Rd.,
Zhongzheng Dist., Taipei City 100, Taiwan

電　　話：(02)2370-3310

傳　　真：(02)2388-1990

印　　刷：京峯數位服務有限公司

律師顧問：廣華律師事務所 張珮琦律師

定　　價：680 元

發行日期：2023 年 10 月第一版

◎本書以 POD 印製

Design Assets from Freepik.com

國家圖書館出版品預行編目資料

我們的青春之歌：懷抱滿腔熱血與
國恨家仇，抗戰青年以藝術點亮
未來的希望 / 柳建偉，裴指海，諶
虹穎，柳靜，王甜 原著編劇，房
柳辰，柳成蔭 改編 .-- 第一版 .--
臺北市：崧燁文化事業有限公司，
2023.10
面；　公分
POD 版
ISBN 978-626-357-704-6(平裝)
857.7　　112015353

電子書購買

臉書

爽讀 APP